DER LETZTE WOHNSITZ GOTTES

JENS BÜHLER

c/o Papyrus Autoren-Club
Pettenkoferstr. 16-18
10247 Berlin

E-Mail: jens.buehler@online.de

Coverdesign: iMAGIngarCH+/99designs

Erstellt mit Vellum

1

METHAMPHETAMIN

Max Lenzer, Dienstag, 04.08.1981, 12:50 Uhr

Max Lenzer und die Angst waren alte Bekannte.

Seit er ihr vor einigen Jahren in Saigon begegnet war, besuchte die Angst ihn regelmäßig, um sich gemeinsam mit ihm das Fotobuch seiner Erinnerung anzusehen, mit Bildern voller Blut und Feuer.

Meistens erahnte Lenzer ihr Kommen.

Heute nicht.

Vor zwei Stunden hatte sie sich in Form eines zugestellten schriftlichen Befehls bei ihm eingeschlichen.

Es wird angeordnet, dass sich Herr Obersturmführer Max Lenzer am 04.08.1981, um 15:00 Uhr bei der Führung des Kommandostabs im Führungshauptamt einzufinden hat.

gez.

Oberst-Gruppenführer und Generaloberst der SS

Arnold Baumann

Leiter des Kommandostabes im FHA

Jetzt begleitete die Angst ihn auf Schritt und Tritt. Sie saß neben ihm auf den Küchenfliesen und sah zu, wie er Kaffee in den Filter löffelte.

Als er im Schlafzimmer den Kleiderschrank öffnete und seine Uniform herausnahm, strich sie ihm zwischen den Beinen herum. Ein unsichtbares Raubtier, das auf den richtigen Augenblick wartete.

Lenzer stellte sich im Flur vor den Spiegel. Mit einer Wurzelholzbürste reinigte er seine schwarze Uniform. Ein solch ungewöhnlicher Befehl konnte nichts Gutes bedeuten.

»Du hast dir nichts zuschulden kommen lassen«, flüsterte er seinem Spiegelbild entgegen. Aber die zur Beruhigung gedachten Worte verfehlten ihre Wirkung.

Es wurde Zeit.

Er verwarf die Idee, seinen Wagen zu nehmen. Der Verkehr in der Innenstadt war tückisch und er durfte zu Baumanns Vorladung auf keinen Fall unpünktlich erscheinen. Die U-Bahn war die bessere Wahl.

Lenzer machte sich auf den Weg.

Seit einigen Wochen wohnte er in einer Neubausiedlung am nördlichen Stadtrand von Berlin, knappe fünfundzwanzig Kilometer vom Stadtzentrum entfernt.

Die Hälfte der Mehrparteienhäuser war nicht fertiggestellt und von Bauzäunen umgeben. Vielen Straßen fehlte der Teerbelag.

Als er sich der Treppe des U-Bahn Abganges näherte, schallte ihm das Rattern einer einfahrenden Bahn entgegen. Hastig stolperte er die Stufen hinunter und erreichte den Bahnsteig, als die Türen der U-Bahn sich bereits schlossen. Mit einem Sprung schaffte er es durch den schmaler werdenden Spalt in den Waggon. Es gab nur wenige Fahrgäste.

Eine halbe Stunde Fahrt lag vor ihm.

Er sah aus dem Fenster und ließ sich von den vorbeifliegenden Lichtern im Tunnel hypnotisieren. Mechanisch massierte er sich die rote Narbe, die zwischen Daumen und Zeigefinger auf seinem linken Handrücken leuchtete.

An der Haltestelle Friedrichstraße stieg er in die S-Bahn um, die ihn zum Bahnhof Tiergarten brachte.

Nach kurzer Fahrt stieg er am Tiergarten aus.

Von hieraus lag das Führungshauptamt weniger als fünfzehn Minuten Fußweg entfernt. Mit einem Blick auf die Uhr stellte er fest, dass er gut in der Zeit lag. Ein Fußmarsch würde ihm guttun.

Im Strom der Passanten verließ er den Bahnhof. Auf der Straße angekommen, bemerkte er eine Plakatwand, die auf die Festlichkeiten anlässlich des siebenunddreißigsten Todestages von Adolf Hitler hinwies. In knapp zwei Wochen stand der Volkstrauertag an, der die Stadt in eine einzige Militärparade verwandeln würde.

Lenzer verabscheute Paraden. Vor allem, wenn er selbst ein Teil von ihnen sein musste. Entweder man stand in der Hitze stundenlang auf der Stelle herum, oder man marschierte im Stechschritt durch die Straßen, während die Zuschauer einen mit Konfetti bewarfen. Im allerschlimmsten Fall wurde man von einer Bombe zerfetzt, weil es die Terroristen schafften, alle Sicherheitssperren zu umgehen. Das hatten sie das letzte Mal vor drei Jahren erfolgreich hinbekommen. Damals riss eine Bombe in der Kanalisation einen ansehnlichen Krater in die Straße, über die im selben Moment die Parade marschierte.

Natürlich verstand Lenzer, dass die Leute das Andenken an ihren ersten Führer feiern wollten. Jedes Schulkind lernte, was es Adolf Hitler zu verdanken hatte. Ohne ihn hinge das Reich noch heute an der Hundeleine der Franzosen und Engländer. Aber das war alles lange her und nur noch Geschichte.

Er zog seine Sonnenbrille aus der Hemdtasche, setzte sie auf und machte sich auf den Weg.

Die Mittagssonne biss ihm in den Nacken. Was anderen als herrlicher Sommertag galt, empfand er als Qual. Bereits nach wenigen hundert Metern klebte der Schweiß seine Uniform unangenehm am Körper fest.

Je näher er seinem Ziel kam, umso langsamer lief er. Als müsste er eine imaginäre Steigung überwinden.

Zehn Minuten später erreichte Lenzer das FHA.

Das Führungshauptamt der SS befand sich im Tiergarten, zweihundert Meter von der Siegessäule entfernt. Es war sein erster Besuch in der Befehlszentrale der SS. Für einen Kompanieführer gab es unter gewöhnlichen Umständen keinen Grund, der ihn ins FHA führte.

Er blieb stehen und ließ die Architektur auf sich wirken. Die Front des Gebäudes bestand aus einer halbkreisförmigen, fünfzig Meter breiten Treppe. Zwanzig Säulen verliehen dem Eingangsbereich das Flair eines antiken römischen Tempels. Lenzer legte den Kopf in den Nacken. Hinter den Säulen ragte ein siebzigstöckiger, mit verspiegeltem Glas verkleideter Wolkenkratzer vierhundert Meter in die Höhe.

Bis zu diesem Moment hatte er sich erfolgreich gewehrt, über seinen Befehl nachzudenken. Im Angesicht des Monolithen, der den Himmel zu stützen schien, war das jedoch unmöglich.

Was wollte Baumann von ihm? Eine disziplinarrechtliche Angelegenheit? Hatte ihn jemand denunziert? Aber selbst dann, ergab der Befehl keinen Sinn. Sein erster Disziplinarvorgesetzter war sein Regimentskommandant. Bei einer wirklich ernsthaften Angelegenheit hätte man ihn zur Divisionsleitung zitiert. Aber Baumann? Der war da noch lange nicht in Sicht. Baumann belegte in der Hierarchie der SS den dritten Platz. Damit gehörte er zu den einflussreichsten Persönlichkeiten im Reich. Was immer man auch von ihm wollte, es hatte nichts mit Disziplinarrecht zu tun.

Die machten ihn einfach so fertig. Die brauchten kein Verfahren. Ein Marschbefehl zu einer Garnison in der Ostöde glich einem Todesurteil. Die Partisanen im Uralgebirge kämpften mit bitterer Grausamkeit und in den radioaktiv verstrahlten Ruinen von Moskau hausten angeblich Kannibalen.

Warum? Er dachte fieberhaft darüber nach, was ihm zum Verhängnis geworden war, kam aber zu keinem Ergebnis. Vielleicht sollte er sich einfach aus dem Staub machen. Und was dann? In Südamerika untertauchen? Wovon leben? Holzschnitzereien?

Wenn Sie ihn tatsächlich fertigmachen wollten, weshalb musste er dann bei Baumann erscheinen? Warum hatten sie ihn nicht einfach von zu Hause abgeholt und in ein dunkles Loch geworfen?

Sein Hals trocknete aus.

In seinem Magen begann es, zu kribbeln.

Die Ameisen der Angst, hatte ein Ausbilder dieses Gefühl einmal genannt. »Im Gefecht hat die jeder im Bauch. Solange sie dortbleiben, ist das kein Problem. Aber wenn sie euch in den Kopf krabbeln, seid ihr nur noch totes Fleisch.«

Lenzer spürte deutlich, wie sich die Viecher an den Aufstieg machten.

»Du hast dir nichts zuschulden kommen lassen«, beruhigte er sich erneut. Er gab sich einen Ruck und ging weiter.

Kurz vor der Treppe passierte Lenzer ein Denkmal. Es zeigte einen jungen Soldaten mit hochgekrempeltem Hemdsärmeln. Mit dem linken Bein kniete er auf dem Boden. Der Soldat sah mit festem Blick nach oben, stützte sich mit einer Hand auf seinem Oberschenkel ab und vermittelte den Eindruck, dass er sich erheben wollte. Auf dem Bronzeschild am Fuß der Statue stand geschrieben:

In Gedenken an die Gefallenen des arischen Befreiungskrieges 1939 - 1944
»Wir beugen uns nicht!«

Der tapfere Spruch hatte für Lenzer keine Bedeutung. Gleich würde er sich so weit beugen müssen, wie Baumann es für angebracht hielt.

In der Eingangshalle war es zehn Grad kühler als draußen. Nachdem er seinen Ausweis vorgezeigt und die Metalldetektoren hinter sich gelassen hatte, nahm er einen der Turbo-Fahrstühle, um in den achtundsechzigsten Stock zu fahren. Lenzer befand sich alleine in der Kabine. Mit jeder Etage fiel ihm das Atmen schwerer. Er lehnte sich gegen die Kabinenwand, um nicht das Gleichgewicht zu verlieren.

Die Anzeige zählte mit roten Zahlen die Stockwerke. Zweiundvierzig, dreiundvierzig, vierundvierzig.

Die Ameisen erreichten seinen Kopf.

Er begann zu hyperventilieren. Mit der flachen Hand schlug er blindlings auf das Tastenfeld.

Im zweiundfünfzigsten Stock blieb der Fahrstuhl stehen. Die Tür glitt auf.

Vor ihm erstreckte sich ein menschenleerer Flur. Aus den Büros drang gedämpftes Telefonklingeln und das Klappern von Tastaturen. Sein Herz schlug schmerzhaft gegen seine Brust, Schwindel überkam ihn. Jetzt musste alles schnell gehen. Lenzer erkannte verschwommen ein Schild, das die Richtung zu den Toiletten zeigte. Während er den Gang entlanglief, stützte er sich mehrfach an der Wand ab. Schließlich erreichte er die Herrentoilette.

Außer ihm war niemand hier. Lenzer schloss sich in einer Toilettenkabine ein, zog ein Röhrchen aus der Hosentasche, öffnete es und ließ mit zitternden Fingern eine Tablette auf seine Handfläche gleiten.

War das eine gute Idee?

Entweder die Tablette oder ein völliger Zusammenbruch. Letzteres war keine Option. Er warf sich die Tablette in den Mund, zerbiss sie und schluckte den bitteren Brei herunter. Das Methamphetamin begann, augenblicklich zu wirken. Die Ameisen verschwanden aus seinem Kopf, sein Herzschlag schmerzte nicht mehr. Das fühlte sich besser an. Viel besser.

Er verließ die Kabine und wusch sich an einem Waschbecken das Gesicht mit kaltem Wasser ab. Danach ging er zurück zu den Fahrstühlen, um seine Fahrt fortzusetzen.

Im achtundsechzigsten Stock angekommen, meldete er sich bei Baumanns Sekretärin an, die ihm erklärte, dass er sich gedulden müsse. Er solle im Wartezimmer Platz nehmen.

Eine Viertelstunde wartete Lenzer, bis die Sekretärin hereinkam. Sie teilte ihm mit, dass Herr Oberst-Gruppenführer Baumann nun Zeit für ihn habe. Er folgte der Vorzimmerdame, die den Hauptflur vor ihm entlangschritt. Nach einigen Metern bog sie nach rechts in einen Gang ab. Statt über Fliesen liefen sie nun auf einem Teppich. Das Klackern ihrer Absätze wandelte sich in ein dumpfes Klopfen. Die Sekretärin öffnete ihm eine Doppelflügeltür aus dunklem Holz und führte ihn in Baumanns Büro. Als die Tür hinter ihm klickend ins Schloss fiel, schlug Lenzer die Hacken zusammen.

»Obersturmführer Lenzer meldet sich zur Stelle, Herr Oberst-Gruppenführer.«

»Setzen Sie sich.«

Baumann stand vor einer politischen Weltkarte, die an der Wand hing. Er drehte Lenzer den Rücken zu.

»Jawohl, Herr Oberst-Gruppenführer.«

Ohne sich umzudrehen, wedelte Baumann mit der Hand. »Ich bin nicht taub. Reden Sie leise. Dieses Geschrei ist Gift für meine Nerven.«

Lenzer setzte sich auf einen Stuhl vor Baumanns Schreibtisch. Das Büro besaß die Ausmaße eines geräumigen Wohnzimmers. Die Einrichtung bestand aus schwerem Tropenholz und Leder. Zwei Wände des Raumes waren durch gut gefüllte Bücherregale zugestellt. Unter einem stattlichen Ölgemälde, das einen Mann in Uniform zeigte, hing ein Säbel. In einer Glasvitrine lagen auf Samtkissen gebettete Orden. Das Büro seines Divisionskommandanten wirkte im Gegensatz zu Baumanns geradezu schäbig.

Lenzer presste die Lippen zusammen. Die Pervitin-Tablette half, die Angst unter Kontrolle zu halten, aber sie war immer noch anwesend. Er fühlte sie in seinen Eingeweiden.

»Wissen Sie, was das Deutsche Reich mit dem Römischen Reich gemeinsam hat?« Der Oberst-Gruppenführer redete gleich weiter. »Es ist der Druck von außen.« Er tippte mit dem Finger auf das Gebiet der ehemaligen UdSSR. »Die Bolschewisten geben keine Ruhe. Der Reichskanzler befiehlt regelmäßig Strafaktionen gegen die Partisanen. Die Frage lautet nur, für wen das eine Strafe darstellt. Waren Sie schon einmal in der Ostöde? Ich meine abseits der Aussiedlerhöfe des preußischen Ordens?«

»Nein, Herr Oberst-Gruppenführer.«

»Seien Sie froh.« Baumann zeigte auf Nordafrika und Saudi-Arabien. »Die Araber machen ebenfalls ständig Ärger. Ohne Unterlass werden sie von den Amerikanern aufgestachelt, Anschläge zu begehen. Die Amis missgönnen uns das Öl. Wir sitzen in einem Wald, an dessen Rand es unentwegt brennt.« Baumann pochte mit dem Knöchel seines Zeigefingers auf die Stelle, wo sich Deutschland befand. »Und bei uns soll niemandem der Brandgeruch in die Nase steigen. Um das zu gewährleisten, benötigt man eine anständige Feuerwehr, die dafür Sorge trägt, dass der Brand sich nicht ausbreiten kann. Wer glauben Sie, könnte das sein?«

»Die SS, Herr Oberst-Gruppenführer.«

Baumann drehte sich um und sah Lenzer das erste Mal an. Der Oberst-Gruppenführer war etwa sechzig Jahre alt. Er besaß den Blick eines Menschen, der wusste, dass seinem Willen kein Widerstand drohte. Die obersten beiden Knöpfe seiner Uniform standen offen.

»Genau so ist es«, sagte Baumann. »Das Reich besitzt ein stehendes Heer von vier Millionen Mann. Davon gehören sechshunderttausend der SS an. Diese sechshunderttausend löschen unentwegt den Waldrand, während der Rest in ihren Paradeuniformen durch die Straßen Berlins lustwandelt. Halten Sie das für gerecht?«

»Es ist ehrenvoll, den Befehlen des Reichskanzlers zu folgen.«

Baumann zog die Augenbrauen nach oben. »Das ist keine Antwort auf meine Frage. Sie stehen nicht vor einem Militärgericht.«

»Es ist verständlich, dass man für die wichtigen Aufgaben, die Besten schicken will.«

»Gehören Sie zu den Besten?«

Das klang nach einer Fangfrage. Ging es bei diesem Termin um ein Rekrutierungsgespräch für einen Einsatz?

»Ich bemühe mich.«

Baumanns Augen verengten sich. Er musterte Lenzer.

»Sie sehen nicht gut aus. Alles in Ordnung mit Ihnen?«

»Ich befürchte, die Hitze bekommt mir nicht.«

Der Oberst-Gruppenführer seufzte. »Da bin ich ganz bei Ihnen. Ich bin auch eher der nordische Typ. An einem Fjord fühle ich mich am wohlsten.«

Baumann setzte sich an seinen Schreibtisch und begann, in einer Akte zu blättern. »Max Lenzer geboren am 08.04.1955 in Hannover. Einige Jahre Ihrer Kindheit haben Sie in einem Waisenheim verbracht.« Er sah zu Lenzer auf. »Was ist mit Ihren Eltern geschehen?«

Natürlich kannte Baumann die Antwort auf diese Frage. Genauso, wie er die Antworten auf alle weiteren Fragen kannte, die er ihm in den nächsten Minuten stellen würde. Wenn Lenzer seine Lieblingsfarbe vergessen sollte, in der Personalakte könnte er nachsehen.

»Sie kamen bei einem Autounfall ums Leben. Als ich ein Jahr alt war.«

»Keine Verwandten?«

»Viele starben im Krieg bei Bombenangriffen der Alliierten. Ich habe noch einen Onkel mütterlicherseits, der mich später adoptierte.«

»Warum adoptierte er Sie nicht sofort?«

»Wir haben nie darüber gesprochen.«

Baumann sah in die Akte. »Im Jahr 1973 Eintritt in die SS. Abschluss der Offiziersschule Dachau im Jahr 1976. Ernennung zum Sturmführer. 1978 Hilfseinsatz für das japanische Kaiserreich in Korea. Auszeichnung mit dem Eisernen Kreuz Zweiter Klasse und Beförderung zum Obersturmführer. 1979 erneuter Hilfseinsatz für die Japaner. Diesmal in der Nähe von Saigon. Es ging um die Festsetzung eines hochrangigen Partisanenanführers.«

»Das ist richtig.«

»Das Unternehmen wurde ein voller Erfolg.«

»Ja.«

»Das exotischste Land, das ich je besucht habe, war Italien. Ich beneide Sie.«

»Es war unvergesslich.«

Saigon. Methamphetamin gegen die Müdigkeit und Schlaftabletten gegen das Methamphetamin.

Baumann deutete auf Lenzers linke Hand. »Was hat es mit der unschönen Narbe auf sich?«

»Ein Andenken aus Vietnam.«

»Verstehe. Wie ich sehe, haben Sie eine Fallschirmjägerausbildung.

Meine Anerkennung! Fallschirmjäger sind tapfere Männer.« Baumann sah ihn mit einer Art Röntgenblick an. »Sie haben zwar nicht im Großen Krieg gedient, aber wenigstens haben Sie gekämpft und Führungsqualitäten bewiesen. Das ist mehr, als man sich in unseren liberalen Zeiten erhoffen darf.«

An Baumanns Zwischentönen erkannte Lenzer den Soldaten alter Schule. Vermutlich empfand es der Oberst-Gruppenführer bereits als Sittenverfall, dass dem Sieg-Heil-Gruß nur noch auf Paraden und zu besonderen Anlässen eine Bedeutung zukam.

Baumann blätterte in Lenzers Akte. »Hier steht etwas über Ihren Onkel und Adoptivvater. Wie ich sehe, kann er auf eine beeindruckende militärische Karriere zurückblicken. Wilhelm Kleist, Oberstleutnant a. D., Kriegsveteran, Ritterkreuzträger. Alle Achtung.« Baumann zog die Stirn in Falten.

Lenzer kannte den Grund.

»Hier steht, dass Ihr Onkel in der Heilanstalt Nordblick untergebracht war. Das ist eine Nervenklinik.«

Über das Thema sprach Lenzer gar nicht gerne. Mit Oberst-Gruppenführer Baumann am allerwenigsten. Sein Onkel war fünfundsechzig gewesen, als er in die Nervenheilanstalt eingewiesen wurde. Er selbst damals vierzehn. Da er die meiste Zeit seiner Jugend auf dem Internat verbracht hatte, hatte er den geistigen Verfall seines Onkels nur am Rande mitbekommen. Seine Tante hatte Lenzer nicht kennengelernt. Sie war bereits 1944 bei einer Fehlgeburt gestorben. Onkel Wilhelm hatte so gut wie nie über seine Frau gesprochen. Nicht weil er sie nicht geliebt hätte, sondern weil er nicht über ihren Tod hinwegkam. Zumindest war das Lenzers Eindruck gewesen.

»Das ist richtig«, sagte Lenzer. »Ende der Sechzigerjahre hat mein Onkel immer mehr an Wahnvorstellungen gelitten. Bei ihm wurde eine schwere Psychose diagnostiziert.«

»Im Jahr 1972 ist er verstorben«, stellte Baumann fest, klappte die Akte zu und schob sie zur Seite. »Wie drückte sich unser erster Führer Adolf Hitler in seinem monumentalen Werk aus? Ich glaube, mich zu erinnern: Wenn da keine Kraft mehr ist, für die eigene Gesundheit zu kämpfen, endet das Recht, zu leben. Das sind kluge Worte, keine Frage. Jedoch dürfen sie nicht für Kriegshelden gelten.« Der Oberst-Gruppenführer setzte einen mitleidigen Gesichtsausdruck auf.

»Ihm wurde nicht der Gnadentod zuteil. Er hat den Freitod gewählt.«

Baumann schlug mit der flachen Hand auf den Tisch, dass es klatschte.

»Ein Teufelskerl! Ganz nach meinem Geschmack. Der Soldat hat das Problem erkannt und die Lösung selbst in die Hand genommen.«

Alles war eine Frage des Standpunkts. Die einen sahen in einem Suizid einen feigen Weg, sich aus der Verantwortung zu stehlen, die anderen machten daraus eine Heldentat.

»Wie ich gehört habe, ist Ihr Cousin Richard Kleist ein äußerst erfolgreicher Geschäftsmann. Was macht er genau?«

Richard war der leibliche Sohn seines Onkels. Lenzer hatte ein gutes Verhältnis zu seinem Cousin, obwohl sie sich nur drei oder viermal im Jahr sahen.

»Er ist im Vorstand der Rheinmetall AG.«

»Wie alt ist er?«

»Richard ist achtunddreißig.«

»Das ist recht jung für so einen Posten.«

»Mein Cousin ist äußerst ehrgeizig und zielstrebig. Er kennt nur seine Arbeit.«

»Sehr lobenswert.« Baumann nickte anerkennend. »Ich denke, ich habe Sie genug über Ihr Privatleben ausgefragt. Wechseln wir das Thema. Sie fragen sich sicher, warum ich Sie einbestellt habe.«

»Ja.« Lenzer bemühte sich um einen gelassenen Ton.

Baumann sah ihm die Nervosität anscheinend trotzdem an der Nase an. »Sie dürfen sich entspannen.« Er setzte ein väterliches Lächeln auf. »Die SS benötigt fortwährend qualifizierte Führungsoffiziere. Sie wissen sicherlich, dass Sie einige Fürsprecher haben.«

Nein, das wusste Lenzer nicht. Bereits als Kind hatte er intuitiv verstanden, dass er ohne Eltern kaum eine Zukunft besaß. Niemand interessierte sich für Waisenkinder. Es gab genügend.

Als sein Onkel ihn bei sich aufnahm, begriff Lenzer das instinktiv als Chance. Er erfüllte die in ihn gesetzten Erwartungen. Aus diesem Grund hatte er die Offizierslaufbahn eingeschlagen. Er hatte sich direkt nach dem Abitur bei den Offiziersakademien der Wehrmacht und der SS beworben. Dass er bei der SS landete, lag daran, dass er von dort zuerst eine Zusage erhielt. Sein Onkel zeigte sich zufrieden. Für Lenzer spielte es keine Rolle, welche Uniform er trug. Er hatte damals nur irgendwo unterkommen wollen. Das leidenschaftliche Streben nach einer großen Karriere war ihm fremd. Ein Netzwerk aus laufbahnfördernden Beziehungen, wie andere junge Offiziere es pflegten, besaß er nicht. Wer also um alles in der Welt sollte sich für ihn einsetzen? Und warum?

»Machen wir es kurz.« Baumann stand auf.

Lenzer folgte seinem Beispiel.

Der Oberst-Gruppenführer umrundete den Schreibtisch und stellte sich direkt vor ihn.

»Hiermit ernenne ich Sie mit sofortiger Wirkung zum Sturmbannführer.«

Baumann wechselte mit geübten Griffen die Schulterstücke an seiner Uniform aus und reichte ihm die Hand. »Herzlichen Glückwunsch Herr Sturmbannführer. Ab heute sind Sie Kommandant des 3. Bataillons, 2. Regiment der Division Vaterland. Das Reich braucht Männer wie Sie. Mehr als je zuvor.« Baumann setzte sich auf seinen Bürosessel. »Ihren Marschbefehl erhalten Sie nächste Woche. Bis dahin sind Sie freigestellt. Und jetzt raus hier. Gehen Sie feiern. Und vergessen Sie nicht, Ihre Kragenspiegel auszutauschen.«

»Jawohl, Herr Oberst-Gruppenführer.«

Lenzer nahm Haltung an, grüßte militärisch und drehte sich auf dem Absatz um. Als er die Tür hinter sich geschlossen hatte, wurden seine Knie weich. Was zur Hölle war geschehen?

»War doch gar nicht so schlimm.« Baumanns Sekretärin stand vor ihm. Sie hielt ihm einen Ausweis aus Hartplastik hin. »Geben Sie mir bitte Ihren alten.«

Lenzer tat es.

»Alles Gute, Herr Sturmbannführer.« Mit den Worten ließ sie ihn stehen und verschwand in ihrem Büro.

Ungläubig starrte Lenzer auf das Stück Plastik in seiner Hand. Als Wehrmachtsangehöriger wäre er soeben vom Oberleutnant zum Major befördert worden. Verrückt genug, dass er aus heiterem Himmel befördert wurde. Aber dass er einen Dienstrang übersprang, war absurd. Siebenundzwanzig und Sturmbannführer. Selbst in Kriegszeiten galt eine solche Karriere als ungewöhnlich. Wer in aller Welt sollten seine Fürsprecher sein? Die mussten über gewaltigen Einfluss verfügen.

Als er den Fahrstuhl im Erdgeschoss verließ, hallten seine Schritte durch die Eingangshalle.

»Da bekommst du neues Lametta auf die Schulter und versuchst, dich direkt aus dem Staub zu machen. Du willst wohl deinen Kameraden das wohlverdiente Bier verwehren.«

Lenzer drehte sich um und sah sich drei jungen Offizieren gegenüber.

»Woher wisst ihr von meiner Beförderung?«

»Du vergisst, wer mein Vater ist. Los, wir gehen jetzt saufen. Und du zahlst.«

Lenzer verabscheute diese Zechgelage. Allerdings blieb ihm aus Anstand keine Wahl. Die drei Sturmführer waren furchtbare Nervensägen. Arrogant und mit einem kindlichen Sinn für Humor gesegnet. Lenzer hatte sie auf einem Lehrgang kennengelernt. Bis heute hatte er es nicht geschafft, sie loszuwerden. In regelmäßigen Abständen tauchten die Schnösel aus dem Nichts auf und strapazierten seine Nerven. Am unangenehmsten von den Dreien war dieser Heinz, der ihm auch gleich als Erster auf die Pelle rückte. Heinz legte Lenzer den Arm um die Schulter. »Wir vier Hübschen gehen jetzt einen heben. Und wenn du Clown richtig voll bist, erklärst du uns, wie du das hinbekommen hast.«

»Sie haben einen Sturmbannführer als Clown bezeichnet?«, fragte Lenzer in scharfen Ton. Er trat einen Schritt zurück.

Heinz lachte.

»Achtung!«, schrie Lenzer.

Die Männer sahen ihn verdutzt an.

»Achtung! Haltung annehmen!«

Die drei stellten sich in einer Reihe auf und nahmen Haltung an.

»Einen vorgesetzten Offizier zu beleidigen, ist ein disziplinarrechtliches Vergehen.«

Die Männer erstarrten. Andere Soldaten blieben stehen, um sich das Schauspiel anzusehen. Einen Moment ließ Lenzer seine Worte wirken. Dann fing er an zu lachen. »Hab ich euch erwischt.«

Die Offiziere entspannten sich. »Mit Verlaub, Herr Sturmbannführer, Sie sind ein Hund.«–»Hast du mir einen Schrecken eingejagt.«–»Ich dachte schon, ich lande im Bau.«

»Also«, sagte Lenzer. »Bringen wir es hinter uns.«

Das meinte er genauso, wie er es sagte.

Als Lenzer die Augen öffnete, sah er in einen dunklen sternenlosen Himmel. Er wollte aufstehen, aber es schien, als wäre er mit dem Asphalt, auf dem er lag, verschmolzen.

Er hörte ein schleifendes Geräusch.

Mühsam drehte er den Kopf. Ein Schatten kam auf ihn zu. Ein Hund? Irgendetwas stimmte mit den Proportionen nicht.

Er versuchte erneut, den Oberkörper aufzurichten, aber seine Muskeln verweigerten den Dienst.

Die Bewölkung riss auf. Für einen Augenblick beleuchtete der Mond die Umgebung.

Ein Kind kroch auf Händen und Knien in seine Richtung.

Panik spülte seinen Verstand weg wie die Meeresbrandung ein Stück Treibholz. Aber, anstatt aufzuspringen und zu rennen, blieb er regungslos liegen. Die Verbindung zwischen Kopf und Muskeln blieb gekappt. Er starrte die Gestalt an, die sich weiter näherte. Sie war kaum noch fünf Meter entfernt. Die Knie des Kindes schabten über den Boden, dass es ihm die Haut von den Knochen schleifen musste. Den Kopf hielt es nach vorne gebeugt, sodass Lenzer kein Gesicht erkennen konnte.

Dann war es da.

Die Kleidung des Kindes hing in Fetzen an ihm herunter.

Der Geruch von Napalm stieg Lenzer in die Nase.

Hilflos sah er mit an, wie das Kind mit beiden Händen sein Bein packte. Dann beugte es sich nach vorne und biss ihm in die Wade.

Lenzer riss die Augen auf.

Ein verwilderter Schäferhund hatte sich in seine Hose verbissen.

Mit seinem freien Bein trat er zu. Das Tier jaulte auf und verschwand in der Dunkelheit.

Langsam beruhigte sich sein hämmerndes Herz.

Nur ein Traum. Nur einer dieser beschissenen Träume.

Eine beruhigende Erkenntnis. Trotzdem fühlte er sich alles andere als gut.

Die Welt kreiste um ihn herum, als stände er im Zentrum eines Kettenkarussells. Die Erinnerung an die letzten Stunden glich einem zerschlagenem Mosaik. Was war geschehen? Er war mit den Kameraden um die Häuser gezogen. Und das in Uniform. Dass er getrunken hatte, stand außer Frage. Es erklärte, warum er die Besinnung verloren hatte. Alkohol und Methamphetamin waren keine Freunde. Möglich, dass andere das vertrugen. Er tat es nicht. Das wusste er auch. Er hätte nichts trinken dürfen.

Seine Mischintoxikation erklärte aber nicht, warum er hier auf der Straße lag. Vielleicht hatte er ein Taxi genommen und sich mit dem Fahrer gestritten.

Unwahrscheinlich. Ein Taxifahrer würde es sich gut überlegen, einen SS-Offizier auf die Straße zu werfen. Nein, das verdankte er seinen idiotischen Kameraden. Bei Beförderungen war es üblich, dass man Opfer eines Streichs wurde. Aber das hier ging zu weit. Wenn es stimmte, dass die drei dahintersteckten, konnten sie sich warm anziehen.

Ein Wassertropfen zerplatzte auf seiner Stirn. Gleichzeitig teilte ein Blitz den Himmel, gefolgt von einem lang gezogenen Grollen. Ein Gewitter zog auf. Noch mehr Wassertropfen in seinem Gesicht. Scheißegal, was geschehen war. Liegen bleiben konnte er auf Dauer nicht. Er musste schnellstmöglich in seine Wohnung, bevor ihm erneut die Lichter ausgingen.

Stöhnend wälzte er sich auf den Bauch, drückte sich vom Boden ab, bis er auf allen vieren kniete. Einen Moment wartete er, dann übergab er sich. Als der Brechreiz nachließ, fühlte er sich etwas besser und schaffte es, sich hinzustellen. Er kniff die Augenlider zusammen und brachte die Rotation in seinem Kopf zum Stehen.

Die Straße, auf der er sich befand, verdiente den Namen kaum. Aus dem aufgeplatzten Teerbelag wucherte Unkraut. Zu seiner Linken ragten, hinter verrosteten Maschendrahtzäunen, verwitterte Fabrikhallen in die Höhe. Zu seiner Rechten verliefen mehrere parallel liegende Eisenbahngleise, die aus der Dunkelheit kamen und in ihr verschwanden. Bis auf eine Straßenlaterne, die etwa zweihundert Meter vor ihm in einem unsteten Rhythmus gelblich flackerte, waren alle außer Betrieb.

Das war ein aufgegebenes Industriegebiet.

Weit und breit gab es kein Anzeichen von Leben. Er stolperte in Richtung der blinkenden Laterne, die ihm Morsezeichen zu geben schien. Der Regen wurde stärker. Die Tropfen verwandelten sich zu dicken Fäden und schleuderten Dreck nach oben, wenn sie auf dem Boden aufschlugen.

Ein Blitz leuchtete die Umgebung für den Bruchteil eine Sekunde taghell aus. Es folgte ein Donnern. Der Knall, dessen Wucht er in seinem Magen spürte, ließ ihn zusammenzucken.

Das Echo verlief sich zwischen den Fabrikhallen.

Wieder ein Blitz.

Da bewegte sich etwas.

Wie angewurzelt blieb er stehen, breitbeinig, um seinen Körper im Gleichgewicht zu halten. Lenzer kniff die Lider zusammen und starrte zu der Fabrikhalle. In einem der zerschlagenen Fenster der oberen Stockwerke meinte er, eine blasse Scheibe zu erkennen. Ein Gesicht. Dort stand jemand und glotzte ihn an. Lenzer wischte sich das Regenwasser aus den Augen. Die Scheibe war verschwunden. Hatte er sich das eingebildet? Wer wusste schon, wer an solchen vergessenen Orten hauste?

Ein menschenfressendes Monster, das seit Jahren auf seine Beute wartete. Eine ausgezehrte Gestalt, die ihn gierig beobachtete und auf den richtigen Moment lauerte.

Natürlich gab es keine Monster. Das wusste jeder. Aber was, wenn doch? Vielleicht gab es nur eines auf der Welt. Und dieses eine lebte hier in dieser Industrieruine. Ein kleines untotes Kind, das seine Beine fressen wollte. Er hatte es doch gesehen.

Nein, das war ein Hund gewesen. Und wenn er sich den Hund eingebildet hatte? Vielleicht hatte es sich ja doch um ein Kind gehandelt und sein Verstand versuchte, sich vor dem Wahnsinn zu schützen, in dem er die Wahrheit durch eine Fotomontage ersetzte. War das unmöglich? Lenzer beschleunigte seine Schritte.

Der Regen nahm zu und trommelte auf seine Schirmmütze. Als er die Laterne erreichte, hatte der Regen ihn längst bis auf die Haut durchnässt. Er blieb unter dem flackernden Licht stehen.

Ein Knall hinter ihm ließ ihn herumwirbeln. Es hatte sich angehört wie zerplatzendes Glas.

Vergeblich versuchte er, etwas in der Dunkelheit zu erkennen. Langsam zog er die Pistole aus dem Holster.

Ein Knacken. Dann ein Kichern. Es klang wie ein Kinderlachen.

Es kam, um ihn zu holen.

Seine Atmung beschleunigte.

Natürlich gab es kein totes Kind, das ihm das Fleisch von den Knochen reißen wollte. Die Mischung aus Drogen und Alkohol versuchte, ihn in Schrecken zu versetzen. Das war völlig klar. Aber konnte Wegrennen schaden? Nur für den Fall, dass dort doch etwas Böses hinter ihm herjagte, oder die Vergangenheit ihn einholte?

Nein, er war doch kein Idiot.

Er zwang sich, in normalem Tempo weiterzugehen.

Wieder ein Lachen. Diesmal näher.

Seine Nackenhaare stellten sich auf, sein Verstand schaltete sich ab.

Die Angst, die den ganzen Tag auf ihre Chance gewartet hatte, sprang ihn als Panikattacke an.

Lenzer fing an zu rennen, stürzte, rappelte sich hoch, lief weiter. Nach einigen Metern stolperte er und ging erneut zu Boden. Der Aufprall schlug ihm die Pistole aus der Hand. Die Waffe schlitterte über den Asphalt. Er kroch panisch auf sie zu, griff sie und stellte sich auf die Beine. Zitternd steckte er die Pistole zurück ins Holster und rannte weiter.

Diesmal kontrollierter. Indem er ein Dauerlauftempo einhielt, versuchte er, die Panik zu bekämpfen. Dabei sah er direkt vor seine Füße und zählte die Schritte. Alles Gleichmäßige half, die Angst unter Kontrolle zu bekommen: atmen, laufen, Schritte zählen.

Es gelang ihm, auf den Beinen zu bleiben. Aber nach etwa zehn Minuten ging ihm die Puste aus. Keuchend blieb er stehen, beugte sich nach vorn und stützte sich auf den Knien ab. Als seine Atmung sich beruhigte, hob er den Kopf und sah zu seiner Überraschung auf den Gleisen Lichter aufblitzen.

Menschen liefen um den Schattenriss eines stehenden Zuges herum und schwenkten dabei Taschenlampen. Die Alarmleuchten von Polizeifahrzeugen tauchten die Umgebung abwechselnd in rotes und blaues Licht. Irgendwo in der Ferne knatterten die Flügel eines Helikopters.

Dort waren Menschen, viele Menschen. Und wo viele Menschen waren, da gab es keine Monster. Wenn er die Einsatzfahrzeuge erreichte, hatte der Albtraum ein Ende.

Lenzer lief weiter. Diesmal rannte er nicht.

Auf halbem Weg zwischen ihm und den Fahrzeugen stand ein Soldat auf der Straße. Der Soldat setzte sich in Bewegung und kam ihm entgegen.

»Halt!« Der Wehrmachtssoldat trug sein Sturmgewehr geschultert. Als er Lenzers Uniform und Dienstrang erkannte, stoppte er und salutierte. »Verzeihung, Herr Sturmbannführer. Mein Befehl lautet, niemanden in die Nähe des Einsatzortes zu lassen.«

Lenzer wusste, was sein Gegenüber von ihm erwartete. »Wer seine Pflicht erfüllt, braucht keine Entschuldigung.« Lenzers Nerven vibrierten, aber solche stereotypen Floskeln würde er selbst im Fieberwahn noch abrufen können.

Der Soldat entspannte sich. Lenzer nicht.

Die lächerliche Angst vor dem Kindermonster hatte sich in Luft aufgelöst. Allerdings empfand er keine Erleichterung. Den freien Platz hatte übergangslos eine neue Angst eingenommen.

Der Missbrauch von Methamphetamin war eine ernste Sache und der Soldat sah ihn ebenso ernst an. Der Mann wusste Bescheid.

Lenzer wich dem Blick des Soldaten aus und sah in Richtung der Gleise. Was er in der Dunkelheit von dem Zug erkannte, reichte ihm. Fensterlose Waggons mit vergitterten Oberlichtern. Ein Gefangenentransport. Diese Züge brachten Verurteilte in den Osten. Und damit war nicht Ostpreußen gemeint. Vielleicht hatte der Zug gehalten, weil sie Lenzer in einen der Waggons schmeißen wollten.

»Geht es Ihnen nicht gut, Herr Sturmbannführer?«

»Was ist geschehen?«, fragte Lenzer, um der Frage des Soldaten auszuweichen.

»Es gab einen Befreiungsversuch von Strafgefangenen. Die meisten haben wir bereits wieder festgesetzt.«

Also hatten sie doch nicht gehalten, um ihn in einen Waggon zu werfen. Aber was nicht war, konnte noch werden. Besser, er verschwand unauffällig.

»Ich gehe außen herum.«

»Wenn Sie wünschen, kann ich meinen kommandierenden Offizier fragen, ob Sie passieren dürfen.«

»Nein, nein. Das ist nicht nötig.« Er drehte sich um und lief wieder in die Richtung, aus der er gekommen war.

»Passen Sie auf sich auf! Noch sind Gefangene auf der Flucht«, rief der Soldat ihm nach.

Lenzer beeilte sich. In seiner Vorstellung rannte der Soldat zu seinem Vorgesetzten und erstattete Meldung über einen durchnässten SS-Offizier, der sicher alle möglichen verbotenen Substanzen konsumiert hatte. »Ist das so?«, würde der Vorgesetzte sagen. »Wie praktisch, dass der Zug ausgerechnet hier zum Stehen gekommen ist. Finden Sie nicht auch, Gefreiter?«

Lenzer wagte es nicht, sich umzudrehen. Endlich erreichte er eine Straße, in die er einbog. Bloß raus aus dem Sichtbereich der Einsatzkräfte.

Der Regen ließ nach. Dafür frischte der Wind auf. Die Böen zerrten an einer alten Plakatwand und brachten sie zum Klappern. Von einem halb zerrissenen Plakat lächelte ihn eine Frau an. Sie hielt einen nicht mehr zu identifizierenden Gegenstand in die Höhe. Die Schrift unter dem Bild war noch lesbar. *Kauft deutsche Produkte. Stärkt die heimische Wirtschaft.*

»Ist dein Methamphetamin aus deutscher Produktion? Oder kaufst du beim Feind?«, flüsterte eine Frauenstimme.

Unfug. Plakate redeten nicht. Das war genauso blödsinnig wie der Gedanke an Monster. Der Wind spielte ihm einen Streich. So etwas gab es. Allerdings in ganzen Sätzen? Er beobachtete das zwei Meter hohe Gesicht auf dem Plakat, während er weiterlief. Konnte es sein, dass der Blick der Frau ihm folgte?

Er hatte die Plakatwand hundert Meter hinter sich gelassen.

Eine Sturmböe rüttelte an den Zäunen der verrottenden Fabriken und Lagerhallen.

Ein Fenster klappte zu, irgendwo zerschlug etwas auf dem Boden.

Erneut begann er, schneller zu laufen.

Hinter ihm krachte es gewaltig.

Als er sich umdrehte, sah er gerade noch, wie ein großer Schatten auf die Straße kippte. Der Wind hatte die Plakatwand umgerissen.

Oder das Monster hatte erneut seine Fährte aufgenommen. Es raste vor Wut und hatte in seinem Zorn die Plakatwand eingerissen. Nein, nicht schon wieder. Es gab keine Ungeheuer. Außer dem einen natürlich, das seine Beine fressen wollte. Nur das eine, dort hinten bei der umgestürzten Plakatwand. Kaum einhundert Meter entfernt. Ein kleines untotes Kind hatte das Gerüst eingerissen. Was würde es erst mit ihm anstellen?

Lenzer rannte, als wäre der Russe hinter ihm her.

Er bog bei der nächsten Möglichkeit nach links ab, dann die nächste Straße nach rechts.

Irgendwann musste er doch aus diesem Industriegebiet rauskommen.

Lenzer hörte etwas. Waren das Autos? Er blieb stehen und lauschte. Tatsächlich vernahm er das Rauschen einer befahrenen Straße. Durch die Büsche einer verwilderten Baulücke funkelten die Scheinwerfer von vorbeifahrenden Autos hindurch. Fünfzig Meter und ein Maschendrahtzaun trennten ihn von seiner Rettung.

Er begann zu klettern. Der Zaun wackelte und schepperte, hielt seinem Gewicht kaum stand.

Als er versuchte, auf der anderen Seite halbwegs elegant zu landen, verlor er den Halt und schlug unkontrolliert auf dem Boden auf. Er rappelte sich auf die Beine und bahnte sich seinen Weg durch das hüfthohe Unkraut. Ein Stöhnen neben ihm ließ ihn herumfahren.

Lenzer zog die Pistole aus dem Holster. »Komm raus.« Da war es. Das Viech hatte ein eingeholt.

Keine Reaktion.

»Wenn du mich willst, komm raus!«

Er hörte ein Schluchzen. Aus der Dunkelheit näherte sich zögerlich eine Person. Unwillkürlich trat er einen Schritt zurück. Lenzer erkannte die Umrisse einer Frau.

»Sie müssen mir helfen«, flüsterte die Frau. Ihre Haare waren wie zur Entlausung kurz geschoren. Ihr Alter schätzte Lenzer auf dreißig Jahre. Sie trug einen Sträflingsoverall. Auf ihrer Stirn war ein stilisierter Totenkopf tätowiert. Sie presste ihre linke Hand auf den rechten Oberarm, als wäre er verletzt.

Kein Monster. Immerhin.

»Sie müssen mein Kind schützen.«

Lenzer bemerkte ein ungefähr fünfjähriges Mädchen, das sich hinter den Beinen der Frau versteckte. »Das geht nicht. Ich muss nach Hause«, knurrte er. Das ging jetzt wirklich nicht, er musste hier weg. Ihm war speiübel und sein Kopf fühlte sich an, als hätte jemand einen Liter Tapetenkleister durch einen Trichter hineingekippt. Was interessierten ihn diese Frau und ihr Balg? Was machten die hier überhaupt mitten in der Nacht? – Der Gefangenentransport. Natürlich. Sonst hätte sie auch diese Tätowierung nicht auf der Stirn. Es war das Zeichen für lebenslang Inhaftierte, die nicht auf Begnadigung hoffen durften.

Die Frau musste mit ihrem Kind aus den Zug geflohen sein. Eigentlich war es seine Pflicht, sie festzunehmen und den Einsatzkräften zu übergeben. Nein, auf keinen Fall. Ganz sicher würde er nicht zurückgehen. Der Soldat hatte sowieso schon Verdacht geschöpft. Was spielte es für eine Rolle, ob er die Frau zurückbrachte? Früher oder später nahmen die Einsatzkräfte die Frau ohnehin fest.

»Meine Tochter. Helfen Sie meinem Kind. Es ist mir egal, was mit mir geschieht.« Ihre Stimme klang schrill. »Die werden mich töten. Dann hat sie niemanden mehr, der sie beschützt. Sie wird sterben.«

Lenzer steckte die Pistole weg.

Er ließ die Frau und ihr Kind stehen und lief in Richtung der Straße. Mittlerweile erkannte er den Verkehr deutlich.

»Warten Sie«, rief die Frau. Sie holte Lenzer ein und griff nach seinem Arm.

Lenzer wirbelte herum, zog die Waffe erneut aus dem Holster und richtete die Mündung auf das Gesicht der Frau. Sein Atem ging heftig. »Bleib mir vom Leib«, schrie er. »Hau ab, versteck dich. Mir egal.«

»Denken Sie, ich fürchte Ihre Waffe?« Die Frau kam ein Stückchen näher. »Wenn Sie meine Tochter nicht retten wollen, erschießen Sie uns.«

Der Körper der Frau war ausgezehrt, aber ihre Augen glänzten ungebrochen. Vor Menschen mit starkem Willen besaß er Respekt.

Langsam ließ er die Pistole sinken.

Die Frau schob das Mädchen in seine Richtung.

Er betrachtete das Kind. Es trug eine Strickjacke und eine Stoffhose, keine Sträflingskleidung. Obwohl Lenzer es nicht mit der Waffe bedrohte, hatte es die Hände erhoben.

Plötzlich roch er Rauch.

Verdrängte Bilder aus der Vergangenheit bahnten sich ihren Weg an die Oberfläche und überlagerten das Hier und Jetzt.

Feuer. Explosionen und Schreie.

Das Gestrüpp um ihn herum verfärbte sich abwechselnd Rot und Blau.

Das flackernde Licht drängte die Vergangenheit zurück in den Keller.

In der Nähe der Stelle, an der Lenzer den Zaun überklettert hatte, blitzten die Alarmlichter von Streifenwagen auf. Die Frau bückte sich zu dem Mädchen herunter und flüsterte ihm etwas ins Ohr. Sie gab dem Kind einen Kuss. »Sie heißt Maria«, sagte die Frau, drehte sich um und rannte in die Dunkelheit.

Er musste das Kind den Einsatzkräften übergeben. Lenzer griff nach der Hand des Mädchens. Sie fühlte sich warm an. Lebendig. Konnte ein lebendes Kind ihn vor den Toten beschützen?

Schreie rissen ihn aus seinen Gedanken. In der Ferne kletterten schattenhafte Gestalten über den Zaun. Schüsse knallten.

»Wir müssen uns beeilen.«

Er nahm das stumme Mädchen auf den Arm und rannte mit ihm zur Straße.

2

SCHUTT UND ASCHE

Klara Wagner, Mittwoch, 05.08.1981, 05:10 Uhr

Vor drei Wochen hatten die Sommerschulferien begonnen. Im Gegensatz zu ihren Mitschülern hatte Klara sich nicht darüber gefreut. In ihrem ansonsten unauffälligen Zeugnis hatte unter der Rubrik *Betragen* folgender Eintrag gestanden: *Klara verhält sich respektvoll im Umgang mit ihren Lehrern und Mitschülern. Ihre Aufgaben bewältigt sie zur vollsten Zufriedenheit. Ihr Wesen ist angenehm aber freudlos.*

Sie lag in ihrem Zimmer auf dem Bett. Aus der Küche hörte sie Porzellanteller klappern. Ihr Vater brüllte. Ein klatschendes Geräusch. Ihre Mutter schluchzte. Dann erneut Schreie.

Klara legte sich das Kopfkissen auf ihr Gesicht und drückte die Enden fest gegen ihre Ohren. Sie begann zu summen.

Einige Minuten vergingen.

Plötzlich wurde es ruhig. Vorsichtig ließ sie das Kissen los.

Die Wohnungstür knallte.

Sie hielt die Luft an und lauschte in die Stille.

Ihre Mutter weinte.

Das beruhigte sie, bedeutete es doch, dass ihre Mutter lebte. Langsam stand sie auf und öffnete bedächtig ihre Zimmertür. Sie fand ihre Mutter in der Küche, wo sie auf dem Boden kniete und Scherben auf ein Kehrblech legte.

Als sie Klara bemerkte, drehte sie ihr Gesicht weg. »Du musst zum Sportfest«, flüsterte sie mit brüchiger Stimme.

Gerne hätte Klara sie getröstet. Aber sie wusste, dass ihre Mutter das nicht wollte. Bis vor einigen Monaten hatte Klara nach solchen Szenen geweint. Inzwischen waren ihr die Tränen ausgegangen.

»Ich bin schon auf dem Weg«, sagte sie und verließ eilig die Wohnung. Zu ihrer Erleichterung begegnete sie niemandem im Treppenhaus.

Das Haus, in dem Klara wohnte, lag im Mainzer Stadtteil Mombach am Rande eines Industrie- und Gewerbegebietes. Bis zur Bushaltestelle war es nicht weit. Während sie auf die Linie 9 zum Bahnhof wartete, beobachtete sie die Dampfwolken der naheliegenden Fabriken, die hinter den Häusern der gegenüberliegenden Straßenseite in die Höhe stiegen.

Es war ein heißer Tag und sie schwitzte bereits, ohne dass sie sich bewegte. Wie sollte es erst bei dem Sportfest werden?

Der Bus kam. Sie fand eine freie Sitzbank, setzte sich ans Fenster und lehnte ihren Kopf gegen die Scheibe. Die Fahrt führte die Hauptstraße entlang, vorbei an einer Reihe von Geschäften und kleinen Handwerksbetrieben.

In einem dieser Betriebe hatte ihr Vater als Schlosser gearbeitet. Sie wusste nicht, ob man ihn entlassen hatte, weil er soff, oder ob er mit dem Trinken anfing, weil man ihn entlassen hatte.

Er versuchte, die Familie mit Schwarzarbeit über die Runden zu bringen. Doch diese Aufträge waren rar. Das Geld wurde jeden Monat knapper, ihr Vater immer missmutiger. Mittlerweile hauste die Wut in ihm wie ein bösartiger Dämon, der sich von Alkohol ernährte. Je mehr er trank, umso grausamer wurde er. Und in letzter Zeit trank er noch mehr als gewöhnlich. Wahrscheinlich reizte es ihn zusätzlich, dass Klara das Glück hatte, in diesen Ferien eine der seltenen Ferientätigkeiten ergattert zu haben, für die es Geld gab. In den Jahren zuvor hatte sie als Mitglied beim *Bund deutscher Mädel* gemeinnützige Arbeit leisten müssen. Wenigstens ein Punkt, in dem sich ihre Situation verbessert hatte. Für ihre Arbeit in der Stadtbibliothek bekam sie fünf Reichsmark am Tag. Besser als nichts.

Dass sie bisher von seiner Gewalt verschont geblieben war, verdankte sie einzig ihrer Mutter. Wenn ihr Vater kurz davorstand, sie zu verprügeln, lenkte ihre Mutter ihn ab und sorgte dafür, dass er sich an ihr austobte. Es kam ihr vor, als würde der Lebenszweck ihrer Mutter nur noch darin bestehen, sie zu beschützen. Ein Umstand, für den sich Klara schämte. Sie wollte nicht, dass ihre Mutter wegen ihr litt. Aber sie wusste keine Lösung. Die wenigen Verwandten, die sie besaßen, kümmerten sich nicht um sie. Die lebten selbst an der Armutsgrenze und hatten kein Interesse, jemanden aufzunehmen. Für Klara blieb die Erkenntnis, dass sie die Einzige war, die die Qualen ihrer Mutter berührten, und dass es für eine Fünfzehnjährige keine Möglichkeit gab, etwas daran zu ändern.

Im nächsten Jahr würde sie ihren Volksschulabschluss machen. Ob sie im Anschluss eine Arbeit finden würde, war fraglich. Sie fürchtete sich bereits vor dem Tag, an dem sie die Schule verlassen musste.

Und nun sollte sie zu allem Überfluss dieses dumme Rennen bestreiten. Ihr Sportlehrer hatte sie als Schlussläuferin der 4x400 Meter Staffel ihrer Jahrgangsstufe bei der südwestdeutschen Sommerolympiade der Jugend gemeldet. Wochenlang hatte er versucht, sie zu einer Teilnahme zu überreden. Aber sie wollte nicht. Gestern hatte er bei ihr zu Hause angerufen. Gabi, die Schlussläuferin, sei erkrankt. Er bat sie inständig, für sie einzuspringen. Klara gab ihren Widerstand auf und sagte zu.

Lustlos stieg sie am Hauptbahnhof aus und wartete auf ihren Anschlussbus, der zum Sportgelände der Gutenberg-Universität fuhr. Auf dem Bahnhofsvorplatz standen Schüler in Sportkleidung herum, unterhielten sich und lachten. Zu ihrer Erleichterung sah sie niemanden, den sie kannte.

Nach einigen Minuten kam ein Bus, der mit dem Wort *Sonderfahr*t beschildert war. Die Sportfestteilnehmer drängelten beim Einsteigen. Klara ließ den anderen Schülern den Vortritt und fand am Ende nur einen Stehplatz direkt an der Tür.

Während im Bus gealbert und gegrölt wurde, sah sie nach draußen und hoffte, dass sie niemand ansprach. Im Bus war es unerträglich heiß. Der Schweiß lief ihr in Rinnsalen den Rücken hinunter.

Zehn Minuten später stieg sie mit den anderen Jugendlichen vor dem Sportgelände der Universität aus. Auf der Anlage drängten sich die Zuschauer wie am Rosenmontag in der Innenstadt. Die Stadt hatte wegen des zu erwartenden Andrangs mehrere Tribünen aufgebaut, auf denen die Menschen Platz fanden.

Sie schlängelte sich durch die Zuschauermasse. Klara hasste

Menschenmengen. Unerwünschte Berührungen, dröhnende Stimmen im Ohr, sich aufdrängende Gerüche. Das waren Dinge, die es zu vermeiden galt.

Schließlich fand sie Herrn Pechmann. Er bemerkte sie ebenfalls, winkte ihr hektisch zu und wirkte dabei sichtlich erleichtert. Pechmann war nicht nur ihr Sportlehrer, sondern auch Trainer der Mädchen-Auswahlmannschaft ihrer Jahrgangsstufe aller Mainzer Gymnasien und Volksschulen.

Er stand kurz vor der Pensionierung. Seine Gesichtshaut warf an einigen Stellen Falten und wirkte an anderen geradezu geglättet. Als hätte jemand sein Gesicht gebügelt und mitten in der Arbeit abgebrochen.

»Du bist spät dran. Euer Lauf ist in zwanzig Minuten«, sagte er.

»Hier ist eine Menge los. Ich konnte Sie nicht finden.«

Pechmann nahm sie zur Seite. »Dieses Jahr geht es bei einigen Disziplinen um die Qualifikation für die nächsten Reichsjugendmeisterschaften.« Er sah sie erwartungsvoll an. Als Klara nicht reagierte, redete er weiter. »Der 4x400 Meter Lauf der Mädchen ist eine der Disziplinen. Als ausrichtende Stadt haben wir einen Freiplatz für den Qualifikationslauf erhalten.«

»Darum haben Sie darauf gedrängt, dass ich mitmache. Dann ist Gabi überhaupt nicht krank geworden.«

Pechmann lächelte. »Ich weiß, dass du nicht laufen willst. Aber du musst es tun. Gabi ist nicht schlecht. Aber das hier ist ein bedeutender Wettkampf und als Trainer muss ich die Besten aufstellen. Tut mir leid, dass ich dich reingelegt habe.«

Das gefiel Klara nicht. Sie wollte bei keinem Rennen mitmachen und noch weniger wollte sie einem anderen Mädchen den Platz in der Staffel wegnehmen. Das brachte nur Ärger. Und davon hatte sie im Leben bereits genug.

»Vielleicht versprechen Sie sich zuviel von mir.«

Pechmann rückte näher an sie heran. »Du siehst mal wieder traurig aus. Probleme mit deinen Eltern?«

Klara schüttelte den Kopf. Diese Art von Frage stellte Pechmann nicht das erste Mal und wie immer verneinte Klara sie. Pechmann mochte sie. Sie wusste, dass es zwei verschiedene Arten gab, auf die erwachsene Männer junge Mädchen mochten. Die eine war schlecht, die andere gut. Sie glaubte zu wissen, dass Pechmann sie auf die gute

Art mochte. Trotzdem konnte sie sich ihm nicht anvertrauen. Was sollte er schon tun? Ihr gute Ratschläge geben? Wenn es wirklich ernste Probleme zu lösen gab, zogen sich am Ende alle zurück. Das kannte sie.

»Du willst es mir nicht sagen. Das akzeptiere ich. Aber hör zu: Für die meisten ist diese Veranstaltung ein Spiel. Für dich ist sie eine echte Chance. Bring die Staffel zu den Reichsmeisterschaften. Dort kannst du vor einem wichtigen Publikum zeigen, was du imstande bist zu leisten. Du hast hier und heute die Möglichkeit, deinem Leben eine entscheidende Wende zu geben. Aber du darfst dich nicht zurückhalten. Verstehst du? Heute gibst du alles.« Er klopfte Klara auf die Schulter. »Beeil dich!«

Sie nickte und ging zur Umkleidekabine.

Klara wusste um ihre sportliche Begabung. Für ein Mädchen besaß sie eine außerordentliche Schnelligkeit. Sowohl beim Rennen, wie auch generell in ihrem Bewegungsablauf. Außerdem war sie geschickt. Wenn sie einen Ball warf, sah das nicht so ungelenk aus, wie bei den anderen Mädchen, und beim Hochsprung übertraf sie sogar die meisten Jungs. Seit dem Frühling lernten sie im Sportunterricht etwas Boxen. Dabei ging es im Wesentlichen um Sandsacktraining. Während ihre Mitschülerinnen kicherten und mit linkischen Bewegungen den Sandsack streichelten, trieb Klara das Sportgerät vor sich her. Nach einigen Minuten bildete sich häufig eine Traube von Schülern um Klara, die sie ehrfürchtig bei ihrem Training beobachteten, als wäre sie einer dieser berühmten Neger-Boxer aus Amerika.

Eigentlich versuchte Klara, diese Art von Aufmerksamkeit zu vermeiden. Aber in diesem Fall kam es ihr gelegen. Es sorgte dafür, dass die Mädchen Respekt vor ihr bekamen. Das war nötig, weil die anderen Mädchen sie hassten. Klara war nicht entgangen, dass sie von älteren Jungs in der Schule beobachtet wurde. Ihre Haare waren schwarz, ihre Augen blau, ihre Haut blass. Sie selbst empfand sich nicht als sonderlich hübsch, aber das war den Jungs egal. Vielen Mitschülerinen missfiel das. Da schadete es nicht, wenn sie ein wenig Angst vor ihr hatten.

In der Kabine saß sie alleine. Die anderen tummelten sich längst auf dem Sportplatz. Sie schnürte sich die Laufschuhe, als drei Mädchen die Umkleidekabine betraten. Von den Dreien kannte Klara nur Inge, die in eine Parallelklasse ging.

»Seid ihr meine Staffelmitglieder?«, fragte Klara. »Pechmann hat mich nachgemeldet.«

»Ich soll dir dein Trikot bringen«, sagte Inge und funkelte sie böse an. Die beiden anderen Mädchen schauten auch nicht freundlicher.

»Danke.« Klara nahm es entgegen und streifte es über.

»Wir wollten dir nur sagen, dass wir es unverschämt finden, dass du Gabi ihren Platz weggenommen hast.«

»Ich weiß.« Genau so eine Reaktion hatte sie befürchtet.

»Ist das alles, was du zu sagen hast?«

»Ja.«

»Wir hoffen, dass du laufen kannst.«

»Das werden wir gleich wissen. Wollt ihr sonst noch etwas?«

Die drei bedachten sie gleichzeitig mit einem finsteren Blick und ließen sie in der Kabine zurück.

Toll. Das hatte sie Pechmann zu verdanken. Ihr Sportlehrer hatte von einer großen Chance gesprochen. Sicher meinte Pechmann damit, dass es eine große Chance für ihn war. Ihm lag bestimmt viel daran, dass die Staffel sich für die Reichsjugendmeisterschaften qualifizierte. Dann konnte er nach Berlin reisen und großtun.

Klara stand auf und verließ die Kabine.

Die aufgeflammte Wut auf Pechmann verflog so schnell, wie sie gekommen war.

Sie mochte ihren Lehrer. Von allen Erwachsenen, die sie kannte, war er der ehrlichste. Außerdem war er einer der wenigen, der sich für sie interessierte.

Natürlich wollte Pechmann den Lauf gewinnen. Warum auch nicht? Er war der Trainer.

Was, wenn er mit dem, was er ihr gesagt hatte, richtig lag?

War der Lauf wirklich eine Chance für sie? War sie so gut?

Leichtathletik war der beliebteste Sport im Reich. Das Fernsehen übertrug selbst Reichsjugendmeisterschaften. Wer Siege feierte, galt als Held, den die Menschen liebten. Und wer geliebt wurde, dem wurde auch geholfen.

Was, wenn sie eine solche Heldin war? War das unmöglich?

Das Rennen begann.

Während die Startläuferinnen der acht Staffeln in den Startblöcken knieten, hielten sich die restlichen Läuferinnen im Oval der Tartanbahn auf und warteten auf ihren Einsatz. Klaras Mitstreiterinnen und Konkurrentinnen hüpften vor Anspannung, dehnten sich die Beine oder zogen kurze Sprints an.

Der Startschuss fiel.

Klara würde erst als Schlussläuferin in das Rennen eingreifen. Bereits nach einer halben Stadionrunde zeigte sich, wer die Favoritenrolle innehatte. Die Startläuferin der Mannschaft aus Frankfurt setzte sich deutlich vom Feld ab.

Die Läuferin aus Klaras Staffel hielt im Windschatten der zweitplatzierten Kaiserslauterinnen den dritten Platz. Danach riss der Rest vom Feld ab. An der Reihenfolge änderte sich bis zur dritten Läuferin nichts. Nur, dass der Abstand der Frankfurterinnen auf vierzig Meter angewachsen war. Klaras Einsatz stand unmittelbar bevor.

Schlagartig erfasste sie eine Nervosität, die sie noch nie bei einem Lauf gespürt hatte. Ihre Beine ausschüttelnd, begab sich Klara an den Rand der Bahn. Auf den Tribünen tobte das Publikum. Die Leute feuerten ihre Teams an, schrien und johlten. Die Frankfurter Läuferin übergab den Staffelstab an ihre Schlussläuferin. Es dauerte fast fünf Sekunden, bis auch Klara den Stab in die Hand gedrückt bekam.

Sie sprintete los.

Klara lief mit der Gewissheit, dass sie erheblich schneller war als alle anderen, die an diesem Rennen teilnahmen. Wenn sie im Sportunterricht laufen musste, hatte sie sich in der Vergangenheit immer zurückgehalten. Sie wollte die Jungs nicht schlecht aussehen lassen. Ansonsten hätte sie schnell den Ruf eines Mannweibes bekommen. Das konnte sie nicht gebrauchen. Sie war froh, wenn ihre Mitschüler sie in Ruhe ließen. Aber heute war alles anders. Das erste Mal in ihrem Leben würde sie körperlich an die Grenze ihrer Leistungsfähigkeit gehen.

Bereits nach wenigen Metern überholte sie die Läuferin aus Kaiserslautern. Die Gegnerin versuchte erst gar nicht, sich in Klaras Windschatten zu halten.

Während des Laufens bildete Klaras Oberkörper ein perfektes senkrechtes Lot zur Laufbahn. Sie trampelte nicht. Nur ihre Fußballen berührten für Sekundenbruchteile die Bahn. Die Kunst bestand darin, die Muskulatur locker zu lassen und scheinbar, ohne Kraftanstrengung zu rennen. Sie lief dermaßen schnell, dass die Frankfurter Läuferin im Vergleich wie eine Dauerläuferin wirkte.

Die Geräuschkulisse auf dem Sportplatz veränderte sich. Das aufgeregte Jubeln und Klatschen verwandelte sich in ein Raunen.

Bis zur letzten Kurve gelang es ihr, auf die Erstplatzierte aufzulaufen. Für einen Moment hielt sie sich in ihrem Windschatten. Sie hörte das Keuchen ihrer Rivalin. Das Mädchen lief am Limit. Klara wechselte zum Überholen auf die zweite Bahn. Die paar Meter, die sie dadurch mehr zurücklegen musste, spielten keine Rolle. Auf der Zielgeraden zog sie an der Frankfurterin vorbei. Mit jedem Schritt vergrößerte sich ihr Vorsprung. Ihre Muskeln nahmen bereits lange keinen Sauerstoff mehr auf und, obwohl ihr der Sieg nicht mehr zu nehmen war, steigerte sie auf den letzten fünfzig Metern noch einmal das Tempo.

Sie überquerte die Ziellinie.

Mit zwanzig Metern Abstand folgte die Zweitplatzierte.

Klara trudelte aus, blieb stehen, stemmte die Hände in die Hüfte und pumpte Luft in ihre Lungen. Vor ihren Augen tanzten Sterne. Sie hatte alles gegeben. Über die Lautsprecheranlage wurde ihre Rundenzeit verkündet. Der Applaus wuchs zu einem Orkan an. Die Mädchen ihrer Staffel rannten auf sie zu und umarmten sie. In diesem Moment hatten alle Gabi vergessen. Auch ihr Sportlehrer stürzte zu ihr und nahm ihr Gesicht in beide Hände. »Ist dir klar, was für eine Zeit du gelaufen bist? Hast du irgendeine Vorstellung?«

Klara war zu erschöpft, um zu sprechen.

»Es war ein fliegender Start, daher kann man die Zeit nicht mit einem Einzelrennen vergleichen. Aber trotzdem. Es ist unglaublich. Du hast den Jugendweltrekord in deiner Altersklasse gebrochen. Und zwar den der Jungs!«

Die nächste halbe Stunde flog im Zeitraffer an ihr vorbei.

Gemeinsam mit ihrer Staffel lief Klara eine Ehrenrunde. Direkt im Anschluss folgte die Siegerehrung. Klara bekam eine Medaille umgehängt und eine Urkunde überreicht.

Als der Trubel sich etwas gelegt hatte, machte sie sich auf den Weg in die Kabine.

Ihr Gesicht glühte noch immer von der Anstrengung des Laufs.

Auf ihrem Weg schossen die Leute Fotos von ihr und klopften ihr im Vorbeigehen anerkennend auf die Schultern.

Pechmann rief ihr hinterher: »Klara!«

Sie blieb stehen und drehte sich um. Ihr Lehrer stand mit zwei Männern zusammen, die Anzüge trugen und wichtig wirkten. Er winkte sie zu sich.

»Eine ganz hervorragende Leistung«, sagte einer der Männer. »Außerordentlich. Herr Pechmann hat nicht zu viel versprochen.«

Der andere Mann reichte Klara die Hand. »Fräulein Wagner. Ich denke, ich darf auch im Namen meines Kollegen sprechen, wenn ich sage, dass wir uns sehr auf Ihren nächsten Auftritt freuen. Wir haben die höchsten Erwartungen an Sie und sind überzeugt, dass Sie diese erfüllen werden.«

Klara wusste nicht, was sie sagen sollte, und lächelte verhalten.

»Bitte verraten Sie mir, wie man so schnell laufen kann. Was ist das Geheimnis?«

»Man darf sich nicht anstrengen«, flüsterte Klara.

Der Mann beugte sich zu ihr. »Wie bitte? Hier ist es so laut. Ich habe Sie nicht verstanden.«

»Man darf sich nicht anstrengen«, wiederholte sie etwas lauter.

Der Mann begann, lauthals zu lachen. »Hast du das gehört Horst? Man darf sich nicht anstrengen. Phänomenal.«

Nachdem sich die beiden Männer verabschiedet hatten, begleitete Pechmann sie ein Stück in Richtung der Umkleidekabinen. »Weißt du, wer das war?«

»Nein.« Klara war perplex, weil sie von Erwachsenen gesiezt worden war.

»Die Herren sind vom Deutschen Sportbund. Sie suchen nach Talenten.«

»Denken Sie, dass sie sich für mich interessieren?«

»Interessieren? Die möchten dich am liebsten auf der Stelle mitnehmen.« Pechmann lachte und blieb stehen. Er wurde ernst. »Ich weiß, dass es dir zu Hause nicht gut geht. Ich sehe so etwas. Die Reichsmeisterschaften sind eine wirkliche Chance. Die Sportschulen werden sich um dich reißen. Weißt du, was das bedeutet?«

Klara hatte mittlerweile eine vage Vorstellung, aber sie wollte sich nicht zu früh freuen. Das wäre alles zu schön, um wahr zu sein. »Ich bin mir nicht sicher.«

»Geld. Unterstützung. Kann sein, dass du es selbst nicht erkennen kannst, aber du bist hochbegabt. Das ist denen einiges wert.«

Geld. Unterstützung. Nie war Klara auf die Idee gekommen, dass ihre körperlichen Fähigkeiten einmal so nützlich sein konnten.

»Ich muss dich jetzt alleine lassen. Ich habe noch andere Wettkämpfe zu betreuen. Komm gut nach Hause. Und brech dir bloß nicht die Beine.« Pechmann wuschelte ihr zum Abschied durch die Haare.

Eine knappe Stunde später saß Klara im Bus. Ihr Herz hörte nicht auf, zu klopfen. Die Welt hatte an Farbe gewonnen. Heute Morgen war da nur Verzweiflung gewesen, jetzt hatte sie einen Plan und vielleicht sogar eine Zukunft.

3

EHRVERSPRECHEN

Max Lenzer, Donnerstag, 06.08.1981, 15:30 Uhr

Lenzer saß in einem Sessel im Wohnzimmer und beobachtete Maria.

Seit vorgestern hielt sie sich bei ihm in der Wohnung auf. Wenn sie nicht schlief, saß sie stumm auf ihrem Platz und schaute mal mehr, mal weniger interessiert in der Gegend herum. Zunächst dachte Lenzer, dass Maria wegen des Verlusts ihrer Mutter unter Schock stand. Aber es gab einen weiteren Grund, der ihr Verhalten erklärte. Sie war es gewohnt, eingesperrt zu sein und nicht ihrem Bewegungsdrang nachzugeben.

»Komm mit, wir gehen einkaufen.«

Lenzer stand auf und steckte sich seine Geldbörse in die Hosentasche.

Maria sah ihn ausdruckslos an.

»Wir holen uns etwas zu essen.«

Sie sprang auf und folgte ihm.

In einer nahezu unbewohnten Neubausiedlung zu wohnen, bot Vorteile. Man fand problemlos einen Parkplatz, zu jeder Tageszeit blieb es ruhig und in dem nagelneuen Einkaufsmarkt gab es keine Schlangen an den Kassen.

Lenzer betrat zusammen mit Maria den Markt. Vor einer hüfthohen Schranke blieb er stehen und steckte seinen Dienstausweis in ein Lesegerät. Ein grünes Licht blinkte und die Schranke schwang auf.

Das Viertel, in dem Lenzer wohnte, würde bald hauptsächlich von Beamten und Soldaten bevölkert werden. Die Preise in dem Einkaufmarkt waren staatlich subventioniert. Nur Anwohner erhielten eine Einkaufsgenehmigung.

Für gewöhnlich herrschte in Großmärkten eine Menge Betrieb. Die einkaufenden Menschen sorgten für eine entsprechende Lärmkulisse. Hier aber fehlte die Kundschaft. Ihre Schritte hallten durch die Regalgänge. Vielleicht wäre es eine gute Idee, leise Musik abzuspielen. Dann fühlte man sich nicht so, als liefe man zwischen den Bücherregalen einer Bibliothek umher.

Lenzer sah sich zwei konkreten Problemen gegenüber. Erstens: Er hatte bisher keine Lösung gefunden, wie er seinem Umfeld ein Kind erklären sollte, das plötzlich bei ihm wohnte. Zweitens: Er hatte keine Ahnung von Kindern.

Bei ihrer ersten Begegnung hatte er sie auf fünf Jahre geschätzt. An dieser Einschätzung hatte sich nichts geändert. Er wusste, dass fünfjährige Mädchen ernährungstechnisch prinzipiell die gleichen Dinge zu sich nahmen wie ausgewachsene Menschen. Mit der Ausnahme von Bier und Spirituosen.

Aber wie verhielt es sich mit der Körperpflege? Konnte Maria alleine baden? Oder musste er sie waschen? Er konnte doch kein nacktes, fremdes Mädchen waschen. Das fühlte sich falsch an. Wenn er sie ansah, stand fest, dass bald eine Lösung für das Hygieneproblem gefunden werden musste. Ihre Kleidung war dreckig, ihre Haare verknotet und sie roch unangenehm. Momentan sah sie auf den ersten Blick aus, wie ein Kind das einen langen Tag auf dem Spielplatz erlebt hatte. Aber das ging so nicht weiter. Seine Scheu, Maria zu baden, war allerdings nicht das einzige Hindernis, welches ihm im Wege stand. Seit der Nacht, in der er sie auf den Armen zur Straße getragen hatte, ließ sie sich von ihm nicht mehr anfassen. Bei der kleinsten Berührung zuckte sie zusammen.

Glücklicherweise benutzte sie selbstständig die Toilette. Das gab Anlass zur Hoffnung.

Lenzer schob den Einkaufswagen vor sich her, blieb stehen, nahm eine Dose Erbsen aus dem Regal und warf die Ware nach einer kurzen Prüfung in den Wagen. Auf diese Art arbeitete er sich kreuz und quer durch den Markt. Er begutachtete gerade zwei verschiedene Zahnbürsten, als er ein Klirren hinter sich hörte. Lenzer drehte sich um. Maria hatte wahllos Dinge aus dem Regal genommen und sie in den Einkaufswagen geworfen. Gerade schob sie eine Flasche Schnaps über den Rand des Wagens. Also doch Spirituosen.

Die schwere Flasche drohte ihr aus den Händen zu gleiten.

»Das macht keinen guten Eindruck.«

Lenzer nahm Maria die Flasche ab und stellte sie zurück ins Regal. Maria ließ es wortlos geschehen.

»Was willst du essen?«, fragte er.

»Wie heute Morgen.«

Am Morgen hatte es nur Brot mit Margarine gegeben. Er hatte nichts Besseres in der Küche gefunden und es weder gewagt, Maria allein in der Wohnung zu lassen, noch sie mit zum Einkaufen zu nehmen. Aber irgendwann mussten sie etwas in den Magen bekommen. Am Ende hatte er sich dazu durchgerungen, sie mitzunehmen. Das erschien ihm sicherer, als sie in der Wohnung zurückzulassen.

»Ich denke, wir finden etwas Besseres.«

Kochen gehörte nicht zu seinen Stärken. Er brachte nur Rühreier und Pfannkuchen zustande.

»Ich mache uns Pfannkuchen«, murmelte Lenzer mehr zu sich selbst.

Nachdem er noch einige Sachen in den Wagen gelegt hatte, machte er sich mit Maria auf den Weg zur Kasse. Vor einem Regal mit Schreibwaren blieb er abrupt stehen.

»Soll ich dir Buntstifte kaufen?«

Maria verschränkte die Arme auf den Rücken und sah ihm von tief unten ins Gesicht. Fast hätte Lenzer aufgelacht. Diesen Blick kannte er. So schauten Leute, die keine Ahnung hatten, was los war, sich das aber auf keinen Fall anmerken lassen wollten. Lenzer begriff, dass Maria die Frage nicht verstehen konnte. Buntstifte? Kaufen? Das mussten Fremdwörter für sie sein. Hatte sie überhaupt schon einmal einen Einkaufsmarkt besucht? Hatte sie jemals zuvor Autos gesehen? Wahrscheinlich nicht. Dennoch wirkte sie recht unbeeindruckt. Vermutlich passten sich kleine Kinder schnell an. Sie nahmen die Welt, wie sie war, und hielten sich nicht damit auf, sich zu wundern.

Er warf die Stifte und einen Malblock in den Einkaufswagen.

An der Kasse tippte die Kassiererin die Preise ein.

»Hundertvierundzwanzig Reichsmark«, sagte sie.

Ihr Blick wanderte zwischen Lenzer und Maria hin und her.

»Na, meine Süße. Warst du toben?« Die Kassiererin lächelte Maria an.

Sie reagierte nicht.

Lenzer musste das Kind dringend in einen ordnungsgemäßen Zustand bringen. Dazu gehörte auch der Kauf neuer Kleidung.

Er gab der Angestellten das Geld und verstaute die Einkäufe in einer Plastiktüte. Als sie den Markt verlassen hatten, drehte er sich mehrfach um.

»Geh schneller«, trieb er Maria an.

Zurück in der Wohnung stellte Lenzer sich an das Wohnzimmerfenster und beobachtete die Straße. Er rechnete jeden Moment mit dem Auftauchen der Polizei. So wie die Angestellte im Einkaufsmarkt ihn angeschaut hatte, hatte sie etwas gemerkt. Lenzer und Maria sahen sich absolut nicht ähnlich. Er war hellblond, Marias Haarfarbe erinnerte an Kastanien. Er hatte blaue Augen, sie braune. Von den unterschiedlichen Gesichtszügen ganz zu schweigen.

Nach einer Weile beruhigte er sich. Das war alles Unsinn. Warum sollte die Frau Verdacht schöpfen, wenn ein Mann in Begleitung eines kleinen Kindes einkaufen ging? Nüchtern betrachtet war das alles andere als verdächtig.

Er musste sich zusammenreißen und sich endlich um das Hungerproblem kümmern.

Einige Minuten später stand Lenzer am Herd, schnitt ein Stück Butter ab und warf es in die heiße Pfanne. Der Geruch von geschmolzener Butter verbreitete sich in der Küche. Mit einer Kelle schöpfte er flüssigen Teig aus einer Schüssel und goss ihn in die Pfanne. Maria saß derweil auf einem Küchenstuhl und sah ihm zu. Vorgestern hatte ihn die Angst beobachtet, heute ein kleines Mädchen. Was für seltsame Tage.

»Ich hoffe, das schmeckt dir.« Lenzer stellte Maria einen Teller mit einem Pfannkuchen vor die Nase. »Vielleicht magst du Marmelade dazu.«

Er holte sie aus dem Küchenschrank. Als er mit dem Marmeladenglas in der Hand zurückkam, blieb er auf halbem Weg stehen. Der Pfannkuchen auf Marias Teller war fast verschwunden.

»Meine Güte.«

Lenzer bereitete vorsichtshalber einen weiteren Pfannkuchen zu und sah erstaunt zu, wie Maria auch diesen restlos verputzte. Und jetzt? Er hatte das Kind satt bekommen. Das war gut, half ihm aber nicht wirklich weiter.

Lenzer räumte das Geschirr in die Spüle und legte den Malblock und die Stifte vor Maria auf den Tisch. »Magst du malen?«

Maria reagierte nicht.

Lenzer öffnete die Packung, zog einen grünen Stift heraus und begann, auf dem Papier Kreise zu ziehen.

»Siehst du, so geht das.«

Er griff nach Marias Hand, um ihr den Stift zwischen die Finger zu schieben. Sie riss sich los und funkelte ihn böse an.

Lenzer stand auf und ging ins Wohnzimmer. Was hatte er sich nur gedacht? Er musste das Kind abgeben. Irgendwie redete er sich da schon heraus. Oder sollte er Maria mit in die Stadt nehmen und sie irgendwo stehenlassen? Sie würde kaum in der Lage sein, ihn zu verraten. Sie auszusetzen, war die beste Lösung.

Er ging zurück in die Küche, um sie zu holen.

Maria saß nicht mehr am Tisch. Sie kniete auf dem Boden. Ihr Gesicht schwebte nur Zentimeter über dem Malblock. Sie hatte die Zunge herausgestreckt und kritzelte konzentriert mit einem braunen Stift auf dem Papier herum. Wusste sie also doch, wozu man Stifte benutzte. Vom Türrahmen aus sah er ihr beim Malen zu. Er erinnerte sich an das Gefühl, das er empfunden hatte, als er ihre Hand auf dem Abbruchgelände gehalten hatte. Sie auszusetzen, war unmöglich. Er konnte es nicht.

Lenzer verließ die Küche und ließ sich im Wohnzimmer aufs Sofa fallen.

Eine halbe Stunde lang saß er unbeweglich auf seinem Platz und starrte vor sich hin. Dann fasste er einen Entschluss, stand auf und ging in die Küche.

»Komm mit«, sagte er zu Maria. »Du kannst im Badezimmer weitermalen.«

Er brachte Maria samt Malblock und Buntstiften ins Bad. Aus dem Schlafzimmer holte er Decken und Kissen, aus der Küche etwas zu trinken.

»Du musst eine Weile hierbleiben. Ich habe was zu erledigen und kann dich nicht in der Wohnung herumlaufen lassen.«

Maria hörte ihm nicht zu. Sie war bereits wieder in ihre Beschäftigung vertieft.

»Es wird nicht lange dauern.«

Lenzer drückte die Badezimmertür von außen zu und schloss sie ab.

Es war 18:25 Uhr.

Lenzer parkte den Volkswagen Adler einige Straßen von seinem Ziel entfernt und machte sich zu Fuß auf den Weg. Weil die Amerikaner und Briten ihre Bombenangriffe auf Berlin Ende 1943 nahezu eingestellt hatten, waren weite Teile der Stadt verschont geblieben. Dieser finsteren Ecke von Kreuzberg hätte ein Abriss jedoch gutgetan. Arbeitermietskasernen aus den letzten Tagen des neunzehnten Jahrhunderts reihten sich endlos aneinander. Die winzigen Fenster deuteten auf die mickrigen Wohnungen, die dahinter lagen. Zentralheizungen gab es nur vereinzelt. Oft waren die Bewohner im Winter gezwungen, Kohlebriketts die Treppen nach oben zu schleppen, um ihre Öfen zu befeuern.

Bis vor einem Jahr hatte Lenzer sein Methamphetamin über einen Kontakt bei der Wehrmacht erhalten. Bei einer Kontrolle der Lagerbestände von Pervitin-Tabletten wäre seine Bezugsquelle beinahe aufgeflogen.

Es war verrückt. Im Kampf bekam man die Tabletten hinterhergeworfen, aber wenn man sie im privaten Umfeld nahm, drohte man im Gefängnis zu landen.

Seine Bezugsquelle zog sich spontan aus dem Drogengeschäft zurück und verwies Lenzer an einen Drogenhändler namens Toma.

Toma war ein Einwanderer aus dem Protektorat Ost-Schlesien, der versucht hatte, in Berlin sein Glück zu finden. Jetzt verkaufte er Pervitin und synthetisches Kokain in einer dreckigen Spelunke in Kreuzberg. Das als Glück zu bezeichnen, wäre sicherlich verwegen.

Lenzers Kontakt war kein gewöhnlicher Drogenverkäufer. Er hatte sich darauf spezialisiert, Menschen wie Lenzer zu versorgen. Polizisten, Offiziere, Politiker und Richter. Angehörige dieser Stände hatten einen Bedarf, aber das Problem, dass es für sie gefährlich war, sich mit irgendeinem dahergelaufenen Drogenhändler einzulassen. Toma versprach Diskretion und Sicherheit und hatte sich über die Jahre die Kundschaft gesichert, die von den meisten Drogenhändlern gemieden wurde. Damit war er praktisch konkurrenzlos, spielte aber auch ein sehr riskantes Spiel.

Was Lenzer anging, wusste Toma, dass er der SS angehörte. Das war mehr, als ihm lieb war. Trotzdem hielt er es für einen Glücksfall, an Toma geraten zu sein. Einen gewöhnlichen Drogenhändler aufzusuchen, stellte ein zu hohes Risiko dar.

Jetzt brauchte Lenzer falsche Papiere. Toma war sein einziger Kontakt zur Unterwelt. Er konnte nur hoffen, dass er ihm helfen konnte.

Er erreichte die Kneipe, die versteckt in einem der Hinterhöfe lag. An dem Geländer der Treppe, die zum Eingang führte, klammerte ein betrunkener Mann. Der Kerl schien sich in einem für ihn unlösbaren Paradoxon zu befinden. Er wollte weg, konnte aber ohne Gehhilfe nicht mehr laufen. Das Geländer mitzunehmen, klappte allerdings auch nicht. Aber genau das schien seine Absicht zu sein.

Lenzer ignorierte den Mann und nahm die Treppe nach unten.

Als er die Tür zur Kneipe öffnete, schlug ihm eine Welle aus verbrauchter Luft und Lärm entgegen. Der Laden war zu jeder Tageszeit gerammelt voll. Die Schlagermusik, die aus den Boxen dröhnte, schmerzte ihm in den Ohren. Lenzer sah sich in der Kneipe um. Von Toma keine Spur. Er stellte sich an den Tresen.

Heute schenkte ein fünfzigjähriger Mann aus, dessen Halbglatze vom Schweiß glitzerte. Den Kerl hatte er nie zuvor gesehen, was wohl daran lag, das Lenzer sonst immer erst am späten Abend in der Kneipe auftauchte. Falsche Schicht. Ob der Mann Toma überhaupt kannte? Auf jeden Fall kannte er Lenzer nicht und das konnte zu einem Problem werden. Vielleicht sollte er besser später wiederkommen. Kurz zögerte er. Nein, er war hier und würde es versuchen.

Es dauerte eine Weile, bis er die Aufmerksamkeit der Bedienung auf sich lenken konnte.

Der Mann kam zu ihm. Er beugte sich in Lenzers Richtung und

wischte gleichzeitig mit einem Lappen über das nach Bier riechende Holz der Theke.

»Was willst du?«, schrie er gegen den Lärm an.

»Ich suche Toma.«

»Was?«

»Wo ist Toma?.«

»Kenne ich nicht.« Der Mann wollte sich einem anderen Gast zuwenden, der laut nach einem Bier rief.

Lenzer hielt ihn am Arm fest. »Hier sind zweihundert Reichsmark.« Er drückte der Halbglatze die Geldscheine in die Hand. Der Mann zögerte. »Ich kenne dich nicht«, sagte er.

Lenzer verdoppelte den Betrag. »Was willst du von Toma?«, fragte der Wirt.

»Seine Hilfe.«

»Woher soll ich wissen, dass du kein Bulle bist? Du siehst nicht so aus, als ob du von hier kommst.«

»Wer Geld verdienen will, muss ein Risiko eingehen.«

»Er will sicher wissen, wer du bist.«

Sollte Lenzer dem Typen jetzt sagen, dass er der blonde SS-Mann war, der regelmäßig Pervitin-Tabletten von Toma kaufte? Das wäre kontraproduktiv.

»Ich bin ein Kunde.«

»Hast du es etwas genauer?«

»Sag ihm einfach, dass er kommen soll. Ich habe ein gutes Geschäft für ihn.«

Der Mann musterte Lenzer. »Friesenstraße, Ecke Arndtstraße. Dort ist ein Durchbruch. Geh dahin. In fünfzehn Minuten.«

Lenzer verließ die Kneipe. Er kannte den Treffpunkt. Eine namenlose Gasse, die zwischen uralten, teilweise unbewohnten Häuserblocks hindurchführte. Als er den Durchbruch erreicht hatte, lehnte er sich an eine Wand und wartete. An der ihm gegenüberliegenden Mauer stand mit roter Farbe *Tod dem Kanzler* geschrieben.

Eine dreiviertel Stunde verging. Was, wenn ihn der Wirt betrogen hatte? Das Geld interessierte Lenzer nicht. Aber er brauchte eine Lösung für sein Problem. Als er kurz davorstand, die Geduld zu verlieren, kam ein Mann in die Gasse gelaufen.

Es war Toma.

Der Drogenhändler trug trotz der Hitze eine dünne schwarze

Lederjacke. Ein Männchen mit schmalen Schultern und den eingefallenen Gesichtszügen eines Langzeitabhängigen. Toma gehörte schon lange zu seinen eigenen besten Kunden. Lenzer verstand wenig vom Drogenhandel. Aber selbst als Laie fielen ihm auf Anhieb gute Gründe ein, warum ein süchtiger Rauschgifthändler keine gute Sache war.

Toma erkannte Lenzer und lächelte. »Sieg Heil, mein Lieber. Was willst du? Pervitin?«

»Ich benötige Papiere für ein Kind. Kennst du jemanden, der mir dabei helfen kann?«

»Was heißt Papiere? Was hast du mit dem Kind vor? Braucht es eine neue Identität? Einen gefälschten Gesundheitspass?«

»Ich will ein fünfjähriges Mädchen bei mir aufnehmen.«

Toma sah ihn erstaunt an. »Das ist ja mal was ganz anderes.«

»Kannst du mir helfen?«

»Vielleicht. Für wie lange willst du das Kind aufnehmen?«

»Sehr lange.«

Toma grunzte verächtlich. »Wie glaubst du, soll das gehen? Mit einem gefälschten Bürgerausweis? Sie ist bei keiner Behörde erfasst. Mit so einem Ausweis kommt man durch eine Kontrolle, aber man kann sich damit kein Leben aufbauen.«

Da hatte er recht. So weit hatte Lenzer nicht gedacht. »Es muss einen Weg geben.«

Toma sah ihn eine Weile an. »Es gibt immer einen Weg. Bist du bereit, Vater zu werden?«

»Wie meinst du das?«

»Du weißt, was das Ehrengesetz ist?«

»Sicher.«

»Dann weißt du, dass das vor Zeugen gemachte Versprechen gegenüber einem Sterbenden rechtsbindend ist, solange es nicht gegen die guten Sitten verstößt.«

»Bist du Rechtsanwalt?«

»Um zu betrügen, muss man die Gesetze kennen.«

»Und wie soll mir das weiterhelfen?«

»Zuerst will ich über meine Bezahlung sprechen. Das Ganze ist schwierig einzufädeln. Da muss für mich etwas herausspringen.«

Lenzer griff in seine Hosentasche.

Toma stoppte ihn mit einer Handbewegung.

»Dass wir uns richtig verstehen«, sagte er. »Das wird nicht billig.«

Damit hatte Lenzer gerechnet. Er zog die Hand aus der Tasche und präsentierte Toma ein Bündel Geldscheine, das er aus seinem Geheimversteck im Schlafzimmer mitgenommen hatte.

»Ich geb dir zehntausend Mark.«

Tomas Blick saugte sich an den Scheinen fest. Seine Pupillen waren wie Stecknadeln. Er spielte mit der Hand an seiner Nase herum. Vermutlich schnupfte er ständig künstliches Kokain.

»Vielleicht ist es aber auch eine dumme Idee«, sagte Lenzer. »Du siehst schlecht aus, ich will dich nicht überfordern. Nenn mir jemanden, der mir helfen kann, und ich lass dich in Ruhe.«

»Ich mache es.« Toma griff nach dem Geld.

»Also. Wie soll das Ehrengesetz mir helfen?«

»Nicht hier. Hast du einen Wagen?«

»Nein.«

»Dann nehmen wir meinen. Ich erkläre es dir unterwegs.«

Einige Straßen weiter stiegen sie in einen alten dunkelgrünen Mercedes 100 ein. Lenzer nahm auf dem Beifahrersitz Platz. Das Auto roch muffig. Der Aschenbecher quoll über. Auf der Rückbank lag Müll herum. Toma schob eine Kassette mit Jazz-Musik in die Musikanlage.

»Hast du so etwas schon einmal gehört?«

»Das ist amerikanische Musik.«

»Verboten, aber wunderbar.«

»Interessiert mich nicht.«

»Gut, du bist kein Musikliebhaber. Willst du lieber über die Kölner Domsprengung reden?«

»Was erzählst du da?«

»Du weißt es nicht? Siehst du keine Nachrichten?«

»Im Moment habe ich dafür keine Zeit.«

»Heute Nachmittag haben sie den Dom in Köln gesprengt. Ist das nicht ein Wahnsinn? Da steht so ein Ding jahrhundertelang herum, scheint für die Ewigkeit gebaut zu sein, und schwups, ist es nur noch Bauschutt.«

»Das ist mir grade völlig egal. Sag mir lieber, wo wir hinfahren.«

»Kennst du die Bettenstadt?«

»Das ist ein Getto.«

»Und unser Ziel. Wir statten dem dortigen Hospiz einen Besuch ab und suchen eine Frau, die im Sterben liegt. Dieser Frau wirst du das Versprechen geben, für euer gemeinsames uneheliches Kind zu sorgen. Wie heißt das Kind, das du aufnehmen willst?«

»Maria.«

»Die wirst feierlich unter Zeugen schwören, dass du dich um Maria kümmern wirst und die Vaterschaft anerkennst.«

»Damit ist das Kind trotzdem bei keiner Behörde erfasst.«

»Das ist kein Problem. Die kleine Maria ist im Getto geboren. Was denkst du, wie viele Kinder es dort gibt, die für die Behörden nicht existieren? Wenn du die Vaterschaft anerkennst, ist das für den Staat der Moment von Marias Menschwerdung. Du wirst sie registrieren lassen. Dann bekommt sie eine ordentliche Bürgernummer wie wir alle und die nötigen Papiere.«

»Was will so eine Frau dafür haben?«

»Lass dich überraschen.«

»Und wenn die Frau nicht stirbt? Dann ist das alles sinnlos.«

Toma kicherte. »Wie ich schon sagte, lass dich überraschen.«

Die Bettenstadt lag am östlichen Stadtrand Berlins. In den späten sechziger Jahren hatte der Staat hier ein Hochhaus nach dem anderen bauen lassen, um dem Zuwanderungsdruck vor allem aus Osteuropa Rechnung zu tragen. Die Zuwanderer wurden verachtet, aber gebraucht, weil sie für einen Hungerlohn arbeiteten und die Wirtschaft am Leben hielten. Heute lebten in dem Getto einhunderttausend Menschen. Bereits vor Jahren hatte die Regierung die Kontrolle über die Einwanderergettos in den Großstädten verloren und sich darauf beschränkt, ihre Bewohner vom Rest der Gesellschaft so weit wie möglich zu isolieren.

In den Gettos gab es nur wenig Polizeipräsenz und auch Notarztwagen und Feuerwehr fuhren dort kaum Einsätze. Wer ein Getto betrat oder in ihm wohnte, war auf sich allein gestellt.

Toma nahm eine Abfahrt von der Stadtautobahn und sie tauchten in eine andere Welt ein.

»Willkommen in der Bettenstadt. Hier lebt die B-Ware-Bevölkerung des Deutschen Reichs.«

Ihr Weg führte sie über eine dringend sanierungsbedürftige Straße, vorbei an Reihen von mit groben Waschbetonplatten verkleideten zwanzigstöckigen Hochhäusern. Auf den Bürgersteigen sammelte sich Hausmüll. Krähen hüpften herum und pickten mit ihren Schnäbeln die Müllsäcke auf. Wellblechhütten verstopften die ehemals als Parkanlagen angelegten Grünflächen zwischen den Hochhäusern.

Aus dem Beifahrerfenster sah Lenzer ein Mädchen aus einer der Hütten kommen. Sie hatte die Arme weit über den Kopf gehoben. Ohne Vorwarnung schossen ihm Bilder aus der Vergangenheit in den Kopf.

Lenzer befand sich in einem Vorort von Saigon.

Er kniete auf einem von Farnen bewachsenen Hügel, der wie eine winzige Insel aus einem Meer von Holz- und Wellblechhütten herausragte. Vereinzelnd fielen Gewehrsalven. Ein Angriff aus dem Hinterhalt hatte ihn von seinem Trupp getrennt.

Das Fauchen eines tief fliegenden japanischen Kampfbombers ließ seine Schädelknochen vibrieren. Das Donnern schluckte jedes Geräusch. Von den Tragflächen des Bombers lösten sich zwei längliche Gegenstände, die aussahen wie schwarze Fässer. Sich um die eigene Achse drehend trudelten sie zu Boden.

In einer Entfernung von einem Kilometer verschwanden die Fässer als kleine Punkte, zwischen den Hütten. Eine Feuerwand schoss in den Himmel und fraß eine zweihundert Meter lange Schneise durch die Baracken.

Er drückte den Kolben seines Sturmgewehrs gegen die Schulter und sah durch das Zielfernrohr. Partisanen entdeckte er nicht. Genau genommen sah er überhaupt keine Menschen. Die Einwohner waren entweder geflohen oder versteckten sich.

Mit dem Unterarm wischte er sich den Schweiß von der Stirn.

Die Sonne brannte ihm ein Loch in den Verstand. Seine Wasserflasche hatte er bereits vor Stunden leer getrunken. Am besten, er wartete die Nacht ab. Wenn er sich bei Tageslicht auf den Weg machte, könnte er sich auch gleich selbst erschießen. Ein blonder Europäer, in einer SS-Uniform und das mitten in einem Getto von Saigon. Ein Elefant, der versuchte, sich in der Antarktis zwischen Pinguinen zu verstecken, hätte größere Chancen auf Erfolg.

Er kramte mit zittrigen Fingern in der Seitentasche seiner Uniformhose herum und zog ein dünnes Röhrchen heraus. In seinem körperlichen Zustand eine Pervitin-Tablette zu nehmen, war hoch riskant. Sein Körper hatte schon genug mit seiner Dehydrierung zu kämpfen. Er wäre nicht der Erste, der in einer solchen Situation an einem Infarkt verrecken würde.

Lenzer zerkaute die Tablette trotzdem.

Schreie und gebellte Befehle schreckten ihn auf.

Hinter ihm kamen Männer den Hügel hinauf. Er musste kein Vietnamesisch verstehen, um zu wissen, wer sich da näherte.

Das als Kommandoeinsatz geplante Unternehmen hatte sich zu einem Fiasko entwickelt. Aus dem Nichts waren sie von massiven Kräften attackiert worden. Das Ganze roch nach einer Falle. Ob von seinen Männern überhaupt noch einer lebte? Wenn er hier hocken blieb, würde er es nie erfahren.

Die Stimmen kamen näher.

Das Feuer, das einen Teil des Gettos verdampft hatte, breitete sich aus.

Ihm blieb keine Wahl. Er musste sich in Richtung des Flammenmeers durchschlagen und versuchen, es zu umgehen. Wenn er sich beeilte, hatte er vielleicht eine Chance.

Lenzer stolperte den Hügel hinunter und erreichte die Hütten.

Er lief durch eine aus Müll gebaute Geisterstadt.

Von den Zehntausenden Bewohnern des Gettos sah er weiterhin keinen einzigen. Überall konnte der Tod auf ihn lauern.

Ein benzinähnlicher Geruch stieg ihm in die Nase.

Napalm.

Eine Mischung aus Benzin, Aluminiumseife und Kautschuk. Wenn der Tod einen Gestank besaß, dann war es dieser.

Er rümpfte die Nase und lief im Dauerlauftempo dem Brandherd entgegen.

Nach zweihundert Metern roch er das Napalm nicht nur, er schmeckte es.

Lenzer spürte jetzt deutlich die Symptome einer Dehydrierung. Ausgetrockneter Mund, Herzrasen, Kopfschmerzen, Schwindel. Dazu addierte sich das absurd künstliche Hochgefühl durch das Pervitin.

Er schwenkte nach links in eine kleine Straße ein und erhöhte das Tempo. Um mögliche Hinterhalte kümmerte er sich nicht. Wenn er es nicht schaffte, das Feuer zu umgehen, war es vorbei. Die Partisanen hinter ihm durchkämmten die Gegend, und wenn sie ihn fanden, würden sie ihn in Stücke reißen.

Heute Morgen hatte er durch seinen Feldstecher beobachtet, wie die Partisanen einem japanischen Soldaten die Füße abgehackt hatten. Sie übergossen ihn mit Benzin und zündeten ihn an. Der Soldat lief unglaublicherweise noch fast fünfzig Meter auf seinen Stümpfen, bis er umfiel und seine Schreie endlich verstummten.

Lenzer stoppte, beugte sich nach vorne und übergab sich.

Die Hitze gepaart mit der hohen Luftfeuchtigkeit überforderte seinen Körper. Er konnte nicht mehr rennen. Das letzte Mal hatte er vor mehr als sechsunddreißig Stunden geschlafen.

Der Brand breitete sich aus wie ein Buschfeuer und drohte seinen Fluchtweg abzuschneiden.

Plötzlich hörte er das Knacken von Holz, das vom Feuer gefressen wurde.

Rechts von ihm quoll dichter schwarzer Rauch aus den Fenstern einer Holzhütte. »Scheiße.« Er war bereits viel zu nah dran.

Keuchend setzte er sich wieder in Bewegung und bog an den nächsten Möglichkeiten zweimal nach links ab.

Nun rannte er in die Richtung, aus der er gekommen war. Aber er brauchte mehr Abstand, bevor er versuchen konnte, an dem Feuer vorbeizukommen.

Was, wenn er nicht das Feuer umging, sondern das Feuer ihn?

Nicht stehen bleiben. Nicht aufgeben. Ein SS-Mann gibt niemals auf.

Lenzer rannte weiter.

Schüsse fielen.

Er hatte keine Zeit, herauszufinden, ob sie ihm galten. Aus vollem Lauf rammte er mit der Schulter die nächste Tür einer Hütte ein und landete auf dem Holzboden. Sofort sprang er auf die Füße und sah sich hektisch um. Die Hütte, in der er stand, besaß mehrere Zimmer. Anstelle von Türen hingen Vorhänge aus Perlenketten von der Decke herab.

Hier musste es doch einen Hinterausgang geben.

Er näherte sich einem der Zimmer. Aus dem Raum kam ein Poltern, als wäre etwas zu Boden gefallen oder jemand durch ein Fenster eingestiegen.

Ohne zu zögern, riss er sein Sturmgewehr nach oben, drückte den Kolben gegen seine Schulter und zog den Abzug. Die auf Dauerfeuer gestellte Waffe bellte. Während er schoss, schwenkte er das Gewehr von links nach rechts. In der Wand vor ihm stanzten die Geschosse dreißig Löcher.

Das Magazin war leer geschossen. Mit schnellen Handgriffen wechselte er es aus.

Lenzer machte drei Schritte und fegte den Perlenvorhang zur Seite, der die Zimmer abtrennte.

Er sah in ein Schlafzimmer.

Auf dem Bett lagen übereinandergeschichtet drei Kinder zwischen fünf und zehn Jahren. Die Wand hinter ihnen war mit Blut vollgespritzt.

Gefechtshandbuch für Feuergefechte

Das unbeabsichtigte Töten von Nicht-Kombattanten und Kameraden im Kampf wird als Gefechtsfehler bezeichnet.

Ein Gefechtsfehler kann bei dem Soldaten einen emotionalen Schock auslösen. Schlagartig einsetzende Schuldgefühle lassen den Soldaten auch in einem Moment höchster Gefahr für das eigene Leben erstarren.

Gefechtsfehler sind realer Bestandteil von Kampfhandlungen. Der eigene Tod macht den Gefechtsfehler nicht rückgängig. Die Starre ist sofort zu lösen, die Kampffähigkeit wieder herzustellen.

Lenzer drehte sich um und rannte zum nächsten Raum.

Kein Hinterausgang, kein Fenster.

Das letzte Zimmer.

Hier fand er die Tür, die er suchte. Er riss sie auf und hörte draußen Männer schreien. Die waren überall.

Blitzartig warf er die Tür wieder zu.

Die Baracke war spärlich möbliert. Hier gab es nichts, wo er sich verstecken konnte. Sollte er kämpfen oder sich selbst erschießen?

Lenzer drehte sich verzweifelt nach einem Ausweg suchend im Kreis.

Kämpfen oder Selbstmord?

Was für eine beschissene Wahl. Er wollte hier nicht krepieren.

Zwei Schritte von ihm entfernt sah er eine Klappe, die unter die

Hütte führte. Hier stand praktisch jedes Gebäude auf Stelzen. Er verzog das Gesicht. Das war auch kein sonderlich gutes Versteck. Viel zu offensichtlich. Die Männer, die ihn jagten, waren Einheimische. Die hatten sicher bereits als Kinder unter den Häusern gespielt.

In der Hütte nebenan wurde eine Tür eingetreten. Es blieben ihm nur noch Sekunden. Er kniete sich vor der Klappe hin, zog sie nach oben und kroch unter die Hütte.

Die Klappe fiel zu.

Er lag mit dem Rücken auf dem Lehmboden.

Der Fußboden der Hütte befand sich einen Meter über ihm. Durch die Ritzen der Holzbohlen fiel spärliches Licht. Vielleicht waren diese Kriechkeller miteinander verbunden.

Er drehte sich auf die Seite und erstarrte.

Direkt neben ihm lag ein etwa zehnjähriges Mädchen. Seine Augen waren weit aufgerissen. Es öffnete ihren Mund zu einem Schrei.

Lenzer reagierte sofort, ließ sich zurück auf den Rücken fallen und zerrte dabei das Mädchen zu sich heran. Sie lag jetzt halb auf ihm drauf. Mit der linken Hand hielt er ihr den Mund zu.

Über ihm polterten Schritte.

Die glaubten sicher nicht, dass die Eingangstür von alleine ins Haus geflogen war.

Er musste sofort verschwinden.

Das Mädchen zappelte. Lenzer versuchte, es zu bändigen.

Wenn er sie losließ, würde sie schreien. Das bedeutete seinen Tod.

Wenn er hier liegen blieb, würden die Partisanen ihn finden. Dasselbe Resultat.

Das Mädchen biss ihm in die Hand. Der Schmerz trieb ihm die Tränen in die Augen. Er stöhnte auf und unterdrückte mit Mühe einen Schrei.

Intuitiv nahm er sie mit seinem rechten Arm in den Schwitzkasten und drückte zu. Das Mädchen hatte sich in seine linke Hand zwischen Daumen und Zeigefinger verbissen. Es fühlte sich an, als ob ihre Zähne seine Handknochen zermalmten. Er presste die Zähne zusammen und verstärkte den Druck um ihren Hals. Immer stärker drückte er zu. Dann war seine Hand frei.

Er schob ihren schlaffen Körper von sich herunter und fing an zu kriechen. So schnell er konnte, robbte er unter den Hütten hindurch. Irgendwann wagte er sich nach draußen.

Eine Stunde lang rannte er.

Als er schließlich das Getto hinter sich gelassen und den Dschungel erreicht hatte, war er bewusstlos zusammengebrochen.

»Du siehst aus, als hättest du einen Geist gesehen«, sagte Toma.

Lenzer drehte seinen Kopf und sah nach hinten. Das Mädchen lief mit erhobenen Armen umher. Hinter ihr ein Junge mit einem Holzgewehr.

»Die Hütten erinnern mich an Saigon«, flüsterte Lenzer und rieb sich die Narbe an der linken Hand.

»Ich will es gar nicht wissen.«

Toma wollte es nicht wissen und er würde es gerne vergessen.

Lenzer wechselte das Thema im Bemühen, die Erinnerungen in seinem Kopf unter Verschluss zu nehmen. »Wenn ich mich richtig erinnere, kann ein Ehrversprechen nur zwischen Ariern geschlossen werden.«

»In dem Hospiz liegen genug davon herum. Armut nimmt keine Rücksicht auf Rassenzugehörigkeit.«

»Du scheinst dein Land zu hassen.«

»Nur so sehr, wie es mich hasst.«

Den Rest der Fahrt blieben sie stumm. Lenzer bemühte sich, seinen Blick auf die Straße vor ihnen zu richten. Er hatte genug von diesem Ort.

Toma parkte den Mercedes auf einem Schotterparkplatz vor einem vierstöckigen Flachbau. An der Fassade, dessen Putz abblätterte, stand in schwarzen Frakturbuchstaben *Hospiz Volkesruhe* geschrieben. Lenzer stieg aus und lief in Richtung des Krankenhauses, wurde aber von Toma gestoppt. »Ich gehe alleine rein. Warte hier. Ich hole dich, wenn ich was gefunden habe.« Lenzer lehnte sich an den Wagen. Er dachte an Maria und hoffte, dass sie sich weiter mit ihren Stiften beschäftigte.

Nach einigen Minuten musste er sich bewegen und zog Kreise um den Mercedes. Es dauerte eine Stunde, bis Toma am Gebäudeeingang auftauchte und ihn zu sich winkte. »Ich habe eine Frau. Arisch. Ende zwanzig. Sie hat vermutlich Krebs im Endstadium und ist bereit, mitzuspielen. Und das Beste: Sie ist ohne Verwandtschaft.«

»Wieso hat sie *vermutlich* Krebs?«

»Wenn man Diagnostik will, ist das hier der falsche Ort. Man merkt, dass du nicht nur zur Herrenrasse, sondern auch zu Herrenschicht gehörst. Du hast keinen Schimmer, was los ist.« In Tomas Stimme lag Verachtung. »Die schwerkranken Menschen, die in das Hospiz kommen, erhalten ein Bett und etwas zu essen. Die Aufzählung ist abschließend. Die wenigsten können sich Schmerzmittel leisten.«

»Was will sie dafür haben?«

»Ein vernünftiges Begräbnis und einen schmerzlosen Tod.«

»Das ist ein Scherz.«

»Wenn man im Leben wenig hatte, ist man am Ende auch mit wenig zufrieden. Die Beerdigung wird dich ungefähr dreitausend Reichsmark kosten. Die Überdosis Morphium für ihren Tod weitere tausend.«

»Du hast zehntausend von mir bekommen.«

»Die gehören mir. Diese Ausgaben müssen extra übernommen werden.«

»Du hast zehntausend von mir bekommen.«

»Damit willst du zum Ausdruck bringen, dass du nicht weiter verhandeln willst.«

»So ist es. Ich habe dich bezahlt. Also hilf mir.«

Toma seufzte. »Was für ein Tag.« Er drehte sich um und betrat das Hospiz.

Lenzer folgte Toma. Als Erstes fiel ihm der fehlende Geruch von Reinigungs- und Desinfektionsmitteln auf. Für einen kurzen Moment empfand Lenzer das Fehlen dieses typischen Krankenhausgeruchs als angenehm. Das änderte sich jedoch, als er tiefer in das Gebäude vordrang. Der süßliche Gestank von Eiter hing in der Luft und wurde mit jedem Schritt intensiver. Sie nahmen eine Treppe bis in den zweiten Stock und betraten einen Saal. Hier standen ungefähr fünfzig, durch Vorhänge voneinander abgetrennte Betten. Nach einigen Schritten blieb Toma vor einem der Betten stehen.

»Das ist die Dame, die dir helfen wird.«

Hatte Toma nicht gesagt, dass die Frau in seinem Alter sei? Um das zu glauben, brauchte er viel Fantasie und guten Willen. Ihr Gesicht besaß die Farbe grauer Asche, ihre waren Augen trocken und glanzlos.

Toma beugte sich zu ihr hinunter. »Kannst du sprechen?«

Die Frau nickte.

Lenzers Begleiter trat auf den Gang und winkte zwei Pfleger zu sich heran. Als auch sie sich neben das Bett gestellt hatten, nahm sich Toma einen Hocker und setzte sich. Einer der Pfleger hatte einen Block und einen Kugelschreiber. Er gab den Schriftführer.

Toma beugte sich vor und soufflierte der Frau ins Ohr.

Sie mühte sich beim Sprechen und hauchte den vorgegebenen Text.

Schließlich war es geschafft. Es folgten die Unterschriften der Beteiligten. Einer der Pfleger reichte der Frau einige Tabletten und ein Glas Wasser. Sie setzte sich unter sichtbaren Schmerzen auf, steckte sich die Tabletten in den Mund und spülte sie mit einem Schluck Wasser hinunter. Wie ein Stein fiel ihr Kopf zurück aufs Kissen. Ihre Augen fanden Lenzers.

»Danke«, flüsterte sie.

Als die Krankenpfleger den Vorhang zugezogen hatten und ohne ein weiteres Wort ihrer Wege gingen, gab Toma Lenzer mit einem Kopfnicken zu verstehen, dass es Zeit wurde. Es war fast zehn Uhr.

Zurück im Auto las Lenzer die Ehrverpflichtung, während Toma den Motor startete.

Hiermit erkläre ich, Erna Wild, geb. am 16.03.1954 in Hamburg, meine letzten Wünsche. Ich bitte Herrn Max Lenzer, geb. am 08.04.1955 in Hannover, die Vaterschaft für unsere gemeinsame in Schande geborene Tochter, Maria Wild, geb. im Jahr 26.06.1976, anzuerkennen und für sie zu sorgen, wie es das Gesetz von einem Vater verlangt. Ebenso soll Herr Max Lenzer nach meinem Tod für meine Beerdigung sorgen.

Hiermit erkläre ich, Max Lenzer, im Vollbesitz meiner geistigen Kräfte und im Beisein der Zeugen Holger Schmidt und Jochen Burg, dass ich die letzten Wünsche von Frau Erna Wild erfüllen werde, und gebe hiermit mein Ehrenwort.

Es folgten die persönlichen Daten und Unterschriften der beiden Zeugen sowie die Unterschriften von Erna Wild und seine eigene. Lenzer faltete das Papier zusammen und steckte es sich in die Gesäßtasche. Maria galt nun als ein im Getto geborenes Kind, das Lenzer als leiblicher Vater zu sich geholt hatte. Damit hatte er sein Hauptproblem aus der Welt geschafft. Den Rest an Unannehmlichkeiten musste er hinnehmen. Die Leute würden sich über ihn den Mund zerreißen, aber das spielte für ihn keine Rolle. Ein uneheliches Kind aufzunehmen, zerstörte seine Karriere, aber es war kein Verbrechen. Falls aber jemand herausfand, woher Maria tatsächlich stammte, dann war es ein Verbrechen. Ein Verbrechen, für das er am Galgen baumeln würde.

»Ist ganz gut gelaufen«, sagte Toma. »Du weißt, was du jetzt mit dem Wisch machen musst?«

Lenzer sah aus dem Fenster. »Nein.«

»Du gehst zum Reichsamt für Volkshygiene. Dort suchst du die Abteilung des Standesamtes auf. Die stellen dir eine Geburtsurkunde für das Mädchen aus. Mit der wirst du beim Einwohnermeldewesen vorstellig. Es kann sein, dass das Amt die Ehrenzeugen einbestellt und anhört. Allerdings kann ich das in deinem Fall nicht glauben. Immerhin bist du ein SS-Mann. Aber selbst wenn … der einzige Mensch, der weiß, dass die Geschichte gelogen ist, hat sein Geheimnis mit ins Grab genommen. Die beiden Zeugen haben nur das gehört, was sie hören sollten. Alles ist gut.«

Ob es gut war, wusste Lenzer nicht. Aber zumindest hatte er eine Chance.

4

VOLKSHYGIENE

Wiebke Raabe, Freitag, 07.08.1981, 12:30 Uhr

Seit zwei Stunden saß Wiebke mit Peter auf einer Bank auf der Deichkrone und sah aufs Meer hinaus. Die Nordsee schwappte in grauen Wellen gegen das Ufer. Möwen standen im Wind und in der Ferne erstreckten sich die Inseln Norderney und Juist als helle Streifen auf dem Wasser.

»Siehst du die Boje?«, fragte Wiebke und deutete auf einen roten Punkt, der hundert Meter vom Ufer entfernt auf den Wellen tanzte. Da sie wusste, dass sie von Peter keine Antwort erhalten würde, sprach sie weiter. »Bis dahin geht dir das Wasser nur bis zur Brust. Aber wenn du einen Schritt weitergehst, schlägt es über dir zusammen. Dort fängt der Priel an.«

Mit seinen vierzehn Jahren sollte Peter um diese Uhrzeit eigentlich die Schulbank drücken, anstatt sich sein dunkelblondes Haar von der Sonne noch weiter ausbleichen zu lassen. Aber das ging nicht. Er war Autist. Obwohl sie wusste, dass sie ein seltsames Gespann abgaben, kümmerte sie sich gern um den Nachbarssohn. Am liebsten plauderte sie mit ihm, wobei Peter für gewöhnlich schwieg und sie einen Monolog führte. Aber das störte sie nicht. Ganz im Gegenteil. Die Menschen redeten ohnehin viel zu viel. Außerdem behielt Peter Geheimnisse für sich und sie konnte ihm alles anvertrauen.

Wiebke schloss die Augen und hörte auf den Klang der anbrandenden Wellen. Sie zog die Luft durch die Nase ein. Der typische Geruch des Wattenmeeres. Salz, Algen, Schlamm. Auch wenn das Leben an der Küste langweilig war, konnte sie von dem Geruch des Meeres nie genug bekommen. Es roch nach Abenteuern und Freiheit.

Als sie gestern, nach ihrem Aufenthalt in Köln, mit ihrem Vater im Zug nach Norden gesessen hatte, sagte ihr Vater, dass sie in schweren Zeiten leben würden.

Wiebke hatte das nicht verstanden. Ihr Leben war schön. Sie liebte ihre Eltern, hatte ihre Freunde und keine wirklichen Sorgen. Sie fragte ihn, warum die Zeiten schwer seien.

»Weil es in unserer Welt fast unmöglich ist, ein guter Mensch zu sein.«

Sie hatte nachgefragt, was er damit genau meinen würde. Aber er verweigerte sich und sie ließ das Fragen sein.

Jetzt, wo sie das Meer betrachtete, kamen ihr die Ereignisse von gestern wie ein schlechter Traum vor. Ein Traum, den man am besten, so schnell es ging, vergessen sollte.

Mittlerweile schmerzte ihr der Hintern vom Sitzen und sie bekam Hunger. Es wurde Zeit.

»Lass uns gehen.« Wiebke stand auf und lief in Richtung der Deichtreppe. Nach einigen Schritten blieb sie stehen und drehte sich um. Peter hatte sich keinen Zentimeter gerührt und sah noch immer auf das Meer hinaus.

»Hast du Lust, heute mit mir zu puzzeln?«, rief sie.

»Ich mag nur große Puzzlespiele.«

Das nahm sie als ein ja. »Was hältst du davon, wenn ich heute ein richtig Großes für uns kaufe?«

»Ich mag nur große Puzzles. Kleine mag ich nicht.«

»Wenn wir spielen wollen, musst du mit mir kommen.«

Peter stand auf und folgte ihr. Vor einigen Monaten hatte Wiebke zufällig herausgefunden, dass *Puzzle* ein Signalwort für ihn darstellte. Er war dermaßen versessen auf Puzzlespiele, dass er ihnen zuliebe sogar anfing zu sprechen.

Gemeinsam liefen sie zu Wiebkes Wagen.

Seit drei Wochen besaß sie einen uralten VW. Wenn sie den Motor startete, hustete der Auspuff dunkle Abgaswolken in die Umgebung. Aber das spielte keine Rolle. Es war ihr eigenes Auto und somit das beste Fahrzeug auf der Welt.

Nachdem Wiebke es geschafft hatte, den Motor zu starten, fuhren sie durch Norddeich, einem Stadtteil von Norden, der im Wesentlichen aus Hotels und Ferienwohnungen bestand. Jetzt im Sommer überfluteten Touristen aus dem Ruhrgebiet den Ort. Überall liefen Menschen mit Sonnenbrillen und Sandalen herum.

Nach wenigen Minuten erreichten sie ihr Ziel.

In der Straße *Am Fuchsbau* standen nur sechs Häuser. Wiebke lebte zusammen mit ihren Eltern in einem roten Klinkerbau. Es war das älteste Gebäude in der Straße. Wenn man vor dem Haus stand, grenzte links davon eine Weide an. Auf der anderen Seite ein weißer Bungalow. Dort wohnte Peter.

Die Seegerts waren vor drei Jahren eingezogen. Seit zwei Jahren passte Wiebke regelmäßig auf ihren Sohn auf. Am Anfang hatte sie damit nur ihr Taschengeld aufbessern wollen. Mittlerweile war es ihr ein Bedürfnis geworden.

Sie hielt vor Peters Haus. »Geh bitte alleine rein. Ich fahre schnell in die Stadt und kaufe uns ein Puzzle.«

Peter stieg aus und Wiebke beobachtete ihn, bis er im Haus verschwunden war. Dann rührte sie im Getriebe, bekam den ersten Gang rein und fuhr in die Innenstadt. In einem Spielzeuggeschäft kaufte sie ein gigantisches Puzzlespiel mit zehntausend Teilen. Das Bild auf der Verpackung zeigte einen Hafen mit unzähligen Fischerbooten. Sie konnte nur hoffen, dass das Puzzle Peter ein wenig forderte.

Mit Peter zu puzzeln, blieb für Wiebke ein Erlebnis. Sie begannen jedes Mal auf die gleiche Art und Weise. Zunächst legten sie den Rand. Dann suchte sich Wiebke eine Ecke aus und Peter reichte ihr die Teile, die sie brauchte. Je länger sie spielten, umso schneller gab Peter hier die benötigten Puzzlestücke. Schließlich kam der Moment, in dem Peter ihr die Teile in einem solchen Tempo in die Hand drückte, dass Wiebke es nicht mehr schaffte, sie einzusetzen. Dann lachte sie und kriegte sich nicht mehr ein. Peter verfügte offenbar über ein fotografisches Gedächtnis. Das war die einzige vernünftige Erklärung für dieses Phänomen.

Wiebke war aus der Innenstadt zurück.

Sie stand mit dem Karton unter dem Arm vor der Haustür der

Seegerts. Sie klingelte und Frau Seegert, eine hochgewachsene Frau in den Vierzigern, öffnete die Tür.

Irgendetwas stimmte nicht. Wiebke musste nur einen kurzen Blick in ihr Gesicht werfen. Die Augen glänzten seltsam und die Sorgenfalte zwischen ihren Augenbrauen erschien ihr heute besonders tief. Zudem hatte sich Frau Seegert die dunklen Haare zu einem strengen Zopf frisiert, als wollte sie wenigstens ihren äußeren Halt bewahren.

Hatte Peters Mutter geweint?

»Heute ist es schlecht«, sagte Frau Seegert kurz angebunden.

Wiebke wusste nicht, wie sie reagieren sollte.

»Gut, dann komm ich morgen wieder. Können Sie das trotzdem schon nehmen?«

Sie reichte Frau Seegert den Karton.

»Sicher.«

Wiebke wollte sich verabschieden, als sie die Stimme von Peters Vater hörte.

»Lass sie doch reinkommen.«

Frau Seegert zögerte kurz, lächelte verlegen und zog die Tür auf.

»Wenn mein Besuch ungelegen kommt, will ich mich nicht aufdrängen.«

Eine unangenehme Situation für Wiebke.

»Du störst nicht«, rief Peters Vater aus der Tiefe des Hauses. »Komm ins Wohnzimmer.«

Wiebke fühlte sich in dem Haus der Seegerts wohl. Die Familie stammte aus Göttingen, aber ihre Einrichtung wirkte friesischer als bei den meisten Einheimischen, die sie kannte. In den Glasvitrinen stand blau-weißes, mit Fischerbooten und Leuchttürmen verziertes Porzellangeschirr. Ein Ölgemälde im Wohnzimmer zeigte eine vom Sturm aufgepeitschte Nordsee und eine Segelfregatte, die gegen die Wellen kämpfte.

Hans Seegert saß auf einem Stuhl am Esstisch. Vor ihm lag ein aufgeschlagener Aktenordner mit einem Stapel eingehefteter Dokumente.

»Setz dich doch zu mir.«

Peters Vater sprach langsam und leise. Seine Stimme klang müde.

Während Wiebke sich an den Esstisch setzte, blieb Frau Seegert im Türrahmen zum Wohnzimmer stehen.

»Schatz, bist so nett und kochst uns einen Tee?«

Frau Seegert nickte und ging in die Küche.

»Für gewöhnlich bereite ich den Tee zu, aber es ist gut, wenn sie beschäftigt ist. Sie denkt sonst zu viel nach.«

»Worüber? Tut mir leid, das war unhöflich. Es geht mich ...«

»Über Peters Schicksal«, unterbrach Herr Seegert sie.

»Ich verstehe nicht, was Sie meinen.«

»Nein, das kannst du auch nicht. Du hast keine Vorstellung davon, wie es ist, ein behindertes Kind aufzuziehen.«

»Ich denke, es erfordert sehr viel Kraft.«

»Das ist richtig, aber nicht das Problem.«

Peters Vater blätterte gedankenverloren in dem Aktenordner herum. Aus der Küche ertönte das Klimpern von Teetassen.

»Aus behördlicher Sicht gibt es zwei Formen der Behinderung«, erklärte Herr Seegert. »Die körperlichen und die geistigen. Mit den meisten körperlichen Behinderungen hat der Staat kein Problem. Es ist hinnehmbar, wenn jemand gelähmt oder blind ist. Ein Mensch, der im Rollstuhl sitzt, kann trotzdem Professor werden und produktiv sein. Bei den geistigen Behinderungen sieht es anders aus. Das Gesetz unterscheidet weiter zwischen heilbaren psychischen Störungen und so genannten Erbfehlern. Autismus ist eine unheilbare Erbfehlerkrankheit des Geistes. Peter ist eine unerwünschte Störung im Volkskörper.«

»Peter ist ein liebenswerter Mensch.«

Die Gesichtszüge von Peters Vater hatten sich während seiner Erklärung verhärtet. Jetzt weichten sie auf.

»Du kannst dir nicht vorstellen, wie gut es tut, so etwas zu hören. Leider stehst du mit deiner Meinung fast alleine da. Die meisten Menschen verhalten sich gegenüber unserem Sohn, als hätte er einen gefährlichen ansteckenden Virus.«

Peters Mutter kam ins Wohnzimmer.

Sie stellte Tassen, eine Teekanne, Sahne und Kandiszucker auf den Tisch. Der Geruch von Tee breitete sich aus. Mit einer Zange griff sie ein Kandisstück, warf es in Wiebkes Tasse und goss Tee ein. Wiebke mochte das knackende Geräusch, wenn der heiße Tee auf den Kandis traf. Heute allerdings nicht. Unheil lag in der Luft. Am liebsten wäre sie aufgestanden und gegangen.

»Ich bin dabei, Wiebke aufzuklären.«

Frau Seegert nickte und setzte sich neben ihren Mann an den Tisch.

»Seit wir wissen, dass Peter nicht so ist wie die anderen Kinder, führen wir einen Kampf gegen das Reichsamt für Volkshygiene«, sagte Herr Seegert. »Das Amt hat uns immer drangsaliert. Aber in den letzten Monaten ist immer schlimmer geworden. Sie wollen uns Peter wegnehmen.«

»Warum?«

Herr Seegert nahm seine Brille ab und putzte sie mit einem Tuch. »Um ihn zu töten.«

Frau Seegert schlug die Hand vor den Mund und stand so ruckartig auf, dass sie beinahe den Stuhl dabei umwarf. Schluchzend lief sie aus dem Wohnzimmer. Herr Seegert sah seiner Frau nach.

»Das hätte ich nicht sagen dürfen. Aber es ist die Wahrheit.«

Wiebke sah mit aufgerissenen Augen Peters Vater an.

»Das kann nicht sein«, stammelte sie.

»Vor einem halben Jahr haben sie ihm die Bürgerrechte aberkannt. Damit griff die Heilfürsorge nicht mehr und wir mussten alle Arztrechnungen selbst bezahlen. Nun, ich arbeite als Tiefbauingenieur und verdiene anständig.«

»Haben Sie nicht am Bau des Emstunnels mitgewirkt?«

»So ist es«, sagte Peters Vater nicht ohne Stolz. »Und an der Erweiterung des Emdener Hafens.« Er nahm einen Schluck Tee. »Die Arztrechnungen waren zunächst kein Problem. Vor drei Monaten kam der nächste Schock. Die Behörde argumentierte, dass Peter schwer erkranken könne. Vielleicht sei eine Operation notwendig. Wir wurden aufgefordert, eine große Summe Geld auf ein Treuhandkonto einzuzahlen, um mögliche Kosten abzudecken. Mit einiger Anstrengung haben wir es geschafft. Letztendlich war alles umsonst. Die Behörde führte ihren letzten Schlag. Angeblich hätten sich Anwohner beschwert, weil sie um die Sicherheit ihrer Kinder besorgt seien. Peter sei eine Gefahr für die Allgemeinheit.«

»Das ist Quatsch«, schrie Wiebke, mittlerweile den Tränen nah. »Peter tut keinem Menschen etwas an.«

»Das ist unerheblich. Ich glaube nicht, dass diese Beschwerden existieren.« Herr Seegert heftete einen Brief aus dem Aktenordner und reichte ihn Wiebke. »Wir haben bis zum Schluss gekämpft. Aber jetzt ist es vorbei. Der Brief kam heute Morgen.«

Wiebke las ihn.

Sehr geehrte Bürger und Eheleute Seegert,

Ihr Widerspruch vom 03.07.1981 wird abgelehnt.

Ich verweise im Weiteren auf die ausführliche Begründung meiner Entscheidung im Anhang zu diesem Schreiben.

Es wird ordnungspolizeilich angeordnet, dass sich

Peter Seegert,

**04.05.1967 in Göttingen,*

am 06.08.1981, um 09:00 Uhr, in der Nervenheilanstalt Bremen zwecks einer dauerhaften Einweisung in die dortige Verwahrabteilung einzufinden hat. Sollte der Anordnung nicht nachgekommen werden, drohe ich hiermit vorsorglich Zwangsmittel an.

Gegen die hiermit erteilte Anordnung sind keine Rechtsmittel zulässig.

Hochachtungsvoll

Sabine Jahn, Oberinspektorin

Reichsamt für Volkshygiene

Wiebke legte den Brief auf den Tisch. »Das ist bereits morgen.«

Peters Vater rührte seinen Tee um.

»Vielleicht ist es da nicht so schlimm, wie Sie denken. Ich meine, Sie können Ihren Sohn doch besuchen.«

»Am Anfang dürfen wir das. Aber irgendwann werden sie ihn verlegen. Weit weg in den Osten. Dann können wir ihn nur selten sehen. Und eines Tages bekommen wir einen Brief, dass Peter gestorben ist. Unfall. Herzversagen. Irgendetwas.« Er schloss den Aktenordner und schob ihn zur Seite. »Früher gab es das Gnadentod-Gesetz.« Er schüttelte den Kopf. »Als ob es für Menschen eine Gnade wäre, wenn man sie tötete. Das Gesetz wurde vor fünfzehn Jahren abgeschafft. Aber das ist nicht lang genug, um es aus allen Köpfen zu bekommen. Die alten Beamten, die noch immer die Behörden leiten, haben die Idee nicht aufgegeben. Jetzt machen sie es heimlich. Vielleicht ist es von hoher Stelle sogar erwünscht.«

»Das würde die Regierung nicht zulassen.«

»Ich befürchte, der Regierung ist das im besten Fall ziemlich egal. Menschen wie mein Sohn haben keine Lobby, weil sie nicht produktiv sind. Sie sind wertlos.«

»Trotzdem, ich...«

»Ist schon gut. Meinetwegen hast du recht. Aber selbst wenn sie Peter anständig behandeln, wird er sterben. Auf eine andere Art. Er kann nicht ohne seine Eltern sein. Das wird er nicht verkraften. Die meisten denken, dass Autisten keine Gefühle haben. Das ist falsch.«

Da stimmte sie Herrn Seegert zu. Peter würde unglaublich unter der Trennung von seinen Eltern und seinem Zuhause leiden. Und sie würde er sicher auch vermissen. Das Schlimme war, dass es sich nicht um eine Trennung auf Zeit handelte. Peter musste den Rest seines Lebens in der Anstalt verbringen.

»Mein Vater ist Polizeikommissar. Vielleicht kann er etwas unternehmen. Sie sagten doch selbst, dass diese Beschwerden der Anwohner nicht existieren. Dagegen muss man doch vorgehen können.«

»Mein liebes Kind. Dein Vater ist ein guter Mensch. Aber um gegen diese Maschinerie anzukommen, bedarf es wesentlich mehr, als ein einzelner guter Mensch zu leisten imstande ist. Wesentlich mehr.«

»Ich finde einen Weg.«

Peters Vater lächelte milde. »Ich habe gehört, dass du gestern mit deinem Vater in Köln warst.«

Wiebke nickte.

»Und? Hast du es gesehen?«

»Ja.«

»Es gibt sehr viele Menschen, die gegen eine Sprengung des Doms waren. Viel mehr Menschen, als sich für das Schicksal meines Sohnes interessieren. Trotzdem ist es geschehen. Es gibt leider Dinge, die lassen sich nicht so leicht aufhalten.«

Es war kurz nach sieben.

Wiebke stand im Wohnzimmer und wartete auf ihren Vater. Immer wieder sah sie aus dem Fenster, in der Hoffnung, dass sein Wagen auf die Auffahrt rollte. Eigentlich hätte er vor einer Stunde nach Hause kommen müssen. Wiebkes Blase drückte. Sie sah ein letztes Mal aus dem Fenster und ging ins Bad. Als sie zurückkam, stand ihr Vater in der Küche.

Ohne Begrüßung erzählte sie ihm mit stakkatohaften Sätzen von Peters drohendem Schicksal.

»Ich weiß«, sagte Wiebkes Vater.

»Du weißt es?«

»Als du mit Peter am Meer warst, rief mich Hans auf der Arbeit an. Er erzählte mir von dem Brief.«

»Ja, und? Was willst du jetzt machen?«

Ihr Vater wirkte verlegen.

»Da deine Mutter deine Tante besucht und erst morgen wiederkommt, mache ich heute das Essen.« Er drehte sich um und öffnete den Kühlschrank.

»Ich will nichts essen. Ich will wissen, was du unternehmen wirst.«

»Nichts.«

»Was?«, schrie Wiebke.

Ihr Vater nahm eine Plastikschüssel aus dem Kühlschrank und prüfte den Inhalt. »Das ist Eintopf. Magst du Eintopf?«

»Papa!«

»Es geht nicht. Ich kann nichts unternehmen.«

»Aber das ist unrecht.«

»Ganz im Gegenteil. Und genau da liegt das Problem. Ich kann nur handeln, wenn gegen das Recht verstoßen wird. Wenn es eingehalten wird, bin ich machtlos.«

»Dann ist das Recht falsch.«

»Das mag sein.« Ihr Vater nahm einen Topf aus dem Schrank und stellte ihn auf den Herd. »Dann muss das Recht geändert werden. Aber solange das nicht geschieht, sind mir die Hände gebunden.«

»Ist das alles, was du zu sagen hast?«

»Leider, ja.«

Wiebke ließ ihren Vater in der Küche stehen.

»Wo willst du hin?«, rief er ihr nach.

Sie antwortete nicht.

Als sie die Augen öffnete, war es dunkel.

Stundenlang hatte sie auf ihrem Bett gelegen und sich den Kopf darüber zerbrochen, wie sie Peter helfen könnte. Eingefallen war ihr nichts. Kein Wunder. Was sollte sie unternehmen, wenn nicht einmal ihr Vater es konnte? Irgendwann hatten sich ihre Gedanken durch die Müdigkeit aufgelöst und sie schlief ein.

Nun war sie wach und hatte Durst.

Wiebke stand auf, um sich ein Glas Wasser zu holen. Sie schlich durch das dunkle Haus in die Küche und stellte erleichtert fest, dass ihr Vater bereits schlief.

Zurück in ihrem Zimmer schaltete sie das Licht aus. Bevor sie sich in ihr Bett legte, sah sie aus dem Fenster. Ihr Zimmer lag im Obergeschoss. Aus ihrem Fenster besaß sie einen direkten Blick auf das Haus der Familie Seegert. Dort brannte kein Licht mehr. Die Leuchtziffern ihres Weckers zeigten 00:10 Uhr. Sicher schliefen alle.

Wiebke legte sich hin. Müde schloss sie die Augen.

Irgendetwas stimmte nicht an dem, was sie gerade gesehen hatte. Sie hüpfte aus dem Bett und eilte zurück zum Fenster.

In der Einfahrt der Seegerts sah sie die Umrisse ihres Wagens stehen. Alles sah normal aus. Wiebke öffnete das Fenster. Es war völlig still. Wie immer. Und doch etwas war anders als sonst.

Dann erkannte sie es.

Die Rollos im Haus der Seegerts waren nicht heruntergelassen. Das war ungewöhnlich. Natürlich konnten die Seegerts es vergessen haben, aber ihr Gefühl sagte ihr, dass das nicht der Grund war. Das gemütliche Haus ihrer Nachbarn wirkte auf sie plötzlich bedrohlich, wie ein verwunschenes Geisterschloss.

Sie polterte die Treppen hinunter und riss die Tür zum Schlafzimmer ihrer Eltern auf.

Ihr Vater hatte einen leichten Schlaf und saß augenblicklich senkrecht im Bett. »Was ist los? Brennt es?«

Wiebke fand den Lichtschalter. Ihr Vater kniff die Augen geblendet zusammen.

»Bei den Seegerts stimmt was nicht. Ich glaube, es ist etwas passiert.« Sie musste ihren Vater dazu bringen, nachzusehen, ihn davon überzeugen, dass Furchtbares geschehen war.

Das erwies sich als unnötig. Ihr Vater sprang aus dem Bett und zog sich die Hose an.

»Die Rollos sind oben. Sie vergessen nie, die Rollos herunterzulassen.«

»Wie spät ist es?«

»Nach Mitternacht.«

»Ich gehe nachsehen. Du bleibst hier.«

Ihr Vater öffnete den im Kleiderschrank verbauten Möbeltresor und nahm seine Dienstwaffe heraus. Im Flur griff er sich eine Taschenlampe aus einer Schublade in der Garderobe. »Ich bin gleich zurück«, rief er im Gehen und verließ das Haus.

Wiebke rannte die Treppe nach oben. Aus dem Fenster ihres Zimmers beobachtete sie ihren Vater, der bereits am Wohnzimmerfenster der Seegerts stand und mit seiner Taschenlampe durch die Scheibe leuchtete. Dann lief er zur Haustür und klingelte. Niemand öffnete. Sie sah den Schein der Taschenlampe hinter dem Haus verschwinden. Etwa fünf Minuten geschah nichts. Wiebke bekam Angst. Vielleicht schlichen Einbrecher im Haus der Seegerts herum und hatten ihren Vater überrascht? Sie riss das Fenster auf und wollte nach ihm rufen, als sie den wackelnden Schein der Lampe entdeckte. Sekunden später kam er um die Ecke in Richtung ihres Hauses gerannt.

Wiebke schloss das Fenster, verließ ihr Zimmer und stürmte die Treppe hinunter. Als sie den Flur erreichte, kam ihr Vater zur Haustür herein.

»Was ist los?«, fragte sie.

»Geh in dein Zimmer.«

Es kam selten vor, dass ihr Vater eine so kurze und präzise Anweisung von sich gab. Wiebke zog es vor, keine Widerworte zu geben.

Während sie die Treppe nach oben nahm, hörte sie, wie ihr Vater telefonierte. Zurück in ihrem Zimmer lief sie aufgeregt auf und ab.

Einige Minuten später flackerten rote und blaue Lichter durch ihr Fenster. Wiebke sah nach draußen. Vor dem Haus der Seegerts standen zwei Streifenwagen. Die Alarmlichter erloschen und die Polizisten stiegen aus. Die vier Beamten versammelten sich um ihren Vater. Kurze Zeit später lief einer der Polizisten zu einem der Streifenwagen und öffnete den Kofferraum. Er kam mit einem zylinderförmigen Gegenstand zurück. Wiebke wusste, dass es sich um eine Ramme handelte, mit der man Türen aufsprengte. Sie sah den Männern zu, wie sie sich vor der Haustür postierten. Der Beamte mit der Ramme setzte das Aufbruchwerkzeug in Höhe des Schlosses an und nahm Schwung. Es knallte und die Tür flog auf. In der Nachbarschaft bellte ein Hund. Die Polizisten betraten das Haus.

Lichter wurden eingeschaltet.

Im Flur, im Wohnzimmer. Endlich, nach zähen Minuten, im Schlafzimmer, das im Obergeschoss lag.

Sie versuchte, die schlimme Ahnung zu verdrängen. Solange sie nichts Konkretes wusste, musste sie ihre Gefühle beherrschen. Sonst endete sie womöglich noch vollkommen grundlos in einem Heulkrampf. Um sich abzulenken, ging sie nach unten in die Küche und kochte sich einen Kaffee. An Schlaf war ohnehin nicht zu denken.

~

Sie saß am Küchentisch. Der Kaffeebecher, den sie mit beiden Händen umklammerte, war längst leer. Aus dem Flur hörte sie ein Klicken. Die Haustür wurde aufgeschlossen. Ihr Vater kam in die Küche. Wortlos setzte er sich ihr gegenüber an den Tisch.

Wiebke sah ihn nicht an.

»Sie sind tot«, sagte sie tonlos.

»Nein.«

»Nicht?« Die Spannung fiel von Wiebke ab. »Ich fürchtete, sie hätten sich etwas angetan. Es tut mir leid, dass ich so einen Stress verursacht habe. Aber ich hatte …« Wiebke hielt inne. Sie sah ihrem Vater in die Augen. »Was ist los?«

»Die Seegerts sind verreist.«

»Verreist? Ihr Wagen steht doch aber vor der Tür.«

»Dann sind sie nicht mit ihrem Auto gefahren.«

»Sie hätten uns sicher Bescheid gesagt.«

»In diesem Fall nicht.«

»Wie meinst du das?«

»Als Hans mich wegen des Briefs anrief, bat er mich um meinen Rat. Ich konnte ihm keinen geben. Was sollte ich ihm auch raten? Ich denke, sie haben eine Entscheidung getroffen und wollen ihren Sohn nicht abgeben. Das bedeutet, dass sie sich faktisch auf der Flucht befinden. Da sie Peter nicht abliefern, wird man spätestens in drei Tagen nach ihnen fahnden. Ich bin Polizist. Darum haben sie uns nicht Bescheid gesagt.«

»Du hättest sie doch nicht verraten.«

Ihr Vater sagte nichts. Wiebke stand auf und stellte den Kaffeebecher in die Spüle. Sie hatte ihre Antwort erhalten.

»Ich verstehe. Gesetz ist Gesetz«, flüsterte sie.

Da sie ihrem Vater nichts mehr zu sagen hatte, lief sie in ihr Zimmer und legte sich auf das Bett. Eine Weile rechnete sie damit, dass ihr Vater zu ihr kommen würde, um mit ihr zu reden.

Er kam nicht.

Erst als der Morgen dämmerte, fielen ihr die Augen zu.

5

FEUER

Klara Wagner, Samstag, 08.08.1981, 15:00 Uhr

Die Stadtbibliothek lag hundert Meter vom kurfürstlichen Schloss entfernt. Klara verließ den Bus und lief die Rheinstraße entlang.

Im Bus hatten sich fast alle Fahrgäste über die Sprengung des Kölner Doms unterhalten. Die meisten hielten es für ein Unrecht und befürchteten, dass auch der Mainzer Dom zerstört werden sollte. Aber es gab auch Gegenmeinungen, was zu hitzigen Wortgefechten führte. Für gewöhnlich wagten die Menschen es nicht, Maßnahmen des Staates in der Öffentlichkeit zu kritisieren. Das war etwas, was man besser schon in jungen Jahren begriff. Aber der Dom galt den Mainzern sozusagen als heilig.

Klara war froh, dass sie nicht weiterfahren musste.

Sie sah zum Fluss hinüber. Ein Binnenfrachtschiff quälte sich stromaufwärts und passierte die Max-Immelmann-Brücke. Die Sonne hing als glühender Feuerball über der Welt und zerstrahlte das Blau des Himmels.

Die Bibliothek befand sich in einem Altbau, dessen Mauern aus dicken Sandsteinquadern bestanden. Im Inneren des Gebäudes war es vergleichsweise kühl. Klara grüßte einige der Angestellten und nahm die Treppe in den Keller. Hier war die Temperatur noch angenehmer. Sie betrat einen großen, mit Kartons vollgestellten Raum und setzte sich auf einen Stuhl. Für einen Augenblick schloss sie ihre Augen und genoss die kühle Stille. Allmählich hörte sie auf, zu schwitzen.

Mittlerweile war das Sportfest drei Tage her. Ihre Nervosität war geblieben.

Bis zu den Reichsmeisterschaften dauerte es noch mehr als zwei Monate. Bis dahin hätte man sie vielleicht wieder vergessen. Warum konnten die Meisterschaften nicht morgen sein?

Ihrer Mutter hatte sie bisher nichts von dem Lauf erzählt. Sie wollte keine Hoffnungen bei ihr wecken, die sie am Ende nicht erfüllen konnte.

Nach einer Weile stand sie auf und besah sich die mit Büchern gefüllten Kartons. Beinahe jeden Tag kamen neue hinzu. Die Bücher stammten überwiegend aus Haushaltsauflösungen Verstorbener. Entweder gab es keine Erben oder sie interessierten sich nicht für die Bücher. Klaras Aufgabe bestand darin, die verbotenen Titel auszusortieren. Die restlichen wurden an Schulen und Altersheime verschenkt.

Um ihre Arbeit zu erfüllen, hatte Klara eine Liste aller indizierter Titel erhalten. Bei einigen Buchtiteln ersparte sie sich das Nachschlagen. Wenn Klara eine Ausgabe von Huxleys *Schöne neue Welt* fand, wusste sie auch ohne Liste, dass sie das Buch zur Verbrennung freigeben musste. Klara wunderte sich darüber, wie viele Menschen verbotene Bücher besaßen. *Der Prozess* von Kafka, *im Westen nichts Neues* von Erich Maria Remarque, oder George Orwells *Die Farm der Tiere*.

Fast in jeder Kiste fand sie eine Bibel, die sie ungesehen in den Stahlcontainer warf, der einmal in der Woche zur Müllverbrennungsanlage transportiert wurde. Die Bibeln waren nicht verboten. Als Klara gefragt hatte, warum sie dennoch vernichtet werden sollten, bekam sie als Antwort, dass es nur eine Frage von Monaten sei, bis die Bibel indiziert werde. Das nannte man wohl vorauseilenden Gehorsam.

Klara mochte die Arbeit, weil sie dabei alleine sein konnte. Außerdem tröstete sie der Geruch von altem Papier. Er erinnerte sie an ihre verstorbene Großmutter. Oma hatte auf ihrem Dachboden eine Menge Bücher gehortet. Als kleines Mädchen hatte sie oft dort oben gesessen und sich durch alte Bildbänder geblättert. Wenn ihre Oma wüsste, was sie hier tat, würde sie sich im Grabe umdrehen.

Sie öffnete einen der Kartons und warf die ersten Bücher ungesehen in den Container. Die Exemplare befanden sich in schlechtem

Zustand, da spielte es keine Rolle, ob sie indiziert waren. Bei zwei besser erhaltenen Romanen sah sie unschlüssig in der Liste nach. Da sie die Titel dort nicht fand, legte sie die Bücher zu denen, die weiterleben durften.

Beim nächsten Karton erlebte Klara eine Überraschung.

Ziemlich weit unten fand sie eine alte in Leder gebundene Bibel. Für gewöhnlich interessierte sie sich nicht für die Heilige Schrift. Aber dieses Exemplar weckte ihre Neugierde. Es handelte sich um eine bebilderte Prunkausgabe. Im Impressum stand, dass sie im Jahr 1756 in Wien gedruckt worden war. Rot verzierte Initialen schmückten den Anfang jedes Kapitels. Auf einigen Seiten befanden sich Abbildungen biblischer Szenen in der Art von mittelalterlichen Kupferstichen. Klara blätterte in der Bibel herum, klappte sie zu, nahm Schwung und warf sie zu den anderen Büchern in den Brandcontainer. Sie wollte sich wieder dem Karton zuwenden, als sie innehielt.

Ihre Oma hatte ihr früher einmal gesagt, dass man in der Bibel Trost finden konnte. Man musste nur auf die richtige Art suchen. Ihre Oma war keine dumme Frau gewesen. Vielleicht stimmte es. Schadete es etwas, wenn sie es ausprobierte?

Eine Sekunde zögerte sie, dann lief sie zum Container und kletterte halb in ihn hinein. Schließlich bekam sie die Bibel zu fassen.

Der schwere Einband passte gerade so in ihre Sporttasche.

Nicht zum ersten Mal nahm Klara ein Buch mit nach Hause. Drei- oder viermal hatte sie ein altes Buch mitgenommen, das aufgrund seines Zustandes in dem Container gelandet wäre. Aber ein verbotenes Buch oder eine Bibel nie. Wenn man sie damit ertappte, konnte es eine Menge Ärger geben.

Nach vier Stunden beendete sie ihre Arbeit. Als sie sich ihren Lohn abholte, klopfte ihr das Herz in der Brust. Aber niemand interessierte sich für ihre Tasche.

Ihr Herzschlag beruhigte sich erst, als sie im Bus saß. Sie griff in die Sporttasche und strich mit ihren Fingern über das Leder des Einbandes. Es war eine dumme Idee, die Bibel mitzunehmen. Sie musste das Ding loswerden. Aber jetzt, da sie es schon einmal bei sich trug, würde sie es sich zu Hause näher ansehen. Was sollte das schaden?

Den Weg von der Bushaltstelle bis zu ihrem Haus lief sie besonders schnell, sie schloss die Haustür auf und nahm immer drei Treppenstufen auf einmal. Behutsam öffnete sie die Wohnungstür und stellte erleichtert fest, dass ihre Eltern nicht da waren.

Die Wohnung, bestand aus drei Zimmern, Küche und Bad. Eines der Zimmer gehörte ihr. Ihr Vater schlief seinen Rausch für gewöhnlich im Wohnzimmer aus. Daher besaß auch ihre Mutter ein eigenes Zimmer. Das ehemalige elterliche Schlafzimmer.

Auf den ersten Blick sah es in Klaras Heim aus wie bei vielen Familien mit wenig Geld.

Der fadenscheinige Stoffbezug des Sofas glänzte an den Lehnen, der alte Fernseher summte, wenn man ihn einschaltete.

Trotz ihrer Probleme schaffte es Klaras Mutter, die Wohnung ordentlich zu halten. Es gab nur eine Auffälligkeit, an der ein Besucher bemerken konnte, dass etwas nicht stimmte. Ein unterschwelliger Alkoholgeruch klebte in den Räumen und war selbst durch langes Lüften nicht zu besiegen.

In der Küche nahm sie sich zwei Brotscheiben und legte auf die Schnelle eine Scheibe Käse dazwischen. Bereits auf dem Weg in ihr Zimmer hatte sie sich die Hälfte des Brotes in den Mund gestopft. Sie setzte sich auf das Bett und zerrte ihre Beute aus der Sporttasche. Während sie die Reste des Brotes in ihren Mund schob, legte sie die Bibel auf ihre Oberschenkel und begann, darin zu blättern. In erster Linie sah sie sich die Abbildungen an. Sie waren interessant, wenn auch hässlich.

Im vergangenen Schuljahr hatte sie mit ihrer Klasse das römisch-germanische Museum besucht. Dort hatte es zu der Zeit eine Sonderausstellung für mittelalterliche Kunst gegeben. Klara hatte sich gefragt, warum die Leute damals nicht in der Lage gewesen waren, anständig zu zeichnen. Die dargestellten Menschen auf den Gemälden hatten auf sie gewirkt, als hätten Kinder sie gemalt. Alle Personen sahen gleich aus.

Sie las einige Textstellen, verstand deren Sinn aber nicht. Für sie klang das alles recht seltsam. Unverständlicher Kauderwelsch.

Das Schloss der Wohnungstür klackte.

Hastig verstaute sie das Buch unter ihrem Bett und lauschte auf die Geräusche. In der Küche wurde ein Stuhl über den Boden geschoben. Klara meinte, das Seufzen ihrer Mutter zu hören. Vorsichtig zog sie ihre Zimmertür auf und schlich zur Küche. Tatsächlich saß ihre Mutter am Küchentisch.

»Hallo Mama.«

»Hallo mein Schatz.«

Klara setzte sich zu ihrer Mutter an den Tisch. Das linke Auge ihrer Mutter war von der letzten Auseinandersetzung mit ihrem Vater blau angelaufen.

»Mama.«

»Ja.«

»Wir müssen hier weg.«

Klaras Mutter stand auf. An der Spüle ließ sie Wasser in einen Teekessel laufen. »Du bist eine junge Frau geworden.«

»War er früher anders gewesen?«, fragte Klara. »Ich kann mich nicht mehr erinnern.«

Ihre Mutter drehte sich zu ihr um. »Das war er. Ich habe ihn so sehr geliebt. Aber dann ist etwas geschehen. Manchmal glaube ich, ein böser Geist hat von ihm Besitz ergriffen. Ein Geist, den ich nicht vertreiben kann.«

»Der Geist heißt Schnaps.«

Ihre Mutter sagte nichts zu der Bemerkung.

Sie schwiegen eine Weile, bis Klara es nicht mehr aushielt. »Wir müssen weg«, wiederholte sie.

»Und wohin? Du ins Heim und ich ins Armenhaus?«

»Ich will in kein Heim.«

Ihre Mutter stellte sich neben Klara und streichelte ihr über die Wangen. »Und ich will nicht ohne dich sein. Das ist der Grund, warum ich das alles ertrage.«

»Und wie lange willst du das ertragen?«

»Solange es nötig ist.«

Eigentlich wollte Klara ihre Erlebnisse vom Sportfest für sich behalten, um ihre Mutter nicht zu irritieren. Aber jetzt platzte es aus ihr heraus. »Vielleicht habe ich einen Plan, wie wir hier wegkommen.«

Klaras Mutter lächelte mitleidig.

»Mach dich nicht über mich lustig. Ich meine es ernst.«

»Und wie willst du das anstellen?«

Sie erzählte ihrer Mutter von dem Wettkampf und was Pechmann ihr gesagt hatte. »Die Sportschulen werden sich um mich reißen. Wenn man begehrt ist, bekommt man auch Hilfe.«

Der Wasserkessel begann zu pfeifen. Klaras Mutter nahm ihn vom Herd.

»Schatz. Ich glaube dir, dass du schnell laufen kannst, aber …«

Das Telefon klingelte. Klaras Mutter stellte den Teekessel zur Seite und ging in den Flur, um das Gespräch anzunehmen. Sie telefonierte fünf Minuten. Als ihre Mutter in die Küche kam, wirkte sie verstört.

»Wer war das?«,

»Dein Sportlehrer.« Sie sah Klara an. »Er sagt, du seist ein Jahrhunderttalent.«

»Siehst du?«

»Außerdem sollst du am Montag in die Schule kommen. Er hat gesagt, dass du nicht bis zu den Reichsmeisterschaften warten musst, um einen Platz auf einer Sportschule zu bekommen. Dein Lauf bei dem Sportfest hat bereits genügend Leute beeindruckt. Er will dich mit einigen Talentsuchern bekannt machen, die Interesse an dir haben.«

»Siehst du?«, wiederholte Klara euphorisch. »Dachtest du, ich lüge dich an?«

»Nein, natürlich nicht. Ich konnte mir das nur einfach nicht vorstellen.« Klaras Mutter stellte den Teekessel auf den Herd, um das Wasser erneut heiß zu machen. »Denkst du, dass man uns wirklich helfen wird?«

»Auf jeden Fall. Ich glaube, die Sportschulen überbieten sich gegenseitig, um die Besten zu bekommen. Ich sage denen, was ich will«, sagte Klara und überraschte sich selbst mit ihrem Selbstvertrauen.

»Ich weiß nicht, ob das schlau ist.«

»Haben wir etwas zu verlieren?«

»Nein. Das haben wir nicht. Aber du musst dich geschickt verhalten und darfst es nicht übertreiben.«

»Am besten kommst du mit. Es ist besser, wenn ich da nicht alleine hingehe.«

Ihre Mutter fuhr sich mit beiden Händen durch die Haare. »Ich weiß gar nicht, ob ich etwas zum Anziehen habe.«

»Willst du dich hübsch machen?«

Klaras Mutter lachte. Das hatte Klara schon lange nicht mehr gehört.

»Ich will es wenigstens versuchen.«

»Wir schaffen das.«

Klara beobachtete den Wasserdampf, der aus dem Kessel nach

oben stieg. Ihre Mutter schaltete die Herdplatte aus. Sie füllte Tee in ein Teesieb, stellte es in einen Becher und goss Wasser hinein.

Ein Schlüssel drehte sich im Schloss.

Klaras Mutter zuckte zusammen und goss sich dabei beinahe brühendes Wasser über die Hände.

»Geh besser«, sagte sie.

Klara huschte aus der Küche und verschwand in ihrem Zimmer. Im Wohnzimmer wurde der Fernseher eingeschaltet. Sie verstand das als ein gutes Zeichen. Wenn ihr Vater nicht sofort anfing zu brüllen, sondern sich vor die Glotze setzte, konnte dieser Tag ein guter Tag bleiben.

Sie dachte an Pechmann und das Sportfest. Nach dem Trubel hatte es einige Zeit gedauert, bis sie wirklich begriff, was da möglicherweise auf sie zukam. Mittlerweile war sie überzeugt, es bis ganz nach oben zu schaffen. Vielleicht sogar bis zur Weltmeisterschaft. Dann hätte sie im Leben einen guten Stand und ganz sicher keine Geldsorgen mehr. Das erste Mal seit Ewigkeiten fühlte Klara Glück. Sie lag auf dem Rücken in ihrem Bett und sah zu ihrem Wecker. Es war 16:55 Uhr. Im Moment herrschte Frieden und so sollte es bleiben. Sie zog die Bibel unter ihrem Bett hervor und blätterte in ihr herum.

Klara schlug die Augen auf. Im Zimmer herrschte Zwielicht. Die Bibel lag neben ihr aufgeschlagen auf dem Bett. Sie sah zu ihrem Fenster. Der Morgen dämmerte. Fetzen eines Traumes trieben durch ihre Gedanken.

In ihrem Traum rannte sie über eine Wiese. Dabei regnete es unaufhörlich Geschirr. Die Teller und Tassen zerplatzten mit einem Knall, wenn sie neben ihr auf den Boden aufschlugen.

Sie spürte ihre trockene Kehle und schwang die Beine aus dem Bett. Ohne Vorsicht öffnete sie ihre Tür. Ihr Vater schlief zu dieser Zeit seinen Rausch aus. Nichts und niemand konnte ihn in diesem Zustand wecken. In der Küche suchte sie nach dem Lichtschalter. Als das Licht aufflammte, erstarrte sie.

Ihre Mutter lag zwischen den Splittern zerschlagener Teller auf dem Boden.

Klara ging langsam zu ihr und kniete sich neben sie. Sie fasste ihre Mutter an den Oberarm.

»Mama?«

Der Arm ihrer Mutter war unnatürlich steif, ihre Augen weit geöffnet und ohne Glanz. Getrocknetes Blut aus einer Kopfwunde hatte ein Spinnennetz in ihr Gesicht gemalt.

Sie musste einen Arzt rufen. Klara wollte aufspringen und zum Telefon rennen, hielt aber mitten in der Bewegung inne. Es hatte keinen Sinn. Noch nie zuvor hatte sie einen toten Menschen gesehen. Aber das war auch nicht nötig. Das Leben hatte ihre Mutter bereits vor Stunden verlassen und niemand konnte daran etwas ändern. Vermutlich hatte sie die ganze Nacht hier gelegen. Klara steckte sich die Faust in den Mund und biss sich auf die Knöchel, um den Schrei zu unterdrücken, der sich seinen Weg nach außen bahnen wollte.

Das durfte nicht passiert sein. Nicht jetzt.

Klara schloss die Augen ihrer Mutter.

Wenn sie nur fest daran glaubte, war es nicht geschehen.

Alles klärte sich auf. Ganz sicher.

»Soll ich dir was vorlesen? Wir haben jetzt ein Buch im Haus. Es ist nur die Bibel, aber vielleicht gefällt sie dir.«

Klara wischte sich die Tränen von der Wange. Sie stand auf, holte die Bibel aus ihrem Zimmer und setzte sich neben ihre Mutter. Behutsam legte sie den Kopf der Toten auf ihre Beine und streichelte ihr durchs Haar. Nach einer Weile stoppte sie, schlug die Bibel auf und begann zu lesen.

~

Die Mittagssonne leuchtete durch das Fenster. Vögel sangen.

Klara saß unbewegt auf dem Küchenboden. Ihre Beine schmerzten, aber wenn sie aufstand, würde der Kopf ihrer Mutter auf den Boden sinken und beweisen, dass es kein Erwachen für sie gab. Die einzige Möglichkeit, den Verstand zu behalten, bestand darin, sitzen zu bleiben, um den Moment einzufrieren.

Es polterte im Wohnzimmer. Ihr Vater war wohl aufgestanden und hatte dabei Möbel umgekippt.

Schritte näherten sich der Küche.

Dann stand er in der Tür.

Er trug eine Stoffhose und ein Unterhemd, die Füße nackt. Auf dem Hemd hatte Erbrochenes einen gelblichen Fleck auf der Brust hinterlassen, seine Haare wiesen in alle Richtungen. Er sah Klara an. Dabei schwankte er und hielt sich mit einer Hand am Türrahmen fest. Mit glasigen Augen betrachtete er seine am Boden liegende Frau.

»Jetzt kann der Teufel sie ficken. Mich hat sie eh nicht mehr rangelassen«, sagte er, taumelte in die Küche hinein und nahm sich eine Schnapsflasche aus dem Regal. »Heute kaufst du mir was zu trinken. Die Schlampe wird es nicht mehr tun.« Dann verließ er die Küche und stolperte zurück ins Wohnzimmer.

Klara las weiter in der Bibel und verlor das Gefühl für die Zeit.

Sie blieb an einer Zeile hängen.

Ihre Augen verfolgten die Wörter, als wäre die Zeile eine zerkratzte Schallplatte und ihre Augen die springende Nadel. Gefangen in einer Endlosschleife.

Sie wusste nicht, wie viel Zeit vergangen war.

Gegen ihren Willen kehrte ihr Verstand zurück in ihren Körper.

Sie fasste einen Entschluss, stand auf und ging ins Wohnzimmer.

Der Fernseher lief. Ihr Vater schlief auf dem Sofa und schnarchte. Auf dem Beistelltisch standen zwei leere Schnapsflaschen. Einer der Sessel lag umgekippt auf der Seite. Der Gestank von ausgeschwitztem Alkohol hing in der Luft.

Sie ließ ihren Vater alleine.

Im Flur nahm sie den Telefonhörer ab und wählte den Notruf.

»Hauptstraße vierzehn bei Wagner. Kommen Sie schnell. Ich habe meinen Vater getötet.«

Klara legte auf, lief mit energischen Schritten in die Küche und nahm die letzte Flasche mit dem durchsichtigen Fusel aus dem Regal.

Im Schrank unter der Spüle fand sie ein altes Geschirrhandtuch, das ihre Mutter zum Putzen benutzt hatte, sowie eine halb volle Flasche Lampenöl.

Zurück im Wohnzimmer schüttete sie den Schnaps und das Öl über ihren Vater aus. Er reagierte nicht. Selbst als sie ihm das Petroleum über das Gesicht goss, legte er nur kurz die Stirn in Falten. Öl lief ihm die Nase und er schnaufte einmal wie ein Pferd.

Mit dem letzten Rest des Petroleums befeuchtete sie das alte Handtuch. Sie hielt ein Feuerzeug unter den Lumpen, bis er mit einer rußenden Flamme brannte.

Klara flüsterte: »Denn ein Feuer ist angegangen durch meinen Zorn und wird brennen bis in die unterste Hölle.«

Sie warf ihrem Vater das brennende Tuch auf den Bauch.

HERBST 1981

6

DES MENSCHEN WOLF

Max Lenzer, Montag, 25.10.1981, 00:30 Uhr

Maria lebte seit fast drei Monaten bei ihm.

Immer noch hielt seine Verwunderung darüber an, wie reibungslos alles verlaufen war.

Beim Standesamt und dem Einwohnermeldewesen hatte niemand Fragen wegen dem Ehrversprechen gestellt. Problemlos erhielt er die nötigen Papiere. Mit diesen Unterlagen war Lenzer bei seiner neuen Division vorstellig geworden. Dort füllte er einen weiteren Stapel Formulare aus. Nach einigen Tagen hatte er einen Brief erhalten, in dem ihm ein Platz für Maria im Kindergarten für SS-Angehörige zugesichert wurde.

Der Ruhe, die seitdem herrschte, traute Lenzer nicht über dem Weg. Nach wie vor rechnete er jeden Tag damit, dass er auffliegen würde. Er wagte es nicht einmal, eine Haushaltshilfe zu engagieren.

Trotz dieser Sorgen hatte er es geschafft, seit dem Tag des Ehrversprechens kein Methamphetamin mehr zu nehmen. Vermutlich lag es daran, dass er die Verantwortung für einen Menschen übernommen hatte. Er konnte sich nicht mit betäubten Sinnen um ein Kind kümmern. Mit den Schlaftabletten verhielt es sich anders. Im alltäglichen Tagesablauf schaffte er es, ohne Drogen zu funktionieren. Das hatten die letzten Wochen bewiesen. Aber schlafen musste er und die Albträume, die ihn davon abhielten, waren geblieben.

Lenzer trug einen Schlafanzug und lag auf dem Sofa im Wohnzimmer. Der Verstand müde, die Augen offen. Wie so oft ließ ihn die Furcht vor den Träumen nicht einschlafen.

Er stand auf und ging zum Schlafzimmer, um sich die Schlaftabletten aus dem Nachtschrank zu holen. Bis er eine größere Wohnung fand, überließ er Maria das Bett und übernachtete auf dem Sofa.

Vorsichtig öffnete er die Tür, schlich zum Nachttisch und nahm die Tablettenpackung aus der Schublade.

Maria lag im Bett und schlief. Er blieb stehen und beobachtete sie. Der Anblick des stillliegenden Kindes beruhigte ihn. Eine Minute sah er ihr beim Schlafen zu, dann ging er ins Wohnzimmer, warf die Tabletten auf den Tisch und zog sich seine Straßenkleidung an. Er griff sich den Wecker, der auf dem Tisch stand.

Zurück im Schlafzimmer legte er sich vorsichtig neben Maria auf das Bett, wobei er darauf achtete, sie nicht zu berühren. Das zwei Meter breite Bett bot mehr als genug Platz. In Straßenkleidung zu schlafen, fühlte sich seltsam an, aber sich im Schlafanzug neben sie zu legen, kam ihm falsch vor.

Was für eine idiotische Idee. Jetzt lag er nicht mehr im Wohnzimmer und starrte gegen die Decke, sondern tat dasselbe im Schlafzimmer. Wo lag der Unterschied?

Lenzer schloss die Augen und lauschte auf Marias Atemgeräusche. Flach, leise und stetig wie ein Metronom.

Nach einem tiefschwarzen Schlaf öffnete Lenzer die Augen und schaltete den klingelnden Wecker aus.

Was war geschehen? Langsam fand er die räumliche und zeitliche Orientierung wieder. Als er sich neben Maria gelegt hatte, musste er sofort eingeschlafen sein.

Maria war vom klingelnden Wecker anscheinend nicht aufgewacht.

Er stand auf und ging ins Bad, um zu duschen. Danach zog er sich seine Uniform an und bereitete das Frühstück in der Küche. Es wurde Zeit, Maria zu wecken. In einer Stunde musste er sie in den Kindergarten bringen.

Während er Teller auf den Küchentisch stellte und sich einen Kaffee in einen Becher goss, hörte er die Badezimmertür zuschlagen.

Maria war aufgestanden. Vielleicht hatte sie doch nicht mehr geschlafen. Wenig später tapste sie barfuß in die Küche, legte sich ein Kissen auf den Stuhl, das sie sich aus dem Wohnzimmer geholt hatte, und setzte sich an den Tisch. Schweigend aß sie ein Marmeladenbrot, das Lenzer ihr gemacht hatte.

Jeder Morgen verlief ähnlich.

Maria redete nicht und Lenzer schwieg ebenfalls.

Sie beendete ihr Frühstück, schlurfte ins Schlafzimmer und zog sich an.

Zeitgleich räumte er die Küche auf.

Dann machten sie sich auf den Weg zum Kindergarten.

Als Lenzer Maria im Kindergarten absetzte, bat die Leiterin der Einrichtung ihn zu einem kurzen Gespräch in ihr Büro.

Sie setzte sich an ihren Schreibtisch und musterte ihn über ihre Lesebrille hinweg.

In ihrem Hosenanzug und den zum Dutt zusammengewickelten grauen Haaren, wirkte sie wie eine Regierungsdirektorin, der man übel mitgespielt und diese lächerliche Stelle zugewiesen hatte.

Nach einigen Höflichkeitsfloskeln setzte sie zum wahren Grund ihres Gesprächs an: »Maria ist außerordentlich ruhig.«

»Sie muss den Tod ihrer Mutter verkraften.«

»Das weiß ich. Und es ist verständlich. Aber ich habe Sorge, dass sie die anderen Kinder ansteckt.«

»Ansteckt? Womit? Trauer?«

»Mit ihrer lebensverneinenden Art.«

»Sie ist erst fünf Jahre alt.«

»Das ist es, was mir Sorge bereitet. Wie wird es erst sein, wenn sie älter wird?«

»Ich hoffe, sie wird über ihren Verlust hinwegkommen. Die Zeit wird ihr dabei helfen.«

»Natürlich ist das Ihre Hoffnung. Das verstehe ich. Die Zeit heilt viele Wunden. Aber leider nicht alle.«

Dem konnte er nicht wiedersprechen.

»Sie ist stark.«

Die Frau machte einen verständnisvollen Gesichtsausdruck. »Möglicherweise ist ein Kindergarten nicht der richtige Ort für Ihre Tochter. Zumal Maria bald eingeschult wird. Ich befürchte, dass sie sich sehr schwertun wird. «

»Maria ist also Ihrer Meinung nach zurückgeblieben.«

»Das habe ich nicht gesagt.«

»Was wollen Sie dann sagen?«

Die Kindergartenleiterin erhob sich aus ihrem Stuhl und reichte Lenzer ein Formular über den Schreibtisch hinweg.

»Das ist eine Anmeldung für eine spezielle Hilfseinrichtung. Ich bin der festen Überzeugung, dass Maria dort besser aufgehoben ist. Dort gibt es Fachkräfte, die im Umgang mit solchen Kindern geschult sind.«

Solchen Kindern. Lenzer sah sich das Formular an. *Anmeldung für die kinderpsychiatrische Betreuungsklinik der Stadt Berlin.* Wenn Maria in die Mühlen der Psychiatrie geriet, war sie verloren. Lenzer kannte genügend gruselige Geschichten über Menschen, die in die Fänge der Seelenklempner geraten waren und nie wieder die Freiheit gesehen hatten. Sicherlich gab es Menschen, die in eine solche Einrichtung gehörten, aber Maria nicht. Und selbst wenn. Das ließe er niemals zu.

Mit Mühe gelang es ihm, seine Wut zu beherrschen und das Papier nicht vor den Augen der Leiterin zu zerreißen. Er räusperte sich, um seinen Tonfall im Griff zu behalten.

»Ich werde mich dafür einsetzen, dass Sie Hilfe erhalten.«

Die Leiterin legte die Stirn in Falten. »Ich verstehe Sie nicht.«

»Sie sind offensichtlich mit Ihrer derzeitigen Tätigkeit überfordert. Unter Umständen kann ich Ihnen dabei behilflich sein, eine angemessenere Beschäftigung für Sie zu finden.«

»Herr Lenzer, ich meine es nur gut mit Maria.«

Lenzer stand auf und zog seine Uniformjacke gerade. »Legen Sie sich nicht mit mir an«, zischte er.

Ohne eine Reaktion abzuwarten, verließ er das Büro.

Seine Drohung war lächerlich. Er besaß überhaupt nicht die nötigen Beziehungen, um der Leiterin zu drohen. Aber das konnte sie nicht wissen.

Auf dem Flur sah er Maria abseits von den anderen Kindern auf einer Bank sitzen.

Er ging auf sie zu und kniete sich vor ihr hin.

»Hör zu.« Er legte viel Ernst in seine Stimme. »Ich weiß, dass du mich nicht magst. Aber wenn du nicht bald anfängst, mit den Kindern zu spielen, weiß ich nicht, ob ich dich beschützen kann.«

»Warum beschützen? Was habe ich getan?«

Lenzer hatte nicht damit gerechnet, dass Maria etwas sagen würde, und musste sich kurz sammeln.

»Du verhältst dich nicht wie die anderen Kinder.«

»Warum ist das schlimm?«

»Wenn du dich anders verhältst, bist du nicht mehr Teil der Herde. Dann stehst du ganz alleine auf der großen Wiese. Weißt du was dann passiert?«

Maria schüttelte den Kopf.

»Dann fressen dich die Wölfe.«

Sie sah ihn entsetzt an.

Wusste sie überhaupt, was Wölfe sind?

»Kennst du Wölfe?«, fragte er.

»Das sind große Hunde.« Sie machte ein nachdenkliches Gesicht. »Fressen Wölfe auch kleine Kinder?«

»Die Wölfe, die ich meine, fressen alles.«

»Ich will nicht gefressen werden.«

»Dann freunde dich mit den anderen an.«

»Finden mich die Wölfe dann nicht?«

»Nein. Dann bist du für sie unsichtbar.« Er stand auf. »Ich muss jetzt zur Arbeit. Ob du es verstehst, weiß ich nicht. Aber ich bin der einzige Freund, den du hast.«

Die Kaserne der SS-Panzerdivision Vaterland lag südwestlich von Berlin in der Nähe der Ortschaft Pechwitz. Ein Areal, bebaut mit mehr als einem Dutzend mehrstöckiger Flachbauten und Hallen, umgeben von einem drei Meter hohen Stacheldrahtzaun, der bis ans Ende der Welt zu reichen schien.

Lenzer hielt am Schlagbaum der Wache und zeigte seinen Dienstausweis vor. Der Soldat grüßte und ließ ihn passieren. Er parkte den Wagen ein.

Es war 08:40 Uhr. In zwei Stunden stand eine Dienstbesprechung der Bataillonskommandanten an. Sturmbannführer mit siebenundzwanzig und alleinerziehender Vater eines unehelichen Kindes – das sorgte für Gesprächsstoff. Allerdings ließ man ihn in Frieden. Wer in einem solchen Alter rasant die Karriereleiter nach oben fiel, musste mächtige Freunde besitzen. Da erschien es sicherer, Abstand zu halten und so jemanden in Ruhe zu lassen.

Lenzer hatte nach wie vor keine Ahnung, wem er seine Beförderung verdankte, aber sollten die anderen vermuten, was sie wollten. Besonders dann, wenn es ihm nutzte.

Er betrat das Vorzimmer seines Büros.

Drei Soldaten standen auf und grüßten ihn mit einem simultanen *Guten Morgen, Herr Sturmbannführer.* Er erwiderte den Gruß und betrat sein Büro.

Im Prinzip hatte er eine Schreibtischarbeit. Lauter administrative Aufgaben. Urlaubsgesuche, Krankmeldungen, Bedarfsanforderungen. Die Divisionen der SS wechselten sich mit ihren Auslandseinsätzen ab. Wenn kein offener Krieg ausbrach, war Lenzers Division erst in vier Jahren an der Reihe.

Auf seinem Schreibtisch lagen neue Akten. Er setzte sich und begann, in ihnen herumzublättern. Nach wenigen Minuten hielt er inne. Das Gespräch mit der Kindergartenleiterin beschäftigte ihn immer noch. Wenn sie seine Drohung nicht beeindruckt hatte, konnte sie ihm Probleme bereiten. Irgendwie musste es ihm gelingen, Maria dazu zu bewegen, sich wie ein gewöhnliches Kind zu verhalten.

Es klopfte.

»Herein.«

Einer der Soldaten aus Lenzers Vorzimmer trat ein.

»Kurz vor ihrem Eintreffen hat ein Herr Schreiber für Sie angerufen, Herr Sturmbannführer.«

»Das sagt mir nichts. Was wollte er?«

»Ich soll Ihnen ausrichten, dass er Ihre Tochter heute vom Kindergarten abholt. Sie brauchen sich nicht darum zu kümmern.«

»Wie bitte?«

Der Soldat wiederholte die Nachricht.

»Das war alles?«

»Jawohl, Herr Sturmbannführer.«

»Haben Sie eine Rückrufnummer?«

»Nein, Herr Sturmbannführer.«

»Danke.«

Der Soldat schloss die Tür von außen.

Lenzer erinnerte sich nicht an einen Mann namens Schreiber. Und jemanden, der Maria vom Kindergarten abholen sollte, gab es ohnehin nicht. Was war das für ein sonderbarer Anruf? War das ein idiotischer Streich? Wollte sie jemand entführen?

Er nahm den Hörer des Telefons ab, um den Notruf zu wählen. Eine Streife sollte zum Kindergarten fahren und sich um Maria kümmern, bis er eintraf. Nachdem er die ersten beiden Tasten gedrückt hatte, warf er den Hörer zurück auf die Gabel. Nein, keine Polizei.

Erst die Kindergartenleiterin, die ihm Ärger bereiten wollte und jetzt die Polizei. Das würde zu viele Fragen aufwerfen. Aufmerksamkeit war das Letzte, was er brauchte. Außerdem rief ein Entführer nicht an, um seine Tat verschlüsselt anzukündigen. Aber ein dummer Telefonstreich war wohl ebenfalls auszuschließen.

Er stand auf und verließ das Büro.

»Ich melde mich krank. Bitte geben Sie das weiter. Und lassen Sie mich für die Besprechung entschuldigen.«

Er ließ die verdutzten Soldaten stehen und lief mit eiligen Schritten zum Wagen. Als er den Schlüssel in das Zündschloss steckte, zitterten seine Finger.

~

Um Viertel nach zehn parkte Lenzer gegenüber von Marias Kindergarten ein. Aus dem Wagen heraus beobachtete er das Gebäude.

Sein Platz erwies sich als ausgezeichnet. Von hier aus konnte er sowohl das Hauptgebäude wie auch die Turnhalle im Auge behalten. Und wenn er sich ein Stück nach vorn beugte, gelang ihm sogar ein Blick auf den Spielplatz mit den Klettergerüsten und der blauen Plastikrutsche, die in einem Sandkasten endete. Nicht einmal die vom Herbst gelb-rot eingefärbten Kastanien an den Straßenrändern behinderten die Sicht. Dieser sogenannte Herr Schreiber würde ihm jedenfalls nicht entgehen. Sofern er denn auftauchte.

Die Eingangstür des Hauptgebäudes öffnete sich.

Eine Kindergärtnerin trat nach draußen und hielt die Tür für die nachfolgenden Kinder auf. Die Kinder liefen jeweils zu zweit und hielten sich an den Händen.

Lenzer erkannte Maria. Sie lief gemeinsam mit einem Mädchen. Die beiden lachten. Hatte Maria seine Ansprache etwa verstanden? Schwer zu sagen. Im Prinzip spielte es keine Rolle. Hauptsache sie tat das Richtige. Lenzers Herz wurde leicht.

Er beobachtete, wie die Kinder mit der Kindergärtnerin in der Turnhalle verschwanden. In diesem Moment klopfte es am Fenster. Er zuckte zusammen.

Da stand Toma.

Der Drogenhändler trug ein schiefes Lächeln im Gesicht und bedeutete ihm mit einer Geste, dass er die Scheibe herunterkurbeln sollte. Lenzer tat es.

»Kann ich mich zu dir setzen?«, fragte Toma.

Lenzer nickte.

Das war also der Herr Schreiber. Was fiel diesem Arschloch ein?

Toma lief um den Wagen herum, öffnete die Beifahrertür und ließ sich auf den Sitz fallen.

Lenzer packte ihn am Kragen und zog ihn ein Stück zu sich hin. »Was soll der Scheiß?«, zischte er.

»Beruhig dich.«

»Was willst du von Maria? Du hast doch bei meiner Dienststelle angerufen oder etwa nicht?«

»Ich will nichts von dem Kind.«

Mit der freien Hand verpasste Lenzer Toma eine Ohrfeige. »Ich will wissen, ob du angerufen hast.«

»Ja, ja. Ich erklär es dir.«

Lenzer zögerte kurz, bevor er den Drogenhändler losließ. »Zuerst will ich wissen, woher du weißt, wo ich arbeite. Und woher kennst du den Kindergarten?«

»Nach dem Ehrversprechen bin ich dir zu deiner Wohnung gefolgt.«

»Warum?«

»Ich dachte, das könnte nützlich werden. Vor ein paar Tagen habe ich bei dir zu Hause auf dich gewartet. Du hast das Kind hierher gebracht und bist anschließend nach Pechwitz gefahren. Ich habe vermutet, dass du dort arbeitest. Dass du bei der SS bist, wusste ich.

Aber gleich Sturmbannführer. Respekt. Du bist ja eine richtige Nummer.« Toma zog eine Zigarettenpackung aus der Lederjacke.

»Du rauchst nicht in meinem Wagen.«

»Ich mache das Fenster auf.«

»Nein.«

Widerwillig steckte Toma die Zigaretten weg. »Sturmführer, Standartenführer, Gruppenführer. Gibt es bei der SS überhaupt jemanden, der kein Führer ist?«

»Was sollte der Anruf?«

»Ich wollte mich mit dir treffen und habe mir gedacht, dass es dir so lieber ist, als wenn ich bei dir an Tür klingle. Du wohnst in einer angenehmen Wohngegend. Alles neu. Die Straßen sauber. Ruhig. Da fallen Kerle wie ich nur unangenehm auf. Ich hatte gehofft, dass du dich sofort nach meinem Anruf auf den Weg machst.«

»Theatralischer ging es nicht.«

»Es hat funktioniert.«

»Und wenn ich die Polizei gerufen hätte?«

»Dann wäre ich wieder gegangen. Außerdem war ich davon überzeugt, dass du das nicht tun wirst. Da könnten Fragen gestellt werden, die du nicht beantworten möchtest.«

»Ich habe alle nötigen Papiere.«

»Aber du hast die Polizei trotzdem nicht angerufen. Du bist selbst gekommen.«

Was wollte Toma ihm damit beweisen? Dass er seine Ängste kannte?

»Warum beobachtest du mich? Was willst du?«

»Du hast dich nicht mehr bei mir blicken lassen. Da habe ich mir Sorgen gemacht.«

»Spar dir deine Witze.«

»Brauchst du etwa kein Pervitin mehr?«

»Derzeit nicht.«

»Du Glücklicher. Aber ich kann sowieso keins mehr verkaufen. Meine Bezugsquelle hat mir die Freundschaft gekündigt.«

»Was geht mich das an?«

»Ich habe keine Einnahmequellen mehr.«

»Willst du mich jetzt erpressen, weil ich Pervitin bei dir gekauft habe?«

»Das wäre sinnlos. Dein Wort stände gegen meines. Da gehe ich als Verlierer vom Platz.«

Lenzer begriff, worauf das jetzt hinauslief. Das kleine drogenabhängige Arschloch wollte ihn mit dem betrügerisch erlangten Ehrversprechen erpressen.

»Dann bist du wegen Maria hier.«

»Das ist richtig. Maria ist etwas Handfestes. Ein Beweis, der sich nicht einfach in Luft auflöst.«

»Wie du bereits festgestellt hast, bin ich Sturmbannführer. Wenn ich will, wirst du für lange Zeit im Gefängnis verschwinden.«

»Das ist sicher wahr. Aber ich bin mir genauso sicher, dass meine Geschichte auf Interesse stoßen wird. Wenn du mich fertigmachen willst, nur zu. Aber du gehst mit mir den Bach runter. Und was wird dann aus Maria?«

»Wichser!«

Toma grinste. »Wo kommt das Mädchen eigentlich her?«

»Das werde ich dir nicht auf die Nase binden.«

»Ich nehme an, du hast da gewisse sexuelle Interessen.«

Lenzer packte Toma bei den Haaren und schlug seinen Kopf gegen die Seitescheibe. »Ich mach dich fertig«, brüllte er.

Toma schaffte es, Lenzers Arm wegzudrücken.

»Keine sexuellen Interessen. Ich habe es begriffen. Aber vielleicht lassen sich andere nicht so leicht überzeugen wie ich.«

»Wie viel?«

»Ich will kein Bargeld, ich brauche harte Währung. Einhundert Goldreichsmark. Das sollte dir das Kind wert sein.«

»So viel habe ich nicht. Ich kann dir zwanzig geben.«

»Ich brauche einhundert.«

»Dafür benötige ich Zeit.«

»Du hast sieben Tage.« Er reichte Lenzer einen Zettel. »Da steht der Treffpunkt drauf. Komm dahin. Nächsten Montag um zweiundzwanzig Uhr.«

Lenzer nahm den Zettel.

»Noch was. Wenn mir etwas zustoßen sollte, dann werden automatisch Beweise verschickt. Ich denke, ich muss dir das nicht erklären. Kennt man ja aus dem Kino.«

Toma verließ den Wagen und Lenzer sah ihm nach, bis er in eine

Seitenstraße einbog. Ein Geheimnis war nur solange ein Geheimnis, solange man es als Einziger kannte.

Er hätte es wissen müssen, dass ein Mensch wie Toma hier seine Chance witterte.

Toma hatte ihn beschattet und wusste nun, wo er wohnte, wo er arbeitete, welchen Dienstgrad er besaß und, weil sein Name ordnungsgemäß auf dem Klingelschild stand, kannte er auch noch seinen Namen.

Das alleine war schon schlimm genug.

Was sollte er jetzt tun? Ihn umbringen? Der Wunsch war vorhanden. Aber was war mit den Beweisen, von denen Toma gesprochen hatte? Existierten die? Konnten die ihm gefährlich werden? Oder bluffte Toma nur? Und wenn er sich entschloss, zu zahlen? Woher das Geld nehmen? Wäre die Sache dann wirklich vorbei?

Eines wusste er mit Bestimmtheit. Er würde Maria schützen. Seit sie bei ihm war, fühlte er sich besser. Maria getroffen zu haben, war ein Geschenk des Schicksals. Es fiel ihm nicht leicht, mit einem Kind zusammenzuleben, das ihn nicht ausstehen konnte. Aber das war in Ordnung. Niemand hatte behauptet, dass der Weg der Reue einfach sein würde. Gehen musste er ihn trotzdem.

7

OBJEKT DER BEGIERD

Klara Wagner, Dienstag, 20.10.1981, 06:00 Uhr

Das Frauengefängnis in Mainz-Wackernheim war ein grauer Bau aus Beton und Stahl. Die Luft roch nach einer Mischung aus Schmieröl und Putzmitteln. Wenn Klara durch die fensterlosen Gänge ging, fühlte sie sich wie im Bauch eines U-Boots.

Ihre Zelle war vier Meter lang und drei Meter breit.

An den Längsseiten befanden sich jeweils ein Metallbett und ein Tisch.

Über dem Tisch hing ein Wandregal. Vor dem Tisch stand ein Stuhl.

In einer Ecke die Toilette. In der anderen Ecke ein Waschbecken.

Dann gab es die Tür und gegenüberliegend einen fensterähnlichen Schlitz. Zwanzig Zentimeter breit und fünfzig Zentimeter hoch.

In der Betondecke war ein Rechteck herausgeschnitten. In der Vertiefung hingen zwei durch eine Plexiglasscheibe geschützte Neonröhren.

Als ein Gefangenentransport Klara vor mehr als zwei Monaten in das Gefängnis gebracht hatte, schepperte die besoffene Stimme ihres Vaters in ihrem Kopf: *Dieser Ort wird dich entweder hart machen oder umbringen. Nichts dazwischen.* Klara ahnte, dass die Stimme recht behalten würde.

Um einundzwanzig Uhr schaltete sich das Licht ab.

Morgens um sechs Uhr begannen die Leuchtstoffröhren an der Decke, zu klackern, und es wurde wieder hell.

Das geschah jetzt.

Klara hatte seit einer Stunde auf dem Rücken gelegen und in der Dunkelheit nach oben gestarrt. Nun schloss sie die Augen gegen das grelle Licht.

Man sagte, dass der Mensch sich an alles gewöhnte. Ein Irrtum, dem nur Menschen erlagen, die wenig im Leben ertragen mussten. Sie würde sich niemals daran gewöhnen, in diesem Loch ihr Dasein zu fristen.

Unter ihrem Kissen lag ein gefaltetes Papier, das sie hervorholte. Vor einigen Tagen war ihr ein Gedicht von Rainer Maria Rilke in den Sinn gekommen. Weil sie nichts weiter zu tun gehabt hatte, hatte sie es aufgeschrieben. Es war das einzige Gedicht in der Schule gewesen, was ihr gefallen hatte.

Der Panther
(Im Jardin des Plantes, Paris)

Sein Blick ist vom Vorübergehen der Stäbe
so müd geworden, dass er nichts mehr hält.
Ihm ist, als es tausend Stäbe gäbe
Und hinter tausend Stäben keine Welt.

Der weiche Gang geschmeidig starker Schritte,
der sich im allerkleinsten Kreise dreht,
ist wie der Tanz um eine Mitte,
in der betäubt ein großer Wille steht.

Nur manchmal schiebt der Vorhang der Pupille
sich lautlos auf -. Dann geht ein Bild hinein,
geht durch der Glieder angespannte Stille -
und hört im Herzen auf zu sein.

Sie stand auf.

Langsam zog sie sich ihre Kleidung an. Graue Hose, graues Leinenhemd.

Dann legte sie sich auf den Boden und machte abwechselnd Liegestütze und Übungen für die Bauchmuskulatur. Als die Muskeln streikten, stand sie auf und nahm den Stuhl, um ihren Trizeps zu trainieren. Sie stützte sich mit den Handflächen auf der Sitzfläche ab, während sich ihr Gesäß vor dem Stuhl befand. Sie ließ ihren Körper nach unten sinken und drückte sich nach oben. Ihre Arme arbeiteten wie die Kolben eines Motors. Sie quälte sich, aber irgendwann gelang es ihr nicht mehr, ihr Körpergewicht zu stemmen, und sie fing nach einer kurzen Pause erneut mit Liegestütze an.

Dann ging nichts mehr.

Erschöpft ruhte sie sich aus.

Sie putzte die Zähne, wusch sich das Gesicht und kämmte ihre Haare. Einen Spiegel gab es nicht. Nach Beendigung ihrer morgendlichen Toilette setzte sie sich auf ihre Pritsche und wartet auf das Signal für die Zellenöffnung.

Erinnerungen an ihre Mutter blitzten auf.

Sofort legte Klara sich auf den Boden und machte Liegestützen, bis die Bilder verblassten. Ein Klingeln, das an das Pausensignal in der Schule erinnerte, stoppte sie.

Klara stellte sich vor die Zellentür. Ein Klacken und die Tür schob sich zur Seite in die Wand. Sie trat in den Korridor.

Dutzende Frauen taten es ihr gleich. Zusammen bildeten sie eine Schlange, die sich stockend in Bewegung setzte. Außer den schlurfenden Gehgeräuschen, die in unregelmäßigen Abständen von einem Husten unterbrochen wurden, blieb es still. Erst als die Kolonne den Essenssaal erreichte, begannen die Gespräche.

Klara nahm ein Tablett von einem Stapel und reihte sich bei der Essensausgabe ein. Sie wurde geschubst, behauptete mit Mühe ihren Platz. Schnell hatte sie begriffen, dass Schwäche Gewalt beschwor und kein Mitleid erregte.

Ihr Frühstück bestand aus zwei Scheiben Brot, Margarine, Aufschnitt, sowie einem Becher Tee.

Mit ihrem Tablett setzte sie sich an ihren zugewiesenen Platz. Während sie ein Brot schmierte, versuchte sie, das zur Hälfte aus Männern bestehende Wachpersonal zu ignorieren. Von den Wärtern ging die eigentliche Gefahr aus. Ohne den Blick von ihrem Teller zu nehmen, aß sie ihr Brot.

Nach dem Frühstück ging es für Klara in die Wäscherei.

In der Wäscherei zu arbeiten, fühlte sich an, wie den Tag in einer warmen Wolke zu verbringen. Das Atmen bereitete Mühe. Am Abend, mit von Feuchtigkeit schwer gewordener Kleidung, nahm Klara den Geruch von Waschpulver mit in ihre Zelle.

Das Inventar der Wäscherei bestand aus einigen Großwaschmaschinen, Trocknern und Heißmangeln. Ihre erste Aufgabe für den heutigen Tag bestand darin, Waschmaschinen mit Wäsche zu befüllen. Danach sollte sie bei den Heißmangeln unterstützen. Drei Tage in der Woche durfte Klara in der Wäscherei arbeiten. Wenn man ansonsten in einer Betonschachtel sein Leben verbrachte, erwies sich jede Beschäftigung als Gnade.

Als Klara die Waschmaschinen befüllt hatte, ging sie zur Heißmangel und half einer anderen Strafgefangenen, Bettlaken in die Mangel zu schieben. Sie mochte die Frau nicht. Bereits ihre erste Begegnung hatte in einem unangenehmen Gespräch geendet. Die Mitgefangene hieß Bettina, war dreißig Jahre alt und saß seit vier Jahren im Gefängnis. Warum, wusste Klara nicht. Wenn man bedachte, dass die Kost in der Anstalt nicht üppig war, stellte sich die Frage, wie Bettina es über die Zeit geschafft hatte, ihren fetten Hintern zu behalten.

Zehn Minuten arbeiteten die beiden schweigend, wobei Klara spürte, dass Bettina sie unentwegt ansah.

»Hast du es dir anders überlegt?«, fragte Bettina schließlich.

»Nein.«

»Dann bist du dümmer, als ich dachte.«

Klara griff nach einem Bettlaken und führte es in die Mangel ein.

»Was ist schon dabei?«, fragte Bettina. »Du gehst mit ihm auf die Toilette, beugst dich nach vorne und ehe du dich versiehst, ist es vorbei. Dafür bekommst du Zigaretten.«

»Ich rauche nicht.«

»Du sollst sie nicht rauchen, sondern weiterverkaufen. Für Zigaretten kriegst du alles Mögliche.«

»Ich brauche nichts.«

»Jeder braucht was.«

»Kann ich mir die Freiheit mit den Zigaretten kaufen?«

»Schwachsinn.« Bettina hielt mit der Arbeit inne und kratzte sich am Kinn. »Er ist doch kein übler Kerl.«

Klara wusste, wen sie meinte. Matthias war einer der Wärter, der die Frauen in der Wäscherei bewachte. Ein Mann Mitte zwanzig. Er hatte sie in den letzten beiden Wochen mehrfach angesprochen und auf freundlich getan. Zuerst hatte Klara das nett gefunden, bis sie von einer Mitgefangenen aufgeklärt wurde: Viele der Frauen schliefen mit den Wärtern. Einigen mache das Spaß, andere würden sich Vergünstigungen erhoffen. Allerdings gebe es auch Frauen, denen es keine Freude bereite und die keine Vergünstigungen wollten, es aber dennoch machen müssten. Klara solle sich in Acht nehmen.

Sie fühlte sich überfordert. Wie sollte sie sich gegen erwachsene Männer zur Wehr setzen? Außerdem hatte sie noch nie Sex gehabt. Nicht mal einen Jungen auf den Mund geküsst. Das Schlimmste war, dass nicht die geringste Chance bestand, sich dem Ganzen zu entziehen. Wegrennen ging nicht.

Einmal in der Woche erhielt das Gefängnis eine Lieferung von Wäsche aus einem Altersheim. Kurz hatte sie mit dem Gedanken gespielt, die Rollcontainer, mit denen die Wäsche transportiert wurde, zur Flucht zu benutzen. Aber soweit sie das beobachten konnte, erlaubten sich die Wärter keine Nachlässigkeiten und kontrollierten die Container akribisch. Sicher war sie nicht die Erste, die auf diese Idee gekommen war.

Bei dem Gedanken, was ihr bevorstand, bekam sie einen Kloß im Hals. Sie versuchte, sich die Angst nicht anmerken zu lassen.

»Ich weiß, dass er scharf auf dich ist«, sagte Bettina.

»Warum interessiert dich das? Wenn du ihn toll findest, mach es selbst.«

»Mich will hier keiner. Aber dich schon. Sieh dich an. Schwarze Haare, blaue Augen, voller Mund, blasse Haut. Dazu einen Körper wie aus Marmor gehauen. Du könntest hier drinnen ein gutes Leben führen.«

»Ich verzichte.«

»Stell dich nicht so an. Am Ende werden sie sich sowieso nehmen, was sie wollen. Wenn du mitmachst, bekommst du wenigstens Zigaretten dafür. Ich stehe Schmiere und kriege einen Anteil.«

»Lass mich in Ruhe!«

»Wie du meinst.« Bettina drehte sich von ihr weg. »Blöde Fotze«, nuschelte sie.

Den Rest des Vormittages arbeitete Klara, ohne dass Bettina sie nochmals ansprach. Am besten gefiel ihr in der Wäscherei die Größe des Raumes. Der Saal mit den Maschinen besaß die Ausmaße einer Turnhalle. Es war eine Wohltat, mehr als zwei Schritte gehen zu können, ohne gegen eine Wand zu stoßen.

Kurz vor dem Mittagessen schickte man sie mit einem Eimer zum Waschmittel holen in den Lagerraum. Klara stand zwischen den Regalen und schaufelte das körnige Pulver aus einem Fass in den Eimer, als sie Schritte hörte. Sie drehte sich um.

Da stand Matthias und lächelte sie an.

Sie nahm den Eimer und wollte an ihm vorbeigehen.

Der Wärter versperrte ihr den Weg.

»Sei nicht unhöflich«, flüsterte er und beugte sich vor, sodass sein Gesicht fast ihre Haare berührte. Sie hörte, wie er die Luft durch die Nase einzog.

Klara wich einen Schritt zurück. »Ich bin nicht unhöflich. Ich muss das Waschmittel zurückbringen.«

»Das hat Zeit.«

Er fasste sie an den Schultern.

Sie ließ den Eimer mit dem Waschpulver fallen, stieß Matthias mit beiden Händen vor die Brust und ging rückwärts, bis sie mit dem Rücken an eines der Regale prallte.

»Du bist wild. Das finde ich gut. Ich glaube, ich nenne dich Schneewittchen.«

Grinsend kam er auf sie zu.

»Wenzel!« Hinter Matthias war Weilbach aufgetaucht, ein älterer Wärter und Schichtleiter. »Was machst du hier?«

Matthias wirbelte herum.

»Die Gefangene kam nicht aus dem Lager zurück. Da habe ich nachgesehen, was los ist.«

Der Blick von Weilbach wanderte zwischen Matthias und Klara hin und her. »Und?«, fragte er. »Alles in Ordnung?«

»Jawohl.«

»Dann sieh zu, dass du zurück auf deinen Posten kommst.«

Matthias drückte sich wortlos an seinem Vorgesetzten vorbei.

»Und du, Mädchen, kommst mit mir!«

Klara folgte Weilbach. In ihrem Bauch kribbelte es. Der Schichtleiter führte sie durch die Gänge, bis sie an ihre Zelle gelangten. Er bedeutete ihr mit einer Geste, hineinzugehen. Klara setzte sich auf ihre Pritsche, während Weilbach den Stuhl nahm. Mit der Fernbedienung an seinem Gürtel schloss er die Zellentür.

Er war Mitte fünfzig und dickleibig. Wenn er Treppen stieg, röchelte er wie eine Dampflok am Hang. Es dauerte eine Weile, bis Weilbach reden konnte.

»Ich weiß, warum du hier bist«, sagte er. »Und ich kann es verstehen. Manchmal sind Schmerz und Wut zu viel für einen Menschen.«

Klara vermied es, Weilbach in die Augen zu sehen. Was wollte er von ihr? Vermutlich war es nichts Gutes.

»Ich kenne deine Akte«, fuhr Weilbach fort. »Du wurdest nach Erwachsenenrecht verurteilt.«

»Der Richter hat gesagt, dass das bei Mord möglich sei«, flüsterte sie.

»Das stimmt. Allerdings frage ich mich, warum man dich wegen Mordes verurteilt hat. Hat dein Anwalt nicht auf Totschlag plädiert? Du hattest ein nachvollziehbares Motiv und standest bei der Tat unter Schock.«

Hatte sie unter Schock gestanden? Das war schwer zu sagen. Man selbst merkte das vermutlich gar nicht. Vor Gericht hatte der Richter sie gefragt, warum sie selbst die Polizei gerufen hatte. Klara konnte sich nicht erinnern. Sie wusste nur, dass ihr Herz schwarz von Hass gewesen war und dass ihr die Flammen Erleichterung verschafft hatten. Das Feuer hatte Geschehenes nicht rückgängig machen können, aber die Rache hatte den Schmerz gelindert. Sie fühlte keine Reue. Aber der Preis, den sie bezahlen musste, war hoch. Warum hatte das alles ausgerechnet passieren müssen, als eine Lösung in greifbare Nähe gerückt war? Vielleicht hätten wenige Tage gereicht. Sie hätte mit ihrer Mutter in Frieden leben und ihr Vater sich ungestört in den Tod saufen können.

»Ich hatte keinen Anwalt«, sagte sie.

»Warum?«

»Weil ich keinen bezahlen konnte.«

Der alte Wärter runzelte die Stirn. »Aber du bist jugendlich. Da hätte das Gericht dir einen Verteidiger stellen müssen.«

Klara zuckte mit den Schultern.

Weilbach sah sie an.

»Du bist hübsch.«

Offensichtlich bemerkte er den Schrecken in ihrem Gesicht. »Keine Angst. Ich will dir nichts antun. Aber andere werden es versuchen. Das hast du sicher mittlerweile begriffen. Was du brauchst, ist ein Freund, der auf dich aufpasst. Ich wäre gerne dein Freund.«

»Was wollen Sie dafür?«

Weilbach sah Klara traurig an. »Versprich mir, dass du am Leben bleibst.« Er stand auf und öffnete die Zellentür. »Heute wird dir dein Essen in die Zelle gebracht. Die Wäscherei hat sich für dich erledigt. Ich finde was anderes.«

»Warum tun Sie das für mich?«

Der alte Mann lächelte. »Ich habe deinen Lauf gesehen.«

Klara sah ihn verständnislos an.

»Kannst du dich nicht erinnern? Dein Lauf im Sommer. Vierhundertmeter Staffel. Ich war da. Mein Enkel ist bei der Veranstaltung auch angetreten.«

Sie erinnerte sich. »Der Lauf war gut.«

»Gut? Er war sensationell. Wie kann man nur so schnell laufen?«

»Man darf sich nicht anstrengen.«

»Ich verstehe«, sagte Weilbach nach einem Moment des Nachdenkens.

»Dann sind Sie der Erste.«

»Es ist die beste Erklärung, die du für etwas hast, das sich nicht erklären lässt. Wenn du es erklären könntest, dann wäre es etwas, was man lernen kann. Aber das was du kannst, kann man nicht lernen. Ansonsten wäre jeder so gut wie du.«

»Das stimmt«, stellte Klara verblüfft fest. Das hatte bisher niemand verstanden.

Der Wärter lächelte sie an. »Der Lauf war wirklich unglaublich.«

»Leider kam er zu spät«, flüsterte sie leise.

Weilbach verließ Klaras Zelle. Sie wusste nicht genau, warum der alte Wärter ihr half. Vermutlich ähnelte er ihrem Sportlehrer Pechmann. Ein Mann, der junge Mädchen auf die gute Art mochte. Das war schön. Aber es würde ihr auf Dauer nicht helfen.

8

VERSTECKSPIEL

Wiebke Raabe, Mittwoch, 21.10.1981, 15:00 Uhr

Bei milder Temperatur blies ein salziger Nordwind vom Meer ins Land. Ein Wind, dessen Kraft einem erst bewusst wurde, wenn man gezwungen war, mit dem Fahrrad gegen ihn anzukämpfen.

Wiebke stieg ständig aus dem Sattel, um nicht völlig ausgebremst zu werden. Der Rucksack auf ihrem Rücken erschwerte das Vorankommen zusätzlich.

In der Ferne sah sie die roten Backsteine des Aussiedlerhofs der Familie Frerichs schimmern. So sehr sie in die Pedale trat, er schien nicht näher kommen zu wollen. Regelmäßig drehte Wiebke sich um. Der schnurgrade Landwirtschaftsweg hinter ihr blieb leer.

Schließlich endete der Kampf.

Wiebke lehnte ihr Rad an die Hauswand des Hauptgebäudes und lief zur Scheune. Auf halbem Weg kam ihr der alte Bauer Frerichs auf seinem Traktor entgegen.

Als er sie sah, bremste er ab und nahm den Gang heraus.

»All up Stee?«, fragte er und sah in die Richtung, aus der Wiebke mit ihrem Rad gekommen war.

»Alles in Ordnung.«

»Trau kien Oss von vörn, kien Perd von achtern un kien Minsk üm die to!«

»Ich werde es mir merken.«

Frerichs nickte und brachte den Traktor ins Rollen.

Statt die integrierte Tür im Scheunentor zu nehmen, ging sie am Gebäude vorbei, um zum Nebeneingang zu gelangen.

In früheren Jahren hatte sie sich in den Sommerferien regelmäßig auf dem Hof der Frerichs aufgehalten. Besonders liebte sie die Hühner, Gänse und Kaninchen. Den ganzen Tag hatte sie sich damals mit wachsendem Vergnügen mit den Tieren beschäftigt, sie gefüttert und die Ställe ausgemistet. Heute fühlte Wiebke, dass die Kindheit im Begriff war, sie endgültig zu verlassen. Von den unbeschwerten Zeiten, die sie auf dem Hof verbracht hatte, blieben ihr bereits jetzt nur verblassende Erinnerungen.

Wiebke betrat die Scheune durch eine blau gestrichene Holztür an der Gebäudeseite.

An den Holzbalken hingen Spinnweben. Durch ein Fenster fallendes Sonnenlicht zeichnete ein grelles Rechteck auf den Boden. Staub glitzerte in der Luft. Ein bekannter Geruch begrüßte sie. Eine Mischung aus Stroh und feuchtem Mauerwerk.

Wiebke nahm die Holztreppe, die auf den Dachboden führte.

Sie zwängte sich zwischen zwei Heuballen hindurch, kniete sich hin und schlug mit der Faust dreimal auf die Holzdielen. Wiebke stand auf und trat zwei Schritte zurück.

Es dauerte einen Moment, bis eine verborgene Klappe nach oben gedrückt wurde. Das besorgte Gesicht von Peters Vater erschien.

»Du sollst doch nicht mehr kommen«, flüsterte er.

»Ich habe etwas zu essen dabei.«

»Es ist zu gefährlich für dich. Wir werden versorgt.«

»Und ein Puzzlespiel habe ich auch mitgebracht.«

Peters Vater schüttelte resigniert den Kopf. »Wenn du schon da bist, komm rein.«

Wiebke reichte Herrn Seegert ihren Rucksack und stieg eine kurze Leiter hinunter.

Sie betrat ein geheimes Zwischengeschoss der Scheune. Die Decke war mit knapp eins neunzig recht niedrig. Davon abgesehen existierte in dem Zwischengeschoss eine vollwertige Wohnung mit zwei Zimmern, einer Küche und einem Bad. Wiebke hatte von Peters Vater erfahren, dass die Eltern des alten Frerichs während des Krieges hier Deserteure versteckt hatten. Jetzt hatte die Familie Seegert Zuflucht gefunden.

Peters Vater schloss die Klappe hinter Wiebke. Sofort umhüllte sie das gelbliche Licht einiger Glühlampen. Die Unterkunft besaß keine Fenster, sodass permanente Beleuchtung nötig war. Sie verlor dadurch schnell ihr Zeitgefühl. Wenn sie nach ihrem Besuch das Versteck verließ, wunderte sie sich jedes Mal darüber, dass draußen die Sonne schien. Wie lange wollten die Seegerts das hier drinnen aushalten?

Als sie das spartanisch eingerichtete Wohnzimmer betrat, sprang Peter vom Sofa auf und rannte auf sie zu. Er schloss sie dermaßen fest in die Arme, dass es ihr den Atem nahm.

»Er freut sich immer so, dich zu sehen«, sagte Frau Seegert.

Peters Mutter sah zerbrechlich aus. Sie hatte in den letzten Wochen viel Gewicht verloren. Ihre Haut war durchscheinend wie Pergamentpapier, auf dem sich ihre Adern wie durchgepaust abzeichneten.

Ungefähr zwei Wochen, nachdem die Seegerts verschwunden waren, hatte Wiebke Bauer Frerichs in der Stadt getroffen.

Frerichs hatte sie gebeten, in den nächsten Tagen bei ihm auf dem Hof vorbeizusehen. Er habe einen Behördenbrief erhalten und werde aus dem Inhalt nicht schlau. Wiebke solle ihm helfen.

Als sie am nächsten Tag Bauer Frerichs besuchte, führte sie dieser zu dem Versteck der Seegerts. Es hatte Wiebke die Sprache verschlagen.

Die Seegerts hatten lange mit sich gerungen, Wiebke in ihr Geheimnis einzuweihen. Aber Peter vermisste seine Freundin fürchterlich, sodass seine Eltern am Ende nicht anders konnten und eine hoch riskante Entscheidung trafen. Es war für Wiebke gefährlich und erhöhte für die Familie das Risiko, entdeckt zu werden.

Seit diesem Tag kam sie einmal in der Woche auf den Hof. Dabei verzichtete sie auf ihr Auto. Durch die Felder mit dem Fahrrad zu fahren, erschien ihr unauffälliger. Jedes Mal, wenn sie eintraf, sagte Peters Vater, dass sie nicht mehr kommen solle, nur um sie dann hereinzulassen. Alle wussten, dass das nicht ewig so weitergehen konnte.

»Ich habe dir etwas mitgebracht.«

Wiebke löste sich aus Peters Umklammerung und setzte sich mit ihm zusammen auf das Sofa. Sie öffnete ihren Rucksack und zog das Puzzlespiel heraus.

»Leider konnte ich kein Größeres mitbringen. Der Rucksack ist zu klein.«

»Ich mag nur große Puzzlespiele.«

»Ich weiß. Tut mir leid.«

»Spielst du mit mir?«

»Natürlich.«

»Dann mag ich auch das kleine Puzzle.«

So viel redete Peter selten am Stück.

Er nahm den Karton aus Wiebkes Händen und ging zu einem Tisch, um den vier Stühle standen. Er öffnete den Karton und kippte die Puzzleteile auf die Tischplatte.

»Bevor du spielst, putzt du dir die Zähne. Ich bitte dich schon den ganzen Morgen darum«, sagte Frau Seegert.

»Ich mag Puzzlespiele.«

Peter starrte auf den Haufen Puzzleteile. Er sah aus, als störte ihn etwas. »Da fehlen Teile«, stellte er leicht beleidigt fest.

Wiebke lachte. Sie hatte keinen Zweifel an Peters Worten. »Wenn du dir deine Zähne putzt, spiele ich sofort mit dir.«

»Nötigung ist eine Straftat«, sagte Peter tonlos und verließ das Wohnzimmer.

»Möchtest du etwas trinken?«, fragte Peters Vater.

»Nein Danke, Herr Seegert.«

Peters Vater knetete seine Hände. »Wir werden nicht mehr lange hier sein.«

»Wie meinen Sie das? Wo wollen Sie denn hingehen?«

»Es ist besser, wenn du das nicht weißt. Wir können nicht ewig in diesem Versteck leben. Herr Frerichs will, dass wir bleiben. Aber wir dürfen ihm das auf Dauer nicht zumuten.«

»Wann ist es soweit?«

»Bald.«

»Ich verstehe.« Wiebke blinzelte gegen ihre Tränen an. »Hauptsache, es geht Peter gut.«

»Genau darum geht es.«

»Gibt es denn keine Möglichkeit, diese Sache aus der Welt zu schaffen?«

»Ganz sicher nicht. Es fängt doch gerade erst an.«

»Was meinen Sie?«

Peters Mutter fasste ihren Mann an den Oberarm. »Nicht. Du weißt doch gar nicht, ob es stimmt«, sagte sie.

Ihr Mann ließ sich nicht beirren. »Natürlich stimmt es.« Er wandte sich Wiebke zu. »Der Krieg gegen den Glauben wird nicht erst seit gestern geführt. Der Papst befindet sich im Exil, der Kölner Dom wird gesprengt, Kirchen geschliffen. Aber die Zerstörung der Kirchen und die Flucht des Papstes nach Amerika sind nur die deutlichsten Zeichen. Aktive Christen wie wir werden seit Jahren drangsaliert. Mein Sohn ist ein Opfer dieser Hetzjagd. Davon bin ich mittlerweile überzeugt. Gestern habe ich mit meinem Bruder telefoniert.« Peters Vater blickte kurz zu seiner Frau. »Ja ich weiß, ich hätte das Versteck nicht verlassen dürfen. Aber ich konnte nicht anders.« Er wandte sich wieder an Wiebke. »Mein Bruder ist Dekan in Freiburg. Er hat mir gesagt, dass viele kirchliche Würdenträger bereits das Land verlassen haben.«

Obwohl Wiebke sich gegen den Rat ihres Vaters immer noch nicht für Zeitungen und Nachrichten interessierte, bekam sie in den letzten Wochen mit, wie sich die Berichterstattung bezüglich der Kirchen drastisch veränderte. Mittlerweile erinnerte es an eine Hexenjagd. Priester, die Kinder misshandelten, Bischöfe, die Anschläge planten. Es verging kein Tag, an dem es nicht neue Grausamkeiten zu berichten gab. Das war seltsam. Wenn die Kirche so böse war, warum war das dann früher keinem aufgefallen? Bei der Unzahl von Verbrechen hätte das nicht alles im Verborgenen bleiben können.

Das war aber auch nicht wichtig. Vielleicht stimmte ja alles und die Kirchen waren böse. Woher sollte sie das wissen?

Aber sie wusste, dass weder Peter noch seine Eltern böse waren. Wenn die vom Staat verfolgt wurden, dann war der Staat böse. Zumindest in diesem Einzelfall.

»Sind Sie sicher, dass Sie von den Behörden verfolgt werden, weil Sie Christen sind?«, fragte Wiebke.

»Das ist er sich nicht«, warf Peters Mutter ein. »Wie sollte er auch? Am Ende ist auch egal. Die Probleme bleiben dieselben.«

»Warum ist die Welt so?«

Peters Vater lehnte sich zurück. »Ich weiß es nicht«, flüsterte er. »Die Welt ist seit vielen Jahren aus den Fugen geraten und ich habe keine Vorstellung davon, was nötig ist, um sie zu reparieren.«

Peter kam herein und Wiebke wischte sich mit dem Handrücken die Tränen aus den Augen. Gemeinsam legten sie im gewohnten Tempo das Puzzlespiel.

Die Zeit verging heute besonders schnell. Länger als zwei Stunden konnte sie ohnehin nicht bleiben.

Peters Vater sah auf seine Uhr.

»Du musst dich auf den Weg machen.«

Wiebke zog sich die Jacke an, drückte Peter ein letztes Mal und umarmte auch seine Mutter. Dann führte Peters Vater sie zum Ausgang.

Er klopfte ihr auf die Schulter.

»Leb wohl«, sagte er.

Dann überlegte er es sich anders und schloss sie in die Arme.

»Unsere Welt besitzt die Fähigkeit, gute Menschen, ohne dass sie das merken, in schlechte zu verwandeln. Das darf dir nicht passieren.«

»Passen Sie bitte auf sich auf«, sagte sie, nachdem Peters Vater sie losgelassen hatte.

Wiebke stieg die kurze Holztreppe nach oben.

Es war Abend geworden. Wiebke saß im Wohnzimmer. Im Fernseher lief ein alter Spielfilm, den sie gefühlte hundertmal gesehen hatte. Aus der Küche drang das Klirren von Küchengeschirr herüber. Ihre Mutter bereitete das Abendessen zu.

Der Gedanke, Peter niemals wieder zu sehen, machte sie traurig. So richtig begreifen würde sie es sicherlich erst, wenn der Alltag weiterlief und das Haus der Seegerts leer blieb. Tag für Tag. Bis irgendwann eine andere Familie dort einziehen würde.

Sie hoffte, dass den Seegerts die Flucht gelang. Zu gerne hätte sie gewusst, wohin die Familie wollte. Aber sie verstand, dass es für alle besser war, wenn sie das nicht erfuhr.

Wiebke starrte auf den Fernsehbildschirm, ohne dass die flimmernden Bilder sie erreichten.

Das Schloss der Haustür klackte. Ihr Vater kam nach Hause. Sie hörte das Rascheln seiner Jacke, das Klimpern von Kleiderbügeln und anschließend die gedämpften Geräusche eines Gesprächs.

Porzellan zersprang und klirrte.

Wiebke erschrak. Sie sprang auf und lief in die Küche.

Ihr Vater kniete auf dem Boden und fegte mit einem Handfeger die Reste eines Tellers zusammen, während ihre Mutter am Küchentisch saß und sich eine Zigarette anzündete. Eigentlich rauchte sie so gut wie nie und in der Wohnung sowieso nicht. Nur für Notfälle hatte sie eine angebrochene Packung in einem der Küchenschränke versteckt.

»Was ist los?«, fragte Wiebke.

Ihr Vater kippte die Scherben in den Mülleimer.

»Es tut mir leid«, flüsterte er, ohne Wiebke anzusehen.

»Was tut dir leid?«

»Dein Vater hat die Seegerts festnehmen lassen.« Wiebkes Mutter drückte ihre halb gerauchte Zigarette in einer Untertasse aus. »Ist es nicht so gewesen, Schatz?«

Ihr Vater reagierte nicht.

»Was! Wann ist das passiert?«, schrie Wiebke.

»Vor zwei Stunden«, sagte ihr Vater und setzte sich seiner Frau gegenüber an den Küchentisch.

»Was geschieht jetzt mit ihnen?«

»Ich weiß es nicht.«

»Du musst es doch wissen.«

»Ich nehme an, dass Peter in die Psychiatrie eingewiesen wird.«

»Und seine Eltern?«

Ihr Vater zuckte mir den Schultern. »Ich weiß es wirklich nicht.«

»Und Bauer Frerichs?«

Ihr Vater blieb stumm.

Wiebke rutschte mit dem Rücken am Kühlschrank herunter und sank auf den Boden. »Wie konnte das passieren?«

»Ich hatte keine Wahl.«

»Warum hast du das getan? Du kannst doch nicht deine Nachbarn verraten«, schrie Wiebke.

»Ich musste es tun.«

Wiebke sprang auf die Füße. »Das ist alles? Ich hasse dich!« Sie rannte aus der Küche, die Treppe nach oben in ihr Zimmer.

Am nächsten Morgen wachte Wiebke erst spät auf. Sie dachte an die letzten Worte von Bauer Frerichs. »Trau kien Oss von vörn, kien Perd von achtern un kien Minsk üm die to!« Trau keinem Ochsen von vorne, keinem Pferd von hinten und keinem Menschen um dich herum.

Wie recht er damit gehabt hatte.

Sie schlich die Treppe hinunter.

Erleichtert stellte sie fest, dass sie allein im Haus war. Ihr Vater arbeitete und war früh zur Dienststelle gefahren. Ihre Mutter war vermutlich einkaufen.

Auf dem Küchentisch stand ein Teller, eine Tasse und Besteck. In einem Korb lagen zwei Brötchen. Ihr Vater bereitete Wiebke oft das Frühstück zu, wenn er früh aufstand und sie liegen bleiben konnte. Gestern hätte sie sich noch darüber gefreut. Jetzt war es ihr unangenehm. Wie der Gefallen eines Fremden, den man nicht haben wollte.

Wiebkes Blick fiel auf einen Umschlag, der neben dem Teller auf dem Tisch lag. Sie setzte sich, nahm ihn in die Hand und las den Absender. Das musste das Prüfungsergebnis ihres Einstellungstests sein. Eigentlich ein Grund, um vor Nervosität zu platzen.

Mit dem Brotmesser schnitt sie das Kuvert auf und zog den Briefbogen heraus.

Sehr geehrtes Fräulein Raabe,

ich freue mich, Ihnen mitteilen zu dürfen, dass Sie die Aufnahmeprüfung für die Verwaltungshochschule in Oldenburg mit der Note 1,6 bestanden haben.

Bitte finden Sie sich am Montag, den 10.01.1982, um 08:00 Uhr, in der Werner-von-Blomberg Schule in Oldenburg ein. Außer diesem Schreiben benötigen Sie für den ersten Tag lediglich ihren Bürgerausweis.

Vorausgesetzt, dass Sie das Studium erfolgreich absolvieren, darf ich Ihnen bereits heute mitteilen, dass das Planungsbüro für Reichsbeamte Ihnen folgende Verwendung in Aussicht stellt:

Inspektorin im Reichsamt für Volkshygiene (Hauptstelle Berlin)

Ich hoffe, dass Ihnen dies ein Ansporn sein wird.

Hochachtungsvoll

Im Auftrag

Studienrat
Zeller

Wiebke faltete den Brief sorgfällig zusammen, steckte ihn zurück in den Umschlag und fing an zu weinen.

9

SELBSTHILFE

Max Lenzer, Montag, 01.11.1981, 12:10 Uhr

Die Villa von Richard Kleist lag, verborgen hinter einer hohen Mauer, in der Nähe von Potsdam in Sichtweite des Templiner Sees. Der dreieckige Giebel des mehrstöckigen Gebäudes und die beiden Säulen neben dem Haupteingang erinnerten an ein römisches Herrschaftshaus. In der Mitte eines mit Kies angelegten Platzes vor dem Haus plätscherte ein Brunnen.

Wenn der Sinn des Lebens darin bestand, ein Vermögen anzuhäufen, dann hatte Richard ihn gefunden.

Lenzer nahm die Treppe zum Eingang und zog an einem Seil neben der Tür. Aus dem Haus ertönte ein Gongschlag. Es dauerte nicht lange und die Tür öffnete sich.

»Herr Lenzer. Es ist schön, Sie wieder im Hause begrüßen zu dürfen.«

»Guten Tag, Otto. Ist Richard da?«

»Herr Kleist ist anwesend. Kommen Sie doch bitte herein.«

»Danke.«

Otto war der Erste Bedienstete im Hause Kleist. Ein Mann Mitte sechzig, mit milden Augen, die fast vollständig von seinen weißen buschigen Augenbrauen verborgen wurden.

»Ich nehme Ihren Mantel«, sagte Otto.

»Das ist nett.«

»Darf ich fragen, wie es Ihnen geht?«

Wie immer verhielt sich Otto ihm gegenüber distanziert höflich.

»Mir geht es gut«, log Lenzer. »Und Ihnen?«

»Sie wissen doch Herr Lenzer. Unkraut vergeht nicht.«

Otto führte ihn in einen kleinen Salon.

»Einen Moment bitte. Ich sage Herrn Kleist sofort Bescheid.«

Er schloss die Flügeltür und ließ ihn alleine.

Die Hände auf dem Rücken zusammengelegt lief Lenzer ruhelos hin und her.

In den letzten Tagen hatte er erfolglos versucht, eine Lösung zu finden. Er wagte nicht, gegen Toma vorzugehen. Allerdings hatte er auch keine Möglichkeit gefunden, das Geld aufzutreiben. Heute war der Tag, an dem er sich mit Toma treffen sollte. Was er sich von dem spontanen Besuch bei seinem Cousin erhoffte, war ihm selbst nicht klar. Nein, hier machte er sich etwas vor. Natürlich war es ihm klar. Richard war vermögend und er hoffte, dass er ihm die hundert Goldtaler leihen würde, die Toma von ihm verlangte. Wie immer er das auch zurückzahlen sollte. Bereits vor einigen Tagen war er auf diesen Gedanken gekommen, hatte ihn aber sofort verworfen. Richard um Hilfe zu bitten, war wirklich nichts, was er gerne tat. Zumal er ihm noch nicht einmal sagen konnte, wofür er das Geld brauchte.

Die Tür ging auf und Richard kam herein.

Wie immer trug er einen dunklen Anzug am Körper und ein entwaffnendes Lächeln im Gesicht. Seine Haare lagen sorgsam zu einem Seitenscheitel gekämmt, glatt auf seinem Kopf, als käme er direkt von einem Friseurbesuch. Er sah jünger aus als achtunddreißig.

»Max. Ich muss sagen, dass ich sehr enttäuscht von dir bin.« Richard kam mit strammem Schritt auf Lenzer zu und schloss ihn in seine Arme. »Ich dachte, du hättest mich vergessen.«

»Es tut mir leid. Ich hätte mich früher bei dir melden sollen.«

»Ich vergebe dir. Ehrlich gesagt, halte ich mich ohnehin nur selten zu Hause auf. Du hast Glück, dass du mich antriffst. Meine Geschäfte lassen mir fast keine Freizeit. Ich sollte die Villa verkaufen. Ich lebe sowieso nur in Hotels.«

Als Vorstandsmitglied des Rüstungskonzerns Rheinmetall AG war Richard ein gemachter Mann. Seinen rasanten Aufstieg verdankte er sowohl seinem gewaltigen Ehrgeiz als auch einer richtigen Entscheidung seines Vaters. Richards Vater und Lenzers Onkel, Wilhelm Kleist, hatte Ende der Vierzigerjahre die schlaue Idee gehabt, für wenig Geld einen Berg Aktien des damals kurz vor dem Konkurs stehenden Konzerns zu kaufen. Diese Aktien übertrug er auf seinen Sohn. Die Firma erhob sich wie Phoenix aus der Asche und Richard nutzte seine Anteile glänzend. In Geldangelegenheiten hatte Lenzers Onkel ein unglaubliches Händchen bewiesen.

Richard umkreiste ihn und tat so, als würde er etwas suchen. »Wo hast du sie versteckt?«

»Wen?«

»Deine Tochter natürlich.«

Lenzer stockte der Atem. »Du weißt von ihr?« Das war eine Überraschung, mit der Lenzer überhaupt nicht gerechnet hatte.

»Selbstverständlich. Ich sitze in der Führung eines Rüstungskonzerns, da hat man glänzende Verbindungen zum Militär. Es hat nicht lange gedauert, bis ich darauf angesprochen wurde. Es wäre nett gewesen, die Neuigkeit von dir zu erfahren. Aber was solls. Also, wo ist sie?«

»Im Kindergarten. Ich habe nicht gewagt, dir von Maria zu erzählen. Ich wusste nicht, wie du reagierst.«

»Du hattest Angst, der Familie Schande zu bereiten? Die Furcht ist unbegründet. Die Familie besteht nur noch aus uns beiden. Und ich für meinen Teil habe mit deiner Entscheidung kein Problem. Sie ist dein Kind, da spielt es keine Rolle, welchen Stand die Mutter hatte oder ob ihr verheiratet wart. Sein eigenes Blut muss man schützen.« Richard ging zu einem Beistelltisch und nahm sich einen Zigarillo aus einem vergoldeten Kästchen. Kurz darauf paffte er weiße Rauchwolken in den Raum.

»Maria heißt sie also. Hübscher Name. Ich hoffe, du stellst sie mir bald vor. Ich platze vor Neugierde.«

»Das werde ich ganz bestimmt.«

»Tut mir leid, dass ihre Mutter gestorben ist. Das muss schwer für das Kind sein.«

»Das ist es. Aber sie wird darüber hinwegkommen.«

»Davon bin ich überzeugt.« Richard musterte ihn. »Und? Hast du sie geliebt?«

»Wen?«

»Stell dich nicht so dumm an. Marias Mutter.«

Lenzer räusperte sich. Er war nie ein begnadeter Lügner gewesen. Das musste sich schnell ändern.

»Ich habe es zumindest geglaubt.«

Da er nicht damit gerechnet hatte, dass Richard von Maria wusste, hatte er auch keine ausgefeilte Geschichte parat. Hoffentlich würde sein Cousin mit seinen Fragen nicht allzu tief bohren.

»Verstehe.« Richard blies einen Rauchkringel in Richtung Decke. »Also mein Lieber. Was kann ich für dich tun? Ich vermute mal, dass du nicht zufällig in der Gegend warst.«

Einerseits war es erleichternd, dass Richard nicht mehr über Maria und ihre Mutter in Erfahrung bringen wollte, andererseits hatte er sich vor diesem Moment gefürchtet.

Sollte er Richard nach dem Geld fragen?

Was für einen Grund sollte er vorbringen? Spielschulden? Das war peinlich und Richard würde es vermutlich nicht glauben. Und wenn er es glaubte, bestand er möglicherweise darauf, die Schulden für Lenzer zu bezahlen. Aber das ging nicht. Einen Rückzieher konnte Lenzer aber dann auch nicht mehr machen.

Dass er sich eine größere Wohnung kaufen wollte? Das funktionierte ebenfalls nicht. Diese Wohnung würde es nie geben.

»Du siehst aus, als bereitet dir etwas Sorgen.« Richard fasste Lenzer an beide Schultern. »Ich bin wie dein Bruder. Du kannst mir alles sagen.«

Lenzer hatte nie verstanden, warum Richard fortwährend betonte, wie nah sie sich standen.

Zwölf Jahre trennten sie. Als Richard sein Studium der Wirtschaftswissenschaften beendete hatte, war Lenzer noch ein Schuljunge gewesen.

Sie hatten sich nur selten gesehen und wenig miteinander zu tun gehabt. Ihr Verhältnis war seit jeher unproblematisch, aber Brüder waren sie nicht.

Und da sie keine Brüder waren, konnte er Richard nicht in sein Geheimnis einweihen. Vielleicht würde er das Problem Toma loswerden. Aber der Preis wäre ein neues Abhängigkeitsverhältnis. Davon abgesehen konnte er nicht wissen, wie Richard überhaupt auf seine Geschichte reagieren würde. Immerhin hatte er ein Verbrechen begangen. Nicht auszuschließen, dass sein Cousin ihn augenblicklich fallen ließ, weil er um seine Karriere fürchtete.

Lenzer hatte den falschen Weg beschritten. Offenbar musste er für diese Erkenntnis erst bei Richard im Rauchersalon stehen und seinem Cousin dabei ins Gesicht schauen.

»Ich bin wegen Maria gekommen«, log er. »Ich wollte dich langsam darauf vorbereiten. Dass du es schon weißt, hätte ich niemals gedacht. Das hat mich aus der Spur gebracht.«

»Nun, wie du siehst, gibt es da keine Probleme. War das wirklich der einzige Anlass deines Besuches?«

»Ja. Du kannst dir gar nicht vorstellen, was für ein Stein mir vom Herzen fällt.« Er zwang sich zu einem Lächeln.

»Freut mich, dass ich helfen konnte. Bleibst du zum Essen?«

»Nein, leider kann ich das nicht. Ich muss Maria von Kindergarten abholen.«

»Wie das klingt.« Richard schüttelte den Kopf. »Daran muss ich mich erst gewöhnen.«

»Nicht nur du.«

Beide lachten.

Richard begleitete Lenzer zur Haustür.

»Ich hoffe, dass du mir Maria bald vorstellst. Ich bin sehr gespannt auf meine Nichte.«

»Das werde ich.«

Lenzer verabschiedete sich und war bereits aus der Tür, als Richard ihn noch einmal ansprach: »Das hätte ich fast vergessen. Herzlichen Glückwunsch zu deiner Beförderung.«

Lenzer drehte sich um und ging zu Richard zurück. Er hatte eine Eingebung.

»Habe ich dir das zu verdanken?«

Richard sah erstaunt aus. »Ich dachte, das würde auf der Hand liegen.«

Bis zu diesem Moment war es Lenzer nicht in den Sinn gekommen, dass Ricard hinter seinem fantastischen Karrieresprung stecken könnte. Dabei lag es wirklich auf der Hand. Richard war der einzige Mensch, den Lenzer kannte, der über den nötigen Einfluss verfügte.

»Warum hast du nicht mit mir darüber gesprochen?«

»Weil ich dachte, es wäre dir unangenehm. Ich wollte nicht, dass du aus falscher Bescheidenheit ablehnst.«

»Das hätte ich vermutlich getan.«

»Siehst du.«

»Wieso hast du das gemacht?«

»Aus demselben Grund, weshalb ich dich Bruder nenne. In unseren Adern fließt das gleiche Blut. Wir sind von einem Schlag.«

»Ich bin zu jung, um Sturmbannführer zu sein.«

»Fühlst du dich überfordert?«

»Nein.«

»Das hätte ich auch nicht geglaubt.« Richard kam näher an Lenzer heran. »Die Zukunft gehört Menschen wie uns.«

»Wie meinst du das?«

»Vertrau mir einfach.«

Lenzer verabschiedete sich erneut und lief zu seinem Auto.

Er war kein Freund von dieser Art der Förderung, auch wenn ihm bewusst war, dass die meisten Beförderungen so zustande kamen. Die Frage nach dem Wieso hätte er sich sparen können. Richard war als Führungskraft eines Rüstungskonzerns seit einigen Jahren in der Oberschicht angekommen. Wie jeder, der eine herausragende Position in der Gesellschaft besaß, versuchte er, sich mit Menschen zu umgeben, denen er vertrauen konnte. Aus Richards Sicht gehörte Lenzer zu diesen Menschen. Aber als kleiner Offizier nutzte er ihm wenig. Gut möglich, dass sein Cousin in Zukunft versuchen würde, ihn weiter nach oben zu katapultieren. Sollte er das zulassen? Die meisten anderen an Lenzers Stelle würden sich die Hände reiben und nehmen, was sie kriegen konnten. Vielleicht musste er auch so denken. Er durfte nicht vergessen, dass er sich jetzt um ein Kind kümmern musste, und je mehr Einfluss er gewann, umso besser für Maria. Das alleine sollte ein ausreichender Grund sein, seinen Stolz hinunterzuschlucken.

Allerdings musste er sich darauf einstellen, dass Richard eines Tages etwas von ihm fordern würde. Denn, auch wenn seine Hilfe gut gemeint war, so bestand seine Motivation sicher nicht aus reiner Selbstlosigkeit.

Es war kurz nach dreiundzwanzig Uhr. Lenzer stand am Mehringplatz in Kreuzberg und wartete. Hier sollte er Toma treffen. Mittlerweile hatte Lenzer keine Probleme mehr damit, Maria alleine in der Wohnung zu lassen. Sie kam gut zurecht und so wie sie sich ihm gegenüber verhielt, war sie vermutlich sogar froh, wenn er sich nicht zu Hause aufhielt. Diesbezüglich waren keine Probleme zu erwarten.

An seinem Rücken steckte eine Walther PPK im Gürtel. Wenn Toma auftauchte, musste er ihn von hier fortlocken. Auf offener Straße konnte er ihn unmöglich erschießen. Und erschießen musste er ihn. Daran führte kein Weg vorbei.

Das geforderte Geld konnte er nicht auftreiben. Davon abgesehen, würde Toma ihn ohnehin nie in Ruhe lassen. Gleichgültig, ob er ihn bezahlte.

Er hatte kein Interesse daran, jemanden zu töten. Nicht einmal Toma. Aber, wenn es um den Schutz von Maria ging, war er dazu bereit.

Grundsätzlich hielt sich das Risiko, entdeckt zu werden, in Grenzen. Er würde ihn an einen Ort ohne Zeugen locken und dort ausschalten. Sollte es ihm nicht gelingen, unbemerkt zu fliehen, käme er auch damit zurecht. Er musste nur behaupten, dass Toma ihn überfallen wollte. SS-Sturmbannführer gegen Drogenhändler. Die Ermittlungen wären noch am selben Abend beendet.

Es gab nur ein Problem. Sein ehemaliger Drogenlieferant hatte behauptet, im Besitz von Beweisen zu sein, die im Falle seines Todes automatisch an die richtigen Stellen verschickt würden. Bevor er Toma aus dem Verkehr zog, musste er herausfinden, ob es diese Beweise tatsächlich gab, und wenn ja, welcher Art sie waren und wie er an sie herankam. Wie ihm das gelingen sollte, wusste er nicht.

Inzwischen war es fast Mitternacht. Dass Toma nicht kam, erleichterte ihn genauso, wie es ihn nervös machte. Hatte der Mann es sich anders überlegt? Hatte er kalte Füße bekommen? Toma hatte davon gesprochen, dass er Probleme mit seinen Drogenzulieferern hatte. Lag darin der Grund, dass er nicht erschien? Vielleicht hatte man ihm bereits den Hals durchgeschnitten. Wenn das zutraf, was geschah dann mit den Beweisen? Die würden dann verschickt werden und er konnte nichts dagegen tun.

Letztendlich machte es keinen Sinn, darüber nachzudenken. Es gab Millionen mögliche Gründe, warum Toma nicht auftauchte.

Die Zeit verging. Von Toma keine Spur.

Um Viertel nach zwölf machte sich Lenzer auf den Weg zu seinem Wagen, den er in einer Seitenstraße geparkt hatte.

War es eine Idee, der Kneipe einen Besuch abzustatten und nach Toma zu fragen? Er entschied sich dagegen. Wenn Toma noch lebte und etwas haben wollte, sollte er kommen. Schließlich erpresste er Lenzer und nicht umgekehrt.

Er lief durch eine menschenleere Gasse.

»Hier bin ich«, zischte eine Stimme in der Dunkelheit.

Lenzer drehte sich um und sah den Schattenriss eines Mannes im Torbogen einer Hofeinfahrt stehen.

»Toma?«

»Ja.«

Er näherte sich dem Schatten.

Es war tatsächlich Toma. Der Drogenhändler hatte sich die Kapuze eines abgetragenen Tarnmantels der Wehrmacht tief ins Gesicht gezogen.

»Warum bist du nicht zum Treffpunkt gekommen?«, fragte Lenzer.

»Ich habe dich beobachtet. Ich wollte wissen, ob du alleine bist.«

»Bin ich.«

Toma nickte. »Hast du das Geld?«

»Ja. Hast du die Beweise?«

»Zeig mir das Geld?«

»Zeig mir die Beweise.«

Toma fasste sich mit einer hektischen Bewegung an die Nase.

»Es gibt keine Beweise.«

»Woher soll ich wissen, dass du die Wahrheit sagst?«

»Interessiert mich einen Scheiß. Wenn du mir das Geld nicht gibst, mach ich dich fertig.«

Lenzer glaubte ihm.

Er stieß Toma mit beiden Händen vor die Brust, sodass dieser zurücktaumelte. Gleichzeitig trat er einen Schritt zurück und zog die Pistole aus seinem Gürtel.

Jetzt war die Distanz perfekt.

Er riss die Waffe nach oben und schoss Toma in die Brust. Sein Erpresser prallte gegen die Hauswand hinter ihm.

In dieser Sekunde schrie eine Frau.

Aus dem Innenhof kommend, stand sie plötzlich in der Durchfahrt, in beiden Händen hielt sie eine Plastiktüte.

Was hatte sie gesehen?

Im Zweifel zu viel.

Seinen Plan, im Falle einer Entdeckung das Opfer zu spielen, das sich verteidigt hatte, konnte er vergessen.

Lenzer steckte die Pistole in den Gürtel und rannte in die Dunkelheit davon.

10

NOTWEHR

Klara Wagner, Dienstag, 27.10.1981, 06:00 Uhr

Wie an jedem Tag begannen die Neonröhren um sechs Uhr morgens, mit einem klackenden Geräusch zu flackern. Nach kurzem Zögern wachten die Röhren endgültig auf und strahlten in einem grellen Licht, das Klara zwang, den Blick abzuwenden.

Immer, wenn sie aufwachte, überwältigte sie ein Gefühl der Trostlosigkeit. Das, was an jedem einzelnen Tag in den letzten Wochen geschehen war, würde sie auch heute erleben und morgen und übermorgen. Bis zum Ende ihrer Tage.

In Momenten wie diesen dachte sie an das Versprechen, das sie Weilbach gegeben hatte. Am Leben bleiben.

Auf eine verrückte Art fühlte sie sich an ihr Wort gebunden. Immerhin hatte der alte Schichtleiter auch seines gehalten und ihr eine neue Arbeit beschafft. Dreimal in der Woche half sie in den Gewächshäusern aus, in denen Schnittblumen gezüchtet wurden. Die Tätigkeit erfreute sich bei den Frauen großer Beliebtheit. Da die Anzahl der Arbeitsplätze begrenzt war, hatte eine Frau ihre Stelle für Klara abgeben müssen. Das hatte ihr keine neuen Freundinnen beschert.

Sie stand auf und bereitete sich auf den Tag vor. Als sie damit fertig war, setzte sie sich auf ihre Pritsche und wartete.

Es klingelte und wenig später öffnete sich die Zellentür. Sie trat aus der Zelle und trottete mit den anderen in den Essenssaal.

Bei der Essensausgabe nahm Klara eines der Aluminiumtabletts und stellte sich in die Schlange. Drei Scheiben Brot, etwas Käse und Wurst, Butter, einen Becher Tee. Überraschungen gab es nicht. Sie setzte sich auf ihren Platz. Während sie ihr Brot schmierte, sah sie sich um, in der Hoffnung Weilbach zu sehen. Seine Anwesenheit wirkte beruhigend auf sie. Aber er war nicht da. Dafür entdeckte sie Matthias.

Für gewöhnlich gaffte er sie fortwährend an. Er lächelte, zwinkerte oder vollführte idiotische Verrenkungen, um ihre Aufmerksamkeit zu erregen. Aber an diesem Tag beachtete er sie nicht. Stattdessen sahen die Frauen, die in Klaras Nähe saßen, mit verstohlenen Blicken zu ihr herüber – Frauen, die Klara sonst wie Luft behandelten. In einigen der Gesichter meinte sie, Mitleid zu erkennen, in anderen Schadenfreude.

Klaras spürte einen Kloß im Hals.

Sie hatte das bereits erlebt. Es gab Dinge, die sich unter Wärtern und Insassinnen wie ein Lauffeuer verbreiteten. Wenn A der B ein Messer in den Bauch rammen wollte, wussten das alle vorher, aber niemand verhinderte es.

Heute war der Tag.

Heute war der Tag, an dem dieses fiese Arschloch über sie herfallen würde.

Der Appetit war ihr vergangen. Sie stand auf und brachte ihr Tablett zu dem Fließband, welches das dreckige Geschirr durch einen Mauerdurchbruch in die Küche beförderte.

Sie stellte ihr Tablett ab und drehte sich um.

Klara zuckte zusammen. Direkt vor ihr stand Matthias.

»Du gehst heute Duschen. Komm mit.«

Es war weder die Uhrzeit zum Duschen, noch war sie heute an der Reihe. Klaras Puls beschleunigte.

Matthias ging in Richtung des Ausgangs.

Sie rührte sich nicht.

Er blieb stehen und drehte sich nach ihr um.

»Was ist? Brauchst du eine Extraeinladung?«

Es war still geworden im Saal. Alle starrten sie an.

Nur nicht das Wachpersonal. Die sahen zu Boden.

Hier gab es keine Hilfe.

Zögerlich folgte sie Matthias.

Was sollte sie tun? Sie konnte nicht wegrennen. Sie konnte sich nicht verstecken.

Nachdem sie den Essenssaal verlassen hatte, brachte sie Matthias zu einem der sogenannten Hygienetresen, hinter dem ein Wärter stand.

Sie nannte ihren Namen, um ein Handtuch, Seife und frische Unterwäsche zu erhalten.

Der Wärter sah auf einer Liste nach.

»Sie steht nicht drauf«, sagte Matthias. »Aber sie hat es nötig.«

Der Mann hinter dem Tresen ließ seinen Blick zwischen Klara und Matthias hin- und herwandern.

»Bitte«, flüsterte sie.

»Lass doch das Kind in Ruhe.«

»Misch dich da nicht ein«, zischte Matthias. »Wer Drogen in den Knast schmuggelt, ist nicht in der Position, auf Menschenfreund zu machen. Ich hoffe, ich habe mich deutlich genug ausgedrückt.«

Der Wärter hinter dem Tresen schüttelte den Kopf und drückte Klara ein Handtuch und einen Beutel in die Hand.

Matthias war nicht mehr alleine. Eine Wärterin hatte sich neben ihn gestellt. An ihrem Lächeln erkannte Klara, auf welcher Seite sie stand. Vermutlich sollte sie Schmiere stehen. Es gab nur wenige Wärter, die Klara helfen würden. Außer dem alten Weilbach gab es vielleicht noch zwei oder drei andere. Das Risiko, entdeckt zu werden, war für Matthias gering. Aber dennoch war es besser, wenn jemand aufpasste. Denn im schlimmsten Fall war selbst hier im Gefängnis eine Vergewaltigung eine Vergewaltigung.

Zusammen mit der Wärterin liefen sie den Gang zu den Duschen entlang.

Klara fürchtete, sich gleich in die Hose zu pinkeln.

Außer ihnen befand sich niemand auf dem Flur. Normalerweise duschten die Frauen in Gruppen und im Bereich des Umkleideraums herrschte immer Betrieb.

Als sie die Tür zu den Duschen erreichten, betrat Klara den Umkleideraum, während Matthias und die Wärterin draußen auf dem Flur stehen blieben. Wie sie bereits erwartet hatte, war die Umkleidekabine leer. Statt sich auszuziehen, stellte sie sich an die Tür und horchte auf die Geräusche auf dem Gang. Die beiden flüsterten miteinander.

Sie ging in den Duschraum, in dem es zwanzig Duschköpfe gab.

Klara besaß drei Möglichkeiten.

Die Erste: Es über sich ergehen lassen und schweigen.

Die Folge wäre, dass er es immer wieder tun würde.

Die Zweite: Es über sich ergehen lassen und dann darüber reden.

Weilbach würde ihr helfen. Aber was war diese Hilfe wert? Am Ende würden die Wärter sich an ihr rächen. Nicht morgen und nicht nächste Woche. Aber es würde geschehen.

Die Dritte: Kämpfen.

Ihr Vater hatte einmal gesagt, dass es besser sei, aufrecht zu sterben, als auf Knien zu leben. Sie erinnerte sich nicht, dass ihr Vater jemals aufrecht gestanden hätte. Allerdings war der Rat deswegen kein schlechter.

Wovor fürchtete sie sich? Sie würde für den Rest ihres Lebens eingesperrt sein. Es gab keinen Menschen auf der Welt, der sich für sie interessierte. Niemand würde sie jemals besuchen kommen. Warum sie? Was hatte sie der Welt Böses angetan? Erst hatte Klaras saufender Vater ihr die Mutter genommen und jetzt wollte dieses Arschloch da draußen ihren Körper benutzen, als wäre sie ein Gebrauchsgegenstand.

Sie kniete sich hin, zog die Schnürsenkel aus beiden Schuhen und knotete sie zusammen. Dann drehte sie eine der Duschen auf, stellte sich mitten in den Raum und wartete.

Es dauerte eine Minute. Die Tür zum Duschraum öffnete sich und Matthias kam herein. Als er sie sah, wie sie dort angekleidet stand, blieb er stehen. »Warum duschst du nicht?«

»Warum bist du hier drinnen?«

Er versuchte gar nicht erst, eine Ausrede zu erfinden. »Weil ich dich ficken werde.« Langsam ging er auf sie zu. »Wehr dich nicht. Glaub mir, das wird dir guttun. Danach bist du ein anderer Mensch.«

»Ich will kein anderer Mensch werden.«

Matthias grinste und näherte sich weiter.

»Bleib mir vom Leib«, fauchte Klara, wich aber nicht zurück.

In dieser Sekunde fielen alle Gefühle von ihr ab. Sie spürte keine Angst, keine Wut, keine Scham, keine Hoffnung. Klara war gegangen und hatte ihren Körper einem Raubtier überlassen. Einem Raubtier, das jeden Schritt und jede Bewegung des Angreifers analysierte.

Matthias war größer, schwerer und stärker. Das waren seine

Vorteile. Aber es gab auch Vorteile, die auf ihrer Seite lagen. Sie war schnell. Viel schneller, als er sich das vorstellen konnte, und sie war bereit, zu töten. Darin bestand der entscheidende Unterschied. Während er sie angriff, um sie zu überwältigen, kämpfte sie um ihr Leben.

Matthias kam näher.

Drei Schritte trennten sie.

Klara wich langsam zurück.

Matthias lächelte. »Jetzt bekommst du es doch noch mit der Angst zu tun.« Er machte einen weiteren Schritt.

Genau in diesem Moment bewegte Klara sich blitzschnell nach vorne und verkürzte die Distanz. Ansatzlos trat sie ihm in den Unterleib.

Matthias bekam große Augen, beugte sich nach vorne und griff sich mit den Händen zwischen die Beine.

Geschmeidig glitt sie an ihm vorbei.

Jetzt befand sie sich hinter seinem Rücken.

Blitzschnell wickelte sie ihre improvisierte Schnur um Matthias Hals, drückte ihm das rechte Knie in den Rücken und zog die Schlinge zu.

Der Wärter beugte sich nach hinten, griff sich mit beiden Händen an den Hals und versuchte, die Finger zwischen Schnur und Haut zu bekommen. Aber die zusammengeknoteten Schnürsenkel schnitten zu tief in sein Fleisch.

In Panik lief er rückwärts.

Klara stolperte mit ihm mit, bis sie mit dem Rücken gegen die Wand schlug. Der Aufprall drückte ihr die Luft aus den Lungen.

Mit der linken Hand griff Matthias nach hinten, bekam ihr Ohr zu fassen und zerrte mit aller Gewalt daran.

Sie schrie auf.

Der Schmerz trieb ihr Tränen in die Augen. Aber, anstatt die Schnürsenkel loszulassen, zog sie noch stärker an ihnen.

Nicht loslassen. Egal was geschah.

In ihrem Kopf blitzten Bilder auf.

Ihre tote Mutter. Wie sie in der Küche auf dem Boden lag.

Ihr brennender Vater. Wie er in Flammen eingehüllt im Wohnzimmer hin und her rannte und dabei gegen die Möbel stieß wie eine Flipperkugel.

Weiter ziehen. Niemals aufgeben.

Unvermittelt ließ Mattias ihr Ohr los.

Sein Arm fiel nach unten, als wäre er ein Elektrospielzeug, dem man die Batterien entnommen hatte.

Immer noch zog sie mit aller Kraft an den Schnürsenkeln.

Erst als Matthias zu Boden sackte, ließ sie los.

Der Mann regte sich nicht mehr.

Sie hatte es tatsächlich geschafft, einen erwachsenen Mann zu erdrosseln.

Langsam glitt sie mit dem Rücken an der Wand abwärts, bis sie saß.

Ihre Atmung beruhigte sich.

Die Dusche rauschte ungerührt weiter.

Eines war Gewissheit. Man würde sie hinrichten.

War es das wert gewesen?

Definitiv: ja.

»Wie geht es dir?« Weilbach saß auf dem Stuhl in Klaras Zelle.

»Alles in Ordnung.«

»Lass mal sehen.« Er rutschte an Klara heran, die auf ihrer Pritsche saß. »Du hast ein ganz schönes Veilchen. Tut es sehr weh?«

»Nein.«

Zwanzig Minuten, nachdem sie Matthias getötet hatte, kam eine Gruppe von Frauen zum Duschen. Klara hatte sich nicht von der Stelle gerührt. Wo hätte sie auch hingehen sollen? Es hatte ein ziemliches Geschrei gegeben. Dann kamen Wärter und verprügelten sie. Allerdings weniger schlimm, als Klara es erwartet hatte. Vermutlich standen die Wärter unter Schock und konnten sich daher nicht so gut auf ihre Arbeit konzentrieren. Am Ende hatte man sie in ihre Zelle geschleppt, wo sie jetzt seit zwei Tagen, saß, ohne dass sich jemand bei ihr gemeldet hätte. Dreimal am Tag brachte man ihr Essen auf einem Tablett. Und dann, vor einigen Minuten, war Weilbach zu ihr in die Zelle gekommen.

»Musstest du ihn gleich umbringen?«

»Er wollte mich vergewaltigen.«

»Das ist mir klar. Aber warum hast du ihn getötet?«

»Was hätte ich Ihrer Meinung nach tun sollen? Mich auf einen fairen Kampf Mann gegen Mädchen einlassen?«

»Ich weiß. Du hast ja recht.« Er schüttelte den Kopf. »Es ist meine Schuld. Ich war nicht da.«

»Es ist nicht Ihre Schuld. Sie können nicht immer da sein. Mir war klar, dass es irgendwann passieren würde. Die werden ...« Klara zögerte kurz. »Die werden mich hinrichten.«

»Deine Chancen in einem Prozess würden sicher sehr schlecht stehen. Du hast keine Zeugen.«

»Vielleicht ist es besser so.«

»Möglicherweise gibt es einen Ausweg für dich.«

Klara verzog ungläubig das Gesicht.

Weilbach stand auf, ging zu Tür und öffnete sie. »Ich möchte dir jemanden vorstellen.«

Nadelholz.

Das war Klaras erste Empfindung, als der Mann ihre Zelle betrat.

Der Besucher war Mitte dreißig und trug einen teuer wirkenden dunklen Anzug. Wer immer er war, er gehörte nicht zum Gefängnispersonal. Ihr war bewusst, dass sein Eau de Toilette nur eine Spur Nadelholzduft enthielt. Aber Klara kam es vor, als würde sie plötzlich in einem Wald stehen. Im Pfälzerwald nach einem Sommergewitter. Am liebsten hätte sie ihm den Anzug vom Leib gerissen und unter ihr Kopfkissen gestopft. Der Mann konnte verschwinden, aber der Geruch sollte bleiben.

Eine Narbe, die senkrecht von der linken Augenbraue bis fast zu seinem Mund reichte, gab seinem ansonsten freundlichen Gesicht etwas Verwegenes.

»Klara, wir müssen reden«, sagte der Mann.

»Sie wollen mit mir reden?«

Der Mann lächelte. »So ist es.« Er gab Weilbach ein Zeichen. Der Schichtleiter verließ die Zelle und schloss die Tür.

»Mein Name ist Lux Träger.«

Träger trat einen Schritt auf sie zu und streckte den rechten Arm aus. Klara sah auf seine Hand, bewegte sich keinen Zentimeter. »Du kannst mir die Hand geben. Es passiert dir nichts.«

Zögerlich griff sie zu. Als ihre Hände sich voneinander lösten, stellte Klara überrascht fest, dass sie ihn ungern losließ.

Träger sah sich in der Zelle um. »Wenn man den Rest seiner Tage in einer solchen Umgebung verbringen muss, kann einem nur der Glaube helfen.« Er sah ihr in die Augen. »Glaubst du an Gott, Klara?«

»Mir hat er bisher keinen Gefallen getan. Wenn es einen Gott gibt, wünsch ich ihm die Pest an den Hals.«

Träger lächelte. »Ich bin gekommen, um seine Fehler wieder gutzumachen.«

HERBST 1996

11

WÖLFE UND EULEN

Max Lenzer, Mittwoch, 09.10.1996, 12:00 Uhr

Mit seiner Beförderung zum Sturmbannführer im Jahr 1981 hatte für ihn eine unglaubliche Karriere begonnen. Im Zweijahrestakt zogen die Dienstgrade vorbei.

Vor gut einem Jahr hatte man ihn mit einundvierzig Jahren zum Oberst-Gruppenführer und Generaloberst der SS ernannt. Damit besaß er den zweithöchsten Dienstgrad, den die SS zu vergeben hatte.

Nur der vom Kanzler eingesetzte Reichsmarschall, dessen Vertreter im Amt sowie der Leiter des Kommandostabes im Führungshauptamt standen in der Hierarchie über ihm.

Seit seiner letzten Beförderung leitete Lenzer das Reserveamt der SS. Das Amt zeichnete für die materielle und personelle Ausstattung der Truppe verantwortlich.

Nun besaß er ein Büro im Führungshauptamt. Dazu noch ein ziemlich großes.

Während seines unaufhaltsamen Aufstiegs war er sich vorgekommen wie ein Radprofi, der sich bei einer Bergetappe an einem Motorrad festhalten durfte. Das Motorrad war sein Cousin Richard gewesen.

Lediglich bei einer Gelegenheit hatten Richard und er über das Thema gesprochen. Das war kurz nach Lenzers Beförderung zum

Sturmbannführer gewesen. Obwohl Lenzer ein Gegner solcher Machenschaften war, hatte er mitgespielt.

Am Anfang hatte er es Maria zuliebe getan. Die Überlegung hierzu war simpel. Je höher sein gesellschaftlicher Stand, umso einfacher würde es seine Tochter im Leben haben.

Mit den Jahren gewöhnte er sich an Richards Hilfe und nahm sie kaum mehr wahr. Das lag daran, dass Richard es ihm leicht machte. Bei keiner Gelegenheit hielt er Lenzer vor, dass dieser in seiner Schuld stehen würde. Niemals forderte er etwas. Nie redete er darüber.

Bei Lenzers Beförderung zum Oberst-Gruppenführer hatte Richard ihm lediglich eine Glückwunschkarte geschickt.

Sein Cousin war mittlerweile dreiundfünfzig Jahre alt und seit fünf Jahren Vorstandsvorsitzender der Rheinmetall AG, dem weltgrößten Rüstungskonzern. Damit war er einer der einflussreichsten Industriellen im Reich.

Richard ging in der Arbeit auf. So profane Dinge wie Urlaub waren ihm fremd.

Lenzer traf ihn maximal viermal im Jahr. Bei seinem eigenen Geburtstag, dem Geburtstag von Maria und dem Geburtstag von Richard. Zusätzlich begingen sie gemeinsam das Winterfest, das ehemalige Weihnachtsfest.

Mit dem offiziellen Kirchenverbot im Jahr 1982 waren auch die christlichen Feste gestrichen worden. Das hatte heftigen Widerstand in der Bevölkerung hervorgerufen. Daher hatte die Regierung das Winterfest erfunden.

Das Fest wurde am zwanzigsten Dezember gefeiert. Es gab immer noch einen geschmückten Tannenbaum, gutes Essen und Geschenke. Nur der Kirchenbesuch und das Singen von christlichem Liedgut entfiel. Damit konnten die meisten sich arrangieren.

An Toma dachte Lenzer nur noch selten.

In den ersten Wochen, nachdem er auf Toma geschossen hatte, war das anders gewesen. Ständig rechnete er damit, von der Polizei verhaftet zu werden. Er hatte Toma zwar in die Brust getroffen, aber das bedeutete nicht zwangsläufig dessen Tod. An einer solchen Verletzung musste man nicht sterben. Tagelang verfluchte er sich selbst, warum er dem Kerl nicht in den Kopf geschossen hatte. Außerdem hatte es eine Zeugin gegeben, von der Lenzer nicht wissen konnte, was sie gesehen hatte.

Dass Toma keine Beweise besaß, hatte er dem Drogenhändler damals abgenommen. Aber in dieser Beziehung hätte er sich ebenfalls irren können.

Sein Gewissen hatte ihm von Anfang an keine Probleme bereitet. Er hatte Toma nicht dazu genötigt, Maria und ihn in Gefahr zu bringen. Womit hatte der Idiot gerechnet?

Nun, nach fünfzehn Jahren, konnte er beruhigt davon ausgehen, dass er mit seiner Tat davongekommen war.

Lenzers Verhältnis zu Maria blieb über all die Jahre kompliziert. Mit der Zeit hatte sie sich an ihn gewöhnt und ihr neues Leben angenommen. Sie lernte es, sich sozial unauffällig zu verhalten, und kam nach anfänglichen Schwierigkeiten gut in der Schule zurecht. Aber in ihrem Herzen blieb sie distanziert. Sie ließ niemanden wirklich an sich heran. Am allerwenigsten ihn.

Er hatte gelernt, das zu akzeptieren.

Mittlerweile war Maria zwanzig Jahre alt und stand kurz davor, ihr Abitur abzulegen. Danach würden sich ihre Wege trennen. Davon war Lenzer überzeugt. Auch das musste er akzeptieren.

Das einzig wirklich Unangenehme in seinem Leben waren die Albträume, die ihn immer noch quälten, wenn auch seltener als früher.

Insgesamt schien das Leben für Lenzer keine Überraschungen mehr parat zu haben. Er wähnte sich auf dem Gipfel seiner Karriere und war damit mehr als zufrieden.

Aber das Leben überraschte einen meistens, wenn man keine Überraschungen mehr von ihm erwartete.

Insgesamt gab es acht Oberst-Gruppenführer.

Als Populärster unter ihnen galt Thomas von Centano, der das Amt des Leiters des Kommandostabes bekleidete und damit die Nummer drei in der Hierarchie der SS war. Seit Reichsmarschalls Brenners Tod vor knapp einem halben Jahr führte Centano als kommissarischer Reichsmarschall die SS. Es war fast ein Gesetz, dass das Amt des Reichsmarschalls aus den Reihen der Oberst-Gruppenführer besetzt wurde. Damit gab es acht Kandidaten. Wobei von Centano als gesetzt galt. Theoretisch gehörte auch Lenzer zu den Aspiranten. Keine Sekunde hatte er sich mit dem Gedanken an eine Ernennung auseinandergesetzt.

Es war kurz nach zwölf, als Lenzer einen Anruf auf der Amtsleitung in seinem Büro erhielt. Der Anrufer teilte ihm kurz angebunden mit, dass er ihn nun mit dem Herrn Reichskanzler Wertheim verbinden würde. Sekunden später telefonierte er mit Wertheim, der sich in den letzten Tagen zu einem Staatsbesuch in Tokio aufgehalten hatte.

»Wertheim am Apparat. Herr Oberst-Gruppenführer Lenzer, ich grüße Sie.«

»Guten Tag, Herr Reichskanzler.«

Bis zum heutigen Tag hatte er mit Wertheim kein Wort gewechselt. Lenzer hatte das Gefühl, dass ihn jemand auf den Arm nehmen wollte. Er musste sich beherrschen, nicht flapsig zu werden.

»Derzeit befinde ich mich auf dem Rückflug von Tokio und lande jeden Moment in Berlin. Ich möchte Sie gerne noch heute in einer dringenden Angelegenheit sprechen. Tut mir leid, wenn ich Sie mit meinem Anliegen überfalle. Aber es ist wichtig.«

»Natürlich Herr Reichskanzler. Darf ich fragen, um welche Angelegenheit es sich handelt?« »Das möchte ich ungern am Telefon sagen. Würden Sie bei mir auf ein Glas Whisky vorbeikommen? Vielleicht um acht?«

»Gerne.«

»Das freut mich. Dann will ich Sie nicht länger von der Arbeit abhalten. Wir sehen uns heute Abend. Und kommen Sie bitte nicht in Abendgarderobe. Das Protokoll muss nicht gewahrt werden.«

»Wie Sie wünschen. Um zwanzig Uhr. Ich werde da sein.«

»Bis heute Abend.«

Das Telefonat war beendet.

Lenzer hatte bereits davon gehört, dass Wertheim eine freundliche und zurückhaltende Art besitzen sollte. Allerdings durfte man sich nicht täuschen lassen. Niemand wurde Reichskanzler, weil er ein netter Kerl war.

Was in aller Welt wollte der Kanzler von ihm?

Als Wertheims Vorgänger Georg von Stragert vor zwei Jahren starb, stand das Reich vor einer Zerreißprobe. Das Parlament im Reichstag bestand zwar ausschließlich aus Abgeordneten der NSDAP, aber das bedeutete nicht, dass in politischen Fragen Einigkeit herrschte. Innerhalb der Partei gab es dutzende Fraktionen und Gruppierungen. Es existierten unzählige politische Unterströmungen und diverse Interessensverbände.

An einem Strang ziehen, sah anders aus.

Wenn es darum ging, den Reichskanzler zu wählen, verschmolzen alle diese Gruppen zu zwei Lagern. Den Ultra-Konservativen und den Liberal-Konservativen. Den Wölfen und Eulen. Wobei die Wölfe die Mehrheit stellten.

Wertheim gehörte zu dem Flügel der Liberal-Konservativen. Ihm wurde überdies nachgesagt, dass er Verbindungen zu der kleinen Gruppe der Neo-Liberalen besaß, die von den Wölfen als Staatsverräter betrachtet wurden.

Warum Wertheim nach mehreren Wahldurchgängen am Ende sogar mit Stimmen der Wölfe gewählt worden war, blieb nicht nur Lenzer ein Rätsel.

Er war äußerst gespannt, was der Reichskanzler von ihm wollte.

~

Die Villa des Reichskanzlers lag fünfundvierzig Kilometer südlich von Berlin in der Senziger Heide.

Die letzten fünf Kilometer war Lenzer durch ein Sperrgebiet gefahren.

Nun erreichte er die Einfahrt zum Gelände, auf dem die Villa stand.

Das Areal umgab ein acht Meter hoher Doppelzaun. Zwischen den beiden Zäunen lag ein hundert Meter breiter Streifen Niemandsland. Schilder in Signalfarben warnten vor Selbstschussanlagen und Minen.

Er hielt am Tor an.

Seine Personalien wurden überprüft und er musste aus seinem Wagen aussteigen.

Nach einer körperlichen Durchsuchung und dem Gang durch einen Metalldetektor, sah er dabei zu, wie ein Sprengstoffspürhund sein Auto umrundete. Im Anschluss gestattete man ihm die Weiterfahrt.

Er erreichte die Villa und parkte den Wagen auf einem Besucherparkplatz.

Der Wohnsitz des Kanzlers war eine in den Sechzigerjahren gebaute Prunkvilla im römischen Stil. Da die alten nordischen Völker architektonisch nicht viel zu bieten hatten, wandten sich die Architekten den Römern zu. Es wurde zu einer regelrechten Mode, sich mit nachgemachten Insignien des Römischen Reichs zu umgeben. Interessanterweise konnte man beobachten, wie hier die Mode die Politik beeinflusste. Ende der Sechzigerjahre riefen Intellektuelle das Land als arisch geprägten Nachfolger des Römischen Reiches aus.

Auch Richards Villa war in diesem Stil gebaut. Allerdings war sie bedeutend kleiner.

Lenzer bewohnte mit Maria ein Haus in Kladow direkt an der Havel. Das Haus besaß sieben Zimmer, von denen drei ohne jeglichen Nutzen waren.

In der Villa des Reichskanzlers musste es Dutzende überflüssige Zimmer geben.

Wertheim war verheiratet, hatte aber keine Kinder. Und selbst, wenn er welche hätte, dann wären es sicher weniger als dreißig gewesen.

Am Haupteingang der Villa erwarteten ihn zwei Angestellte des Hauspersonals.

Einer der Bediensteten führte Lenzer in die Bibliothek.

Es dauerte nur wenige Minuten und Wertheim erschien.

Der Kanzler war ein Mann Mitte sechzig, hatte weiße Haare, einen weißen Vollbart und buschige Augenbrauen. Er erinnerte Lenzer an den Weihnachtsmann seiner Kindertage. An einen Weihnachtsmann, der nach getaner Arbeit den wohlverdienten Urlaub in seiner Sommerresidenz verbrachte.

Wertheim schüttelte Lenzer die Hand und begrüßte ihn strahlend.

Das harmlos wirkende Äußere des Kanzlers, gepaart mit dessen freundlicher Art wirkte auf eine surreale Art bereits wieder bedrohlich.

In den Regalen in der Bibliothek reihten sich schwere, in Leder eingebundene Bücher aneinander. In der Nähe eines runden Tisches mit sechs Stühlen stand ein wuchtiger Globus, neben den sich der Reichskanzler nach der Begrüßung stellte.

Wertheim drehte die Weltkugel und bremste die Bewegung mit seinem Zeigefinger ab. Als der Erdball zum Stehen kam, sah er sich die Stelle, auf die sein Finger zeigte, genauer an.

»Da wollte ich schon immer hin.« Er wandte sich an Lenzer. »Darf ich Ihnen etwas zu trinken anbieten? Einen Whisky?«

»Gerne.«

Wertheim ging zum Tisch und nahm eine Karaffe aus Kristallglas, die auf einem silbernen Tablett stand. Der Kanzler zog den Stöpsel heraus und schenkte zwei Gläser ein. Er reichte Lenzer ein Glas.

Dann schlenderte er zurück zum Globus.

Lenzer folgte ihm.

Der Reichskanzler gab dem Globus erneut einen Schubs.

»Das Reich«, sagte Wertheim, stoppte die Weltkugel und tippte mit dem Zeigefinger auf Europa. »Wir kontrollieren große Teile der ehemaligen Sowjetunion, den Mittleren Osten inklusive Persien und Nordafrika. Unsere Stärken: Gas und Öl.« Er gab dem Globus einen leichten Schubs. »Das Einflussgebiet des japanischen Kaiserreichs erstreckt sich über Südostasien, China, Sibirien und seit fünf Jahren gehört Australien dazu. Ihre Stärken: Seltene Erden. Im Zeitalter der elektronischen Rechner, ein extrem wertvoller Rohstoff.« Er setzte den Globus erneut in Bewegung. »Die USA bilden mit Kanada und Mittelamerika den dritten Block. Ihre Stärke: Forschung und Hochtechnologie. Bleibt noch Schwarzafrika, was zum Großteil von den USA dominiert wird, und Südamerika, deren Staaten sich offiziell neutral verhalten, aber aufgrund der deutschen Einwanderer zum größten Teil dem Reich freundlich gesinnt sind.« Wertheim nahm einen Schluck von seinem Whisky und redete weiter: »Derzeit haben wir ein Patt zwischen den drei Mächten. Die Amerikaner hängen Japan und Deutschland technologisch ab. Meiner Meinung nach liegt es an ihrer Staatsform. Die Demokratie bringt für die herrschende Klasse viele Probleme mit sich. Aber sie fördert Innovationen. Ein weiterer Vorteil der Amerikaner ist, dass sie nicht wie Japan und Deutschland permanent mit Aufständen am Rande ihres Einflussgebietes zu kämpfen haben. Das spart militärische Ressourcen. Dafür müssen sie die Nachteile einer schwierigen Rohstofflage und der Isolation hinnehmen. Deutschland und Japan sind Verbündete. Es steht zwei gegen einen. Das bereitet den Amerikanern verständlicherweise Sorge. Sie fürchten einen gemeinsamen Schlag ihrer Gegner. Darum versuchen sie alles, um das seit Jahren angespannte Verhältnis zwischen Japan und dem Reich mit Geheimdienstoperationen nachhaltig zu belasten. Kulturhistorisch stehen wir den Amerikanern näher als unseren japanischen Verbündeten. Das wissen die im Kaiserreich auch und befürchten, dass die Großnasen irgendwann doch noch zueinanderfinden und sich gegen sie verbünden. Zu allem Überfluss verfügen die drei Mächte über Atomwaffen. Nichts als Chaos.«

Wertheim gab dem Globus einen abschließenden Schubs und leerte sein Glas in einem Zug.

Der Reichskanzler schlenderte langsam durch den Raum. Vor einem Gemälde Adolf Hitlers blieb er stehen, betrachtete es und zündete sich eine Zigarre an. Als er sich Lenzer zuwandte, sagte er: »Sie haben bestimmt gehört, dass ich Hitler einen geisteskranken Despoten genannt habe.«

»Die Leute reden viel.«

Wertheim lächelte. »Das bedeutet nicht zwangsläufig, dass sie lügen. Glauben Sie, dass der größte Feldherr aller Zeiten den Krieg für uns gewonnen hat?«

Nun musste er aufpassen. Das Gespräch nahm eine unangenehme Wendung. Das Andenken des ersten Führers zu verunglimpfen, konnte selbst hochgestellten Persönlichkeiten zum Verhängnis werden. Anderseits hatte Wertheim ihn sicherlich nicht eingeladen, um ihm eine lächerliche Falle zu stellen.

»Die Physiker haben den Krieg gewonnen. Ohne die Atombombe wäre er anders ausgegangen.«

»Bravo. Da spricht der Realist aus Ihnen. Das mag ich.« Wertheim sah sich Hitlers Gemälde an und stieß einen Rauchkringel aus. »Nur ein Geisteskranker ist in der Lage, ohne mit der Wimper zu zucken, eine Millionenstadt wie Moskau einzuäschern. Hitler war der Mann fürs Grobe. Aber letztendlich hatte er nur Glück. Wenn die Amerikaner die Atombombe vor uns entwickelt hätten, würden wir beide nicht hier sitzen.«

Dem konnte Lenzer nicht widersprechen. Allerdings interessierte ihn das im Moment wenig.

»Herr Reichskanzler, warum bin ich hier?«

Wertheim nahm auf einem Lehnsessel Platz und stellte sein Glas auf einem Beistelltisch ab. Mit einer Geste forderte er Lenzer auf, sich ihm gegenüber zu setzen. Lenzer tat es.

Der Kanzler lächelte traurig. »Haben Sie eine Vorstellung davon, wie ich Kanzler geworden bin?« Er wartete keine Antwort ab. »Ich bin der kleinste gemeinsame Nenner, auf den sich die Fraktionen der Wölfe und der Eulen aus unterschiedlicher Motivation heraus einigen konnten. Das klingt bitter, ist aber die Wahrheit.«

»Wie meinen Sie das?«

»Die Wölfe sehen das Heil Deutschlands in einer weiteren Ausdehnung des Machtgebietes. Gerne auch mit Waffengewalt. Die Liberalen setzen auf Konsolidierung. Sie wollen den Status quo halten. Ich selbst stimme in vielen Punkten mit den Neo-Liberalen überein. Die Neo-Liberalen vertreten die Auffassung, dass es eine Annäherung an die Amerikaner geben muss, um einen wirklichen Frieden herbeizuführen. Außerdem ist es ihrer Ansicht nach wichtig, den besetzten Gebieten gewisse Autonomierechte zuzusprechen.«

Lenzer blies unwillkürlich die Wangen auf.

Was Wertheim da ungeniert zum Besten gab, war geeignet, einen für einige Monate ins Gefängnis zu bringen. Besetzte Gebiete gab es nicht. Es waren Protektorate. Das Wort Autonomierechte konnte man vermutlich nicht einmal in der Gesamtausgabe des Duden finden. Und den Amerikanern näherte man sich ausschließlich in einem Tiger Panzer.

»Habe ich Sie erschreckt?«, fragte Wertheim.

»Irritiert.« Lenzer brauchte dringend einen weiteren Whisky. »Wenn das, was Sie sagen, Ihre Auffassung wiedergibt, verstehe ich beim besten Willen nicht, warum die Wölfe Ihre Kanzlerschaft nicht verhindert haben.«

»Aus Kalkül. Als ich gewählt wurde, besaßen die Wölfe die Mehrheit im Reichstag. Ihre internen Konflikte führten allerdings dazu, dass sie nicht in der Lage waren, sich auf einen Kandidaten zu einigen. Man könnte sagen, dass sie sich selbst zerfleischt haben. Der Streit innerhalb der Wölfe eskalierte so weit, dass eine größere Gruppe von ultrakonservativen Abgeordneten geheime Verhandlungen mit den Liberalen führte. Sie unterstützen eher einen liberalen Kanzler als den Gegner in den eigenen Reihen. Aber natürlich waren sie nicht an einem starken liberalen Kanzler interessiert.«

»Und da kamen Sie ins Spiel.«

»Die abtrünnigen Wölfe haben mich als Kanzler akzeptiert, weil ich ihrer Meinung nach schwach bin und nicht einmal in meinem eigenen politischen Lager nennenswerten Rückhalt genieße. Was, nebenbei bemerkt, die Wahrheit ist. Sie vertrauen darauf, dass ich mich selbst demontieren werde. Wenn das passiert, hoffen sie, dass sie in der nächsten Kanzlerwahl mehr Glück mit ihrem Favoriten haben. Die Eulen hingegen haben mich akzeptiert, weil ich immerhin einer von ihnen bin. Mehr aber auch nicht.«

»Besser für kurze Zeit einen liberalen Kanzler akzeptieren, um dann im Anschluss eine neue Chance zu erhalten, als den falschen konservativen Kanzler, der zwanzig Jahre das Amt blockiert. Und die Liberalen waren froh, überhaupt den Kanzler stellen zu können.«

»Sie haben es erfasst.« Wertheim machte eine kurze Pause. »Haben Sie eine Vorstellung davon, wie schwer es ist, ein Imperium zu führen?« Er atmete tief ein und seufzte. »Ich hatte jedenfalls keine. Die inneren Belange des Reiches sind dermaßen vielschichtig, dass man wirr im Kopf wird. Und bei der Außenpolitik sieht es nicht besser aus. Nehmen wir die Japaner. Seit Jahren drängen sie auf einen Krieg gegen die Amerikaner. Alleine wagen sie es nicht. Ich habe kein Interesse an einem letzten Weltenbrand. Aber ich muss die Japaner bei Laune halten. Wie ich bereits sagte, kontrollieren sie die weltweit größten Vorkommen an Seltenen Erden. Diese Rohstoffe braucht unsere Industrie. Der heimischen Wirtschaft geht es jeden Tag schlechter. Immer mehr Menschen verlieren ihr Auskommen. Wenn die Rezession nicht bald gestoppt wird, ist die Reichsmark bald so wertlos, dass sich das Drucken von Geldscheinen nicht mehr lohnt. Und wo sehen die bornierten einen Ausweg aus der Krise? In einem Krieg. Sie wollen das Reich mithilfe des Stahls zur alten Größe verhelfen. Diese Idioten. Das Problem ist, dass die Idioten sich über starken Zulauf freuen. Dazu gehören durchaus einflussreiche Persönlichkeiten. Vor allem aus den Reihen der Industrie. Die erhoffen sich glänzende Geschäfte. Selbst bei den Liberalen werden die Stimmen nach einem Krieg lauter. Inzwischen stehe ich mit dem Rücken zur Wand. Wenn ich mich offen gegen einen Krieg stelle, wird man versuchen, mich als Feigling und Volksverräter hinzustellen. Was also mache ich? Ich verstärke unsere militärische Präsenz in Südamerika. Damit signalisiere ich allen, dass ich grundsätzlich zu einem Waffengang gegen die Amerikaner bereit bin. Ich sage den Wölfen, ja, ich will, aber derzeit sind wir zu schwach aufgestellt.«

»Sie spielen den Wolf.«

Wertheim nickte. »Aber ich kann den Pelz nicht ewig tragen.«

Lenzer war verwirrt. Was sollte er von dem Gespräch halten? Der Reichskanzler erklärte ihm bei ihrem ersten Treffen, dass er politisch erledigt sei. Diese Art der Selbstoffenbarung war alles andere als typisch für die Kaste der Politiker. Von Reichskanzlern ganz zu schweigen. Er hatte immer noch nicht erfahren, was Wertheim von ihm wollte, war sich aber bereits jetzt sicher, dass es ihm nicht gefallen würde. Es roch nach Gefahr.

»Sie haben eine Tochter«, stellte Wertheim fest.

»Ja. Sie heißt Maria.«

»Ihre Tochter ist ein uneheliches Kind, das Sie nach dem Tod der Mutter bei sich aufgenommen haben.«

»Das stimmt.«

»Das machen nicht viele.«

»Ich hielt es für meine Pflicht.«

»In den letzten Wochen habe ich mich intensiv mit den Personalien der Führungsoffiziere der SS beschäftigt. Wie nicht anders erwartet, handelt es sich ausnahmslos um Wölfe und Kriegstreiber. Nur Sie sind anscheinend eine Ausnahme. Warum?«

»Ich habe den Krieg gesehen und es hat mir nicht gefallen.«

»Helfen Sie mir, einen Krieg zu verhindern. Werden Sie Reichsmarschall.«

Jetzt war die Katze aus dem Sack.

»Dafür bin ich nicht der Richtige«, platzte es aus Lenzer heraus.

»Warum nicht?«

»Mir fehlt es an politischer Erfahrung.«

»Sie sind Oberst-Gruppenführer. Das ist eine herausragende Position. Die bekommt man nicht geschenkt, dazu benötigt man ein feines Gespür für die Mikropolitik innerhalb der SS. Sie gehören keiner Lobby und keinem Interessensverband an. Alle anderen sind dermaßen in verworrene Abhängigkeitsverhältnisse verstrickt, dass sie selbst nicht mehr wissen, wem sie etwas schulden.«

Lenzer musste dringend auf die Bremse treten. Es stimmte, dass er grundsätzlich den Krieg ablehnte. Aber das war eine Einstellung, mit der man innerhalb der SS nicht hausieren ging, nicht einmal in seiner Position. Und er verspürte nicht die geringste Lust, sich in dieser Frage jemals zu offenbaren.

Wenn er die Ernennung zum Reichsmarschall annahm, würde er für alle sichtbar das Etikett tragen, ein Verbündeter von Wertheim zu sein. Das bedeutete, dass er sein Schicksal an das des Reichskanzlers knüpfte. Der Gedanke gefiel ihm überhaupt nicht. Zumal Wertheim ihm gerade gesagt hatte, dass es schlecht um dessen politische Zukunft stand.

Außerdem irrte sich der Kanzler in einer Sache. Es gab sehr wohl jemanden, dem er etwas schuldete. Auch wenn Richard dies bisher nie ausgenutzt hatte.

»Sie sagen, dass ich in keinem Abhängigkeitsverhältnis stehe. Das ist nicht ganz richtig. Ich verdanke meine Karriere in nicht unerheblichem Maß meinem Cousin Richard Kleist.«

Peinlich, das zuzugeben. Aber es erschien ihm als die einzige Chance, den Reichskanzler von seiner Idee abzubringen. Richard war Lenzers Notbremse.

»Ihre Ehrlichkeit ist entwaffnend.« Wertheim lächelte milde. »Ich kenne Herrn Kleist. Wir sprechen regelmäßig miteinander.«

Das war eine Überraschung.

»Sie haben Kontakt zu Richard?«

»Ja, warum überrascht Sie das?«

»Weil er ein bedeutender Rüstungsindustrieller ist. Ein Wolf.«

»Nun, auch wenn ich neo-liberal bin, muss ich als Reichskanzler mit den Vertretern der Rüstungsindustrie reden. Bei einem solchen Treffen habe ich Ihren Cousin kennengelernt. Zweifellos besitzt Ihr Cousin eine völlig andere Weltanschauung als ich. Aber in einem wichtigen Punkt ist unsere Meinung deckungsgleich. Es darf keinen Krieg geben. Herr Kleist hat es so formuliert: *Der Krieg hat die unangenehme Eigenschaft, dass man ihn auch verlieren kann.* Ein Risiko, das er nicht eingehen will. Seine Gründe, einen Krieg zu vermeiden, unterscheiden sich zwar von meinen, aber das spielt in dem Zusammenhang keine Rolle. Wichtig ist, dass wir beide dasselbe Resultat wollen.«

Nun wusste Lenzer nicht mehr, was er sagen sollte. Allerdings erklärte es, warum Wertheim so viel über ihn wusste.

Der Reichskanzler sprach weiter. »Sie sagen, dass Herr Kleist sie gefördert hat. Na und? Was glauben Sie, wie viele hohe Beamte und Politiker in ihren Ämtern wären, wenn sie niemand gefördert hätte. Nur sehr wenige. So funktioniert die Welt.«

»Dass ich ein Kriegsgegner bin, reicht für Sie als Qualifikation?«

»Ja. Und daran können Sie erkennen, in welch auswegloser Situation ich mich befinde. Das Amt des Reichsmarschalls ist vakant. Aber alle, die ich einsetzen kann, sind ausgesprochene Feinde von mir und meiner Politik. Aber besetzen muss ich das Amt. Nehmen Sie an. Helfen Sie mir, einen Krieg zu verhindern.«

Lenzer lehnte sich zurück und rieb seine Stirn.

»Ich weiß nicht, was ich sagen soll.«

»Haben Sie Angst davor, mit mir zusammen unterzugehen?«

»Der Gedanke ist mir in der Tat gekommen. Was geschieht dann mit meiner Tochter?«

Offen über Ängste zu reden, war für Lenzer eine neue Erfahrung. Vor allem mit dem Reichskanzler. Aber er stand zu sehr unter Schock, als dass er sich darüber Gedanken machen konnte.

Die Gefahr für Maria war durchaus real. Wenn Wertheim die Villa des Reichskanzlers räumen musste, wäre auch er erledigt. Ein neuer ultra-konservativer Kanzler würde ihn bestimmt aus dem Amt jagen. Vielleicht auf einen grauenvollen Posten in der Nähe von Kiew.

Und wenn sie Wertheim durch einen Staatsstreich absetzten, drohte ihm der Galgen oder der Steinbruch.

Was sollte dann aus Maria werden?

»Droht ein Staatsstreich?«

Wertheim lächelte. »Sie besitzen eine äußerst direkte Art.«

»Es tut mir leid. Aber ich muss das wissen.«

»Ich kann es Ihnen nicht sagen. Ich hoffe, dass es nicht so weit kommen wird.«

Das klang für Lenzer mehr nach einem ja anstatt nach einem nein.

»Sie sagen, dass Sie keine Ahnung von Politik haben«, sagte Wertheim. »Mag sein. Aber Sie verstehen etwas vom Kriegshandwerk. Wie wird ein Krieg mit den Amerikanern Ihrer Meinung nach ausgehen?«

»Die Menschheit wird vernichtet.«

Wertheim atmete erleichtert aus. »Sie sind wirklich ein Realist. Genau so wird es kommen. Keine der Mächte wird sich einfach geschlagen geben. Der Verlierer wird seine Atomwaffen einsetzen. Das Leben, wie wir es kennen, wird nicht mehr existieren. Es mag arrogant klingen. Aber, wenn ich falle, droht die Welt mit mir zu fallen.«

»Und Sie denken, ich kann Ihnen helfen, einen Krieg zu verhindern.«

»Die Stimme des Reichsmarschalls hat Gewicht. Wenn Sie sich im Ernstfall gegen einen Krieg aussprechen, nehmen die Leute das ernst. Wenn ich es alleine tue, wird man mir unterstellen, ich kollaboriere mit dem Feind. Der SS kann man das kaum vorwerfen. Es ist gut möglich, dass Ihre Positionierung über Krieg oder Frieden entscheiden wird.«

»Jetzt reden Sie, als wenn ich bereits zugesagt hätte.«

»Tun Sie es. Ich beschwöre Sie.«

»Ich verstehe zwar, was Sie bezwecken, aber es wird nicht funktionieren. Wenn ich Reichsmarschall werde und mich im Ernstfall gegen einen Krieg ausspreche, wird man mich genauso als Verräter hinstellen wie Sie. Schließlich haben Sie mich ins Amt gebracht.«

»Ich dachte, Sie haben keine Ahnung von Politik.«

»Mit Verlaub. Um diesen Schluss zu ziehen, muss man kein Experte sein.«

»Sie haben mit Ihrer Befürchtung recht. Aber es gibt einen Weg. Wenn Sie im Amt sind, müssen Sie schnellstmöglich alle Schlüsselpositionen mit Personal besetzen, dass Sie kontrollieren können. Ich werde jede Ihrer Personalentscheidungen mittragen. Kriegen Sie das hin?«

»Das kann ich auf die Schnelle nicht versprechen. Aber ich denke, ich könnte es schaffen. Allerdings habe ich Zweifel, ob das ausreicht.«

»Es muss reichen. Den größten Brocken räume ich für Sie aus dem Weg.«

»Oberst-Gruppenführer von Centano?«

Das war wirklich der größte Brocken.

»Richtig. Ich genieße zwar keinen großen Rückhalt, aber das bedeutet nicht, dass ich niemanden auf meiner Seite hätte. Aus sicherer Quelle weiß ich, dass von Centano ein übersteigertes Interesse an kleinen Jungs besitzt. Das wird ihm in den nächsten Tagen zum Verhängnis.«

»Centano ist pädophil?«

Der Kanzler nickte.

Das war mal eine Nachricht. Wenn das zutraf, geschah es dem Schwein recht.

»Ist das wirklich gesichert?«

»Es gibt gerichtsfeste Beweise. Centano ist erledigt. Selbst seine mächtigsten Freunde werden sich augenblicklich von ihm abwenden. In den nächsten Tagen wird die Bombe platzen.«

Da stimmte etwas nicht. Sein Gefühl sagte Lenzer, dass Centano reingelegt werden sollte.

In Wertheims Blick meinte er zu erkennen, dass der Kanzler seine Zweifel erkannt hatte.

Wertheim beugte sich weit nach vorne und legte die Hände in einer vertraulichen Geste auf Lenzers Knie.

»Es muss sein. Hier geht es um mehr als um das Leben eines

Einzelnen. Wenn wir scheitern, wird es zum Atomkrieg kommen. Die Welt, wie wir sie kennen, wird aufhören zu existieren.«

Centano gehörte nicht zu den Menschen, die Lenzer mochte. Aber wenn Wertheim ihn auf diese Art vernichtete, war das moralisch zutiefst falsch. Willkommen in der hohen Politik.

Wertheim musste das Wasser bis zum Hals stehen, wenn er zu solchen Mittel griff. Natürlich konnte es sein, dass er sich irrte. Seinen Verdacht offen zu äußern, wagte Lenzer nicht.

»Wissen Sie, ich hatte auch mal ein Kind. Einen Sohn«, sagte Wertheim.

Das war Lenzer neu. Er hatte bis heute geglaubt, die Wertheims wären kinderlos.

»Es ist lange her«, sagte Wertheim. »Damals war ich noch um einiges jünger als Sie.«

»Was ist geschehen?«

»Mein Sohn ist im Alter von neun Jahren an Leukämie verstorben. Das war für meine Frau und mich eine sehr schwere Zeit. Wir haben uns entschlossen, keine Kinder mehr zu bekommen. Die Angst war zu groß, dass wieder etwas passieren könnte.«

»Das kann ich verstehen.«

»Ich erzähle Ihnen das, weil ich Ihnen klar machen möchte, dass ich durchaus weiß, wie sich die Liebe zu einem Kind anfühlt. Würden Sie für Ihre Tochter sterben?«

»Ja.«

»Für sie töten.«

»Wenn es erforderlich ist.«

»Hoffen wir, dass es zu beidem niemals kommen wird. Aber vor dem Krieg, der uns erwartet, kann sich niemand verstecken. Auch ihre Tochter nicht. Willigen Sie ein. Es ist für Sie der einzige Weg, Ihr Kind zu schützen.«

Wertheim versuchte es nun auf der ganz emotionalen Schiene.

»Ehrlich gesagt würde ich mich vor einer Entscheidung gerne mit Richard beraten.«

»Davon nehmen Sie bitte Abstand. Die Gespräche, die ich mit Herrn Kleist geführt habe, sind geheim. Und so soll es auch bleiben. Es darf auf keinen Fall der Eindruck entstehen, dass zwischen Herrn Kleist und mir eine intime Verbindung besteht. Das würde ihm in seiner Position sehr schaden. Jede Art der Kommunikation birgt ein

Risiko. Telefone werden abgehört, Wohnungen verwanzt. Das Beste ist, wenn Sie sich in den nächsten Wochen von ihm fernhalten. Ich habe gegenüber Herrn Kleist die gleiche Bitte geäußert.«

»Sind wir denn hier sicher?«

»Die Frage ist nicht unberechtigt. Ich lasse die Villa regelmäßig von einem Freund überprüfen. Bisher hat er keine Abhörtechnik gefunden.«

Nicht einmal hier konnte man sich also wirklich sicher fühlen.

»Wenn ich zusage, werde ich mir viele Feinde machen.«

»Es wäre eine Lüge, wenn ich sagen würde, dass es nicht so ist.« Wertheim faltete die Hände zusammen, als wollte er beten. »Fassen Sie sich ein Herz. Stehen Sie mir bei.«

Die Sache gefiel Lenzer nicht im Geringsten.

Aber ein Krieg mit den Amerikanern besaß das Potenzial, die Welt zu zerstören. In diesem Punkt stimmte er mit Wertheim hundertprozentig überein. Und da Maria auf dieser Welt lebte, hatte er praktisch keine Wahl.

»Wenn Richard Sie unterstützt, dann tue ich es auch.«

Wertheim sprang von seinem Sessel auf.

»Großartig! Es freut mich, dass ich Sie überzeugen konnte. Dann mache ich es morgen offiziell. Ihre Ernennung soll zeitnah erfolgen. Je weniger Zeit meine Gegner haben, sich darauf einzustellen, umso limitierter sind ihre Möglichkeiten, etwas dagegen zu unternehmen. Sie haben hoffentlich keine Leichen im Keller, von denen ich wissen sollte.«

»Nein.«

Doch, die hatte er. Und die Vorstellung, dass bald viele Menschen Tag und Nacht in seinem Keller danach suchen würden, bereitete ihm jetzt schon Angst.

12

SPURENSUCHE

Wiebke Raabe, Montag, 14.10.1996, 08:00 Uhr

Wiebke saß in der Kantine des Reichsamtes für Volkshygiene, auf ihrem Teller lag ein belegtes Brötchen. Als Inspektorin durfte sie sich einen Platz in der mittleren Ebene nehmen und musste sich nicht mit den unteren Dienstgraden auf dem Parkett drängen. Dort unten ging es zu wie auf einem Volksfest. Hier hingegen lief es gesitteter und es gab Fenster.

Wiebke wollte in ihr Brötchen beißen, als ihr Vorgesetzter, Amtsrat Stegner, an ihren Tisch trat.

Stegner war ein vorzeitig gealterter Mann in mittleren Jahren, dessen Aussehen an eine Schildkröte erinnerte. Er zog einen Stuhl herbei und setzte sich auf den Rand der Sitzfläche.

»Es tut mir leid. Die Behördenleitung hat sich entschieden, Frau Wangert zu befördern«, sagte er.

Wiebke legte das Brötchen auf den Teller und ballte eine Hand unter der Tischplatte zur Faust, bis ihre Fingerknöchel knackten.

»Die Wangert ist nach mir zur Behörde gekommen«, sagte sie in ruhigem Ton. »Außerdem steht es außer Frage, dass meine Leistungsbilanz besser ausfällt.«

»Es geht nicht ausschließlich um Leistung und Zugehörigkeitsdauer zur Behörde. Da spielen auch andere Faktoren eine bedeutende Rolle.«

Sie wusste, welche Faktoren Stegner meinte. Vetternwirtschaft, Arschkriecherei, Liebschaften.

»Das ist ungerecht und Sie wissen das.«

Stegner reagierte nicht. Stattdessen starrte er das Brötchen auf Wiebkes Teller an.

»Haben Sie Hunger?«, fragte sie.

»Was? Nein.«

Sollte sie Dampf bei ihrem Vorgesetzten ablassen? Das würde ihr kurzfristig guttun. Auf der anderen Seite erschien es unklug, es sich mit Stegner zu verscherzen, da er auf unbestimmte Zeit ihr Vorgesetzter bleiben würde. Die Vernunft musste siegen.

Sie stand auf und zupfte ihren Rock zurecht.

»Vielleicht klappt es beim nächsten Mal«, sagte Wiebke.

Das Brötchen ließ sie liegen, ihr war der Appetit vergangen.

Stegner wirkte sichtlich erleichtert.

Vermutlich hatte er mit mehr Gegenwehr gerechnet.

»Das wird es ganz bestimmt. Fräulein Raabe, ich weiß, was ich an Ihnen habe. Und ich verspreche, dass ich Sie fördern werde. Sie sind jung.«

»Ich bin vierunddreißig. Das mag jung sein, wenn man seine Memoiren schreibt. Aber für eine Karriere ist es alt. Das wissen Sie.«

»Haben Sie Geduld.«

»Natürlich.«

Wiebke verabschiedete sich und verließ die Kantine.

In ihrem Büro angekommen, knallte sie die Tür zu.

Vor einem hüfthohen Aktenschrank, auf dem ein Aquarium stand, ging sie in die Hocke. In dem Glasbecken zogen zwei Goldfische ihre Kreise. Die hatten sich ihr Leben bestimmt auch anders vorgestellt. Wiebke nahm Fischfutter aus einer Dose und streute es ins Wasser. Sie beobachtete die Fische dabei, wie sie zur Oberfläche schossen.

Es klopfte.

»Herein.«

Wiebke stand auf. Konnte man sie nicht für einige Minuten in Ruhe lassen?

Die Tür ging auf. Es war Sekretär Wender. Der fehlte ihr noch.

»Was wollen Sie?«

»Ich habe einen Vorgang, über den ich mit Ihnen sprechen muss.«

Wender wedelte mit einer Laufmappe.

Das war nicht das erste Mal. Wiebke ging zu ihrem Schreibtisch und nahm Platz. Sie deutete auf einen Stuhl, den der Sekretär heranzog.

»Was ist das für ein Vorgang?«, fragte sie.

Wender rutschte samt Stuhl an ihren Schreibtisch und legte die Laufmappe auf die Arbeitsplatte. Er zog einen Zettel heraus und gab ihn Wiebke.

»Es handelt sich um ein Paar, das um eine Heiratserlaubnis bittet. Der Mann ist Arier, da gibt es keine Probleme«, sagte Wender.

»Und die Frau?«

»Sie ist im Protektorat Ostschlesien geboren. Sehr nette und höfliche Erscheinung.«

»Und? Sie wissen, dass das nicht geht. Ich verstehe nicht, was Sie von mir wollen. Arier dürfen nur Arier oder Kultur-Arier heiraten. Dass Ostschlesier keine Arier sind, ist bekannt. Kultur-Arier sind die Ostschlesier ebenfalls nicht. Das sind im Wesentlichen nur die Völker westlich und nördlich des Reichs. Das ist nicht schwer. Das kann man sich merken. Außerdem ist es in Dutzenden von Ausführungsbestimmungen nachzulesen. Sie können doch lesen. Oder etwa nicht?«

Wenders Wangen verfärbten sich rot.

»Das ist mir bewusst. Aber die Frau gibt an, dass sie Arierin ist. Sie sagt, dass ihre Familie mütterlicherseits im siebzehnten Jahrhundert aus Schweden in die Region um Warschau eingewandert ist. Und die Familie ihres Vaters stammt aus Dänemark.«

»Dann soll sie das nachweisen. Wenn dem so ist, dürfen die beiden heiraten. Ich erkenne das Problem nicht.«

»Bei der Familie ihres Vaters kann sie das nachweisen. Aber bei der Mutter sieht es schlecht aus. Sie kann die Papiere nicht besorgen. Sie hat es versucht, aber Unterlagen aus der Zeit sind schwer zu beschaffen.«

Wender sah Wiebke an.

»Und?«, fragte sie.

»Sie beruft sich auf eine Ausnahmeregelung und möchte eine Versicherung an Eides statt bezüglich ihrer Herkunft abgeben.«

»Selbstverständlich will sie das. Und sie glauben den Quatsch?«

Wender nickte.

»Die Frau will sich Bürgerrechte erschleichen. Das ist alles. Unsere Aufgabe ist es, das zu verhindern. Wir müssen den Volkskörper beschützen. Die Frau verhielt sich Ihnen gegenüber bestimmt ausgesprochen höflich. Aber wie sollte sie auch sonst auftreten? Die Polin hat Sie um den Finger gewickelt. Sagen Sie ihr, dass sie heiraten kann, wenn sie die Papiere vorlegt.«

»In Ordnung.«

Wender stand auf und stellte den Stuhl an seinen Platz zurück.

»Es gibt eine andere Möglichkeit«, sagte Wiebke. »Der Mann kann aus der arischen Gemeinschaft austreten. Er verliert seine Bürgerrechte, kann dafür ehelichen, wen er will. Dann können die beiden glücklich bis an ihr Lebensende in Ostschlesien leben. Wenn er sich darauf einlässt, weiß sie, dass er sie wirklich liebt. So gesehen, erweisen wir der Frau einen Gefallen.« Wiebke zwang sich zu einem Lächeln.

»Ich werde es ausrichten.«

Wender verließ ihr Büro.

Wiebke lehnte sich zurück und betrachtete missmutig den Aktenstapel mit Anträgen von Heiratsgenehmigungen auf ihrem Schreibtisch. Mit dem Unsinn beschäftigte sie sich seit Jahren. Die Aufgabenzuweisung entsprach nicht ihren Fähigkeiten. Perlen vor die Säue.

Wer da am Ende wen heiratete, interessierte sie herzlich wenig. Am liebsten würde sie jedem Antragsteller eine Genehmigung ausstellen. Das würde ihr am wenigsten Arbeit bereiten. Aber das wagte sie nicht. Dieser Wender zum Beispiel spielte vor ihr immer den Menschenfreund. Was er wirklich dachte, konnte man nicht erraten. Gut möglich, dass er sofort die interne Ermittlung auf sie hetzte, wenn sie die Gesetze zu freizügig auslegen würde. Insgesamt war es vernünftig, die Konservative zu geben.

Missmutig griff sie nach einer der Akten, die auf ihrem Schreibtisch lagen.

Ihr Magen machte sich mit einem lauten Knurren bemerkbar.

Mittlerweile war es kurz vor zwölf und das aus Frustration heraus abgebrochene Frühstück forderte seinen Tribut. Sie schob die Akte, mit der sie sich in den letzten Stunden beschäftigt hatte, weg und warf den Kugelschreiber auf die Schreibtischplatte.

Der Gedanke, in die Kantine zu gehen, behagte ihr nicht. Dort konnte ihr Stegner über den Weg laufen. Dessen Gesicht wollte sie sobald nicht wiedersehen. Aber es half nichts. Sie musste etwas in den Magen bekommen.

Sie verließ ihr Büro.

Als sie am Ende des Flurs zu den Fahrstühlen abbog, prallte sie beinahe mit Amtsrat Stegner zusammen.

»Beim Führer! Sie haben mich erschreckt«, rief sie aus.

Seltsamerweise wirkte er sichtlich erfreut, sie zu sehen. »Gut, dass ich Sie treffe. Ich war gerade auf dem Weg zu Ihrem Büro. Sie sind genau die Richtige.«

»Die Richtige für was?«

Das konnte nur Schlechtes bedeuten. Im Geiste verfluchte sie sich, weil sie ihrem Magen nachgegeben hatte. Es wäre besser gewesen, zu hungern. Anderseits hätte er sie dann in ihrem Büro erwischt. Sie musste sich damit abfinden, dass es heute kein Entkommen gab.

»Ich habe einen überaus wichtigen Auftrag für Sie.«

Erfahrungsgemäß waren das die Schlimmsten.

»Derzeit bin ich ziemlich ausgelastet. Die Arbeit wächst mir über den Kopf. Ehrlich gesagt woll…«

»Der Auftrag stammt von Frau Unterstaatssekretärin Eisel persönlich«, flüsterte Stegner.

Eisel war die stellvertretende Leiterin des Reichamts für Volkshygiene.

So ein Dreck. Das war es dann wohl. Aus der Sache kam sie nicht mehr raus.

»Was soll ich tun?«

»Kommen Sie bitte mit. Ich erkläre es Ihnen in meinem Büro.«

Widerwillig folgte sie ihrem Vorgesetzten.

Das Büro von Stegner war nur unwesentlich größer als ihr eigenes, unterschied sich aber in einem wesentlichen Punkt von ihrem. Sein Schreibtisch war bis auf eine einsame dünne Laufmappe leer.

Hier lag Stegners Vorteil. In der Hierarchie der Behörde stand er immerhin so weit oben, dass er anderen die Arbeit zuteilen konnte, statt sie selbst erledigen zu müssen.

»Nehmen Sie Platz«, sagte Stegner, während er sich ächzend auf seinen Bürostuhl fallen ließ.

Bedächtig legte er beide Hände auf die Laufmappe und begann, mit den Fingern auf ihr herumzutrommeln. Der Anschein entstand, dass ihn die Anwesenheit des Papiers auf seinem Schreibtisch beunruhigte. Wiebke beschlich das sichere Gefühl, dass die Mappe in den nächsten Minuten in ihren Besitz übergehen würde.

Sie wartete darauf, dass Stegner anfing zu sprechen. Aber das tat er nicht. Er sah sie nur an und lächelte dabei verlegen.

Wiebke verlor die Geduld. »Worin besteht der Auftrag?«, fragte sie.

»Es ist nur eine Kleinigkeit. Sie sollen in die Charité fahren und dort Einblick in eine Patientenakte nehmen. Wenn Sie Einsicht in die Akte haben, rufen Sie mich bitte an. Wir müssen dann fernmündlich ein paar Daten abklären.«

Ihr Vorgesetzter öffnete eine Schublade an seinem Schreibtisch, nahm ein SatTel heraus, legte es auf die Laufmappe und schob beides in Wiebkes Richtung.

»Damit können Sie mich anrufen. Das ist am einfachsten.«

Ein Satellitentelefon hatte sie noch nie bekommen. Die Dinger waren sündhaft teuer.

Der Auftrag klang jetzt wirklich nicht nach erheblichem Aufwand.

»Wieso kommt der Auftrag direkt von Frau Eisel?«

Stegner sah überrascht aus.

»Das habe ich natürlich nicht gefragt. Sind Sie verrückt?« Er schüttelte verständnislos den Kopf. »Selbstverständlich habe ich mich bereit erklärt, behilflich zu sein.«

Selbstverständlich. Wiebke konnte sich bildhaft vorstellen, wie das abgelaufen war. *Natürlich Frau Eisel, das ist doch kein Problem Frau Eisel, stets Ihr Diener Frau Eisel, Gruß an den Gemahl Frau Eisel.*

Stegner war nicht erst seit gestern Amtsrat und soweit Wiebke das beurteilen konnte, gab es keinen Grund, dass sich das in absehbarer Zeit ändern würde. Er gehörte zu den Kollegen, die irgendwann einmal in ein relativ hohes Amt gerutscht waren. Einige Jahre später erinnerte sich von den Entscheidungsträgern dann niemand mehr daran, warum man ihn befördert hatte. Also setzten sie ihn auf eine Stelle, von der man annahm, er könnte dort keinen Schaden anrichten. Und so war Stegner zu ihrem Chef geworden.

Vermutlich versuchte er, sich eine Restchance auf eine Beförderung zu *erarbeiten*. Hohen Vorgesetzten in den Hintern zu kriechen, war seit Jahrtausenden ein probates Mittel dazu.

Es fragte sich, welche Rolle sie dabei übernehmen sollte.

Dass mit dem Auftrag etwas nicht stimmte, war klar. Vielleicht verfolgte die Eisel ein persönliches Anliegen. In der Theorie waren solche Ermittlungen rechtswidrig, aber in der Praxis gute Sitte. Wiebke nahm das gelassen. Sie führte einen Auftrag ihres direkten Dienstvorgesetzten aus. Wenn die Angelegenheit aus dem Ruder lief, musste er sich rechtfertigen, nicht sie. Was sie hingegen überhaupt nicht gelassen nahm, war die Tatsache, dass sie noch immer Hunger hatte.

»Bis wann muss das erledigt sein?«, fragte sie, in der Hoffnung, genügend Zeit für einen Kantinenbesuch zu besitzen.

»Jetzt sofort.«

»Sie meinen, ich stehe jetzt auf und fahre dahin?«

»Ich befürchte, so ist es. Frau Eisel hat auf schnellstmögliche Erledigung gedrängt.«

»Warum haben Sie nicht die Wangert gefragt? Die scheint doch über höhere Qualifikationen als ich zu verfügen.«

Den Seitenhieb konnte sie sich verkneifen.

»Ich habe mit dem Gedanken gespielt. Aber ehrlich gesagt, halte ich Sie für scharfsinniger, und genau das ist hier gefragt.«

»Und? Glauben Sie, dass meine Scharfsinnigkeit in Zukunft belohnt wird?«

»Ja, das wird sie. Ich verspreche Ihnen, dass Sie beim Beförderungstermin im Februar berücksichtigt werden.«

Wiebke nahm das SatTel sowie die Laufmappe und stand auf.

»Versprechen Sie nichts, das Sie nicht gewillt sind zu halten.«

»Sie wollen mir doch wohl nicht drohen, Fräulein Raabe.« Stegner zog ein strenges Gesicht. »Vergessen Sie nicht, dass ich Ihr Vorgesetzter bin.«

»Und unterschätzen Sie nie die Wut einer enttäuschten Frau.« Mit den Worten verließ sie das Büro des Amtsrates.

Zehn Minuten später stand sie mit noch immer leerem Magen in der Tiefgarage der Behörde vor ihrem nagelneuen Wartburg Cabriolet. Den schicken roten Zweisitzer hatte sie im Frühjahr gekauft. Die Vorstellung, im Sommer mit offenem Verdeck an der Ostseeküste entlangzufahren und den Wind in ihren Haaren zu spüren, hatte sie verzückt. In der Realität war sie im Sommer weder an der Ostsee gewesen, noch hatte der Wind in ihren Haaren gespielt. Seit sie den Wagen besaß, hatte sie das Verdeck nicht einmal geöffnet. Das Fahrzeug war eine Fehlinvestition. Und heute würde sich daran nichts ändern. Seit Tagen zeigte sich das Wetter von seiner üblen Herbstseite. Der Himmel durchgängig grau, mit Temperaturen um die fünf Grad.

Sie stieg ein und warf ihre Aktentasche auf den Beifahrersitz.

Das Reichsamt für Volkshygiene hatte seinen Sitz im Stadtteil Mariendorf. Bis zum Humboldthafen, wo sich die Charité befand, waren es zwölf Kilometer.

Eine verstopfte fünfspurige Umgehungsstraße führte sie an der gigantischen Baustelle der Ruhmeshalle vorbei. Vor drei Jahren war mit einigen Jahrzehnten Verspätung mit dem Bau der dreihundertzwanzig Meter hohen Kuppel begonnen worden. Eigentlich hätte die Ruhmeshalle direkt nach dem Krieg fertiggestellt werden sollen. Aber das Reich war infolge der Kriegsanstrengungen wirtschaftlich zu geschwächt und, als Hitler im Sommer 1944 nach kurzer schwerer Krankheit verstarb, legte die Regierung die Pläne für das gigantische Monument auf Eis. Nun wurde es doch Wirklichkeit. Wiebke hatte gelesen, dass die Kuppel Platz für einhundertvierzigtausend Menschen bieten sollte und das siebzehnfache Volumen des Petersdoms besaß. Wofür das auch gut sein mochte.

Wiebke quälte sich durch den Verkehr und erreichte nach mehr als einer Stunde Fahrt den Besucherparkplatz der Charité. Sie verschloss ihren Wartburg und lief in Richtung eines Nebeneingangs, der direkt zur Verwaltung führte.

Was wollte die Eisel? Ging es um eine Beziehungsgeschichte?

Während des Laufens zog Wiebke die Laufmappe, die sie von Stegner erhalten hatte, aus ihrer Aktentasche und schlug sie auf. Die Patientenakte, in die sie Einsicht nehmen sollte, gehörte einer Frau Erna Wild, geboren am 16.03.1954 in Hamburg.

Wer war das? Eine Nebenbuhlerin von Frau Unterstaatssekretärin? War eigentlich auch völlig egal.

Das Reichsamt für Volkshygiene war eine der mächtigsten zivilen Oberbehörden. Es gab die Abteilung des Einwohnermeldewesens, die Abteilung standesamtlicher Angelegenheiten, in der sie arbeitete, die Abteilung für das Gesundheitswesen und der Kontrolle psychiatrischer Einrichtungen. Und das war nur ein Auszug. Wenn man es darauf anlegte, konnte man über die Behörde nahezu alles in Erfahrung bringen.

In der Verwaltung des Krankenhauses angekommen, fragte sie sich bis zur Aktenhaltung durch und zeigte dort einer griesgrämigen Angestellten ihren Dienstausweis. Dann erklärte sie ihr Anliegen.

Die Angestellte tippte den genannten Namen in ihren Rechner ein und starrte auf den Bildschirm.

»Die Akte ist sehr alt«, sagte sie nach einer Weile.

Wiebke reagierte nicht.

»Die liegt in irgendwo in einem Karton herum. Ganz hinten.«

»Genau diese Akte hätte ich gerne«, sagte Wiebke lächelnd.

Die Frau verschwand hinter einer Tür. Ihre Laune hatte sich nicht gebessert.

Es dauerte fast zwanzig Minuten, bis die Frau aus dem Archiv zurückkehrte. Sie warf eine braune Mappe auf den Tresen.

»Wenn Sie die Akte mitnehmen wollen, muss ich das eintragen.«

»Gibt es hier einen Ort, wo ich mir die Akte ungestört ansehen kann?«

Die Angestellte zeigte auf eine Tür. »Da.«

»Danke.«

Der Raum, den Wiebke betrat, war klein und im Wesentlichen inventarlos. Es gab nur einen Tisch und zwei Stühle. Die Wände waren in einem unangenehmen Krankenhausgrün gehalten. Und das nicht erst seit gestern.

Wiebke setzte sich und schlug die Akte auf. Wirklich viel gab sie nicht her.

Sie wählte Stegners Nummer.

»Stegner?«

»Hier ist Raabe. Ich habe die Akte jetzt vor mir liegen.«

»Sind Sie alleine?«

»Ja.«

»Sehen Sie bitte nach, ob die Frau eine Tochter zur Welt gebracht hat. Das Kind ist am 26.06.1976 geboren und hieß bei der Geburt Maria Wild. Beim Gesundheitswesen konnte ich über eine Geburt nichts in Erfahrung bringen. Es gibt dort nur einen Eintrag, dass sie in der Charité behandelt wurde. Allerdings ist der Eintrag unvollständig. Da ist weder der Grund ihres Aufenthalts im Krankenhaus dokumentiert noch das Datum.«

»Wenn Sie beim Gesundheitswesen nichts gefunden haben, muss es sich um eine medizinisch unbegleitete Hausgeburt gehandelt haben.«

»Das ist möglich. Aber die Akte, die Sie vor sich liegen haben, muss gesichtet werden, um alle Eventualitäten auszuschließen.«

Wiebke blätterte durch die dünne Patientenakte.

»Die Wild war nur einmal hier. Das ist ewig her und es war auch nicht wegen einer Geburt. Am 05.05.1970 wurde bei ihr eine abdominale Hysterektomie durchgeführt.«

»Was heißt das?«

Wiebke kratzte sich an der Stirn.

»Das heißt, dass sie 1976 kein Kind zur Welt bringen konnte. Weil ihr 1970 mittels eines Schnitts in die Bauchdecke die Gebärmutter entfernt wurde. Wenn ich das hier richtig verstehe, wegen eines Geschwürs.«

»Kann es sich um einen Fehler handeln? Vielleicht wurde da was falsch notiert.«

»Unwahrscheinlich. Hier gibt es Kopien von Rechnungen, die an die Volksheilfürsorge gegangen sind. Die tragen Datumsstempel. Außerdem Arztberichte über den Verlauf der Operation und ihrem Aufenthalt auf der Station. Kaum vorstellbar, dass sich alle fortlaufend im Datum geirrt haben. Nein, ich denke, es gibt keinen Zweifel.«

»Tja«, sagte Stegner.

»Tja«, wiederholte Wiebke.

Eine Weile sagten beide nichts.

»Also, was machen wir jetzt?«, fragte Wiebke schließlich. Was das gegenseitige Anschweigen anging, besaß Stegner auf jeden Fall die besseren Nerven.

»Tja«, wiederholte Stegner. »Ich denke, ich werde der Frau Eisel das so mitteilen.«

»Dann bin ich hier fertig?«

»Ja.«

»Gut, dann komme ich zurück.«

»Machen Sie das.«

Wiebke beendete das Gespräch und steckte das SatTel in ihre Aktentasche.

Das ging ja schneller als befürchtet. Wie es aussah, war das die beste Nachricht des Tages.

Wiebke hatte mehr als die Hälfte des Weges zum RfV hinter sich gebracht, als das SatTel in ihrer Tasche anfing zu klingeln.

Von dem ungewohnten und lauten Geräusch überrascht, verriss sie vor Schreck das Lenkrad. Fast hätte sie einen Unfall verursacht.

»Meine Güte!«

Nachdem sie den Wagen unter Kontrolle gebracht hatte, wühlte sie mit der rechten Hand in ihrer Tasche herum, die auf dem Beifahrersitz lag. Sie fand das Telefon, nahm es heraus und drückte die Taste für die Gesprächsannahme.

»Raabe?«

»Hier ist Stegner. Wo sind Sie?«

»In zehn Minuten bin ich in der Behörde.«

»Leider muss ich Sie noch weiter bemühen.«

»Warum? Sie konnte 1976 kein Kind bekommen. Oder stimmt etwas mit dem Geburtsdatum nicht?«

»Nein, das Datum steht wohl fest.«

»Was dann?«

Sie hätte sich nicht zu früh freuen dürfen. Wenn ein Tag so anfing wie der heutige, dann endete er in der Regel auch so.

»Ich habe mit Frau Eisel gesprochen und ihr unsere Erkenntnisse mitgeteilt. Sie hat mir weitere Informationen gegeben, die es zu überprüfen gilt.«

»Warum gibt sie die Informationen nur stückchenweise an Sie weiter?«

»Ich vermute, weil die ganze Angelegenheit delikat ist.«

»Was hat sie Ihnen denn mitgeteilt?«, seufzte Wiebke.

»Erna Wild starb am 06.08.1981. Am Sterbebett hat der uneheliche Vater des Kindes das Ehrversprechen abgelegt, das Kind aufzunehmen. Bei dem Ehrversprechen waren zwei Zeugen anwesend. Diese sollen befragt werden.«

»Wild konnte doch keine Kinder mehr bekommen.«

»Umso interessanter, was die Ehrenzeugen dazu zu sagen haben. Haben Sie etwas zum Schreiben?«

»Ich fahre gerade. Moment.«

Beim Autofahren zu telefonieren war ungewöhnlich. Einerseits war es nett, dass man mit einem Satellitentelefon überall erreichbar war, andererseits konnte sich das auch schnell als Fluch erweisen.

Voraus sah sie eine Tankstelle, auf die sie fuhr, und stellte sich so hin, dass sie niemanden beim Tanken behinderte. Sie griff in ihre Aktentasche und nahm Stift und Block heraus.

»Ich bin so weit.«

Stegner diktierte ihr zwei Namen und die dazugehörigen Adressen.

Mit den Namen Holger Schmidt und Jochen Burg hatte sie kein Problem. Mit den Adressen *Ring 4, Haus B 34* und *Ring 2, Haus C 15* hingegen schon.

»Das sind Adressen in der Bettenstadt. Sie wollen doch wohl hoffentlich nicht, dass ich dort hinfahre.«

»Keine Sorge. Sie erhalten Polizeischutz.«

»Nein, das können Sie vergessen. Bei aller Liebe.«

»So gefährlich ist das nicht. Das Risiko wird im Allgemeinen übertrieben dargestellt.«

»Um wen geht es eigentlich? Wie heißt der Vater? Das könnte wichtig sein, wenn man mit den Zeugen spricht.«

»Max Lenzer.«

Sie schrieb den Namen auf und betrachtete die notierten Adressen der Zeugen auf ihrem Block.

In der Bettenstadt war sie noch nie gewesen und das aus gutem Grund. Dort geschahen nahezu täglich Morde. Ständig gab es Schießereien zwischen rivalisierenden Banden. Menschen wurden im zehnten Stock aus den Fenstern geschmissen, Frauen vergewaltigt.

Je länger sie darüber nachdachte, umso ängstlicher wurde sie.

»Ich will da wirklich nicht hinfahren«, sagte Wiebke.

»Es ist wichtig. Ich habe Frau Eisel mein Wort gegeben, dass ich mich darum kümmere.«

»Ihr Wort ist nicht meines. Warum fahren Sie nicht dorthin?«

»Weil ich Amtsrat bin und Sie Inspektorin.«

In dem Satz lag Wahrheit. Trotzdem.

»Nein tut mir leid. Mir geht es nicht gut. Ich melde mich jetzt krank.«

»In Ordnung, in Ordnung. Sie haben gewonnen. Wenn Sie das hier vernünftig und diskret erledigen, werden Sie befördert und nicht Frau Wangert.«

»Ist das Ihr Ernst?«

»Mein voller Ernst.«

»Was ist mit der Wangert?«

»Die muss warten. Die Prioritäten haben sich soeben verschoben. Damit muss jeder im Leben rechnen und klarkommen.«

Was für ein absurder Tagesablauf. Am Morgen war ihre Beförderung in weite Ferne gerückt. Gegen Mittag hieß es dann, in einem halben Jahr wäre sie an der Reihe. Und nun hatte sich die Wartezeit auf zwei Wochen verkürzt. Das war durchaus ein Argument. Wenn sie Oberinspektorin war, konnte sie sich darauf konzentrieren, Amtsrätin zu werden. Außerdem musste sie ja nicht alleine in die Bettenstadt fahren. Sie bekam Amtshilfe von der Polizei.

»Ich mache es.«

»Hervorragend.«

Als Wiebke auf der Stadtautobahn die Ausfahrt zur Bettenstadt nahm, verkrampften sich unwillkürlich ihre Hände ums Lenkrad.

Die Retortenstadt bestand aus zwölf kreisförmig angelegten Ringen. Je näher man dem Zentrum kam, umso geringer wurde der Durchmesser der Ringe, was bedeutete, dass es im zwölften Ring deutlich mehr Hochhäuser gab als im ersten.

Im Zentrum der Bettenstadt standen die etwas angenehmeren Wohngebäude. Vierstöckige Häuser mit nicht mehr als acht Mietparteien. Dort gab es verschiedene Geschäfte und eine Polizeikaserne, die von einer zehn Meter hohen, mit Stacheldraht bewährten Betonmauer umgeben war.

Ihr erstes Ziel war der Ring 4. Dort sollte der Ehrenzeuge Holger Schmidt wohnen.

Die Straße war unglaublich dreckig, aber was sie wirklich entsetzte, waren die Baracken, die überall auf den freien Plätzen zwischen den Hochhäusern standen. Davon hatte Wiebke noch nie etwas gehört. Wie konnten die Menschen so leben?

Stegner hatte dafür gesorgt, dass drei Polizeistreifenwagen im Ring 4 vor dem Hochhaus mit der Nummer B 34 auf ihre Ankunft warteten.

Neben den Streifenwagen standen sechs Polizisten, die Wiebke beobachteten, wie sie aus ihrem Wagen ausstieg. Die Männer trugen schwere schusssichere Westen und Maschinenpistolen. Sie sprach mit dem Streifenführer, erklärte ihr Anliegen und betrat gemeinsam mit den Polizisten das Gebäude. Im Hausflur des Blocks stank es erbärmlich nach Rattenkot. An der Wand hing ein roter Warnaufkleber des RfV, der vor ausgestreutem Gift warnte. Es gab in der Behörde durchaus Dienststellen, die schlimmer waren als ihre eigene. Die Abteilung für Ungeziefervernichtung gehörte eindeutig dazu.

Die Polizisten rieten ihr davon ab, den Fahrstuhl zu benutzen.

»Wenn der Aufzug stecken bleibt, kommt sobald niemand zu Hilfe«, erklärte einer der Uniformierten, während er auf ihr Dekolleté glotzte.

Sie konnte Männer nicht ausstehen, die sie wie ein Stück Fleisch anstarrten. Aber da diese Polizisten die einzigen waren, die zwischen ihr und den Gettobewohnern standen, hielt sie sich zurück.

Wiebke beherzigte den Rat bezüglich des Fahrstuhls und nahm zusammen mit den Beamten die Treppe.

Im dritten Stock angekommen, fiel ihr die unnatürliche Stille auf.

»Ist das immer so ruhig?«, fragte sie einen der Polizisten.

»Die Bewohner wissen, dass wir hier sind.«

»Ist das ein gutes oder ein schlechtes Zeichen?«

»Das kann ich Ihnen sagen, wenn wir wieder draußen sind.«

Vier Treppenabsätze später hatten sie es geschafft und den fünften Stock erreicht. Durch eine ehemalige Glastür, von der nur noch der Metallrahmen existierte, gelangten sie in einen dreißig Meter langen Flur.

Auf beiden Seiten reihten sich dreckigweiße Türen aneinander. Wiebke hörte keine schreienden Kinder, keine plappernden Fernseher. Nur die eigenen Schritte.

Der Streifenführer gab seinen Kollegen ein Handzeichen. Sofort verteilten sie sich im Flur und bildeten einen Kokon um Wiebke.

Eine Tür ging einen Spaltbreit auf.

Die Männer rissen die Waffen hoch.

»Polizei! Bleiben Sie in der Wohnung!«–»Zurück!«–»Das ist ein Polizeieinsatz! Gehen Sie zurück!«

Sofort wurde die Tür zugeschlagen.

Die Anspannung bei den Beamten machte ihr Angst. Vielleicht

wäre es besser, auf die Beförderung zu verzichten. Sollte sie den Auftrag abbrechen? Es gehörte eindeutig nicht zu ihren Aufgaben, im Getto herumzuturnen und sich unkalkulierbaren Gefahren auszusetzen. Sollte Stegner doch seinen eigenen Hintern bewegen. Er hatte ja schließlich den Auftrag angenommen und nicht sie. Aber dafür war er vermutlich zu feige. Stegner schickte lieber eine Frau ins Rennen.

Wiebke fand die Wohnung, die sie suchte. Gut. Nun war sie angekommen. Sie holte Luft und drückte die Klingel.

Wartete.

Klingelte erneut.

»Was wollen Sie?«, rief eine männliche Stimme durch die Tür hindurch.

Bevor Wiebke reagierte, schlug einer der Polizisten zweimal mit der Faust gegen die Tür. »Polizei! Mach auf!«

»Schon gut.«

Das Türschloss klickte und die Tür wurde aufgezogen. Wiebke sah in das aufgequollene Gesicht eines alkoholkranken Mannes um die sechzig. Schweißgeruch schwappte ihr entgegen.

»Herr Schmidt? Mein Name ist Raabe. Ich bin vom Reichsamt für Volkshygiene und möchte Ihnen ein paar Fragen stellen.«

»Ich heiße Venzke.«

»Hier sollte eigentlich ein Holger Schmidt wohnen. Es steht sogar an der Tür.«

»Hier steht alles Mögliche an den Türen.«

»Zeigen Sie Ihren Bürgerausweis vor«, sagte einer der Polizisten.

Der Mann zuckte mit den Schultern und kramte in den Taschen einer Jacke, die an einem Haken an der Wand hing.

»Da, bitte.« Er reichte dem Polizisten den Ausweis.

Der Beamte begutachtete das Dokument. »Der Mann heißt Rainer Venzke.«

»Sag ich doch.«

Das fing ja prima an.

»Wissen Sie, wo sich Herr Schmidt derzeit aufhält?«, fragte Wiebke.

»Klar weiß ich das. Und ich weiß noch einiges mehr als das.« Er grinste breit.

»Dann würde ich gerne darüber mit Ihnen sprechen.«

Die Art von diesem Venzke ging ihr bereits jetzt auf die Nerven.

»Und wenn ich nicht mit Ihnen sprechen will?«, fragte Venzke, ohne sie anzusehen. Seine Aufmerksamkeit galt den Polizisten, die hinter Wiebke einen Halbkreis bildeten.

»Das wäre bedauerlich. Ich müsste die Herrschaften von der Polizei darum bitten, Sie in Verwahrung zu nehmen, bis Sie Ihre Meinung ändern.«

Venzke forderte Wiebke mit einer Geste auf, einzutreten.

»Kommen Sie rein. Etwas Volkshygiene kann nicht schaden.«

Er kicherte, als wäre ihm ein Witz gelungen.

Obwohl Wiebke die Bemerkung nicht komisch fand, verstand sie, was der Mann meinte. Die Wohnung war eine Zumutung. Sogar die Polizisten, die bestimmt einiges gewohnt waren, bemühten sich, den Kontakt zu Wänden und Einrichtungsgegenständen zu vermeiden, und zogen ihre Handschuhe an.

Überall lag Müll herum. Es stank säuerlich nach vergorener Milch. Augenblicklich begann Wiebkes Haut, zu jucken.

Im Wohnzimmer waren die Wände mit Farbe vollgeschmiert. *Jesus liebt dich. Du sollst keine anderen Götter haben neben mir.* Darunter ein durchgestrichenes Hakenkreuz und seltsame Hieroglyphen.

»Damit habe ich nichts zu tun«, sagte Venzke, der anscheinend Wiebkes Interesse an den Wandmalereien bemerkt hatte. »Das verdanke ich meinen ehemaligen Untermietern.«

»Seit wann kritzeln Kakerlaken die Wände voll?«, fragte einer der Polizisten.

»Vor einem Jahr habe ich zwei Jugendliche aufgenommen. Eine dumme Idee. Ich bin froh, dass ich die Idioten los bin.« Venzke wandte sich an Wiebke. »Möchten Sie sich setzen?« Er deutete auf einen alten Sessel, dessen Sitzfläche freigeräumt war.

»Nein, danke.«

Wiebke sprach den Streifenführer an.

»Können Sie mit Ihren Männern bitte draußen warten?«

Vor diesem Venzke hatte sie keine Angst, der Kerl war ein Wrack und ihr körperlich unterlegen.

»Auf jeden Fall.« Die Polizisten verließen die Wohnung. »Wir lassen die Tür angelehnt. Wenn Sie uns brauchen, rufen Sie.«

Wiebke wartete, bis der letzte Beamte vor der Tür war.

»Wo kann ich Herrn Schmidt finden?«

»Auf dem Friedhof.«

»Er ist tot?«

»So ist es.«

Wiebke wusste noch nicht, ob sie das gut oder schlecht finden sollte.

»Wann ist er gestorben?«

»1981.«

Also in dem Jahr in dem Erna Wild starb und das Ehrversprechen geleistet wurde.

»Sie sagten, Sie wissen noch mehr. Das klang ein wenig geheimnisvoll.«

»Einen Moment.«

Venzke zog eine Weinbrandflasche aus einem Stapel dreckiger Wäsche, der in der Zimmerecke lag. Er schraubte den Verschluss ab und hielt sich die Flasche an den Mund. Als er sie absetzte, schüttelte er sich kurz und bekam einen Hustenanfall.

»Die scheiß Raucherei bringt mich noch um.«

»Also?«

»Was bekomme ich für die Information?«

»Bekommen? Ich weiß ja nicht einmal, ob das, was Sie zu sagen haben, einen Wert für mich besitzt.«

Venzke steckte sich eine Zigarette an.

Wiebke hasste Zigarettenqualm. Aber in diesem Loch von Wohnung war der Tabakgeruch geradezu angenehm.

»Das Risiko werden Sie eingehen müssen.«

Sie nahm ihren Geldbeutel aus der Handtasche und verfluchte Stegner. Aber die Sache war so wichtig, dass sie keine Wahl hatte. Das hatte Venzke wohl auch gespürt. Das Geld würde sie sich auf jeden Fall mit einer Spesenrechnung zurückholen.

Wiebke reichte Venzke fünfhundert Reichsmark. Der sah etwas enttäuscht aus, steckte das Geld aber kommentarlos in seine Hosentasche.

»Dass sich nach so langer Zeit noch einmal jemand für die alte Geschichte interessiert, hätte ich nicht gedacht.«

»Ich höre.«

»Ich bin hier in dem Haus seit Mitte der Siebzigerjahre der Blockwart. Ich kümmere mich um kleine Reparaturen und bin für die Vermietung der Wohnungen zuständig. Bevor Schmidt starb, hat er tatsächlich in dieser Wohnung gelebt. Ich war oft bei ihm. Meistens waren wir zu viert und haben uns besoffen. Der Schmidt, Jochen und so ein komischer Polacke. Ich glaube, der hieß Toma oder so ähnlich.«

»Jochen Burg?«

»Genau. Holger und Jochen haben zusammen hier in der Bettenstadt im Hospiz gearbeitet. Eine furchtbare Arbeit. Der Burg ist übrigens auch nicht mehr. Aber dazu komme ich noch.«

Die Ehrenzeugen waren also miteinander befreundet und tot. Allmählich beschlich sie das Gefühl, dass sie besser keine weiteren Einzelheiten erfuhr. Wenn beide Zeugen nicht mehr lebten, war das eigentlich das Beste, was ihr passieren konnte, weil es niemanden mehr zu befragen gab. Trotzdem hörte sie Venzke zu.

»Dieser Toma war Drogenhändler und von seinem eigenen Stoff abhängig. Er verdiente viel Geld, schaffte es aber, noch mehr auszugeben. Eines Tages steckte er mächtig in der Klemme. Als wir mal wieder alle besoffen hier in der Wohnung herumhingen, erzählte Toma, dass er seine finanziellen Probleme durch eine Erpressung lösen würde.«

Venzke hielt die Flasche gegen das Sonnenlicht und stellte sichtlich erleichtert fest, das sie halb voll war. Er setzte zu einem neuen Schluck an.

»Das haben Sie aber den Behörden nicht mitgeteilt.«

Venzke spuckte vor Lachen Weinbrand auf den Fußboden.

»Ich bin doch nicht bescheuert.« Langsam beruhigte er sich wieder. »Aber ich wollte mit der Sache auch nichts zu tun haben. Also bin ich gegangen.«

Wiebke schaute auf ihre Notizen.

»Am 06.08.1981 haben Schmidt und Burg als Zeugen bei einem Ehrversprechen fungiert. Können Sie sich daran erinnern?«

»Nein, keine Ahnung. Die haben öfter bei solchen Ehrversprechen ihren Namen unter den Wisch gesetzt. Das war ein gutes Geschäft.«

»Sie meinen, sie haben das in betrügerischer Absicht getan.«

»In betrügerischer Absicht«, wiederholte Venzke. »Mit welcher Absicht denn sonst?«

»Die Erpressung, von der Sie gesprochen haben. Hat dieser Toma sie tatsächlich durchgeführt?«

»Ich glaube, er hat es versucht. Aber genau weiß ich das nicht.«

»Wissen Sie, wer erpresst werden sollte?«

»Ein SS-Offizier.«

»So eine Scheiße«, rutschte es Wiebke heraus. Das war jetzt hoffentlich nicht dieser Max Lenzer.

»Ja, genau«, pflichtete Venzke ihr bei. »Darum wollte ich damit auch nichts zu tun haben. Viel zu gefährlich. Und ich sollte recht behalten.«

»Wie meinen Sie das?«

»Einige Tage, nachdem dieser blöde Polacke Schmidt, Burg und mir von seiner tollen Erpressungsidee erzählt hatte, war er tot. Von Tomas Tod hat der Jochen dann auf ziemlich makabere Art erfahren.«

»Was ist geschehen?«

»Hinter dem Hospiz *Volkesruhe* gibt es ein Krematorium. Da kommen die Leute dann wirklich zur Ruhe. Jochen hat da gelegentlich ausgeholfen, wenn Not am Mann war. Eines Tages wollte er eine arme Sau in den Ofen schieben und hat gesehen, dass es Toma ist.«

»Das muss ihn schwer getroffen haben«, sagte Wiebke, bemüht um einen verständnisvollen Tonfall.

»Das kann man sagen. Aber anders als Sie denken. Auf dem Totenschein stand als Todesursache Selbstmord mittels Schusswaffe. Allerdings hatte Toma ein Loch in der Brust.«

»Und?«

»Männer schießen sich nicht in die Brust. Das machen nur Frauen. Ich habe mal gehört, dass Frauen sich nicht in den Kopf schießen, weil sie Angst haben, dadurch entstellt zu werden. Sie wollen auch im Tod hübsch aussehen. Männer hingegen haben mehr Angst davor, zu leiden. Ein Schuss in den Kopf erscheint ihnen sicherer.«

Wiebke verspürte nicht das geringste Interesse daran, Venzkes psychologischen Ausführungen weiter zu folgen.

»Dann ist Toma eben eine Ausnahme gewesen.«

»Könnte man denken. Jochen ist jedenfalls neugierig geworden. Sie müssen wissen, dass er vor seiner Zeit im Hospiz mal als richtiger Sanitäter gearbeitet hatte. Ich meine bevor seine Alkoholprobleme begannen.«

Er nahm einen Schluck aus der Flasche.

Es verstörte sie, Venzke dabei zuzuhören, wie er über die Alkoholprobleme eines anderen Menschen sprach.

»Gut, dass Sie keine Alkoholprobleme haben.«

Das musste sie loswerden.

Venzke zog ein nachdenkliches Gesicht. Er hob die Flasche an, schüttelte sie, um sich zu vergewissern, dass ihm der Weinbrand noch nicht ausgegangen war.

»Solange die Flasche nicht leer ist, habe ich kein Alkoholproblem.«

Interessante Betrachtungsweise.

»Herr Burg war also Sanitäter gewesen.«

»Richtig. Darum hatte er auch Ahnung von Schusswunden. Er hat sich die Wunde in Tomas Brust angesehen und dabei festgestellt, dass es keine Schmauchspuren gab.«

»Was sind Schmauchspuren?«

»Er hat es mir so erklärt. Wenn eine Waffe abgefeuert wird, dann fliegt vorne nicht nur das Geschoss raus, sondern auch Pulverreste. Bei einem Schuss aus nächster Nähe brennen sich die Pulverreste in die Haut oder in die Kleidung ein.«

»Wollte Burg damit sagen, das Toma sich nicht selbst erschossen haben konnte?«

»Genau das wollte er damit sagen. Der Schuss wurde aus zu großer Entfernung abgefeuert.«

Was sollte sie davon halten? Die Meinung eines alkoholkranken Ex-Sanitäters ersetzte keine kriminaltechnische Untersuchung. Andererseits.

»Wenn Herr Burg richtig lag, klingt das, als ob jemand versucht hätte, ein Verbrechen zu vertuschen.«

»Das haben Sie gesagt, Fräulein. Aber es stimmt, im Krematorium der Bettenstadt sind immer mal wieder komische Dinge passiert. Davon hat mir der Jochen öfter erzählt. Leichen sind verschwunden oder wurden ohne die nötigen Papiere verbrannt.«

»Was hat Herr Burg dann getan?«

»Er hat Toma in den Ofen geschoben. Was denn sonst?«

Venzke sah sie an wie ein Mensch, der es nicht erwarten konnte, endlich seine aufgesparte Pointe an den Mann zu bringen.

»Was?«, fragte Wiebke.

»Nur einen Tag, nachdem Jochen den Toma in Asche verwandelt hatte, wurden er und Holger im Hospiz abgeknallt. Angeblich von einem durchgeknallten Drogenabhängigen, der Medikamente rauben wollte.«

»Wieso angeblich?«

»Ist halt ein komischer Zufall. Oder nicht?«

»Wurde der Täter gefasst?«

Venzke zuckte mit den Schultern.

»Sie glauben also, dass Toma erschossen wurde, weil er versucht hat, einen SS-Offizier zu erpressen.«

»Das haben Sie gesagt, Fräulein.«

»Und Sie denken, dass Burg und Schmidt etwas mit Tomas Machenschaften zu tun hatten und deshalb ebenfalls ermordet wurden. Und außerdem vermuten Sie, dass alle drei Verbrechen vertuscht werden sollten.«

»Das haben Sie gesagt, Fräulein.«

Langsam nervte sie die wiederholte Antwort. »Was jetzt? Ja oder Nein?«

Venzke nahm einen tiefen Schluck aus der Flasche. Wiebke meinte, das Gluckern des Weinbrands in seiner Kehle zu hören.

Er setzte die Flasche ab und schüttelte sich.

»Das liegt doch auf der Hand«, sagte er.

Verdächtig war es auf jeden Fall. Dazu musste man kein Kriminalist sein.

»Mit was wollte Toma den SS-Offizier erpressen?«, fragte Wiebke.

»Toma war Drogenhändler. Es kann gut sein, dass der SS-Mann zum Kundenstamm gehört hat. Vielleicht war das der Grund. Aber ich glaube, es ging um ein Ehrversprechen. Wie ich bereits gesagt habe. Schmidt und Burg haben öfter die Zeugen gespielt. Und diese Ehrversprechen wurden immer von Toma eingefädelt.«

Ein illegales Ehrversprechen war durchaus etwas, mit dem man einen SS-Offizier erpressen konnte. Das stand fest.

»Wenn Toma diesen Offizier wegen einem solchen Ehrversprechen erpresst hatte, dann würde das erklären, warum außer Toma auch die beiden Zeugen sterben mussten«, sagte Wiebke mehr zu sich selbst.

»So habe ich mir das auch gedacht. Da hat einer reinen Tisch gemacht. Wenn schon, denn schon.«

Wiebke fühlte sich gar nicht mehr wohl.

»Wissen Sie, wann genau die drei getötet wurden? «

»Ja, das weiß ich.«

Venzke ging zu einem Schrank und öffnete eine Tür, die schief in den Scharnieren hing. Er kam mit einem Aktenordner zurück und begann zu blättern.

»Wissen Sie, als ich von Schmidts Tod erfuhr, habe ich mir sofort seine

Wohnung unter den Nagel gerissen. Die ist nämlich um einiges größer als meine alte. In solchen Dingen muss man schnell sein.« Er heftete ein Blatt aus. »Hier steht es. Ich habe die Wohnung am 03.11.1981 übernommen. Also wurden Jochen und Holger am 02.11.1981 getötet. Toma einen Tag früher.«

»Sie waren bereits am nächsten Tag in der Wohnung?«

»Wie ich sagte. Man muss in solchen Dingen schnell sein.«

Was für ein Mensch. Die Leiche seines Freundes war noch nicht kalt und er schnappte sich bereits dessen Wohnung.

Die Ehrenzeugen Schmidt und Burg sowie dieser Toma wurden etwa drei Monate, nachdem Max Lenzer sein Ehrversprechen geleistet hatte, fast zeitgleich umgebracht. Schmidt und Burg waren Zeugen von Lenzer. Das konnte entweder ein Zufall sein, weil die drei ja öfter bei solchen Ehrversprechen mitgemacht hatten, oder es bedeutete, dass es sich bei Max Lenzer um den SS-Offizier handelte, der erpresst werden sollte.

Ihr Gefühl sagte ihr, dass Letzteres der Fall war. Lenzer hatte die Männer getötet oder töten lassen. Sie hätte sich diese Geschichte nicht anhören sollen. Neugierde brachte meistens mehr Ärger, als dass sie half.

»Ist doch eine interessante Geschichte, oder?«

»Wie man es nimmt«, flüsterte Wiebke.

»Das Beste kommt aber bekanntlich zum Schluss. Einen Tag, nachdem ich mich in meiner neuen Wohnung eingerichtet hatte, wurde die Tür aufgebrochen. Ich hatte mir dabei fast in die Hosen gemacht. Da standen plötzlich Kripobeamte bei mir in der Bude. Die wollten die Wohnung von Schmidt durchsuchen. Ich konnte ihnen aber klarmachen, dass Schmidts Sachen ohne Ausnahme bereits auf dem Sperrmüll lagen.«

»Die suchten nach möglichen Beweisen. Es hätte ja sein können, dass der Täter und seine Opfer Kontakt miteinander hatten und es ein persönliches Motiv für die Tat gab. Ist das so ungewöhnlich in einem Mordfall?«

»Eigentlich schon. In der Bettenstadt werden ständig Leute umgebracht. Die Kripo interessiert das nur selten. Aber das wirklich Ungewöhnliche war der Mann, der das Kommando hatte. Den vergesse ich nie.«

»Warum?«

»Zunächst war da sein außergewöhnlicher Name. Er hat sich als Lux Träger vorgestellt.«

»Lutz Träger« Wiebke zuckte mit den Schultern.

»Nicht Lutz. Lux. Wie römisch für Licht.«

»Sie meinen lateinisch.«

»Genau. Der, der das Licht trägt. Ist mir so in Erinnerung geblieben.«

»Und der zweite Grund.«

»Dieser Träger war vom Reichssicherheitshauptamt.«

»Oh!«

Venzke deutete mit einem Finger auf Wiebke.

»Genau das habe ich auch gesagt: Oh! Außerdem hat mir der Kerl Angst gemacht.« Venzke zog eine Linie von seiner linken Augenbraue bis zum Mund. »Er hatte eine lang gezogene Narbe im Gesicht. Das sah unheimlich aus.«

»Woher wissen Sie, dass die Männer vom Reichssicherheitshauptamt kamen?«

»Dieser Träger hat mir seinen Dienstausweis unter die Nase gehalten. Ich hab das Wappen erkannt. Ich weiß, wie die Ausweise des RSHA aussehen.«

»Warum sollte sich jemand von der Obersten Polizeibehörde mit einem solchen Fall beschäftigen?«

»Ich sagte doch, dass es eine interessante Geschichte ist.«

Wiebke hatte sich von Venzke verabschiedet und die Polizisten begleiteten sie zu ihrem Fahrzeug.

»Wir müssen jetzt fahren«, sagte der Streifenführer. »Sie sollten nicht allzu lange hier stehenbleiben.«

»Das mache ich nicht. Vielen Dank für Ihre Unterstützung.«

Der Polizist nickte und ging zu seinem Fahrzeug. Die anderen Beamten waren bereits eingestiegen. Sekunden später war Wiebke alleine.

Was jetzt? Sie beschlich das unangenehme Gefühl, dass sie einer Riesensauerei auf der Spur war. Eine Sauerei, mit der sie auf keinen Fall etwas zu haben wollte. Das war definitiv eine Nummer zu groß für sie.

Wobei sie sich nicht sicher sein konnte, dass sie mit ihrem Verdacht richtig lag. Es sprach zwar einiges dafür, dass es sich bei Max Lenzer um den SS-Offizier handelte, den Toma erpresst hatte. Und es sprach ebenfalls einiges dafür, dass dieser erpresste SS-Offizier die drei auf dem Gewissen hatte. Aber einen Beweis hatte sie für keine der beiden Hypothesen.

Vielleicht war Lenzer nicht dieser SS Mann, und wenn er es doch war, musste er nicht zwangsläufig etwas mit der Ermordung der drei zu tun haben.

Das war eine objektive Betrachtungsweise.

Ihr Bauch sagte ihr allerdings, dass sie die Objektivität zum Teufel jagen sollte. Lenzer war ein Mörder. Ein Dreifachmörder. Und wenn sie weiter in fremder Leute Angelegenheiten herumstocherte, würde Lenzer bald zum Vierfachmörder werden.

Und wem verdankte sie den Mist? Stegner!

Das war typisch. Der Mann gehörte zu dem Menschenschlag, der eigentlich gar nichts konnte, aber ein ausgesprochen hervorragendes Gespür dafür besaß, sich aus allen Schwierigkeiten herauszuhalten.

Sie musste eine Möglichkeit finden, wie sie sich Gewissheit verschaffen konnte, ohne aufzufallen. Bisher hatte sie nicht viel getan. Sie hatte Einblick in die Patientenakte Erna Wild genommen und versucht, den Ehrenzeugen zu befragen. Unter normalen Umständen sollte sie damit keine besondere Auffälligkeit gesetzt haben. Allerdings interessierte sich eine hochgestellte Persönlichkeit für diesen Lenzer und sein Leben. Entweder war es die Eisel selbst oder, und das hielt Wiebke für wahrscheinlicher, die Unterstaatssekretärin handelte im Auftrag. Falls das stimmte, musste der Auftraggeber eine wirklich einflussreiche Person sein. Lag sie mit dieser Vermutung richtig, konnte das bedeuten, dass da noch ganz andere Maßnahmen liefen, von denen sie nichts ahnte. Im schlimmsten Fall befand sie sich bereits in großen Schwierigkeiten, ohne es zu wissen.

Einen kurzen Moment überlegte sie, ob Venzke sie möglicherweise angelogen hatte. Nein, das konnte kaum sein. Der Mann hatte sehr authentisch gewirkt. Unmöglich, dass der Säufer sich aus dem Nichts eine solche Geschichte ausgedacht hatte. Und wenn er sich die Geschichte bereits vor langer Zeit ausgedacht hätte, dann hätte er sie sich nicht merken können.

»Schicker Wagen.«

Wiebke schreckte auf.

Sie war so in Gedanken versunken gewesen, dass sie nicht bemerkt hatte, wie sich eine Handvoll Männer um ihren Wagen geschart hatte. Einer der Kerle stand jetzt an ihrer Tür und grinste sie durch die Scheibe an.

Sie zögerte keine Sekunde, startete den Motor und gab Gas.

Erst als sie auf die Stadtautobahn aufgefahren war, beruhigte sie sich.

Wenn die Ehrenzeugen tot waren, warum hatte sie Stegner dann zu ihnen geschickt? Entweder er war zu faul gewesen, sie zu überprüfen, oder ihr Tod war nicht gemeldet worden. Beides gut möglich. Stegner war kein Mensch, der gerne arbeitete, und in der Bettenstadt liefen die Dinge nicht, wie sie sollten.

Eine Idee sprang sie an, dabei erwies es sich als günstig, dass sie ein SatTel bei sich führte. Sie kramte während der Fahrt das Telefon hervor, wählte die Nummer des RfV und ließ sich mit der Abteilung für das Einwohnermeldewesen verbinden. Sie gab ihre Personalnummer und das Kennwort an und fragte die beiden Zeugen Burg und Schmidt ab. Laut Auskunft erfreuten sich die Männer bester Gesundheit. Was das anging, hatte sie nun Gewissheit.

Venzke hatte gesagt, dass die Polizei ihn wegen Schmidt besucht hatte. Da Schmidt und Burg gemeinsam erschossen wurden, war davon auszugehen, dass sich die Polizei mit beiden Fällen beschäftigt hatte. Dann musste die Polizei aber auch deren Tod der Abteilung für das Einwohnermeldewesen gemeldet haben. Selbstverständlich konnte da ein Fehler unterlaufen sein. Aber gleich in zwei Fällen?

Venzke hatte nicht Besuch von der Kripo erhalten, sondern von Leuten vom Reichssicherheitshauptamt. Von Leuten, die kein Interesse hatten, irgendjemandem irgendetwas zu melden.

Gestapo.

Das reichte. Jetzt war es genug.

Ob sie richtig lag oder nicht, war völlig gleichgültig. Sie wollte mit diesem ganzen Mist nichts mehr zu tun haben.

Ab jetzt würde sie sich schlau verhalten. Auf die blöde Beförderung konnte sie verzichten.

Der Plan, sich schlau zu verhalten, bestach durch seine schlichte Eleganz. Aber wie sollte sie ihn konkret umsetzen?

Mit zittrigen Fingern wählte sie die Nummer von Stegner. Als er abnahm, ließ sie ihn gar nicht erst zu Wort kommen.

»Sie haben mich da in eine wirklich blöde Sache hineinlaviert.«

»Was meinen Sie?«

»Waren Sie mal in der Bettenstadt?«

»Nein.«

»Sollten Sie versuchen. Ein schöner Ort, um abzuschalten. Wenn man Pech hat, sogar für immer.«

»Beruhigen Sie sich. Haben Sie mit den Zeugen gesprochen?«

»Nein. Die beiden sind tot.«

»Laut Einwohnermeldeabteilung sollten sie leben.«

Hatte Stegner sie also auch abgefragt.

»In der Bettenstadt funktioniert das Meldewesen nicht besonders.«

»Da ist was dran. Woher haben Sie die Auskunft?«

»Von einem ehemaligen Freund der beiden Zeugen.«

»Und wenn er lügt?«

Sie erklärte Stegner, warum sie das nicht glaubte.

»Aber, wenn Sie es genau wissen wollen, lassen sie den Mann verhaften und verhören«, sagte sie am Ende. »Die Anschrift kann ich Ihnen geben. Ich werde in der Sache nicht mehr tätig.«

»Warum sind Sie denn so nervös?«

»Ich bin es nicht gewohnt mich im Getto aufzuhalten.«

»Also soll ich das Frau Eisel so mitteilen. Die Zeugen sind verstorben.«

»Natürlich. Ins Leben zurückrufen kann ich die beiden nicht.«

»Wie Sie meinen.«

Stegner legte auf.

Wiebke blies die Luft aus den Lungen. So war es am besten. Wenn Stegner es genau wissen wollte, musste er seinen eigenen Hintern in Bewegung setzen. Sollten sie halt die Wangert befördern.

Für sie war die Sache gelaufen.

13

TROJANISCHES PFERD

Klara Wagner, Mittwoch, 16.10.1996, 03:20 Uhr

Klara lehnte mit einer Schulter an der Wand und klingelte an Schrödingers Tür Sturm.

Endlich hörte sie aus dem Inneren der Wohnung den knarzenden Dielenboden. Der alte Mann hatte es aus dem Bett geschafft. Die Tür wurde aufgezogen.

»Was machst du denn hier?«

Schrödinger stand in einem karierten Schlafanzug vor ihr und sah sie mit einem gemischten Ausdruck von Überraschung und Angst an.

»Bist du verletzt?«, fragte er.

Sie nahm ihre Hand von der Wunde an ihrer linken Schulter. Ihre Jeansjacke hatte sich an der Stelle dunkel vom Blut gefärbt.

»Lass mich rein«, stöhnte sie.

Schrödinger trat zur Seite und Klara schlüpfte in die Wohnung. Er schloss die Tür hinter ihr.

»Hat dich jemand gesehen?«

»Nein.«

Schrödinger führte sie ins Wohnzimmer und half ihr dabei, sich auf einen Sessel zu setzen.

»Ich hole Handtücher.«

»Ich brauche keine Handtücher, sondern einen Arzt«, rief Klara ihm hinterher, als er aus dem Wohnzimmer eilte.

Das Wohnzimmer erinnerte an eine Bibliothek, in der man eine Sitzgarnitur untergestellt hatte. Alles voller Bücher. Sie standen in drei Wandregalen, lagen auf dem Sofa, stapelten sich in den Ecken des Raumes.

Schrödinger kam mit einigen Handtüchern zurück. Vorsichtig zog er Klara die Jacke aus und half ihr aus dem Pullover. Er begutachtete die Wunde.

»Das sieht nach einem glatten Durchschuss aus. Ich denke, du hattest Glück. Aber einen Arzt brauchst du auf jeden Fall.«

Sie verzog vor Schmerzen das Gesicht. »Sag ich doch«, stöhnte sie.

»Was ist passiert?«

»Dein kleiner Hilfsarbeiter Heiko hat mich verraten. Das ist passiert.«

Er trat einen Schritt zurück. »Das glaube ich nicht. Ich vertraue ihm blind.«

»Wenn er mich nicht verraten hat, dann warst du es.«

»Red keinen Unsinn.«

»Keine Panik. Wenn ich das denken würde, wäre ich nicht hier.«

Als er ihr das Handtuch gegen die Wunde presste, löste der Schmerz Schwindelgefühle aus.

»Also? Was ist passiert?«, fragte Schrödinger.

»Ich habe die Nacht nicht in meiner Wohnung, sondern in einem Hotel in der Nähe verbracht. Nenn es weibliche Intuition. Kurz nach Mitternacht hat mich ein Knall aus dem Schlaf gerissen. Ich dachte erst, dass es gewittert. Aber das war kein Gewitter, sondern der Lieferwagen mit dem Sprengsatz. Da hat sich jemand an dem Fahrzeug zu schaffen gemacht. Ich habe die Bombe mit einem Perimeteralarm ausgestattet. Die Idioten haben sich selbst in die Luft gesprengt.«

»Das können Diebe gewesen sein, die den Lieferwagen klauen wollten.«

»Das habe ich auch vermutet. Deswegen habe mich auf den Weg zu meiner Wohnung gemacht, um mich zu vergewissern. Die ganze Straße war voller Bullen.«

»Das ist nach einer solchen Explosion nichts Ungewöhnliches.«

»Die waren aber zu schnell da. Verstehst du?«

»Vor der Detonation?«

»Ganz sicher. Ich habe das Weite gesucht und an einer Tankstelle ein Auto geklaut, als der Fahrer bezahlen wollte. Eine Streife wurde auf mich aufmerksam. Das Resultat siehst du selbst.«

»Aber du hast es geschafft.«

»Gerade so.«

»Hast du die Polizisten erschossen?«

»Spielt das eine Rolle?«

»Wenn du Polizisten erschießt, nehmen die das persönlich. Sie werden sich noch mehr Mühe geben, dich zu fassen.«

»Ich habe niemanden erschossen. Die haben auf das Auto gefeuert und mich in der Schulter erwischt.«

Schrödinger wechselte das blutige Handtuch gegen ein sauberes.

»Du denkst, dass du verraten wurdest?«

»Woher sollen die sonst von der Bombe wissen? Ich habe das keinem erzählt.«

»Ich kann mir das von Heiko absolut nicht vorstellen. Ich arbeite seit Jahren mit ihm zusammen.«

»Man wird oft von den Menschen enttäuscht.«

Sie wusste, wovon sie sprach.

In allernächster Zukunft würde sie sich für ihr Umfeld als die größte Enttäuschung von allen erweisen. Der Erste, der das zu spüren bekommen hatte, war Heiko gewesen. Der Junge sollte ihr nur die Materialien für den Bau einer Bombe liefern. In der Hauptsache eine größere Menge Aceton und Wasserstoffperoxid sowie einige elektronische Bauteile. Klara hatte ihm schöne Augen gemacht und er war sofort darauf angesprungen. Gestern Abend hatten sie sich getroffen. Aber statt einer heißen Liebesnacht hatten ihn vier Agenten erwartet. Nun befand sich Heiko in der Obhut des Geheimdienstes, was kein Vergnügen war.

Was Heiko anging, hatte sie kein schlechtes Gewissen.

Er hatte den Weg des Terrors gewählt und musste nun die Konsequenzen tragen. Die meisten Menschen waren dazu nicht bereit. Sie betrogen ihre Lebenspartner und heulten herum, wenn sie erwischt wurden. Oder sie rauchten Kette und jammerten, wenn der Krebs ihre Eingeweide zerfraß. Eine solche Lebenshaltung verachtete sie. Heiko war sicherlich genau so ein Jammerlappen.

Bei Schrödinger sah es etwas anders aus. Sie mochten den *Professor*. Aber das war nicht der Punkt.

Während Heiko nur ein Botenjunge gewesen war, versorgte Schrödinger als Logistiker eine Gruppe von demokratischen Terroristen mit Materialien, die sie zum Bau von Bomben benötigten. Einen solchen Mann brachte man nicht einfach nur an den Galgen. Man nutzte ihn aus. Als Sprungbrett, um den Feind zu infiltrieren.

Nachdem es gelungen war, Klara in Schrödingers Umfeld einzuschleusen, dauerte es mehr als ein Jahr, bis sie das Vertrauen des alten Mannes gewinnen konnte. Letztendlich erklärte er sich bereit, Klara bei einem Anschlag auf ein Gerichtsgebäude zu unterstützen. Aber ihr eigentliches Ziel, den direkten Kontakt mit den Terroristen von der KDU, hatte sie nicht erreicht. Schrödinger hatte offenbar kein Interesse daran, Klara mit den Jungs bekannt zu machen. Daher entschloss man sich zur harten Tour.

»Falls du mit Heiko recht hast, warum haben sie mich nicht festgenommen?«, fragte Schrödinger.

»Was weiß denn ich? Vielleicht wollte er dich nicht verraten, sondern nur mich. Er konnte mich von Anfang an nicht leiden.«

»Ich hatte eher den Eindruck, dass er dich ganz gerne mochte.«

Klara schüttelte den Kopf.

»Nein, er hat mich als Konkurrenz gesehen und war eifersüchtig. Er hatte Angst, dass ich dir zu wichtig werde.«

»Eifersüchtig?« Schrödinger ließ sich auf einen Stuhl sinken. »Das ist doch Irrsinn.«

»Ist nur eine Vermutung. Wir müssen auf jeden Fall verschwinden, bevor wir herausfinden, dass meine Theorie Unsinn ist.«

»Wohin?«

»Ich hatte gehofft, dass du mir das sagen kannst. Ich bin nicht zum Tee gekommen. Du wirst doch jemanden kennen, der uns helfen kann.«

»Ich weiß nicht.«

Klara drückte das Handtuch gegen ihre Wunde. Außer, dass es höllische Schmerzen verursachte, brachte es nicht viel.

Schrödinger sah sie mit einem sorgenvollen Gesichtsausdruck an.

»Du bist weiß wie eine Wand.«

»Wir müssen aus Dresden raus. Bring mich zu einem Arzt. Bitte.« Sie warf ihren Kopf in den Nacken. »Das tut so weh.«

Das tat es wirklich. Weitaus mehr, als sie sich das vorgestellt hatte. Die Schmerzen trieben ihr den Schweiß auf die Stirn.

»In Ordnung. Ich zieh mir etwas an.« Er eilte aus dem Wohnzimmer.

»Beil dich.«

»Ja, ja.«

Weniger als eine Minute verging.

Schrödinger kam auf einem Bein hüpfend zurück und versuchte, sich während der Sporteinlage eine Hose anzuziehen.

»Wo hast du den gestohlenen Wagen abgestellt? Ich hoffe nicht direkt vor meiner Tür.«

»Fünfhundert Meter von hier. Weiter weg ging es nicht. Ich hätte es zu Fuß sonst nicht geschafft.«

»Schon gut. Ich denke, das ist weit genug. Wir fahren mit meinem Auto.«

Sie schloss die Augen und atmete aus.

Gleich musste sie etwas tun, was ihr sehr missfiel. Sie musste zwei Menschen töten, die ihr nichts getan hatten. Zwar waren bei der vorzeitigen Explosion ihrer Bombe Polizisten gestorben, aber das hatte sie nur indirekt zu verantworten. Diesmal würde sie selbst Hand anlegen.

Gleich.

Jede Sekunde.

Es knallte im Wohnungsflur.

Schrödinger schrie entsetzt auf.

Klara zog die Pistole, die in ihrem Gürtel steckte.

Zwei Polizisten in Uniform stürmten ins Wohnzimmer.

Klara riss die Waffe hoch und schoss jedem zwei Kugeln in die Brust. Die Polizisten brachen zusammen.

Das Wichtigste für eine verdeckte Ermittlerin war Glaubwürdigkeit. Glaubwürdigkeit machte den Unterschied zwischen Erfolg und Scheitern, Leben und Tod aus. Bei den Polizisten, die vor ihr auf dem Boden lagen, handelte es sich um Agenten.

In der ursprünglichen Planung sollte Klara mit Platzpatronen auf sie schießen, um dann panisch mit Schrödinger zu fliehen. Aber für Schmierenkomödien war Klara nicht zu haben. Vor allem nicht, wenn ihr Leben davon abhing. Schrödinger sollte nicht nur das Gefühl haben, dass die beiden tot waren. Die Bilder ihres Todes mussten sich in sein Gedächtnis brennen. Daher wurden die Platzpatronen aus dem Theaterprogramm gestrichen.

Sie ging zu den beiden Männern und schoß ihnen in den Kopf.

Wer das wirklich Große will, der muss bereit sein, Opfer zu bringen.

»Mein, Gott«, schrie Schrödinger.

»Wir müssen weg!«

Während Schrödinger hektisch seine Schuhe anzog, betrachtete sie die toten Männer.

Das Töten machte ihr nichts aus. Aber, dass sie die beiden verraten hatte, schon. Die Jungs hatten das getan, was von ihnen verlangt wurde. Als Dank lagen sie tot auf dem Holzboden. Daraus lernte man, dass Loyalität nicht immer Belohnung erfuhr. Und das war schlimm.

Klara saß auf dem Beifahrersitz von Schrödingers Auto und litt stumm vor sich hin.

Bevor sie bei Schrödinger vorstellig geworden war, hatte ihr ein Kollege mit einem Bolzenschussgerät in die Schulter geschossen. Dabei hatte er eine Stelle gewählt, die die Gefahr einer Verletzung von Knochen möglichst ausschloss. Das Resultat war ein glatter Durchschuss.

Wäre ihr vorher bewusst gewesen, wie sehr eine Schussverletzung schmerzte, hätte sie vielleicht gekniffen. Aber jammern half nichts. Das Loch in ihrem Körper war eine Tatsache.

Verrückterweise war sie tatsächlich auf Schrödingers Hilfe angewiesen. Sie hatte eine Bombe gebaut. Ihr Vorgesetzter hatte dafür gesorgt, dass die Polizei einen anonymen Hinweis erhielt, was zur Folge hatte, dass mehrere Polizisten in die Luft geflogen waren und ihr Gesicht in naher Zukunft eine Menge Steckbriefe zieren würde.

Die beiden Agenten, die sie in Schrödingers Wohnung getötet hatte, zählten nicht. Deren Leichen hatte der Dienst sicher bereits entsorgt. Das musste sein, weil die Polizei sie nicht finden durfte. Schließlich lagen da zwei tote Streifenbeamte auf dem Dielenboden in Schrödingers Wohnung, die es nicht gab. Aber auch wenn man die Agenten von ihrer Sündenliste strich, hatte sie mehr als genug Probleme am Hals.

Wenn es ihr nicht gelang, Schrödinger und seine Freunde zu überzeugen, bedeutete das ihr Ende. Ein Fangnetz gab es nicht. Als Preis für ein Scheitern wartete der Galgen.

Nachdem sie die Stadt verlassen hatten, hielten sie an einer Tankstelle, damit Schrödinger telefonieren konnte. In der Folge lotste man sie wie bei einer Lösegeldübergabe von einem Ort zum anderen.

Telefonieren, neues Ziel. Telefonieren, neues Ziel.

Der Professor wäre dabei fast vor Angst gestorben. Permanent hatte er nach der Polizei Ausschau gehalten und in seiner Paranoia um ein Haar einen schweren Unfall verursacht. Irgendwann zwischen diesen ganzen Anrufen und dem hin- und hergeschickt werden brach der Tag heran.

Am Ende der Odyssee trafen sie sich an einem abgelegenen Ort im Nirgendwo mit zwei Männern in einem VW-Transporter.

Die Männer banden ihr die Augen zu und die Fahrt ging in dem VW weiter.

Eine halbe Stunde später stoppten sie und Klara musste aussteigen.

Sie spürte, dass sie in ein Gebäude geführt wurde. Es ging eine Treppe nach unten. Man setzte sie auf einen Stuhl und nahm ihr die Augenbinde ab.

An der Decke hing eine nackte Glühbirne. Bis auf einen Tisch und zwei Stühle war der Raum leer. Die netten Männer, die sie hierher gebracht hatten, ließen sie alleine zurück. Was mit Schrödinger geschehen war, wusste sie nicht.

Klara wartete.

Nach einigen Minuten öffnete sich die Tür und ein Mann um die fünfzig kam herein. Er trug einen Pilotenkoffer bei sich. Die Nase in seinem Gesicht erinnerte an eine Kartoffel. Sie leuchtete rot und die Haut war grobporig. Seine Augen glänzten wässrig, als würde er jede Sekunde anfangen zu weinen.

Der Mann war ganz klar ein Säufer und Klara damit auf das Äußerste unsympathisch.

»Zieh deinen Pullover aus. Ich will mir die Wunde ansehen.«

»Sind Sie Arzt?«

»Nein. Schusswunden erregen mich sexuell.«

Klara sah ihn misstrauisch an.

»Was? Ist deine Entscheidung. Ich habe kein Loch in der Schulter.«

»Sie müssen mir helfen. Ich kann meinen linken Arm nicht heben.«

Nachdem er ihr beim Ausziehen geholfen hatte, zog er sich OP-

Handschuhe an, begutachtete die Wunde aus der Nähe und drückte an der Einschussstelle herum.

»Aua! Muss das sein?«

Der Mann reagierte nicht. Er ging zum Tisch und öffnete den Koffer.

»Sieht nach einem glatten Durchschuss aus. Natürlich kann ich nicht sagen, ob ein Knochen was abbekommen hat.«

»Und was ist, wenn es so ist?«

»Dann merkst du es. Der Heilungsprozess wird sich verzögern. Mit etwas Pech wirst du nie wieder beschwerdefrei. Aber leider bleibt dir nichts übrig, als auf dein Glück zu vertrauen. Ich kann dich weder röntgen noch operieren.«

Er zog eine Spritze auf.

»Was ist das?«

»Ein lokal wirkendes Anästhetikum. Oder soll ich dir die Wunde ohne Betäubung nähen?«

»Nein. Lieber nicht.«

Ihr Bedarf an Schmerzen war bis auf Weiteres gedeckt.

Der vermeintliche Arzt spritzte ihr das Narkosemittel, desinfizierte die Wunde und nähte sie. Am Ende bekam sie einen Verband.

»Jetzt bist du praktisch wie neu.«

»Danke.«

Der Mann gab ihr einen Streifen mit Tabletten.

»Wenn die Schmerzen schlimm werden, nimmst du eine von denen. Danach merkst du für die nächsten Stunden gar nichts mehr.«

Klara steckte die Tabletten in ihre Hosentasche.

Ohne Verabschiedung verließ der Mann den Kellerraum.

Es dauerte eine knappe halbe Stunde, bis Klara neuen Besuch bekam.

Ein Mann Mitte dreißig betrat den Raum. Er setzte sich ihr gegenüber. Sein bubenhaftes Gesicht ließ jede Männlichkeit vermissen.

»Wer bist du?«, fragte sie.

»Wir sind ein hohes Risiko eingegangen, dir zu helfen. Meine Aufgabe ist es, herauszufinden, ob es das wert war.«

»Wen meinst du mit wir?«

Der Mann ging nicht auf die Frage ein.

»Erzähl mir deine Geschichte.«

»Du meinst die Geschichte, die mich bewogen hat, eine Bombe zu bauen?«

»Genau die interessiert mich.«

»Dazu habe ich jetzt keine Lust. Du hast bestimmt mit Schrödinger geredet. Dann kennst du meine Geschichte.«

»Du hast als Jugendliche deinen Vater getötet und bist dafür zu einer lebenslangen Haftstrafe verurteilt worden. Ein Anwalt, der sich für die Entrechteten einsetzt, hat dich herausgeholt.«

»So ist es.«

»Warum hat er dir geholfen?«

»Weil Herr Schreiner es sich zum Auftrag gemacht hatte, Menschen wie mir zu helfen. Ich hatte Glück.«

Ihr Gegenüber sah sie misstrauisch an.

»An Zufälle und Glück glaube ich nicht.«

»Ich bis dahin auch nicht. Es war das erste Mal in meinem Leben, dass ich Glück hatte.«

»Wie hat er dich herausgeholt?«

»Er hat Verfahrensfehler aufgedeckt und erreicht, dass mein Fall neu verhandelt wurde.«

»Was für Verfahrensfehler?«

»Woher soll ich das wissen? Ich war damals fünfzehn. Das Einzige, was mich interessiert hat, war, aus diesem Loch herauszukommen.«

»Der Prozess wurde neu aufgerollt. Das Urteil lautete auf Totschlag im Affekt und nicht mehr auf Mord und du wurdest nach drei Jahren wegen guter Führung entlassen.«

»Siehst du. Du weißt doch alles.«

»Als Schrödinger sich mit dir eingelassen hat, hat er uns von dir erzählt. Er wollte, dass wir deine Geschichte überprüfen.«

»Und?«

»Die harten Fakten stimmen. Daran gibt es keinen Zweifel. Du hast deinen Vater getötet und warst im Gefängnis. Wir haben versucht, deinen Anwalt aufzusuchen. Diesen Schreiner. Aber der ist bereits vor vielen Jahren nach Chile ausgewandert.«

»Das ist ja nicht meine Schuld.«

»Nein, natürlich nicht.«

Noch während Klara in Haft gesessen hatte, war an ihrer Legende gearbeitet worden. Eine von hoher Stelle verfügte Entlassung hätte ein unangenehmes Glaubwürdigkeitsloch in ihren Lebenslauf geschlagen. Daher war es notwendig erschienen, ihren Prozess neu aufrollen zu lassen. Schreiner war tatsächlich ein Anwalt gewesen, der sich in seiner Freizeit für Jugendliche einsetzte, die man seiner Meinung nach zu schwer oder zu Unrecht verurteilt hatte. Er wurde engagiert, um Klara zu helfen. Zusätzlich schmierte man einen Richter. Verfahrensfehler gab es zur Genüge. Nur interessierten die in der Regel niemanden.

Als alles vorbei war, hatte man Schreiner entlohnt und ihm nahegelegt, seinen Lebensabend in Südamerika zu verbringen. Der Aufwand, der um ihre Person getrieben worden war, war recht groß gewesen. Bereits damals hatte man sich viel von ihr versprochen.

Die Angelegenheit mit dem Wärter, den sie getötet hatte, wurde in einem Schnellverfahren verhandelt. Das Urteil lautete auf Freispruch, weil sie in Notwehr gehandelt hatte. Eigentlich traurig, dass es nötig gewesen war, dieses Verfahren ebenfalls zu manipulieren.

Leider war es ihr nicht erspart geblieben, drei Jahre Haft abzusitzen. Wenn auch unter deutlich besseren Bedingungen. Sie bekam einen eigenen Fernseher und regelmäßigen Freigang. Nie wieder war sie bedroht oder belästigt worden.

Von Matthias hatte sie Schrödinger nie erzählt. Die Jungs brauchten etwas, dass sie allein herausfinden konnten. Im Prinzip verhielt es sich wie mit jungen Hunden, die waren auch glücklicher, wenn man ein Stöckchen warf. Der getötete Wärter war sozusagen das Spielzeug für neugierige Terroristen. Außerdem war es interessant, zu erfahren, ob die Terroristen die Sache mit dem Wärter herausgefunden hatten. Es sagte etwas über ihre Möglichkeiten aus.

Der Mann sah Klara in die Augen, als ob er versuchen würde, ihre Gedanken zu lesen.

»Was?«, fragte Klara gereizt.

»Das mit dem Wärter hast du Schrödinger nicht erzählt.«

Sie hatten es herausbekommen. Das bedeutete, dass sie über respektable Kontakte verfügten.

»Das geht keinen etwas an. Das war Notwehr.«

»Schrödinger meint, du wolltest das Dresdener Landgericht in die Luft sprengen. Warum?«

»Ich wurde in der Haft dreimal vergewaltigt. Das verdanke ich diesen beschissenen Richtern aus Mainz. Aber an denen kann ich mich nicht mehr rächen. Die waren damals schon alt und halb tot. Also wandte sich mein Hass gegen die Institution.«

»Warum hast du dir nicht das Mainzer Gericht als Ziel ausgesucht?«

»Gericht ist Gericht. Außerdem ist es eine schlechte Idee, mit einer Bombe durch das halbe Reich zu fahren. Wie ich sagte, ich wollte das System treffen.«

»Der Schuss ging nach hinten los.«

»Kann man sagen.«

»Schrödinger meint, dass du den Sprengsatz ohne Hilfe gebaut hast. Nimm es mir nicht übel, aber das kann ich mir nicht vorstellen.«

»Warum nicht? Weil eine Frau keine Bombe bauen kann?«

»Es ist zumindest ungewöhnlich.«

»Als sich abzeichnete, dass meine ursprüngliche Verurteilung zu einer lebenslangen Haftstrafe nicht zu halten war, wählte man mich für ein Resozialisierungsprogramm aus. Vielleicht als kleine Wiedergutmachung. Ich habe meinen Volksschulabschluss gemacht. Nach meiner Entlassung half mir Schreiner noch einmal. Er besorgte mir eine Lehrstelle als Chemisch-technische-Assistentin bei der Schott AG. Da habe ich das nötige Grundwissen erhalten. Der Rest ist eine Frage des Willens.«

»Du verdankst deinem Anwalt eine Menge.«

»Das stimmt.«

»Warum hat es noch Jahre gedauert, bis du dich zu einem Anschlag durchgerungen hast?«

»Keine Ahnung. Als Kind hatte ich jedenfalls noch nicht als Berufswunsch Terrorist in meinem Poesiealbum stehen.«

Ihr Gegenüber lehnte sich zurück.

»Schrödinger hält viel von dir. Sein Wort und seine Meinung wiegen schwer.«

»Wer seid ihr und was wollt ihr?«

»Ich bin mir nicht sicher, ob wir dir trauen können.«

»Das ist mir egal. Auf dein Vertrauen lege ich keinen Wert. Ich danke dir für die medizinische Hilfe. Ansonsten würde ich jetzt gerne gehen.«

»Du bist ziemlich abgebrüht.« »Ich habe im Leben einiges durchgemacht. Entweder man geht daran zugrunde oder es macht einen hart.«

Der Mann beugte sich nach vorne und fixierte ihre Augen mit seinem Blick.

»Bist du eine verdeckte Ermittlerin?«

Klara tat es ihm gleich, sodass ihre Gesichter nur noch wenige Zentimeter voneinander entfernt waren.

»Ich habe meinen Vater verbrannt. Ich saß im Gefängnis und habe einen Wärter mit meinen Schnürsenkeln stranguliert. Ich habe eine Bombe gebaut, die vielleicht ein Dutzend Polizisten getötet hat. Und ich habe zwei Bullen einen Kopfschuss in Schrödingers Wohnung verpasst.« Sie setzte sich wieder gerade hin. »Die Antwort auf deine Frage lautet: Nein, ich bin keine verdeckte Ermittlerin.«

»So wie du das sagst, klingt es wirklich plausibel.«

»Ich frage noch einmal. Wer seid ihr und was wollt ihr?«

»Du bist hier, weil du über Talente verfügst, die wir dringend benötigen. Eine Sprengstoffexpertin können wir sehr gut gebrauchen.«

»Also willst du, dass ich für euch Bomben baue.«

»So ist es.«

»Warum sollte ich das tun?«

»Möchtest du, dass wir dich vor der nächsten Polizeidienststelle gefesselt aus dem Auto werfen?«

Klara lehnte sich zurück und verschränkte die Arme vor der Brust. Sie spürte nicht die geringsten Schmerzen in der Schulter. Die Stärke der Betäubung war ihr fast ein wenig unheimlich.

»Du verstehst es, mit Frauen umzugehen«, sagte sie. »Außerdem helfe ich gerne.«

Ihr Gegenüber lächelte.

»Mein Name ist Fritz.« Er reichte Klara die Hand. »Willkommen bei der Kampfgruppe des demokratischen Untergrunds.

14

OBERINSPEKTORIN

Wiebke Raabe, Mittwoch, 16.10.1996, 03:20 Uhr

Seit ihrem Aufenthalt in der Bettenstadt war gut eine Woche vergangen. In den ersten Tagen hatte sie sehr unruhig geschlafen. Ständig hatte sie damit gerechnet, dass etwas Schreckliches geschehen würde. Sie malte sich aus, wie sie von der Gestapo verschleppt und verhört wurde. Wahrheitsserum. Folter.

Erst am Wochenende kam sie allmählich zur Ruhe. Dass sie ihre Informationen für sich behalten hatte, war definitiv die richtige Entscheidung gewesen.

Nun saß sie in ihrem Büro und bearbeitete wie jeden Tag Anträge auf Heiratsgenehmigungen. Von Stegner hatte sie seit letztem Montag nichts mehr gehört. Das war gut. Sie wollte einfach ihren Frieden haben.

Aus der hausinternen Lautsprecheranlage ertönte ein Gongschlag, gefolgt von einer Durchsage: »Alle Mitarbeiter haben sich um neun Uhr dreißig für eine Ansprache des Reichskanzlers in der Aula einzufinden.«

Dazu hatte Wiebke jetzt keine Lust. Was sollte es Wichtiges geben? Entweder es gab Krieg oder ein hohes politisches Amt wurde besetzt. Sie hoffte, dass es Krieg gab. In Kriegszeiten standen die Chancen auf Karriere wesentlich besser.

Sie stand auf und trat ans Fenster.

Der Regen fiel in lotrechten Fäden vom Himmel. Auf der Straße staute der Verkehr. Ein trauriger Tag im Oktober. Das Wetter hatte sich ihrer Stimmung angepasst. Wiebke seufzte und machte sich auf den Weg.

Zwei Büroflure und eine Aufzugfahrt später erreichte sie die bereits gut gefüllte Aula. Die Halle erinnerte sie an ein überdimensioniertes Kino. Mehr als zweitausend Menschen fanden hier Platz. Wiebke wollte nicht eingeengt inmitten von Kollegen sitzen und nahm eine Treppe, die zu einer Art Balkon führte. Oben angekommen, stellte sie sich an die Balustrade und legte die Hände auf den kalten Stein.

Noch herrschte Unruhe im Saal. Das Flüstern der Menschen hallte unangenehm zwischen den Sandsteinwänden. Es klang, als ob ihr Kopf in einem Bienenstock steckte. Blieb nur die Hoffnung, dass die Veranstaltung sich nicht in die Länge zog.

Ein Mann stellte sich neben sie.

Es war Oberinspektor Friedler, ein Kollege, der ebenfalls in der Abteilung für Standesamtsanliegen arbeitete. Friedler hatte sie einige Male beim Mittagessen belästigt und versucht, bei ihr zu landen. Sie hatte ihm erklärt, dass er sich die Mühe sparen konnte. Dem Führer sei Dank, hatte er es beizeiten kapiert. Da sie kein Interesse für die Männer in der Behörde zeigte, ging eine Zeit lang das Gerücht um, dass sie lesbisch sei. Damit war nicht zu spaßen. Eine nachgewiesene sexuelle Fehlorientierung konnte sie ihre Stelle kosten. Das Gerücht verschwand glücklicherweise so schnell, wie es aufgetaucht war. Zudem stimmte es ohnehin nicht.

Bis vor drei Jahren hatte sie eine Beziehung mit einem Gymnasiallehrer gehabt. Siegfried Braunfels. Siegfrieds systemkritische Haltung hatte sie fasziniert. Er besuchte Untergrund-Gottesdienste und war politisch aktiv. Aber auch, wenn sie seine rebellische Art mochte, machte sie ihr gleichermaßen Angst.

Und dann verschwand er. Von einem Tag auf den anderen.

Keiner wusste, was mit ihm geschehen war. Er meldete sich nicht bei ihr, erschien nicht auf der Arbeit und in dem Wohnhaus, in dem er eine kleine Wohnung gemietet hatte, wurde er ebenfalls nicht mehr gesehen.

Es hatte lange gedauert, bis Wiebke sich mit der Situation arrangiert hatte. Darüber hinweggekommen war sie bis heute nicht. Allerdings gelang es ihr, immer seltener an ihn zu denken. Dabei hatte es ihr geholfen, sich völlig auf ihre Arbeit zu konzentrieren. Vielleicht resultierte daher der unbändige Wunsch, Karriere zu machen. Was hatte sie sonst noch?

Sie wandte sich an Friedler. »Weißt du, was los ist?«

Friedler sah sie erstaunt an. »Liest du keine Zeitung?«

»Nein. Habe ich noch nie getan und ich denke, ich fange damit auch nicht mehr an.«

»Und Nachrichten siehst du auch nicht?«

»In den letzten Tagen nicht. Sagst du mir nun, was los ist, oder nicht?«

»Heute ist die Ernennung des neuen SS-Reichsmarschalls.«

Die nicht ganz ernst gemeinte Hoffnung auf einen Krieg hatte sich damit erledigt. Sie verschränkte die Arme vor der Brust. Gerne würde sie unter einem Vorwand die Veranstaltung verlassen. Allerdings fiel ihr nichts Glaubhaftes ein. Sie ergab sich in ihr Schicksal und sah zur Leinwand, auf der der Reichsadler zu sehen war. Nach einigen Minuten ersetzte eine Direktschaltung nach Nürnberg das Standbild. In der Aula wurde es still.

Die Übertragung begann und die Kamera schwenkte durch das Nürnberger Kolosseum. Wie nicht anders zu erwarten, war es bis auf den letzten Platz gefüllt. Mehr als einhunderttausend Menschen drängten sich in dem Oval. Vor der gigantischen Bühne standen Einheiten der SS in Reih und Glied. Wie es aussah, hatte jede Division ein Kontingent gestellt, um ihre jeweilige Standarte zu präsentieren. Auf einer Bühne saßen Dutzende von Politikern und Funktionäre. Die Masse der Besucher bildeten Abordnungen von allen erdenklichen Organisationen. Von der Reichsjugend über den Arbeiterbund bis zum oberbayrischen Veteranenverein. Ohrenbetäubende Orchestermusik, die an die Titelmusik eines Abenteuerfilms erinnerte, begleitete das Spektakel.

Die Hauptbühne rückte ins Bild.

Hinter dem Rednerpult stand Reichskanzler Franz Adolf Wertheim.

Nach Hitlers Tod im Jahr 1944 hatte es fünfzehn Jahre gedauert, bis das Land erneut eine konstante politische Spitze erhalten hatte. Diese Zeit wurde als Erbfolgekrieg bezeichnet und hätte das Reich fast zerrissen. Am Ende wurde Georg von Stragert Reichskanzler. Georg von Stragert führte die Geschicke Deutschlands bis zu seinem Tod vor knapp zwei Jahren. Nun war Wertheim an der Reihe.

Wiebke interessierte sich nicht für die hohe Politik. Sie wusste wenig über den Mann, der seit Georg von Stragerts Tod die Geschicke des Reichs lenkte. Ob es irgendwann eine Reichskanzlerin geben würde? Das wäre ein Job nach ihrem Geschmack.

Während sie ihren Gedanken nachhing, begann Wertheim mit seiner Rede. Es war die übliche Lobrede auf die Errungenschaften und Leistungen des deutschen Volkes, angereichert mit Seitenhieben auf die Amerikaner. Wiebke hörte nur mit einem Ohr hin. Schließlich stellte Reichskanzler Wertheim einen Max Lenzer als neuen SS-Reichsmarschall vor.

Die Kamera zeigt Lenzer in Großaufnahme.

Sie schätzte ihn auf vierzig Jahre. Für das Amt ein regelrechter Jungspund. Er sah aus, als hätte man ihn gegen seinen Willen auf die Bühne geschoben. Das Gesicht des Mannes wirkte versteinert.

»Hiermit ernenne ich Herrn Max Lenzer zum Reichsmarschall der SS und Führer im Feld.«

Wertheim trat zur Seite und applaudierte, während Lenzer auf das Pult zuging.

Während ihres Studiums hatte sie sich ein Semester lang mit dem Fach *institutionelle Geschichte des Deutschen Reichs* herumgequält. Die SS war eine der mächtigsten Organisationen im Reich. Bis zum Ende des Krieges trug der Oberbefehlshaber der SS den Titel Reichsführer der SS und war zugleich Chef der deutschen Polizei gewesen. Während der Wirren des Erbkrieges mit seinen Revolutionen, Konterrevolutionen und Konter-Konterrevolutionen hatte die SS ein mächtiges Wort mitzureden gehabt.

Als sich die Situation Ende der Fünfzigerjahre beruhigte, wurde als Erstes die Polizeiführung des Reichs von der SS entkoppelt. Außerdem strukturierte man die SS zu einer reinen militärischen Organisation um. Die Trennung von SS und Waffen-SS existierte nicht mehr. Auch wenn die SS nie wieder so mächtig wurde, wie in den Vierzigerjahren, blieb sie doch unumstritten ein Machtfaktor.

Lenzer begann mit seiner Rede. Insgesamt hatte die nichts Besonderes zu bieten. Vielleicht mit der Ausnahme, dass sie für einen SS-

Oberen moderat wirkte. Der Mann hatte offensichtlich kein Interesse, mit dem Säbel zu rasseln.

Wiebke beugte sich zu Friedler.

»Du kennst dich doch aus. Wer ist dieser Lenzer? Ich habe noch nie von ihm gehört.«

»Das ist keine Überraschung. Lenzer kennt niemand. Der Mann ist aus dem Nichts auf der Bühne erschienen. Vor einigen Monaten ist das Amt vakant geworden. Reichsmarschall Hartmut Brenner starb an den Folgen eines Schlaganfalls.«

»Ein natürlicher Tod?«

»Woher soll ich das wissen? Allerdings hat er geraucht wie ein Schlot.«

»Da gab es doch sicher Nachfolger, die bereits in den Startlöchern saßen.«

»Davon ist auszugehen. Aber das scheint unseren Reichskanzler nicht zu kümmern.«

»Also hat Lenzer sie alle links überholt.«

Friedler grinste.

»Darauf kannst du Gift nehmen. Wertheim hat ein regelrechtes Geheimnis aus Lenzers Personalie gemacht. In den Nachrichten kam das Thema von seiner bevorstehenden Ernennung erst vor zwei Tagen auf. Ich glaube, Wertheim hat eine Menge Leute mit seiner Wahl überrascht.«

»Und vor den Kopf gestoßen.«

Friedler nickte.

Nachdem Lenzer seine Ansprache beendet hatte, gab es einige Darbietungen. Zweistrahlige Messerschmitt-Jagdbomber fauchten in Formation über das Kolosseum hinweg und malten mit eingefärbtem Rauch Symbole in den Himmel. Aufgrund der in Nürnberg herrschenden Schlechtwetterfront mit überschaubarem Effekt.

Eine kurze Reportage über Lenzers Leben wurde eingespielt. Der Mann hatte eine beeindruckende Karriere hingelegt. Fast im Jahrestakt hatte man ihn befördert.

Das Foto eines Mädchens wurde gezeigt. Bei der jungen Frau handelte es sich um Lenzers Tochter. Sie hatte keine Ähnlichkeit mit ihrem Vater. Das kam vor. Ob Lenzer eine Ehefrau hatte, erwähnte der Film nicht, was dafür sprach, dass es keine gab. Als die Reportage endete, wurde zurück in das Nürnberger Kolosseum geschaltet.

Ein Schwindelgefühl überkam Wiebke. Sie klammerte sich an die Balustrade, um nicht umzukippen.

»Was ist mit dir?«, fragte Friedler und stützte sie.

»Ich weiß nicht. Mir ist schlecht. Ich glaube, ich gehe besser in mein Büro.«

»Soll ich dir helfen?«

»Nein, nein. Es geht schon.«

In ihrem Kopf drehte sich alles. Ihr Gleichgewichtsinn gaukelte ihr vor, dass der Boden aus Schaumstoff zu bestehen schien. Mit Mühe schaffte sie es, die Aula zu verlassen, ohne Aufmerksamkeit zu erregen.

Da sich fast alle Beschäftigten in der Aula aufhielten, waren die Flure menschenleer. Wie betrunken torkelte sie zu ihrem Büro, schloss die Tür und setzte sich auf ihren Schreibtischstuhl.

Sie hatte das Gefühl für die Zeit verloren. Wie lange saß sie schon unbewegt an ihrem Schreibtisch? Eine halbe Stunde. Eine Stunde.

Die Tür wurde aufgerissen.

Wiebke sprang vor Schreck auf.

Es war Stegner.

»Haben Sie es gesehen?«

Wiebke sank auf den Stuhl zurück und nickte.

»Ich habe erst gar nicht begriffen, wer das ist. Wer rechnet denn damit?«, flüsterte sie. »Und dann habe ich es verstanden.« Sie schüttelte über sich selbst verständnislos den Kopf.

Ihr Vorgesetzter zog einen Stuhl heran und setzte sich. Er sah aus wie ein Schuljunge, der kurz davor stand, sich in die Hose zu machen.

»Ich komme gerade von Frau Eisel und soll Ihnen das hier überreichen.«

Mit den Worten reichte Stegner ihr eine Laufmappe.

Sie nahm die Mappe wortlos entgegen und schlug sie auf.

Es war eine Beförderungsurkunde ausgestellt auf ihren Namen.

Hiermit ernenne ich Frau Wiebke Raabe mit sofortiger Wirkung zur Oberinspektorin.

Gez. Vera Eisel, Unterstaatssekretärin
Berlin, den 22.10.1996

Wiebke fand ihre Stimme wieder.

»Was soll das? Ist das als Schweigegeld zu verstehen?«

»Das sollte wohl nicht nötig sein. In Anbetracht der Situation.«

Sie beugte sich nach vorne. »Wir haben dem Reichsmarschall nachspioniert. Wer das veranlasst hat, ist mit Sicherheit ein politischer Gegner von Lenzer. Und wir haben mitgemacht. Wenn das herauskommt und unglücklich interpretiert wird, kann man das als Hochverrat bewerten«, zischte sie. »Wissen Sie, was auf Hochverrat steht?«

Stegner wischte sich mit beiden Händen über das Gesicht. »Ja«, krächzte er.

»Will die Eisel Hochverrat begehen? Falls ja, soll sie das alleine machen.«

Der Amtsrat schüttelte den Kopf. »Glauben Sie mir. Frau Eisel war genauso entsetzt wie wir. Sie hatte auch keine Ahnung, wer dieser Lenzer ist.«

»Dann hat sie jemand hereingelegt.«

»Das ist anzunehmen. Sie war außer sich. Wenn dieser Brandt sich noch einmal bei mir meldet, dann bringe ich ihn um. Das hat sie so wörtlich gesagt.«

»Wer ist Brandt?«

»Das kann ich Ihnen nicht sagen. Jedenfalls kein Freund mehr von Frau Eisel. Und wohl auch nicht von Herrn Lenzer«

»Und warum wurde ich jetzt befördert?«

Stegner stand auf.

»Sehen Sie es als Dank dafür an, dass Sie nicht mehr herausgefunden haben.«

»Wie soll ich das verstehen?«

»Nehmen Sie es einfach so hin. Wir werden nie wieder über die Sache ein Wort verlieren.«

»Ich würde gerne Urlaub beantragen«, flüsterte Wiebke.

»Antrag genehmigt.«

15

RAUBTIER ODER BEUTE

Max Lenzer, Mittwoch, 23.10.1996, 09:50 Uhr

Max Lenzer sah aus dem Fenster in den parkähnlichen Garten. Der Rangsdorfer See, an dessen Westufer sein neues Zuhause lag, schimmerte zwischen den Büschen hindurch. Das Grundstück hinter der Villa besaß die Ausdehnung zweier Fußballfelder. Ein gewundener Kiesweg führte an Rosenbeeten und Kastanienbäumen vorbei durch die Anlage und endete an einem Bootsanleger am See. Der Wind wirbelte buntes Herbstlaub in Spiralen über die Wiese.

Hinter ihm klackerten Schuhabsätze auf dem Parkettboden. Er drehte sich um.

»Ich werde hier auf keinen Fall weiter wohnen.«

»Guten Morgen Maria.«

Seine Tochter überhörte die Begrüßung. »Hast du mich verstanden? Ich werde hier nicht bleiben.«

»Warum?«

»Weil es hier spukt. Ich habe die halbe Nacht lang kein Auge zugetan.«

»Das ist ein altes Haus. Da muss man mit Geräuschen rechnen. Der Wind, das viele Holz.«

Maria stemmte die Hände in die Hüften. »Es sind nicht nur die Geräusche. Das Haus stinkt nach Schimmel und die Gesichter auf den ganzen Bildern starren mich an.«

»Das bildest du dir ein.«

»Vielleicht hast du mit den Bildern recht, aber der Gestank ist real. Das musst du doch riechen.«

Lenzer fand, dass es vor allem nach altem Holz roch.

»Bisher ist mir nichts aufgefallen.«

»Und dieses Inventar. Das ist wie einem Museum. Grauenhaft.«

Die Villa Rosenburg war der offizielle Wohnsitz des SS-Reichsmarschalls. Ein geschichtsträchtiger Ort, den man nicht nach Lust und Laune umdekorieren konnte.

»Ich denke, wir können dein Zimmer modern einrichten. Das wird kein Problem sein.«

Sie entspannte sich ein wenig und trat neben ihn ans Fenster.

»Wenigstens ist der Park schön. Vielleicht kann ich mir dort ein Zelt aufbauen.«

Mit ihren zwanzig Jahren litt Maria an einer Übergangsdepression, die junge Menschen erfasste, die ihre Kindheit verloren hatten, ohne im erwachsenen Leben angekommen zu sein. Lenzer fehlte für solche Befindlichkeiten das Verständnis. Das mochte daran liegen, dass er keine Kindheit erlebt hatte. Wenn er darüber nachdachte, fühlte es sich an, als wäre er als Erwachsener zur Welt gekommen.

Momentan war das unverständliche Gefühlsleben seiner Tochter Lenzers geringste Sorge. Viel mehr beschäftigte ihn die Frage, wie er dort hingekommen war, wo er sich jetzt befand. Und wie er damit umgehen sollte.

Er hätte gerne mit Richard geredet, aber auf Wertheims Wunsch hin hatte er keinen Kontakt aufgenommen. Auch Richard hatte sich nicht bei ihm gemeldet und am heutigen Abend stand er nicht auf der Gästeliste.

»Ich hoffe, du hast nicht vergessen, dass wir heute Abend ein Bankett geben«, sagte Lenzer, nachdem er zusammen mit Maria eine Weile den Ausblick in den Park genossen hatte.

Mit der Entspannung seiner Tochter war es schlagartig vorbei.

»Glaubst du im Ernst, dass ich bei dem Zirkus mitspiele? Das Theater in Nürnberg hat mir gereicht.«

»Du wirst kommen.«

»Willst du es mir befehlen?«

»Wenn es sein muss. Reiß dich zusammen. Ich nehme so viel Rücksicht auf dich, wie ich kann. Aber heute erwarten wir den Reichskanzler. Da kannst du nicht fernbleiben.«

»Ich erwarte ihn nicht, sondern du. Warum also, kann ich nicht wegbleiben?«

Lenzer verweigerte die Beantwortung dieser unsinnigen Frage.

»Wird Richard auch kommen?«, fragte Maria.

»Nein.«

»Er lässt dich an deinem Ehrentag im Stich?«

»Richard hat berufliche Verpflichtungen, die Vorrang genießen.«

»Ich mag Richard nicht. Ich mochte ihn noch nie.«

»Ich weiß.«

»Warum nennt er dich immerzu seinen Bruder?«

»Wir sind zusammen aufgewachsen.«

»Du hast mir erzählt, dass ihr euch kaum gesehen habt, weil du einem Internat warst und er in München studiert hat.«

»Er tut es halt. Warum stört es dich?«

»Ich finde es affig.«

»Um sieben erwarte ich die ersten Gäste. Du hast den ganzen Tag, dich mental vorzubereiten.«

»Ich glaube nicht, dass die Zeit reichen wird.«

Maria drehte sich um und stapfte aus dem Raum.

Lenzer sah wieder aus dem Fenster in den Park.

Die schnell dahintreibenden Wolken am Himmel, das Wiegen der Bäume im Wind, das tanzende Herbstlaub.

Das Bild beruhigte ihn.

Er versuchte, sich die Szene einzuprägen. Ruhe würde er heute Abend gut gebrauchen können.

Es war 18:50 Uhr und die ersten Gäste würden jeden Moment eintreffen. Lenzer trug seine Paradeuniform und stand vor Marias Zimmertür.

Er klopfte.

Keine Reaktion.

Er klopfte erneut.

»Was willst du?«, hörte er Maria durch die Tür hindurch.

»Bist du fertig? Unsere Gäste kommen.«

»Es sind deine Gäste. Und nein, ich bin nicht fertig, weil ich an dieser grauenhaften Veranstaltung nicht teilnehmen werde.«

An der Eingangstür läutete es.

Lenzer hörte, wie sein Ordonnanzoffizier öffnete und jemanden begrüßte.

Wenn er es darauf anlegen würde, könnte er Maria zwingen, nach unten zu kommen. Es stellte sich allerdings die Frage, ob er sich damit einen Gefallen erwies. Realistisch gesehen, war das eher nicht der Fall.

Er seufzte.

»Ich werde sagen, dass du dich nicht wohlfühlst. Aber ich erwarte, dass du dein Zimmer nicht verlässt.«

»Keine Sorge. Das tue ich ganz bestimmt nicht.«

Lenzer ging die Stufen hinab. Mit jedem Schritt steigerte sich seine Nervosität.

Er gestand sich ein, dass er ebenfalls keine Lust hatte, an dem Festakt teilzunehmen. Ganz grundsätzlich war er kein Freund solcher Veranstaltungen. Erst recht nicht, wenn er im Mittelpunkt stand. Hinzu kam, dass er sich von nun an auf dem politischen Parkett zu bewegen hatte. Und das in einer herausragenden Rolle und ohne Erfahrung.

Als er den Treppenabsatz erreichte, sah er drei Männer und Frauen in Abendgarderobe, die auf ihn warteten. In ihren Augen meinte er, eine Mischung aus Neugierde und Geringschätzung zu erkennen. Sie hielten ihn für einen Außenseiter, der sich unter die Mächtigen geschummelt hatte und ab sofort gesellschaftlich über seine Verhältnisse lebte. Lenzer hatte keine Ahnung, wen er da zu begrüßen hatte. Sein Ordonnanzoffizier sprang ihm bei und stellte die Herrschaften vor. Danach führten Hausangestellte die Gäste in den Festsaal.

Was würde er dafür geben, wenn er jetzt eine Pervitin-Tablette hätte. Nein, das war Unfug. Seit Maria ihn durchs Leben begleitete, hatte er kein Methamphetamin mehr angefasst und den heutigen Abend überstand er auch ohne Drogen.

Er trat von hinten an seinen Ordonnanzoffizier heran und legte seine Hand auf dessen Schulter. »Wenn Sie mir helfen, den Abend zu überleben, stelle ich Ihnen eine glänzende Zukunft in Aussicht.«

»Es ist mir eine Ehre Herr Reichsmarschall.«

Ab dem Moment ging es Schlag auf Schlag. Insgesamt waren über einhundert Gäste geladen. Lenzer begrüßte ausgesuchte Vertreter der Wirtschaft, alle Reichsminister und den ein oder anderen Feldmarschall und General der Wehrmacht. Bis auf Thomas von Centano gaben sich alle Oberst-Gruppenführer der SS die Ehre. Dass von Centano sich aufgrund einer Erkrankung entschuldigen ließ, störte Lenzer nicht im Geringsten. Der Mann war fest davon ausgegangen, Reichsmarschall zu werden. Mit der Enttäuschung musste er erst einmal fertigwerden. Das brauchte Zeit.

Zeit, die er nicht besaß. In wenigen Tagen sollte Centanos Festnahme erfolgen. Lenzer wusste immer noch nicht, was er davon zu halten hatte.

Die anwesenden Soldaten kannte er teilweise vom Sehen. Außerdem trugen sie im Gegensatz zu den Politikern und Wirtschaftsvertretern eine Uniform. Mit Rangabzeichen und Kragenspiegeln konnte er etwas anfangen.

Als Letztes erschien der Reichskanzler. Wertheim kam in Begleitung seiner Ehefrau und eines Sekretärs.

Während der Sekretär mit einem verkniffenen Gesicht durch die Welt lief, machte Wertheims Frau einen sympathischen Eindruck. Sie war einige Jahre jünger als ihr Mann. Eine zierliche Person in einem dunkelblauen Abendkleid mit der anmutigen Körperhaltung einer Ex-Ballerina.

Sie reichte Lenzer die Hand. »Ich gratuliere Ihnen Herr Reichsmarschall«, sagte sie. Frau Wertheim kam etwas näher und beugte sich leicht nach vorne. »Und ich danke Ihnen.«

Bedankte sie sich, weil Lenzer ihren Mann unterstützte?

Die Situation gab es nicht her, sie danach zu fragen.

Der Reichskanzler trug einen Smoking. Er gratulierte ebenfalls, obwohl er das bereits in Nürnberg getan hatte.

Im Festsaal herrschte reges Treiben.

Der Parkettboden knackte unter den Füßen der Gäste. Auf der eingedeckten Tafel glitzerte Meißner Porzellan und Tafelsilber. An den Wänden flackerten die Kerzen in den Leuchtern. Die Gäste wurden an ihre Plätze gebeten.

Lenzer stand es als Gastgeber zu, den Abend zu eröffnen. Er bemühte sich um eine kurze Ansprache. Nach wenigen Minuten lag die erste Hürde hinter ihm. Da er niemandem auf den Schlips getreten war und sich nach eigener Einschätzung nicht bis auf die Knochen blamiert hatte, wertete Lenzer die Rede als Erfolg, auch wenn der Beifall am Ende dezent ausfiel. Erleichtert setzte er sich auf seinen Platz.

Nun war Wertheim an der Reihe. Der Reichskanzler stand auf und begann mit einer Lobrede auf Lenzer. Es war peinlicher für ihn, von einem Mann in den Himmel gehoben zu werden, den er kaum kannte. Als das überstanden war, kam das Essen.

Lenzer dachte an die Nacht, in der er Maria getroffen hatte. Zuvor war er mit den drei idiotischen Sturmführern in einer Kneipe versackt, die ihm im Anschluss einen üblen Streich gespielt hatten. Dafür hatte er sich eigentlich bei den Jungs noch bedanken wollen, aber als er Maria in dem Industriegebiet traf, hatte er schlagartig Wichtigeres zu tun gehabt.

Jetzt, wo er hier an der Tafel saß, würde er nur zu gerne mit den Dreien einen Saufen gehen. Die Männer verhielten sich wenigstens authentisch und nicht so gekünstelt wie seine Gäste, bei denen jedes Wort und jede Geste einstudiert wirkten.

Rechts neben Lenzer saß Brandt, eine graue Eminenz der Rüstungsindustrie. Zumindest soufflierte es ihm sein Ordonnanzoffizier so ins Ohr. Der dickleibige Brandt hatte eine Glatze. An seinem linken Auge trug er ein Monokel. Dadurch wirkte er wie ein Zeitreisender aus dem späten neunzehnten Jahrhundert. Lenzer schätzte ihn auf siebzig Jahre. Trotz seines Alters funktionierte Brandts Gehör tadellos.

Er grinste Lenzer an.

»Es ist von Vorteil, wenn man seine Gäste kennt«, sagte er mit einem Seitenblick auf Lenzers Ordonnanzoffizier. »Richtig schlimm wird es, wenn man nicht weiß, dass man der Gastgeber ist. Oder kommt der erst?« Dabei deutete Brandt mit der Gabel in Richtung des Tafelkopfes.

Der Platz war leer geblieben. Es hätte Lenzer zugestanden, am heutigen Abend dort zu sitzen. Er hatte mit Absicht darauf verzichtet. Das war als sympathische Geste gedacht. Jetzt ärgerte er sich über seine Naivität. Sympathische Gesten und Machtpolitik vertrugen sich wie Aspirin und Meerwasser.

»Die SS soll uns vor unseren Feinden schützen. Wer unsere Feinde sind, wissen Sie schon, oder? Ansonsten wird mir angst und bange.«

Brandts Ton und seine Mimik ließen nur den Schluss zu, dass der alte Mann ihn nicht für voll nahm. Das spürten offensichtlich auch andere Gäste. Einige begannen zu tuscheln. Gerne würde er Brandt eine scheuern, dass es den Kerl vom Stuhl haute. Aber die Option bestand nicht. Er entschied sich dazu, Brandts Kommentar zu ignorieren. Mittlerweile beneidete er Maria. Die lag bestimmt auf ihrem Bett und sah einen Film im Fernsehen.

»Wo ist übrigens Ihre Tochter?«, fragte Brandt, während er mit dem Messer ein Stück Kartoffel auf seine Gabel beförderte. »Ich hätte das Fräulein Lenzer gerne kennengelernt.«

»Sie fühlt sich nicht wohl und lässt sich entschuldigen«, sagte Lenzer.

»Ich fühle mich auch nicht wohl. Trotzdem bin ich hier.«

Brandt setzte zu einer weiteren Bemerkung an, als Wertheim ihn unterbrach und spontan eine Anekdote zum Besten gab.

Dreißig Minuten später war das Essen beendet und die ersten Gäste standen auf.

»Herr Lenzer. Hätten Sie einen Augenblick Zeit für mich?«

Von ihm unbemerkt hatte sich der Reichskanzler neben ihn gestellt.

»Selbstverständlich.«

»Ich würde mich gerne unter vier Augen mit Ihnen unterhalten.«

Lenzer ließ die anderen Gäste durch das Personal in den Rauchersalon führen und ging mit Wertheim in die Bibliothek.

Der Reichskanzler stellte sich vor ein Bücherregal und nahm einen schweren Ledereinband heraus. Kurz blätterte er in dem Buch, dann stellte er es zurück.

Er drehte sich zu Lenzer um. »Ich konnte nicht widerstehen. In allen Herrschaftshäusern gibt es diese Bibliotheken. Aber ich verwette mein Jahresgehalt darauf, dass noch nie eines dieser Bücher gelesen wurde. Ich wollte nur wissen, ob das wirklich echte Bücher sind oder nur Einbände ohne Innenleben. Es wäre jedenfalls sinnvoll.«

»Es würde einen Menge Papier sparen«, sagte Lenzer. »Wollen Sie etwas trinken?«

Wertheim schüttelte den Kopf.

»Ich muss heute klar bleiben. Die meisten Gäste sind nicht meine Freunde, auch wenn sie sich um den Eindruck bemühen. Unter Feinden sollte man nicht berauscht sein.«

Wertheim ging zu einem Gemälde von Adolf Hitler, das über dem

Kamin hing. »Es gibt keinen Menschen im Reich, der häufiger an der Wand hängt als er.«

Der Reichskanzler zog eine Zigarre aus der Innentasche seines Jacketts. »Darf ich?«, fragte er.

»Natürlich.«

Während er die Zigarre anzündete, deutete Wertheim auf das Gemälde von Hitler. »Er wollte die Welt beherrschen. Ein alter Tyrannentraum. Ich frage mich, was geschehen wäre, wenn er es geschafft hätte. Was treibt ein solcher Mann nach einem totalen Sieg? Sammelt er dann Briefmarken?« Er zog die Stirn in Falten, als würde er versuchen, sich an etwas zu erinnern. »Was lässt Shakespeare seinen Hamlet sagen? Sinngemäß geht es so: Der fette König und der magere Bettler sind am Ende zwei verschiedene Gerichte für ein und dieselbe Tafel. Der Tafel, an der die Würmer speisen.« Wertheim zog an seiner Zigarre. »Im Tod sind wir alle gleich und mitnehmen kann niemand etwas. Weder einen Groschen noch die ganze Welt. Wozu das alles?«

Der Kanzler ging zu einem kleinen Tisch, auf dem ein gläserner Aschenbecher stand. Er streifte die Asche ab. »Haben Sie bereits über die Besetzung von Ämtern nachgedacht? Sie wissen, dass Sie nur wenig Zeit haben.«

»Das habe ich. Ich denke, ich habe die richtigen Kandidaten gefunden. Einige kann ich kontrollieren. Und bei denen, die ich nicht kontrollieren kann, bin ich mir recht sicher, dass sie im Ernstfall in unserem Sinne Entscheidungen treffen werden. Aber garantieren kann ich das nicht.«

»Das muss reichen.«

»Was ist mit Centano?«

»Am nächsten Donnerstag ist es so weit. Dann trifft er einige ultrakonservative Reichstagsabgeordnete in einem Brauhaus in München. Bei dieser Veranstaltung wird er festgenommen und die Presse schießt einige Bilder. Wenn am nächsten Tag in der Zeitung steht, warum Centano festgenommen wurde, wird es dazu ein oder zwei Fotos geben, auf denen möglichst viele der Herrschaften im Hintergrund zu erkennen sind. Das wird ihnen nicht gefallen.«

Wertheim sah Lenzer nachdenklich an. »Als ich meiner Frau gesagt habe, dass ich die Wahl zum Reichskanzler annehme, hat sie den ganzen Tag geweint. Sie fürchtete um mein Leben. Am nächsten Tag hatte sie sich beruhigt. Am Abend kam sie zu mir und sagte mir

Folgendes: Wenn du nur den Hauch einer Chance haben willst, musst du genauso skrupellos sein wie sie.«

»Früher hätte man gesagt, der Zweck heiligt die Mittel.«

»Es ist nicht leicht und es gefällt mir nicht. Aber sie hat recht. Meine Feinde müssen mich ernstnehmen. Sie müssen wissen, dass sie mit ihrer Vernichtung zu rechnen haben, wenn sie mich angreifen. «

Wertheim drückte seine Zigarre im Aschenbecher aus. »Haben Sie eigentlich eine Vorstellung davon, wie es um das Land steht?«

»Was meinen Sie?«

»Seit Ende der Achtzigerjahre geht es mit dem Reich wirtschaftlich bergab. Das ist offensichtlich. Jeder sieht und spürt die Auswirkungen seit Jahren. Wir besitzen ein Heer von mittlerweile fast fünf Millionen Soldaten. Allein diese Kosten sind so hoch, dass andere Staaten damit ihren gesamten Haushalt bestreiten könnten. Genau genommen hat der Verfall bereits direkt nach dem Krieg begonnen. Um den Niedergang zu verlangsamen, etablierte man in den Fünfzigerjahren einen Vampir-Imperialismus. Das erschien zum damaligen Zeitpunkt die einfachste Lösung zu sein. Die Protektorate des Reichs wurden ausgesaugt, völlig blutleer gemacht. Fachkräfte, Bodenschätze, Gold, Silber, Kunstschätze. Alles, was einen Wert besaß, wurde den Menschen genommen und ins Reich verschleppt. Nun ist der Punkt gekommen, der bei einem endlichen System erreicht werden musste.«

»Es gibt nichts mehr, was man den Protektoraten wegnehmen könnte.«

»Das ist der erste Punkt. Der Zweite ist, dass wir auch keinen Handel mit ihnen treiben können. Sie haben nichts, um Waren zu bezahlen.«

»Dann haben wir uns doppelt ins eigene Fleisch geschnitten. Und das System steht jetzt unmittelbar vor dem Zusammenbruch?«

»So ist es. In einigen Monaten wird man die ersten Auswirkungen bewundern dürfen. Beamten und Soldaten wird der Sold gekürzt. Öffentliche Einrichtungen werden schließen. Die Maßnahmen hierfür befinden sich bereits in der Vorbereitung und das ist erst der Anfang. Da das Informationsmonopol des Staates hervorragend funktioniert, hat das wahre Ausmaß der Misere die Öffentlichkeit bisher nicht erreicht. Nicht einmal hochrangige Offiziere wie Sie wissen, wie es um das Land wirklich steht. Die Wahrheit kennen nur die Angehörigen der Ministerrunde, einige hohe Staatsbeamte und ich. Wobei es natürlich naiv wäre, zu glauben, dass es nicht noch andere gibt, die davon wissen. In einer relativ großen Gruppe bleiben keine Geheimnisse wirklich geheim.«

»Ich vermute, die Geheimhaltung gegenüber der Bevölkerung hat deswegen so gut funktioniert, weil niemand aus dieser Runde ein Interesse daran hat, dass die Menschen erfahren, was ihnen bevorsteht.«

»Das hat sicherlich dazu beigetragen.«

»Könnten Ihre politische Gegner nicht versuchen, Ihnen die Schuld für den Niedergang zu geben?«

»Vermutlich werden sie darüber nachgedacht haben. Aber das System ist seit Jahrzehnten etabliert und wurde von den Ultra-Konservativen eingeführt. Ich denke, sie versuchen es nicht, weil sie befürchten, dass es auf sie zurückfällt.«

»Gibt es eine Lösung?«

»Das Problem ist, dass wir den Prozess nicht ohne Weiteres umkehren können. Wenn wir es ernsthaft versuchen, wird es ein radikales Umdenken erfordern. Und mit dem Umdenken alleine ist es nicht getan. Das Reich wird durch eine sehr schwere Zeit gehen müssen. Über Jahrzehnte werden wir massiv geschwächt sein. Ich befürchte, dass die meisten Angehörigen der politischen, wirtschaftlichen und militärischen Oberschicht das nicht einfach hinnehmen.«

»Wird der Wunsch nach einem Krieg deswegen immer stärker? Wenn man neue Gebiete erobert, kann die Ausbeutung fortgesetzt werden.«

»Das ist einer der Gründe. Einige wissen, wie es um das Land bestellt ist, andere ahnen es. Die restlichen wollen einen Krieg, weil sie ihn immer wollen.«

»Wenn Sie nichts tun, kommt es zu einem Krieg mit den Amerikanern und wie der ausgeht, wissen wir. Auf der anderen Seite drohen bald innere Unruhen. Im schlimmsten Fall ein Bürgerkrieg.«

»Ich hätte Sie bereits bei unserer letzten Begegnung aufklären sollen. Aber ich wollte Sie nicht zu sehr erschrecken. Ich bitte Sie, mir das zu verzeihen. Die Lage ist äußerst bedrohlich. Und darum brauche ich Sie. Die SS hat sich immer durch ihre Treue ausgezeichnet. Die Männer werden auf Sie hören, wenn es so weit ist. Sie müssen mir helfen, den Laden zusammenzuhalten. Und das im wahrsten Sinne des Wortes.«

Lenzer wusste, wie die Menschen wurden, wenn ihnen das Wasser bis zum Hals stand. Zu ziemlich jeder würde nach einem Krieg schreien. Warum auch nicht? Beim letzten Mal hatte es funktioniert und die Millionen Opfer in den eigenen Reihen hatten die Jahrzehnte aus dem kollektiven Bewusstsein gestrichen. Und jetzt sollte ausgerechnet die SS sich gegen einen Waffengang aussprechen? Ihm wurde allmählich klar, in was für einer Lage er sich befand. Aber für einen Rückzieher war es zu spät.

Die Situation war noch schlimmer als befürchtet.

Es war geschickt von Wertheim gewesen, diese Information erst jetzt preiszugeben. Außerdem war es ziemlich hinterhältig.

»Wie fühlen Sie sich?«, fragte Wertheim.

»Gibt es noch mehr, das ich wissen sollte?«

»Nein, mehr schlechte Nachrichten habe ich nicht zu bieten.«

»Wie ich mich fühle? Ich fühle mich, wie ein Laienschauspieler, der im Wiener Staatstheater für eine Hauptrolle besetzt wurde. Ich bin kein Politiker. Ich besitze keinerlei Erfahrungen in diesem Bereich. Ehrlich gesagt, habe ich Bedenken, ein Spiel zu spielen, dessen Regeln ich nicht beherrsche.«

»Das ist mir nicht entgangen. Die Geste mit dem freien Platz am Tafelkopf war ein wenig naiv, wenn ich mich so ausdrücken darf.«

»Jetzt, im Nachhinein ist es mir unangenehm. Ich weiß nicht, wie ich auf diese Idee gekommen bin.«

»Nun ja, Sie wollten sympathisch wirken, menschlich gesehen ist das verständlich.«

»Ich glaube, ich habe eher dämlich gewirkt.«

»Ein klein wenig.« Wertheim grinste.

»Ich gestehe, dass ich mir unsicher bin, wie ich mich verhalten soll. Der Sprung vom Reserveamt zum Reichsmarschall ist gewaltig.«

»Es ist simpel. Benutzen Sie Ihre Macht. Alle da draußen werden vor Ihnen kuschen. Sie müssen sich unbedingt Respekt verschaffen. Ihr Leben könnte davon abhängen. Am besten Sie fangen sofort damit an.«

»Ich befürchte, mir fehlt das nötige rhetorische Rüstzeug, um auf der großen Bühne zu bestehen.«

»Das brauchen Sie nicht. Die Bühne ist nur für das Volk. Richtige Politik wird mit einfachen Worten und Gesten abseits des Theaters gemacht. Wer von Ihren Gästen geht Ihnen am meisten auf die Nerven? Ich wette, es ist dieser Brandt.«

»Ganz ohne Frage.«

»Das kann ich nachvollziehen. Er hat versucht, Sie zu blamieren. Brandt ist ein richtig böser Wolf. Aber leider sehr einflussreich. Wir gehen jetzt da raus und Sie versetzen ihm einen Dämpfer.«

»Wie?«

»Sie sind der Reichsmarschall. Denken Sie sich etwas aus. Sie haben meine volle Unterstützung. Sie müssen eines trennen: Vielleicht haben die Menschen keinen Respekt vor Ihrer Person, aber vor dem Amt als solchem haben sie welchen.«

Wertheim ging zur Tür. »Nur Mut. Geben Sie ihm eine Breitseite.«

Zurück im Speisesaal lieferte Brandt Lenzer die nötige Vorlage.

Als der Industrielle ihn erblickte, stand er stramm und zeigte einen übertrieben lächerlichen militärischen Gruß. Den Umstehenden fiel es schwer, ihr Gelächter zu unterdrücken.

Lenzer trat auf Brandt zu.

»Herr Brandt. Sie haben mir den Eindruck vermittelt, dass Sie sich in unserem Land nicht mehr sicher fühlen. Das hat mich getroffen und darf nicht sein.«

Brandt winkte ab.

»Ach Junge. Das geht in Ordnung.«

»Sie sind eine bedeutende Stütze des Reiches. Daher hat Ihre Sicherheit höchste Priorität.«

Brandts Lachen stockte.

»Was meinen Sie?«

Lenzer hob seine Stimme an, damit ihn jeder im Raum hörte.

»Hiermit verfüge ich, dass Sie und Ihre Familie ab sofort unter dem Schutz der SS stehen. Ich werde umgehend die Division Apollo beauftragen, für Ihre Sicherheit zu garantieren. Ihr Haus wird rund um die Uhr bewacht. Außerdem erhalten Sie eine persönliche Eskorte und einen Fahrdienst der SS.«

»Das ist nicht nötig.«

Brandts Gesicht hatte deutlich an Farbe verloren.

»Ich denke doch. Nach dem heutigen Abend schulde ich Ihnen das.«

Im Saal war es still geworden.

Brandt sah Hilfe suchend in die Runde.

Keiner der Anwesenden machte den Eindruck, als wollte er sich einmischen.

»Es ist spät. Ich denke, ich muss gehen«, stotterte Brandt.

In aller Eile verabschiedete er sich und verließ den Raum.

Die ersten Gespräche setzten ein.

Wertheim trat hinter Lenzer und flüsterte ihm ins Ohr. »Und Sie behaupten, dass Sie keine Ahnung von Politik haben?«

Der Reichskanzler klopfte ihm auf die Schulter und wandte sich einem der Gäste zu.

Die Standuhr in der Bibliothek schlug Mitternacht. Lenzer saß in einem der Sessel und starrte ins Leere, er fühlte sich völlig erschlagen. Als die letzten Gäste sich verabschiedet hatten, hatte er das Personal sofort nach Hause geschickt. Das Aufräumen konnte bis morgen warten. Für heute reichte es, er wollte alleine sein.

Wertheim hatte ihm beim Abschied gesagt, dass sie sich in Zukunft häufiger sehen würden. Ihr nächstes Treffen war bereits am kommenden Wochenende.

Es fühlte sich an, als hätte er sich mit einem gesuchten Dissidenten verabredet.

Er hatte das getan, was er immer versucht hatte zu vermeiden. Er hatte sich für ein politisches Lager entschieden. Und wie es aussah, auch noch für das Falsche.

Die Tür ging auf und Maria steckte ihren Kopf ins Zimmer. »Hier bist du.«

»Du hast mich gesucht?«

»Ich habe Hunger.«

»Im Saal stehen die Reste des Büfetts. Du wirst bestimmt was Essbares finden.«

»Und? Sind deine neuen Freunde weg?«

»Die meisten würde ich nicht als Freunde bezeichnen. Aber ja, sie sind gegangen.«

»Keinen Augenblick zu früh.« Sie zog die Tür von außen zu.

Lenzer blieb einen Moment sitzen, dann stand er auf, folgte seiner Tochter in den Saal und sah ihr zu, wie sie Salat auf einen Teller türmte.

»Das Haus ist kalt«, sagte Maria.

»Die Villa hat mehr als zwanzig Zimmer. Die Decken sind hoch. Das ist schwer zu heizen. Aber wenn …«

»So meine ich das nicht.« Sie sah Lenzer an. »Auch im Sommer wäre es kalt. Das Haus ist seelenlos. Man empfindet keine Geborgenheit. Und ist es nicht das, was ein Heim ausmacht? Geborgenheit?«

»Das tut mir leid. Ehrlich gesagt, fühle ich mich ebenfalls nicht sonderlich wohl hier.«

»Lass uns ausziehen.«

Lenzer lachte. »Das geht nicht. Solange ich das Amt innehabe, ist die Villa mein Wohnsitz.«

»Ich mag die Gemälde nicht, die überall an der Wand hängen.«

»Deine Meinung über die Kunstwerke hast du mir bereits mitgeteilt.«

»Kunst? Allerhöchstens entartete Kunst.«

Lenzer setzte sich gegenüber von Maria an die Tafel und nahm ein unbenutztes Weinglas. Aus einer angebrochenen Flasche Rotwein schenkte er sich ein. Er hatte den ganzen Abend auf Alkohol verzichtet. Aber nun waren alle Gäste gegangen.

»Schenkst du mir ein Glas ein?«, fragte Maria.

Lenzer sah sie verblüfft an. Maria hatte noch nie Alkohol in seiner Gegenwart getrunken.

»Ich bin zwanzig.«

»Aber keine einundzwanzig«, sagte Lenzer.

Trotz der Bemerkung nahm er ein weiteres Glas, goss Rotwein hinein und schob es zu Maria. Er beobachtete sie, wie sie einen Schluck nahm. Ihn beschlich das Gefühl, dass seine Tochter nicht zum ersten Mal Wein trank.

Sie stellte das Glas ab. »Was ist? Warum guckst du so?«

»Nichts.« Das kleine Mädchen wurde erwachsen. Das war der Lauf der Zeit.

»Hängt dein Gemälde hier auch bald an der Wand?«, fragte sie und brach sich ein Stück Weißbrot ab.

»Das weiß ich nicht. Es ist nicht wichtig.«

»Natürlich ist es wichtig für dich.«

»Warum denkst du das?«

»Ist das für mächtige Leute nicht die Art, wie sie Unsterblichkeit erlangen? Ein Platz in der Ahnengalerie ihrer Vorgänger? Oder, dass eine Schule nach ihnen benannt wird, oder wenigstens eine Straße?«

»Max-Lenzer-Allee.« Sie kicherte.

»Ich halte mich nicht für wichtig.«

»Willst du mich auf den Arm nehmen? Du bist Reichsmarschall. Deinem Befehl unterstehen sechshunderttausend Soldaten, aufgeteilt in zweiundvierzig Divisionen. Davon fünfzehn Panzerdivisionen mit mehr als tausend Tiger-5-Panzern.«

Er zog die Augenbrauen nach oben. »Woher weißt du das?«

Maria lächelte. »Tiger-5. Gebaut von den Thyssen-Werken. 125 mm Glattrohrgeschütz. 75 mm Maschinenkanone. 55 Tonnen Gewicht. Vier Mann Besatzung. Höchstgeschwindigkeit 95 Kilometer pro Stunde auf befestigten Straßen. Bis zu 50 Kilometer pro Stunde im Feld.« Sie trank ihr Glas in einem Zug leer.

»Im Ernst. Warum weißt du so was?«

»Ich habe viel über den Krieg gelesen. Aber irgendwie habe ich das Gefühl, dass die interessanten Seiten in den Büchern fehlen.«

»Was für Seiten?«

»Die Seiten, auf denen die dreckigen Dinge geschrieben stehen.«

»Ich weiß nicht, was du meinst, und ich verstehe immer noch nicht, warum dich das interessiert.«

»Man muss seinen Feind kennen.«

»Die SS ist nicht dein Feind und ich bin es auch nicht.«

»Nein, natürlich nicht.«

»Wo wir gerade das Thema Feinde haben. Deine Klassenlehrerin hat mich angerufen.«

»Frau Hagen?«

Lenzer nickte.

»Ich nehme an, sie hat dir von meinem, den Volkskörper schädigenden, Aufsatz berichtet.«

Maria griff nach der Weinflasche und schüttete den restlichen Inhalt in ihr Glas.

»Das hat sie.«

»Blöde Kuh«, flüsterte sie.

»Warum schreibst du solche Dinge?«

»Wir sollten einen Aufsatz über das Gute im Menschen schreiben. Das habe ich getan. Meine Meinung hat ihr nicht sonderlich gefallen. Was daran lag, dass ich nicht *ihre* Meinung zu Papier gebracht habe.«

»Du hast geschrieben, dass der Staat böse ist. Wie hast du dich ausgedrückt? Der ...«

»Der Staat ist ein stoffloses Ungeheuer. Ein substanzloses Gebilde, das sich aus den schlechten Gedanken und bösen Taten aller Bürger zusammensetzt. Ein Monster, das alle frisst, die ihm feindlich zu sein scheinen. Selbst der tapferste Drachentöter ist hier hilflos. Wo soll er sein Schwert versenken, wenn er das dunkle Herz der Kreatur nicht erkennen kann?« Maria trank ihr Glas leer. »Ich habe noch andere Sachen geschrieben. Die haben ihr auch nicht gefallen.«

Lenzer fehlten die Worte. Da war es also, das Alter, in dem junge Menschen gegen das System rebellierten und ihre Lebensenergie durch Wut generierten. Jetzt hatte es seine Tochter erwischt. Er hatte eine solche Phase niemals durchgemacht. In seiner Kindheit hatte es zwei Faktoren gegeben, die das nicht zuließen: Internat, Onkel Kleist.

Natürlich hatte er von dieser, hormongesteuerten Verhaltensänderung gehört, die nette Kinder in Plagegeister verwandeln konnte. Aber wenn es den eigenen Nachwuchs traf, war es ein Schock. Zudem hatte er geglaubt, dass so etwas früher einsetzen würde. Nicht erst mit zwanzig.

»Warum hast du das geschrieben?«, fragte Lenzer.

»Weil es meine Gefühle sind. Außerdem ist es die Wahrheit.«

»Der Staat frisst keine Menschen.«

»Selbstverständlich tut er das. Was ist mit dem Krieg?«

»Krieg ist eine grausame Sache. Aber die anderen Mächte sind nicht besser als wir. Der einzige Grund, warum sie nicht nach der Herrschaft streben, ist, dass sie dazu nicht in der Lage sind. Denk an das ehemalige Britische Empire. Glaubst du, dass es durch eine Politik der netten Gesten entstanden ist? Es wurde mit Schwarzpulver und dem Bajonett errichtet. Das ist das Wesen der Menschen. Schwäche wird bestraft. Entweder man ist ein Raubtier oder die Beute.«

»Und du willst lieber auf der Seite der Raubtiere stehen?«

»Wenn du mich so fragst, lautet die Antwort eindeutig ja. Krieg hat es immer gegeben. Die Frage ist, ob man ihn gewinnt oder verliert.«

»Und was ist mit dem Atombombenabwurf über Moskau? Kennt Krieg keine Grenzen?«

»Die Zerstörung von Moskau und Stalingrad hat den Krieg beendet und somit Millionen das Leben gerettet.«

»Und Millionen das Leben gekostet.«

»Man kann es so oder so sehen.«

»Warum Stalingrad? Die Stadt war ohnehin dem Erdboden gleichgemacht.«

»Die Schlacht um Stalingrad wurde verloren. Es war ein politisches Zeichen, das gesetzt wurde.«

»Ein grausames Zeichen.«

»Da kann ich dir nicht widersprechen. Aber es war besser, eine Ruinenstadt zu zerstören, als eine intakte. Das hätte deutlich mehr Opfer gefordert.«

»Krieg ist eine schreckliche Angelegenheit, die man über sich ergehen lassen muss, wie eine Naturkatastrophe.«

»Das trifft es.«

Vor weniger als einer Woche hatte er Wertheim versprochen, ihm bei der Verhinderung eines Krieges zu helfen. Jetzt diskutierte er mit seiner Tochter und sprach dem Krieg den Rang eines Naturgesetzes zu. Wie kam das? Warum musste er ständig mit Maria streiten? Selbst dann, wenn er es gar nicht wollte. Immer gingen sie gegeneinander an. Egal bei welchem Thema. Hauptsache Opposition. Vielleicht war das ja ein Naturgesetz.

Für einen Moment spielte er mit dem Gedanken, Maria einzuweihen und ihr zu erklären, warum er Reichsmarschall geworden war. Dass sein Auftrag darin bestand, einen Krieg zu verhindern. Wenn ihr das nicht gefiel, wusste er keinen Rat.

Aber es ging nicht. Zum einen waren das Interna, die er nicht mit seiner Tochter teilen konnte, zum anderen wäre es irgendwie albern. *Guck mal Schatz, dein Papa ist gar nicht böse. Er tut nur so.*

Marias Blick wanderte über den Tisch. Anscheinend suchte sie nach einer Weinflasche, in der noch ein Rest verblieben war. Als sie nicht fündig wurde, lehnte sie sich enttäuscht zurück.

»Gut«, sagte sie. »Krieg ist nicht zu vermeiden. Meinetwegen. Aber was ist mit den Konzentrationslagern.«

»Als ich in deinem Alter war, gab es bereits seit Jahren keine Konzentrationslager mehr.«

»Selbstverständlich kann man nichts über sie im Fernsehen sehen. Es steht auch in keinen Büchern. Aber es hat sie gegeben.«

»Das stimmt.«

»Wozu hat man sie gebraucht? Ich meine, es gibt Gefängnisse.«

»Im Krieg wurden dort die Feinde des Nationalsozialismus eingesperrt.«

»Waren das so viele, dass man dafür Lager brauchte?«

»Ja.«

»Wer waren die Feinde?«

Lenzer wurde langsam wütend. Rebellion hin oder her. Er hatte kein Interesse an solchen Unterhaltungen.

»Das ist jetzt kein Thema, über das ich sprechen möchte.«

»Waren es die Juden?«

»Unter anderem.«

»Wo sind die Juden geblieben? Ich habe nie einen getroffen.«

»Sie sind ausgewandert. Hauptsächlich in die USA.«

Maria lachte. Die Wangen seiner Tochter glühten rötlich. Hatte sie einen leichten Schwips?

»Ich weiß, was mit ihnen geschehen ist. Man hat sie vergast und in Öfen verbrannt. Ist das auch ein Naturgesetz?«

Lenzer schlug mit der flachen Hand auf den Tisch. Teller hüpften. Ein Glas fiel um.

»Es reicht. Woher hast du den Mist?«

»Sag nicht, dass du davon nie gehört hast.«

»Natürlich habe ich das. Aber das ist nicht der Punkt. Ich will wissen, wo *du* diesen Unsinn gehört hast.«

»Damit du den armen Mann anzeigen kannst? Das werde ich dir nicht erzählen.«

»Für was oder wen hältst du mich? Das würde ich nicht tun. Aber ich will nicht, dass du dich mit anderen über einen solchen Quatsch unterhältst. Denkst du wirklich, dass der Staat Menschen in Öfen verbrennt?«

»Ja.«

»Ich weiß, wo du den Unsinn herhast. Du hörst heimlich Feindsender. Diesen amerikanischen Mist.«

»Feindsender«, wiederholte sie spöttisch.

»Das ist verboten.«

»Willst du mich anzeigen?«

»Ich nicht. Aber andere vielleicht. Behalte es wenigstens für dich.«

»Hast du Angst um deine Karriere? Die Tochter des Reichsmarschalls als Dissidentin.«

»Ich habe Angst um dich.«

»Wie rührend.«

»Und du glaubst dieses Propagandageschwätz?«

»Das ist keine Propaganda. Die Amerikaner gestehen eigene Fehler ein. Sie bezeichnen es als nationale Schande, dass sie in den Dreißigerjahren vielen jüdischen Migranten die Einreise verweigert haben.«

»Das ist ein psychologischer Trick. Meine Anschuldigungen werden glaubhafter, wenn ich selbst Fehler eingestehe. So einfach ist das.«

»Und wenn es keine Propaganda ist? Was ist, wenn es die Wahrheit ist?«

Die Wut, die in Lenzer aufgeflammt war, wurde durch eine Welle der Resignation gelöscht. Er seufzte und stand langsam von seinem Stuhl auf.

»Für heute reicht es mir. Ich gehe ins Bett.«

Maria verschränkte die Arme vor der Brust.

»Frierst du?«, fragte Lenzer.

»Ich habe doch gesagt, dass es hier kalt ist.«

»Dann geh in dein Zimmer und dreh die Heizung auf.«

»Die Kälte kommt von innen.«

»Du wirst dich freuen, wenn du morgen ins Internat zurückkannst.«

»Dort ist es auch kalt. Das ganze Land ist kalt. Und du ...« Sie brach den Satz ab. Maria sah Lenzer an. Ihr Blick wanderte kurz von oben nach unten. »Die Uniform steht dir immer noch.«

»Ich bin ebenfalls kalt. Das wolltest du doch sagen.«

»Hast du in deinem Leben nie das Bedürfnis gehabt, dass dich jemand in den Arm nimmt?«

»Nein.«

»Kein Wunder, dass du dein Leben in Einsamkeit verbringst.«

»Ich habe dich. Das reicht.«

»Willst du damit sagen, dass ich schuld daran bin, dass du keine Frau hast?«

»Nein, das will ich nicht.«

»Ich akzeptiere, dass du kein Interesse an Liebe hast. Aber was ist mit Sex?«

»Maria! Es reicht.«

Sie wurde lauter. »Keine Liebe, kein Sex. Ja, du bist kalt! Wie ein Stein! Wenn ich in deiner Nähe bin, beginne ich zu frieren. Sieh dich an. Du hast es geschafft. Du bist ganz oben. Wie fühlt es sich an, der Obermörder zu sein?«

»Du hältst mich für einen Mörder?«

»Hast du nie getötet?«

»Ich ...«

»Ihr seid alle gleich. Ihr kümmert euch nicht um eure Seelen. Und dein sogenannter Bruder Richard ist der Schlimmste von allen. Und du hast nichts Besseres zu tun, als ihm zu folgen.«

»Was soll das nun wieder?«

»Glaubst du an Gott?«

»Nein.«

»Woher weißt du, dass es keinen Gott gibt?«

»Das war nicht die Frage. Ich behaupte nicht, dass ich das weiß. Aber ich glaube nicht an ihn.«

»Was, wenn du dich irrst? Wenn deine Seele unsterblich ist? Was, wenn du für deine bösen Taten nach dem Tod zur Rechenschaft gezogen wirst.«

»Ich denke nicht, dass ich böse bin.«

»Deine Uniform ist es. Du bist ein Teil des Bösen. Das könnte ausreichen.«

»Du sagst immer, dass mir die Uniform steht.«

»Das ist ja das Schlimme. Das Böse kann attraktiv erscheinen. Aber ich lass mich nicht blenden. Du hast deine Seele verkauft.« Maria stand ebenfalls auf. Nun standen sie sich gegenüber, durch die Speisetafel voneinander getrennt. »Menschen wie du haben dermaßen viel Macht, dass sie in der Lage wären, die Welt in einen besseren Ort zu verwandeln. Aber sie nutzen diese Macht nicht, um Gutes zu tun. Es geht ihnen immer nur um den eigenen Vorteil.«

»Meine Macht ist nicht so groß, dass ich die Welt verändern könnte.«

»Du könntest es versuchen. Dann hättest du dir wenigstens nichts vorzuwerfen.« Sie machte eine kurze Pause. »Ich bin davon überzeugt, das jeder Mensch in seinem Leben geprüft wird. Und wenn diese Prüfung kommt, muss man die richtige Entscheidung treffen. Ich befürchte, dass du nicht einmal merken würdest, dass die Prüfung ansteht.«

Sie wandte sich ab und verließ den Saal.

Lenzer unterdrückte den Impuls, seiner Tochter nachzulaufen. Das führte nur zu einem handfesten Streit, bei dem er am Ende die Geduld verlor.

»So ein verfluchter Dreck.«

Er stand auf und suchte die Flaschen nach Alkoholresten ab. Bei einer Flasche Portwein wurde er fündig und schenkte sich ein.

Was war nur in das Kind gefahren?

Ja, er hatte getötet. Vor langer Zeit in Saigon. Allerdings wusste Lenzer nicht mehr, ob das nur ein Albtraum gewesen war. Er hoffte es.

Sollte er ihr erklären, was vor fünfzehn Jahren wirklich geschehen war? Sollte er Maria sagen, dass er mit keiner Frau zusammenlebte, weil man einem Menschen, mit dem man sein Leben teilte, früher oder später seine Geheimnisse offenbarte? Aber Marias Geheimnis musste ein Geheimnis bleiben.

Vielleicht hätte er Maria in der Vergangenheit mehr Zuneigung entgegenbringen müssen. Aber wie? In den ersten Monaten hatte sie auf jede Berührung von ihm wie auf einen Stromschlag reagiert. Irgendwann hatte sich das gelegt. Allerdings lag das Problem an anderer Stelle. Wie sollte er ein Kind in die Arme schließen, dessen Mutter er ins Verderben hatte rennen lassen? Lenzer hätte sich wie ein Heuchler gefühlt.

Maria hatte ihn nie nach ihrer Mutter gefragt. Im Alter von sieben Jahren hatte er sie zu dem Grab von Erna Wild gebracht und ihr erklärt, dass dort ihre Mutter begraben lag. Sie hatte den Grabstein keines Blickes gewürdigt.

»Willst du nichts über deine Mutter wissen?«, hatte Lenzer sie gefragt.

»Nein.«

Mehr hatte sie dazu nicht zu sagen. Er war erleichtert gewesen, dass er Maria nicht seine ausgedachte Geschichte erzählen musste. Damit war das Thema erledigt. Nie wieder hatten sie darüber gesprochen.

Er wusste nicht, was mit Marias Mutter geschehen war. Das Wahrscheinlichste war, dass man sie gefangen hatte. Ob sie lebte? Er hatte jegliche Nachforschungen diesbezüglich unterlassen. Die eigene Neugierde konnte die Neugierde von anderen wecken und das musste er vermeiden. Wofür war ihre Mutter verurteilt worden? Es konnte alles sein oder nichts.

Von diesen besonderen Umständen abgesehen, ging es ihm wie

vielen Eltern. Man bemühte sich, meinte es gut und machte es am Ende falsch.

Er verdankte Maria sein Leben. Ohne sie hätte er niemals aufgehört, Methamphetamin und Schlafmittel zu nehmen. Daran bestand kein Zweifel.

Der Tag, an dem das Glück ihn verlassen würde, rückte näher. Das spürte er wie wetterfühlige Menschen ein aufziehendes Unwetter.

Wenn es so weit war, musste er alles tun, damit die Folgen nur ihn trafen. Vielleicht fehlte ihm das Herz, um zu lieben. Aber er besaß die nötige Härte, um zu schützen.

16

DER FREIE WILLE

Maria Lenzer, Donnerstag, 24.10.1996, 03:20 Uhr

Maria stand in der dunklen Küche und betrachtete die Spiegelung des Mondlichtes auf der Klinge des Fleischmessers.

Um fünf Uhr würden die ersten Hausangestellten kommen und die Villa mit den Geräuschen ihrer Betriebsamkeit füllen. Aber jetzt waren sie und Max alleine. Unzählige Male hatte sie sich vorgenommen, den Irrsinn zu beenden. Nun sollte aus der Fantasie Realität werden.

Sie zog ihre Hausschuhe aus und schlich die Marmortreppe nach oben. Auf dem Parkett im Flur musste sie besonders vorsichtig laufen. Bei nahezu jedem ihrer Schritte knackte es.

Schließlich stand sie vor Max' Tür und legte die Hand auf die Klinke. Kurz zögerte sie, dann drückte sie die Klinke nach unten und schlüpfte durch einen Spalt in das Schlafzimmer.

Er lag auf dem Rücken in seinem Bett.

Starrte er sie an? Sie legte ihre freie Hand über den Mund, um einen Schrei zu unterdrücken.

Max rührte sich nicht.

Sie überwand ihre Angst und schlich langsam an sein Bett.

Sie hatte es sich eingebildet. Seine Augen waren geschlossen, sein Atem ging gleichmäßig.

Maria hielt das Messer dermaßen fest, dass ihre Finger schmerzten. Sie hob die Klinge über ihren Kopf, umklammerte jetzt mit beiden

Händen den Griff, als wäre sie ein Inka-Priester, der ein Menschenopfer bringen wollte.

Die Erinnerungen an ihre früheste Kindheit bestand nur aus einigen zusammenhangslosen Bildern und Eindrücken. Eine Wand aus Glasbausteinen, hinter der ein grünes Licht schimmerte. Ein Fußmarsch über einen matschigen Weg. Der Geruch von gekochtem Rotkohl. Geborgenheit in den Armen ihrer Mutter. Hunger. Ein Schäferhund, der seine Zähne fletschte. Nichts von alledem ließ sich greifen oder sinnvoll ordnen.

Aber in der Nacht, als sie Max traf und er ihre Mutter in den Tod rennen ließ, war es, als hätte jemand die Fotoplatte ihres Gedächtnisses belichtet. Jede Sekunde war unauslöschlich in ihre Seele eingebrannt. Ihr Instinkt hatte dafür gesorgt, dass sie nie ein Wort über die Nacht verloren hatte. Vermutlich hatte sie diese kluge Entscheidung ihrer Angst vor Menschen in Uniform zu verdanken.

Sie lebte in einem Paradoxon.

Auf der einen Seite verdankte sie Max ein Leben in Freiheit und Wohlstand. Niemals hatte er sie schlecht behandelt. Ihre immer häufiger werdenden Wutausbrüche ließ er in der Regel mit stoischer Gelassenheit über sich ergehen. In dieser Beziehung konnte sie ihm nichts vorwerfen.

Aber er war ein Mann in Uniform. Ein SS-Offizier.

Sie hatte als Kind schnell begriffen, dass uniformierte Menschen bösartige Kreaturen waren. Die Uniform schien ihren Träger zu verwandeln. Als ob sich der Stoff beim Ankleiden nicht nur über die Haut, sondern auch über die Seele legen würde und alles Mitgefühl unter sich erstickte.

Dass Max in dieser Hinsicht keine Ausnahme bildete, hatte er gleich bei ihrer ersten Begegnung bewiesen, als er ihre Mutter einfach weggehen ließ. Keinen Gedanken hatte er daran verschwendet, ihr zu helfen. Davon war Maria überzeugt.

Aber warum hatte er dann ihr geholfen?

Viele Jahre waren vergangen, bis sie das Rätsel lösen konnte.

Als sie jünger war, hatte sich Max in der Nacht oft zu ihr ins Bett gelegt. Nicht selten hatte er im Schlaf geredet und das, was sie verstehen konnte, hatte darauf hingedeutet, dass seine Träume sich ähnelten. Etwas quälte ihn. Was immer er auch in der Vergangenheit getan haben mochte, sie zu schützen, war ein egoistischer Akt. Es ging ihm nicht um sie, sondern ausschließlich um ihn selbst. Max hatte sie gerettet, um eine Schuld zu begleichen, sein Gewissen zu beruhigen, seine Seele zurückzugewinnen.

Aus diesem Grund hatte er sie von ihrer Mutter weggerissen.

Aber Max' Gewissen interessierte sie nicht. Er hätte sie nicht mit sich nehmen dürfen. Dann wäre sie zwar wieder gefangen, aber nicht von ihrer Mutter getrennt worden.

Wenn er jemals erfuhr, dass sie sich an alles erinnerte, würde er sie als Sicherheitsrisiko begreifen und verschwinden lassen. Schuldgefühle hin oder her.

Wie lange stand sie jetzt schon hier?

Eine Minute? Länger?

Der Mann, den sie hin und wieder Vater nennen musste, lag weiterhin regungslos im Bett. Das Messer schwebte über ihrem Kopf.

Sie wollte es in seine Brust rammen, aber ihre Arme bewegten sich nicht.

Was war los mit ihr?

Sie ließ das Messer sinken und schlich aus dem Schlafzimmer.

Es ging nicht. Sie war zu schwach, hatte nicht den nötigen Mumm in den Knochen.

Zurück in der Küche legte das Messer weg und huschte in ihr Zimmer. Sie warf sich auf das Bett und drückte ihr Gesicht in das Kissen.

Maria begann zu schluchzen.

»Mama, wo bist du?«

~

Es war acht Uhr. Maria zog sich ihren Stoffmantel an. Sie fühlte sich erschlagen. Geschlafen hatte sie nicht mehr.

Max war bereits aus dem Haus. Sie hatte ihn am Morgen nicht gesehen. Darin lag ein unbestreitbarer Vorteil der Villa. Man konnte sich leicht aus dem Weg gehen und das war auch nötig. Nachdem, was in der Nacht geschehen war, wagte sie nicht, ihm in die Augen zu sehen. Gleichgültig, wie sehr sie ihn hasste.

Jetzt war es Zeit für sie, zum Internat zu fahren. In den ersten Schuljahren hatte sie sich schwergetan und musste zweimal eine Klasse wiederholen. Aber mit der Zeit hatte sie gegenüber den anderen

Schülern aufgeholt. In einem halben Jahr stand die Abiturprüfung an. Sie hatte keine Vorstellung, wie es danach weiter gehen sollte. Aber es musste etwas sein, das Distanz zu ihrem bisherigen Leben schuf. Je weiter weg, umso besser. Vielleicht ein Studium in Okinawa?

Oder sollte sie versuchen, nach Amerika zu fliehen? Als Tochter des Reichsmarschalls würde man ihr sicher Asyl gewähren. Das war eine Idee, über die sie beizeiten genauer nachdenken musste.

Sie stellte ihren Koffer im Flur vor der Haustür ab.

Bevor sie sich auf dem Weg machte, wollte sie noch ein Glas Wasser trinken. Als sie die Küchentür öffnete, erschrak sie.

Zwei Haushälterinnen saßen an einem Tisch und tranken Kaffee.

Sie würde sich nie daran gewöhnen, dass fremde Menschen von früh morgens bis abends in ihrem Haus herumliefen.

Bei Marias Anblick sprangen die Bediensteten auf und richteten ihre Uniformen.

»Ich will keine Umstände bereiten«, sagte Maria. »Ich will mir nur ein Glas Wasser holen.«

Sofort eilte eine der Frauen zu einem Küchenschrank und holte ein Glas heraus, während die zweite in einer Kammer verschwand und mit einer Flasche Mineralwasser zurückkehrte.

Kurze Zeit später hielt Maria ein Glas Wasser in den Händen und bedankte sich. Dass andere sie bedienten, gefiel ihr nicht. Was hatte sie im Leben geleistet, um das zu verdienen?

In einem Regal stand ein tragbarer Fernseher. Das Gerät lief mit ausgeschaltetem Ton und zeigte eine Nachrichtensendung.

Maria sah eine Landstraße, auf der Soldaten eine Absperrung eingerichtet hatten.

Im Fließtext am unteren Bildschirmrand konnte sie lesen, dass es in der Stadt Karlsbad im Protektorat Böhmen und Mähren zu einem großen Unfall in einem Chemiewerk gekommen war. Die ganze Region war abgeriegelt worden.

Das Bild wechselte und zeigte jetzt die Aufnahme einer attraktiven dunkelhaarigen Frau um die dreißig. Unter dem Foto stand, dass die Frau Klara Wagner hieß. Man warf ihr vor, mit einer Autobombe mehrere Polizisten getötet zu haben. Nach ihr wurde gefahndet.

Maria verschluckte sich beinahe. Die Frau sah aus wie eine Schauspielerin oder eine Schönheitskönigin. Eine Terroristin stellte sie sich verwegener vor.

Aber was hieß schon Terroristin? In Marias Augen besaßen diese Leute Zivilcourage. Und von den unzähligen Verbrechen, die man den sogenannten Terroristen vorwarf, wusste ohnehin kein Mensch, ob die wirklich auf ihr Konto gingen. Wie auch immer. Diese Leute versteckten sich nicht und riskierten ihr Leben für eine bessere Welt. Sie besaßen den Mut, der ihr in der letzten Nacht gefehlt hatte.

Sie leerte ihr Glas und stellte es in die Spüle. Zurück im Flur nahm sie ihr Gepäck, zog ihren Mantel an und machte sich daran, das Haus zu verlassen. Der Fahrer würde bereits auf sie warten.

Sie verließ die Villa mit ihrem Koffer, zog die Tür hinter sich zu und blieb wie angewurzelt stehen.

Statt des Fahrers warteten vier Limousinen und eine Kradstaffel aus acht Motorrädern auf sie.

Ein Soldat eilte ihr entgegen, nahm ihr das Gepäck ab und verstaute es im Kofferraum von einem der Fahrzeuge. Danach hielt er die Tür zur Rückbank auf. Das gefiel ihr genauso wenig wie die Angestellten im Haus. Aber sie wollte ins Internat. Nur weg von dieser gruseligen Villa. Maria presste die Lippen zusammen und stieg wortlos in den Mercedes ein.

Nach einer Stunde Fahrt erreichten sie das Internat in der Nähe von Beelitz, fünfzig Kilometer von Berlin entfernt und somit fünfzig Kilometer von allem Leben.

Als Hauptgebäude diente ein ehemaliger Gutshof, in dem in früheren Zeiten ein Landadeliger residiert hatte. Darüber hinaus gab es einen modernen mehrstöckigen Flachbau, in dem sich die Unterrichtssäle befanden. Das großzügige Anwesen wurde an drei Seiten von Wald eingegrenzt.

Die Fahrzeuge hielten vor dem Hauptgebäude und es gab für Maria die nächste unerfreuliche Überraschung. Die gesamte Lehrerschaft hatte sich zusammen mit den Schülern der Oberstufe wie zu einem Gruppenfoto vor dem Eingang aufgebaut. Als sie aus dem Fond der Limousine ausstieg, klatschten alle wie auf ein Kommando, als hätte Maria die Damenweltmeisterschaft im Florettfechten gewonnen. Was für ein Affentheater.

Sie wollte zum Kofferraum gehen, um ihr Gepäck zu nehmen. Mitten in der Bewegung stockte sie. Ein Soldat war ihr zuvorgekommen und vermittelte den Eindruck, dass er ihren Koffer nicht freiwillig hergeben würde. Sie zuckte innerlich mit den Schultern.

»Fräulein Lenzer. Es freut mich, Sie wieder bei uns begrüßen zu dürfen.«

Maria drehte sich um.

Direktor Rohleder hatte sich aus dem Pulk der Applaudierenden gelöst und war ihr entgegengekommen. Vorgestern hatte der Mann nicht einmal ihren Namen gekannt. Interessant, zu erfahren, was der Begriff Speichellecker in der Praxis bedeutete.

»Danke.«

Mehr fiel ihr zu der Begrüßung nicht ein. Das war distanziert und unfreundlich, aber sie ahnte, dass ihr Benehmen ab sofort keine Rolle mehr spielen würde.

Rohleder lächelte, als hätte sie ihm ein wundervolles Kompliment gemacht.

»Ich führe Sie auf Ihr Zimmer.«

Das ging zu weit. Sie kannte den Weg.

Maria trottete hinter ihrem Schulleiter her. Dabei versuchte sie, den Blickkontakt mit den weiterhin klatschenden Menschen zu vermeiden. In der Eingangshalle wunderte sie sich, dass Rohleder die falsche Treppe nahm. Ihr Zimmer lag in einem anderen Gebäudeflügel.

Alle paar Stufen drehte Rohleder sich um und vergewisserte sich lächelnd, dass Maria ihm folgte.

Sie wusste gar nicht, dass in diesem Gebäudeteil Schüler untergebracht waren.

Rohleder erriet anscheinend ihre Gedanken. »Natürlich haben Sie ab sofort ein Einzelzimmer. Keiner kann von der Tochter des Herrn Reichsmarschalls erwarten, mit gewöhnlichen Mädchen einen Raum zu teilen. Sie haben in ihrer neuen Unterkunft selbstverständlich einen eigenen Telefonanschluss.«

»Wie nett.«

Das Telefon brauchte sie nicht. Seit Jahren zwang sie Max, ein SatTel mit sich herumzuschleppen. Sie mochte das Ding nicht, was daran lag, dass Max der Einzige war, der sie anrief und sie selbst keine weitere Verwendung für das Satellitentelefon hatte.

Es war klar, warum Rohleder sich plötzlich ins Zeug legte. Max gehörte jetzt zu den mächtigsten Männern im Reich. Wenn sie auf dem Internat blieb, würden andere einflussreiche Eltern ihre Kinder ebenfalls anmelden wollen. Denn, wo die Tochter von Lenzer für ihr Abitur und Leben lernte, da konnte es nur gut sein. Die Preise stiegen und alle verdienten mehr Geld.

Der Direktor schloss eine Tür auf und wartete darauf, dass Maria vor ihm in das Zimmer eintrat. Ihre Unterkunft erwies sich als ein lichtdurchfluteter und geräumiger Raum, der an eine Suite erinnerte.

Es roch nach frischen Blumen.

Und tatsächlich stand auf einem Beistelltisch eine Vase mit einem Strauß aus gelben Rosen. Erfreut stellte Maria fest, dass sie nun über ein eigenes Bad verfügte. So furchtbar sie ihr neues Leben fand, war das eindeutig eine gute Sache.

Der Soldat stellte ihren Koffer vor dem Bett ab und ging nach draußen.

»Ich wäre gerne einen Augenblick alleine«, sagte sie an den Direktor gewandt.

»Selbstverständlich.«

Rohleder deutete eine Verbeugung an, zog sich aus dem Zimmer zurück und schloss die Tür.

Maria setzte sich auf das Bett. In diesem Moment klingelte das SatTel.

»Maria Lenzer am Apparat«, meldete sie sich förmlich, obwohl ihr klar war, wer sie anrief.

»Hallo Maria. Wie geht es dir?«

»Gut.«

»Bist du bereits im Internat?«

»Ja. Seit fünf Minuten.«

»Was war gestern mit dir los?«

Sie hatte plötzlich einen Kloß im Hals. Hatte er ihren abgebrochenen Mordversuch doch mitbekommen? Nein, das war unmöglich. Dann hätte er bereits in der Nacht reagiert und würde sie nicht erst jetzt am Telefon darauf ansprechen. *Ach Schatz, was ich dich fragen wollte. Was hattest du in der letzten Nacht mit dem Messer in meinem Schlafzimmer vor?*

»Was meinst du?«

»Unser Gespräch ist gestern etwas unglücklich gelaufen.«

Natürlich hatte er nichts mitbekommen. Er hatte Alkohol getrunken und fest geschlafen.

»Nicht der Rede wert.«

»Wenn du möchtest, fangen wir am nächsten Wochenende noch mal neu an. Vielleicht ohne Rotwein.«

»Das wird nicht nötig sein.«

»Wenn du es dir anders überlegst, sag mir Bescheid. Mein Angebot steht.«

»Das mache ich. Bis Freitag.«

»Bis Freitag.«

Maria warf das SatTel auf das Bett.

Sie konnte den Tag nicht erwarten, an dem sie nicht mehr gezwungen war, mit Max unter einem Dach zu leben. Wenn sie seine Uniform sah, bekam sie eine Gänsehaut, und die Menschen, mit denen er verkehrte, waren noch viel schlimmer. Allen voran sein Cousin Richard. Bereits als Kind war er ihr unheimlich gewesen. Sein Lachen und seine Freundlichkeit hatten auf sie immer aufgesetzt gewirkt. Unverständlich, warum das außer ihr niemand zu bemerken schien.

Sie seufzte und trat an das Fenster.

Auf dem Weg, der am Waldrand vorbeiführte, sah sie Johannes stehen. Sie erkannte nicht, was er dort machte. Johannes war Anfang zwanzig und arbeitete seit einigen Wochen als Hausmeistergehilfe im Internat. Jedes Mal, wenn sie ihn sah, beschleunigte sich grundlos ihr Herzschlag. Genau wie jetzt.

Bis vor etwa einer Woche hatte sie kein Wort mit ihm gewechselt. Nur Blicke.

Vor einigen Tagen dann, hatte er sie unerwartet angesprochen, während sie nach dem Unterricht ziellos im Park umhergewandert war. Er hatte dort die Blumenbeete gepflegt.

Ein solches Gespräch hatte Maria noch nie geführt. Völlig unbefangen sprach Johannes mit ihr über die Konzentrationslager und was seiner Meinung nach in ihnen geschehen war. Das war kein Thema, über das man sich mit einer Fremden unterhielt. Vor allem nicht, wenn die Fremde ein elitäres Internat besuchte. Menschen mit systemkritischer Einstellung suchte man hier im Allgemeinen vergeblich.

Das Gespräch hatte sie fasziniert.

Maria war bei ihren Mitschülern nicht beliebt. Was vermutlich daran lag, dass sie allen, so weit aus dem Weg ging, wie es die Umstände zuließen. Freundinnen hatte sie keine. Nur einige lose Bekanntschaften.

Die Angst vor dem Spott der anderen Mädchen hatte sie davon

abgehalten, sich Johannes weiter zu nähern. Das sollte kein Problem mehr darstellen. Sie musste sich mit ihrem Leben abfinden. Warum nicht versuchen, das Beste daraus zu machen? Und sie würde direkt damit beginnen.

Sie rannte zur Tür, riss sie auf und sprang zurück.

Auf dem Flur standen links und rechts neben der Tür zwei Soldaten. Sie schlugen die Hacken zusammen und nahmen Haltung an.

Langsam näherte sich Maria erneut der Tür.

»Was soll das?«, fragte sie.

»Wir haben den Befehl, Ihr Zimmer zu bewachen, Fräulein Lenzer.«

»Wessen Befehl ist das?«

Die Soldaten sahen sich an. Wussten nicht mit der Situation umzugehen.

»Wer hat das Kommando?«, fragte Maria.

»Hauptsturmführer Hansen, Fräulein Lenzer.«

Wenn der Mann sie ein weiteres Mal Fräulein Lenzer nannte, würde sie schreien, bis ihm die Trommelfelle platzten.

»Holen Sie ihn bitte her.«

»Jawohl, Fräulein Lenzer.«

Maria holte Luft. Ein kurzer und spitzer Schrei.

Einer der Soldaten rannte zur Treppe und polterte die Stufen hinunter, als wäre ihm der Allmächtige auf den Fersen.

Maria schlug die Tür zu.

Das konnten die nicht ernst meinen. Das ließ sie auf keinen Fall zu. Sie begann, im Kreis zu laufen, und schimpfte vor sich hin. Zwei Dutzend Kreise später klopfte es an der Tür.

»Herein«, rief sie.

Ein Offizier öffnete die Tür und trat ein.

Er nahm die Schirmmütze ab und klemmte sie sich unter den Arm. Der Mann trug ein feines Lächeln im Gesicht. Seine Augen waren klar. In ihnen stand weder Scheu noch Arroganz. Die schwarzen Haare trug er streng nach hinten gekämmt und mit Gel befestigt. Maria schätzte ihn auf Mitte dreißig.

»Was kann ich für Sie tun?«, fragte er.

Dass er dieses furchtbare Fräulein wegließ, wertete sie als Pluspunkt.

»Sind Sie Hauptsturmführer Hansen?«

»Ja.«

»Und Sie haben hier das Kommando.«

»Das ist richtig.«

»Erklären Sie mir, was die Soldaten vor meinem Zimmer zu suchen haben.«

Hansen legte die Stirn in Falten. »Ich bin davon ausgegangen, dass Sie das wissen.«

»Tue ich nicht. Klären Sie mich bitte auf.«

»Die Männer sind Angehörige eines Wachbataillons der Division Apollo, dessen Aufgabe es ist, den Herrn Reichsmarschall und seine Familie zu schützen.«

»Wer hat das angeordnet?«

»Niemand. Das ist Teil des Protokolls. Sie und Ihr Vater sind Schutzpersonen der SS.«

»Tag und Nacht?«

»Tag und Nacht.«

»Das will ich nicht.«

»Tut mir leid. Aber es steht nicht in meiner Macht, das zu ändern.«

»Aber mein Vater kann es ändern.«

»Da bin ich überfragt. Wie gesagt, es ist Teil des Protokolls.«

»Hören Sie. Ich will nicht, dass die Soldaten mich überall hin verfolgen.«

»In dem Punkt kann ich Sie beruhigen. Die Wache bleibt an Ihrem Zimmer. Wenn Sie sich auf dem Gelände bewegen, wird Ihnen niemand folgen. Sollten Sie das Internat verlassen wollen, steht Ihnen die Fahrbereitschaft zur Verfügung. Meine Männer beziehen gerade ein Nebengebäude.«

Maria riss die Augen auf. »Sie bleiben alle hier?«

Der Hauptsturmführer lachte.

»Ich persönlich nicht. Ansonsten befürchte ich, dass es genau so ist. Aber wie bereits erwähnt. Keiner verfolgt Sie. Kann ich sonst etwas für Sie tun?«

»Nein, danke.«

Hansen verabschiedete sich und verließ das Zimmer.

Maria fühlte sich wie die verwunschene Prinzessin in einem bösen Königreich. Gefangen in einem goldenen Käfig. Wobei der Käfig schon ihr ganzes Leben da gewesen war. Nur weniger golden. Max könnte diesem Unfug Einhalt gebieten, aber Maria wusste, dass er das nicht tun würde. Den Anruf ersparte sie sich.

Johannes fiel ihr ein.

Sie trat zum Fenster und sah hinaus.

Sie konnte Johannes nicht mehr am Waldrand stehen sehen. Mit dieser Enttäuschung wollte sie sich nicht abfinden. In den letzten Tagen war sie wegen der Ernennung von Max vom Schulbetrieb befreit gewesen. Morgen würde die Routine sie einfangen. Ihr blieben lediglich einige Stunden eingebildeter Freiheit.

Maria verließ das Zimmer, ignorierte die Wachen und nahm die Treppe nach unten. Erleichtert stellte sie fest, dass die Soldaten sich nicht vom Fleck rührten.

Der Menschenauflauf, der sich zu ihrer Begrüßung gebildet hatte, hatte sich aufgelöst. Der Unterricht lief weiter. Das bedeutete, dass sie sich nahezu alleine auf dem Gelände bewegte. Zügig lief sie durch die Eingangshalle nach draußen und nahm einen schmalen Weg, der sie durch Büsche hindurch zu dem Waldstück führte.

An der Stelle, an der sie Johannes vom Fenster aus gesehen hatte, drehte sie sich um. Die Soldaten waren ihr nicht gefolgt. Johannes war nirgendwo zu sehen. Sollte sie nach ihm suchen? Das Knacken von Zweigen ließ sie herumfahren. Johannes bahnte sich einen Weg durch das Unterholz aus dem Wald heraus.

»Was machst du hier?«, fragte Maria.

»Was machst du hier?«, fragte Johannes zurück.

»Ich habe zuerst gefragt.«

»Ich suche nach Pilzen.«

»Du nimmst mich auf den Arm.«

»Wie du meinst.«

»Wo sind deine Pilze?«

»Ich habe gesagt, dass ich nach ihnen suche, und nicht, dass ich welche gefunden hätte.« Er klopfte sich die Reste vom Gebüsch von der Jacke.

Was zog sie zu diesem Jungen? Johannes war hochgewachsen und schlank, aber nicht hübsch. Es musste an seinen grünen Augen liegen. Niemals zuvor hatte sie in solche Augen geblickt. Konnte man sich in Augen verlieben?

»Warum bist du so unfreundlich?«, fragte Maria.

»Bist du alleine? Wo sind deine Freundinnen?«

»Ich habe keine Freundinnen auf dem Internat. Die Mädchen sind alle von einem Schlag. Sie ähneln sich wie ein Ei dem anderen. Ich weiß nicht, wie ich sie beschreiben soll.«

»Sie sind gleichgeschaltet.«

»Das trifft es. Ich will nicht gleichgeschaltet sein.«

»Dann sei es nicht. Das liegt an dir.«

»Ich glaube nicht, dass es so einfach ist.«

»Es ist nicht einfach. Aber du hast die Wahl. Wenn jemand keine Beine mehr hat, kann er sich nicht entscheiden, ob er gehen will oder nicht. Du hast Beine. Der Weg ist schwer, aber du entscheidest, ob du ihn gehen willst.«

»Der freie Wille«, flüsterte Maria. Sie bemerkte, wie Johannes' Blick für einen Wimpernschlag ihren Körper musterte. Ihre Brust, ihre Hüften. In ihrem Magen breitete sich Wärme aus. Als hätte sie im Winter eine viel zu heiße Tasse Tee getrunken.

»Möchtest du morgen mit mir auf eine Feier gehen?«, fragte er unvermittelt.

Das Feuer in ihrem Bauch verwandelte sich in einen Waldbrand.

»Eine Feier für junge Leute?«

Johannes lachte. Machte er sich über sie lustig? Ihr Gesicht fühlte sich plötzlich heiß an.

»Natürlich«, sagte er. »Du weißt doch, was eine Feier ist?«

»Sicher.«

»Also, was ist? Bist du dabei?«

»Dazu muss ich mich wegschleichen.«

Maria sah kurz über ihre Schulter hinweg in Richtung Internat.

»Der freie Wille. Morgen Abend warte ich auf dich. An dieser Stelle, um neun.«

Er lächelte Maria an und verschwand im Wald.

Sie unterdrückte den Impuls, ihm nachzulaufen. Menschen, die sich anbiederten, fand niemand attraktiv.

Als sie Johannes nicht mehr zwischen den Zweigen der Büsche sehen konnte, drehte sie sich um und ging mit klopfendem Herzen zurück in Richtung des Internats.

Sie würde einen Weg finden und auf diese Feier gehen.

17

BUMERANG

Wiebke Raabe, Donnerstag, 24.10.1996, 03:55 Uhr

Wiebke lebte in einer Altbauwohnung in Berlin Spandau.

Die Wohnung war weiß. Der Teppich, die Möbel, die Wände und die Fliesen im Bad. Alles erstrahlte in nahezu identischen Weißtönen. Eine Freundin von ihr hatte einmal behauptet, dass man spätestens nach einer Flasche Wein überall dagegen laufe, weil das Gehirn nicht mehr in der Lage sei, Konturen zu erkennen. Sie fragte Wiebke, was sie damit bezwecke, als müsse hinter der Farbwahl ein Plan zur Erringung der Weltherrschaft stecken.

Die Wahrheit war simpel. Ihr gefiel es.

Mit brennenden Augen lag sie seit Stunden in ihrem Bett und sah den roten Ziffern ihres Digitalweckers beim Umspringen zu. Diese Geschichte mit Lenzer raubte ihr nach wie vor den Schlaf.

Dass die Eisel sie befördert hatte, um ihr zu danken, weil sie nicht mehr herausgefunden hatte, beruhigte sie auch nicht gerade.

Vermutlich hatte Frau Unterstaatssekretärin Eisel bei jemanden in der Schuld gestanden oder sie hatte einem alten Bekannten einen Freundschaftsdienst erwiesen. Wenn sie Stegners Ausführungen Glauben schenkte, hatte Eisel selbst nicht gewusst, wer Max Lenzer war, und als sie es herausfand, bekam sie es gehörig mit der Angst zu tun. Wiebkes Meinung nach völlig zu Recht.

Wenn Stegner und Eisel wüssten, was sie in Erfahrung gebracht hatte, würden sie sich nun genauso schlaflos im Bett wälzen wie Wiebke.

Der Reichsmarschall war ein Mörder oder zumindest in mehrere Mordfälle verwickelt. Und sie hatte ihm hinterherspioniert.

Dass sie diese Information für sich behalten hatte, war die schlaueste Entscheidung ihres Lebens.

Obwohl niemand von der Sache wusste, litt sie unter der Angst, man könnte ihr etwas antun.

War das eine krankhafte Paranoia? Oder eine berechtigte Furcht?

In den nächsten zwei Wochen hatte sie Urlaub. Urlaub zu nehmen, war ihr richtig vorgekommen. Aber nun, hatte sie ihre Meinung geändert. Auf der Arbeit wäre sie abgelenkt gewesen. Wenigstens während des Tages.

Sie seufzte und griff nach der Fernbedienung ihres Fernsehers, die auf dem Nachttisch lag. Als der Bildschirm anging, sah sie den Start einer Wotan-Trägerrakete. In einem unter dem Bild laufenden Fließtext las sie, dass es sich um eine Direktschaltung nach französisch Neuguinea handelte. Ein Sprecher erklärte, dass der Start der Rakete problemlos verlief. Die Mission hatte das Ziel, eine Sonde zum Mars zu schicken. Ein deutsch-französisch-italienisches Gemeinschaftprojekt.

Anfang der Achtzigerjahre hatten die Amerikaner mit dem Gedanken gespielt, eine bemannte Mondmission zu starten. Das Projekt wurde zeitnah eingestellt. Die Kosten erschienen gewaltig, der zu erwartende Nutzen gering. Die Deutschen und Japaner sahen es ähnlich. Das war schade. Einen Menschen zu beobachten, wie er auf dem Mond herumlief, wäre um einiges spannender als diese Rakete mit ihrer langweiligen Sonde. Aber das war der Preis, wenn die Welt kontinuierlich am Rande eines Weltkriegs schwebte. Da blieb vieles auf der Strecke.

Wiebke schaltete durch die sechs Nachtprogramme.

Auf dem offiziellen Programm des Innenministeriums sah sie ein Standbild mit dem Wappen des Ministeriums. Sie las den Text, der unter dem Wappen stand.

Gemäß Reichsjugendschutzverordnung (§ 456 RJuVO) dürfen Kinder unter zwölf Jahren die nachfolgende Sendung nicht sehen. Wer Kindern den Inhalt der nachfolgenden Sendung zugänglich macht, obwohl er erziehungs- oder aufsichtspflichtig ist, macht sich nach § 356 RJuVO strafbar und wird mit einer Geldstrafe nicht unter 25.000 Reichsmark bestraft.

Sie schaltete genervt weiter. An einer Hinrichtung hatte sie nun gar kein Interesse.

Nach zwei weiteren Durchgängen durch das Programm machte sie den Fernseher aus. Das Nachtprogramm war grässlich. Da starrte sie lieber den Rest der Nacht an die Decke.

Als der Wecker sechs Uhr anzeigte, stand Wiebke auf und duschte. Sie hatte tatsächlich den Rest der Nacht damit verbracht, an die Decke zu starren, und fühlte sich wie gerädert. Sie würde den Tag überstehen und dann hoffentlich am Abend frühzeitig Ruhe finden.

Die Wasserstrahlen, die ihren Nacken massierten, brachten keine Linderung. Wiebke zog einen dunkelblauen Hosenanzug an, quälte sich durch eine Schüssel Haferflocken mit Milch und trank einen Kaffee.

Damit hatte sich ihr Tagesprogramm zunächst erschöpft.

Was sollte sie mit ihrer freien Zeit anfangen? Ein Donnerstagmorgen war kein günstiger Zeitpunkt, um Freunde treffen zu wollen. Wobei ein Freitag- oder Samstagabend ihr auch nicht helfen würden. Seit Siegfried vor drei Jahren aus ihrem Leben verschwunden war, hatte sie ihren Freundeskreis schwer vernachlässigt. Sie hatte einfach keine Lust verspürt, irgendjemanden zu sehen. Jetzt gab es niemanden mehr, mit dem sie sich treffen konnte.

Die Küchenuhr zeigte 07:30 Uhr. Mit etwas Glück war die Post da.

Sie verließ ihre Wohnung und ging die Treppen hinunter zu den Briefkästen. Das war im Prinzip auch nicht spannend. Außer Rechnungen erwartete sie nichts.

Als sie den Briefkasten öffnete, fand sie einen einsamen Brief darin.

Auf dem Weg nach oben las sie den Absender. Kaiser-Wilhelm-Stiftung in Hamburg. Von der Stiftung hatte sie noch nie gehört.

Zurück in ihrer Wohnung riss sie den Umschlag auf und nahm den Brief heraus. Dem Briefkopf entnahm sie, dass es sich um eine Einrichtung für geisteskranke Menschen handelte.

Sehr geehrte Frau Raabe,

ich schreibe Ihnen in der Nachlassangelegenheit des Herrn Peter Seegert. Ich möchte mich vorab für den Telegrammstil meines Schreibens entschuldigen, aber die Angelegenheit ist kompliziert und lässt sich am besten in einem persönlichen Gespräch erläutern. Ich würde mich freuen, wenn Sie die Zeit finden, mich anzurufen.

Hochachtungsvoll
Maren Bauer

Das Telefon im Flur klingelte.

Mit dem Brief in der Hand folgte Wiebke mechanisch dem Geräusch und nahm den Hörer ab.

»Raabe?«

»Hallo Wiebke.«

»Hallo Mama.«

»Dein Vater ist gestorben.«

»Oh.« Sie konnte mit der Information nichts anfangen. Der Inhalt des Briefes blockierte ihre Gedanken.

»Ist das alles, was du zu sagen hast?«, flüsterte ihre Mutter.

»Nein. Natürlich nicht.« Sie setzte sich neben das Telefon auf den Fußboden. »Was ist passiert?«

»Er ist heute Morgen nicht aufgewacht. Das ist passiert.« Wiebke hörte, wie ihre Mutter sich bemühte, die Tränen zu unterdrücken. »Dass ich mich nicht verabschieden durfte, ist schlimm. Aber er hat wenigstens nicht gelitten.«

»Es tut mir leid.«

Eine Weile sagten sie beide nichts.

Ihre Mutter unterbrach die Stille als Erste. »Wirst du zur Beerdigung kommen?«

»Natürlich. Warum fragst du das?«

»Weil du und dein Vater ein schlechtes Verhältnis zueinander hattet. Seit dieser Geschichte.«

»Seit er die Seegerts verraten hatte.«

»Dafür hast du ihn gehasst. Wann hast du das letzte Mal mit ihm gesprochen? Vor einem Jahr?«

War das bereits solange her?

Wiebke las den Brief in ihrer Hand erneut. Das durfte doch alles nicht wahr sein.

Dann fiel ihr ein, dass sie telefonierte.

»Ich konnte es ihm nie verzeihen«, sagte sie.

»Er war Polizist.«

»Er hätte wegschauen sollen.«

»Das ging nicht.«

»Warum? Wegen seiner Berufsehre?«

»Wegen dir.«

»Was hatte ich damit zu tun?«

»Zwei Tage, bevor das Unglück geschah, wurde dein Vater zur Kripo nach Emden einbestellt. Die wussten, wo die Seegerts sich versteckten. Und sie wussten auch, dass du ihnen geholfen hast. Du hättest im Gefängnis landen können. Sie gaben deinem Vater eine Chance und erklärten ihm unmissverständlich, dass er es beenden solle. Das hat er getan. Um dich zu schützen.«

»Er hätte nicht an mich denken sollen.«

Ihre Mutter lachte traurig.

»Nicht an dich denken? Man merkt, dass du keine Mutter bist, sonst wüsstest du, dass so etwas unmöglich ist. Dein Vater beschützte dich, weil er dich liebte und er hasste sich dafür, was er den Seegerts angetan hat.«

»Warum hat er mir das nie erzählt?«

»Das weiß ich nicht. Ich glaube, er schämte sich zu sehr. Er hat sich sein Leben lang Vorwürfe gemacht. Aber das ist jetzt nicht mehr wichtig. Dein Vater war so gut, wie die Welt es zuließ. Wie ist es bei dir?«

»Wie meinst du das?«

»Du arbeitest beim RfV. Findest du das nicht ein wenig seltsam? Ich meine nach alldem, was war.«

»Ich dachte, ich könnte etwas ändern.«

»Hat es funktioniert?«

»Nein.«

»Aber du hast was gelernt.«

»Das habe ich.«

»Dein Vater hatte auch die Welt ändern wollen. Genau wie du. Und er hat über die Jahre auch etwas gelernt. Genau wie du.« Ihre Mutter räusperte sich. »Ich rufe dich Morgen an und sage dir, wann die Beerdigung ist.« Dann legte sie auf.

Den Hörer weiter in der Hand haltend setzte sie sich auf den Boden und lehnte sich mit dem Rücken an die Wand. Vielleicht hatte sie ihrem Vater unrecht getan. Er hatte nie mit ihr darüber gesprochen, warum er die Seegerts festnehmen ließ. Wiebke hatte geglaubt, ihn hätte nur die Pflichterfüllung getrieben. Dabei leitete ihn die Sorge um sein Kind. Hätte es etwas geändert, wenn er es ihr erklärt hätte? Damals sicherlich nicht. Sie hätte seine Beweggründe nicht verstanden.

Anderen zu schaden, um das eigene Kind zu retten. Das war ein moralisches Dilemma. Eine Entscheidung, die man nicht treffen wollte.

In den letzten Jahren hatte sie kaum noch mit ihrem Vater geredet. Ihr Verhältnis kühlte immer weiter ab. Das war nicht mehr gut zu machen.

Der Brief in ihrer Hand verlangte ihre Aufmerksamkeit.

Erneut las sie ihn. Sie konnte es nicht fassen.

Tränen liefen ihr an den Wangen hinab.

Es war sehr lange her, dass sie an Peter gedacht hatte. Vielleicht hatte sie ihren Vater aus ihrer Welt verbannt, weil sie sich nicht erinnern wollte. Denn, wenn sie mit ihrem Vater sprach, begann die Vergangenheit zu leben.

Papa, ich hatte dich doch so geliebt.

Sie schluchzte.

Peter hatte gelebt und nun war er tot.

Was stimmte denn nicht mit ihr? Warum lief in ihrem Leben alles so schief?

Sie verlor Peter und zusammen mit ihm die Liebe zu ihrem Vater.

Sie lernte Siegfried kennen und lieben. Dann verschwand er. So als hätte es ihn nie gegeben. Als wäre das nur ein alberner Traum gewesen.

Dann die Sache mit Lenzer.

Dann der Brief, dass Peter gestorben war.

Dann der Anruf, dass ihr Vater gestorben war.

Warum hasste die Welt sie? Ein Mensch musste doch mal Luft holen.

Ihre Gedanken verdrängten sich gegenseitig.

Wiebke spürte, wie sich ein Heulkrampf seinen Weg bahnte.

Eine Viertelstunde später stand sie im Bad vor dem Waschbecken und wusch sich das Gesicht mit kaltem Wasser. Ihre Wangen glühten und die Augen fühlten sich geschwollen an.

Sie hatte seit langer Zeit nicht mehr an die Seegerts und ihren Vater gedacht. Aber solche Geschichten verhielten sich wie ein Bumerang. Man schmiss sie fort, vergaß sie und dann trafen sie einen unvorbereitet am Hinterkopf.

Mit geschlossenen Augen griff sie nach einem Handtuch und trocknete ihr Gesicht ab.

Nach ihrem Studium an der Verwaltungshochschule hatte sie lange damit gehadert, eine Stelle beim Reichsamt für Volkshygiene anzunehmen. Sie wollte nicht bei dem Amt arbeiten, das für die Tragödie der Seegerts verantwortlich war. Schließlich tat sie es doch. Sie hatte es geschafft, sich einzureden, es stände in ihrer Macht, an den Verhältnissen etwas zu ändern. Es dauerte jedoch nicht lange und sie begriff, dass die Behörde ein gewaltiger Organismus war und sie nur eine einzelne Zelle. Und genauso wenig, wie es einer Hautzelle möglich war, einem Menschen schlechte Angewohnheiten auszutreiben, genauso wenig konnte sie die Behörde verändern.

In einer Phase tiefster Resignation lernte sie Siegfried kennen. In seiner bürgerlichen Existenz arbeitete er als Lehrer. Aber in seinem Herzen lebte ein Rebell, der sich auflehnte. Genau so wollte sie auch sein. Sie verliebte sich in ihn und eine kurze Zeit lang fasste sie Mut. Einige Male besuchten sie zusammen geheime Gottesdienste. Sie war zwar nicht religiös, aber es war aufregend und sie fühlte sich dabei großartig. Dann verschwand Siegfried und ihr Leben zerbrach. Wieder einmal.

Zunächst hatte sie Hoffnung gehabt, ihn zu finden. Schließlich arbeitete sie beim RfV. Wenn sie ihn nicht finden konnte, wer sollte es dann schaffen?

Man sagt, dass die Hoffnung als Letztes stirbt. Aber irgendwann war sie tot.

Es gab nicht den Hauch einer Spur. Siegfried blieb verschwunden.

Was war geschehen? Sie hatte tausend Vermutungen, aber keine Antwort und nahm das Schlimmste an. Als Dissident konnte man leicht in die Mühlen von Geheimdiensten und Justiz gelangen. Er wäre nicht der Einzige, der sich einfach in Luft aufgelöst hatte.

In ihrem Schmerz verbiss sie sich in ihre Arbeit. Mit erstaunlicher

Wirkung. Am Ende hatte sie es beinahe geschafft, alles zu vergessen. Die Seegerts, ihren Vater und sogar Siegfried.

Wiebke verließ das Bad und las erneut den kurzen Brief durch.

Seit Jahren war sie davon ausgegangen, dass von der Familie Seegert niemand mehr am Leben war.

Das Haus der Seegerts war ein halbes Jahr nach ihrer Festnahme verkauft, abgerissen und durch einen Neubau ersetzt worden. Nie wieder hatte sie von ihnen gehört. Das hatte ihr das Gefühl vermittelt, dass die Familie tot sein musste. Auch wenn sie keinerlei Beweise dafür hatte. Offensichtlich war das ein Irrtum gewesen. Zumindest Peter hatte all die Jahre gelebt.

Jetzt wo sie sich etwas beruhigt hatte, stellte sie fest, dass ihr Gefühlsausbruch eher dem Schock der Überraschung geschuldet war als echter Trauer. Vielleicht empfand sie keine Trauer, weil Peter und ihr Vater bereits vor fünfzehn Jahren in ihrem Herzen gestorben waren. Wenn auch aus unterschiedlichen Gründen.

Wie war es den Seegerts ergangen? Lebten Peters Eltern noch? Warum hatte man sie nach Peters Tod informiert? Wie gelangte man an ihre Adresse? Was war das für eine Stiftung? Mit jeder Frage explodierten weitere in ihrem Kopf.

Sie griff zum Telefonhörer und wählte die im Briefkopf angegebene Nummer.

Eine Frau meldete sich und Wiebke erklärte ihr Anliegen.

»Leider ist Frau Bauer derzeit nicht im Hause. Sie wird erst heute Nachmittag wieder anwesend sein. Am besten Sie versuchen es gegen vierzehn Uhr noch einmal. Es tut mir leid, dass ich Ihnen nicht weiterhelfen kann. Aber in solchen Angelegenheiten kann und darf ich keine Auskünfte erteilen.«

»Ist es sicher, dass sie heute Nachmittag da ist?«

»Ja, definitiv. Wie gesagt. Ab zwei müsste sie erreichbar sein.«

Wiebke verabschiedete sich und legte auf.

Sie ging ins Wohnzimmer und setzte sich auf das Sofa.

Sofort sprang sie wieder auf.

Ruhelos lief sie auf und ab. Es war 08:17 Uhr. Bis nach Hamburg waren es drei bis vier Stunden mit dem Auto. Wenn sie sofort losfuhr, würde sie gegen Mittag dort sein. Warum nicht? Sie wusste ohnehin nicht, was sie mit ihrer Zeit anfangen sollte.

Sie zog einen Mantel an, verließ die Wohnung und lief zu ihrem Wagen, der vor ihrem Haus stand.

Ohne darüber nachzudenken, fuhr sie nach Pankow in die Hiddenseestraße.

In den ersten Wochen nach Siegfrieds Verschwinden war sie täglich zu dem Haus gefahren. Sie klingelte bei den Nachbarn und fragte sie immer wieder, ob sie etwas von Siegfried gehört hätten. Die Antworten waren stets dieselben. Keiner wusste etwas. Niemand hatte etwas gesehen oder gehört. Dasselbe galt für Siegfrieds Eltern und seine Schwester. Nicht das kleinste Lebenszeichen.

Wiebke parkte gegenüber dem Haus, in dem ihr Freund gewohnt hatte. Längst hingen andere Gardinen vor den Fenstern der Wohnung. Soweit sie wusste, lebte dort jetzt ein kinderloses Ehepaar. Kinderlose Paare waren per se verdächtig. Wobei solche Gedanken Quatsch waren. Die armen Leute hatten sicher nichts mit Siegfrieds Verschwinden zu tun. Sie hatten nur einfach eine frei gewordene Mietwohnung bezogen.

Eine Weile betrachtete sie die Fassade des Hauses.

Was tat sie hier?

Sie schüttelte über sich selbst den Kopf und startete den Motor.

Die Gegenwart wartete auf sie. Und das bedeutete, sie musste sich auf den Weg nach Hamburg machen.

Eine halbe Stunde später stand Wiebke auf der Stadtautobahn in einem Stau. Kaum zehn Kilometer weit war sie gekommen. Sie tippte mit den Zeigerfingern im Stakkato auf dem Lenkrad herum. Obwohl der Autobahnzubringer über vier Fahrspuren verfügte, reichte es nicht, den Verkehr am Laufen zu halten. Das war ungewöhnlich. Dieses Teilstück der Autobahn galt als eines der bestausgebauten überhaupt. Hier gab es nie einen Stau. Vielleicht ein Unfall?

Außer dem leisen Brummen der Automotoren war nichts zu hören. Niemand hupte.

Vor vier Jahren hatte sie ihren Urlaub in Rom verbracht. Dort fing man grundsätzlich an zu hupen, wenn man die Fahrt begann, und hörte erst wieder auf, wenn das Ziel erreicht war.

Im Schritttempo ging es voran.

Sie machte das Radio an, suchte in der Senderliste herum und schaltete es wieder aus. Ihr Geduldsfaden stand kurz vor dem Reißen. Allerdings würde das den Stau kaum interessieren. Sie zwang sich zur Ruhe.

Nach zwanzig Minuten meterweisen Vorankommens erkannte sie den Grund für den Stau. Hundert Meter vor ihr wurden die vier Fahrspuren durch eine Polizeiabsperrung auf eine Spur verengt. Polizisten mit Maschinenpistolen sahen in jedes Auto, das durch diesen Verkehrstrichter an ihnen vorbeikam. Hin und wieder winkten sie ein Fahrzeug heraus, das in einer eingerichteten Haltebucht stoppte und kontrolliert wurde.

Als Wiebke in die Gasse einfuhr, drückte sie ihren Dienstausweis von innen gegen die Seitenscheibe. Der gewünschte Effekt blieb aus. Mit einer Polizeikelle gab der Beamte ihr das Zeichen in die Haltebucht zu fahren.

Was sollte das? War der Kerl blind?

Sie stoppte den Wagen und ließ das Fenster herunter.

Im Außenspiegel sah sie, wie zwei Polizisten von hinten an ihr Auto herantraten. Einer kam zu ihr, der andere stellte sich an die Beifahrerseite. Sie hielt ihren Dienstausweis in die Höhe und rang sich ein Lächeln ab. Der Beamte nahm den Ausweis und betrachtete ihn eingehend, als wollte er die Daten auswendig lernen. Nach einer kleinen Ewigkeit sah er Wiebke an.

»Bürgerin Wiebke Raabe. Was ist das Ziel Ihrer Fahrt?«

Die Ansprache machte sie nervös. Die Polizisten, die sie in der Bettenstadt unterstützt hatten, waren umgänglicher in ihrem Auftreten gewesen. Sie entschloss sich dazu, vorsichtshalber kleine Brötchen zu backen.

»Ich mache einen Tagesausflug nach Hamburg.«

Der Polizist gab Wiebke ihren Dienstausweis zurück.

»Ich möchte gerne Ihren Bürgerausweis sehen.«

»Natürlich.«

Wiebke kramte in ihrer Handtasche.

Was sollte das? Sie war Angehörige des RfV. Das reichte für gewöhnlich aus.

Während sie nach ihrem Ausweis suchte, beugte sich der Polizist etwas vor und ließ seinen Blick im Fahrzeuginneren herumwandern.

»Hier, bitte.« Sie reichte dem Mann ihren Bürgerausweis.

Der Polizist nahm sein Identitätsprüfgerät vom Gürtel, steckte ihren Ausweis in einen Schlitz und forderte sie auf, ihre Handfläche auf die Glasfläche des Prüfgerätes zu legen. Nachdem sie das getan hatte, beobachtete der Polizist einige Sekunden lang den kleinen eingebauten Bildschirm.

»Bitte warten Sie einen Moment«, sagte er und ging zurück in die Richtung, aus der er gekommen war. Sein Kollege blieb an der Beifahrerseite stehen.

Sie beobachtete den Mann durch den Rückspiegel und sah, wie er in einen der Streifenwagen einstieg. Wiebke zog die Stirn in Falten. Sollte etwas mit ihrem Ausweis nicht stimmen? Das konnte nicht sein. Ihr rechter Fuß begann, ohne ihr Zutun zu wippen. Immer wieder sah sie in den Rückspiegel, konnte jedoch nicht erkennen, was der Polizist im Streifenwagen machte.

Oder war es wegen dieser Lenzer-Sache? Vielleicht wurde sie bereits gesucht.

Sie musste sich beherrschen, um nicht einfach Gas zu geben.

Es dauerte fünf Minuten.

Dann stieg der Beamte aus dem Polizeifahrzeug und kam zurück zu Wiebkes Wagen. Er gab ihr den Ausweis.

»Alles in Ordnung. Sie dürfen weiterfahren.«

»Was ist denn überhaupt passiert?«

»Ich wünsche Ihnen eine gute Fahrt.«

Sie steckte den Ausweis ein und startete den Motor. Als sie die Kontrollstelle hinter sich gelassen hatte, sah sie noch einmal in den Rückspiegel. Die Polizisten begannen damit, die Absperrungen abzubauen. »Ihr blöden Idioten!«

Das hätten die sich auch zehn Minuten vorher überlegen können.

Der Vorteil der Polizeikontrollstelle bestand darin, dass die Straßen im Anschluss wie leer gefegt waren. Sie kam ab jetzt gut voran.

Nach Hamburg zu fahren, bereitete keine Schwierigkeiten, eine bestimmte Straße zu finden, schon eher.

Kurz vor der Stadtgrenze steuerte sie eine Raststätte an und kaufte einen Stadtplan. Erfreut stellte sie fest, dass sie sich bereits auf dem richtigen Weg befand. An der nächsten Abfahrt konnte sie die Autobahn verlassen.

Zehn Minuten später fand sie sich in einem Villengebiet wieder.

Die meisten der noblen Häuser sahen aus, als wären sie um die letzte Jahrhundertwende erbaut worden. In den weitläufigen Gärten standen dickstämmige Bäume, die bis in den Himmel zu reichen schienen. Das Viertel wirkte, als wäre es um die Bäume herum in einen Wald gebaut worden. Hier ließ es sich aushalten.

Sie fand die Adresse und parkte am Straßenrand.

Mit einem Villengebiet hatte sie nicht gerechnet.

Es war Viertel nach eins. Am Telefon hatte man ihr gesagt, dass Frau Bauer voraussichtlich ab zwei zu erreichen sei. Sie war etwas zu früh. Einige Minuten lang würde sie noch warten.

Sekunden später änderte sie ihre Meinung. Ihre Neugierde war zu groß. Wiebke stieg aus und ging zu einem gusseisernen Tor. Ein angebrachtes Messingschild verriet ihr, dass sie am richtigen Ort war.

Sie klingelte.

Ohne dass sich jemand an der Sprechanlage meldete, wurde ihr geöffnet. Das Schloss summte und sie drückte das Tor auf. Sie folgte einem gewundenen Steinweg, der sie zu einer Flügeltür führte. Da einer der Türflügel offenstand, trat sie ein.

Wenn man ein Haus durch den Eingang betrat, landete man in den meisten Fällen in einem Flur. Hier war der Flur eine Halle. An der Decke hing ein Kronleuchter. Rechts von Wiebke führte eine breit angelegte Treppe zu einer Galerie, von der aus wohl die verschiedenen Gebäudeflügel zu erreichen waren. Zu ihrer Linken befand sich ein Tresen, hinter dem eine junge Frau im Hosenanzug stand und sie anlächelte.

Der Ort erinnerte mehr an ein hochpreisiges Hotel als an eine Verwahranstalt für geistig Behinderte. Die Anstalten, die Wiebke im Rahmen ihrer beruflichen Tätigkeit bisher aufgesucht hatte, verströmten weitaus weniger Charme. Um es vorsichtig auszudrücken.

Sie ging zum Tresen.

Unangemeldet bei einer Institution oder Behörde zu erscheinen, erwies sich oft als schlechte Idee. Hier hingegen zeigte sich die Frau an der Anmeldung geradezu entzückt.

»Das wird Frau Bauer aber freuen, dass Sie sich extra diese Mühe gemacht haben«, sagte die Frau von der Anmeldung. »Leider ist Frau Bauer noch nicht da. Aber ich erwarte sie in den nächsten Minuten. Erlauben Sie mir, Ihnen zwischenzeitlich einen Kaffee anzubieten.«

»Gerne.«

Wiebke setzte sich in einem kleinen Wartebereich auf einen Ledersessel und bekam umgehend einen Kaffee hingestellt.

So viel Freundlichkeit hatte sicher ihren Preis. Wiebke hatte von diesen Einrichtungen gehört.

Obwohl sich die Situation von geistig behinderten Menschen in den letzten Jahren gebessert hatte, behandelte sie die Gesellschaft im Allgemeinen doch wie Aussätzige. Niemanden kümmerte das. Aber was sollten die Reichen und Mächtigen tun, wenn die eigene Familie betroffen war? Dafür gab es Orte wie diesen.

Wenn Peter tatsächlich hier gelebt hatte, dann musste das ein Vermögen gekostet haben. Kaum vorstellbar, wie die Seegerts das finanziell hätten leisten können.

Eine Frau um die sechzig kam durch den Haupteingang. Sie trug ein dunkel kariertes Sakko und einen Rock. Insgesamt eine gepflegte und damenhafte Erscheinung.

Als die Empfangsdame die Frau sah, eilte sie zu ihr, sprach sie an und führte sie zu Wiebke.

Wiebke stand auf.

»Das ist Fräulein Raabe. Sie hat sich die Mühe gemacht, persönlich bei Ihnen vorzusprechen. Fräulein Raabe, das ist Frau Bauer, die Leiterin unseres Hauses.«

Bauer lächelte Wiebke an und reichte ihr die Hand. »Das ist eine erfreuliche Überraschung«, sagte Bauer. »Hatten Sie zufällig etwas in Hamburg zu erledigen?«

»Genauso ist es«, log Wiebke. »Ich dachte mir, dass es sinnvoll ist, von Angesicht zu Angesicht mit Ihnen zu sprechen. Am Telefon ist das doch etwas zu unpersönlich.«

»Sehr schön. Bitte folgen Sie mir.«

Bauer führte sie in ein Büro, das im Erdgeschoss lag und bot ihr einen Platz in einer Sitzecke an.

»Es freut mich, Sie endlich persönlich kennenzulernen. Peter hat mir viel von Ihnen erzählt«, sagte Bauer, nachdem sie sich gesetzt hatten.

Wiebke zog die Augenbrauen nach oben. »Erzählt?«

Bauer lächelte. »Ich weiß, was Sie meinen. Peter hat nicht viel geredet. Aber wenn er gesprochen hat, dann fast ausschließlich von Ihnen. Wenn ich ihm zugehört habe, hatte ich das Gefühl, sie beide hätten sich vor einigen Tagen das letzte Mal gesehen und nicht vor vielen Jahren. Es war bei ihm alles so präsent.«

Wiebke hatte die Erinnerung an Peter in weiten Teilen verloren. Wie ein altes Foto, das seit Jahren in einem Schaufenster vor sich hin bleichte, verblasste sein Bild in ihrem Kopf immer mehr. Aber für ihn war sie so wichtig gewesen wie im Sommer 1981.

Ihre Mundwinkel begannen zu beben. Tränen verschleierten ihre Sicht.

»Fräulein Raabe, ich hoffe, ich habe nichts Falsches gesagt.«

»Nein, schon gut.« Wiebke riss sich zusammen und drückte die Tränen weg. »Ich habe Peter und seine Eltern das letzte Mal 1981 gesehen. Ich bin mit der Situation etwas überfordert. Ehrlich gesagt, dachte ich, dass Peter nicht mehr leben würde. Das ist alles so lange her. Und dann bekomme ich plötzlich diesen Brief von Ihnen.«

»Es gab keinen Kontakt zur Familie?«

»Nein. Hätte ich gewusst, dass Peter hier ist, hätte ich ihn ganz sicher besucht.«

»Ich verstehe. Vermutlich sollte ich Ihnen von Anfang an erzählen, was in den letzten Jahren geschehen ist.«

Wiebke nickte zustimmend.

»Peter kam vor etwa sieben Jahren zu uns. Seine Eltern besuchten ihn einmal im Monat. Zusammenfassend darf ich behaupten, dass er sich hier sehr wohl gefühlt hat. Sie wissen sicher noch, dass er eine Vorliebe für Puzzle hatte.«

»Das werde ich nie vergessen. Es gab Zeiten, da habe ich fast täglich mit ihm Puzzles zusammengesetzt.« Wiebke musste lachen. »Es war unglaublich, wie schnell er das konnte.«

»Das hat sich nicht geändert. Es ist wirklich außergewöhnlich gewesen. Ich habe gelegentlich mit ihm an seinem Tisch gesessen und ihm beim Puzzeln zugesehen. In diesen Momenten hat er gerne von Ihnen erzählt.«

»Was ist geschehen? Ich meine, wo sind seine Eltern?«

»Das kann ich Ihnen leider nicht sagen. Vor etwas mehr als einem Jahr haben die Seegerts die Besuche bei ihrem Sohn eingestellt. Ich muss gestehen, dass ich das schon oft beobachtet habe. Aber bei den Seegerts hat es mich überrascht. Sie gingen so liebevoll mit Peter um. Ich befürchte fast, dass ihnen etwas zugestoßen ist.«

Das war allerdings wahrscheinlich. Wiebke konnte sich keinen

Grund vorstellen, warum Peters Eltern ihren Sohn im Stich lassen sollten. Das sah ihnen nicht ähnlich. Es war bereits ungewöhnlich genug, dass sie ihn in einem Heim untergebracht hatten.

»Wie ist Peter gestorben?«

»Er wurde vor zwei Wochen leblos in seinem Bett gefunden. Da ein unnatürlicher Tod auszuschließen war, gab es keine Obduktion. Der herbeigerufene Arzt ist davon ausgegangen, dass Peter an einem unerkannten Herzfehler gelitten hat. Ihm ist die Gnade widerfahren, im Schlaf die Welt zu verlassen.«

Wenigstens blieben ihm Qualen erspart. »Ich verstehe immer noch nicht, warum Sie mich angeschrieben haben. Wie gesagt, ich hatte seit Ewigkeiten keinen Kontakt mehr zu seiner Familie.«

»Zunächst hatte ich versucht, seine Eltern zu erreichen. Als mir dies nicht gelang, bemühte ich mich, die für Notfälle angebenden Kontaktperson zu benachrichtigen. Erfolglos. Ein Bernd Scheffler. Sagt Ihnen der Name etwas?«

»Nein, tut mir leid.«

»Nach dem Erbrecht für unter Aufsicht stehende Personen mit eingeschränkten Bürgerrechten steht es mir in diesem Fall zu, über den Nachlass zu entscheiden. Theoretisch könnte ich den Nachlass unserer Stiftung zukommen lassen. Das wäre der einfachste Weg. Aber das ist nicht mein Anliegen. Zumal es um eine bedeutende Summe geht. Ich käme mir vor wie eine Diebin. Da Sie für Peter eine wichtige Bezugsperson waren, habe ich mir gedacht, Sie wären die Richtige um das Erbe anzutreten.«

»Wie konnten Sie mich finden?«

»Sie wissen, dass Peter über ein fotografisches Gedächtnis verfügte. Im Laufe der Zeit verriet er mir Details, die es mir ermöglichten, Sie ausfindig zu machen. Zum Beispiel, dass Sie damals kurz davor standen, Ihr Studium auf der Verwaltungshochschule in Oldenburg zu beginnen.«

Dass Peter sich an jedes kleine Detail erinnert hatte, überraschte Wiebke nicht.

»Wieso besaß Peter so viel Geld?«

»Bei ihrem letzten Besuch gingen seine Eltern bei uns in Vorkasse. Sie haben die Kosten für Peters Unterbringung für die nächsten fünf Jahre im Voraus geleistet.«

Wiebke hatte keine Vorstellung davon, was es kostete, jemanden in diesem Heim unterzubringen, aber es musste ein kleines Vermögen sein.

»Und das haben sie mit Bargeld getan?«

»Das ist nichts Ungewöhnliches. Viele tun das. Es gibt Menschen, die möchten nicht, dass bekannt wird, dass wir einen Angehörigen von ihnen betreuen. Sie legen Wert auf Diskretion.«

»Und jetzt wollen Sie mir das Geld überlassen?«

»Natürlich nur, wenn Sie sich einverstanden erklären. Sie können das Erbe selbstverständlich ausschlagen.«

»Über wie viel Geld reden wir?«

»Ungefähr zwanzig Millionen Reichsmark.«

»Beim Führer!«, entfuhr es Wiebke.

Zwanzig Millionen waren ein ordentlicher Batzen. Für ihre Drei-Zimmer-Wohnung, die sie vor vier Jahren gekauft hatte, hatte sie drei Millionen auf den Tisch gelegt und sie würde den Kredit die nächsten fünfunddreißig Jahre bei der Bank abbezahlen müssen.

Woher hatten die Seegerts diese Geldmittel? Sie erinnerte sich vage, dass Peters Vater als Tiefbauingenieur gearbeitet hatte. Ein anständiger Beruf, aber keiner, mit dem man solche Kosten stemmen konnte.

Was war überhaupt mit den Seegerts nach ihrer Festnahme geschehen? Hatte man sie zu einer Haftstrafe verurteilt? Und wenn ja, wie war es Peters Vater danach gelungen, eine Anstellung zu finden? Das war für Verurteilte in aller Regel schwierig.

Hatten sie geerbt? Das wäre zumindest eine nachvollziehbare Erklärung.

»Falls Sie entscheiden, das Erbe anzutreten, müssten Sie ein Jahr auf das Geld warten. Solange dauert die gesetzliche Sperrfrist, die den eigentlichen Erben erlaubt, ihre Ansprüche anzumelden.«

»Ich verstehe. Aber faktisch haben doch seine Eltern das Geld gezahlt. Wieso ist es dann Teil seines Erbes?«

»Sie haben das Geld ihrem Sohn überschrieben und mich als Verwalterin eingesetzt. Dadurch wurden die laufenden Unterhaltskosten monatlich gezahlt. Der zusätzliche Vorteil bestand darin, dass im Fall, dass seine Eltern sterben, Peter in den Besitz des Geldes gelangt wäre. Zumindest in der Theorie. Schließlich war Peter unmündig. Das habe ich den Seegerts auch erklärt, aber sie wollten es so.«

Die Seegerts haben versucht, ihren Sohn abzusichern. Hatten sie bereits damals befürchtet, ihn nicht mehr wiederzusehen?

Dass sie der Heimleiterin eine solche Menge Geld überlassen hatten, war eine mutige Entscheidung gewesen. Aber vielleicht lag Wiebkes Einschätzung auch darin begründet, dass sie selbst niemals dermaßen viel Geld besessen hatte. Für Bauer war das wahrscheinlich keine große Sache. Hier lebten ausschließlich Menschen, deren Angehörige ein Vermögen besaßen.

»Was sagen Sie, Fräulein Raabe? Nehmen Sie das Erbe an?«

Wie hatte sich die Heimleiterin ausgedrückt? Wenn sie das Geld behalten würde, käme sie sich vor wie eine Diebin. Wiebke fühlte jetzt ähnlich. Zwanzig Millionen Reichsmark geschenkt zu bekommen, war verlockend. Aber sie wollte den Seegerts auf keinen Fall etwas wegnehmen. Am besten sie nahm das Geld und versuchte, Peters Eltern zu finden. Vielleicht hatte sie bei ihnen mehr Glück als mit Siegfried.

»Ich nehme das Erbe an.«

»Hervorragend. Sie müssten später einige Formalitäten über sich ergehen lassen.«

»Selbstverständlich.«

»Da wäre noch eine weitere Sache. Das Zimmer von Peter ist noch nicht geräumt. Zum einen hätte ich das pietätlos empfunden, zum anderen ist es bezahlt. Ich würde es Ihnen gerne zeigen. Sie müssten entscheiden, was mit seinen persönlichen Dingen geschehen soll.«

Wiebke schluckte. »Ich verstehe.«

Bauer stand von ihrem Stuhl auf. »Wenn Sie mir bitte folgen.«

Sie verließen Bauers Büro und nahmen die Treppe, die sie in das erste Obergeschoß brachte.

»Peters Unterkunft liegt im Ostflügel.«

Bauer öffnete eine Tür und sie betraten einen etwa dreißig Meter langen Flur. Beidseitig lagen Türen. Eine Angestellte kam ihnen entgegen. Sie schob einen Wagen, auf dem sich Bettwäsche stapelte.

»Für gewöhnlich herrscht hier mehr Betrieb. Aber derzeit befindet sich der gesamte Flur auf einem Ausflug.« Bauer blieb vor einer Tür stehen und öffnete sie. »Nach Ihnen«, sagte sie.

Das Zimmer, das Wiebke betrat, besaß etwa zwanzig Quadratmeter. Die Möbel wirkten rustikal, kein billiges Sperrholz. Vor dem Fenster hing der Ast eines knorrigen Kastanienbaums.

»Ich denke, Peter hat sich hier wohlgefühlt«, sagte sie.

»Bei Autisten ist das nicht einfach zu sagen. Ohne Frage hat er unter dem Verlust seiner Eltern gelitten. Wir haben uns bemüht, es für ihn erträglich zu machen. Aber ja, ich denke, es ging ihm hier gut.«

Wiebke trat an ein Regal heran, das eine gesamte Längswand einnahm. Es war von oben bis unten mit den Kartons von Puzzlespielen vollgepackt. Das mussten hunderte sein.

Bauer stellte sich neben sie. »Darum geht es. Die Spiele haben keinen materiellen Wert. Sie müssen entscheiden, wie wir damit verfahren sollen.«

Wiebke nahm einen Karton aus dem Regal. Der Deckel des Puzzles zeigte einen Leuchtturm der auf einem Felsen im Meer stand.

Mit den Spielen konnte sie nichts anfangen. Aber sie wegzuschmeißen, brachte sie nicht übers Herz.

»Ist es möglich, dass Sie die Puzzles und seine restlichen Sachen noch eine Weile aufbewahren? Ich muss mir etwas überlegen, um sie abholen zu können. Die bekomme ich nicht alle in meinen Wagen.«

»Das ist kein Problem. Lassen Sie sich Zeit. Ich wollte nur wissen, ob sie an den Sachen Interesse haben.«

Ein Päckchen, das auf dem Schreibtisch lag, erweckte Wiebkes Aufmerksamkeit.

»Was ist das?«, fragte sie.

»Das Päckchen ist vor drei Tagen gekommen. In einem Begleitbrief stand, dass Peter das Päckchen erst zu Weihnachten erhalten sollte. Da er aber nicht mehr unter uns weilt, habe ich mir erlaubt, es in sein Zimmer zu stellen.«

»Ist es von seinen Eltern?«

»Das kann ich nicht sagen. Es wurde durch einen privaten Boten geliefert. Der Brief ist nicht unterschrieben und trägt keinen Absender.«

»Darf ich das Päckchen direkt mit nach Hause nehmen?«

»Ja, sicher.«

Wiebke nahm es an sich.

Sie verließen das Zimmer und gingen zurück in Bauers Büro.

Nach einer halben Stunde waren die Formalien hinsichtlich des Geldes erledigt.

Wiebke verabschiedete sich und lief zu ihrem Wagen.

Es war kurz vor neun, als sie in ihrer Wohnung eintraf.

Erschöpft sank sie auf einen Sessel.

Auf ihrem Schoss lag das von braunem Papier eingehüllte Päckchen. Sie hatte es in der Hoffnung mitgenommen, dass der Inhalt ihr etwas über das Schicksal der Seegerts verraten würde. Und wenn es auch ein noch so kleiner Hinweis war.

Vorsichtig kippte sie das Päckchen von rechts nach links. Sie hörte ein Rauschen, es klang, als würde der Inhalt aus grobkörnigem Sand bestehen.

Das war ein Puzzle. Was auch sonst?

Wiebke riss das Packpapier auf.

In ihren Händen hielt sie ein Puzzlespiel. Sie betrachtete das Motiv auf dem Deckel.

»Das gibt es nicht!«, entfuhr es ihr.

Das Motivbild zeigte den Kölner Dom.

»Wo kommt das denn her?«

Nach Sprengung des Doms im Jahr 1981, hätte keine Firma gewagt, ein solches Puzzle anzubieten. Das Spiel musste mindestens fünfzehn Jahre alt sein.

Sie entfernte die Folie und hob den Deckel ab. Außer Puzzleteilen konnte sie nichts entdecken. Sie ließ eine Handvoll der Teile durch ihre Finger rieseln. Alles, wie es sein sollte. Auf der Vorderseite das Motiv, auf der Rückseite ein Aufdruck aus feinen Linien.

Sie stellte den Karton mit den Puzzleteilen auf den Tisch und sah sich den Deckel an.

In ihrer Erinnerung sah sie die Türme des Doms zusammensacken und wie ihr Vater sie anschließend durch die Demonstration geschleust hatte.

Papa!

Wie groß ihr Hass auf ihn gewesen war. Dabei hatte er nur versucht, sie zu beschützen.

Nun war er tot.

»Ich liebe dich doch«, flüsterte sie. »Das habe ich immer getan.«

Sie fing an zu weinen.

18

KOLLATERALSCHÄDEN

Klara Wagner, Donnerstag, 24.10.1996, 16:40 Uhr

Klara lag in völliger Dunkelheit in einem verborgenen Hohlraum unter der Ladefläche eines Wartburg Transporters. Das war gleichermaßen unangenehm wie nötig.

Sie stand auf allen Fahndungslisten, die der Sicherheitsapparat zu bieten hatte. Ihr Bild fand sich in jeder Zeitung und wurde permanent im Fernsehen ausgestrahlt. Klara hatte ihr Haar kurz geschnitten und blond gefärbt. Da viele Menschen mit blonden Haaren herumliefen, half es, in der Masse unterzugehen. Dazu diente auch die Brille, deren Gläser aus Fensterglas bestanden und die sie momentan in ihrer Jackeninnenasche verstaut hatte. Die meisten würde sie mit ihrer Maskerade täuschen. Trotzdem war es auf alle Fälle besser, sich so wenig wie möglich in der Öffentlichkeit zu zeigen.

Die Fahrt führte sie nach Rostock, wo sie zusammen mit Fritz einen Kontaktmann treffen sollten. Mehr wusste sie nicht. Fritz steuerte den Transporter anscheinend auf die Autobahn. Das Fahrzeug beschleunigte. Das Abrollgeräusch der Reifen wurde nahezu unerträglich. Sie schloss die Augen und brachte sich in Gedanken weg von diesem Ort.

Irgendwohin, wo Stille herrschte und es nach Wald roch.

Nach einer gefühlten Ewigkeit hielt der Transporter an.

Ihre verletzte Schulter schmerzte. Der Terroristenarzt hatte gute Arbeit geleistet, aber die Wunde würde sie noch eine ganze Weile beschäftigen.

Klara spürte, wie über ihr die Ladung verschoben wurde. Dann öffnete sich die Klappe und Fritz half ihr auszusteigen. Sie orientierte sich.

Der VW stand in einer Garage. Fritz führte sie durch eine Tür in ein Treppenhaus. Im zweiten Stock angekommen, schloss er eine Wohnungstür auf. Durch eine Diele gelangten sie in ein Wohnzimmer.

Mickriger Fernseher, alter Schallplattenspieler, die Möbel aus der Standardpalette der Lebenshilfe für *Unterstütztes Wohnen*.

Wer hier lebte, existierte am Existenzminimum. Die Wohnung, in der die Terroristen Klara untergebracht hatten, sah ganz ähnlich aus.

»Ist das hier ungefährlich?«, fragte sie.

»Das wollen wir hoffen.«

Fritz stand am Wohnzimmerfenster und warf einen kurzen Blick auf die Straße.

»Wo sind die Mieter?«

»Im Urlaub.«

Ob die Mieter aus ihrer Unterkunft auch Urlaub hatten? Und wohin fuhren Menschen in den Urlaub, die von der Lebenshilfe abhängig waren? In die Grünanlage nebenan?

Ihr fiel eine Standuhr auf. Ein Pendel schwang mit leisem Klacken hin und her. Hinter dem Pendel hingen zwei Gewichte. Wie lange lief eine Pendeluhr, wenn man das Gewicht nicht nach oben zog? Die Leute mussten ziemlich spontan in ihren Urlaub aufgebrochen sein.

Sie ging zum Fenster und schob die Gardine ein Stückchen zur Seite. Mittlerweile war es dunkel geworden. Eine bleigraue Wolkendecke hing über der Stadt.

Die Straße war leer. Keine Passanten, keine Autos. In den gegenüberliegenden Häusern brannten Lichter in den Fenstern.

Klara setzte sich auf einen Sessel.

»Und jetzt?«, fragte sie.

»Wir warten.«

Wenn man es unberücksichtigt ließ, dass Fritz alle fünf Minuten aufsprang und zum Fenster ging, um hinauszuschauen, geschah eine halbe Stunde nichts.

Mittlerweile war es draußen dunkel.

Fritz vermied es, das Licht einzuschalten. Das beunruhigte sie. Für allzu sicher hielt er die Wohnung anscheinend nicht.

»Warum bist du bei der KDU?«, wollte Klara wissen.

»Weil dieser Irrsinn aufhören muss.«

»Dafür riskierst du dein Leben?«

»Irgendjemand muss es machen. Du wolltest den Staat doch selbst mit deiner Bombe treffen.«

»Ich hatte ein persönliches Motiv.«

»Wer sagt dir, dass ich das nicht habe?«

Sie musterte Fritz.

Der Mann sah nicht wie ein knallharter Terrorist aus. Vielmehr erinnerte er sie an einen Studenten der Geisteswissenschaften. Ein Bübchen, dem die Angst permanent im Gesicht zu stehen schien. Allerdings musste der Schein täuschen. Schließlich war der Mann Teil der mittleren Führungsebene der KDU. Klara gestand ihm zu, dass man sich kaum eine bessere Tarnung als sein Erscheinungsbild zulegen konnte.

Als es an der Wohnungstür klopfte, zuckte Fritz zusammen.

Sie warteten.

Es klopfte erneut. Dreimal lang, dreimal kurz, dreimal lang.

Fritz sprang auf, lief in den Flur.

Klara blieb sitzen und wartete, bis Fritz den Besuch zu ihr führte.

»Darf ich dir Tom vorstellen?«, fragte Fritz.

Ein untersetzter etwa fünfzigjähriger Mann folgte Fritz ins Wohnzimmer. Der Mann maß fast zwei Meter und besaß das Kreuz eines Ochsen. Er öffnete seinen Trenchcoat und nahm den Hut ab. Klara musste an einen verkleideten Braunbären denken. Seine Oberlippe zierte ein Schnauzbart, wie ihn Hitler getragen hatte. Das kam aktuell wieder in Mode.

Der Mann lächelte Klara an.

»Wer ist das?«, fragte sie Fritz.

»Das ist unser Verbindungsoffizier zum CIA.«

»Ihr arbeitet für den CIA?«, fragte Klara.

»Nicht direkt.«

»Was heißt das?«

»Das heißt«, sagte der Mann, den Fritz als Tom vorgestellt hatte, »dass wir euch mit Geld und Sachleistungen unterstützen. Dafür fordern wir ein gewisses Mitspracherecht bei der Auswahl der Aktionen.«

Tom sprach akzentfreies Deutsch und Klara überkamen Zweifel bezüglich seiner Identität.

Der CIA-Mann schien ihre Gedanken zu erraten.

»Keine Sorge. Ich bin wirklich vom CIA.«

»Das würde ein Agent der Gestapo auch behaupten. Sie reden sehr gut Deutsch.«

Der Mann lachte. Das Geräusch kam aus der Tiefe.

»Ein texanischer Akzent wäre fehl am Platz.«

»Tom ist definitiv vom CIA«, sagte Fritz. »Du kannst ihm vertrauen.«

Ihr blieb wohl nichts anderes übrig.

»Also ist die KDU eine Auslandsabteilung der CIA.« Sie schüttelte ungläubig den Kopf.

»Die Zeiten ändern sich«, sagte Fritz. »Früher haben wir uns mit Raubüberfällen auf Geldtransporter finanziert. Aber mittlerweile hängt in jedem Baum eine Überwachungskamera. Immer mehr Daten werden in Rechnerdateien erfasst. Kontobewegungen werden überwacht. Man kann nicht einmal mehr einen Mietwagen besorgen, ohne elektronische Spuren zu hinterlassen. Die moderne Welt spielt dem Regime in die Karten. Wir können kaum noch agieren und haben in den letzten Jahren viele Kämpfer verloren. Darum sind wir auf Hilfe von außen angewiesen.«

»Warum bin ich hier?«, wollte sie wissen.

»Die Führung ist von dir überzeugt. Sie hoffen, dass du in Zukunft eine bedeutende Rolle in unserem Kampf übernehmen wirst. Das hier ist dein erster Auftrag«, sagte Fritz.

»Worum geht es?«

»An dieser Stelle komme ich ins Spiel«, mischte sich Tom ein. »Eine Zelle der KDU soll einen Anschlag auf ein hochrangiges Ziel durchführen.«

»Und ich soll die Bombe dafür bauen.«

»Das ist der Plan.«

»Wer ist das Ziel?«

Tom überreichte Klara Unterlagen, die er aus seiner Mantelinnentasche zog. Sie las die Überschrift des ersten Blatts.

Zeitprotokoll anlässlich des Antrittsbesuchs seiner kaiserlichen Hoheit Prinz Kuni Kobayashi als Botschafter des japanischen Kaiserreichs am Mittwoch, den 30.10.1996.

»Der neue japanische Botschafter? Alle Achtung.«

Mithilfe des Zeitprotokolls konnte man auf die Minute genau vorhersagen, wann der Botschafter sich wo bei seinem Amtsantritt in Berlin aufhalten würde. Klara begutachtete die anderen Papiere. Standorte von Gitterabsperrungen, Aufstellungsorte von Polizeikräften, die Route der Botschafterkolonne. Sie unterdrückte die Frage, wo Tom die Informationen herhatte. Sie würde keine Antwort erhalten.

»Ist das hier verlässlich?«

»Ja.«

»Warum der Botschafter?«

»Kobayashi ist die Nummer drei in der Thronfolge«, erklärte Tom. »Wir hoffen, dass es zu diplomatischen Verwerfungen zwischen dem Reich und Japan kommt und sich das ohnehin schwierige Verhältnis der beiden Mächte weiter verschlechtert. Das japanische Kaiserhaus wird nicht begeistert sein, einen Thronfolger zu verlieren.«

»Ein Attentat mit einem Präzisionsschützen wäre einfacher durchzuführen. Eine Bombe muss man in die Nähe der Zielperson bringen. Das bedeutet ein hohes Risiko.«

»Es werden viele Würdenträger des Reichs vor Ort sein. Kurz gesagt, wir wollen den größtmöglichen Schaden anrichten. Außerdem ist eine Bombe öffentlichkeitswirksamer als ein Attentat mit einem Schützen. Man kann sie schwer totschweigen. Propaganda ist alles. Bekommen Sie das hin?«

»Ja. Allerdings unter der Bedingung, dass ich die Aktion leite. Ich arbeite auf eigene Rechnung und bin es nicht gewohnt, wenn mir jemand hineinredet.«

Tom dachte einen Moment nach.

»Also gut«, sagte der CIA-Agent. »Sie führen das Unternehmen. Was brauchen Sie?«

Die KDU stand anscheinend unter der Fuchtel der Amerikaner.

»Das kommt darauf an, wie nah ich an die Zielperson herankomme. Je näher, umso weniger Sprengkraft benötige ich. Da ich noch nicht weiß, wie ich den Anschlag durchführen werde, kann ich nicht sagen, was für einen Zünder ich einsetze. Sie sehen also, dass ich das nicht ohne Weiteres beantworten kann.«

»Sie müssen den Sprengstoff nicht selbst herstellen. Wir stellen Ihnen zehn Kilo Semtex zur Verfügung.«

»Das vereinfacht die Sache.«

»Wie lange dauert der Bau einer Bombe, wenn Sie mit der Planung fertig sind?«

»Da ich mit industriellem Sprengstoff arbeiten kann, nicht mehr als einen Tag. Vorausgesetzt ich habe alles, was ich brauche.«

»Sie meinen den Zünder?«

»Zeitzünder, Quecksilberschalter, Funkzünder. Solange die Aktion nicht durchgeplant ist, kann ich zu dem Zünder keine Aussage treffen. Da der Anschlag bereits in einer Woche durchgeführt werden muss, ist die Zeit begrenzt. Das wird eng.«

Tom zog einen Kugelschreiber aus seinem Mantel.

»Schreiben Sie mir die Zünder auf, die Ihnen einfallen. Sie werden alle bekommen. Hilft das?«

»Sicher.«

»Am Samstag werden Sie beliefert. Ich informiere Fritz rechtzeitig über die Einzelheiten der Übergabe.«

»Ist gut«, sagte Fritz und sah unglücklich aus der Wäsche.

»Danach wird es keinen Kontakt mehr geben«, sagte Tom an Klara gewandt.

»Ich verstehe.«

»Wie gefällt es Ihnen in Ihrer Unterkunft?«, wollte der Amerikaner wissen.

»Die Leute, die dort leben, sind im Urlaub und waren so freundlich, mir ihre Wohnung zu Verfügung zu stellen. Ich kann mich nicht beklagen.«

Bei den Worten sah sie Fritz an. Aber der zeigte keine Reaktion. Da stand nur ständig diese grenzenlose Angst in seinem Gesicht. Der Mann befand sich kurz vor einer Panikattacke.

Der CIA-Mann lächelte und überreichte Klara einen Umschlag.

»Was ist da drin«, wollte sie wissen.

»Etwas Bargeld und ein Ausweis.«

Sie öffnete das Kuvert und nahm den Bürgerausweis heraus. Klara las den Namen und sah das Foto an. Sandra Buchholz. Die Frau hatte in etwa ihr Alter.

»Der Ausweis ist echt und unverfälscht«, sagte Tom. »Der Nachteil ist, dass das Bild Ihnen nur ähnelt. Der Vorteil liegt auf der Hand. Das Dokument ist echt.«

»Ist die Frau auch im Urlaub?«

»Gewissermaßen«, sagte Tom. »Falls Sie in eine Kontrolle geraten, müssen Sie sich etwas einfallen lassen. Wie Sie am Ausstellungsdatum sehen können, ist das Bild ein paar Jahre alt. Sie haben sich eben verändert.«

»Besser als nichts«, sagte Klara und steckte die Karte und das Geld ein.

»Ich habe gehört, dass Sie verletzt sind. Können Sie den Anschlag trotzdem durchführen?«

»Das ist kein Problem.«

»Gut.« Der CIA-Agent stand auf.

»Passen Sie auf sich auf«, sagte er zum Abschied.

Fritz brachte ihn zur Wohnungstür.

Sie fuhren zurück nach Berlin.

Während sie in ihrem dunklen Versteck durchgeschüttelt wurde, überlegte sie, was als Nächstes zu tun war. Sie kam zu dem Entschluss, dass sie dringend telefonieren musste.

Der Aufwand, der betrieben wurde, um die KDU aus dem Verkehr zu ziehen, war beträchtlich und stand in keinem Verhältnis zu ihrer Bedeutung. Die Demokraten hatten ihre besten Tage längst hinter sich. Das erkannte man bereits daran, wie schnell Klara im inneren Kreis akzeptiert wurde. So etwas geschah nur, wenn man sich in einer aussichtslosen Lage wähnte.

Allerdings war die Vernichtung der KDU auch nur das sekundäre Ziel. Primär ging es darum, die Führungsspitze zu infiltrieren. Es gab einige ernst zu nehmende Beweise, die darauf hindeuteten, dass hochrangige deutsche Politiker die Terroristen unterstützten. Mit denen würde man sich gerne über die Sache unterhalten.

Die Rückfahrt verlief genauso unangenehm wie die Hinfahrt. Aber schließlich endete sie.

Fritz hielt an einer verlassenen Ecke und ließ sie aussteigen. Es war Mitternacht.

»Von hier ist es nicht weit. Sieh zu, dass du von der Straße herunterkommst. Viel Glück.«

Klara lief los.

In der Nähe ihrer Unterkunft gab es eine Parkanlage, in der eine Telefonzelle stand. Das war ihr Ziel. Jedes andere Telefon lag weiter entfernt und die Gefahr, gefasst zu werden, stieg mit jedem Meter, den sie in der Stadt zurücklegte.

Die Temperatur war in den letzten Stunden gefallen.

Klara fror und zog die Kapuze ihrer Jacke über den Kopf.

Sie erreichte den Park.

Das Licht von vereinzelnd aufgestellten Laternen spiegelte auf dem feuchten Teerbelag des Weges. Nebelschwaden trieben träge über eine Wiese. Das Wetter war geeignet, nass zu werden, obwohl es nicht regnete. Im Zentrum der Anlage gab es einen gepflasterten Platz, der um einen Springbrunnen angelegt war. Dort stand die Telefonzelle. Sie zog die Kapuze tiefer in ihr Gesicht. Außer ihr schien kein Mensch hier zu sein. Darauf hatte sie spekuliert.

Nach der Hälfte des Wegs tauchte dreißig Meter vor ihr eine Gestalt aus dem Nebel auf, die ihr entgegenkam. Aufgrund Körpergröße, Haltung und Statur musste es sich um einen Mann handeln.

Das hatte ihr noch gefehlt. Jetzt durfte sie sich im schlimmsten Fall mit irgendeinem Idioten herumschlagen, der nichts Besseres zu tun hatte, als spätabends im Park herumzugeistern. Sie beschloss, den Kerl zu ignorieren und an ihm vorbeizulaufen.

Als Klara den Fremden passierte, sah sie aus den Augenwinkeln, dass der Mann eine Polizeiuniform trug.

Verdammt! Ein Vergewaltiger wäre ihr lieber gewesen.

»Bürgerin. Bleiben Sie bitte stehen.«

Sie stoppte und drehte sich um.

»Herr Wachtmeister?«

»Nehmen Sie bitte die Kapuze ab.«

Klara tat es.

Wieso lief der Blödmann hier alleine Streife? Wie viel Pech konnte man haben?

Der Polizist sah ihr mit strengem Blick ins Gesicht. Sie versuchte, ein Lächeln aufzusetzen. Möglicherweise wirkte das auf den Beamten zu bemüht. Er kam näher und verlangt nach ihrem Ausweis.

»Selbstverständlich.« Klara zog den Bürgerausweis, den sie von dem CIA-Agenten bekommen hatte, aus der Tasche. Der Polizist betrachtete den Ausweis und sah ihr ins Gesicht. Mehrmals wanderte sein Blick zwischen dem Foto und Klara hin und her.

Er nahm es ihr nicht ab. Er hatte Zweifel.

»Sind das wirklich Sie?«

»Natürlich. Das Foto ist etwas älter. Aber warten Sie. Ich habe noch andere Papiere.«

Hatte der CIA-Mann nicht gesagt, dass sie bei Problemen improvisieren sollte?

Sie steckte die Hand in die Jackentasche und trat einen Schritt auf den Polizisten zu.

In ihrer Rechten hielt sie ein Stilett, dessen Klinge mit einem klickenden Geräusch aufsprang.

Bevor der Mann reagierte, stach sie ihm das Messer in den Kehlkopf und zog es wieder heraus.

Der Streifenbeamte klappte zusammen, landete auf dem Rücken und gab einen gurgelnden Laut von sich. Reflexhaft strampelte er mit den Beinen. Für so ein Theater hatte sie keine Zeit. Sie ließ sich mit den Knien auf die Brust des Mannes fallen, um ihm die Klinge zwischen die Rippen hindurch ins Herz zu stoßen. Als sie die richtige Stelle suchte, bemerkte sie, dass der Polizist eine Schutzweste trug. Auch gut. Sie hackte das Messer seitlich in den Hals des Mannes und zog die Klinge mit Kraft von links nach rechts.

Blut blubberte aus der Wunde.

Schnell sprang sie auf die Füße.

Der Mann bewegte sich nicht mehr.

Um seinen Kopf herum hatte sich eine dampfende Blutlache gebildet. Klara ging in die Knie und wischte das Stilett an dem Hosenbein des Polizisten ab.

Sie ließ die Klinge zurück in den Griff gleiten, steckte das Messer in die Tasche, fasste die Knöchel des Toten und zog ihn vom Weg herunter zwischen die Büsche.

Vor morgen Früh würde ihn niemand finden. Einen Moment lang beobachtete sie ihre Umgebung. Keine Menschenseele zu sehen.

Was nun? Sie musste auf jeden Fall telefonieren. Sollte sie eine andere Telefonzelle suchen? Aber das bedeutete, dass sie noch länger durch die Stadt laufen musste. Und beim nächsten Polizisten hätte sie vielleicht kein Glück mehr.

Sie entschloss sich, ihrem ursprünglichen Plan zu folgen.

Klara erreichte die Telefonzelle und warf Münzgeld ein. In schneller Folge drehte sie die Wählscheibe. Dreimal klingelte es, dann wurde abgenommen.

»Ja?«

»Es hat funktioniert.«

»Gut«, sagte Träger.

»Wie erwartet, arbeitet die KDU mit dem CIA zusammen.«

»Du bist schnell an diese Information gelangt.«

»Die Jungs stehen mächtig unter Druck. Ich wurde bereits befördert und mit einer Anschlagsplanung betraut. Ihnen gehen die Personalressourcen aus.«

»Was ist das Anschlagsziel?«

»Der neue japanische Botschafter. Ich soll ihn am nächsten Mittwoch bei seinem Amtsantritt in Berlin in die Luft sprengen.«

Stille.

»Da werden viele Offizielle anwesend sein«, sagte Träger nach einem Moment.

»Von denen soll ich auch möglichst viele erwischen.«

»Wie schätzt du deine Chancen ein, wenn du den Anschlag erfolgreich durchführst?«

»Bei einem Erfolg werde ich der nächsten Führungsebene vorgestellt. Da bin ich mir sicher.«

Wieder Stille.

Klara wartete. Sie war gespannt. Wie weit würde Träger gehen?

Ihr Vorgesetzter war noch nie zimperlich gewesen. Aber Kollateralschäden hatte er immer versucht, zu vermeiden. In den letzten Monaten hatte sich das geändert. Irgendetwas trieb ihn zum Äußersten. Klara wüsste zu gerne, was das war. Schließlich hing ihre eigene Zukunft in nicht unbedeutendem Maße von Trägers Schicksal ab.

Mittlerweile war eine Minute vergangen, in der sie nur das elektrische Rauschen der Telefonleitung gehört hatte.

»Wir müssen in größeren Maßstäben denken«, sagte Träger.

Ha! Sie hatte es gewusst.

»Du hast die Freigabe.«

Das Gespräch war beendet.

19

GEHEIME REICHSSACHE

Max Lenzer, Freitag, 25.10.1996, 14:00 Uhr

Das Büro des SS-Reichsmarschalls lag im siebzigsten Stockwerk des Führungshauptamtes.

Die Einrichtung war im kolonialen Stil des ehemaligen britischen Empires gehalten. Viel Holz und Leder. Der dicke Teppich schluckte jedes Schrittgeräusch. Die Arbeitsplatte des Schreibtisches bestand aus einer Intarsienarbeit, die eine mittelalterliche Weltkarte darstellte. Gemälde mit vergoldeten Rahmen hingen an der Wand. Sie zeigten Szenen aus dem Deutsch-Französischen Krieg von 1870 und der Ankunft Blüchers bei Waterloo.

Die Decke war für den Raum eines Wolkenkratzers außergewöhnlich hoch. Stuckarbeiten gaben dem Büro das Flair eines Altbaus. Aber bei aller Pracht blieb das Büro steril.

Bislang hatte Lenzer lediglich ein gerahmtes Foto von Maria aufgestellt. Darin erschöpfte sich die Personalisierung. Es fühlte sich nicht so an, als würde er hierher gehören.

Er rückte das Foto gerade. Am Morgen hatte Maria ihn angerufen und ihm mitgeteilt, sie werde über das Wochenende im Internat bleiben. Angeblich wegen einer Hausarbeit, die sie fertigschreiben musste. Lenzer glaubte ihr nicht. Es hatte für ihn vielmehr den Anschein, dass seine Tochter ihm ausweichen wollte. Vielleicht war das gut so. Zumindest bestand dann nicht die Gefahr, dass sie sich stritten.

Lenzer wartete auf Hauptsturmführer Thor Hansen. Der Offizier hatte über Lenzers Sekretariat dringend um einen Termin gebeten. Hansen war Angehöriger der Division Apollo, dem Geheim- und Sicherheitsdienst der SS.

Im Jahr 1939 wurde der Geheimdienst der SS zusammen mit der Sicherheitspolizei, die sich aus der Kriminalpolizei und der Geheimen Staatspolizei zusammensetzte, im Reichssicherheitshauptamt zusammengefasst. Nach Hitlers Tod, im Jahr 1944, verlor die SS beständig an Einfluss im RSHA. Gleichzeitig entglitt ihr damit die Kontrolle über ihren eigenen Geheimdienst, bis er aufhörte, zu existieren.

Zu Anfang der Fünfzigerjahre wurde das Verhältnis zwischen Staat und SS immer angespannter. Zum einen wurde die SS als Speerspitze der militärischen Macht des Reiches begriffen und galt als unersetzbar. Zum anderen fürchtete man sich vor eben dieser Macht. Die jeweilige Führung der SS war in ihrer Geschichte mehrmals unter den Verdacht geraten, einen Staatsstreich zu planen.

Als oberste deutsche Polizeibehörde versuchte das Reichssicherheitshauptamt, durch geheimdienstliche Aktivitäten die Führung der SS auszuspähen oder sogar Einfluss auf wichtige SS interne Entscheidungen zu nehmen. Ob die Behörde dabei im Auftrag hoher Regierungskreise agierte oder aus sich selbst heraus, sozusagen von Amtswegen, blieb im Dunkeln.

Anfang der Siebzigerjahre setzten sich die SS Oberen mit der Idee durch, einen neuen internen Geheim- und Schutzdienst aufzubauen. Die Division Apollo.

Das RSHA versuchte, den Aufbau eines SS Geheimdienstes zu verhindern, scheiterte jedoch mit seinen Bemühungen. Was von diesem Wirrwarr über die Zeit erhalten blieb, war eine unüberwindbare Feindschaft der beiden Organisationen. Gemeinsame Betriebsausflüge konnten auch in Zukunft ausgeschlossen werden.

Die Division Apollo besaß Niederlassungen im ganzen Reich und auf der halben Welt. Organisatorisch gliederte sich die Division in fünf Ämter:

Amt I. Verwaltung und Recht

Amt II. Gegnererforschung

Amt III. Deutsche Lebensgebiete

Amt IV. Auslandsnachrichtendienst

Amt V. Strukturelle und Individuelle Sicherheit

Hansen war Stabsoffizier im Amt *Strukturelle und Individuelle Sicherheit.* In der Zuständigkeit des Amtes V lag der Schutz wichtiger Liegenschaften der SS, sowie der Personenschutz für hochrangige Persönlichkeiten. Auch Lenzers und Marias Sicherheit wurde von dem Amt gewährleistet.

Durch seine Funktion bei Apollo erschien er interessant genug, um ihm einen außerplanmäßigen Termin zu gewähren. In einigen Minuten war es so weit und Lenzer war gespannt, was der Offizier von ihm wollte. Außerdem fragte er sich, warum Hansen Maria gestern ins Internat gebracht hatte.

Durch einen Kurzbericht war Lenzer darüber in Kenntnis gesetzt worden, dass Maria gut im Internat angekommen war.

Der Bericht war von Hauptsturmführer Hansen unterzeichnet. Maria ins Internat zu begleiten, gehörte nicht zu dessen Aufgaben.

Was stand für heute sonst noch auf dem Programm?

Lenzer blätterte in seinem Kalender. Um 17:00 Uhr war eine Besprechung mit dem Führungsstab angesetzt. Bei diesem Termin würde er die ersten unbequemen Personalentscheidungen bekannt geben.

Und um 20:30 Uhr sollte er bei einer Wohltätigkeitsveranstaltung für mit dem Ritterkreuz ausgezeichnete Veteranen teilnehmen.

Mit einem Summen machte sich die Sprechanlage auf seinem Schreibtisch bemerkbar. Es war sein Erster Sekretär.

»Ja?«

»Hauptsturmführer Hansen ist da. Soll ich ihn warten lassen?«

»Nein, führen Sie ihn bitte zu mir.«

Einen Moment später klopfte es.

»Herein.«

Die Tür ging auf.

Ein Offizier trat in den Raum, blieb stehen und schlug die Hacken zusammen.

»Hauptsturmführer Hansen. Herr Reichsmarschall.«

Hansen war Anfang dreißig. In der rechten Hand trug er eine Aktentasche. Die pechschwarzen Haare hatte er mit Gel gebändigt. In seinen braunen Augen funkelte Intelligenz. Die meisten Leute, die Lenzer kannte, hätten sich die Haare blond gefärbt und blaue Kontaktlinsen eingesetzt.

»Nehmen Sie Platz«, sagte Lenzer. »Ich bevorzuge es, wenn wir uns nicht mit Dienstrangen und Titeln anreden. Das verkompliziert es unnötig.«

Hansen nahm seine Schirmmütze ab, ging zum Stuhl und setzte sich.

»Sie sind Angehöriger der Division Apollo und haben die Funktion eines Adjutanten des Stabes im Amt V.«

»Das ist richtig.«

»Sie sind inoffiziell hier und sich bewusst, dass sie die Befehls- und Kommunikationskette umgehen?«

Der Hauptsturmführer versteifte sich. »Ja, das ist mir bewusst.«

»Ich kann nur hoffen, dass Ihr Alleingang gut durchdacht ist.«

»Ich bin mir nicht sicher, ob ich offen sprechen kann.«

»Sie haben um den Termin gebeten und ihn bekommen. Das Risiko werden Sie eingehen müssen.«

»Sie haben natürlich recht.« Hansen zögerte kurz. »Vor einigen Jahren war ich im Amt I beschäftigt und dort im Bereich der Aktenhaltung eingesetzt. In meine Verantwortung fielen die Akten, die der Geheimhaltung unterlagen. Gestern erhielt ich einen Anruf von einer Mitarbeiterin aus der Verwaltung, mit der ich damals zusammengearbeitet habe. Sie bat mich um einen Rat. Die Revision hatte eine geheime Akte zur Vernichtung angefordert.«

»Ich gestehe, dass ich wenig Ahnung von Aktenhaltung habe. Warum werden die Akten für ihre Vernichtung zur Revision verschickt?«

»Eine als geheim klassifizierte Akte besitzt eine Ablaufzeit von fünfzig Jahren. Danach fordert die Revision sie an und prüft, ob sie vernichtet werden darf. In der Regel ist das der Fall. In den meisten Akten stehen Sachverhalte, die vor fünfzig Jahren als geheim eingestuft wurden, aber aus heutiger Sicht irrelevant sind. In Ausnahmefällen werden Akten weiterhin als geheim klassifiziert und zur Archivierung zurückgeschickt. Die Akte, die von der Kollegin verschickt werden sollte, war deutlich jünger als fünfzig Jahre.«

»Das heißt, die Revision hatte keinen Grund, sie anzufordern.«

»So ist es. Ich habe der Kollegin geraten, die Revision darauf hinzuweisen. Fehler passieren überall. Das hat sie getan. Eine Stunde später rief sie mich erneut an. Obergruppenführer Müller hatte sich bei ihr gemeldet und sie angewiesen, die Akte sofort zu verschicken.«

»Der Chef der Division Apollo?«

Hansen nickte. »Das hat mich auch überrascht. Das Prüfen und Vernichten alter Geheimakten ist alltägliche Routine. Kein Vorgang, den Obergruppenführer Müller interessieren müsste.«

»Vielleicht wollte Müller die Akte persönlich haben. Er hat die Revision als Deckung genutzt, um zu verschleiern, dass er sie angefordert hat. Als die Revision ihm gemeldet hat, dass es Probleme gibt, ist er selbst aktiv geworden.«

»Der Gedanke kam mir auch.«

»Über was für eine Akte reden wir?«

Hansen nahm seine Lederaktentasche, die er neben sich auf dem Boden abgestellt hatte, auf den Schoss. Er öffnete die Verschlüsse und zog eine braune Pappmappe heraus, die er vor Lenzer auf den Tisch legte.

»Das Ganze hat meine Neugierde geweckt. Bevor die Akte an Müller rausging, habe ich sie mir angesehen und eine Kopie gefertigt.«

Lenzer sah sich die Akte an.

Sie umfasste augenscheinlich mehr als einhundert Seiten. Auf dem Deckel stand das Aktenzeichen 3476/72, darunter ein Stempelabdruck: Geheimsache. Am Aktenzeichen erkannte Lenzer, das die Akte aus dem Jahr 1972 stammte.

»Was macht die Akte so wichtig?«, fragte Lenzer.

»Sehen Sie sich das Personenregister im Aktenglossar an.«

Lenzer schlug die Akte auf.

Im Register waren die Namen von Personen vermerkt, die Gegenstand der Akte waren. In diesem Fall waren es zwei. Wilhelm Kleist und Ernst Berger.

»Oh!« Entfuhr es ihm.

Mit einer geheimen Akte über seinen Onkel hatte er nicht gerechnet.

»Das ist eine Akte über meinen Onkel.«

Hansen nickte. »Genau deshalb bin ich hier. Sagt Ihnen der Name Berger etwas?«

»Die beiden dienten gemeinsam an der Ostfront. In Stalingrad. Nach dem Krieg haben sie sich aus den Augen verloren.« Lenzer sah Hansen misstrauisch an. »Woher wissen Sie, dass Wilhelm Kleist mein Onkel ist?«

»Bei meiner Arbeit ist es wichtig, solche Dinge zu wissen.«

Das ließ sich nicht abstreiten. Personenkenntnis stellte immer einen Vorteil dar.

»Warum führt die SS eine Akte über meinem Onkel? Er diente in der Wehrmacht.«

»Ich vermute, das hängt in erster Linie mit Berger zusammen. Nach dem Krieg wechselte Berger die Laufbahn und wurde 1950 von der SS übernommen.«

»Mein Onkel hat mir früher viel von Berger erzählt. Ich weiß gar nicht, ob er noch lebt.«

»Er ist tot.« Hansen beugte sich nach vorne und deutete mit dem Zeigefinger auf das Datum der Akte. »Berger ist im Juli 1972 verstorben.«

Lenzer runzelte die Stirn. Sein Onkel hatte sich nur wenige Wochen vorher das Leben genommen.

»Sie scheinen einen Zusammenhang zwischen der Akte und Bergers Tod zu vermuten«, stellte Lenzer fest.

»Ich konnte nicht in Erfahrung bringen, wie Berger gestorben ist. Aber mein Gefühl sagt mir, dass es so ist.«

»Wenn ich mich richtig erinnere, dann war Berger nur wenige Jahre jünger als mein Onkel. Das heißt, er muss zu der Zeit bereits über sechzig gewesen sein. Das ist ein Alter, in dem man sterben kann.«

»Berger war zum Zeitpunkt seines Todes vierundsechzig Jahre alt. Sie haben recht, in dem Alter kann man eines natürlichen Todes sterben.«

Lenzer sah Hansen aufmerksam an. Den Dienstweg zu missachten, konnte ernste Konsequenzen nach sich ziehen. Der Mann riskierte einiges. Warum tat er das? Was bezweckte er damit? »Sie sind gut informiert«, sagte er.

»Wenn man mit seiner beruflichen Karriere spielt, sollte man vorbereitet in ein Gespräch gehen.«

»Das ist eine gesunde Einstellung. Ich nehme an, Ihnen ist das Schicksal meines Onkels bekannt.«

»Ich befürchte, ja. Bitte verstehen Sie das nicht falsch, es ist meine Aufgabe, über solche Dinge Bescheid zu wissen. Ich kenne auch Ihre Personalakte.«

»Dafür müssen Sie sich nicht entschuldigen. Das ist Teil Ihrer Arbeit. Eine Arbeit, die Sie offensichtlich sehr ernst nehmen. Vielleicht ein wenig zu ernst.«

»Wie meinen Sie das?«

»Ich habe Ihren Bericht gelesen. Sie haben meine Tochter ins Internat gebracht. Warum haben Sie das getan?«

»Es ist meine Aufgabe, für Ihre Sicherheit und die Ihrer Tochter zu sorgen. Wenn es jemals zu Problemen im Internat kommen sollte, ist es von Vorteil, die Örtlichkeit zu kennen. Ich wollte mir nur einen Eindruck verschaffen.«

»Verstehe.«

Entweder Hansen lebte für seine Aufgabe, oder er versuchte, sich mit allen Mitteln beliebt zu machen. Speichellecker verachtete Lenzer. Blieb zu hoffen, dass Hansens Hingabe ein Ausdruck seiner Berufsauffassung war. Oder schlich sich gerade ein Feind in sein Lager ein?

Lenzer nahm die Akte vom Schreibtisch. Für einen Moment zögerte er, sie aufzuschlagen. Dann gab er sich einen Ruck.

Auf der ersten Seite las er Folgendes:

Die Blätter 1 - 15 und 134 - 158 der vorliegenden Akte zur Akte 24KR37/72 gegeben (Reichsjustizministerium, geh. Reichs.) Mit der Bitte um Prüfung in eigener Zuständigkeit.

gez.

Helmstätt
Oberster Justiziar der SS
Berlin, den 26.07.1972

Die nächsten Seiten bestanden aus unbeschriebenen Papierbögen, die handschriftlich bis zur Seite fünfzehn foliert waren. Die leeren Seiten dienten als Platzhalter, für den aus der Akte entnommenen Teil. Im Anschluss folgten ungefähr hundert Seiten mit Tabellen über Truppenstärken aller im Großen Krieg beteiligten Parteien, verschiedenen Berichten des Oberkommandos der Wehrmacht, Daten über Produktionsraten der Rüstungsindustrie aller Konfliktparteien, Statistiken über zerstörte Städte und Infrastruktur und vieles mehr.

Langsam blätterte er sich durch die Akte. Ihm fiel auf, dass sich alle gesammelten Daten auf Ende 1943 bezogen. Außerdem tauchte der

Name Anton Degenhard in diversen Briefen auf. Der Mann hatte die vorliegenden Daten von den verschiedensten Behörden angefordert und zusammengetragen.

Lenzer konnte mit alldem nichts anfangen. Am Ende der Akte gab es erneut leere Blätter. Auf der letzten Seite wurde es noch einmal interessant:

Verfügung

Bis zur Entscheidung des Reichsjustizministeriums ist die Untersuchung mit sofortiger Wirkung einzustellen und die Rumpfakte als geheim einzustufen.

gez.
Helmstätt
Oberster Justiziar der SS
Berlin, den 26.07.1972

Das war in der Tat eine äußerst merkwürdige Angelegenheit. Es lag auf der Hand, dass man den Sinn der Akte nur verstand, wenn man die fehlenden Aktenteile zur Hand hatte. In dem Zustand, in dem sie vor ihm lag, war sie wertlos. Er blätterte erneut die leeren Seiten durch. Erstaunlich, wie nervös blankes Papier machen konnte.

So sinnleer die Akte auf den ersten Blick erscheinen mochte, sie verbarg ein Geheimnis, von dem Lenzer nicht wusste, ob er es lüften wollte. Sein Gefühl sagte ihm, dass er keine Wahl hatte. Wenn er es nicht tat, taten es andere für ihn.

»Was halten Sie davon?«, fragte Lenzer.

»Die entnommenen Seiten besitzen sicher einen brisanten Inhalt«, sagte Hansen. »Es fragt sich nur, in welcher Form. Was mit der Akte gemacht wurde, ist ein alter Trick, der angewendet wird, wenn jemand den Inhalt einer Akte unterdrücken will, sich aber nicht traut, sie zu vernichten. Der Oberste Justiziar entnahm damals die wesentlichen Teile aus der Akte und brachte sie an einen Ort, wo sie vor neugierigen Blicken geschützt waren.«

»Dieser Helmstätt hat sie im Justizministerium versteckt.«

»Vermutlich enthält die dortige Akte nichts weiter als die hier entnommenen Aktenteile.«

»Dazu braucht man Beziehungen.«

»Die wird er gehabt haben. Ich nehme an, Ihnen ist das Kürzel aufgefallen.«

»Was meinen Sie?«

»Mit Ihrer Erlaubnis.« Hansen stand auf, beugte sich nach vorne und schlug die Akte auf. Er zeigte mit dem Finger auf den Pappdeckel der Akte. »Sehen Sie sich das Aktenzeichen der Justizakte an.«

24KR37/72 (Reichsjustizministerium, geh. Reichs.)

»Geheime Reichssache.«

Das hatte Lenzer auf den ersten Blick übersehen.

Hansen hatte sich wieder gesetzt. »Er hat die Aktenteile nicht nur versteckt, sondern auch noch versiegelt. Für geheime Reichssachen haben nur sehr wenige eine Freigabe.«

»Da hat sich der Herr Helmstätt aber große Mühe gegeben. Ich nehme an, dass Sie sich über ihn erkundigt haben.«

»Helmstätt ist im Alter von dreiundachtzig Jahren verstorben.«

»An die Justizakte kommen wir nicht heran?«

»Da es sich um eine geheime Reichssache handelt, wären Sie der Einzige innerhalb der SS, der das könnte. Aber ich rate davon ab. Es würde auf jeden Fall Aufmerksamkeit auf die Akte lenken.«

»Wissen Sie, wer Helmstätts Helfer im Justizministerium war? Es muss jemand gewesen sein, der über weitreichende Befugnisse verfügt hat. Eine Scheinakte anzulegen und sie als geheime Reichssache zu deklarieren, kann nicht jeder.«

»Das habe ich nicht in Erfahrung bringen können.«

Lenzer musterte Hansen eine Weile.

»Was würden Sie machen, wenn ich Ihnen sage, dass ich Müller beauftragt habe, die Akte für mich zu sichern?«

»Wenn das so wäre, dann befände ich mich nun in ernsthaften Schwierigkeiten. Aber Sie haben die Akte nicht angefordert.«

»Wie können Sie sich da so sicher sein?«

»Der Gedanke, dass Sie die Akte über Müller angefordert haben, ist mir auch gekommen. Daher habe ich die Akte verfolgen lassen.«

»Wie haben Sie das gemacht?«

»Die meisten Offiziere verhalten sich gegenüber dem zivilen Personal sehr arrogant. Ich hingegen bin der Meinung, dass man allen Menschen, die ihre Arbeit verrichten, mit einem Mindestmaß an Respekt entgegentreten muss, damit sie ihre Würde wahren können. Das hat zur Folge, dass ich bei den einfachen Angestellten einigermaßen beliebt bin.«

»Sie wissen von Müllers Sekretariat, was mit der Akte geschehen ist.«

Hansen nickte. »Müller hatte die Akte nur eine Stunde in seinem Besitz. Danach wurde sie per Kurier zum Reichssicherheitshauptamt gebracht.«

»Zum RSHA? Sind Sie sicher?«

»Absolut. Daher konnte ich mir nicht vorstellen, dass Sie etwas damit zu tun haben. Außerdem war das der eigentliche Auslöser, warum ich jetzt hier sitze.«

»Sie spionieren Ihrem höchsten Vorgesetzten hinterher.«

Hansen sagte nichts.

»Sind Sie von allen guten Geistern verlassen?«, rief Lenzer.

»Es tut mir leid. Aber ich ...«

»Seien Sie still!«

Gleich würde Hansen vom Stuhl kippen.

Entweder der Mann war einer der mutigsten Menschen, die Lenzer je getroffen hatte, oder aber einer der dümmsten.

Lenzer bemühte sich, die Fassung zu bewahren.

Die oberste Polizeibehörde und das Führungshauptamt der SS waren keine befreundeten Institutionen. Selbstverständlich gab es trotz aller Differenzen eine Arbeitsebene, auf der die Organisationen täglich Informationen und Akten austauschten. Aber die Herausgabe einer Geheimakte gehörte nicht dazu. Und erst recht nicht, wenn die Familie des Reichsmarschalls Gegenstand der Akte war. Das hätte Müller niemals ohne seine Zustimmung tun dürfen. Da gab es kein Wenn und Aber.

Waren da bereits die Kräfte am Wirken, die auch Wertheim vernichten wollten? War er von einem Tag auf den anderen eine Zielperson von Umstürzlern geworden?

Was stand in dieser mysteriösen Akte?

Für seinen Onkel interessierte sich niemand. Der lebte nicht mehr. Aber womöglich stand in der Akte etwas, das Richard und ihm schaden konnte. Hatte sein Onkel etwas angestellt? In politischen Fragen gab es durchaus Sippenhaft. Das konnte auch viele Jahre später noch Konsequenzen nach sich ziehen.

Die Akte war ganz sicher nicht von der Schutzpolizeidirektion Wuppertal über das RSHA angefordert worden. Das roch eindeutig nach Gestapo.

Bestand Gefahr für Maria?

Wenn die Geheime Staatspolizei hinter ihr Geheimnis kam, war sie tot. Er auch, aber das war irrelevant. Die Sache lag fünfzehn Jahre zurück und es gab nicht einen Menschen auf der Welt, dem er sich anvertraut hatte. Aber was war mit Toma? Was, wenn er doch am Leben war? Und die beiden Ehrenzeugen? Lebten die noch? Es lag alles so verdammt lange zurück.

Die Akte konnte nichts mit Maria zu tun haben, aber, wenn die Gestapo erst einmal damit begann, in allen Ecken nach dreckiger Wäsche zu suchen, gab es kein Halten mehr. Viele Menschen im In- und Ausland verachteten den Geheimdienst. Aber niemand lachte über ihn.

So fühlte es sich also an, wenn fremde Kräfte damit begannen, in seinem Keller nach Verborgenem zu wühlen. Sie fanden Dinge, von denen er nicht einmal wusste, dass sie existierten.

Während die Gedanken in seinem Kopf rasten, beobachtete er Hansen. Der Mann stand eindeutig kurz vor einem Nervenzusammenbruch. Dafür hielt er sich tapfer.

»Obergruppenführer Müller ist Chef der Division Apollo. Er untersteht mir persönlich und ist unter anderem Leiter des SS Geheimdienstes. Ihnen ist hoffentlich klar, dass Sie ihn mit ihrem Auftritt schwer belasten. Es entsteht nämlich bei mir der Eindruck, dass Müller seinen Eid gegenüber der SS und seinem Reichsmarschall gebrochen hat.«

Hansen presste die Lippen zu einem Strich zusammen. Ihm wurde wohl bewusst, dass er im schlimmsten Fall mit seinem Leben spielte.

»Warum Obergruppenführer Müller die Akte angefordert, hat weiß ich nicht. Vielleicht will er Ihnen schaden. Auf der anderen Seite ist es möglich, dass er Sie schützen will. Auch wenn ich keine Vorstellung davon habe, welche Rolle das RSHA dabei spielen sollte«, sagte Hansen mit belegter Stimme.

»Relativieren Sie das jetzt nicht. Sie vermuten, dass seine Absichten unlauter sind. Ansonsten hätten Sie sich nicht so weit aus dem Fenster gelehnt. Oder wollen Sie mich reinlegen?«

Plötzlich verschwand die Angst aus Hansens Gesicht. Lenzer glaubte, sogar einen Hauch von Wut zu erkennen.

»Es ist meine Aufgabe, Sie zu beschützen. Wenn ich als Adjutant des Stabes denke, dass Sie in Gefahr schweben, muss ich Sie davon in Kenntnis setzen. Das ist meine Pflicht. Den Dienstweg konnte ich nicht einhalten, weil unklar ist, wer Ihre Gegner sind.« Hansens Stimme war nun wieder fest. »Ich weiß nicht, was Obergruppenführer Müller vorhat. Ich weiß auch nicht, ob der Inhalt der Akte Ihnen wirklich schaden kann. Aber ich denke, ich habe mich richtig verhalten, als ich zu Ihnen gekommen bin. Ich stehe zu dem, was ich getan habe.«

Lenzer stand auf und ging zum Fenster. Draußen schien die Sonne und er sah weit in die Stadt hinaus. Das vergoldete Schwert der Siegessäule glitzerte. Auf dem Spreeweg stockte der Verkehr. Die Innenstadt von Berlin war von morgens bis abends ein einziger Stau.

»Dass Sie hier sitzen, ist mutig von Ihnen. Sie sind ein hohes Risiko eingegangen. Wenn Sie Pech gehabt hätten, wären Sie noch heute wegen Insubordination im Gefängnis gelandet.«

»Ich hoffe, dass es nicht dazu kommen wird.«

»Erklären Sie mir, warum ich Ihnen trauen sollte?«

»Das kann ich nicht. Ich kann nur auf Ihre Menschenkenntnis setzen.«

»Dann müssen wir beide auf meine Menschenkenntnis setzen.« Lenzer drehte sich zu Hansen um. »Für mich hat vor allem der Schutz meiner Tochter Bedeutung. Mir ist bewusst, dass Sie andere Aufgaben haben, aber ich möchte, dass Sie sich soweit wie möglich um ihre Sicherheit kümmern.«

»Selbstverständlich. Ich weiß, dass Ihre Tochter vor einigen Jahren auf Ihre Bitte hin in das Sicherheitsprogramm aufgenommen wurde.«

Lenzer zog die Augenbrauen nach oben. »Sie sind wirklich glänzend informiert.«

»Danke.«

»Erinnern Sie mich nicht an dieses Sicherheitsprogramm. Das war, als ich zum Gruppenführer ernannt wurde. Sie hat mir furchtbar leidgetan. Ich mache mir heute noch Vorwürfe.«

Lenzer ging zurück zu seinem Schreibtisch und setzte sich.

»Es dient Ihrem Schutz. Sie werden vielleicht bald dankbar sein, dass Sie sich dazu durchgerungen haben«, sagte Hansen.

»Ja, möglicherweise.«

»Ich lasse die Information, dass Ihre Tochter im Sicherheitsprogramm aufgenommen wurde, löschen. Unter den Umständen ist es besser, wenn niemand darüber Bescheid weiß.«

»Machen Sie das.« Lenzer stand auf und Hansen tat es ihm gleich. »Schützen Sie Maria. Das hat für mich die höchste Priorität.«

»Sie können sich auf mich verlassen.« Hansen zögerte kurz. »Was haben Sie jetzt vor?«

Eine berechtigte Frage. Viele Möglichkeiten, der Sache auf den Grund zu gehen, blieben ihm nicht.

»Ich werde Herrn Degenhard einen Besuch abstatten. Er scheint derjenige zu sein, der die Akte zusammengestellt hat. Ich kann nur hoffen, dass der Mann noch unter den Lebenden weilt.«

»Das tut er.«

Lenzer lachte auf. »Ich hätte mir denken können, dass Sie das wissen.«

Hansen zog einen Zettel aus seiner Brusttasche und legte ihn auf den Schreibtisch. »Das ist seine Adresse. Er lebt zurückgezogen in einem Dorf in der Nähe von Ingolstadt. Auf die Schnelle konnte ich nicht viel über ihn in Erfahrung bringen. Degenhard ist Professor der Physik und war im Krieg am Atomprogramm beteiligt. «

»Atomprogramm?«

Das Ganze wurde immer verwirrender.

»Wollen Sie ihn persönlich aufsuchen?«, fragte Hansen.

»In irgendetwas war mein Onkel verwickelt. Vielleicht stellt sich heraus, dass die ganze Angelegenheit nur dummes Zeug ist. Aber da sich mächtige Menschen dafür zu interessieren scheinen, sollte ich es auch tun. Ich denke, es ist angebracht, dass ich mich persönlich darum kümmere.«

Lenzer nahm sich einen Notizzettel und schrieb die Nummer seines Satellitentelefons auf. Er reichte den Zettel Hansen. »Rufen Sie mich jederzeit an. Sollte es Probleme geben, sagen Sie, dass Sie in meinem Auftrag handeln. Ich danke Ihnen für Ihre Ehrlichkeit.« Er hielt Hansen die Hand hin. Der Hauptsturmführer zögerte kurz im Angesicht der ungewöhnlichen Geste. Dann ergriff er Lenzers Hand.

»Ich danke Ihnen Herr Reichsmarschall«, sagte er und verabschiedete sich.

Hansen hatte den halben Weg zur Tür zurückgelegt, als er vor einer Glasvitrine stehen blieb.

Er drehte sich zu Lenzer um und deutet dabei auf die Vitrine. »Darf ich?«, fragte er.

»Nur zu.«

Lenzer stellte sich neben Hansen.

In der beleuchteten Vitrine lagen zwei aufgebahrte Samuraischwerter auf Holzblöcken. Auf einem kleinen Messingschild, das unter den Schwertern angebracht war, standen ein Name und eine Jahreszahl.

Miyamoto Musashi, 1599

Die Schwertscheiden waren kunstvoll mit Malereien verziert. In den Griffen war Gold eingearbeitet worden.

»Das ist ein Katana und ein Wakizashi «, sagte Hansen.

»Sie kennen sich mit japanischen Schwertern aus?«

»Ich habe ein Jahr in Japan gelebt. Ein kunstvoll gefertigtes Katana ist die eleganteste Waffe, die ich mir vorstellen kann. Das Wakizashi wird als Kurzschwert an der Seite getragen, das Katana als Langschwert auf dem Rücken.«

»Die Schwerter sind ein Geschenk des japanischen Kaiserhauses. Kurz nach dem Krieg wurde es feierlich an den damaligen Reichsmarschall übergeben. Die Waffe gehörte dem Amt und nicht der Person, die das Amt bekleidete. Es wird an den jeweiligen Nachfolger übergeben.«

Hansen bewunderte einen Moment die Schwerter, dann riss er sich von dem Anblick los. »Nun will ich Sie nicht weiter aufhalten«, sagte er.

Als er die Tür erreichte, drehte sich Hansen noch einmal um. »Übrigens darf ich Ihnen mitteilen, dass Herr Brandt ab sofort von unserem Personenschutz begleitet wird.«

Das hatte Lenzer bereits vergessen. »Und? Wie gefällt es ihm?«

»Ich glaube, er rechnet jeden Moment mit seiner Exekution.«

»So soll es sein. Danke. Das wäre alles.«

Lenzer ließ sich auf seinen Lederbürostuhl fallen und atmete laut aus. Dass er sich für heute aller weiteren Termine entledigt hatte, war eine gute Idee gewesen. Er konnte sich sowieso auf nichts anderes mehr konzentrieren.

Hatte Wertheim ihn nicht davor gewarnt, dass die Kriegstreiber sich um ihn bemühen würden? Möglicherweise war das der erste Angriff. Gehörte Müller auch zu denen?

Es hatte den Anschein.

Lenzer hatte Müller bisher nur einmal getroffen. Vielleicht sollte er Hansen beauftragen, etwas über ihn in Erfahrung zu bringen. Aber, dem Hauptsturmführer jetzt gleich alles anzuvertrauen, war auch sehr riskant.

Lenzer hatte sonderbar gefunden, dass Wertheim ihm, einem Fremden, das Vertrauen geschenkt hatte. Möglicherweise hatte er zu schnell über den Kanzler geurteilt. Wenn er ehrlich war, hatte er gerade dasselbe bei Hansen getan. Kein Mensch konnte ihm sagen, was Hansen wirklich antrieb. Aber was sollte man tun, wenn man überall Feinde sah und weit und breit keine Freunde? Man begann damit, sich an Strohhalme zu klammern. Und wenn man keinen Strohhalm zur Hand hatte, bastelte man sich einen.

Er versuchte, sich auf seine Arbeit zu konzentrieren. Administrative Tätigkeiten und das Führen als solches waren ihm nicht fremd. Aber ab jetzt musste er die Dinge von einer anderen Ebene aus betrachten. Es würde einige Zeit in Anspruch nehmen, sich daran zu gewöhnen.

Wenn er sich denn überhaupt daran gewöhnen musste. Vielleicht konnte er sich das alles hier sparen. Was, wenn morgen der Staatsstreich kam und er bis zum Abend am Galgen hängen würde? Was sollte aus Maria werden?

»Es reicht jetzt. Reiß dich zusammen«, flüsterte er.

Er brach das Wachssiegel einer Laufmappe, in der sich eine Geheimsache befand. Lenzer nahm den Bericht heraus und las ihn.

Gestern war es in der Stadt Karlsbad im Protektorat Böhmen und Mähren zu einem Aufstand gekommen. Ein Mob hatte die Gauverwaltung gestürmt und schwer gewütet. Mehrere hohe Beamte wurden gelyncht und das Inventar des Gebäudes zerstört. Anlass des Aufstandes waren die ausbleibenden Lohnzahlungen eines Chemiewerks an die Arbeiterschaft. Vermutlich war der ausbleibende Lohn nur der Tropfen, der das Fass zum Überlaufen gebracht hatte.

Mittlerweile hatte die Wehrmacht den Aufstand niedergeschlagen. Eine Ausgangssperre wurde verhängt, die Stadt abgeriegelt.

Die Medien erhielten die Anweisung, den Vorfall als einen schwerwiegenden Unfall in der Chemiefabrik darzustellen. Grund der Abriegelung waren Sicherheitsbedenken wegen einer möglichen großflächigen Kontaminierung mit chemischen Schadstoffen. Die Bevölkerung sollte Ruhe bewahren und ihre Häuser nicht verlassen.

Wertheim hatte gesagt, das System würde kollabieren.

Tatsache war, dass die Einschläge näher kamen. Und zwar in jeder Beziehung.

20

FEIER DER JUGEND

Maria Lenzer, Freitag, 25.10.1996, 21:00 Uhr

Am Morgen hatte sie Max angerufen und ihm mitgeteilt, dass sie über das Wochenende im Internat bleiben würde, um eine Hausarbeit vorzubereiten. Das kam hin und wieder vor. Daher schöpfte er keinen Verdacht. Er fragte lediglich, ob alles in Ordnung sei und Maria bejahte das.

Vom Unterricht bekam sie nichts mit.

Ihre Gedanken kreisten um Johannes und ihre bevorstehende Flucht aus dem Internat.

Der Tag schien ewig zu währen.

Mittlerweile hatte sie sich, was die Präsenz der Soldaten anging, etwas beruhigt. Sie hatte verstanden, dass die Wachposten im Internat mehr einen symbolischen Charakter besaßen. Erst wenn sie das Gelände verließ, wurde aus der Symbolik ein echter Personenschutz.

Um neunzehn Uhr hatte sie den Wachen vor ihrem Zimmer gesagt, dass sie sich unwohl fühlte. Sie würde schlafen gehen und wollte nicht gestört werden.

Zwei Stunden später kletterte sie aus ihrem Fenster auf ein kleines Vordach. Sie legte sich auf den Bauch, schob die Beine vorsichtig über den Dachrand hinaus und versuchte, sich mit einer Art negativem Klimmzug dem Boden zu nähern. Am Ende hing sie ohne Bodenkontakt in der Luft, fasste sich ein Herz und ließ los.

Halbwegs elegant landetet sie auf dem Gras. Auf dieselbe Weise würde sie später nicht in ihr Zimmer zurückkommen. Aber darum scherte sie sich nicht.

Es war dunkel.

Nur wenige Lampen der Außenbeleuchtung brannten. Um diese Uhrzeit trieb sich niemand mehr auf dem Gelände des Internats herum. Es war empfindlich kühl und hier draußen gab es nichts außer der Parkanlage und dem angrenzenden Wald. Möglichst geräuschlos rannte sie zum Waldrand. Die Vorfreude wich der Angst, dass Johannes nicht am Treffpunkt sein könnte. Die schnelle Einladung von ihm kam ihr jetzt, wo sie durch die Dunkelheit lief, unwirklich vor. Hatte er sich nur einen Scherz mit ihr erlaubt?

Sie erreichte den Wald und ihr Herz machte einen Sprung, als sie sah, wie Johannes hinter einem Busch hervorkam. Seine leicht arrogante Selbstsicherheit von gestern war verschwunden. Er sah besorgt aus.

»Hat es so einfach funktioniert?«, fragte er.

»Es war kein Problem.«

»Dann komm.«

Johannes nahm sie an die Hand und zog sie auf einem Trampelpfad durch das Waldstück. »Da hinten ist eine Straße. Dort steht mein Auto.«

War das eine schlaue Idee, mit einem fremden Mann in den nächtlichen Wald zu laufen? Maria wurde nervös. Als sie den Wald verließen und eine kleine Straße erreichten, entspannte sie sich etwas.

Ein Wagen stand am Straßenrand.

»Das ist ein Citroën«, stellte Maria fest.

»Das ist grundsätzlich nicht verboten.«

»Man sieht ausländische Autos nur so selten.«

»Willst du mit oder nicht?«

»Natürlich.« Maria beeilte sich und stieg auf der Beifahrerseite ein. »Wo müssen wir denn hin?«

»Nach Linthe. Dort gibt es einen alten Bauernhof, in dem die Feier steigt.«

»Gibt es da auch Alkohol?«

Johannes lachte. »Das will ich hoffen.«

»Ist das nicht verboten?«

»Alkohol?«

»Ich meine die Feier in dem Bauernhof.«

»Nein. Das machen sie dort jeden Monat. Wird *Feier der Jugend* genannt. Die meisten, die dort hingehen, sind zwischen zwanzig und dreißig.«

Johannes startete den Motor und fuhr los.

Maria hätte Johannes gerne einige Fragen gestellt. Wo kommst du her? Was machst du? Wo willst du hin? Ihre Aufregung verhinderte das.

»Du brauchst keine Angst haben«, sagte er nach einer Weile.

»Ich habe keine Angst. Warum denkst du das?«

»Weil du so still bist.«

»Ich bin nervös.«

»Ist es das erste Mal, dass du abhaust?«

»Ja.«

»Hast du Angst vor deinen Eltern?«

»Vor meinem Vater.« Sie sah Johannes an. »Und du solltest ebenfalls Angst haben.«

Johannes sah sie besorgt an. Maria biss sich auf die Lippe. Den Satz hätte sie sich sparen sollen. Für einen Moment befürchtete sie, dass Johannes es sich anders überlegen würde und sie wieder zurückbrächte.

»Was macht dein Vater?«, fragte Johannes nach einer Weile. »Ist er ein Geschäftsmann? Die meisten Mädchen auf dem Internat haben Eltern, die irgendwelche Firmen besitzen.«

Die Wahrheit konnte sie nicht sagen. Spätestens dann würde er mit quietschenden Reifen wenden. Den Rebellen zu spielen, war eine Sache, mit der Tochter des SS-Chefs durchzubrennen, eine andere.

»Mein Vater führt ein Familienunternehmen.«

»Dachte ich mir. Und deine Mutter?« Er sah sie an. »Nur, wenn du darüber sprechen willst.«

»Sie ist bereits lange tot.«

»Das tut mir leid.«

Maria sah aus dem Fenster und schwieg.

Nach zwanzig Minuten Fahrt bogen sie in einen Feldweg ab.

Wenig später erkannte Maria die Umrisse eines alten Bauernhofs. Vielleicht war es doch dumm gewesen, einfach mit einem Fremden wegzufahren. Maria ertappte sich dabei, wie sie sich wünschte, die Soldaten würden sie begleiten.

Sie sah mehrere Jugendliche, die vor einem verfallenen Schuppen saßen und Bierflaschen in ihren Händen hielten. Das entspannte sie. Johannes parkte den Citroën vor einer Halle für Landwirtschaftsmaschinen, vor der eine Reihe von Fahrzeugen standen.

Gemeinsam betraten sie das Hauptgebäude.

Die eigentliche Party fand im Keller statt. An der Treppe schallte ihnen Musik entgegen. Dort unten wurde entartete Schlagermusik gespielt. Die Texte wirkten im ersten Moment gewöhnlich, enthielten aber genug Interpretationsspielraum. Nicht verboten, aber mit leicht staatszersetzender Wirkung.

Marias Erregungszustand stieg erneut. Ihre Ohrläppchen glühten. Das Kellergewölbe war brechend voll. Vermutlich befanden sich mehr als dreihundert Gäste hier unten. Die Partyteilnehmer saßen auf Bierzeltgarnituren, standen in kleinen Gruppen zusammen oder tanzten. Überall auf den Tischen sah Maria leere Weinflaschen stehen, in deren Flaschenöffnungen flackernde Kerzen steckten. Die Luft war dick und roch nach Bier und Zigaretten.

Maria rechnete damit, dass alle sie anstarren würden, als wenn ihr ihre Herkunft auf der Stirn geschrieben stände. Die Angst war unbegründet. Niemand interessierte sich für die Neuankömmlinge. Mit einer Ausnahme. Ein pickeliger Junge kam auf Johannes und Maria zu und drückte beiden im Vorbeigehen eine Flasche Bier in die Hand. Johannes lehnte sich in Marias Richtung und flüsterte ihr ins Ohr. Sein Atem kitzelte sie, sodass sich ihre Nackenhärchen aufstellten.

»Es ist besser, wenn du nicht sagst, dass du aus dem Internat kommst. Die meisten hier mögen keine Kinder von reichen Leuten.«

Maria nickte. »Was soll ich sagen?«

»Keine Ahnung. Denk dir was aus.«

So aufregend die Feier war, Maria fühlte sich verloren. Wie sollte sie sich verhalten? Sie war noch nie auf so einer Party gewesen.

Nach einigen Minuten sagte Johannes: »Ich bin gleich wieder da.«

Maria beobachtete ihn, wie er sich einer Frau näherte, die alleine am Tresen stand und in ihre Richtung sah. Maria schätzte die Frau auf Anfang dreißig. Sie hatte kurze blonde Haare und trug eine Brille.

Eigentlich fand Maria Kurzhaarfrisuren für Frauen unpassend. Aber der Frau am Tresen stand sie gut. Was vermutlich daran lag, dass sie ausnehmend attraktiv war. Schöne Menschen konnten tragen, was sie wollten. Als Johannes die Frau erreichte, sprach er kurz mit ihr. Dann verschwanden sie gemeinsam im hinteren Teil des Kellers.

Sie fühlte eine Welle der Enttäuschung. Warum hatte er sie mitgenommen, wenn er sich mit einer anderen Frau treffen wollte? Eine Zeit lang hielt Maria sich an ihrem Bier fest. Die Minuten vergingen, aber Johannes kam nicht zurück.

Maria trank ihr zweites Bier.

Schließlich faste sie sich ein Herz und folgte den beiden. Dabei schlängelte sie sich durch die Menge der feiernden Menschen. Als sie in den Bereich kam, wo sie Johannes und seine Begleitung vermutete, stellte sie fest, dass dort niemand war. Hier, am Ende des Gewölbes, stapelten sich lediglich Getränkekisten.

Sie bemerkte eine angelehnte Tür, drückte sie auf und sah in den dahinterliegenden Gang. Die Wände waren rau verputzt. An der Deckenbeleuchtung hingen verstaubte Spinnweben. Es war kühl und roch nach Feuchtigkeit und Schimmel.

Sie folgte dem Gang.

Nach einigen Metern erreichte sie eine weitere Tür. Als Maria sie öffnen wollte, hielt sie in der Bewegung inne. Durch die Tür drangen die gedämpften Geräusche einer Unterhaltung. Sie beugte sich vor und legte ein Ohr auf das Türblatt. Maria erkannte die Stimme von Johannes. Allerdings konnte sie nicht verstehen, was er sagte.

Plötzlich hörte sie Schrittgeräusche aus dem Raum.

Jemand kam zur Tür.

Zurück in den Keller mit der Feier würde sie es nicht unbemerkt schaffen. Blieb nur der Weg nach vorne.

Sie klopfte. »Johannes?«

Die Tür ging auf und Maria blickte in das erstaunte Gesicht ihres Begleiters.

»Tut mir leid, dass ich störe. Aber ich habe dich gesucht.«

»Du störst nicht«, sagte eine Frau, die sich hinter Johannes im Raum befand. Es war die Blonde vom Tresen. »Mein Name ist Sandra«, sagte sie. »Es tut mir leid, dass ich dir deinen Freund entführt habe.«

Maria spürte, wie ihr die Farbe in die Wangen schoß. »Wir sind nur befreundet«, sagte sie.

»So habe ich das auch gemeint.«

Jetzt bloß nicht lächerlich machen. »Ja, natürlich.«

»Komm doch rein«, forderte Sandra sie auf.

»Wolltest du nicht gehen?«, fragte Johannes an Sandra gewandt.

»Ein paar Minuten habe ich noch.«

Maria war erleichtert. Zumindest sahen die beiden nicht so aus, als wären sie in den letzten Minuten intim gewesen. Keine zerwühlten Haare, keine ungeordnete Kleidung. Auch wenn Johannes nervös wirkte.

»Gerne«, sagte Maria.

Der Raum war gemütlich eingerichtet. Die Wände waren mit Holz vertäfelt. Es gab einen Tisch und einige Stühle. Sandra zog eine Bierflasche aus einem Kasten, öffnete sie mit einem Feuerzeug und bot sie Maria an.

»Ich muss mal austreten«, sagte Johannes und ließ die beiden Frauen alleine.

Maria nahm die Flasche entgegen und setzte sich zu Sandra. Aus dem Keller drangen Musikfetzen in den Raum.

»Der Text erinnert mich an etwas«, sagte Maria.

»Und an was?«

»*Der Untertan* von Franz Kafka.«

Sandra wirkte erstaunt. »Du hast Kafka gelesen? Der ist auf dem Index. Bist du eine Staatsfeindin? Die Denkerin in der Menge?«

»Mach dich nicht über mich lustig.«

»Tut mir leid. Aber ehrlich gesagt, finde ich es amüsant, wenn Mädels aus dem Internat auf subversiv machen.«

»Woher weißt du, dass ich aus dem Internat komme?«

»Johannes hat es mir erzählt. Ich weiß auch, dass du Maria heißt.«

Maria wurde warm im Bauch. Dass Johannes von ihr erzählt hatte, fühlte sich gut an.

»Du brauchst dir keine Gedanken zu machen. Johannes und ich haben kein Verhältnis«, sagte Sandra.

»Warum sollte mich das interessieren?«

Sandra lächelte sie an. »War nur ein Gefühl.« Sie nahm einen Schluck aus ihrer Bierflasche. »Wie gefällt dir die Welt des Pöbels?«

»Ich scheine hier nicht willkommen zu sein.«

»Das liegt daran, dass Menschen mit Sorgen keine Menschen ohne Sorgen mögen.«

»Wieso denkst du, dass ich keine Sorgen habe? Warum sollte Wohlstand meine Schmerzen lindern?«

»Du weißt, was Schmerzen sind?«

»Meine Mutter ist früh gestorben. Ich weiß, was Schmerzen sind.«

Maria glaubte, Interesse in Sandras Gesicht zu erkennen.

»Du hast nur noch deinen Vater?«

»Ja.«

»Was macht er?«

»Er führt einen Familienbetrieb.«

»Eine große Firma?«

»Nicht unbedeutend.«

»Dann seid ihr reich.«

»Wohlhabend.«

»Das klingt, als ob du alles hast, was du willst.«

»Das ist falsch.«

»Was vermisst du?«

»Freiheit«, antwortete Maria, ohne zu zögern.

Sandra stellte ihre Flasche auf dem Tisch ab. »Die Frage ist, was Freiheit bedeutet. Für John Locke war im siebzehnten Jahrhundert der Zustand der vollkommenen Freiheit des Menschen erreicht, wenn er in den Grenzen der Naturgesetze seine Handlungen lenken und über seinen Besitz und seine Person verfügen kann, wie es ihm am besten erscheint. Ohne dass er hierbei jemandes Erlaubnis einholen muss, und ohne von dem Willen eines anderen abhängig zu sein. Was hältst du davon?«

Sandras philosophischer Einschub kam für Maria überraschend. »Würde das nicht bedeuten, dass ich machen kann, was ich will, ohne auf andere Rücksicht nehmen zu müssen?«

»Man kann es so verstehen.«

»Das wäre Anarchie.«

»Ist Anarchie schlecht?«

»Nicht die Anarchie ist schlecht, sondern der Mensch. Es würde das Recht des Stärkeren gelten. Das wiederum würde verhindern, dass Menschen in einer Gesellschaft leben könnten, weil das Zusammenleben von Menschen nur funktionieren kann, wenn der Einzelne sich zurücknimmt und zum Wohle der Gemeinschaft Kompromisse eingeht. In einer Anarchie müssen aber nur die Schwachen Kompromisse eingehen. Und zwar in der Form, dass sie sich den Stärkeren beugen. Das ist keine Welt, in der ich leben will.«

»Falls das stimmt, bräuchten wir ein Regulativ, das die Freiheit des Einzelnen so weit einschränkt, dass sichergestellt wird, dass sein Handeln nicht die Freiheit der anderen zu sehr beschneidet. Dafür könnte man die Religion benutzen.«

»Das bringt das Problem mit sich, dass Gott nicht selbst mit den Menschen spricht. Sein mutmaßlicher Wille wird von Menschen interpretiert. Und zwar so, wie es ihnen gerade passt und ihren eigenen Bedürfnissen gerecht wird.«

»Stimmt. Die Religion kann leicht missbraucht werden. Darum ist sie ja auch verboten. Vielleicht ist es besser, die Philosophie zu befragen. Für Immanuel Kant war der einschränkende Mechanismus der Freiheit die Vernunft. Nach Kant muss der Mensch in der Lage sein, Kraft seiner Vernunft das Gute zu erkennen und sein eigenes Verhalten daran auszurichten. Für ihn ist freies Handeln gleichbedeutend mit moralischem Handeln. Und freier Wille ist dasselbe wie guter Wille. Freiheit kann nur in den von der Vernunft gesteckten Grenzen existieren.«

»Aber es gibt viele Menschen, deren Vernunft nicht ausreicht, um das Gute zu erkennen. Und die, die das annähernd schaffen, werden sich im Streit um Details verlieren. Das Beste wäre es, wenn die vernünftigsten Menschen sich zusammenschließen und Gesetze erlassen, die das Zusammenleben aller regeln.«

»Die Frage ist nur: Wer entscheidet, wer vernünftig ist und wer nicht? Und wer legt fest, was gut ist? Früher waren es die Aristokraten. Aus ihrer Sicht war es durchaus vernünftig, die Leibeigenschaft für gut und richtig zu befinden und in Gesetzen festzuschreiben. Wenn man Kant folgen will, kann man sagen, dass die Aristokraten den Begriff der Vernunft soweit pervertierten, bis er ihren eigenen egoistischen Interessen entsprach. Das kann es nicht sein.«

»Wenn man solche Entscheidungen einer kleinen Gruppe überlässt, kann das nicht gut gehen. Wie wäre es mit dem ganzen Volk? Dann könnte man vernünftiges Verhalten als eine Art Mittelwert aller Einzelinteressen definieren«, schlug Maria vor.

»Dem schließe ich mich vorbehaltlos an. Natürlich ist das nur eine vage Grundidee. Ich würde diese Idee als Kondensationspunkt einer an der Freiheit orientierten Demokratie bezeichnen. Die Staatsform der Amerikaner kommt dem sehr nahe. So etwas wünsche ich mir auch für Deutschland. Aber da gibt es ein Problem.«

»Das Regime.«

»Nein, das Regime als solches hat keine Macht. Selbst in der dunkelsten Diktatur geht die Macht vom Volk aus. Ohne Volk gibt es keinen Herrscher. Für das Volk gibt es aber Gründe, sich einer Diktatur zu unterwerfen. Im Falle der Deutschen würde ich sagen, dass es sich seit Jahrzehnten im Zustand einer Massenhysterie befindet. Oder in einer Art Wachkoma. Das Volk muss geweckt werden. Leider ist es nicht möglich, jeden Bürger an die Schultern zu fassen und ihn zu schütteln, bis er begreift, was um ihn herum geschieht. Man muss andere Wege gehen, um das Volk zu wecken. Man muss das Regime treffen. Jedes Mal, wenn das Regime erschüttert wird, wachen ein paar Menschen auf.«

»Du redest von Anschlägen.« Maria fühlte Erregung in sich aufsteigen. Der heutige Abend war das Spannendste, was ihr je passiert war.

»Ich rede von gar nichts.«

»Die Terroristen verfolgen vielleicht die richtigen Ziele. Aber sie treffen zu oft die Falschen.«

»Das kommt auf die Terroristen an. Es macht einen Unterschied, ob man eine Bombe in einem Einkaufszentrum zündet oder zum Beispiel gezielt politische Gefangene befreit. Es gibt viele Wege, gegen den Staat zu kämpfen.«

Einen Wimpernschlag lang blitzten die Bilder von der Nacht ihrer Befreiung in Marias Kopf auf.

Ein lauter Knall. Quietschende Zugräder. Blindes Fliehen in die Nacht hinein.

Waren das Terroristen gewesen? Freiwillig hatte das Wachpersonal sie sicher nicht aus dem Waggon gelassen.

Vor einigen Jahren begann Maria, sich zu fragen, warum ihre Mutter im Gefängnis gesessen hatte. Denn einen Grund musste es geben. Natürlich gab es Verbrechen wie Raub oder Mord. Allerdings konnte sie sich nicht vorstellen, dass ihre Mutter so etwas getan hatte. Das wollte sie auch nicht.

»Kann man ins Gefängnis gesperrt werden, ohne dass man ein Verbrechen begangen hat?«

Sandra lachte und schüttelte den Kopf über sie.

»Selbstverständlich kann man das. Wo lebst du denn?«

»Zum Beispiel?«

»Da gibt es viele Gründe. Meistens geht es darum, dass man etwas getan hat, was dem Staat missfällt.«

»Zum Beispiel?«, wiederholte Maria.

»Zum Beispiel, eine andere Meinung zu haben.«

»Das reicht?«

»Im Extremfall ist das so. Wenn man eine andere Meinung vertritt, kann es unter Umständen passieren, dass einem subversives Verhalten vorgeworfen wird. Dann wird es gefährlich. Seit 1933 existiert ein Gesetz, das praktisch jeden zum Terroristen machen kann. Auch wenn er keiner ist. *Gesetz zur Abwehr heimtückischer Angriffe auf den Staat*, nennt sich das Ganze.«

»Geht das so einfach?«

»Heutzutage ist es nicht mehr so schlimm. Aber bis in die Achtzigerjahre hinein verschwanden durch das Gesetz Tausende.«

Bis in die Achtziger. War ihre Mutter deswegen mit ihr im Gefängnis gewesen? Vielleicht hasste Maria den Staat, weil in ihr eine Erinnerung schlummerte, die sie willentlich nicht abrufen konnte, die aber trotzdem ihre Gedanken und ihr Handeln beeinflusste. Etwas, das tief in ihrem Unterbewusstsein steckte. Das musste es sein.

»Ich habe einen Aufsatz geschrieben, in dem ich den Staat als böse bezeichnet habe.«

»Du bist ja eine richtige Rebellin. Willst du jetzt wissen, ob du dafür ins Gefängnis kommst?«

»Kann das passieren?«

»Ich glaube, du kannst dich beruhigen. Ein wenig mehr gehört schon dazu. Aber du könntest von dem Internat fliegen.«

Das war jetzt wohl eher unwahrscheinlich. Selbst wenn sie mit den anderen Mädchen eine Teufelssekte gründen würde, wäre Direktor Rohleder sicher entzückt.

Die Tür öffnete sich.

Ein nervös wirkender Mann kam in den Raum. Er stellte sich hinter Sandra, beugte sich vor und flüsterte ihr etwas ins Ohr.

»Es hat mich gefreut, dich kennenzulernen. Aber ich fürchte, ich muss jetzt gehen«, sagte Sandra und stand auf.

»Schade. Ich hätte mich gerne noch mit dir unterhalten.«

Sandra lächelte.

Maria kam dieses Lächeln halb wissend und halb mitleidig vor.

Ihre neue Bekanntschaft stand auf und verließ zusammen mit dem Mann den Raum.

Da traf sie das erste Mal einen Menschen, der etwas zu sagen hatte, der begriff, dass das Land unter einem Joch litt, und dann verschwand diese wundervolle Erscheinung einfach auf Nimmerwiedersehen. Sie musste unbedingt mehr über diese Frau erfahren. Wo zur Hölle war Johannes?

Ihr wurde schwindelig. Jetzt wo sich Maria nicht mehr auf ein Gespräch konzentrierte, spürte sie die Wirkung des Alkohols. Sie setzte die Bierflasche an den Mund, überlegte es sich anders und stellte sie wieder ab. Es reichte. Für ein paar Minuten blieb sie sitzen. Dann verlor der Wirbel in ihrem Kopf an Energie, ihre Gedanken ordneten sich. Sie musste Johannes suchen und einen Weg zurück ins Internat finden. Wie immer ihr das auch unentdeckt gelingen sollte.

Maria machte sich auf die Suche nach ihrer Begleitung. Zurück bei den Feiernden, stellte sie fest, dass der Keller immer noch brechend voll war. Ihr Blick wanderte durch den Raum. Von Johannes und Sandra fehlte jede Spur. Dann zuckte sie zusammen.

Am Tresen saß Hauptsturmführer Hansen in Zivilkleidung. Er trug eine Hose, die einer amerikanischen Jeans nachempfunden war, und eine schwarze Motorradjacke aus Leder. Mit einem Bierglas in der Hand lächelte er Maria an und prostete ihr zu. Ihr anfänglicher Schreck wich einer aufkommenden Wut. Energisch ging sie auf Hansen zu.

Im Vorbeigehen sagte sie: »Lassen Sie uns gehen.«

»Jetzt schon?«

In Hansens Stimme lag gespielte Enttäuschung. Er folgte Maria die Treppe nach oben.

Als sie das Gebäude verließ, verschränkte sie gegen die Kälte instinktiv die Arme vor der Brust. Kurz verzögerte sie das Tempo, damit Hansen sie überholte. Dann folgte sie ihm zu seinem Wagen. Wenigstens war er nicht mit einer Staatskarosse gekommen. Auch andere Soldaten konnte sie nirgendwo entdecken. Aber die hielten sich bestimmt in der Nähe auf. Maria setzte sich auf den Beifahrersitz.

»Wie haben Sie mich gefunden?«

»Fräulein Lenzer, dachten Sie wirklich, Sie könnten sich unbemerkt vom Gelände davonschleichen? Das ist etwas naiv. Allerdings weiß ich nicht, wie Sie hierhergekommen sind. Sie werden den Weg nicht gelaufen sein.«

Hansen startete den Motor und fuhr los.

Dass er nicht wusste, dass Johannes sie auf die Feier gebracht hatte, erleichterte sie. Aber wie hatte Hansen sie dann aufgespürt?

»Ich bin hier, das muss reichen«, sagte sie.

»Wie Sie meinen.«

»Warum lassen Sie mich nicht einfach in Ruhe?«

»Meine Aufgabe ist es, Sie zu beschützen.«

»Sollte ich Ihnen dankbar sein? Wollen Sie das damit andeuten?«

»Dankbarkeit ist das falsche Wort. Aber ein wenig Respekt wäre nett.«

Seltsamerweise mochte sie Hansen. Er war ihr sympathisch. Jetzt wo er keine Uniform trug noch viel mehr.

»Gut, ich gebe zu, dass ich mich bei Ihnen entschuldigen muss. Sie machen nur Ihre Arbeit und es ist nicht mein Recht, Ihnen Schwierigkeiten zu bereiten. Punkt für Sie.«

»Ich danke Ihnen für die Worte.«

Einen Moment schwiegen sie.

»Es war ein Junge«, stellte Hansen fest.

Maria drückte die Lippen aufeinander.

»Keine Sorge. Das bleibt unter uns. Sie sind kein Kind mehr und ein Mensch. Es steht Ihnen zu.«

»Es steht mir zu«, flüsterte Maria. Dann etwas lauter: »Ich werde eingesperrt. Steht mir das auch zu?«

»Keiner sperrt Sie ein. Wenn Sie gesagt hätten, dass Sie auf diese Feier gehen möchten, hätte Sie der Fahrdienst hierhergebracht.«

»Ich glaube, damit hätte ich die Feier gesprengt.«

Hansen grinste. »Vermutlich.«

»Werden Sie meinen Vater informieren?«

»Nein. Dazu sehe ich keine Veranlassung.«

»Danke.«

»Keine Ursache.«

Damit war ihr Gespräch beendet. Den Rest des Weges sah Maria aus dem Fenster und beobachtete den dunkel vorbeihuschenden Wald.

Erst als sie in die Einfahrt zum Internat einbogen, begann sie, noch einmal zu sprechen. »Ich will das alles nicht. Ich bin gezwungen, das Leben meines Vaters mitzuleben, nicht mein eigenes.«

»Die wenigsten suchen sich ihre Rolle im Leben aus. Dass Ihnen die Ihre nicht gefällt, tut mir leid. Sie sollten jedoch nicht vergessen, dass Sie privilegiert sind. Das Schicksal hätte Sie schlimmer treffen können. Ob es Ihnen gefällt oder nicht. Sie befinden sich ab sofort in einer Position, in der Sie Verantwortung gegenüber der Gesellschaft tragen. Im Übrigen sucht man sich seine Verwandtschaft nicht aus.«

Bei den allermeisten Menschen war das so.

Nur nicht bei Max Lenzer. Der hatte sich seine Verwandtschaft ausgesucht und sich einfach ein kleines Kind geklaut. Es musste einen Weg geben, um sich bei ihm dafür zu revanchieren.

21

ZIELKORREKTUR

Klara Wagner, Freitag, 25.10.1996, 23:10 Uhr

Klara saß auf dem Beifahrersitz eines alten BMWs, der über einen Feldweg rumpelte. Sie verdrehte den Rückspiegel, damit sie durch die Heckscheibe hindurch die Straße beobachten konnte. Der Bauernhof war nicht mehr zu sehen.

»Und? Wie sieht es aus?«, fragte Jan.

Ihr Fahrer, den sie erst seit wenigen Stunden unter dem Vornamen Jan kannte, war Teil der Zelle, mit deren Hilfe Klara den Anschlag auf den japanischen Botschafter durchführen sollte.

»Keine Scheinwerfer.«

»Gut.«

»Denkst du, dass es Bullen waren?«, fragte sie.

»Wie Bullen sahen die nicht aus. Die Kerle sind mit vier Fahrzeugen gekommen. Drei Wagen haben sich auf einen Schotterplatz gestellt. Etwa fünfhundert Meter von dem Bauernhof entfernt. Ein Auto ist vorgefahren. Da saß nur ein Mann drin. Der ist ausgestiegen und in den Keller gegangen.«

»Also haben sie nicht versucht, das Haus zu umstellen.«

»Nein.«

»Wenn es keine Bullen sind, was sind sie dann?«

»Gäste jedenfalls nicht.«

Jan war ihr sympathisch. Ein ruhiger kräftiger Mann mit Vollbart, der nachdachte und in der Lage war, schnelle Entscheidungen zu treffen. Dabei wirkte er besonnen und unaufgeregt. In der Gesellschaft solcher Menschen fühlte sie sich am wohlsten. Als die Zelle sich vor drei Stunden in diesem *Feierhaus der Jugend* das erste Mal getroffen hatte, hatte Jan sich mit den Worten, »Eine meiner Aufgaben ist es, für deine Sicherheit zu sorgen«, bei ihr vorgestellt. Wie sich jetzt herausstellte, waren das keine leeren Versprechungen gewesen.

Klara sah erneut in den Rückspiegel. »Immer noch nichts. Direkt folgt uns niemand.«

»Wollen wir hoffen, dass es dabei bleibt.«

Insgesamt bestand die Zelle aus sechs Personen. Außer Jan und ihr waren da noch Jochen und Herbert, deren Aufgabe darin bestand, die Bombe zu platzieren. Dann gab es noch Wolfgang. Bei ihm hatte Klara ein ungutes Gefühl. Irgendwie hatte sie den Eindruck, dass er die Rolle eines Aufpassers einnahm. Sie vermutete, dass er sie überwachte und der Führungsspitze Meldung erstattete.

Blieb noch Johannes. Der zu spät zu ihrem Treffen erschienen war und dieses Mädchen mitgeschleppt hatte. Darüber würden sie sich unterhalten müssen. Eine Anschlagsplanung vertrug sich nicht mit Unzuverlässigkeit und noch weniger mit Dummheit.

Wie war die KDU an dieses Kind geraten? Klara führte die Gruppe, aber Fritz hatte sie zusammengestellt. Wenn sie sich mit Johannes auseinandergesetzt hatte, musste sie entscheiden, ob es nicht besser wäre, auf die Dienste des Jungen zu verzichten.

Für einen Anschlag dieser Qualität bedurfte es unter normalen Bedingungen einer wochenlangen Vorlaufzeit. Selbst wenn man bedachte, dass sie vorzügliche Informationen über ihr Ziel besaßen, war es innerhalb von nunmehr noch fünf Tagen kaum zu schaffen. Alleine mit dem Bau einer Bombe war es nicht getan. Der Ort des Anschlags musste aufgeklärt werden, um einen Plan zu entwickeln, wo man den Sprengsatz deponierte und wie man ihn dort hinbekam.

Die Jungs von der KDU wollten um jeden Preis einen spektakulären Erfolg. Das merkte man ihnen an.

Nachdem Jan sie vor den Neuankömmlingen auf dem Bauernhof gewarnt hatte, trennte sich die Gruppe. In etwa einer Stunde würden sie an einem neuen Treffpunkt zusammenfinden.

Sie hoffte, der wäre besser gewählt.

Fritz hatte nicht nur die Zelle zusammengestellt. Auch den Treffpunkt auf der Feier hatte er bestimmt. Einen solchen Ort hätte Klara niemals gewählt. Zwar musste die Polizei erst einmal darauf kommen, dass sich dort Terroristen verabredet hatten, wenn sie aber darauf kam, war man erledigt. Der Bauernhof ließ sich leicht umstellen. Wenn das geschah, saß man unwiderruflich in der Falle. Man musste sich immer einen Fluchtweg offenlassen. Amateure.

Mittlerweile fuhren Jan und Klara auf einer kleinen Landstraße durch ein Waldstück. Weit und breit war kein anderes Fahrzeug zu sehen. Sie brauchte frische Luft und kurbelte die Fensterscheibe ein Stück nach unten. Dann lehnte sie den Kopf zurück und schloss die Augen. Der Geruch des Waldes stieg ihr in die Nase.

Sie saugte die Luft ein.

Es gab keinen Geruch, der sie mehr beruhigte.

***

Der Waldgeruch war längst dem Gestank der Stadt gewichen.

Jan parkte den BMW auf einem Hinterhof.

Sie befanden sich im Zentrum der Berliner Bettenstadt, das nicht aus einer endlosen Aneinanderreihung von Hochhäusern bestand. Der Treffpunkt gefiel Klara bereits jetzt besser. Die Bettenstadt war eine vergleichsweise sichere Gegend. Die Polizei fuhr hier nur gezielte Einsätze mit starken Kräften. Einzelne Funkstreifen gab es nicht. Das wäre für die Polizisten zu gefährlich. Damit minimierte sich das Risiko, durch einen dummen Zufall in eine Kontrolle zu geraten.

Sie stiegen aus und betraten durch einen Hintereingang ein Mehrfamilienhaus. Gleich im Erdgeschoss lag eine Wohnung, in der sie sich mit den anderen Zellenmitgliedern treffen würden. Jan hatte ihr erklärt, dass es die Wohnung seines Cousins sei. Er schloss die Wohnungstür auf und schaltete das Licht im Flur an.

»Wo ist dein Cousin?«, fragte Klara, als Jan die Wohnungstür hinter ihnen geschlossen hatte.

»Er macht Urlaub.«

Wollten die sie verarschen? Jeder machte Urlaub und stellte seine Wohnung den Terroristen zu Verfügung?

»Na, dann.«

Sie betrat das Wohnzimmer und ließ sich aufs Sofa fallen.

»Willst du was trinken?«, fragte Jan.

»Nein, danke.«

»Ich hole mir ein Bier.«

Jan verließ das Wohnzimmer.

Klara sah sich um. Wenn sie richtig beobachtet hatte, handelte es sich um eine Zweiraum-Wohnung mit Bad und Küche. Die Einrichtung sah aus, als hätte der Cousin sie vom Sperrmüll zusammengesucht. Vermutlich stimmte das sogar und es war auch nicht weiter verwunderlich. Es wäre eher befremdlich, wenn jemand, der in der Bettenstadt wohnte, eine teure Innenrichtung besitzen würde. Wer Geld hatte, zog so schnell hier weg, wie er konnte.

Als Jan zurück ins Wohnzimmer kam, hielt er eine Flasche Bier in der Hand. Er setzte sich auf einen der beiden Sessel, nahm einen tiefen Schluck und stellte die Flasche auf den Glastisch.

Es klopfte an der Wohnungstür.

Sie sah Jan an.

»Wollen wir hoffen, dass sie es sind«, sagte Jan und ging zur Wohnungstür.

Wenig später standen Jochen und Herbert im Wohnzimmer.

Jochen war eine gepflegte Erscheinung und erinnerte Klara an einen Buchhalter.

Herbert hingegen war dickleibig. Er sah aus wie ein Bademeister, der die Mayonnaise ohne Pommes bestellte.

Niemals wäre Klara auf die Idee gekommen, dass die beiden Terroristen waren. Aber was bedeutete das schon? Es kam ja auch niemand auf die Idee, dass sie für einen Geheimdienst arbeitete.

Einige Minuten später trafen Johannes und Wolfgang ein.

Sie betrachtete Wolfgang weiterhin mit Argwohn. Klaras Gefühl sagte ihr, dass Wolfgang entgegen der Absprache den Kontakt mit der Führungsspitze der KDU aufrechterhielt. Das sollte so nicht sein. Aus Sicherheitsgründen sollte keine Kommunikation mehr stattfinden. Aber es war kaum verwunderlich, dass man ihr nicht hundertprozentig über den Weg traute. Trotzdem gefiel es ihr nicht. Sie würde den Mann im Auge behalten.

Johannes war noch ein Junge. Wie er zu den Terroristen gekommen war, konnte sie sich nicht erklären. Er hatte sich als unzuverlässig erwiesen und daher fand Klara ihn unausstehlich. Unzuverlässigkeit war eine Todsünde.

»Sollen wir die Aktion abblasen?«, fragte Wolfgang.

»Nein. Ich glaube nicht, dass die Männer wegen uns gekommen sind«, sagte Klara.

»Weswegen dann?«

»Ich denke, das kann uns Johannes erzählen.«

»Ich?« Johannes schaute irritiert von einem zum anderen.

»Wer war das Mädchen?«, wollte sie wissen.

»Das habe ich dir doch erzählt. Sie ist eine Schülerin aus dem Internat. Ich habe sie mitgebracht, weil ich dachte, dass es unauffällig wirkt. Du weißt schon. Ein junges Pärchen geht auf eine Feier.«

»Bist du bescheuert? Du bringst ein Mädchen zu unserem Treffen mit. Weißt du eigentlich, was wir machen? Wir planen keine Zeltfreizeit. Das ist dir doch klar, oder?«

»Was soll sie schon machen? Sie kennt uns ja gar nicht.«

»Kennst du sie? Ist sie deine Freundin?«

»Nein. Ich habe sie hin und wieder gesehen. Und vor ein paar Tagen habe ich mit ihr unterhalten. Aber näher kennen tue ich sie nicht.«

»Du hast keine Ahnung, wer sie ist?«

»Wer soll sie sein? Außerdem, wenn du sie für gefährlich hältst, warum hast du dich dann mit ihr unterhalten?«

»Um herauszufinden, wer sie ist.«

»Und?«

»Die Zeit hat nicht gereicht. Also frage ich dich. Wer ist sie?«

Johannes begann auf seinem Stuhl, den er aus der Küche geholt hatte, unruhig hin und her zu rutschen.

»Wie gesagt, sie kommt aus dem Internat.«

»Was machen ihre Eltern?«

»Das weiß ich nicht. Ihr Vater ist wohl ein Geschäftsmann.«

»Ist in den letzten Tagen im Internat irgendetwas Ungewöhnliches geschehen?«

»Warum fragst du?«

»Weil ich herausfinden will, was heute Abend passiert ist.«

Johannes setzte einen nachdenklichen Gesichtsausdruck auf. Er schien eine Erleuchtung zu haben.

»Gestern Morgen ist mir etwas aufgefallen. Kurz bevor ich Maria getroffen habe.«

»Was?«

»Da sind eine Menge Motorräder vorgefahren und dunkle Limousinen.«

»Eine Kolonne?«

»Ich denke schon.«

»Und weiter?«

»Ich habe mich nicht darum gekümmert. Ich hatte zu tun.«

»Hatten die Fahrzeuge irgendwelche Kennzeichnungen?«

»Was meinst du?«

»Zum Beispiel kleine Fähnchen vorne an den Kotflügeln?«

»Jetzt wo du es sagst. Ja, da war etwas. So kleine dreieckige Fähnchen.«

»Wie sahen die aus?«

»Schwarz mit gelben Buchstaben.«

»Goldenen?«

»Meinetwegen auch goldenen Buchstaben.«

»Waren das die SS-Runen?«

»Kann sein. Ich war zu weit weg, um das zu erkennen. Aber ja, ist gut möglich.«

Klara stand auf, ging zu Johannes, der auf seinem Stuhl saß.

Die Ohrfeige, die sie ihm gab, war dermaßen wuchtig ausgeführt, dass es ihn zu Boden warf.

Die anderen sprangen auf. »Was soll das?«–»Bist du verrückt geworden?«–»Lass den Jungen in Ruhe.«

»Er soll froh sein, dass es nur eine Ohrfeige war«, sagte sie, ohne dass sie Johannes aus den Augen ließ. »Ich bin mir ziemlich sicher, dass der Name des Mädchens Maria Lenzer ist. Sagt euch der Name etwas?«

»Ach du scheiße«, platzte aus Jan heraus. »Das war die Tochter des neuen Reichsmarschalls?«

»Eine andere Erklärung habe ich nicht. Die Standarte, die Johannes gesehen hat, gehört dem Reichsmarschall. Seine Tochter heißt mit Vornamen Maria. Genauso wie das Mädchen, das unser Casanova angeschleppt hat. Dass Lenzers Tochter ein Eliteinternat besucht, ist wohl keine große Überraschung. Außerdem würde es das Auftauchen dieser Männer erklären. Das waren SS Leute in Zivil, die nach ihr gesucht haben, weil sie sich aus dem Internat geschlichen hat. Das ist zwar alles kein endgültiger Beweis, aber ich habe keinen Zweifel daran, dass es so ist.«

Eigentlich hätte Klara sich selbst die Ohrfeige geben sollen. Wieso hatte sie mit diesem Mädchen eine Diskussion über staatsfeindliche Themen begonnen? Was, wenn das Küken zu ihrem Vater rannte und ihm davon erzählte? Zwar war das, was Klara gesagt hatte, nicht wirklich schlimm gewesen, aber es war vorstellbar, dass Herr Lenzer das anders bewerten würde. Vielleicht würde er sich dermaßen über den Umgang, den seine Tochter pflegte, ärgern, dass er Maßnahmen ergriff. Falls das so wäre, würde er bei Johannes anfangen, und wenn es schlecht lief, bei ihr enden. Ob das ein realistisches Szenario war, konnte man unmöglich voraussehen. Die Frage war, ob man unter diesen Bedingungen an dem geplanten Anschlag festhalten sollte.

Sie war eine blöde Kuh. Natürlich konnte sie nicht ahnen, wen Johannes da angeschleppt hatte. Aber trotzdem. Eigentlich war es eine ihrer Stärken, zu wissen, wann sie die Klappe zu halten hatte. Irgendwie hatte diese naive Internatsgöre sie gereizt und zu unprofessionellem Handeln verleitet.

»Und wenn es nicht die Tochter von Lenzer war?«, fragte Jan.

»Finden wir es heraus. Lenzer wurde am Dienstag ernannt. Das war überall in den Medien. In irgendeiner Illustrierten oder Zeitung wird es ein Foto von ihm und seiner Tochter geben. Dann wissen wir es genau.«

»Ich kümmer mich darum«, sagte Jochen. »In der Nähe ist eine Tankstelle, die rund um die Uhr geöffnet hat. Vielleicht finde ich etwas.«

»Mach das«, sagte Klara.

Jochen stand auf und machte sich auf den Weg.

»Und wenn sie es war?«, fragte Herbert, der bisher kein Wort geredet hatte.

»Falls es stimmt«, sagte Klara, »muss ich mir überlegen, ob wir den Anschlag durchführen. Immerhin hatte unsere kleine Zelle direkten Kontakt mit der Tochter des Herrn Reichsmarschalls. Ich bin mir über die möglichen Konsequenzen nicht im Klaren, aber es gefällt mir überhaupt nicht.«

»Es stellt auf jeden Fall ein Sicherheitsrisiko dar«, sagte Jan. »Warten wir ab, bis Jochen wieder da ist. Dann sehen wir weiter.«

Klara nickte und setzte sich auf das Sofa.

Herbert und Wolfgang zündeten sich Zigaretten an.

Johannes saß wieder auf seinem Stuhl. Er starrte gegen die Wand und versuchte, allen Blicken auszuweichen.

Jan holte sich ein neues Bier aus der Küche und nuckelte stumm an der Flasche herum.

Nach einer Weile brach Klara das Schweigen.

»Über was hast du dich mit dem Mädchen unterhalten?«

»Was?« Johannes sah sie irritiert an.

»Das Mädchen. Über was hast du mit ihr geredet?«

»Über nichts.«

»Man kann sich nicht über nichts unterhalten. Also?«

»Sie hat mir gesagt, dass sie keine Freundinnen auf dem Internat hat.«

»Und weiter?«

»Ich glaube, sie ist unglücklich. Sie würde gerne aus ihrem Leben ausbrechen.«

»Das arme Kind. Hast du irgendetwas Blödes gesagt? Ihr vielleicht Andeutungen gemacht, was wir vorhaben?«

»Natürlich nicht. Denkst du, ich bin ein Idiot?«

»Genau das denke ich.«

»Pass auf, was du sagst.«

Johannes Stimme klang drohend, aber Klara wusste, dass er sitzen bleiben würde. Den Schneid hatte sie ihm bereits mit der Ohrfeige abgekauft. Sie konnte nur hoffen, dass Johannes die Klappe gehalten hatte.

Nach etwa einer halben Stunde kam Jochen zurück.

Er warf Klara eine Zeitschrift zu. »Da sind Bilder von Lenzer und seiner Tochter drin.«

Sie blätterte die Illustrierte durch und fand den Artikel. Ein kurzer Blick genügte ihr.

»Das ist sie«, sagte sie und warf die Zeitschrift auf den Wohnzimmertisch.

Johannes sprang auf und griff sich die Illustrierte. Er sah sich das Bild an.

»Oh, scheiße.«

Er fasste sich an die Stirn und ließ sich auf seinen Stuhl fallen.

Jan sah Klara an.

»Du hast das Kommando. Brechen wir ab?«

Sie wandte sich an Wolfgang.

»Wann sollen Sprengstoff und Zünder geliefert werden?«

»Es ist kurz nach zwei. Also haben wir bereits Samstag. Heute Mittag um eins.«

»Wir treffen uns um sechzehn Uhr wieder in dieser Wohnung«, sagte Klara. »Bis dahin habe ich eine Entscheidung getroffen.«

»Was soll ich machen?«, fragte Johannes.

»Verhalte dich unauffällig und geh diesem Mädchen aus dem Weg. Bekommst du das hin?«

»Ja. Aber ich muss heute arbeiten.«

»Na und? Sie wird ja wohl über das Wochenende nach Hause fahren.«

Johannes zuckte mit den Schultern. »Weiß ich nicht.«

»Dann melde dich vorsichtshalber krank.«

»In Ordnung.«

»Also dann. Wir sehen uns um vier.«

***

Die Gruppe verließ zeitversetzt die Wohnung.

Als Letztes gingen Jan und Klara. »Soll ich dich bei deiner Unterkunft rauslassen?«, fragte Jan.

»Nein, bring mich zum Hauptbahnhof.«

Es war drei Uhr, als sie den Hauptbahnhof erreichten. Nur wenige Autos und Passanten waren auf den Straßen unterwegs. Je tiefer sie sich in die Innenstadt bewegt hatten, umso nervöser wurde Jan. Klara musste nicht fragen, was los war. Es lag auf der Hand. Um diese nächtliche Uhrzeit fuhren hauptsächlich Funkstreifen und Betrunkene durch die Gegend. Die Wahrscheinlichkeit, in eine Kontrolle zu geraten, war zu keiner Zeit höher.

Jan ließ sie aussteigen. »Bis zu deinem Versteck ist es ziemlich weit. Bist du sicher, dass du hier aussteigen willst?«

»Ich muss ein wenig um die Häuser ziehen, um den Kopf freizubekommen.«

»Du wirst wissen, was du tust.«

Sie setzte ihre Brille auf. »Es ist dunkel und ich halte mich von der Polizei fern. Mach dir keine Gedanken.«

»Bis heute Nachmittag.«

Sie schlug die Beifahrertür zu und sah dem BMW nach, bis sich das Leuchten seiner Rücklichter mit dem Verkehr vermischt hatte.

Sie ging zu einer Reihe von Telefonzellen und rief Träger an.

Es dauerte eine Weile, bis er den Hörer abnahm. Offensichtlich hatte Klara ihn geweckt.

»Ich hoffe, es ist wichtig«, brummte Träger.

»Ist es.«

»Ich höre.«

Sie berichtete von ihrem Treffen mit der Zelle und ihrer Begegnung mit Maria Lenzer. Nachdem sie ihre Ausführungen beendet hatte, hörte sie nur noch die Atemgeräusche von Träger. Sie klangen abgehackt und einen Tick zu schnell. War er nervös?

»Warte einen Augenblick. Ich muss nachdenken. Ich muss kurz nachdenken. Nur einen Moment.«

Ja, eindeutig. Er war nervös.

Nervosität hatte sie nur bei einer Gelegenheit bei ihm bemerkt.

Als Träger sie vor fast fünfzehn Jahren im Gefängnis angeheuert hatte, hatte sich Klaras Leben dramatisch verändert. Sie lernte Sprachen, wurde im Nahkampf und an Waffen ausgebildet. Ihr wurde beigebracht, wie man Türschlösser öffnen konnte, wenn man keinen Schlüssel besaß, und wie man Bomben baute. Sie erhielt Unterricht in Politik, Geschichte, Psychologie und Philosophie. Vier Jahre dauerte ihre Ausbildung und Träger war während dieser Zeit immer an ihrer Seite gewesen. Was sie an ihm schätzen gelernt hatte, war das uneingeschränkte Vertrauen, das er ihr entgegenbrachte. Außerdem hatte er niemals sein Wort gebrochen und sie solange geschützt, bis sie in der Lage war, sich selbst zu schützen.

Dann kam der Abend, an dem sie sich entschlossen hatte, mit Träger zu schlafen. Als sie ihn auf das Sofa stieß und sich auf seinen Schoß setzte, sah er wirklich überrascht aus. Es war das erste und letzte Mal, dass sie eine spontane Gefühlsregung bei ihm registriert hatte. Gemeinsam verbrachten sie einige schöne Tage. Dann war es vorbei.

Stillschweigend. Bis zum heutigen Tag hatten sie über ihre kurze Affäre nicht ein einziges Wort verloren.

Sie wussten beide, dass in ihrem Geschäft eine Beziehung den Tod bedeuten konnte. Außerdem hatte es nichts mit Liebe zu tun. Nur mit Verlangen und Neugierde. Klara hatte bis zu diesem Moment niemals Sex im Leben gehabt. Sie wollte wissen, wie sich das anfühlte. Aus der Erfahrung mit Träger hatte sie den Schluss gezogen, dass Sex angenehm aber nicht wichtig war.

Das war zwölf Jahre her.

Erstaunlicherweise hatte sie nicht das Gefühl, dass Träger seitdem gealtert wäre. Mittlerweile musste er Mitte vierzig sein, aber sein Gesicht wirkte zehn Jahre jünger. Lediglich seine Schläfen waren leicht ergraut. Noch immer glitzerten seine Augen vor Intelligenz und Wachsamkeit, noch immer war er stark.

Eines stand fest. Wenn Träger nervös war, sollte sie es ebenfalls sein.

Endlich fing er wieder an, zu reden. Sie hatte bereits geglaubt, die Verbindung wäre gestört.

»Ich muss dich treffen.«

»Jetzt?« Klara war überrascht.

»Jetzt.«

***

Träger wollte sich mit ihr im Berliner Volksvergnügungspark treffen. Der Park befand sich im Westen von Berlin. In einigen Tagen würde der Park seine Pforten über den Winter hinweg schließen. Aber noch war er rund um die Uhr geöffnet. Die Menschen liebten es, mitten in der Nacht mit den Achterbahnen zu fahren.

Wie bei den meisten öffentlichen Einrichtungen war der Eintritt sehr günstig. Wer herrschen wollte, musste bereit sein, etwas zu geben. Nicht einmal die totale Macht gab es umsonst.

Klara nahm den Abgang zur U-Bahn. Die Bahnen fuhren im Minutentakt.

Der Waggon, in den sie einstieg, war fast leer. Sie setzte sich und sah aus dem Fenster.

An der nächsten Haltestelle stiegen drei betrunkene Männer ein. Auf ihrem Weg durch den Waggon lachten sie laut und pöbelten die wenigen Fahrgäste an, an denen sie vorbeikamen.

Sie erreichten Klara.

Einer der drei blieb stehen und beugte sich zu ihr hinunter. Er grinste breit. Er stank nach abgestandenem Bier und Schweiß.

»Na, du ...«

Weiter kam er nicht.

Klara hatte ihr Messer gezogen und drückte die Klinge in seinen Schritt.

»Entweder du verpisst dich oder ich schneide dir deine dreckigen Eier ab«, sagte sie in einem freundlichen Ton und lächelte dabei.

Um ihren Worten Nachdruck zu verleihen, erhöhte sie den Druck des Messers. Der Mann zuckte zurück und schloss sich seinen beiden Saufkumpanen an, die von der Szene nichts mitbekommen hatten. Irgendwo weiter hinten im Waggon setzten sie sich hin.

Sie steckte das Messer weg.

Dass Träger sie jetzt treffen wollte, war ungewöhnlich. Eine solche unplanmäßige Zusammenkunft während einer verdeckten Operation barg Risiken. Träger war kein Mensch, der unbedacht handelte. Es musste dafür einen triftigen Grund geben. Möglicherweise hatte Klaras und Johannes' Bekanntschaft mit der Tochter von Lenzer das Unternehmen weit aus mehr kompromittiert, als sie befürchtete.

Wenn sie daran dachte, über was sie sich mit diesem Mädchen unterhalten hatte, könnte sie sich immer noch ohrfeigen. Sie kam nicht darüber hinweg, wie amateurhaft sie sich angestellt hatte. Sie hielt Johannes für einen Idioten, war selbst aber genauso dämlich. Davon würde sie Träger natürlich nichts sagen. Auf gar keinen Fall.

Sie erreichte den Park.

Hier am Stadtrand war es deutlich frischer als in der Stadt.

Kalte Windböen trieben Papierservietten auf dem Boden vor sich her. Klara zog den Reißverschluss ihrer Jacke nach oben.

Die Gondeln des Riesenrades waren unbesetzt und die Waggons der Achterbahn ratterten mit einer Handvoll Fahrgästen über die Schienen. Auf den Wegen zwischen den Buden und Fahrgeschäften, wo im Sommer dichtes Gedränge herrschte, ließ sich entspannt flanieren.

Klara lief auf direktem Weg zur Halle des Sieges.

Im Prinzip war die Halle nichts weiter als ein Kino, in dem seit Jahren die ewig gleichen und nie gezeigten geheimen Aufnahmen aus dem Großen Krieg liefen.

Sie erreichte die Halle des Sieges und kaufte eine Eintrittskarte.

Als sie den Kinosaal betrat, flimmerte einer der in Endlosschleifen abgespielten Filme über die Leinwand.

In dem Saal, der Platz für zweihundert Menschen bot, saßen nur handgezählte neun Zuschauer. Alles Pärchen, die herumknutschten. Bis auf einen Mann, der ziemlich weit vorne saß. Das war Träger.

Klara lief durch den Gang, der zwischen den Sitzreihen hindurchführte.

Ihr Vorgesetzter trug wie immer einen dunklen Anzug. Seinen Mantel hatte er auf seinen Schoß abgelegt.

Sie nahm den Platz neben ihm.

»Mandeln?«, fragte er und hielt ihr eine Tüte hin.

»Dass wir uns treffen, ist gefährlich«, sagte sie.

»Ist dir jemand gefolgt?«

»Auf die Frage antworte ich nicht. Also, was hast du mir zu sagen?«

»Du hast ein neues Ziel.«

Damit hatte sie nicht gerechnet.

»Was ist mit dem Anschlag auf den japanischen Botschafter? Ich dachte, ich soll die Führungsspitze der KDU infiltrieren.«

»Dein neuer Auftrag ist wichtiger.«

»Wichtiger, als unsere eigenen Leute zusammen mit einem Japsen in Stücke zu sprengen?«

»Pass auf, was du sagst.«

Träger zupfte sich einige imaginäre Fussel von seinem Jackett.

»Manchmal ändern sich die Prioritäten. Man darf nicht den Fehler begehen, und sich an das Alte klammern, wenn einem das Neue bereits auf dem Schoß sitzt. Flexibilität ist der Schlüssel zum Erfolg.«

Träger nahm einen Schluck aus einem Pappbecher.

»Na gut. Wie lautet mein neuer Auftrag?«

»Du sollst Maria Lenzer in einen Zusammenhang mit der KDU bringen. Am besten mit einem Anschlag.«

Klara stockte kurz der Atem. Damit hatte sie nicht gerechnet.

»Warum?«, fragte sie, als sie die Überraschung verdaut hatte.

»Was, warum?«

»Stell dich nicht dumm.«

»Dein Kontakt zu dem Mädchen kam unerwartet. Aber bei genauer Betrachtung bin ich zu dem Schluss gekommen, dass es ein Glücksfall ist, den man nutzen muss. Dem Schicksal darf man sich nicht widersetzen.«

»Hast du es etwas genauer?«

»Das geht über deine Gehaltsstufe hinaus.«

»Was ist los? Vertraust du mir nicht mehr? Du hast mir immer alles gesagt.«

»Natürlich vertraue ich dir.«

»Also?«

Er machte einen gequälten Gesichtsausdruck. »Das ist kein Kinderspiel.«

»Denkst du, einen Botschafter in die Luft zu sprengen, ist ein Kinderspiel?«, zischte Klara. »Denkst du das?«

»Nicht so laut.«

»Ich dachte, hier ist es sicher.«

»So sicher nun auch wieder nicht.«

»Entweder du sagst mir, was los ist, oder ich mache es nicht.«

»Das wagst du nicht.«

»Bist du dir da sicher? Bin ich die Art Mensch, die dumme Sprüche macht?«

Er schüttelte den Kopf. »Nein, das kann man dir nicht vorhalten.«

»Ich frage dich ein letztes Mal.«

»Klara, du weißt, dass es oft besser ist, wenn man nicht alles weiß.«

Sie beugte sich in Trägers Richtung. »Die Tochter des Reichsmarschalls in eine Falle zu locken, klingt für mich, als würden wir uns Richtung Hochverrat bewegen.«

»Was regst du dich auf? Du hast im Leben genug Dinge getan, für die man dich hängen könnte. Das ist bei Hochverrat nicht anders. Sie nehmen dich fest und richten dich hin.«

»Ich mach mir mehr Gedanken über die Zeit zwischen der Festnahme und dem Hinrichten. Da können viele grausame Jahre dazwischen liegen.«

»Ich kann es dir nicht sagen. Es ist für deine …«

Klara sprang auf.

Träger fasste sie am Ärmel. »Jetzt setz dich wieder hin.«

»Nur wenn du mich einweihst.«

»Setz dich.«

Sie nahm Platz.

»Ich habe dich niemals belogen. Ich hoffe, du weißt das.« Träger sah sie mit einem durchdringenden Blick an.

»Und ich habe dich nie im Stich gelassen.«

»Das stimmt und ist der Grund, warum ich dir die Wahrheit erzählen werde. Eine Beziehung wie die unsere lebt von gegenseitigem Vertrauen.« Er nahm einen weiteren Schluck aus seinem Becher. »Ich will nichts von dem Mädchen. Es geht um Wertheim.«

Klara stand der Mund offen. »Ihr wollt den Reichskanzler töten.«

»Seine politische Karriere beenden.«

»Ein Staatsstreich. Also tatsächlich Hochverrat.«

Träger verzog angewidert das Gesicht. »Bitte nicht diese Wörter. Das klingt so theatralisch.«

Hatte Träger den Verstand verloren? Sie traute ihrem Chef viel zu, aber ein Staatsstreich? Darauf wäre sie nie gekommen. Was war nur mit ihm geschehen? In den letzten Monaten hatte er mächtig an der Eskalationsschraube gedreht. Aber Klara hatte wirklich geglaubt, dass er für die Regierung arbeitete und nicht gegen sie. Grundsätzlich interessierte sie sich für die Regierung einen feuchten Kehricht. Aber trotzdem brauchte man eine Richtschnur, an der man sich orientieren konnte. Man musste doch wissen, auf welcher Seite man stand.

»Wer will Wertheim loswerden?«

»Einflussreiche Kräfte innerhalb unserer Gesellschaft.«

»Was hat Maria Lenzer damit zu tun?«

»Wertheim soll politisch zerstört werden. Das Problem ist, dass Wertheim auf der privaten Ebene praktisch nicht angreifbar ist. Und politisch hat er auch noch keine ernsthaften Fehler begangen. Bis auf den, Lenzer zum Reichsmarschall zu ernennen.«

»Warum war das ein Fehler?«

»Lenzer ist ein unbeschriebenes Blatt. Politisch gesehen besitzt er keine Vergangenheit. Er hat niemanden, der sich für ihn einsetzt. Keine Lobby, keinen Leumund. Wenn es sich herausstellen sollte, dass der Mann in irgendeiner Form das Reich schädigt, wird ihn niemand verteidigen. Das Ganze wird alleine auf Wertheim zurückfallen. Schließlich hat er Lenzer auf den Posten gesetzt. Es würde beweisen, dass Wertheim sein eigenes Führungspersonal nicht im Griff hat. Mit etwas Glück könnte man ihn mit Lenzers Verfehlungen sogar direkt in Verbindung bringen.«

»Ist Lenzer denn eine Gefahr für das Reich?«

»Wir werden dafür sorgen, dass er es ist.«

»An diesem Punkt kommt seine Tochter ins Spiel.«

»Dass du sie getroffen hast, ist ein absurder Zufall. Solche Zufälle müssen etwas bedeuten. Ich weiß, dass sich Maria Lenzer für demokratisches Gedankengut interessiert. Sie besitzt eine subversive Ader und das werden wir für uns ausnutzen.«

»Woher weißt du das? Lässt du sie überwachen?«

»Ich kenne Lenzer und seine Tochter, aber sie kennen mich nicht«, sagte Träger.

Was immer das auch bedeuten sollte.

»Und wie willst du das ausnutzen?«, fragte sie.

»Siehst du eine Chance, das Mädchen für einen Anschlag einzuspannen?«

»Das halte ich für einen sehr optimistischen Plan. Wie soll ich das anstellen? Sie fragen, ob sie mit mir eine richtig dufte Bombe basteln möchte?«

Träger sah sie ernst an. »Du bist meine Favoritin, das weißt du. Aber übertreib es nicht. Wenn andere auf diese Art mit mir reden würden, wären sie längst tot.«

Klara riss sich zusammen. Sie konnte sich viel herausnehmen, durfte den Bogen aber nicht überspannen. »Also wie?«, fragte sie.

»Maria muss nicht wissen, dass sie bei einem echten Anschlag mitwirken soll. Leg sie einfach rein. Denk dir eine Geschichte aus.«

»In Ordnung. Mir wird was einfallen.«

»Wenn es uns gelingt, sie als Terroristin hinzustellen, haben wir eine Kausalkette der Verantwortlichkeit. Das, was Maria Lenzer getan hat, wird auf ihren Vater zurückfallen und damit indirekt auch auf Wertheim.«

»Denkst du wirklich, das reicht aus, um Wertheim aus dem Spiel zu nehmen?«

»Das denke ich. Aber den eigentlichen Schlag führen andere. Ich liefere ihnen nur die Angriffswaffen.«

»Ich dachte, wir arbeiten für die Regierung und nicht gegen sie. Und wenn wir gegen die Regierung arbeiten, für wen arbeiten wir dann? Du hast von einflussreichen Kräften geredet. Und wenn diese Kräfte an der Macht sind, wie geht es dann weiter?«

»Klara, du verwunderst mich. Ich dachte, du hättest längst verstanden, welchem übergeordneten Plan wir folgen.«

»Da muss ich dich enttäuschen.«

»Liegt das nicht auf der Hand? Wir arbeiten für uns. Denkst du wirklich, es gibt im Leben andere relevante Interessen als die eigenen? Ich bin überrascht. Ich hätte schwören können, dass du das Spiel längst begriffen hast.«

»Du meinst, der Sinn des Spiels ist es, das zu tun, was einem selbst am meisten nutzt?«

»So ist es.«

»Wo ist dein Nutzen?«

»Wenn ich gewinne, bekomme ich Macht.«

»Wie viel?«

»Leiter des Reichssicherheitshauptamtes.«

»Chef der Polizei.«

»Für den Anfang.«

»Was springt für mich dabei heraus?«

»Was willst du haben?«

»Ich will aussteigen.«

Träger zog ein Gesicht, als hätte er in eine Zitrone gebissen.

»Ich dachte, das Töten macht dir nichts aus. Das war mir immer deine liebste Charaktereigenschaft.«

»Es macht mir nichts aus. Es macht mir aber auch keinen Spaß.«

Auf der Leinwand sah man einen Atompilz in den Himmel steigen. Es gab einen Schnitt. Nun waren deutsche Soldaten zu sehen, die aus einem Schützengraben spähten und ihre Augen mit den Händen gegen das Licht der Explosion abschirmten. Deutlich erkannte man, dass die Aufnahme in einem Studio gedreht worden war. Alles andere wäre auch nicht möglich gewesen. Die erste Atombombe wurde im Dezember 1943 auf Moskau abgeworfen. Einige Wochen später folgte Stalingrad. Zu diesem Zeitpunkt waren die deutschen Truppen bereits viele hundert Kilometer in Richtung Westen zurückgedrängt worden. Von den beiden Städten war da nichts mehr zu sehen.

Träger schüttelte den Kopf. »Darüber haben wir uns schon öfter unterhalten. Vergiss nicht, was ich für dich getan habe.«

»Das werde ich dir ganz sicher nicht vergessen. Aber ich bin müde geworden. Ich sehne mich nach einem normalen Leben. Wenn du willst, dass ich diesen Auftrag für dich übernehme, will ich die Freiheit. Und Geld. Ich will irgendwo neu anfangen. Vielleicht in der Karibik.«

»Ist das wirklich dein Wunsch?«

»Ja. Unbedingt.«

Träger sah zur Leinwand.

Es machte auf Klara den Eindruck, als würde er ernsthaft über ihre Bedingung nachdenken.

»Gut«, sagte er. »Ich lasse dich gehen, wenn der Auftrag erfolgreich zu Ende gebracht ist.«

Schon wieder überraschte sie Träger.

»Du lässt mich gehen?«

»Ungern. Aber da ich viel von dir verlange, damit ich mein Ziel erreiche, muss ich dir auch etwas bieten. Und wenn es dein Wunsch ist, schenke ich dir die Freiheit. Inklusive einer neuen Identität und entsprechenden Geldmitteln.«

In den letzten Jahren hatte Klara mehrfach versucht, auszusteigen. Alle Bemühungen hatten sich als nutzlos erwiesen. Träger hatte auf sie den Eindruck vermittelt, dass er sie lieber töten würde, als sie gehen zu lassen. Wenn sie es sich recht überlegte, hatte er das bei einer Gelegenheit sogar genauso formuliert. Und jetzt ließ er sie einfach los. Mit den neuen Möglichkeiten, die sich da vor ihr auftaten, musste sie sich erst einmal anfreunden.

Sie sah Träger prüfend in die Augen. Er hatte sie eingeweiht. Das hätte er nicht tun müssen. Er hätte sich irgendeinen Mist ausdenken können. Stattdessen hatte er seinen Plan verraten und ihr anvertraut, dass er dabei war, Hochverrat zu begehen. Sie kannte keinen Menschen, der ihr so viel Vertrauen entgegenbrachte wie Träger.

»Ich mache es«, sagte sie.

Träger wirkte erleichtert.

»Siehst du eine Möglichkeit, das Mädchen mit den Terroristen in Verbindung zu bringen?«

»Ich kriege das hin.«

Wenigstens sah sie keine Probleme, was eine Kontaktaufnahme mit Maria Lenzer betraf. Johannes zog das Mädchen wie ein Magnet an. Vielleicht war der Bengel doch nützlich.

»Gut.«

»Wie viel Zeit habe ich?«

»Keine.«

»Du stehst unter Druck«, stellte Klara fest.

»Normalerweise würde ich das niemals zugeben. Aber es stimmt. Unter großem Druck.«

Klara hatte in der Vergangenheit nie das Gefühl gehabt, dass Träger sie angelogen hätte. Aber so offen wie jetzt hatte sie ihn noch nicht erlebt. Vielleicht lag es daran, weil er mit der Möglichkeit rechnete, zu scheitern. Und wenn das stimmte, war das auch für sie ein triftiger Grund, nervös zu werden. Denn die Möglichkeit des Scheiterns war für Träger nie etwas gewesen, mit dem er sich ernsthaft beschäftigte hatte. Wenn er aber scheiterte, dann rollte ihr Kopf ebenfalls.

»Ich denke, ich sollte jetzt gehen.«

Sie stand auf und machte sich daran, die Sitzreihe zu verlassen.

»Klara.«

Sie drehte sich zu Träger um.

»Enttäusch mich nicht.«

»Das werde ich nicht.«

Sie verließ das Kino.

22

TÜRGESCHÄFTE

Wiebke Raabe, Sonntag, 27.10.1996, 10:25 Uhr

Den gestrigen Tag hatte Wiebke im Bett verbracht. Sie hatte Fernsehen geschaut und ein Buch gelesen, das seit Wochen ungelesen auf ihrem Nachttisch herumlag.

Die Fahrt nach Hamburg hatte mehr Fragen aufgeworfen als beantwortet. Alles, was sie unternahm, sorgte nur dafür, dass sie noch verwirrter wurde, als sie es ohnehin bereits war. Daher entschied sie sich dazu, gar nichts mehr zu tun.

Am Samstagnachmittag hatte ihr Telefon geklingelt. Aus Angst, es könnte ihre Mutter sein, ließ sie es klingeln. Ihre Mutter wollte sicher mit ihr über die Beerdigung ihres Vaters sprechen. Aber davon wollte sie nichts wissen. Zu dem Vorsatz, nichts mehr zu tun, gehörte auch der Versuch, den Tod ihres Vaters per innerem Dekret für ungeschehen zu erklären.

Der Teil ihres Verstandes, der in der Wirklichkeit verblieben war, wusste, dass sie unter einem Nervenzusammenbruch litt.

Dagegen half nur Schokolade.

In der Nacht von Samstag auf Sonntag hatte sie in ihrem Wohnzimmer gesessen, drei Tafeln Vollmilchschokolade in sich hineingestopft und das Puzzle gelegt, das sie aus Hamburg mitgebracht hatte.

Wiebke schlug die Augen auf und streckte sich.

Sie war auf dem Sofa eingeschlafen. In dem Moment, in dem sie die Müdigkeit überwältigt hatte, war ihr das Sofa wie ein Himmelbett erschienen. Nun, nach einigen Stunden Schlaf, offenbarte es seine wahre Natur. Alles tat ihr weh.

Stöhnend setzte sie sich hin.

Auf dem Glastisch vor ihr lag das zusammengesetzte Puzzle.

Dass der Kölner Dom zwei Türme gehabt hatte, war ihr gar nicht mehr in Erinnerung gewesen. Lange betrachtete sie das vor ihr liegende Bild.

Was sollte das? Warum schickte jemand Jan ein uraltes Puzzle, das den Dom zeigte? Sollte das einen tieferen Sinn haben?

Sie hatte sich doch vorgenommen, nichts mehr zu tun. Sich nicht weiter mit dieser Sache zu beschäftigen. Der gute Vorsatz war dahin.

War das eine Botschaft? Wenn ja, dann war Peter der falsche Adressat gewesen. Er hätte nichts damit anzufangen gewusst. Es sei denn, dass Peter überhaupt nicht der Empfänger der Botschaft sein sollte. Vielleicht sollte sie bei ihm nur aufbewahrt werden.

Wenn das stimmte, was war der Inhalt? Ein Bild vom Dom? Sicherlich konnte ein Bild eine Botschaft sein, beziehungsweise eine Information enthalten. Aber ...

»Oh«, entfuhr es ihr.

Bisher hatte sie das Puzzle nur von oben betrachtet.

Sie rutschte vom Sofa, ging auf die Knie und beugte sich unter den Tisch.

Ihr stockte der Atem.

Bereits als sie das Spiel ausgepackt hatte, waren ihr die feinen Linien auf der Rückseite der Puzzleteile aufgefallen. Viele Spiele hatten das. Meistens ergaben die Linien ein Muster, wenn das Spiel gelegt war.

Das war auch hier der Fall. Allerdings war das nicht alles.

Dort standen Zahlen und Buchstaben. Es hatte den Anschein, als hätte jemand das Puzzle zusammengesetzt und dann auf der Rückseite mit einem feinen Stift etwas aufgeschrieben. Eine Botschaft, die nur zu erkennen war, wenn man das Spiel zusammensetzte.

Wiebke sprang auf, rannte in die Küche und griff sich Kugelschreiber und Notizblock aus einer Schublade.

Zurück im Wohnzimmer legte sie sich auf den Rücken und kroch unter den Glastisch.

Als sie sich wieder auf das Sofa gesetzt hatte, sah sie sich den Zettel in ihrer Hand an. Folgendes hatte sie aufgeschrieben: B45678T65567

Ihr Herz raste.

Eine geheime Botschaft. Von wem? An wen? Was bedeutete sie?

Fast eine Stunde lang versuchte sie, hinter das Rätsel zu kommen. Vergeblich bemühte sie sich, die Zahlen und Buchstaben in einen sinnvollen Zusammenhang zu bringen.

Das war ein sinnloses Unterfangen und ohne weitere Informationen unmöglich.

Es klingelte an der Tür.

Sie zuckte zusammen.

Starr blieb sie sitzen und sah in Richtung der Wohnzimmertür. Sie hatte kein Verlangen, die Tür zu öffnen. Da sie kein Paket erwartete, musste das ein Vertreter sein, der ihr irgendeinen Schnickschnack andrehen wollte. Solche Kerle loszuwerden, konnte anstrengend sein.

Als sie sich gerade entspannt hatte, klingelte es erneut. Diesmal energischer.

Sie wartete.

Wieder wurde geklingelt.

»Jetzt reichts.«

Sie stand auf und ging zur Tür. Den würde sie zum Teufel jagen. Sie hatte Verständnis dafür, dass die Leute Geld verdienen mussten, aber wenn die Tür nicht geöffnet wurde, war es dreist, weiter zu klingeln.

Ohne durch den Spion zu sehen, zog sie die Wohnungstür auf.

Vor der Tür standen ein Mann und eine Frau. Der Mann trug einen anthrazitfarbenen Anzug. Die Frau ein gleichfarbiges Modell für Frauen, wobei die Hose durch einen Rock ersetzt war. Beide zeigten ein professionell freundliches Gesicht.

Vertreter sahen anders aus und kamen nicht zu zweit. Das roch nach Behörde.

»Ja, bitte?«

»Sprechen wir mit Frau Wiebke Raabe?«, fragte der Mann.

»Ja. Wer sind Sie?«

Die Frau zeigte ihr einen Ausweis, bei dem Wiebke aus der Entfernung keine Einzelheiten erkennen konnte.

»Wir müssen mit Ihnen reden. Dürfen wir reinkommen?«, fragte die Frau.

»Darf ich den Ausweis mal aus der Nähe sehen? Solange ich nicht weiß, wer Sie sind und was Sie von mir wollen, lass ich Sie nicht rein.«

Die Frau lächelte. »Natürlich.«

Sie trat einen Schritt vor und hob den Arm mit dem Ausweis.

Aber anstatt den Ausweis vorzuzeigen, stieß sie Wiebke plötzlich mit beiden Händen vor die Brust.

Wiebke taumelte zurück und schrie auf.

Bevor sie sich von dem Schreck erholen konnte, war der Mann bei ihr, griff ihr in die Haare und schleifte sie ins Wohnzimmer. Dort stieß er sie zu Boden.

»Wo ist das Paket?«, schrie er sie an.

»Was für ein Paket?«

»Dafür haben wir keine Zeit.«

Er trat Wiebke mit Wucht in den Magen.

Sie hatte das Gefühl, keine Lungen mehr zu besitzen. Vergeblich schnappte sie nach Luft. Ihr wurde schwarz vor Augen.

»Nicht so viel. Sie nützt uns nichts, wenn sie nicht reden kann«, sagte die Frau.

Der Mann ging neben Wiebke in die Knie.

»Das Paket, das du im Kaiser-Wilhelm-Institut bekommen hast. Was hast du damit gemacht?«

»Tisch«, stöhnte Wiebke.

»Was soll das heißen? Da liegt nichts.«

»Tisch. Puzzle.«

»War das Puzzle in dem Paket?«

»Ja.«

»Sieh nach.«

Allmählich bekam Wiebke wieder Luft. Sie rollte sich auf den Rücken. Aus den Augenwinkeln sah sie, wie die Frau sich über das Puzzle beugte.

»Ich kann nichts erkennen. Einfach nur ein blödes Puzzle«, sagte sie.

»Das ist ein Glastisch. Sieh auf der Unterseite nach.«

Die Frau legte sich auf den Rücken und rutschte mit dem Oberkörper unter den Tisch.

»Ich werd verrückt.«

»Hast du was gefunden?«

»Ja.«

»Dann brauchen wir sie nicht mehr.«

Die würden sie umbringen. Ganz sicher.

»Bitte«, flüsterte Wiebke.

Der Mann zog eine Art Spritze aus seiner Jacketttasche. Er stach ihr in den Oberschenkel.

»Keine Sorge. Gleich wird alles besser.«

In diesem Moment polterte es im Flur.

Wiebke wurde schwindelig.

»Was war das?«, fragte der Mann. »Hast du die Tür zugemacht?«

»Ich geh nachsehen.«

Die Augen fielen Wiebke zu. Es gelang ihr nicht, ihre Gedanken festzuhalten.

Sie glaubte, einen Knall zu hören.

Jemand schrie.

Dann wurde die Welt um sie herum schwarz und still.

23

ATOMPROGRAMM

Max Lenzer, Sonntag, 27.10.1996, 11:00 Uhr

Einer der Vorteile, der Chef der SS zu sein, bestand darin, dass es nur wenige Menschen auf der Welt gab, denen man Rechenschaft schuldete. Das Leben zeigte jedoch, dass es in der Regel keinen Vorteil ohne Nachteil gab. In Lenzers Fall bestand der Nachteil in der Bedeutung seines Amtes, die dafür sorgte, dass sein Erscheinen in etwa die gleiche Aufmerksamkeit erregte wie die eines Filmstars aus den Bavaria Studios.

Als Lenzer mit drei Hubschraubern auf dem Fliegerhorst Ingolstadt-Manching landete, begrüßte ihn ein Generalleutnant der Luftwaffe, dem anzumerken war, dass er sich auf den hohen Besuch keinen Reim machen konnte. Der nervöse befehlshabende Offizier des Fliegerhorstes ging offensichtlich vom Schlimmsten aus. Zwar unterstand die Luftwaffe als eigene Truppengattung nicht der SS, aber das unangemeldete Erscheinen des Reichsmarschalls konnte nichts Gutes bedeuten.

Als Lenzer ihm erklärte, er sei nur hier, um einen Bekannten in dem Dorf Hohenried zu besuchen, wirkte der Generalleutnant zunächst ungläubig. Es dauerte einige Zeit, bis Lenzer ihn von seinem Vorhaben überzeugen konnte. Der erleichterte Offizier stellte die geforderten Fahrzeuge für eine Eskorte zu Verfügung.

Eine Stunde nach der Landung erreichten die fünf Wagen der Kolonne Hohenried.

Ein beschauliches Dorf mit einigen hundert Einwohnern. Lenzer hatte in Erfahrung gebracht, dass Professor Anton Degenhard etwas außerhalb der Ortschaft in einem von Wald umgebenen Haus lebte. Als die Fahrzeuge die Einfahrt zu Degenhards Grundstück erreichten, sah Lenzer nur einen Weg, der in den Wald führte. Von Degenhards Haus keine Spur.

»Ich gehe den Rest zu Fuß«, sagte er zu dem Sturmführer, dem die Kolonne unterstand.

»Alleine?«

»Ich glaube nicht, dass in dem Wald Terroristen lauern.«

»Wie Sie wünschen.«

»Ich möchte, dass Sie sich mit den Fahrzeugen irgendwo verdeckt aufstellen. Wo, ist mir egal. Nur nicht hier und nicht im Dorf. Ich melde mich über SatTel bei Ihnen, wenn Sie mich abholen können.«

»Verstanden.«

Dem Sturmführer war augenscheinlich nicht wohl in der Haut, aber er ahnte sicher, dass Einwände ins Nichts laufen würden.

Lenzer konnte ihn gut verstehen. Die Aufgabe des jungen Mannes bestand darin, für seine Sicherheit zu garantieren. Das konnte er nicht, wenn er sich an einem ganz anderen Ort aufhalten musste. Eine solche Situation führte bei Sicherheitskräften immer zu spontanen Bauchkrämpfen. Aber Lenzer hielt es für wichtig, Degenhard nicht mit einem Haufen Soldaten zu erschrecken. Aus diesem Grund hatte er auch auf seine Uniform verzichtet.

Er stieg aus und machte sich auf den Weg.

Während seines Zwischenstopps auf dem Fliegerhorst hatte ihn Hansen angerufen und ihm ein paar weitere Details über Professor Degenhard mitgeteilt.

Der vierundachtzigjährige Degenhard war Professor der theoretischen Physik und in den Vierzigerjahren am Atomprogramm beteiligt gewesen. Der Professor hatte nie die Popularität eines Heisenberg erreicht, gehörte aber trotzdem dem inneren Zirkel des sogenannten Uranprojektes an. Werner Heisenberg, der als Vater der deutschen Atombombe galt, war offiziell im Frühjahr 1949 bei einem Autounfall ums Leben gekommen. Inoffiziell hatte er sich das Leben genommen, weil er sich verantwortlich für den Tod von Millionen Menschen fühlte und die Schuldgefühle nicht ertrug.

Lenzer kam sich ein wenig wie Hänsel vor, der sich auf dem Weg zum Hexenhaus befand. Er lief bereits seit einigen Minuten durch den Wald und hatte fast die Hoffnung aufgegeben. Möglicherweise war er hier am falschen Ort. Dann schimmerten die Umrisse eines roten Backsteinhauses zwischen den Bäumen hindurch.

Er erreichte den Eingang.

Noch konnte man erahnen, dass das Haus vor langer Zeit im Zentrum einer größeren gerodeten Fläche gestanden hatte. Mittlerweile hatte der Wald das meiste davon zurückgeholt. Auf den ersten Blick sah das Haus verlassen aus. Wilder Efeu hatte das Mauerwerk an mehreren Stellen gesprengt. Das Glas der Fenster wirkte stumpf.

Eine Klingel gab es nicht. Lenzer klopfte.

Schrittgeräusche näherten sich der Tür.

Ein alter Mann öffnete. Seine langen weißen Haare hatte er zu einem Zopf gebunden. Er trug eine dunkle Strickjacke und dazu eine farblich passende Cordhose.

»Guten Tag. Sind Sie Professor Degenhard?«

Der Mann schüttelte energisch den Kopf. »Das geht jetzt nicht.«

»Sie wissen doch gar nicht, was ich von Ihnen will.«

»Das ist egal. Ich habe keine Zeit.« Der Mann wollte die Tür zudrücken.

Lenzer stoppte das Türblatt mit der flachen Hand.

»Warten Sie. Es ist wichtig. Mein Name ist Max Lenzer. Ich komme …«

»Lenzer?« Der Mann zog die Tür wieder auf und trat einen Schritt nach draußen. »Der Max Lenzer?«, fragte er.

»Ja.«

In Degenhards Gesicht meinte Lenzer, Neugierde zu erkennen.

»Darf ich reinkommen? Es geht um eine Akte, in der Sie eine wichtige Rolle spielen. Ich muss wissen, was es mit dem Inhalt auf sich hat.«

Degenhard trat zu Seite und ließ Lenzer eintreten.

Nachdem der Professor die Haustür geschlossen hatte, ging er voraus und Lenzer folgte ihm.

Sie betraten ein mit Büchern und Aktenordnern vollgestopftes Arbeitszimmer. Auf dem Boden neben einem Schreibtisch, hinter dem Degenhard Platz nahm, lagen mehrere Stapel Papiere. Die Arbeitsplatte des Schreibtisches war von diversen Zetteln und sonstigem Krimskrams verdeckt.

»Entschuldigen Sie die Unordnung.« Mit dem Unterarm schob Degenhard das ganze Zeug zur Seite. »Bitte, nehmen Sie Platz.«

Lenzer setzte sich auf den Stuhl, der vor dem Schreibtisch stand.

»Sie sind also Max Lenzer.«

Degenhard musterte ihn eingehend. Wobei ein Schleier über den Augen des alten Mannes hing, sodass Lenzer sich nicht sicher war, ob er überhaupt noch viel erkannte.

Lenzer öffnete seine Aktentasche und nahm die kopierte Akte heraus, die er von Hansen erhalten hatte, um sie Degenhard zu zeigen.

Der Professor blickte nur kurz auf den Umschlag, rührte die Akte aber nicht an.

»Es ist erstaunlich, wie Geschehnisse aus der Vergangenheit einen einholen können.«

»Die Akte ist nicht komplett.«

»Natürlich nicht.«

»Sie kennen die verschwundenen Teile?«

Der alte Mann kicherte. »Der gute Helmstätt erlitt damals beinahe einen Herzanfall, als er den Auftrag bekam, das Ganze zu verschleiern. Er sollte die Sache unbedingt aus der Welt schaffen. Als wenn man das könnte.« Degenhard schraubte eine Thermosflasche auf, die auf dem Schreibtisch stand. »Möchten Sie einen Tee?«

Lenzer lehnte ab.

Degenhard schenkte sich einen Becher ein. Dann suchte er etwas auf dem Schreibtisch. »Ich denke, ich habe den Zucker vergessen. Einen Moment bitte.«

Er stand auf und verließ den Raum.

Einige Minuten später kam er mit einer Zuckerdose zurück.

Der Professor setzte sich und schaufelte mit einem Löffel eine ungehörige Menge Zucker in den Becher.

»Helmstätt hat nicht gewagt, die Akte zu vernichten. Dazu war er zu feige. Typischer Bürokrat.«

»Können Sie sich an den Inhalt der Akte erinnern?«

»Selbstverständlich. Und es ist mir unter Androhung der Todesstrafe verboten, darüber zu sprechen. Ich musste damals eine entsprechende Verschwiegenheitserklärung unterzeichnen.« Bevor Lenzer etwas sagen konnte, fuhr Degenhard fort: »Aber das ist lange her.

Machen Sie sich keine Sorgen. Ich erzähle Ihnen alles, was Sie wissen wollen. Wilhelm Kleist ist Ihr Onkel. Stimmt das?«

Lenzer nickte.

»Als ich Ihren Onkel in der Klinik getroffen habe, war er ein seltsam gebrochener Mensch.«

»Sie haben mit meinem Onkel gesprochen? In der Nervenklinik?«

Degenhard winkte mit beiden Händen. »Alles nacheinander. Ich fange am besten von vorne an. Haben Sie etwas Geduld. Ich nehme an, dass Sie sich den Inhalt der Akte angesehen haben. Ich meine das, was von ihr übrig geblieben ist.«

»Ja. Aber ich bin nicht schlau daraus geworden.«

»Sie sind doch ein Mann vom Fach, der das Kriegshandwerk gelernt hat. Haben Sie jemals mit anderen darüber diskutiert, wie es Ende 1943 um den Krieg stand?«

»Hin und wieder.«

»Und was ist Ihre Meinung?«

»Der Krieg war zu dem Zeitpunkt verloren. Mir ist bewusst, dass es nach dem Krieg aus Propagandagründen anders dargestellt wurde. Aber jeder, der etwas Ahnung von Kriegsführung hat, muss erkennen, dass es vorbei war. Aber diese Einschätzung ist nicht besonders populär.«

»Mit ihrem Standpunkt treffen Sie den Nagel auf den Kopf. Der Krieg war allerdings verloren. Das beweisen die gesammelten Daten und mein Abschlussbericht. Während sie die Daten in der Akte gelassen haben wurden mein Bericht und einige andere Dokumente entfernt.« Degenhard nahm einen Schluck aus seinem Becher. »Der Krieg war verloren, wurde aber gewonnen. Es stellt sich die interessante Frage, wie sein kann, was nicht sein darf. Wie siegt man, kurz vor der totalen Niederlage?«

»Durch eine Wunderwaffe.«

»So ist es. Behalten Sie diese Ausgangslage im Hinterkopf. Ist Ihnen der Name Ernst Berger ein Begriff.«

»Er war ein Kriegskamerad meines Onkels.«

»Im Januar 1972 hat Berger einen schweren Fehler begangen. Vermutlich im Zuge von erhöhtem Alkoholkonsum hat er auf einem Fest eine hanebüchene Geschichte zum Besten gegeben. Er hat behauptet, dass sein alter Freund und Kamerad Wilhelm Kleist die Zukunft vorausgesagt hätte. Kleist habe ihm bereits im Dezember 1942 gesagt, dass die Deutschen ein Jahr später eine Atombombe auf Moskau werfen würden.«

»Das ist allerdings Unsinn.«

»Warten Sie es ab. Der interessante Teil kommt erst. Natürlich hat ihm niemand geglaubt. Die Anwesenden haben ihn ausgelacht und gesagt, dass man hinterher immer behaupten könnte, man könne in die Zukunft sehen. Jetzt fühlte Berger sich herausgefordert. Er erzählte, dass das nicht alles sei. Kleist habe ihm bereits damals Details des Atomprogrammes verraten. Diese Details posaunte Berger heraus. Selbstverständlich glaubte auch das niemand. Bis auf einen. Der gute Mann war während des Krieges im Abwehrdienst der Wehrmacht gewesen. Er hatte zwar keine Ahnung vom Atomprogramm, aber einen guten Instinkt. Das was Berger erzählte, klang für ihn zu schlüssig, um erfunden zu sein. Und was noch wichtiger war: Es klang nach Dingen, die niemand wissen sollte. Also meldete er Berger.«

»Details hin oder her. Es wird doch wohl keiner die Geschichte über Wahrsagerei geglaubt haben.«

»Das nicht. Aber es roch nach einem Fall von Geheimnisverrat und Spionage. Noch heute sind viele Sachverhalte aus dem damaligen Atomprogramm streng geheim. Und wenn Berger keinen Unfug erzählt hatte, woher wusste er davon?«

»Also wurde Berger aufgrund eines Spionageverdachtes verhört?«

»So ist es.«

»Wer hat ihn verhört? Die Gestapo?«

»Nein. Berger war zu dieser Zeit bereits Angehöriger der SS. Mein lieber Freund, der Herr Oberster Justiziar Helmstätt, hatte dafür gesorgt, dass der Vorgang von der SS aufgeklärt werden konnte. Ich denke, er wollte verhindern, dass die SS Schaden nimmt, wenn sich die Vorwürfe als wahr erweisen würden.«

»Sie wissen, dass Berger tot ist?«

»Natürlich. Einige Monate nach der ganzen Sache erlag er einem Schlaganfall.«

»Wollte man ihn beiseiteschaffen, wie man es mit Teilen der Akte gemacht hat?«

»Hin und wieder sterben Menschen, weil ihre Zeit gekommen ist. Selbst in unserer Welt.«

»Aber hin und wieder werden sie auch beiseitegeschafft.«

Degenhard lächelte und nahm einen Schluck Tee.

»Hatten Sie keine Angst, dass man Ihnen etwas antut?«

»Ich vermute, dass Helmstätt mit dem Gedanken gespielt hat. Aber ich hatte zu der Zeit viele mächtige Freunde. Wenn er es tun wollte, dann war zu feige dafür.«

»Konnte der Spionageverdacht gegen Berger erhärtet werden?«, fragte Lenzer.

»Nein. Egal, was sie versuchten, Berger blieb bei seiner Geschichte.«

»Berger hat meinen Onkel schwer belastet. Wurde mein Onkel vernommen?«

»Ja, aber nicht offiziell. Schließlich galt er als verrückt und war kaum zugänglich. Ich besuchte Ihren Onkel und befragte ihn zu der Angelegenheit. Es war ein kompliziertes Gespräch. Einerseits redete er wirres Zeug, andererseits bestätigte er Bergers Geschichte und glänzte mit geradezu unheimlichen Details.«

»Wollen Sie damit andeuten, dass an der Sache etwas dran ist?«

»Ich will zunächst einmal nur, dass Sie mir zuhören. 1938 wurde durch Hahn und Straßmann die Uranspaltung entdeckt. Es hat nicht lange gedauert, bis die Physiker auf der ganzen Welt begriffen, dass die Kernenergie dazu genutzt werden konnte, eine gigantische Bombe zu bauen. Dass der Bau einer Atombombe in Deutschland bis Anfang 1943 nicht ernsthaft in Betracht gezogen wurde, lag unter anderem an einem fehlerhaften Experiment, das Professor Bothe im Jahr 1940 in Heidelberg durchführte. Wenn man eine Atombombe bauen will, braucht man hoch angereichertes Uran. Eine Grundvoraussetzung ist also ein Atommeiler. In Deutschland wussten die Forscher, dass Schweres Wasser als sogenannte Bremssubstanz in einem Reaktor geeignet ist. Allerdings war Schweres Wasser zu dieser Zeit Mangelware. Die größte Bezugsquelle befand sich im besetzten Norwegen. Die Norsk Hydro stellte in einem Werk bei Rjukan Schweres Wasser in nennenswerter Menge her. Leider wurde die Anlage im Laufe des Krieges durch ein Kommandounternehmen der Alliierten stark beschädigt. Bothes Experiment sollte untersuchen, ob auch hochreines Grafit als Bremssubstanz geeignet war. Hochreines Grafit ist wesentlich einfacher und günstiger herzustellen. Durch einen Fehler in seinen Berechnungen kam Bothe zu dem Schluss, dass Grafit ungeeignet sei. Diese Fehleinschätzung war einer der Gründe dafür, warum das Atomprojekt in Deutschland mit weitaus weniger Nachdruck vorangetrieben wurde als in den USA. Der Aufwand schien zu groß. Kriegswichtige Ressourcen sollten nicht für ein Projekt verbraucht werden, das erst in vielen Jahren ein Ergebnis liefern würde.«

»Es tut mir leid, Sie zu unterbrechen. Aber ich befürchte, Sie kommen vom Thema ab.«

Degenhards Augen blitzten kurz auf. Der Schleier war verschwunden.

»Halten Sie mich nicht für debil. Hören Sie lieber aufmerksam zu.« Er trank seinen Tee leer und stellte die Tasse zurück, sodass es schepperte. »Ich selbst war auch seinerzeit an dem Atomprogramm beteiligt. Nicht an so prominenter Stelle, wie zum Beispiel Heisenberg, Straßmann oder Hahn. Aber ich war dabei und kannte alle Hauptakteure persönlich. Daher wurde ich beauftragt, die Geschichte, die Berger und Kleist uns aufgetischt hatten, zu untersuchen. Man verband damit die Hoffnung, dass ich als jemand, der Zugang zum inneren Kreis der Atomforscher hatte, herausfinden würde, wer von ihnen zu viel geredet hatte oder sogar ein übergelaufener Spion war. Also sprach ich mit den Wissenschaftlern. Kleist hatte unter anderem behauptet, dass Professor Bothe am zweiten Weihnachtstag 1942 seinen Fehler verstanden hätte. Ihr Onkel meinte, man habe Bothe in dessen Arbeitszimmer die Richtung gewiesen. Im Laufe meiner Untersuchungen besuchte ich Professor Bothe. Ich fragte ihn, was am zweiten Weihnachtstag 1942 geschehen war. Der verwirrte Bothe wollte wissen, woher ich das wusste. Er erzählte mir folgende Geschichte. Am zweiten Weihnachtsfeiertag 1942 sei er spät abends noch einmal in sein Arbeitszimmer gegangen. Dabei habe er festgestellt, dass auf dem Boden einige Blätter lagen. Er vermutete, dass die Blätter aus einem Aktenordner gerutscht seien. Er hob die Papiere auf und stellte fest, dass es sich um Unterlagen seines Experimentes von 1940 handelte. Sie erinnern sich? Die Geschichte mit dem Grafit.«

Lenzer nickte.

»Bothe setzte sich an seinen Schreibtisch und sah sich die Aufzeichnungen an. Plötzlich hatte er eine Eingebung. Er verstand, dass er sich getäuscht hatte. Grafit war sehr wohl als Bremssubstanz in einem Reaktor geeignet. In den folgenden Tagen wiederholte Bothe sein Experiment. Erst danach klärte er sein Missgeschick offiziell auf. Er versicherte mir, dass er mit niemandem über den Abend in seinem Arbeitszimmer geredet hatte. Ich hatte keinen Grund, ihm nicht zu glauben. Es stellt sich also die Frage, woher Ihr Onkel wissen konnte, was am 26.12.1942 bei einem ihm persönlich unbekannten Wissenschaftler in dessen Arbeitszimmer geschehen war? Und was meinte er damit, dass Bothe die Richtung gewiesen wurde?«

»War Professor Bothes Entdeckung entscheidend für das deutsche Atomprojekt?«

»Man kann sagen, dass es die Initialzündung war.«

»Was haben Sie dann getan?«

»Mich beschlich ein seltsames Gefühl. Ich untersuchte die Sache weiter. Allerdings anders, als meine Auftraggeber das vermuteten. Ich nahm den gesamten Krieg und das Atomprogramm als solches unter die Lupe. Zunächst stellte ich fest, dass der Krieg Ende 1943 verloren war. Danach kam das Atomprojekt an die Reihe. Was ich herausfand, war irritierend.«

»Inwiefern?«

»Eine Atombombe zu bauen, war kein Kinderspiel. Zumal es zu der damaligen Zeit keine Kernreaktoren gab. Das alles war eine völlig neue Technik. Der Aufwand war gewaltig. Die Amerikaner setzten in ihrem Manhattan-Projekt mehrere zehntausend Arbeitskräfte ein. Deutschland nur einige hundert. Viele Städte, Industrieanlagen und die Infrastruktur wurden im Krieg durch Bombenangriffe zerstört. Aber es wurde nichts zerstört, was für das Atomprojekt eine Bedeutung hatte. Kein Experiment misslang. Es gab keine Rückschläge. Nicht einen Einzigen. Alle Berechnungen stimmten, niemand leistete sich den geringsten Fehler. Am Ende wurde die erste Bombe zusammengebaut und ohne auch nur einen Test über Moskau abgeworfen.«

»Worauf wollen Sie hinaus?«

»Sie kennen sicher die Geschichte mit den tausend Affen, die tausend Jahre lang auf Schreibmaschinen tippen und am Ende alle Werke von Shakespeare schreiben würden.«

»Man sagt es so.«

»Stellen Sie sich einen einzelnen Affen vor, der ohne sich zu vertippen, in einer Woche das Gleiche tut. So wahrscheinlich war die deutsche Atombombe.«

»Also praktisch unmöglich.«

»Sie haben es erfasst. Das Beste was man sagen kann, ist, dass die Bombe nicht gegen die Naturgesetze verstößt. Das ist allerdings auch alles.«

»Eine Wunderwaffe im wahrsten Sinne des Wortes.«

»Besser könnte ich es nicht ausdrücken.«

»War das der Inhalt Ihres Berichtes?«

»Mein Fazit war, dass es die Bombe nicht geben dürfte. Das Problem, das die SS Führung mit meinem Bericht hatte, war, dass er genauso verrückt wie stichhaltig erschien. Die Zweifel waren selbstverständlich enorm. Aber meine Ergebnisse machten sie trotzdem nervös. Daher entschieden sie, alles zu verheimlichen.«

»Kann es sein, dass Sie sich geirrt haben?«

»Ich befürchte nein.«

Lenzer wusste nicht, was er sagen sollte. Jetzt wusste er, was in der Akte stand. Aber, statt dass ihn diese Information weiterbrachte, erzeugte sie lediglich ein grenzenloses Gefühl der Verwirrung. Wenn das alles nicht kompletter Blödsinn war, führte Degenhards Untersuchung zu einer einzigen Frage: Wie konnte etwas sein, das nicht sein konnte?

Ein Paradoxon.

»Sie glauben mir nicht«, stellte der Professor fest.

»Ich weiß es nicht. Es ist schwierig, das zu glauben. Wenn unsere Welt nicht sein kann, warum ist sie dann?«

»Kennen Sie das physikalische Prinzip der Quantenverschränkung?«

»Nein.«

»Wissen Sie, was ein Photon ist?«

»Ein Lichtteilchen.«

»Genau. Nehmen wir zwei Photonen. Nach den Gesetzen der Quantenmechanik können sich zwei Photonen miteinander verschränken. Das bedeutet, dass sie als System einen Zustand annehmen, der sich nicht mit der Summe der beiden Teilchen beschreiben lässt.«

»Was soll das bedeuten?«

»Dass nach einer Verschränkung der Teilchen etwas dazugekommen ist, das vorher nicht existierte.«

»Ein Teilchen aus dem Nichts?«

»Kein Teilchen. Nennen wir es vereinfacht eine Information. Das Zauberhafte ist, dass diese Verschränkung immer noch Bestand hat, wenn die beiden Teilchen sich räumlich voneinander trennen. Wenn wir eines der Teilchen hundert Kilometer in eine beliebige Richtung transportieren, besteht die Verschränkung weiterhin. Ändern wir jetzt den Zustand des Photons, welches wir behalten haben, ändert sich gleichzeitig der Zustand des anderen Photons.«

»Dann müssen Sie irgendwie miteinander verbunden sein.«

»Das ist ja gerade das Faszinierende. Sind sie eben nicht.«

»Das ist nicht möglich.«

»Das hat Einstein wohl ähnlich gesehen. Er selbst hat die Quantenverschränkung postuliert, war aber nicht überzeugt von der Sache. Er nannte die Quantenverschränkung eine spukhafte Fernwirkung. Vor drei Jahren wurde sie von dem englischen Physiker Harald Patel experimentell nachgewiesen und seitdem mehrfach in weiteren Versuchen bestätigt.«

»Was wollen Sie mir damit sagen?«

»Dass sich das Universum einen Dreck für unsere Vorstellungskraft interessiert. Es gibt noch unendlich viele Dinge, die wir nicht begreifen.«

»Das hilft mir nicht, zu verstehen, wie die Bombe gebaut werden konnte, wenn es nicht möglich war.«

»Nein. Aber es hilft Ihnen vielleicht dabei, es hinzunehmen.«

Lenzer hatte das Gefühl, dass er praktisch sein gesamtes Leben hingenommen hatte. Das musste aufhören.

»Damit kann ich mich nicht zufriedengeben.«

»Das tut mir leid. Aber ich wüsste nicht, wie ich Ihnen weiterhelfen kann.« Der Professor runzelte die Stirn. »Das heißt, da fällt mir etwas ein.« Er zog eine Schublade auf und wühlte in ihr herum. »Als ich Ihren Onkel in der Nervenklinik befragte, sagte er mir, dass Professor Bothe die Richtung gewiesen wurde. Sie erinnern sich?«

»Ja.«

»Ich fragte ihn, durch was oder von wem Bothe der Weg gewiesen wurde. Ah, da ist es ja.«

Degenhard hielt ein Foto in der Hand.

»Ihr Onkel gab mir das hier.«

Er reichte Lenzer das Bild.

Auf dem Foto waren zwei Männer zu sehen. Bei einem der Männer handelte es sich um seinen Onkel Wilhelm Kleist. Den anderen kannte Lenzer nicht.

Während sein Onkel mit düsterer Miene in die Kamera blickte, lächelte der Fremde.

Nach dem Hintergrund zu urteilen, wurde das Foto in einem Speisesaal aufgenommen. Der unbekannte Mann und sein Onkel saßen an einem festlich gedeckten Tisch.

Auf der Rückseite des Bildes war etwas aufgedruckt.

1. Weihnachtsfeiertag 1971. Wir wünschen Ihnen und Ihren Angehörigen ein Frohes Fest. Ihr Haus Nordblick.

1971 hatte man das Weihnachtsfest noch gefeiert. Offensichtlich hatte die Anstalt zum Fest geladen und die Gäste durch einen Fotografen ablichten lassen.

Das Bild war einige Monate vor dem Tod seines Onkels im Mai 1972 entstanden.

»Mein Onkel hat nie Besuch empfangen.«

Jahrelang hatte er versucht, seinen Onkel zu besuchen. Jedes Mal wies man ihn ab. Seltsamerweise hatte Richard in der Beziehung wesentlich weniger Hartnäckigkeit bewiesen. Schnell hatte er sich damit abgefunden, dass sein Vater ihn nicht sehen wollte.

»Na ja, das stimmt offensichtlich nicht ganz«, sagte Degenhard. »Ich habe ihn besucht. Dieser Mann ebenfalls. Wenige Tage vor dem Tod Ihres Onkels wollte ich ihn noch einmal aufsuchen. Die Sache hat mich zu der Zeit sehr beschäftigt und ich hatte noch viele Fragen. Ich erhoffte mir keine wirkliche Aufklärung, aber ich musste es wenigstens versuchen. Jedenfalls kam ich in der Klinik an und man sagte mir, dass Ihr Onkel bereits Besuch von einem Priester habe. Ich bin dann wieder gegangen. Als ich es einige Tage später erneut versuchte, war Ihr Onkel verstorben.«

»Ein Priester? Das kann ich mir nicht vorstellen. Mein Onkel war niemals religiös und katholisch sowieso nicht.«

»Vielleicht hatte er zu diesem Zeitpunkt bereits den Entschluss gefasst, zu sterben. Wenn der Tod naht, entdecken viele Menschen ihre Religiosität. Einen katholischen Priester hat er womöglich gewählt, weil er den Wunsch hatte, eine Beichte abzulegen.«

»Sie glauben, er wollte vor seinem Tod sein Gewissen erleichtern?«

»Ich denke, so war es.«

»Warum? Wegen seiner Taten im Krieg?«

»Vielleicht.«

Lenzer sah sich das Foto an.

Sein Onkel war im November 1968 in die Nervenklinik eingewiesen worden. Zu dem Zeitpunkt hatte Lenzer sich auf dem Internat befunden. Richard hatte ihn darüber informiert. Bis zu seinem Tod hatte Lenzer seinen Onkel nicht mehr gesehen.

Wilhelm Kleist hatte jeden Kontakt mit der Außenwelt abgelehnt. Dabei wäre es ihm möglich gewesen. Die Einrichtung Nordblick war keine der üblichen Verwahranstalten, sondern ein Haus mit Renommee für Menschen mit Geld.

In den letzten Monaten vor seinem Suizid hatte sein Onkel dann gleich drei Besucher empfangen. Zuerst den Mann auf dem Foto, danach Degenhard und schließlich sogar einen Priester.

»Warum zeigen Sie mir das Bild?«, fragte Lenzer.

»Weil Ihr Onkel behauptet, dass dieser Mann Professor Bothe den Weg gezeigt hätte.«

Lenzer sah sich den Mann genauer an. Er trug wie sein Onkel einen dunklen Anzug. Wenn der Mann auf dem Foto nicht gelächelt hätte, hätte man glauben können, sie wären Gäste auf einer Beerdigung. Der Mann war ungefähr dreißig Jahre alt. Viel mehr gab es nicht festzustellen.

»Das ist alles nicht wirklich hilfreich, Herr Professor. Hat mein Onkel Ihnen gesagt, wie der Mann heißt?« Er legte das Foto auf den Schreibtisch.

»Nein. Aber ich kann Ihnen sagen, dass ihr Onkel behauptet hat, den Mann aus dem Krieg zu kennen. Über die Bekanntschaft schien er sehr unglücklich zu sein. Er machte auf mich den Eindruck, als hätte er den Mann lieber nie getroffen.«

Lenzer nahm das Bild erneut in die Hand. »Das ist nicht möglich. Der Mann auf dem Bild ist um die dreißig. Das Foto wurde im Dezember 1971 aufgenommen. Die Schlacht um Stalingrad ging von Ende 1942 bis Anfang 1943. Wie alt soll der Mann da gewesen sein? Zehn?«

»Vielleicht ist er älter, als er aussieht.«

»Dann hat er sich aber glänzend gehalten.«

»Mehr kann ich Ihnen nicht sagen. Aber vielleicht können Sie mit dem Bild Nachforschungen anstellen. Wenn der Mann in Stalingrad war, dann müsste es ein Foto von ihm geben.«

»Sie meinen die alten Wehrakten.«

»Zum Beispiel.«

»Angenommen, der Mann war tatsächlich in Stalingrad, wie soll er dann Bothe auf den Weg gebracht haben? Und vor allem womit?«

»Ich weiß es nicht.«

»Nur wenige sind aus Stalingrad zurückgekehrt.«

»Ihr Onkel und sein Freund Berger haben es geschafft«, stellte der Professor fest.

Da war etwas dran. Sein Onkel hatte wenig über seine Kriegserfahrungen erzählt und darüber, wie er aus dem Kessel von Stalingrad entkommen war, hatte er niemals ein Wort verloren. Vielleicht hatte der Unbekannte das Glück gehabt, nach Hause zu kommen, bevor die 6. Armee eingekesselt wurde. Heimaturlaub. Verletzung. Da gab es einige Möglichkeiten.

»Kann ich das Bild behalten?«, fragte Lenzer.

»Sicher.«

Lenzer steckte das Foto ein und lehnte sich zurück.

»Sie sehen unglücklich aus«, sagte Degenhard.

»Ich bin gekommen, um ein Rätsel zu lösen, und habe dabei nur neue gefunden. Die letzten Jahre waren einfach für mich. Alles besaß Struktur. Aber jetzt scheint es, als wäre meine Welt nur ein billiges Bühnenbild aus Pappmaschee gewesen, das sich nun im Regen auflöst.«

Degenhard setzte ein aufmunterndes Lächeln auf.

»Wer weiß, vielleicht ist das gar nicht schlecht. Sie wissen nicht, was zum Vorschein kommt, wenn sich das Bühnenbild Ihrer Welt auflöst.«

Lenzer war nicht scharf darauf, das herauszufinden.

24

THESEUS IM LABYRINTH

Wiebke Raabe, Sonntag, 27.10.1996, 15:30 Uhr

Wiebke öffnete die Augen und sah einen verschwommenen grünen Fleck.

Ihr war übel und ihr Kopf schmerzte. Nach einigen Sekunden sah sie klarer und stellte fest, dass sie sich auf der Rückbank eines Autos befand. Sie lag auf dem Rücken und sah durch das Fenster die Krone eines Baumes.

Wieso war sie im Auto eingeschlafen? Und warum lag sie auf der Rückbank?

Die Erinnerung setzte ein.

Ruckartig versuchte sie, sich aufzusetzen. Aber der Schwindel in ihrem Kopf verhinderte das. Sie ließ sich zurückfallen und schloss die Augen. Das machte es erträglicher.

Ihre Hände waren nicht gefesselt und sie lebte. Das waren die guten Nachrichten des Tages.

»Ich glaube, sie kommt zu sich«, sagte eine Frauenstimme.

Wiebke war zu benommen, um sich zu erschrecken.

Sie war nicht alleine in dem Fahrzeug. Das war dann wohl eine der schlechten Nachrichten.

Erneut öffnete sie die Augen.

Durch den Spalt der beiden Vordersitze sah sie, dass der Fahrersitz unbesetzt war. Die Tür stand offen. Die Frau, die gesprochen hatte, musste auf der Beifahrerseite sitzen. Oder hatte sie sich die Stimme eingebildet?

Ein Schatten huschte am Fenster vorbei und verdunkelte für einen Moment ihre Aussicht auf die Baumkrone. Dann setzte sich der Schatten auf den Fahrersitz.

Es war ein Mann.

Ein Mann, den sie gut kannte, aber bereits lange nicht mehr gesehen hatte. Er hatte sich verändert. Seine dunkelblonden Haare waren einer Glatze gewichen und einen Vollbart hatte er nie getragen.

»Freut mich, dich zu sehen«, flüsterte Wiebke. »Was hast du die letzten drei Jahre getrieben?«

Ein Teil von ihr begriff, dass ihre Reaktion völlig unangemessen war.

Siegfried sah sie mit einem besorgten und mitleidigen Gesichtsausdruck an.

»Es tut mir leid, Wiebke«, sagte er.

»Was tut dir leid?«

»Alles, was war, und alles, was kommt.«

Wiebke schloss erneut die Augen. Sie musste träumen. Da tauchte ihr Freund nach drei Jahren aus dem Nichts auf und sprach wie ein griechisches Orakel zu ihr. Das musste ein Traum sein. Es fragte sich allerdings, ob ihre Lage besser werden würde, wenn sie aufwachte. Ein schlauer Zug wäre es, einfach weiter zu träumen.

»Die haben dir ein Narkosemittel gespritzt«, sagte Siegfried in ihrem Traum. »Die Wirkung wird bald nachlassen.«

»Ich möchte nicht, dass sie nachlässt.«

Wiebke hörte, wie eine Tür geöffnet wurde.

»Hier, trink das.«

Das war wieder diese Frau. Die hatte in ihrem Traum nichts zu suchen. Sie spürte eine Hand im Nacken, die sie nach oben drückte, etwas berührte ihre Lippen.

»Du musst das trinken. Dann geht es dir besser.«

Wiebke öffnete die Augen, schielte nach unten und sah die Öffnung einer Flasche.

»Mach einfach den Mund auf.«

Widerwillig gehorchte sie. Die Flüssigkeit schmeckte bitter. Mehr als zwei kleine Schlucke bekam sie nicht hinunter. Dann drehte sie den Kopf weg.

»Das ist ja ekelhaft. Was ist das?«

»Etwas, was dich auf die Beine bringt. Dauert nur eine Minute.«

Die Frau griff Wiebke unter die Arme. »Bernd, hilf mir. Wir müssen sie hinsetzen.«

Wenig später wurde auch aus der anderen Richtung an ihr gezerrt.

»Ich will liegen bleiben«, stöhnte Wiebke.

»Du kannst froh sein, dass Bernd dich im letzten Moment gefunden hat. Sonst wärst du jetzt an einem wesentlich schlimmeren Ort.«

»Danke Bernd«, stöhnte Wiebke. Nach einer Weile setzte sie hinzu: »Wieso heißt du jetzt Bernd?«

»Das ist mein Deckname.«

»Aha.«

Sie saß aufrecht. Die Müdigkeit verschwand plötzlich. Nur die Kopfschmerzen pochten in ihrem Kopf und erzeugten einen Ton in ihrem Schädel wie ein Hammer, der auf festen Mutterboden einschlug.

Langsam dämmerte ihr, dass das alles kein Traum war.

Im Prinzip war es eine gute Sache, dass sie unter Drogen stand. Ansonsten hätte sie das Wiedersehen mit ihrem tot geglaubten Freund nicht verkraftet.

Eine Weile sagte niemand etwas.

Wiebke hielt die Augen geschlossen. Das erschien ihr am vernünftigsten.

»Was ist hier los?«, fragte sie schließlich.

»Wir müssen wissen, was geschehen ist.«

Kein Zweifel. Das war Siegfrieds Stimme.

Und kein Zweifel. Das war keine Antwort auf ihre Frage.

Sie fasste allen Mut zusammen und öffnete die Augen. »Du bist es wirklich«, stotterte sie.

Siegfried lächelte gequält.

»Ja, ich bin es wirklich.«

»Wo warst du? Was ist passiert? Warum bist du wieder da?«

»Das ist eine lange Geschichte und wir haben nicht viel Zeit.«

Die Überraschung wich einer aufkommenden Wut. »Dann rede lieber schnell.«

»Auf der Fahrt.«

Die fremde Frau, der Wiebke bisher noch nicht ins Gesicht gesehen hatte, setzte sich wieder auf den Beifahrersitz. War Siegfried mit ihr durchgebrannt? Nein, das war zu absurd. Außerdem erklärte es nicht den Angriff in ihrer Wohnung und was die beiden nun von ihr wollten.

Siegfried fuhr den Wagen aus dem Waldstück, in dem sie gestanden hatten.

»Ich habe mich dem Gladius Dei angeschlossen. Daher musste ich untertauchen«, sagte Siegfried.

»Du bist in einer Sekte? Ich weiß, dass du früher geheime Gottesdienste besucht hast. Aber ich dachte, das hättest du aus Protest gemacht. Dass du tief gläubig bist, wusste ich nicht.«

»Du hast mit deiner Einschätzung recht. Ich bin nicht gläubig. Aber das Gladius Dei ist auch keine Sekte.«

»Sondern?«

»Eine Organisation zur Bewahrung der Menschheit«, sagte die Frau auf dem Beifahrersitz, während sie sich zu ihr herumdrehte.

Das erste Mal sah sie das Gesicht der Frau. Sie war im gleichen Alter wie Wiebke. Allerdings deutlich unattraktiver. Sie spürte Erleichterung, was in der momentanen Situation ein lächerliches Gefühl war.

Eine Organisation zur Bewahrung der Menschheit. Das klang ein wenig nach staatsfeindlichen Bestrebungen. Das kam ihr alles bekannt vor. Sie erinnerte sich an etwas.

»Oh«, entfuhr es ihr.

»Was ist?«, fragte Siegfried.

»Mein Vater hat vor Ewigkeiten von dem Gladius Dei geredet. Das sind Terroristen.«

»Terroristen«, fauchte die Frau. »Die einzigen Terroristen in diesem Land sitzen im Reichstag.«

»Und was wollt ihr? Einen Gottesstaat auf Erden? Ich bin mir nicht sicher, ob ich das besser finde.«

»Natürlich findest du das nicht besser. Du gehörst zum System.«

Wiebke lehnte sich zurück. Darauf hatte sie keine Antwort parat. Sie gehörte tatsächlich zum System. Dabei hatte sie das niemals beabsichtigt. Ihre Grundmotivation hatte darin bestanden, etwas zu ändern. Das Einzige, das sich geändert hatte, war sie selbst. Mit der Zeit hatte sie sich immer weiter ihrem Umfeld angepasst, bis sie schließlich mit ihm verwuchs. Keine Frage. Sie war gescheitert. Aber Bomben legen, konnte auch keine Antwort sein.

»Aber keine Sorge«, sagte die Frau. »Unser Ziel ist nicht der Gottesstaat. Momentan sind wir damit ausgelastet, den Teufel zu vertreiben.«

Wiebke wandte sich an Siegfried. »Du bist also verschwunden, weil du dich Terroristen angeschlossen hast?«

»Das war zu deinem eigenen Schutz.«

Wiebke beugte sich nach vorne und schlug Siegfried mit der flachen Hand ins Gesicht. »Du blödes Arschloch!«, schrie sie.

Die Frau neben Siegfried griff ihr in den Arm. »Bist du verrückt? Nicht während er fährt!«

»Dann soll er anhalten!«

»Beruhige dich«, sagte die Frau.

»Mein Freund löst sich in Luft auf. Jahrelang lebe ich mit dem Gefühl, dass ihm etwas Grauenhaftes zugestoßen ist. Ich werde angegriffen und unter Drogen gesetzt. Und jetzt sitze ich hier mit meinem tot geglaubten Freund und irgendeiner fremden Frau und habe keine Ahnung, was los ist.« Wiebke schlug sich gegen die Stirn. »Ach nein. Ich weiß ja doch, was los ist. Terroristen haben mich entführt.« Wiebke funkelte die Frau an. »Du hast recht. Ich sollte mich beruhigen.«

»Ich verstehe, dass du sauer bist.«

»Sauer?«, brüllte Wiebke. »Ich bin nicht sauer. Ich explodiere.«

Mittlerweile fuhren sie auf einer verkehrsleeren Kreisstraße durch den Wald.

»Wenigstens wissen wir jetzt, dass der Wachmacher wirkt«, sagte die Frau und drehte sich wieder nach vorne. »Für meinen Geschmack sogar etwas zu gut. Ich heiße übrigens Ariadne.«

»Oh. Ariadne. Die Frau, die Theseus geholfen hat, den Minotaurus zu besiegen, indem sie ihm einen Faden gab, an dem er wieder aus dem Labyrinth fand. Hältst du Siegfried auch den Faden?«

»Lass den Mist. Wir sind kein Paar.«

»Dafür bist du auch viel zu hässlich.«

»Jetzt reichts.«

Ariadne kletterte zwischen den Spalt der beiden Vordersitze und griff Wiebke in die Haare.

»Bist du bescheuert?«, schrie Siegfried. Er lenkte den Wagen auf einen Schotterplatz, auf dem geschichtete Holzstämme lagerten, und trat auf die Bremse.

Die Vollbremsung schleuderte Ariadne nach vorne.

»Kriegt euch beide wieder ein!«

Wiebke sah Siegfried mit böse funkelnden Augen an.

»Ich verstehe dich«, sagte er an Wiebke gewandt. »Und ich weiß auch, dass ich mich unglücklich ausgedrückt habe. Aber die Sache, der ich mich angeschlossen habe, ist wichtiger als du oder ich.«

»Was soll denn so wichtig sein?«, fragte Wiebke.

»Wir versuchen, die Menschheit zu retten«, sagte Siegfried.

Kleiner ging es wohl nicht.

»Und die Nachricht auf dem Puzzle soll euch dabei helfen.«

»Sie ist von großer Bedeutung«, sagte Ariadne.

Mehr wollte Wiebke über diese Sache gar nicht wissen. Die Information genügte ihr.

Sie hatte ohnehin das Gefühl, dass sie bereits über zu viele Dinge Bescheid wusste. Aber sie ahnte, dass es nicht dabei bleiben würde.

»Dann habt ihr ja, was ihr wollt. Und wie geht es jetzt weiter? Ich meine damit vor allem, wie es mit mir weitergeht.«

Er fuhr wieder los.

»Das kann ich dir noch nicht sagen. Wie bist du an das Puzzle gekommen?«

Wiebke erzählte von ihrer Jugendzeit, die sie gemeinsam mit Peter verbracht hatte. Wie sie Peters Familie aus den Augen verlor und wie sie nun, fünfzehn Jahre später, den Brief erhalten hatte, der sie zu dem Puzzle geführt hatte.

Ariadne und Siegfried sahen sich erstaunt an.

»Die Welt ist wirklich klein«, sagte Siegfried.

»Für meinen Geschmack ist sie gerade etwas zu klein«, stellte Wiebke fest, während sie aus dem Fenster sah.

Sie fuhren noch immer durch das Waldgebiet. Nur gelegentlich zweigten Straßen ab, die laut Beschilderung zu ihr unbekannten Dörfern führten.

»Wer hat Peter das Spiel geschickt?«, fragte Wiebke. »War es sein Vater?«

»Das weiß ich nicht«, sagte Siegfried. »Unsere Organisation ist nach der Idee der autarken Gruppe aufgebaut. Jedes Mitglied einer Gruppe verfügt über die gleichen Informationen. Die Gruppen untereinander wissen hingegen von den jeweils anderen Gruppen nur das Allernötigste. Das hat den Vorteil, dass ein Mitglied nicht die gesamte Organisation gefährden kann. Es hat aber auch Nachteile.«

»Wenn eine Gruppe total ausfällt, weiß keiner mehr, was los ist«, sagte Wiebke.

»Zumindest muss man einen erheblichen Informationsverlust kompensieren«, sagte Siegfried.

Der klang nun fast wie Amtsrat Stegner.

»Sag ich doch. Keiner weiß mehr, was los ist.«

»Eine unserer Gruppen hatte den Auftrag, etwas zu suchen«, fuhr Siegfried fort. »Weder Ariadne noch ich wissen, wonach sie suchen sollten. Das Puzzle ist eine Kommunikationsrückfallebene für den Notfall. Die Verbindung zu der Gruppe ist vor einigen Tagen abgerissen. Wir vermuten, dass sie gefasst wurden. Wenn das der Fall ist, können wir nur hoffen, dass sie bei dem Zugriff getötet wurden oder Zeit hatten, es selbst zu tun. Wir hofften, dass der Anführer der Gruppe noch genügend Zeit hatte, das Spiel zu verschicken.«

»Ihr hofft eine ganze Menge. Kein Wunder, dass ihr bei einer religiösen Sekte seid«, zischte Wiebke.

Siegfried und seine Begleiterin ignorierten ihren bissigen Kommentar.

»Ich erhielt den Auftrag, in das Kaiser-Wilhelm-Institut zu fahren. Ich sollte das Spiel in Hamburg abholen. Ich war erleichtert, als ich erfuhr, dass das Puzzle tatsächlich verschickt worden war. Offensichtlich hat der Anführer der Sucher es noch rechtzeitig auf den Weg bringen können. Vermutlich hatte er das Unheil kommen gesehen. Aber zu meinem Entsetzen hatte man das Puzzle an eine Frau ausgehändigt. Als ich erfuhr, dass du diese Frau warst, traute ich meinen Ohren nicht. Ich habe mich sofort auf den Weg zu dir gemacht und kam gerade noch rechtzeitig.«

»Warum hat man dir überhaupt Auskunft gegeben?«

»Ich bin als Notfallkontakt eingetragen. Bernd Scheffler. Frau Bauer war sehr erfreut, mich zu sehen. Sie hat mir gesagt, dass sie versucht hätte, mich zu erreichen. Was natürlich nicht ging, weil die hinterlegte Adresse nicht existiert.«

»Die beiden, die mich in meiner Wohnung überfallen haben. Woher wussten die, dass ich das Paket habe? Und woher kannten sie meine Adresse?«

»Ich habe keine Ahnung.«

Siegfried hatte gesagt, dass der Anführer der verschollenen Gruppe das Puzzle verschickt hatte. War das Peters Vater gewesen? Wer sollte sonst auf eine solche Idee kommen?

Vermutlich hatten die Terroristen Peters Eltern das Geld gegeben, um ihren Sohn unterzubringen. Sie erinnerte sich dunkel daran, dass der Bruder von Peters Vater ein höheres Kirchenamt bekleidet hatte. Gut möglich, dass Peters Vater über seinen Bruder den Kontakt zum Gladius Dei aufgebaut hatte.

Die Gruppe hatte den Auftrag, etwas zu suchen. Herr Seegert war Tiefbauingenieur. Lag das, was sie suchten, in der Erde?

»Was habt ihr mit mir vor?«, fragte Wiebke.

»Wenn deine Geschichte stimmt, dann bist du in diese Sache durch einen wirklich dummen Zufall hineingeraten«, sagte Ariadne. »Ich persönlich glaube dir. Aber du wirst mich leider begleiten müssen. Denn, auch wenn du die Wahrheit sagst, müssen wir dich aus dem Verkehr ziehen.«

»Ihr wollt mich umbringen?«, stieß Wiebke erschrocken hervor.

»Natürlich nicht. Wir sind nicht wie die. Es dient am Ende deiner eigenen Sicherheit. Die werden erneut jemanden schicken, um dich zu holen.«

Ob es stimmte, was Ariadne sagte? Beruhigend waren ihre Worte allemal.

»Was ist mit den beiden in meiner Wohnung geschehen?«

»Ich habe sie erschossen«, sagte Siegfried.

»Da liegen jetzt zwei Leichen in meinem Wohnzimmer?«, keuchte Wiebke.

»Alleine das ist ein Grund, warum du nicht mehr zurückkannst.«

Wiebke schlug die Hände vor das Gesicht.

»Sei froh, dass ich noch rechtzeitig gekommen bin. Ich konnte die Information sichern, das Puzzle in deiner Spüle verbrennen und dich in mein Auto tragen. Zum Glück hatten die beiden keine Unterstützung.«

Sie nahm die Hände herunter und schüttelte den Kopf. Nur mit Mühe gelang es ihr, die Tränen zu unterdrücken. Womit hatte sie das verdient?

Und Peters Vater? Der war entweder tot oder in irgendeinem Foltergefängnis. Der arme Mann. Was war mit Peters Mutter? Sie wollte es gar nicht wissen.

»Wer waren dieser Mann und die Frau in meiner Wohnung? Gestapo?«

»Vermutlich«, sagte Siegfried.

Einige Minuten blieb es still im Wagen.

Wiebke versuchte, das Geschehene zu verarbeiten.

Sie konnte nicht behaupten, dass sie in ihrem Leben besonders glücklich gewesen wäre. Aber es besaß Struktur. Alles folgte einem festen Plan. Nun fühlte sie sich wie ein Blatt in einem Sturm.

Seit einigen Kilometern hatten sie den Wald hinter sich gelassen.

Sie fuhren an einem stoppeligen Feld vorbei, über dem Krähen ihre Kreise zogen. Wiebke konnte in einiger Entfernung voraus ein Bauernhaus erkennen. Es war das erste Gebäude, das sie sah, seitdem die beiden sie aus dem Schlaf gerissen hatten.

Siegfried gab Gas, um einen Trecker zu überholen, der einen Anhänger mit dampfendem Mist zog.

Wenig später fuhren sie durch ein kleines Dorf.

»Da vorne ist eine Tankstelle. Halt da bitte an«, sagte Ariadne.

»Warum?«

»Weil ich mich frisch machen muss.«

»Wieso frisch machen?«

»Willst du mich nicht verstehen? Ich muss austreten.«

»Kannst du es nicht noch aushalten?«, fragte Siegfried genervt.

»Dann würde ich dich nicht auffordern, anzuhalten«, zischte Ariadne.

Siegfried verlangsamte und fuhr auf das Tankstellengelände.

Er hielt neben einigen Gebrauchtwagen, an deren Windschutzscheiben Preisschilder klebten, und schaltete den Motor aus.

»Beeil dich. Ich will hier nicht lange herumstehen.«

Ariadne stieg aus.

Wiebke sah ihr zu, wie sie im Tankstellengebäude verschwand. Dann musterte sie Siegfried von schräg hinten.

»Mit Haaren hast du mir besser gefallen.«

»Ich musste mein Aussehen verändern«, sagte er, ohne sich umzudrehen.

»Hast du eine Vorstellung davon, was du mir angetan hast?«

»Es tut mir leid.«

»Es tut dir leid? Na dann ist ja alles gut.«

»Mir fällt nichts Besseres ein.«

»Ich nehme an, dass deine Freundin nicht Ariadne heißt. Ist das auch ein Kampfname?«

»Ja.«

»Wie heißt sie wirklich?«

»Keine Ahnung. Es ist besser, so etwas nicht zu wissen.«

»Ist das alles tatsächlich wahr?«, fragte Wiebke.

»Was meinst du?«

»Dass ihr Terroristen seid. Dass man versucht hat, mich zu entführen und umzubringen. Passiert das alles oder träume ich nur?«

»Ich befürchte, es passiert.«

Wiebke schüttelte den Kopf.

»In was bin ich da hineingeraten? Ich habe doch niemandem etwas getan.«

»Das ist der Welt egal.«

Ariadne kam zurück und setzte sich auf den Beifahrersitz.

Siegfried startete den Motor.

Sie verließen die Ortschaft.

»Wo sind wir und wo fahren wir hin?«, fragte Wiebke nach einigen Minuten des Schweigens.

»Wir sind bald da. Wir beide steigen aus. Bernd fährt alleine weiter«, antwortete Ariadne knapp.

»Fahren wir in euer Hauptquartier?«

»So könnte man es nennen.«

»Kann ich euch nicht begleiten?«, fragte Siegfried. »Mein Auftrag ist erfüllt.«

»Nein. Sicher wirst du bald einen neuen Auftrag bekommen. Und du darfst nicht mehr wissen als unbedingt notwendig.«

»Ja, ich weiß«, seufzte er.

An einem Forstweg bremste Siegfried den Wagen und bog ab.

»Was soll das?«, fragte Ariadne.

»Jetzt muss ich austreten. Ich halte da hinten bei den Büschen.«

»Aber mich anschnauzen.«

»Dauert keine Minute.«

Das Auto stoppte und Siegfried stieg aus.

Er umrundete den Wagen und klopfte an das Beifahrerfenster. Ariadne ließ das Fenster runter.

»Was?«

»Steig mal aus. Ich muss unter vier Augen mit dir reden.«

Ariadne schnallte sich ab, wobei sie leise vor sich hin fluchte. Sie stieg aus und knallte die Tür zu.

Wiebke beobachtete die beiden.

Siegfried und Ariadne liefen einige Schritte und blieben zwischen den Büschen stehen.

Die Frau hob die Schultern, als würde sie fragen, was denn nun los sei.

Siegfried hob den rechten Arm. Er hielt dabei etwas in der Hand.

Bevor Wiebke realisierte, dass es eine Pistole war, knallte es.

Das Geräusch löste eine elektrische Kaskade in ihren Nervenbahnen aus, die sie zusammenzucken ließ.

Er hatte ihr ins Gesicht geschossen.

Siegfrieds Komplizin war noch nicht ganz zu Boden gesunken, da hatte er sich bereits wieder umgedreht und kam zum Auto zurück.

Er öffnete die hintere Beifahrertür.

»Es tut mir wirklich leid«, sagte er.

Dann richtete er die Pistole auf Wiebke.

25

BASTARD

Maria Lenzer, Montag, 28.10.1996, 08:35 Uhr

Am Freitagabend hatte Hansen sie von der Feier abgeholt und ins Internat gefahren. Er hatte ihr versprochen, die Sache für sich zu behalten. Ob er sich tatsächlich daran gehalten hatte? Hansen machte einen ehrlichen Eindruck auf sie und Max hatte sie über das Wochenende nicht mit Anrufen belästigt. Daher sprach einiges dafür, dass er geschwiegen hatte.

Es war ihr ohnehin egal, ihre Gedanken waren bei Johannes und Sandra. Am Samstag hatte sie vergeblich versucht, Johannes auf dem Gelände des Internats zu finden. Einer der Angestellten hatte ihr schließlich gesagt, dass Johannes sich krankgemeldet hätte. Gerne hätte sie gefragt, wo er wohnt, aber das hatte sie nicht gewagt. Den Rest des Wochenendes hatte Maria damit verbracht, in düsterer Stimmung vor sich hin zu grübeln.

Jetzt saß sie am Montagmorgen im Mathematikunterricht und hörte Erklärungen zur Analysis zu.

Sie hoffte, dass Johannes heute wieder zur Arbeit erscheinen würde. Gesehen hatte sie ihn noch nicht. Im Klassenraum zu sitzen und sich mit etwas so Nebensächlichem wie Mathematik zu beschäftigen, trieb sie fast in den Wahnsinn. Sie rutschte auf ihrem Stuhl herum und wusste nicht, was sie mit ihren Händen anstellen sollte.

Johannes und Sandra planten etwas. Davon war sie überzeugt.

Ihr Gespräch mit Sandra hatte sie wachgerüttelt. Die Frau war der Beweis dafür, dass es Menschen gab, die wie sie dachten. Mehr noch. Sie dachten nicht nur so, sie ließen ihren Worten Taten folgen.

Was hatten die beiden vor?

Vielleicht starteten sie eine Aktion mit Buttersäure oder sie hingen ein Transparent an einem öffentlichkeitswirksamen Ort auf. Sie konnte sich auch vorstellen, dass es den beiden um eine Spontandemonstration ging, bei der sich zumeist junge Menschen auf einem Platz trafen und mit Schildern und Sprechchören demonstrierten. Wenn die Alarmsirenen der Polizei in der Ferne zu heulen begannen, suchten sie das Weite.

So etwas geschah ständig.

Jede politisch motivierte Idee, die gegen das System zielte, war ihr recht, solange sie mit von der Partie war. Sie hoffte, dass es dafür noch nicht zu spät war.

Maria dachte noch einmal über ihr Gespräch mit Sandra nach. Plötzlich überkam sie das Gefühl, diese Frau zu kennen. So als habe sie Sandra vor langer Zeit getroffen. Das war kaum vorstellbar, aber das Gefühl blieb.

Was Johannes anging, hatte Maria sich mittlerweile eingestanden, dass sie sich in ihn verliebt hatte. Eine merkwürdige Sache, wenn sie bedachte, dass sie ihn kaum kannte und bisher nur wenige Sätze mit ihm gewechselt hatte. Aber so war es vermutlich mit der Liebe. Sie kam, wann es ihr passte, und nahm keine Rücksicht auf persönliche Wünsche und Vorstellungen.

Eines war Gewissheit: Ihre aufgeflammte Liebe und der Wunsch nach Rebellion verlangten danach, Johannes zu sehen. Ohne ihn gab es nichts von beidem. Maria glaubte nicht, dass Johannes tatsächlich krank war. Ausgerechnet nach diesem ominösen Treffen mit Sandra.

Was sollte sie tun, wenn er überhaupt nicht mehr kommen würde?

In diesem Moment sah sie durch die Fenster Johannes am Gebäude vorbeilaufen. Beinahe hätte sie vor Freude aufgelacht. Sofort meldete sie sich und bat darum, auf die Toilette gehen zu dürfen.

»Natürlich Fräulein Lenzer.«

Maria riss sich zusammen, um nicht aus dem Klassenzimmer zu stürmen.

Als sie auf dem Flur stand und die Tür hinter sich geschlossen hatte, verlor sie die Beherrschung und rannte los. Kurz vor dem

Ausgang blieb sie stehen und sah sich um. Die beiden Wachposten, die sich vor ihrem Klassenraum aufgestellt hatten, blieben an Ort und Stelle. Eine Sorge weniger.

Sie verließ das Unterrichtsgebäude. Wo war Johannes hingegangen? Ihr Blick suchte das Gelände ab.

Zwei Gärtner fegten auf einem Kiesweg, der sich durch die parkähnliche Anlage schlängelte, Laub zusammen. Außer den beiden Männern konnte sie niemanden entdecken. Ihren Kopf in alle Richtungen gleichzeitig drehend stolperte sie den Weg entlang. Überall standen akkurat gestutzte Hecken im Weg herum, sodass sie kaum zwanzig Meter weit sehen konnte.

Dann stand Johannes vor ihr.

»Da bist du ja«, sagte Maria eine Spur zu euphorisch und ärgerte sich über sich selbst.

Sie sah ihm in die Augen, konnte seinen Blick aber nicht einfangen. Sein Gesicht glich dem einer Wachspuppe.

»Ich kann nicht bleiben, weil ich immer noch krankgemeldet bin. Aber ich wollte dich unbedingt sehen. Ich will dich treffen«, sagte Johannes. »Sei um zwölf am Brandenburger Tor. Ohne Soldaten. Machst du das?«

»Ja«, stimmte sie, ohne nachzudenken, zu.

»Ich warte auf dich.«

Bevor Maria etwas Weiteres sagen konnte, drehte Johannes sich um und eilte davon.

Sie sah ihm nach, bis sie ihn hinter den Hecken und Büschen aus der Sicht verlor. Maria unterdrückte den Impuls, ihm hinterherzurennen.

Mit klopfendem Herz sah sie auf ihre Uhr.

In drei Stunden musste sie am Brandenburger Tor sein. Sie würde sich von ihrem Fahrdienst in die Stadt fahren lassen und ihre Begleiter abschütteln. Das sollte nicht allzu schwer werden. Zu ihrer Erleichterung hatte sie festgestellt, dass Hansen nicht im Internat geblieben war. Zunächst hatte Maria befürchtet, dass Hauptsturmführer Hansen ihr persönlicher Aufpasser wäre. Aber das war ein Irrtum gewesen. Es hatte sich herausgestellt, dass der Chef ihrer Eskorte ein blutjunger Sturmführer war, dessen Barthaare so weich und vereinzelt in seinem Gesicht wuchsen, dass sie diese Bezeichnung nicht verdienten. Hansen war eindeutig ein anderes Kaliber.

Auf die Schule würde sie pfeifen.

Johannes war gekommen, um sich mit ihr zu treffen. Daran hatte sie nicht zu hoffen gewagt.

Die depressive Stimmung, mit der sie den Tag begonnen hatte, war verschwunden.

Auf ihrem Weg zurück ins Schulgebäude musste sie erneut an Sandra denken. Es kam ja vor, dass man einen Menschen bereits früher getroffen hatte und sich nicht daran erinnern konnte, wo und wann das gewesen war. Vielleicht hatte Sandra auch einfach nur Ähnlichkeit mit einer Frau, die Maria kannte. Oder mit einer Schauspielerin. Dadurch konnte man sich ebenfalls einbilden, jemanden schon einmal gesehen zu haben.

Schauspielerin. Fernsehen.

Maria blieb stehen. Ihr stockte der Atem. Plötzlich wusste sie, warum Sandra ihr bekannt vorkam.

Konnte das sein?

Als sie den Eingangsbereich erreichte, rannte sie mehr, als dass sie lief.

Noch war der Unterricht nicht vorbei und sie befand sich alleine im Foyer.

Rechts von ihr gab es eine funktionslose Sitzecke. Sie konnte sich nicht erinnern, dass dort jemals Schülerinnen gesessen hätten. Dennoch lagen auf dem Tisch immer einige Zeitschriften herum. Maria setzte sich auf einen der Stühle und durchwühlte den Stapel der Zeitschriften. Schnell fand sie, wonach sie suchte.

In ihren Händen hielt sie den Fahndungskurier. Das Blatt kam täglich mit der Post und zeigte die fünfzig meist gesuchtesten Personen im Reich.

Sie beeilte sich, auf ihr Zimmer zu kommen.

Die Wachsoldaten nahmen Haltung an.

Maria beachtete sie nicht. Sie schlug die Tür hinter sich zu, setzte sich aufs Bett und begann, hektisch zu blättern.

Da war sie! Auf Seite drei.

Klara Wagner. Gesucht wegen eines Bombenanschlags in Dresden.

Die Frau auf dem Foto war ausgesprochen hübsch. Lange schwarze Haare umrandeten das ebenmäßige Gesicht. Klara Wagner war die

Frau, deren Bild sie im Fernsehen gesehen hatte, als sie sich auf den Weg ins Internat gemacht hatte.

War das Sandra?

Schwer zu sagen. Sandra trug eine blonde Kurzhaarfrisur und eine Brille. Aber Haare ließen sich abschneiden und färben. Eine Brille aufzusetzen, war ohnehin kein Problem.

Maria nahm sich die Illustrierte, die auf ihrem Nachtisch herumlag. Nach einigem Blättern fand sie das Bild einer Frau, deren Frisur der Sandras ähnelte.

Mit einer Schere schnitt sie die Haare aus dem Bild heraus und legte die über das Bild von Klara Wagner. Ihre Fotocollage wirkte etwas lächerlich. Die Frisur passte in ihren Proportionen nicht zu dem Fahndungsfoto. Trotzdem war der Effekt, wie sie ihn sich erhofft hatte.

Kein Zweifel. Sandra war Klara Wagner. Eine echte Terroristin. Die planten keine verrückten rebellischen Jugendstreiche. Die schlugen ernsthaft zu.

Das bedeutete, dass Johannes ein Terrorist war.

Es fiel ihr schwer, das zu glauben, aber anders konnte es kaum sein.

Aber, wenn Johannes zu den Terroristen gehörte, warum hatte er sie dann zu einem Treffen mit Wagner mitgenommen? Gut, er hatte nicht gewusst, wer Maria war. Aber trotzdem war es seltsam. Man nimmt doch keine fremde Frau zu einer solchen Verabredung mit.

Vielleicht war die Begegnung zwischen Johannes und Wagner Zufall gewesen. Das wäre eine Erklärung.

Jetzt wusste sie auch, warum die vermeintliche Sandra sich so plötzlich aus dem Staub gemacht hatte.

Hansen.

Der Hauptsturmführer hatte zwar alleine auf sie gewartet, aber seine Männer hatten sich bestimmt in der Nähe aufgehalten. Das mussten die Terroristen mitbekommen haben.

Wollte Johannes sie wirklich nur treffen?

Marias Foto war in den letzten Tagen überall zu sehen gewesen. Sie als stolze Tochter des neuen Reichsmarschalls Max Lenzer.

Wenn Johannes oder seine Komplizen mittlerweile erkannt hatten, wer sie war, dann konnte das bedeuten, dass man sie in eine Falle locken wollte, um sie zu entführen. Die Tochter des Reichsmarschalls war ein lohnenswertes Ziel.

Gingen gerade die Pferde mit ihr durch? Fantasierte sie sich da etwas zurecht?

Moment.

Johannes hatte gesagt, dass sie ohne Soldaten kommen sollte.

Wenn er wusste, dass die SS-Männer zu ihr gehörten, dann musste er wissen, wer sie war. Und ein Terrorist verabredete sich nicht einfach so mit der Tochter des Reichsmarschalls, als wäre das kein großes Ding.

Irgendwie war ihr sein Auftreten ohnehin komisch vorgekommen. So als würde er schauspielern.

»So ein Bastard!«

Das Gefühl des Verliebtseins zog aus ihrem Herzen aus und bot ihren Platz einer aufkommenden Wut an. Sie wäre Johannes beinahe auf den Leim gegangen. Ein naives dummes Kind war sie. Mehr nicht.

Maria fiel es grundsätzlich nicht leicht, andere zu verraten. Das lag daran, dass sie ihr ganzes Leben darum bemüht gewesen war, sich selbst nicht zu verraten. Über alles und jeden zu schweigen, war einer ihrer markantesten Charakterzüge geworden.

Vor vielen Jahren hatte Max sie mit auf einen Friedhof genommen. Vor einem Grabstein war er stehen geblieben und hatte ihr erklärt, dass dort ihre Mutter begraben lag. Wenn sie an diese Unverschämtheit dachte, wurde ihr Wut gleich noch viel größer. Sie hatte nichts gesagt. Keinen Ton. Die einzige Waffe, die ein kleines Mädchen besaß, war das Schweigen.

Aber was Johannes betraf, würde sie diesen Wesenszug für eine Weile abstreifen. Der sollte büßen. Sie hatte ihm nichts angetan und er wollte sie entführen.

Am besten, sie setzte sich über den Wachhabenden mit Hansen in Verbindung. Vielleicht konnte Hansen Johannes und seiner Komplizin eine Falle stellen. Und selbst wenn sie nur Johannes bekamen, reichte ihr das. Der sollte in einem Kerker verrotten. Sollte die Wagner doch zusehen, wie sie ihren Terrorkollegen aus dem Gefängnis herausbekam. Sie hatte doch darüber gesprochen, dass Terroristen Gefangene befreiten.

Maria erstarrte.

Irgendwie war aus dem Nichts eine Idee in ihren Kopf gesprungen. Nun saß sie da, putzte sich das Fell und wartete auf Beachtung.

Sie presste die Lippen zu einem schmalen Strich zusammen.

Wenn es schiefging, war sie tot. Wenn es aber gelang, bekam sie das, wonach sie sich am meisten im Leben sehnte.

Und da war noch ein positiver Effekt. Max würde sterben.

Alles oder nichts.

Sie entschied sich dafür, das Risiko einzugehen.

26

WARTEN AUF MARIA

Klara Wagner, Montag, 28.10.1996, 11:20 Uhr

Klara saß seit halb elf in einem Café am Brandenburgertor und beobachtete die vorbeiströmenden Passanten.

Wenn man verabredet war und nicht sicher wusste, ob die Verabredung in unliebsamer Begleitung erschien, empfahl es sich, weit vor der Zeit am Treffpunkt zu sein.

In der Regel fiel es Klara leicht, Polizisten und Sicherheitskräfte in Zivil zu erkennen. Diese Leute besaßen eine besondere Art, sich zu bewegen. Sie schwammen nicht im Strom der Fußgänger mit, sondern liefen meist langsamer. Am auffälligsten verhielten sie sich, wenn sie zu zweit unterwegs waren. Oft bewegten sie sich versetzt auf verschiedenen Straßenseiten, aber im gleichen Tempo. Das geschulte Auge erkannte auf einen Blick, dass da zwei zusammengehörten, die so taten, als würden sie es nicht tun.

Ganz im Gegensatz zu den restlichen Passanten beobachteten Sicherheitskräfte ihre Umgebung. Die Aufmerksamkeit des gemeinen Bürgers war auf ein einziges Ziel gerichtet. Dem Hetzen von Punkt A zu Punkt B.

Dieser selbstgesetzte Auftrag fesselte bei ihnen alle mentalen Kapazitäten und sorgte dafür, dass sie für nichts auf ihrem Weg einen Blick hatten. Bei Polizisten und Sicherheitskräften war das anders. Sie sahen sich im Vorbeigehen die Gesichter der Menschen an, beobachteten einparkende Fahrzeuge, drehten sich scheinbar unmotiviert um.

Bisher hatte Klara niemanden entdeckt, der ihr verdächtig vorkam.

Sie beherrschte ihr Handwerk. Allerdings war ihr bewusst, dass es andere gab, die das ebenfalls taten und die es verstanden, sich unauffällig zu verhalten. Dass sie niemanden sah, bedeutete nicht, dass dort niemand war. Eine hundertprozentige Sicherheit konnte es in diesen Dingen nicht geben. Aber an das ewige Schweben in einer latenten Gefahrensituation hatte sie sich längst gewöhnt.

Sie bestellte einen weiteren Kaffee und dachte an ihr letztes Treffen mit Träger.

Auf eine gewisse Weise liebte sie ihn. Das Gefühl erinnerte sie an ihre Großmutter. Die hatte sie auf eine ähnliche Art geliebt.

Träger hatte sie aus dem Gefängnis befreit und ihr ein neues Leben geschenkt. Außerdem hatte er ihr immer das Gefühl gegeben, ernst genommen zu werden und sie ihres Wissens nach nie belogen.

Sie wusste wenig über ihn. Hatte er Familie? Eine Frau? Wo wohnte er? Niemals hatte sie Kontakt mit Trägers Vorgesetzten gehabt. Hatte er überhaupt welche?

Fakt war, dass es Persönlichkeiten oder mächtige Interessensverbände gab, die ihm Aufträge erteilten. Allerdings schienen diese Aufträge keine Befehle zu sein, sondern vielmehr Geschäfte. Er tat etwas und bekam etwas. Er gehörte zu den Menschen, deren Name kaum einer kannte, die aber im Verborgenen die Geschicke des Reichs lenkten.

Jetzt war er drauf und dran, sein Meisterstück abzuliefern, indem er niemand Geringeren, als den Reichskanzler höchstpersönlich, abservierte. Klara interessierte sich weder für ihr Land noch für Wertheim. Menschen und Institutionen betrachtete sie gleichermaßen mit Gleichgültigkeit.

Es stellte sich allerdings die Frage, was dieses Machtspiel auf Dauer mit einem Menschen machte. Fühlte Träger sich wie ein Gott? War ihm jeglicher Realitätssinn abhandengekommen?

Das sollte sie interessieren. Schließlich waren ihre Lebensfäden miteinander verknüpft. Wenn er sich grausam verkalkulierte, weil er den Sinn für die Realität verloren hatte, konnte das ihr Ende bedeuten.

Geheimdienstarbeit war grundsätzlich für alle Beteiligten ein Hochrisikogeschäft. Klara hatte in den letzten Jahren einige dramatische Einsätze mitgemacht. Aber jetzt sollte es dem Reichsmarschall an den Kragen gehen, um mithilfe seiner politischen Leiche den Kanzler zu stürzen.

Wenn jemand einen Staatsstreich plante und damit Hochverrat beging, konnte derjenige das Risiko eingehen, eine Mitwisserin zu haben? Konnte er schon, würde er aber nicht. Und ein Mann wie Träger gleich gar nicht.

Wollte Träger sich von ihr trennen?

Hatte ihr Vorgesetzter sie eingeweiht, weil es ohnehin zu seinem Plan gehörte, sie am Ende auszuschalten?

Das wäre eine Erklärung dafür, warum er sie nach getaner Arbeit gehen lassen würde und ihr obendrein noch eine Menge Geld offerierte. Wenn er sie ohnehin ausschalten wollte, spielte es keine Rolle, was er versprach.

Auf der anderen Seite hatte er ihr immer geholfen und sie niemals hängen lassen. Allerdings ging es auch noch nie um so viel.

Sie musste wachsam sein. Bei diesem Auftrag konnte der Feind überall lauern.

Klara hatte den Kaffee, den die Bedienung ihr gebracht hatte, nicht angerührt. Er war inzwischen kalt geworden. In sich versunken starrte sie die Tasse auf dem Tisch vor sich an.

Den Gedanken, dass Träger sie verraten könnte, hatte sie niemals zuvor gehabt.

Träger hatte ihr einmal Folgendes gesagt: »Ich mag Menschen, die Nerven wie Drahtseile haben. Aber dich liebe ich, weil du überhaupt keine Nerven hast.«

Klara betrachtete ihre Hände. Ihre Finger zitterten leicht.

Als sie aufblickte, sah sie, wie Maria in Richtung des Tores lief.

Ihr wurde schlagartig bewusst, dass sie sich hatte gehen lassen. Sie hatte vergessen, die Umgebung weiter zu beobachten. Außerdem hatte sie sich vorgenommen, vor zwölf Uhr eine Runde zu drehen, um nach verdächtigen Aktivitäten Ausschau zu halten. Dazu war es zu spät. Solche Nachlässigkeiten konnten sie das Leben kosten. Sie durfte nicht den Fokus verlieren.

Zwei oder drei Minuten würde sie die Kleine warten lassen.

Klara hatte keine Sekunde daran gezweifelt, dass Maria kommen würde. Das Mädchen war in diesen Schwachkopf Johannes verschossen und befand sich in einem Alter, in dem man viele romantische Ideen mit sich herumtrug, ohne zu begreifen, in welche Schwierigkeiten sie einen bringen konnten.

Träger wollte, dass sie das Mädchen in einen Anschlag verwickelte. Eine ziemlich perfide Idee.

Klara hatte bei ihrer Begegnung mit Maria gleich gespürt, dass in ihr etwas brodelt. Sie wollte rebellieren und Klara würde ihr die Gelegenheit dazu geben.

Ihr erster Gedanke war es gewesen, Maria mit dem geplanten Anschlag auf den japanischen Botschafter in Verbindung zu bringen. Zwei Gründe sprachen dagegen. Zum einen war dieser Anschlag mit einem hohen Risiko verbunden und ein kleines Mädchen da hineinzuziehen, konnte für alle tragisch enden. Wer wusste schon, was passierte, wenn ihr die Nerven durchgingen.

Zum anderen war heute erst Montag, bis zum Mittwoch konnte einiges geschehen, und außerdem hatte Träger auf Eile gedrängt.

Da ihr ursprünglicher Auftrag keine Bedeutung mehr hatte, entschied sie sich für eine andere Möglichkeit. Das war ein Glück für den Japaner. Er würde nicht am Mittwoch sterben.

Ein kleinerer Anschlag noch am heutigen Tag sollte ausreichen. Weniger Risiko, weniger Zeitverzug, gleiches Resultat.

Sie konnte nur Vorteile erkennen.

Den Angehörigen ihrer Zelle hatte sie den Plan bei ihrem Treffen am gestrigen Abend erklärt. In groben Züge sollte das Ganze folgendermaßen ablaufen: Klara würde die rebellische Art von Maria ausnutzen und sie dazu bringen, einen vermeintlichen Farbbombenanschlag auf das *Kaufhaus des Westens* durchzuführen. Was Maria nicht wusste, war, dass die Bombe keine Farbe versprühte, sondern aus einem Kilogramm Semtex bestand. Die Bombe würde für einen ordentlichen Lackschaden im Erdgeschoss des KaDeWe sorgen.

Die Aufgabe von Jan war es, Maria heimlich dabei zu filmen, wie sie den Sprengsatz deponierte. Dieses Beweisstück sollte dann an die verschiedensten Behörden und Medien versendet werden.

Nach anfänglichem Zögern waren alle dabei.

Die Idee, die Tochter von Max Lenzer in einen Anschlag zu verwickeln und der Polizei auszuliefern, war einfach zu gut. Vor allem, wenn publik wurde, dass Maria als Angehörige der KDU gehandelt hatte. Die Propagandawirkung überstieg die eines Attentates auf den Botschafter bei Weitem.

Der verkleidete Braunbär von der CIA wäre von dem Planwechsel sicher nicht begeistert. Aber allen konnte man es nie recht machen. In ein paar Stunden war die Sache gelaufen. Das Zeitfenster war zu klein, als dass man Klara noch ernsthaft in die Parade fahren konnte.

Einige Details im Plan hatte sie den anderen allerdings verschwiegen. Aber was wäre das Leben ohne Überraschungen?

Einen Moment lang ließ sie ihren Blick noch umherschweifen, dann stand sie auf und bezahlte. Wenn es nicht gegen ihre Natur wäre, Mitleid zu empfinden, würde ihr das Mädchen leidtun. Maria war ein verwöhntes Kind, das ein wenig rebellieren wollte und nun ein tragisches Ende fand.

Die Welt war noch nie gerecht gewesen.

Klara verließ das Café und machte sich auf den Weg.

27

VORSCHLAG

Maria Lenzer, Montag, 28.10.1996, 12:05 Uhr

Die Soldaten abzuschütteln, war noch einfacher gewesen, als sie gedacht hatte. Maria hatte dem Chef ihrer Eskorte erklärt, dass sie nach Berlin zum Einkaufen fahren wolle, und um etwas Privatsphäre gebeten. Ihre Begleiter hielten daraufhin einen gewissen Abstand ein. In einem großen Kaufhaus hatte sie die Soldaten abgeschüttelt. Der junge Sturmführer tat ihr ein wenig leid. Er war freundlich und hatte eine solche Behandlung nicht verdient. Aber darauf konnte sie keine Rücksicht nehmen.

Eine Weile lief sie kreuz und quer durch die Stadt, nahm eine U-Bahn, stieg eine Haltestelle später aus, um mit einer anderen U-Bahn die Fahrt fortzusetzen. Als sie überzeugt war, dass ihr niemand folgte, ging sie zum Treffpunkt.

Kurz vor zwölf erreichte sie das Brandenburger Tor. Sie sah sich um, entdeckte aber weder Johannes noch Wagner zwischen den Passanten.

Was, wenn sie nicht kamen? Vielleicht hatten sie begriffen, dass es eine gewagte Idee war, die Tochter von Max Lenzer zu entführen. Außerdem konnte ihr Auftauchen Teil einer Falle sein.

Die aufkommende Sorge, versetzt zu werden, verpuffte, als sie Wagner auf sich zukommen sah. Von Johannes fehlte jede Spur. Das war in Ordnung, von dem wollte sie ohnehin nichts mehr.

»Komm mit«, sagte Wagner im Vorbeigehen.

Maria folgte ihr.

Wagner führte sie scheinbar ziellos durch die Stadt.

Sie durchquerten einen Park.

Fuhren mit der U-Bahn. Liefen durch Kaufhäuser.

In der Damentoilette eines Cafés wartete Wagner auf sie. Als Maria hereinkam, wurde sie von ihr abgetastet.

»Hast du eine Wanze? Bist du verkabelt?«

»Nein. Ich habe nichts.«

»Zieh dich aus.«

»Was?«

»Du sollst dich ausziehen. Ich will sehen, dass du keine Technik am Körper trägst.«

Maria tat es.

Wagner begutachtete kurz ihren nackten Körper und ließ sie stehen.

Die Tour ging weiter.

Schließlich fuhren sie mit der U-Bahn in die Bettenstadt.

Jetzt bekam sie es mit der Angst zu tun.

Im Moment stellte sich die Situation so dar: Die Terroristen hatten versucht, ihr eine Falle zu stellen. Sie hatte die Falle erkannt und lief trotzdem in sie hinein.

War sie eigentlich komplett bescheuert?

Was, wenn die an ihrem Vorschlag nicht interessiert waren? Oder vielleicht wollten die sie gar nicht entführen, sondern einfach nur umbringen.

Sie sollte aussteigen und mit der nächsten Bahn zurückfahren.

Maria zwang sich, sitzen zu bleiben.

Als sie in Max' Schlafzimmer mit dem Messer in der Hand gestanden hatte, hatte sie auch der Mut verloren.

Aber diesmal würde ihr das nicht passieren.

Die letzten Stationen der U-Bahn verliefen überirdisch.

Maria kannte die Bettenstadt nur vom Hörensagen. Anscheinend führte Wagner sie in das Zentrum. Die Gegend, in der die Hochhäuser standen, galt als die schlimmste. Aber auch hier war es nicht schön. Die Häuser sahen vernachlässigt aus. Überall lag Müll herum. Kinder in dreckiger Kleidung spielten auf den Bürgersteigen. Das alles hatte mit ihrem Leben nichts zu tun. Ihr hatte es nie an materiellen Dingen gemangelt.

Sie verließen die Bahn.

Nach kurzem Fußweg betrat Wagner eines der Häuser und Maria folgte ihr in das Treppenhaus.

Direkt im Erdgeschoss schloss Wagner eine Wohnungstür auf. Gemeinsam gingen sie in die Wohnung.

Als die Tür zufiel, zuckte Maria zusammen. »Lebst du hier?«, fragte sie.

»Nein.«

»Sind wir alleine?«

»Ja.«

»Du weißt, wer ich bin.«

»Wer willst du denn sein?«

»Die Tochter von Max Lenzer.«

»Glückwunsch«, sagte Wagner spöttisch.

»Ich weiß auch, wer du bist.«

»Das ist nur fair.«

»Du heißt Klara Wagner.«

Wagner lächelte. »Das stimmt.«

»Du sollst einen Bombenanschlag begangen haben.«

»Er befand sich noch in der Planung.«

»Du bist eine echte Terroristin.«

»Wenn du das weißt, warum bist du dann mit mir gekommen? Hast du keine Angst, dass ich dir etwas antun könnte?«

»Nein.«

»Dann bist du ziemlich dumm. Denkst du, dass Johannes dich beschützen wird? Du musst ja furchtbar verliebt sein.«

»Ich bin nicht verliebt. Ich weiß, dass er mich in eine Falle locken wollte.«

»Was für eine Falle?«

»Ihr wolltet mich entführen. Warum sollte er mich sonst zu dir locken?«

»Dann verstehe ich beim besten Willen nicht, weshalb du mitgekommen bist.« Wagner trat auf Maria zu und tastete sie ab. »Hab ich was übersehen? Hast du einen Sender? Willst du mich reinlegen?«

»Ich bin dir gefolgt, weil ich dir etwas anbieten will.«

»Etwas Besseres als dich selbst? Jetzt bin ich neugierig. Was soll das sein?«

»Max Lenzer. Ich sorge dafür, dass er sich zu einer bestimmten Zeit an einem bestimmten Ort aufhält. Ohne Eskorte. Dann könnt ihr ihn töten.«

Bis zu diesem Moment hatte Wagner völlig gelassen und selbstsicher gewirkt. Jetzt sah es anders aus. Die Terroristin trat einen Schritt zurück. Ihr Gesichtsausdruck wechselte mehrmals zwischen Belustigung und Ungläubigkeit hin und her. Dann wurde sie wütend.

»Willst du mich verarschen? Was soll das? Hat Papa dir nicht das richtige Geschenk zum Geburtstag gekauft?«

Klara trat ganz dich an Wagner heran. Nur wenige Zentimeter trennten ihre Gesichter. »Er hat meine Mutter getötet«, zischte sie.

Wagner blieb stumm.

»Ich bin nicht seine Tochter. Meinen richtigen Vater kenne ich nicht. Ich habe mit meiner Mutter in einem Gefangenenlager gelebt. Max glaubt, ich kann mich an die Nacht nicht mehr erinnern. Aber das stimmt nicht. Als ob man das vergessen könnte.«

»Was vergessen?«

»Ich war mit meiner Mutter in einem Gefängnis eingesperrt. An die Zeit kann ich mich kaum erinnern. Aber ich erinnere mich an den Zug. Ich muss fünf Jahre alt gewesen sein. Vielleicht sollten wir in ein anderes Lager verlegt werden. In dem Zug war es dunkel. Dann gab es einen lauten Knall. Menschen schrien und alle rannten durcheinander. Zusammen mit meiner Mutter lief ich davon. Ich erinnere mich, dass sie viel zu schnell lief und ich nicht mithalten konnte. Es war Nacht und ich hatte große Angst. Da waren überall Fabriken. Mich verließ die Kraft. Darum hat sich meine Mutter mit mir zusammen versteckt. Und dann war da plötzlich Lenzer. Er nahm mich mit und schickte meine Mutter in den Tod. Ich habe sie nie wiedergesehen.« Tränen liefen Maria über die Wangen. Ihre Stimme wurde schrill. »Verstehst du? Er hat meine Mutter auf dem Gewissen. Weißt du, wie sich das anfühlt?«

»Das weiß ich.«

»Dann wirst du verstehen, dass ich Rache will.«

»Das tue ich. Aber woher soll ich wissen, ob deine Geschichte stimmt? Warum hat er dich gerettet? Hat er dich angefasst?«

»Nein. Er hat mir nie ein Haar gekrümmt. Ich glaube, er hat mich gerettet, weil er Schuldgefühle hat.«

Maria beruhigte sich und wischte sich die Tränen von den Wangen.

»Weswegen?«

»Das weiß ich nicht. Früher hatte er oft Schlafprobleme. Er hat sich dann zu mir ins Bett gelegt. Das schien ihm zu helfen. In der Nacht hat er oft im Schlaf geredet. Da ist irgendetwas in seiner Vergangenheit, das ihn nicht loslässt.«

»Du denkst, er hat dich gerettet, um eine Schuld zu begleichen.«

Maria nickte. »Aber das interessiert mich nicht. Er hat meine Mutter umgebracht. Und dafür hasse ich ihn. Ich kann es dir nicht beweisen. Aber ich will ihn tot sehen.«

»Wenn dein Hass so gewaltig ist, warum hast du es dann nicht selbst gemacht? An Gelegenheiten wird es wohl nicht gemangelt haben.«

»Weil ich es nicht kann.«

»Du bist schwach und willst, das andere die Drecksarbeit für dich übernehmen.«

»Ja. Aber ich will auch noch etwas anderes.«

»Was?«

»Für seinen Kopf will ich, dass ihr mir helft nach meiner Mutter zu suchen. Ihr könnt doch Gefangene befreien. Das ist doch richtig, oder?«

»Ich dachte, deine Mutter ist tot.«

»Ich glaube, dass sie tot ist. Ich habe mir das immer wieder eingeredet. Das war leichter zu ertragen, als das Gefühl, dass sie noch lebt und ich nicht zu ihr kann. Ich will, dass ihr sie findet oder mir die Gewissheit gebt, dass sie nicht mehr lebt. Ich will endlich Klarheit. Vielleicht finde ich dann Frieden. Und sollte das Wunder geschehen und sie lebt noch, dann will ich, dass ihr sie befreit.«

»Wie heißt deine Mutter?«

Maria schüttelte den Kopf.

»Du weißt es nicht? Das macht es nicht gerade einfacher, etwas herauszufinden.«

»Aber es geht. Davon bin ich überzeugt. Unsere Befreiung aus dem Zug muss Anfang der Achtziger passiert sein und ich weiß, wo es geschehen ist. So häufig kommt ein Angriff auf einen Gefangenentransport in Berlin nicht vor. Man muss herausfinden können, dass ein Kind bei der Aktion verschwunden ist. Wenn man auf diese Art meinen richtigen Namen herausfindet, findet man auch den Namen meiner Mutter.«

»Das ist zumindest theoretisch möglich. Aber leicht wird es nicht.«

Wagner musterte sie eingehend.

Maria kam es vor, als würde die Terroristin versuchen, in ihren Kopf zu sehen.

»Bist du interessiert oder nicht?«, fragte Maria.

Sie brauchte jetzt eine Entscheidung.

»Du machst dir keine Vorstellung wie sehr«, sagte Wagner mit sanfter Stimme.

28

DAS BILD

Max Lenzer, Montag, 28.10.1996, 12:45 Uhr

Es gab kaum Schlimmeres, als zur Passivität verdammt zu sein. Man sah das Unheil auf sich zurollen und war unfähig, etwas dagegen zu unternehmen.

Lenzer stand in seinem Arbeitszimmer in der Villa Rosenburg und schenkte sich ein Glas Portwein ein. Es war seltsam. Alkohol hatte noch nie ein Problem gelöst, aber dennoch versuchte man es immer wieder. Als wäre der Erfolg nur eine Frage der Beharrlichkeit.

Sein Besuch bei Degenhard gehörte zu den verwirrendsten Ereignissen seines Lebens.

Er besaß nun eine Vorstellung davon, was in der Akte stand. Aber das half ihm leider nicht.

Deutschland war 1943 nicht in der Lage gewesen, eine Atombombe zu bauen, hat sie aber dennoch gebaut.

Sein Onkel Wilhelm Kleist hatte den Bau der Bombe bereits 1942 vorausgesehen. Was unmöglich war. Allerdings hatte er durch Detailkenntnis geglänzt.

Eine paradoxe Geschichte.

Einerseits glaubte er dem Professor, andererseits hing sein Verstand dadurch in einer Schleife fest.

Wenn die Bombe nicht sein durfte, warum war sie dann?

Dieser logische Knoten war nicht zu lösen. Daher war es eine Frage, die man sich nicht stellen durfte.

Genauso wenig, wie die Frage, wie sein Onkel etwas wissen konnte, das noch nicht geschehen war.

Solche Dinge besaßen das Potenzial, die geistige Gesundheit nachhaltig zu schädigen.

Da machte es bereits aus gesundheitlichen Gründen mehr Sinn, sich mit einem anderen Teilaspekt der Geschichte zu befassen.

Den persönlichen Verbindungen seines Onkels.

Degenhard hatte ihm ein Bild gegeben, das seinen Onkel und einen ihm fremden Mann zeigte. Dieser fremde Mann sollte eine Schlüsselfigur des damaligen Atomprogramms gewesen sein. Angeblich hätte sein Onkel den Mann in Stalingrad kennengelernt. Dafür sah der Kerl zu jung aus. Allerdings konnten Bilder täuschen. Vielleicht war das Licht während der Aufnahme günstig gewesen. Außerdem gab es Männer, die ihr ganzes Leben lang ein jungenhaftes Gesicht behielten.

Aber, selbst wenn man das berücksichtigte, konnte der Mann 1942 nicht älter als zwanzig gewesen sein. Wie sollte ein Mann in diesem Alter das Atomprogramm entscheidend beeinflusst haben? Wäre er ein Physikgenie, hätte man ihn nicht nach Stalingrad geschickt. Menschen mit solchen Fähigkeiten wurden nicht an der Front verheizt.

Trotzdem war das Bild ein Rätsel, bei dem er die Hoffnung hatte, dass er es lösen konnte.

Zuerst hatte Lenzer mit dem Gedanken gespielt, Hansen mit den Nachforschungen bezüglich des Bildes zu beauftragen. Er hatte sich dagegen entschieden. Hansen war ihm sympathisch aber auch suspekt. Es wäre nicht schlau, ihm alles anzuvertrauen.

Aus diesem Grund hatte er den jungen Sturmführer Jan Hauke beauftragt, der seine Eskorte geführt hatte, als er Degenhard einen Besuch abgestattet hatte.

Ungefähr zweihundertfünfzigtausend Soldaten hatten in der sechsten Armee gekämpft. Das waren im schlimmsten Fall zweihundertfünfzigtausend Wehrakten, die überprüft werden mussten. Eine Aufgabe für Monate. Eine realistische Chance bestand nur, wenn der Mann direkt unter seinem Onkel gedient hatte. Sein Onkel war Bataillonskommandant gewesen. Das bedeutete, dass er ungefähr vierhundert Soldaten befehligt hatte. Wenn man Zu- und Abgänge berücksichtigte, hatten in der Zeit von Stalingrad vielleicht sechshundert unter seinem Kommando gestanden. Das waren immer noch viele, aber es war möglich, jemanden zu finden.

Vor einigen Minuten hatte sich der Sturmführer bei ihm telefonisch gemeldet und angekündigt, dass er in Kürze in der Villa eintreffen würde. Lenzer hoffte, dass er etwas herausgefunden hatte, das ihm weiterhalf. Das wäre eine Neuerung.

Er trank sein Glas leer und wollte erneut einschenken, als es an der Tür klopfte.

»Herein!«

Die Tür ging auf. Es war sein Ordonnanzoffizier.

»Herr Reichsmarschall. Sturmführer Hauke ist hier. Sie haben mir aufgetragen, ihn direkt zu Ihnen zu führen.«

»Danke. Er soll hereinkommen.«

Der Ordonnanzoffizier machte Platz und der junge Sturmführer trat in den Raum. Die Tür wurde von außen geschlossen.

Hauke nahm Haltung an. In seiner linken Hand trug er eine Aktentasche.

»Herr Reichsmarschall. Sturmführer Hauke meldet sich wie befohlen nach Beendigung des Auftrages bei Ihnen.«

Lenzer winkte ihn heran.

»Setzen Sie sich. Wollen Sie was trinken?«

Haukes Gesicht nahm einen leicht gequälten Ausdruck an.

»Wenn ich Ihnen etwas zu trinken anbiete, dürfen Sie das annehmen.«

»Ich möchte nicht unverschämt wirken. Aber ich hätte tatsächlich gerne etwas zu trinken. Ich könnte das jetzt gut gebrauchen.«

Lenzer schenkte dem Offizier ein.

»Ich hoffe, der Drang nach Alkohol rührt nicht von ihren Aufklärungsergebnissen her.«

»Ich fürchte, es besteht da ein kausaler Zusammenhang.«

Lenzer reichte Hauke sein Glas.

»Dann spannen Sie mich nicht auf die Folter.«

Hauke nahm einen schnellen Schluck und setzte sich Lenzer gegenüber.

»Natürlich nicht.« Hauke räusperte sich. »Ich war im Reichswehrersatzamt und habe mir Bilder von Soldaten angesehen, die unter Ihrem Onkel dienten und das richtige Alter besaßen.«

»Machen wir es kurz. Sie haben ihn gefunden.«

Statt einer Antwort nahm Hauke seine neben dem Stuhl abgestellte Aktentasche auf den Schoß. Er öffnete sie und brachte eine dünne braune Mappe zum Vorschein, die er vor Lenzer auf den Tisch legte.

»Sehen Sie sich das Foto auf der ersten Seite an.«

Lenzer nahm die Mappe und sah sich den Umschlag an.

Oberkommando der Wehrmacht (OKW)
Wehrmachtsauskunftsstelle (WASt)
Wehrakte
Ludwig Böhmer

Lenzer schlug die Mappe auf. Auf die erste Seite war ein Foto getackert.

Ein junger Mann. Eigentlich mehr ein Junge. Die Haare sorgsam zur Seite gescheitelt. Fester Blick. Auffällig war eine lange Narbe, die an der linken Augenbraue begann und senkrecht über sein Gesicht bis fast zu seinen Lippen lief.

Hauke reichte Lenzer das Bild, das seinen Onkel und den fremden Mann zeigte.

Eine Ähnlichkeit war vorhanden.

»Er könnte es sein, aber durch den Altersunterschied auf den beiden Fotos ist das schwer zu entscheiden.«

Hauke reichte Lenzer eine Lupe, die er aus seiner Tasche gezogen hatte.

»Sehen Sie sich sein Gesicht an.«

Lenzer nahm die Lupe und hielt sie über das Foto, das Degenhard ihm gegeben hatte.

Der Mann hatte eine ähnlich verlaufende Narbe an derselben Stelle. Das war ihm bisher nicht aufgefallen. Die Narbe war nicht ganz so markant, aber deutlich zu erkennen. Im Laufe der Jahre musste sie verblasst sein.

»Sehen Sie die Narbe?«

»Ja.«

»Schauen Sie sich die Ohren an. Ich habe mir sagen lassen, dass die Ohren ihre Form beim Älterwerden nicht mehr verändern.«

Lenzer verglich die Bilder. Soweit er das feststellen konnte, waren sie identisch.

»Auf seiner rechten Wange hat er ein kleines Muttermal.«

Auch das war auf beiden Bildern zu erkennen.

Lenzer lächelte Hauke an.

»Glückwunsch. Sie haben unseren Mann gefunden.«

Hauke sah unglücklich aus.

»Sehen Sie sich bitte das letzte Blatt der Wehrakte an«, sagte er mit belegter Stimme.

Lenzer tat es.

Hiesige Dienststelle sieht sich mit dem Ausdruck aufrichtigster Anteilnahme veranlasst, Sie davon in Kenntnis zu setzen, dass Ihr Sohn, der Gefr. Ludwig Böhmer im Felde geblieben ist.

Nach einer hier vorliegenden Stabsmeldung der 79. Inf. Div., Inf. Reg. 208, I.R. 208 Stab, hat Ihr Sohn am 10.11.1942 nach tapferem Kampf im Raum Stalingrad sein Leben für das Vaterland gelassen.

Der Bataillonskommandant Herr Major Wilhelm Kleist war persönlich Zeuge des Vorfalls. Es mag Ihnen ein Trost sein, dass Ihr Sohn ein geschätzter und treuer Kamerad war und posthum von Major Kleist für das EK II vorgeschlagen wurde.

Aufgrund der Kampfeslage war es bisher nicht möglich, die sterblichen Überreste Ihres Sohnes zu bergen. Sie können aber versichert sein, dass nichts unversucht bleiben wird, Ihren Sohn nach Hause zu bringen.

»Das ist allerdings interessant«, sagte Lenzer.

Da er nicht daran glaubte, dass Tote unter den Lebenden wandelten, musste das Ableben von Böhmer vorgetäuscht worden sein.

»Haben Sie nach Böhmer gesucht? Gibt es Lebenszeichen von ihm?«

»Nein. Der Mann taucht nach 1942 nicht mehr auf.«

»Dann haben Sie ihm eine neue Identität verschafft«, murmelte Lenzer.

Es fragte sich, warum? Und was hatte sein Onkel mit der Sache zu schaffen?

Egal, was Lenzer versuchte, eines schien festzustehen: Die Rätsel wurden nicht weniger.

Er sah zu Hauke auf, der blass wie ein Gespenst geworden war.

»Was haben Sie?«, fragte Lenzer. »Sie glauben doch wohl nicht an lebende Leichen.«

Der Sturmführer schüttelte den Kopf.

Er begriff, was in Hauke vorging. Der Mann ahnte, dass er in eine Sache verwickelt war, in der er besser nicht drinstecken sollte.

»Sie haben einen Eid geschworen. Haben Sie vor, den zu brechen?«

»Nein. Natürlich nicht Herr Reichsmarschall.«

»Dann haben Sie nichts zu befürchten.« Lenzer deutete auf die Mappe, die vor ihm auf dem Tisch lag. »Wer außer uns beiden weiß noch hiervon?«

»Niemand.«

»Dann sorgen Sie dafür, dass sich das nicht ändert.«

»Jawohl.«

»Und jetzt entspannen Sie sich, Mann. Haben Sie sonst noch etwas über diesen Böhmer herausgefunden?«

»Nur wenig.«

Hauke zog ein Blatt Papier aus seiner Aktentasche und reichte es Lenzer.

Es handelte sich um einen tabellarischen Lebenslauf von Böhmer.

Böhmer hatte Abitur gemacht. War Angehöriger der Hitlerjugend gewesen und wollte Jura studieren. Am Ende landete er in Russland und hatte dort fernab der Heimat vorgeblich den Tod gefunden.

»Ist das alles?«

»Alles, was ich in der Kürze der Zeit in Erfahrung bringen konnte.«

»Hat er noch lebende Angehörige?«

»Seine Mutter lebt noch. In der Nähe von Dortmund.«

Würde es Sinn machen, die alte Frau nach all den Jahren zu befragen? Vermutlich nicht. Wahrscheinlich hielt sie ihren Sohn seit Jahrzehnten für tot. Was immer auch der Anlass war, der Junge hatte seine neue Identität nicht aus einer Laune heraus erhalten. Es musste ein handfester Grund vorliegen. So jemand meldete sich nicht einfach so nach einigen Monaten bei seiner Mama, um das Missverständnis aufzuklären.

»Sie können abtreten.«

»Jawohl.«

Der Sturmführer stand auf, verabschiedete sich und verließ den Raum.

Lenzer schüttete erneut Portwein in sein Glas.

Die Welt schien sich vorgenommen zu haben, ihn um den Verstand zu bringen.

»Und? Welche Überraschung wartet als Nächstes auf mich?«

Er trank sein Glas in einem Zug leer, holte aus und warf es gegen die Wand, an der es mit einem Knall zerplatzte.

29

FALLE

Klara Wagner, Montag, 28.10.1996, 14:10 Uhr

Was Maria Lenzer ihr erzählt hatte, klang ziemlich verrückt. Klara hatte Lenzers Tochter eine Weile mit Fragen gelöchert und war dabei zu dem Schluss gekommen, dass Maria keine schauspielerischen Talente besaß. Wahrscheinlich sagte sie die Wahrheit.

Das Mädchen wollte Lenzers Tod. Dieser Umstand musste mit größter Eile ausgenutzt werden. Denn es stand fest, dass Menschen in Marias Alter in ihren Bestrebungen äußerst sprunghaft sein konnten. Jetzt wollte sie seinen Tod, morgen sein ewiges Leben.

Maria hielt sich in der Wohnung in der Bettenstadt auf, in der die Zelle sich getroffen hatte, nachdem sie eilig die Jugendfeier verlassen hatten. Im Moment waren Jan und Johannes bei dem Mädchen.

Johannes diente der Ablenkung. Maria war definitiv in ihn verknallt. Auch wenn sie das Gegenteil behauptete. Verliebt sein und denken, schlossen sich gegenseitig aus. Klara setzte den Jungen als eine Art Betäubungsmittel ein.

Jan hingegen hatte die Aufgabe, auf die beiden aufzupassen. Er war ohnehin der Einzige in der Gruppe, den sie ernst nahm.

Sie selbst befand sich in dem Unterschlupf, den die Terroristen ihr bereitgestellt hatten. Es gab einiges, das sie zu erledigen hatte.

Klaras ursprünglicher Plan hatte etwas anders ausgesehen. Sie hätte versucht, Maria zu einem Anschlag mit einer Farbbombe im elitären Kaufhaus des Westens zu bewegen. Die Farbbombe hätte sich als echte Bombe erwiesen und einige Menschen des gehobenen Bürgertums zerrissen. Danach hätte sie Maria mit dem Anschlag in Verbindung gebracht. Die einzige Schwierigkeit hätte darin bestanden, Maria zu der Tat zu überreden. Aber das Problem existierte jetzt nicht mehr. Und alleine das war bereits Gold wert.

Außerdem war ein Anschlag auf den Reichsmarschall um einiges spektakulärer, als einen Sprengsatz in einem Kaufhaus zu zünden. Dass seine eigene Tochter die Attentäterin war, hatte etwas Verwirrendes. Sicher konnte man das propagandamäßig ausnutzen. Aber das sollte nicht ihr Problem sein, dafür gab es Spezialisten.

Sie war von ihrer Idee begeistert. Ob Träger diese Begeisterung teilen würde, war fragwürdig. Daher entschied sie, ihn nicht einzuweihen. Er würde es im Nachhinein schon verstehen. Schließlich bekam er, was er bestellt hatte.

Lenzers Tochter war eine Terroristin, die selbst vor einem Anschlag auf ihren eigenen Vater nicht zurückschreckte. Das klang doch gut. Und wenn die Geschichte des Mädchens stimmte, dann hatte Lenzer aktiv an einer Gefangenenbefreiung mitgewirkt. Das ließ sich vor Gericht vorzüglich ausschlachten. So oder so. Lenzer war erledigt.

Was für eine herrlich entartete Familie.

Ein Problem hatte sie noch zu lösen. Träger würde es überhaupt nicht begrüßen, wenn Lenzer bei dem Anschlag sterben sollte. Sein Plan bestand darin, zunächst Lenzer und im Anschluss Wertheim politisch zu zerlegen. Eine solche Demontage machte nur Sinn, wenn Lenzer lebte. An einem Toten prallten alle Anschuldigungen ab. Ein Toter musste sich nicht rechtfertigen, er brauchte sich keinem Tribunal stellen und er konnte nicht mehr verurteilt werden. Leichen waren für Schauprozesse ungeeignet.

Demzufolge durfte die Bombe nicht zu viel Sprengkraft besitzen. Lenzers Limousine sollte ernsthaft beschädigt werden, aber nicht mehr. Ein gefährliches Spiel.

Zu ihrem Glück hatte der CIA-Agent der Gruppe Semtex überlassen. Der Industriesprengstoff war in seiner Wirkung bekannt und leicht zu dosieren. Mit einem Selbstlaborat wäre das komplizierter. Trotzdem blieb ein Risiko.

Gestern gegen Mitternacht hatte Herbert den Sprengstoff in Klaras Versteck gebracht. Der war von seiner Fracht nicht begeistert gewesen.

Dabei musste er nur ein Kilo und einen Zünder bei ihr abliefern. Für die restlichen neun Kilo und die weiteren Zünder hatte sie keine Verwendung. Sofort hatte sie sich an den Bau der Bombe für den angedachten Anschlag in einem Kaufhaus gemacht. Das Semtex platzierte sie zusammen mit einem Funkzünder in einem Hartschalenrollkoffer.

Nun hatte sie ein neues Ziel. Sie dachte darüber nach, die Sprengladung aus Sicherheitsgründen zu verkleinern. Entschied sich aber dagegen. Immerhin würde Lenzer höchstwahrscheinlich in einer gepanzerten Limousine sitzen und etwas Lackschaden inklusive einem lauten Knall reichte nicht aus. Der Anschlag musste echt wirken.

Herbert hatte ihr nicht nur den Sprengstoff und den Zünder gebracht. Aus seiner Tasche hatte er eine Überraschung hervorgezaubert. Die CIA hatte ihnen ein Satellitentelefon geliefert.

Satellitentelefone waren eine feine, wenn auch riskante Angelegenheit. Befand man sich nicht gerade in einem Keller, konnte man von überall telefonieren und war rund um die Uhr erreichbar.

Nach ihrer Entwicklung wurden Satellitentelefone zunächst ausschließlich vom Militär verwendet. Es dauerte jedoch nicht lange und der Nutzen für die Wirtschaft wurde erkannt. Heutzutage konnte jeder ein solches Telefon kaufen. Jedenfalls wenn er über die nötigen Geldmittel verfügte. Satellitentelefone waren eine kostspielige Angelegenheit, auch wenn das Telefonieren selbst kein Geld kostete.

Anfang der Siebzigerjahre begannen alle Großmächte damit, einen Satelliten nach dem anderen in die Erdumlaufbahn zu schießen. Wetterbeobachtung, Spionage, Kommunikation. Zehn Jahre später gab es intensive Bemühungen, die Satelliten des jeweiligen Feindes zu stören und zu vernichten. Irgendwann ließ man das bleiben. Jede der drei Mächte war von den eigenen Satelliten abhängig und es machte keinen Sinn, sich gegenseitig ins Gehege zu kommen.

Seitdem beschränkte man sich darauf, die feindliche Kommunikation abzuhören. Aber nicht nur der Feind hörte mit. Für Klara waren die deutschen Geheimdienste gefährlicher. Die bemühten sich, so viele Gespräche aufzuzeichnen und zu analysieren, wie es nur ging. Allerdings hatte alles seine Grenzen.

Im Deutschen Reich lebten einhundertsechzig Millionen Menschen. Hinzu kamen die Protektorate und sonstige Einflussgebiete. Insgesamt kam man dann auf eine Einwohnerzahl von annähernd fünfhundert Millionen. Die meisten von ihnen telefonierten. Von zu

Hause, von der Arbeit, in Telefonzellen oder mit einem Satellitentelefon. Ein ungeheures Gesprächsaufkommen. Hinzu kam die abgefangene Kommunikation der Amerikaner und Japaner.

Klara wusste, dass die Dienste verstärkt Rechner einsetzten, um aus diesem gigantischen Datenberg relevante Informationen herauszufiltern. Träger hatte ihr vor einiger Zeit erzählt, dass es ein neues Rechnerprogramm gab, das in der Lage sein sollte, Sprache zu verstehen, und Telefonaufzeichnungen auf Schlüsselwörter durchsuchen konnte. Sie wusste nicht, was sie davon halten sollte. Maschinen, die Gespräche verstanden? Das war beklemmend und unheimlich.

In Geheimdienstkreisen galt die Faustregel, dass ein unbenutztes SatTel zwei Tage abhörsicher war. Sich auf Faustregeln zu verlassen, konnte damit enden, dass einem die Regel die Nase brach, wenn es darauf ankam. Allerdings würde Klara das Telefon nur heute benutzen und deswegen fiel die Wahrscheinlichkeit, abgehört zu werden, praktisch auf null.

Sie rief Jan an und startete mit einem kurzen codierten Gespräch eine Telefonkette. Klara zog einen Hosenanzug an, schminkte sich und setzte die Brille mit dem Fensterglas auf. Nun sah sie aus wie eine Bankangestellte aus der mittlerern Führungsebene. Kein Polizist auf der Welt käme auf die Idee, sie zu kontrollieren.

An ihrem Unterarm trug sie ein Messer, das in einer Hartplastikscheide steckte und an ihrem Knöchel ein Holster mit einer kleinkalibrigen Pistole. Sie legte das Telefon in ihre Handtasche, griff den Rollkoffer und machte sich auf den Weg. Es war 15:05 Uhr.

~

Vierzig Minuten später saß sie im Preußenhof, einem vornehmen Café in der Augsburger Straße. Sie bestellte einen Kaffee und ein Stück Apfelstrudel. Die Hälfte des Kuchens hatte sie gegessen, als Jochen hereinkam.

Seine Aufgabe war es, die Bombe zu platzieren. Er würde den Koffer in den Kofferraum eines gestohlenen Wagens legen und ihn an geeigneter Stelle in der Passauer Straße in der Nähe des KaDeWe parken. Dann musste nur noch Lenzer an den Ort gelockt werden. Maria hatte behauptet, dass das kein Problem sei.

Klara war es gewohnt, dass die Dinge nicht liefen wie geplant, daher nahm sie es gelassen, als sie mit Jochens Eintreffen die erste Überraschung des Tages erlebte. Entgegen der Absprache befand er sich in Begleitung einer circa siebzigjährigen Frau. Wobei der Begriff Dame besser zu ihrer gepflegten Erscheinung passte. Die beiden setzten sich zu ihr an den Tisch.

»Das ist also deine Freundin?«, sagte die Frau zur Begrüßung.

Jochen lächelte verlegen. »Ja, Mama.«

War das zu fassen? Der Mann nahm seine Mutter mit zu einem terroristischen Anschlag. Entweder war er total bekloppt oder extrem ausgefuchst. Wenn er sie im Griff hatte, war sie eine exzellente Tarnung. Vielleicht hatte sie die Männer unterschätzt. Das wäre eine gute Nachricht.

»Es freut mich, Sie endlich kennenzulernen«, sagte Klara, erhob sich von ihrem Stuhl und reichte der Dame die Hand.

»Was für eine entzückende junge Frau.«

»Das Kompliment gebe ich gerne zurück.«

Jochens Mutter kicherte.

Einige Minuten machten sie sich miteinander bekannt und redeten über die geplante Heirat, wobei Jochen bei jedem Satz weiter in sich zusammensackte.

Es reichte.

Der Spaß war vorbei. Es wurde Zeit.

»Schatz, kannst du bitte meinen Koffer mitnehmen? Ich habe noch etwas zu erledigen.«

»Natürlich.«

Klara strahlte. »Danke. Ich rufe dich an, wenn ich fertig bin.«

»Sie verlassen uns schon?« Jochens Mutter sah enttäuscht aus.

»Ja leider. Aber ich würde mich freuen, Sie bald besuchen zu dürfen.«

»Wie wäre es nächstes Wochenende?«

»Ich würde mich freuen.«

Klara gab dem Kellner ein Zeichen.

»Das kommt nicht infrage. Jochen wird die Rechnung begleichen.«

»Ich wusste, dass ich mir den richtigen Mann ausgesucht habe.«

Klara verabschiedete sich. Sie wollte zum Ausgang gehen, hielt dann aber inne und drehte sich um.

»Kannst du kurz zu mir kommen, mein Schatz?«

Jochen sprang sofort auf.

»Kriegst du das hin?«, fragte sie als Jochen vor ihr stand.
»Ich versuche es.«
»Der Versuch ist die Einleitung zum Buch des Scheiterns.«
»Was?«
»Park den Wagen und versau es nicht.«
Klara machte sich auf den Weg.

Am Samstagnachmittag hatte sie das KaDeWe für einen Anschlag aufgeklärt. Dabei stellte sie fest, dass man über eine Treppe auf das Dach eines Anbaus gelangen konnte, von dem aus die Passauer Straße einzusehen war. Diese Örtlichkeit wollte sie für ihren neuen Plan nutzen.

Die Tür, die zum Dach führte, besaß ein simples Schloss, das sich schnell knacken ließ. Jan sollte sich bereits mit Maria und Johannes auf dem Weg zum KaDeWe befinden. Sie würden das Fluchtfahrzeug in einem nahegelegenen Parkhaus abstellen und zusammen mit Klara auf das Dach gehen.

Herbert und Wolfgang waren aus der Sache raus. Ihre Dienste wurden nicht benötigt. Was Wolfgang anging, hatte sie immer noch ein komisches Gefühl. Allerdings konnte es sein, dass sie sich in ihm täuschte. Wenn er ein Spitzel der KDU Führung war, dann mussten diese längst Kenntnis von ihrer Planänderung haben und bis jetzt hatte sie niemand gestoppt. Auf der anderen Seite konnte es natürlich auch sein, dass sich die Führung mit ihrer neuen Idee stillschweigend einverstanden erklärt hatte. Wie auch immer. In einigen Stunden endete der Spuk.

Sie erreichte das KaDeWe. Sie hatte gelesen, dass es das größte Kaufhaus Europas sein sollte mit einer Verkaufsfläche, die so groß war wie neun Fußballfelder. Bis zu fünfzigtausend Besucher kamen jeden Tag und verbrachten Stunden in dem Kaufhaus.

Das Hauptgebäude stammte aus der Kaiserzeit. Ihr Ziel war allerdings der Anbau, der vor einigen Jahren eingeweiht worden war.

Als Klara den Haupteingang erreichte, sah sie Jan, Maria und Johannes. Die drei waren zeitgleich mit ihr eingetroffen. Getrennt voneinander betraten sie das Kaufhaus. Im Vorbeigehen konnte Klara einen kurzen Blick auf Maria werfen. Sie wirkte stabil. Das war beruhigend, bedeutete aber nicht viel. Die eigentliche Nervosität würde erst unmittelbar vor dem Anschlag einsetzen.

Das KaDeWe war gut besucht. Eine Schar wohlhabender Menschen wuselte zwischen den Regalen herum. Die Angestellten waren beschäftigt.

Sie durchquerten die Halle und passierten den Durchgang zum Neubau.

Zeitversetzt betraten sie das Treppenhaus, das im Brandfall zur Evakuierung gedacht war. Ohne Aufmerksamkeit zu erregen, erreichten sie die Tür zum Dach. Klara nahm ein Picking-Besteck aus ihrer Handtasche und steckte die speziell geformten Drähte in das Schloss. Sekunden später standen sie auf dem Dach.

Sie machte die Tür hinter der Gruppe zu und schloss sie ab.

»Du bist geschickt«, sagte Jan, während er sie bei der Arbeit beobachtete.

»Gerade als Frau muss man sich zu helfen wissen. Hast du den Fluchtwagen im Parkhaus abgestellt?«

»Hab ich.«

»Wo genau?«

»Im unteren Parkdeck.«

»Habt ihr beide einen Schlüssel?«

»Ja.«

»Wo ist meiner?«

Jochen zog einen Fahrzeugschlüssel aus der Hosentasche und reichte ihn Klara.

Sie steckte ihn ein.

Das war wichtig, jeder Plan konnte scheitern, da war es besser, wenn nicht nur der eigentliche Fahrer Zugriff auf das Fluchtfahrzeug hatte.

Sie wandte sich an Maria. »Bist du bereit?«

»Ja.«

Sie ging zum Dachrand und die anderen folgten ihr.

»Gib mir das Fernglas«, sagte sie an Johannes gewandt.

Er nickte, nahm seinen Rucksack vom Rücken und öffnete ihn.

»Ich hoffe, du hast an die Kamera und das Stativ gedacht.«

»Alles da.«

Johannes reichte ihr den Feldstecher und Klara setzte ihn an die Augen. Schnell hatte sie das Fahrzeug gefunden, das Jochen abstellen sollte. Ein alter Wartburg, der ordnungsgemäß in einer Parkbucht stand.

Soweit so gut.

Sie nahm das Glas herunter und deutete mit dem Finger in Richtung des Autos.

»Genau dorthin soll Lenzer kommen. Jetzt liegt es an dir.«

Sie reichte Maria ihr Satellitentelefon.

»Ich habe mein eigenes.«

Klara schüttelte den Kopf »Du nimmst meins und ich werde das Gespräch mithören.«

»Du traust mir nicht.«

»Nein. Natürlich nicht.«

Maria wählte eine Nummer.

»Wir müssen wissen, wann er hier sein wird. Und er soll alleine kommen.«

Maria nickte und hielt sich das Telefon ans Ohr. Klara stand neben ihr und brachte ihren Kopf in die Nähe des Hörers. Es klingelte.

»Lenzer.«

»Ich bin es Maria.«

»Geht es dir gut? Ist was passiert?«

»Warum denkst du das?«

»Weil du mich normalerweise nicht anrufst.«

»Ich dachte, man hätte dir bereits gesagt, dass ich weggelaufen bin.«

»Du bist weggelaufen?«

»Ja. Aber das interessiert dich sicher sowieso nicht.«

»Natürlich interessiert mich das. Warum bist du weggelaufen? Wo bist du?«

Klara hielt den Atem an. Das hörte sich gut an.

»Ich weiß, was in der Nacht passiert ist. Ich erinnere mich«, sagte Maria.

Keine Reaktion.

Sekunden vergingen.

»Hast du verstanden, was ich gesagt habe?«

»Du weißt es?«, flüsterte Lenzer.

»Als wäre es gestern gewesen.«

»Warum hast du das nie gesagt?«

»Damit du mich umbringst wie meine Mutter?«

»Wie kommst du darauf? Ich habe deine Mutter nicht umgebracht.«

»Das hast du. Man muss nicht immer selbst Hand anlegen, um zu töten.«

»Wir müssen miteinander reden. Ich meine es ernst. Wir reden wie zwei Erwachsene. Keine Lügen mehr. Keine Geheimnisse mehr.« »Das ist eine gute Idee.«

»Wo bist du?«

»In der Nähe des KaDeWe.«

»Ich fahre sofort los und hole dich. Wo finde ich dich genau?«

»In der Passauer Straße da gibt es eine Litfaßsäule gegenüber einer Wäscherei.«

»Ich brauche eine Stunde.«

»Bitte komm alleine. Ich will diese ganzen Soldaten nicht sehen.«

»Ist gut. Ich verspreche es. Nur ein Fahrer und ich. Bleib bitte, wo du bist, und lauf nicht weg.«

»Ich werde auf dich warten. Das schwöre ich.«

Maria beendete das Gespräch und Klara trat einen Schritt zurück.

»Deine Geschichte scheint zu stimmen.«

»Natürlich.«

Sie gab Klara das Telefon.

»Jan. Mach die Kamera bereit.«

Er machte sich an die Arbeit.

Neben der Kamera, die Jan auf dem Stativ montierte und mit der Anschlag gefilmt werden sollte, trug er eine weitere verdeckte Kamera am Körper. Mit dieser sollte Maria ohne ihr Wissen aufgenommen werden, um sie später mit dem Attentat in Verbindung zu bringen.

Bis jetzt lief es wie am Schnürchen.

30

SICHERHEITSPROGRAMM

Thor Hansen, Montag, 28.10.1996, 16:45 Uhr

Hansen stellte seine Reisetasche auf die Schreibtischplatte seines Büros im FHA und öffnete den Reißverschluss.

Das Gerät, das zum Vorschein kam, erinnerte an einen verkürzten Besenstiel, an dem ein Teller befestigt war. Er schaltete den nichtlinearen Oberwellendetektor ein und ließ den Teller schwebend über seinen Schreibtisch gleiten.

Der Detektor strahlte ein Hochfrequenzsignal aus. Traf dieses Signal auf die elektronische Baugruppe eines Abhörgerätes, kam es zu einer Reflexion des Signals. In diesem Fall machte sich der Detektor mit einem Summen bemerkbar.

Nachdem er das gesamte Inventar seines Büros inklusive der Wände und Decke untersucht hatte, schaltete er das Gerät aus und verstaute es wieder in der Tasche.

Bevor er über die sichere Leitung telefonieren konnte, war diese Prozedur absolut notwendig. Es wäre lächerlich, ein Gespräch über eine abhörsichere Telefonleitung zu führen, wenn der Raum als solcher überwacht wurde.

In seiner Funktion als Stabsangehöriger der Abteilung V besaß Hansen Kontakte zu allen Abteilungen der Division Apollo. Unter anderem zur Abteilung II, die für die Gegnererforschung verantwortlich war. Durch einen Bekannten, der bei der Abteilung II arbeitete, hatte er gelernt, wie man eine Telefonleitung vor den Augen der Telekommunikationsbehörde und anderer Dienste versteckte. Das war einer der Vorteile, wenn man einem Geheimdienst angehörte.

Hansen wählte eine Telefonnummer, die man in keinem Telefonbuch finden konnte. Eine vom Band abgespielte Frauenstimme sagte ihm, dass unter dieser Nummer kein Anschluss existierte. Er drückte zweimal die Taste null und danach zweimal die Rautetaste. Er hörte ein Klicken und kurze Zeit später ein Freizeichen.

Durch das Wählen der Telefonnummer und die Eingabe der Tastenkombination hatte Hansen eine Standleitung aktiviert, die zu einem Telefon in Berlin-Moabit führte. Für die Telekommunikationsbehörde existierte in diesem Moment weder Hansens Telefon, das Telefon in Moabit noch die Leitung zwischen den beiden Anschlüssen. Dass diese Leitung abgehört werden konnte, war praktisch unmöglich. Sie war unsichtbar.

Es klingelte fünfmal, dann wurde das Gespräch angenommen.

»Wie kommst du voran?«, fragte eine weibliche Stimme.

»Ich konnte Kontakt zu Lenzer und seiner Tochter aufbauen. Wie es aussieht, ist die Beziehung zwischen den beiden nicht unproblematisch.«

Die Frau lachte kurz auf. »Warum soll es ihm besser gehen als allen anderen. Es freut mich, dass du Erfolg hattest. Leider habe ich nur schlechte Nachrichten.«

»Was ist passiert?«

»Bernd und Ariadne haben es nicht geschafft. Die beiden sind wie vom Erdboden verschwunden.«

»Das bedeutet, wir haben die Koordinaten nicht.«

»Es ist zum Verrücktwerden. Erst verschwinden die Sucher, dann die Kuriere.«

»Sie sind uns auf der Spur.«

»Mehr als das. Sie fürchten uns.«

»Leider bringt uns das wenig. Ohne die Koordinaten ist alles umsonst gewesen. Dann haben wir versagt.«

Einen Moment schwiegen sie.

»Was machen wir jetzt?«, fragte Hansen.

»Das weiß es noch nicht. Halte dich weiter an den Plan.«

»Ohne die Koordinaten ist der Plan sinnlos.«

»Mach einfach weiter. Ich kümmere mich um die Koordinaten.«

Das Gespräch wurde beendet.

Hansen legte den Hörer auf.

In genau diesem Moment klingelte es.

Er starrte das Telefon an und wagte nicht, sich zu bewegen.

Das war nur ein dummer Zufall.

Hansen hob ab.

Am Telefon war Sturmführer Meyer, der Verantwortliche für Fräulein Lenzers Eskorte. Mit belegter Stimme erklärte er Hansen, dass sich Lenzers Tochter um zwölf Uhr bei einem von ihr gewünschten Einkaufsbummel in Berlin abgesetzt hatte.

Der Befehlshabende der Eskorte hatte nicht gewagt, ihn direkt zu verständigen, und zunächst versucht, das Mädchen mit eigenen Mitteln wiederzufinden. Der Versuch war gescheitert. Das einzige Sinnvolle, was Mayer zu dem ganzen Mist beitragen konnte, war, dass Fräulein Lenzer einen grauen Stoffmantel trug, als sie das Internat verlassen hatte.

Nachdem Hansen das unerfreuliche Gespräch beendet hatte, sah er auf seine Digitaluhr, die auf seinem Schreibtisch stand. Es war 16:58 Uhr. Lenzers Tochter war jetzt seit fünf Stunden außer Kontrolle. Damit traten alle anderen Probleme in den Hintergrund.

Er hatte dem Reichsmarschall zugesichert, auf seine Tochter aufzupassen. Und nun war sie weg. Das Schlimmste war, dass er Marias Ausflug zu dieser blöden Feier für sich behalten hatte. Damit hatte er dem Mädchen einen Gefallen erweisen wollen, um ihr Vertrauen zu gewinnen. Ihn beschlich das unangenehme Gefühl, dass die Feier in einem Zusammenhang mit Marias Verschwinden stand.

Hansen hatte nicht in Erfahrung gebracht, wie sie zu der Feier gelangt war. Der Perimeteralarm hatte erst angeschlagen, als sich Maria bereits mehr als fünf Kilometer von dem Internat entfernt hatte. Die Einschätzung, dass es sich nur um einen harmlosen Ausbruchsversuch aus ihrem Alltagsleben gehandelt hatte, war möglicherweise falsch gewesen. Ein Fehler, den er kein zweites Mal begehen würde. Und wenn ihm nicht sofort etwas einfiel, bekam er dazu auch keine Gelegenheit mehr.

Im ersten Moment war er wütend auf Meyer gewesen, weil dieser ihn nicht unverzüglich informiert hatte. Nun sah er dessen Vergehen mit milderen Augen. Er befand sich nämlich im selben Dilemma wie der Sturmführer. Sollte er Lenzer anrufen und ihm sagen, dass seine

Tochter ausgerissen war? Bei dem Gedanken lief ihm ein Schauer über den Rücken.

Fräulein Lenzer hatte sich selbst abgesetzt. Das sprach gegen eine Entführung. Sie würde kaum in ernsthafter Gefahr schweben. Vielleicht wollte sie sich mit einem Jungen treffen oder einfach nur die Schule schwänzen.

Letztendlich würde ihm nichts übrig bleiben, als den Reichsmarschall zu informieren. Wenn Maria zurückkam, konnte sie ihrem Vater selbst beichten, dass sie sich aus dem Staub gemacht hatte. Auch wenn er Maria fand, würde er also nicht darum herumkommen, Lenzer anzurufen. Somit erwartete ihn ein unerfreuliches Gespräch. Bei diesem Gespräch war es eindeutig besser, einen Trumpf in der Hand zu haben. Dieser Trumpf war Maria. Er musste das Mädchen ganz schnell einfangen.

Eine Stunde. Solange würde er die Information zurückhalten.

Sechzig Minuten, um sie zu finden.

Hansen wählte die Nummer des Wachbataillons der Division Apollo.

»Sturmbannführer Richter am Apparat.«

»Hier ist Hansen vom Stab Amt V. Ich brauche sofort dreißig Mann in Zivil aus der Eingreifreserve für einen Einsatz.«

»Was? Jetzt mal langsam. Auf wessen Anordnung?«

»Des Herrn Reichsmarschalls.«

Das war in gewisser Weise keine Lüge. Schließlich konnte Hansen davon ausgehen, dass Lenzer seine Tochter mit allen Mitteln zurückhaben wollte. Für langatmige Diskussionen hatte er keine Zeit.

»Persönlich?«

»Ja.«

Schweigen.

»So einfach geht das nicht.«

»Wenn Sie wollen, gebe ich Ihnen die Satellitentelefonnummer des Herrn Reichsmarschalls. Dann können Sie das selbst mit ihm besprechen.«

»Moment.«

Es klang, als hielt sein Gesprächspartner die Sprechmuschel zu. Er konnte das gedämpfte Grummeln eines Gespräches hören. Dann meldete sich der Kommandant des Wachbataillons wieder.

»Sie bekommen die Männer. Aber, wenn es nicht stimmt, was Sie sagen, dann wird es Konsequenzen haben.«

Hansen ging auf die Drohung nicht ein.

»Sehen Sie zu, dass die Männer vollausgerüstet sind.«

»Was ist denn das Ziel des Einsatzes?«

»Möglicherweise eine Geiselbefreiung.«

»Was zur Hölle ...«

Hansen wurde lauter. »Quatschen Sie nicht. Geben Sie Gas!«

Er warf den Hörer auf die Gabel.

Mit netten Gesten und schönen Worten war es nun nicht mehr getan. Ab jetzt würde er es mit dem alten Panzergeneral Guderian halten: Klotzen statt Kleckern.

Er hoffte, dass Lenzers Tochter sich nur einen schönen Tag machen wollte. Aber für den Fall, dass doch mehr dahintersteckte, musste er gewappnet sein. In dieser Angelegenheit durfte er keine Fehler begehen.

Mit seinem Termin bei Lenzer am Freitag hatte er einiges gewagt.

Hansens Auftrag bestand darin, Lenzer von etwas zu überzeugen, wozu Worte nicht ausreichten. Lenzer musste es selbst erleben. Aus diesem Grund hatte Hansen die Akte über Wilhelm Kleist kopiert und war mit ihr bei Lenzer vorstellig geworden. Die Geschichte, die er dem Reichsmarschall aufgetischt hatte, war erlogen. Obergruppenführer Müller hatte die Akte niemals angefordert. Er wusste nicht einmal, dass sie existierte.

Das Spiel, das er mit Lenzer trieb, war gefährlich. Zu seiner Erleichterung reagierte der Reichsmarschall wie erhofft. Er suchte Professor Degenhard auf. Das war Lenzers erster Schritt, um zu verstehen, was nicht zu verstehen war.

Für einen Moment rückte der Sieg in greifbare Nähe. Die Sucher standen kurz davor, ihren Auftrag zu beenden, und Lenzer befand sich auf dem richtigen Weg.

Jetzt drohte alles zusammenzubrechen.

Die Sucher und Kuriere waren spurlos verschwunden, ohne dass jemand sagen konnte, was geschehen war. Und mit ihnen die Koordinaten, ohne die es keine Hoffnung gab.

Es stand außer Frage, dass der Feind seine Finger im Spiel hatte.

Aber nun war der falsche Moment, um zu verzagen. Er musste Maria finden.

Hansen startete ein spezielles Programm auf dem Rechner.

Lenzers Tochter war Teilnehmerin des Sicherheitsprogramms. In den Achtzigerjahren hatte es eine Welle von Entführungen hochrangiger Personen aus Politik und Militär gegeben. Als Konsequenz rief man das Sicherheitsprogramm ins Leben. Als Lenzer seinerzeit zum Gruppenführer ernannt worden war, hatte er sich dazu entschlossen, seine Tochter anzumelden.

Maria Lenzer bekam ohne ihr Wissen eine Substanz verabreicht, die bei ihr Beschwerden verursachte, die einer akuten Blinddarmentzündung ähnelten. Als sie operiert wurde, entnahm man ihr den gesunden Blinddarm und setzte einen Langzeitsender ein. Das klang grausam, aber die Gefahren, denen das Kind eines hochrangigen Offiziers ausgesetzt war, rechtfertigten die Prozedur. Jetzt erwies es sich als großes Glück, dass Lenzer sich dazu durchgerungen hatte.

Seine Tochter hatte niemals davon erfahren. Im Falle einer Entführung bestand damit nicht die Gefahr, dass sie die Existenz des Senders durch eine unbedachte Äußerung verriet oder unter Zwang preisgab.

Wie er Lenzer versprochen hatte, hatte er die Datei seiner Tochter gelöscht. Somit wurde sie nicht mehr in der Liste aller Personen im Sicherheitsprogramm geführt. Das änderte aber nichts daran, dass ihr Sender noch aktiv war.

In der Zeit, in der sich Fräulein Lenzer im Internat aufhielt, war der Sender ab achtzehn Uhr auf Perimeter Alarm gestellt. Wenn sie sich mehr als fünf Kilometer von dem Internat entfernte, wurde Hansen verständigt. Auf diese Weise hatte er Lenzers Tochter bei ihrem nächtlichen Ausflug zu dieser Idiotenfeier erwischt. Tagsüber war der Sender deaktiviert.

Das wollte er schnellstmöglich ändern.

Er gab den Code des Senders und sein eigenes Passwort in den Rechner ein.

Bitte warten, blinkte auf dem Bildschirm auf.

Nun dauerte es einen Moment, bis der Sender aktiviert wurde und seine gesendeten Impulse vom System ausgewertet werden konnten. Wenn das Mädchen sich in der Stadt aufhielt, sollte eine relativ genaue Ortung erfolgen. Auf dem Land sah das anders aus. Das Netzwerk der Empfangsmasten war weit davon entfernt, flächendeckend zu sein.

Zehn Minuten lang geschah nichts.

Entweder Maria befand sich nicht in Reichweite eines Empfangsmastes oder ihr Sender war defekt.

Wie sollte er sie ohne Sender finden? Und das auch noch möglichst unauffällig? Er starrte die blinkende Schrift auf dem Bildschirm an. Sein Oberschenkel zuckte und er schlug sich mit der flachen Hand auf das Bein.

Die Schrift änderte sich.

Sender gefunden.

Dem Führer sei Dank.

Auf dem Bildschirm erschien eine Karte. Er erkannte sofort, dass es sich um Berlin handelte. Hansen atmete auf.

Standorteingrenzung abgeschlossen.

Mit dem Glück auf deiner Seite brauchst du keinen Feind zu fürchten.

Lenzers Tochter hielt sich in einem Umkreis von drei Kilometern um die Siegessäule auf. Sie war also ganz in der Nähe. Eine genauere Ortung musste mobil durchgeführt werden.

Er wollte aufspringen, unterdrückte aber den Impuls. Erst mal abwarten.

Fünf Minuten lang zwang er sich zur Ruhe.

Eine genauere Eingrenzung ihres Standortes erfolgte nicht. Aber das System konnte ihm mitteilen, ob sich der Sender bewegte. Das war nicht der Fall. Das Signal des Senders wurde von drei Masten mit immer exakt der gleichen Stärke aufgefangen. Das sprach für eine statische Position. Das war gut.

War es das?

Leichen bewegten sich auch nicht.

31

IN VINO VERITAS

Max Lenzer, Montag, 28.10.1996, 17:10 Uhr

Lenzer befand sich auf dem Weg nach Berlin.

Entgegen seiner Absprache mit Maria hatte er nicht auf eine Eskorte verzichtet. Ohne Eskorte würde er im Stadtgebiet Ewigkeiten benötigen, um sein Ziel zu erreichen. Die Motorradstaffel, die ihn begleitete, fuhr voraus und sperrte die Kreuzung für die nachfolgenden Fahrzeuge der Kolonne. Kurz vor dem Treffpunkt, den Maria ihm genannt hatte, sollte die Eskorte abbrechen und er würde alleine weiterfahren.

Lenzer hatte sich nicht einmal die Zeit genommen, sich umzuziehen. Er saß in Uniform auf der Rückbank einer gepanzerten Mercedes Limousine mit getönten Scheiben. Die Wimpel, die normalerweise an zwei Stangen hingen, die an den Kotflügel befestigt waren, hatte er abnehmen lassen.

Maria hatte ihm gesagt, dass sie sich an alles erinnerte. Sie hatte die Ereignisse der Nacht also nicht vergessen. Das erklärte, warum sie ihn hasste. In ihren Augen hatte er ihre Mutter ins Verderben laufen lassen. Das konnte ein Kind nicht verzeihen. Wie hatte sie es nur geschafft, über all die Jahre zu schweigen?

Nun wurde er also vom Schicksal zu etwas gedrängt, was er bereits vor Jahren hätte tun sollen. Er würde Maria alles erzählen, sein ganzes Leben offenbaren. Wie er sie getroffen und mitgenommen hatte, was in

Saigon geschehen war und wie ihre Nähe ihn von der Methamphetaminsucht erlöst hatte.

Nach fünfundvierzig Minuten erreichte die Kolonne das Stadtzentrum von Berlin. Den Rest des Weges würde er ohne Begleitung zurücklegen.

Sein Satellitentelefon klingelte.

Vielleicht war das Maria.

»Sie wissen, wo wir hinmüssen?«, fragte Lenzer den Fahrer.

»Jawohl.«

Lenzer schloss die Plexiglasscheibe zum Fahrer und nahm das Gespräch an.

»Ich bin es, Richard.«

Mit einem Anruf von Richard hatte er nicht gerechnet.

»Wertheim hat mir gesagt, dass du eine Weile auf Abstand gehen willst.«

»Ich habe immer gewollt, dass du an meiner Seite stehst. Du bist doch mein Bruder. Außer dir gibt es niemanden.«

»Worüber redest du? Hast du getrunken?«

»Und ob ich getrunken habe.« Richard gluckste eine Art Lachen in den Hörer. »Ein wenig. Ich feiere meinen Sieg.«

»Was für einen Sieg?«

»Ich habe immer versucht, dich zu beschützen. Damals, als du dieses Mädchen zu dir geholt hast und von diesem Drogenhändler erpresst wurdest, habe ich dich beschützt. Wie hieß der Kerl noch gleich?«

Lenzers Puls verdoppelte sich. Seine Hand verkrampfte sich um das SatTel.

»Ich weiß nicht, wovon du sprichst«, flüsterte er ins Telefon.

Richard wusste von Toma? Grundgütiger.

»Natürlich nicht. Wie solltest du auch.« Richard kicherte. »Ein Tipp für die Zukunft. Wenn du jemanden erschießt, mach es richtig. Der Mann hat noch gelebt, als du geflohen bist. In seiner kurzen Befragung hatte er uns von dem Ehrversprechen und den Zeugen erzählt. Die hab ich auch beseitigen lassen. Man darf sich in solchen Angelegenheiten keine Nachlässigkeit erlauben.«

»Hast du mich beschatten lassen?«

»Selbstverständlich. Es ist nicht so, dass ich dir das Kind nicht gegönnt hätte. Aber ich wollte wissen, was sich dahinter verbirgt. Dass du einfach aus dem Nichts heraus ein Kind zu dir holst, das war schon merkwürdig.«

Weder die Zeugen noch Toma hatten Marias Geheimnis gekannt. Zumindest auf diesem Weg konnte Richard nicht herausgefunden haben, woher Maria tatsächlich kam. Das bedeutete aber nicht, dass er es nicht auf eine andere Art und Weise erfahren haben konnte.

»Ich weiß, dass die Ehrenzeugen damals gelogen haben«, sagte Richard.

Lenzer spürte, wie schwer es seinem Cousin fiel, vernünftige Sätze zu formulieren. Richard musste einiges getrunken haben.

»Die Frau, der du dein Versprechen gegeben hast, ist nicht Marias Mutter. Warum hast du das getan? Warum hast du dich erpressbar gemacht?«

Anscheinend hatte Richard nicht herausgefunden, wer Maria war. Aber was sollte er jetzt sagen? Auf die Schnelle fiel ihm keine plausible Antwort ein.

Zum Glück machte Richard nicht den Eindruck, als wäre er an einer Erklärung interessiert. Er redete einfach weiter.

»Ich habe dich immer bei deiner Karriere unterstützt. Ich wusste, dass dir eine wichtige Rolle in der Geschichte zusteht. Als Wertheim mich gefragt hat, ob ich mir vorstellen könnte, dass du der nächste Reichsmarschall wirst, konnte ich mein Glück kaum fassen. Damit hatte ich wirklich nicht gerechnet. Diese glückliche Fügung musste ein Zeichen sein.«

Für einen Moment schwieg Richard.

»Ein Zeichen«, lallte er. »Ein wahres Zeichen.«

Erneut Stille.

Lenzer wagte kaum, zu atmen. Gebannt wartete er darauf, dass sein Cousin weiter sprechen würde.

»Es stimmt. Du hast eine wichtige Rolle in dem Spiel. Aber eine andere als ich dachte.« Er seufzte. »Damit der eine in den Himmel steigt, muss der andere in den Abgrund stürzen. Das ist dir doch klar, oder? Das verstehst du doch.«

Genau genommen verstand Lenzer gar nichts.

Richard begann zu schluchzen.

Weinte er?

»Du hast das nicht verdient«, flüsterte sein Cousin. »Du bist kein schlechter Mensch. Aber Opfer müssen gebracht werden, und wenn einem diese Opfer leicht fielen, dann wären es keine Opfer. Das ist Fakt. Und das Größte aller Opfer ist, das eigene Blut zu geben.«

Sie bogen in die Passauer Straße ein. Lenzer glaubte, die Litfaßsäule zu erkennen, von der Maria gesprochen hatte.

»Glaub mir, ich wollte nicht, dass es so ausgeht. Ich schwöre dir, dein Opfer wird nicht umsonst sein.«

»Richard. Worüber in aller Welt…«

32

ANSCHLAG

Klara Wagner, Montag, 28.10.1996, 17:20 Uhr

Sie beobachtete mit dem Feldstecher die Passauer Straße.

Jeden Moment musste Lenzer auftauchen.

Klara vertraute darauf, dass er tatsächlich mit einer gepanzerten Limousine aufkreuzen würde. Alles andere wäre eine Katastrophe. Die Stärke der Sprengladung war auf ein gepanzertes Fahrzeug ausgelegt. Sollte Lenzer in einem normalen Wagen sitzen, würde er den Angriff nicht überleben. Allerdings gab es vermutlich gar keine ungepanzerten Fahrzeuge in seinem Fuhrpark.

Ein weiteres Problem bestand darin, dass sie das Auto erkennen musste. Gepanzert oder nicht. Im unmittelbaren Umfeld des KaDeWe fuhren eine Menge hochpreisiger Limousinen durch die Gegend. Wenn er wirklich alleine kam, war nicht davon auszugehen, dass an seinem Wagen Standarten befestigt waren.

In den letzten Minuten hatte sie Maria beobachtet.

Die Göre trat von einem Bein auf das andere und konnte ihre Finger nicht stillhalten. Jetzt wo es ernst wurde, verlor sie sichtbar die Begeisterung für ihre eigene Idee. Das kam nicht überraschend.

Klara hatte Jan ein Zeichen gegeben und der Mann hatte sofort verstanden, was sie von ihm wollte. Nun hielt er sich in der unmittelbaren Nähe von Maria auf und würde sie daran hindern, im entscheidenden Moment eine Dummheit zu begehen.

Sie mochte Jan. Der Mann war zu gebrauchen. Schade, dass er sterben musste.

Der Verkehr auf der Passauer Straße floß zähflüssig. Das kam ihr entgegen. Es gab ihr mehr Zeit, um die Fahrzeuge zu beobachten.

Viele Passanten waren unterwegs. Das bedeutete, dass es Unschuldige treffen würde. Klara hatte kein Problem damit, Menschen zu töten. Aber Freude bereitete es ihr nicht.

Dann sah sie einen Wagen, der ihre Aufmerksamkeit erweckte.

Schwarze Mercedes Limousine. Gut möglich, dass das Fahrzeug gepanzert war.

Vorne konnte sie einen Mann auf dem Fahrersitz sehen.

Auf der Rückbank saß eine weitere männliche Person. Der Mann hatte blonde Haare und trug dunkle Kleidung. Eine Uniform? Er telefonierte anscheinend.

Sie nahm den Fahrer ins Visier.

Der trug auf jeden Fall eine Uniform. Fahrdienst? Lenzer würde sich nicht selbst ans Steuer setzen.

Klara legte sich fest.

»Er ist da«, sagte sie so beiläufig, dass die anderen gar nicht reagierten. Sie hob ihre Stimme an: »Lenzer ist da!«

»Nein, ich will das nicht«, kreischte Maria.

Sie sprang auf Klara zu, wurde aber von Jan festgehalten.

Darauf hätte sie ein Jahresgehalt gesetzt. Typisch. Wenn es ernst wurde, zogen die meisten den Schwanz ein.

Sie warf einen kurzen Blick auf Johannes. Der Junge war kreidebleich und erstarrt. Wenn das so blieb, war alles in Ordnung. Sie musste aber einkalkulieren, dass Johannes plötzlich seiner unsterblichen Liebe zu Maria bewusst wurde. Hässlich war das Mädchen jedenfalls nicht. Aber mit ihm würde sie fertig werden.

Maria schrie wie am Spieß und versuchte, sich aus den Armen von Jan zu befreien. Ein sinnloses Unterfangen. Der Mann war ein Berg aus Fleisch und Muskeln. Dennoch war das Gezeter nervtötend, Klara musste sich dringend konzentrieren.

Noch konnte sie sich nicht hundertprozentig sicher sein, ihr Ziel gefunden zu haben. Und wenn der Wagen stoppte und eine Tür geöffnet wurde, war es zu spät. Die Explosion würde Lenzer in diesem Fall töten.

»Ich muss mich konzentrieren. Halt mir den Rücken frei. Ich verlasse mich auf dich, Jan.«

Damit hatte sie nicht nur gemeint, dass er auf Maria aufpassen sollte. Sie hoffte, dass Jan sie richtig verstanden hatte und auch den Jungen im Auge behielt.

Der Mercedes kam näher. Noch dreißig Meter und er erreichte die Litfaßsäule, neben der das Auto mit dem Sprengstoff parkte.

Noch zwanzig Meter.

War das Lenzer?

Sie glaubte, an den vorderen Kotflügeln kleine Stangen zu erkennen, an denen man Standarten befestigen konnte.

Das musste er sein.

Und wenn er jemanden geschickt hatte, um Maria zu holen? Nein, das würde er nicht tun. Sie hatte beim Telefonat seine Stimme gehört. So wie er gesprochen hatte, lag ihm etwas daran, das Mädchen wiederzubekommen.

Noch zehn Meter.

Der Warnblinker wurde eingeschaltet. Das Fahrzeug stoppte am Fahrbahnrand.

Klara drückte auf den Auslöser.

Ein Knall.

Die Druckwelle ließ sie zurücktaumeln.

In ihren Ohren summte es.

Im Umkreis von dreißig Metern um die Bombe herum, hörte die Schwerkraft auf zu existieren.

Menschen klatschten an die Häuserwände.

Eine Geisterhand schob Autos zur Seite.

Der Mercedes überschlug sich, landete auf dem Dach, kreiselte um die eigene Achse.

Klaras Gehör setzte langsam wieder ein.

Auf der Straße wurde geschrien.

Bald würden die ersten Sirenen zu hören sein.

Sie rannte zur Tür und öffnete mit ihrem Besteck das Schloss.

»Johannes. Nimm den Film aus der Kamera!«

Sie sah zu Jan. Er hielt Maria am Oberarm fest. Sie hatte aufgehört zu schreien. Immerhin.

»Bring das Flittchen her.«

Sie sah wieder zu Johannes, der an der Kamera herumfummelte.

»Beeil dich.«

»Ich habs, ich habs.« Johannes lief zu Klara.

»Gib mir das Band.«

Er gab es ihr.

Klara bekam die Filmkassette nicht richtig zu fassen. Sie fiel zu Boden.

Sie ging in die Hocke. Mit der Linken nahm sie die Kassette auf. Gleichzeitig zog sie mit der Rechten die Pistole, die sie am Knöchel trug. Noch in der Hocke schoß sie Jan in den Oberschenkel. Immer die größte Bedrohung als Erstes ausschalten.

Dann war Johannes an der Reihe.

Beide Männer schrien auf und stürzten zu Boden.

In Sekundenbruchteilen war sie bei Jan und riss die verdeckte Kamera aus seiner Jacke. Das Material brauchte sie jetzt dringender als er.

Maria hatte sich keinen Zentimeter bewegt. Der Schock hatte ihr Gehirn in den Leerlauf geschaltet.

Klara griff Maria bei den Haaren.

»Komm mit!«

Sie stieß das Mädchen durch die Tür ins Treppenhaus, folgte ihr, zog die Tür zu, und schloss sie ab.

Die beiden Terroristen auf dem Dach hatten nichts dabei, um die Tür von außen zu öffnen. Sie waren auf dem Dach gefangen. Die Beinschüsse hätte sie sich vermutlich sparen können, aber sicher war sicher.

»Wir, verlassen jetzt das Kaufhaus und gehen zu der Tiefgarage, in der das Auto steht.«

»Warum hast du auf sie geschossen?«

Marias hysterische Phase schien vorbei zu sein. Nun wirkte sie phlegmatisch.

»Das ist egal. Dich sollte ich auch abknallen.«

Maria sah sie entsetzt an.

Klara zerrte sie die Treppe nach unten.

»Keine Sorge. Aber verdient hättest du es. So wie ich das verstehe, hat der Mann sein Leben riskiert, um dich zu retten. Und zum Dank lässt du ihn in die Luft sprengen. Ich hasse Menschen, die nicht loyal sind.«

»Ich...«

»Halt die Klappe.« Klara drückte ihr die Mündung der Waffe in die Seite. »Verhalte dich ruhig.«

Dass Maria aussah, als hätte sie mit dem Teufel zu Abend gegessen, war ohne Bedeutung. Die Menschen in der näheren Umgebung würde alle so wirken.

Klara zog die Tür zu den Verkaufsräumen auf. Sie konnte niemanden sehen. Die waren vermutlich alle nach der Explosion auf die Straße gerannt. Das war ein paradoxer Nebeneffekt von Bomben. Anstatt wegzurennen, zog es viele Menschen ins Zentrum des Terrors.

Bevor sie zum Auto liefen, hatte Klara noch eine Sache zu erledigen. Sie nahm das Satellitentelefon und wählte den Notruf.

Das Gespräch wurde angenommen.

»Es sind Terroristen auf dem Dach des KaDeWe. Da oben wurde geschossen. Kommen Sie schnell.«

Sie legte auf, warf das Telefon ins Treppenhaus und griff Marias Arm.

»So meine Süße. Jetzt wird es noch mal spannend.«

33

BEI DEN SEELEN ALLER GEFALLENEN VETERANEN

Thor Hansen, Montag, 28.10.1996, 17:25 Uhr

Hansen saß auf dem Beifahrersitz eines Geländewagens. Hinter ihm war in einem abgeschirmten Bereich Technik verbaut. Ein Soldat betreute die Peilgeräte, ein weiterer den Funk.

Durch eine kleine Klappe sprach er den Soldaten an, der die Peiltechnik bediente.

»Wie sieht es aus?«

»Der Sender ist ganz in der Nähe.«

»Das haben Sie vor zehn Minuten auch gesagt.«

»Tut mir leid, Herr Hauptsturmführer, aber ich kann nicht zaubern.«

»Dann lernen Sie es.«

Hansen durfte von sich behaupten, ein stressstabiler Mensch zu sein. Aber allmählich fingen seine Nerven an zu flattern. Seit einer halben Stunde fuhren drei Fahrzeuge mit Peiltechnik durch die Stadt und suchten den Sender. So wie es aussah, waren sie am nächsten dran. Aber knapp vorbei war bekanntlich auch daneben. Die Männer, die er vom Wachbataillon bekommen hatte, hielten sich verteilt in dem Bereich auf.

»Ich weiß, dass mich das nichts angeht. Aber nach wem suchen wir eigentlich?«, fragte der Fahrer.

Mittlerweile war Hansen alles egal. Die Angst, Maria nicht zu finden, stieg mit jeder Minute.

»Die Tochter des Reichsmarschalls.«

»Ach du scheiße.«

»Das trifft es ganz gut.«

»Das …«

Der Knall einer Explosion ließ das Fahrzeug erzittern. Der Fahrer und Hansen zuckten zusammen.

»Bei Stalins Grab!«, rief der Fahrer. »War das eine Bombe?«

»Jedenfalls war es nicht weit weg.«

Marias Sender befand sich in der Nähe und eine Explosion erschütterte die Stadt. Hoffentlich bestand da kein Zusammenhang.

Hansen öffnete erneut die Klappe zum Rückraum.

»Sie hören den Polizeifunk mit?«

»Natürlich.«

»Was machen wir jetzt?«, fragte der Fahrer.

»Ich glaube, das kam aus Richtung Wittenberg Platz. Fahren Sie dahin. Sofort!«

Der Fahrer beschleunigte und gab sein Bestes, einen Weg durch den Verkehr zu finden. Zweimal bog er ab. Dann musste er auf die Bremse treten.

Sie standen am Ende eines Staus. In der Nähe einer Explosion kam es immer zu Verkehrsbehinderungen. Das war unumgänglich.

»Ich hab was«, meldete sich der Mann an der Technik.

»Reden Sie schon!«

»Gerade kam eine Meldung über den Polizeifunk. Die Explosion hat sich direkt am KaDeWe ereignet.«

Das war weniger als zweihundert Meter von ihrem Standort entfernt.

»Außerdem ist das Signal stärker geworden. Der Sender muss sich in unmittelbarer Nähe befinden.«

»Wie weit weg?«

»Einhundert, zweihundert Meter. Direkt vor uns.«

Hansen öffnete die Tür.

»Rufen Sie Unterstützung. Die Männer sollen den Bereich absuchen.«

»Was soll ich den Männern sagen, nach wem sie suchen sollen? Das ist doch sicher geheim.«

»Spielt keine Rolle mehr. Sie suchen nach der Tochter des Reichsmarschalls. Maria Lenzer. Augenscheinlich um die zwanzig Jahre alt, dunkle lange Haare, ein Meter siebzig groß, schlank. Sie trägt vermutlich einen grauen Stoffmantel. Näheres zur Bekleidung ist nicht bekannt.«

»Das ist nicht viel.«

»Ich weiß.«

Er stieg aus und warf die Tür zu.

Am Anfang war er realitischerweise davon ausgegangen, dass Maria nur weggelaufen war. Darum hatte er es nicht für nötig gehalten, die Männer aufzuklären, nach wem sie suchten. Er hatte nicht ernsthaft damit gerechnet, die Soldaten überhaupt zu benötigen.

Das erwies sich nun als Fehler. Wie sollten die Männer sie finden? Vielleicht hatte der ein oder andere ein Foto von ihr gesehen. Aber ob das reichte?

Hansen rannte in Richtung des KaDeWe.

Vielleicht hatte man das Mädchen doch entführt. Dass er eine Uniform trug, war dann ein deutlicher Nachteil.

Kurz vor dem KaDeWe nahm er das Tempo raus und blieb stehen.

Hinter dem Kaufhaus stieg eine Rauchsäule in den Himmel.

Natürlich konnte der Grund für die Explosion ein Unfall sein. Vielleicht eine Gasexplosion in einem Haus. Das kam vor.

Aber terroristische Anschläge kamen auch vor.

Auf der Straße war der Verkehr völlig zum Erliegen gekommen. Die Leute waren aus ihren Fahrzeugen gestiegen und reckten die Köpfe. Passanten standen in kleinen Gruppen und redeten aufgeregt miteinander.

Sirenen heulten.

Einsatzfahrzeuge der Feuerwehr versuchten, sich einen Weg über den Bürgersteig zu bahnen.

Wo war das Mädchen?

Wenn sie bei der Explosion gestorben war, war mehr als nur seine Karriere im Eimer.

Hansens Blick wanderte umher.

Dann sah er Maria.

Sein Herz machte einen Sprung. Sie lebte und war anscheinend unverletzt.

Er dankte den Seelen aller Gefallenen Veteranen.

Maria befand sich in Begleitung einer blonden Frau.

Sie waren etwa dreißig Meter entfernt und bewegten sich auf ihn zu. Die beiden liefen sehr eng beieinander. Es sah aus, als würden sie Arm in Arm gehen.

Während Hansen noch überlegte, wie er sich am besten verhalten sollte, betraten die beiden Frauen ein Parkhaus. Dabei sah Marias Begleitung ihm für einen Sekundenbruchteil ins Gesicht. Und obwohl der Blickkontakt nur einen Wimpernschlag währte, erkannte er, dass die Frau sich erschrocken hatte. Es war nur ein kurzes Zucken ihrer Wangen gewesen. Aber das reichte aus.

Hansen sprintete los.

34

STRASSENKAMPF

Klara Wagner, Montag, 28.10.1996, 17:30 Uhr

Klara hatte den SS Mann nur kurz gesehen, bevor sie mit Maria durch die Tür ins Parkhaus gegangen war. Ausgerechnet jetzt tauchte die SS auf. War das ein Zufall? Wohl kaum. Sie hatte es an seiner Mimik erkannt. Der Mann suchte nach Maria und nun hatte er sie gefunden.

»Tempo!«

Sie rannte los und riss Maria mit sich. Gemeinsam polterten sie die Treppen in das Untergeschoss hinab.

Klara stieß eine Tür auf.

Nach einigen Schritten stand sie mitten auf dem Parkdeck, hielt Maria am Arm fest und drehte sich mit ihr zusammen im Kreis.

Wo war dieser verdammte Wagen?

Da stand das blöde Auto. Sie hatte das Fluchtfahrzeug gefunden.

»Hansen!«, schrie Maria.

Der Schrei ließ Klara herumfahren.

Da kam dieser SS Kerl angerannt. Hatte sie es doch gewusst.

Klara riss die Pistole hoch.

Ihr Finger zog am Abzug.

Plötzlich flog ihre Waffe durch die Luft.

Das war eine echte Überraschung.

Das kleine Biest hatte ihr in bester Kampfsportmanier die Pistole aus der Hand getreten.

Zweimal schlug sie Maria mit der Faust ins Gesicht.

Als Lenzers Tochter zu Boden fiel, wirbelte Klara herum, dabei zog sie das Messer aus ihrer Armscheide.

Scheiße, war der schnell.

Bevor sie eine sinnvolle Aktion mit dem Messer starten konnte, war der Mann da und rannte sie wie ein Rugbyspieler über den Haufen. Sie schlug mit dem Rücken auf den Boden auf.

Der SS Mann auf ihr drauf.

Der Schmerz nahm ihr den Atem.

Vor ihren Augen blitzten Sterne.

Ihre Finger umklammerten den Griff des Dolchs wie ein Schraubstock.

Nur nicht das Messer loslassen. Gleichgültig was geschah. Niemals die Waffe verlieren.

Im Bodenkampf hatte sie gegen den Mann kaum eine Chance. Da spielten ihre Geschmeidigkeit und Schnelligkeit nur noch eine untergeordnete Rolle.

Sie versuchte, ihm den Dolch in die Seite zu stoßen.

Aber der Mann hielt ihren Arm fest. Dafür benötigte er allerdings beide Hände.

Klara nutzte die Gelegenheit und fuhr ihm mit der freien Hand ins Gesicht. Mit aller Kraft drückte sie ihm Zeige- und Ringfinger in das linke Auge.

Der SS Mann löste eine Hand von ihrem Waffenarm und griff nach ihren Fingern, die dabei waren, ihm das Auge einzudrücken. Dadurch verlor er die Kontrolle über Klaras Messerarm. Anscheinend spürte er die Gefahr, denn statt weiter mit ihr zu kämpfen, löste er sich von ihr, sprang zurück und landete auf dem Rücken.

Die Situation hatte sich verändert. Jetzt war Schnelligkeit wieder ein Trumpf. Klara kam blitzschnell auf die Beine. Mit einem Satz sprang sie wie eine Raubkatze auf den Brustkorb des Mannes. In seinen Augen sah sie die Überraschung. Mit dieser Geschwindigkeit hatte er nicht gerechnet.

Sie wollte ihm das Messer in die Brust hacken.

Im letzten Moment drehte sich ihr Opfer ein Stück zur Seite. Sie traf nur seine Schulter.

Das war nicht das Primärziel aber besser als nichts. Einen Wimpernschlag wunderte sie sich, dass der Mann nicht aufschrie.

Stattdessen griff er ihr in die Haare, riss ihren Kopf nach hinten, bäumte sich auf und verpasste ihr einen Kopfstoß mit der Stirn auf die Nase.

Sie war blind. Blut spritzte ihr aus den Nasenlöchern und lief ihr in den Mund.

Niemals die Waffe loslassen.

Diesmal war sie es, die zurücksprang. Dabei riss sie das Messer aus der Wunde.

Der Mann schrie immer noch nicht.

Sie hatte oft gegen Männer gekämpft und niemals Angst verspürt. Jetzt sah es anders aus. Der Kerl kämpfte gegen sie in einem Kampf auf Leben und Tod und sah sie als gleichwertigen Gegner an.

Klara mochte es, wenn sie Respekt erfuhr. Aber das war hier die falsche Art und ein ungünstiger Zeitpunkt. Trotz seiner Verletzung standen ihre Chancen bei höchstens fünfzig Prozent. Eindeutig zuwenig.

Sie sprang auf und rannte zu Maria, die immer noch auf dem Boden lag und sich das Gesicht hielt. Aus dem Augenwinkel sah sie, dass der Mann versuchte, seine Pistole aus dem Holster zu ziehen. Das hätte er gleich machen sollen. Idiot!

Sie griff Maria in die Haare, zog sie auf die Beine, brachte sie vor ihren Körper in Position und hielt ihr das Messer an den Hals.

»Wirf mir die Pistole rüber oder ich schneide ihr den Hals durch.«

Der SS Mann schaffte es, sich hinzustellen. Sein verletzter Arm baumelte nach unten. In der anderen Hand hielt er die Waffe.

»Nein«, sagte er.

»Wirf die Waffe her!«

»Wenn ich das mache, wirst du mich erschießen.«

»Wenn du es nicht tust, töte ich das Mädchen.«

»Dann stirbst du als Nächste.«

»Die Waffe!«

Er schüttelte den Kopf.

»Ich mache dir einen Vorschlag. Ich werfe die Waffe weg. Aber nicht in deine Richtung. Du kannst entkommen und ich bleibe am Leben. Das Ende eines fairen Kampfes.«

Beim Führer! Nicht nur attraktiv und ein Kämpfer. Nein, auch noch Nerven wie Drahtseile.

Leider stand die Zeit auf seiner Seite. Mittlerweile musste es draußen von Polizisten nur so wimmeln und der Mann, der vor ihr den Beton vollblutete, war sicherlich auch nicht auf eine einsame Mission gegangen. Es war dringend Zeit, zu verschwinden.

»Wo hast du diese ehrenhafte Einstellung her?«

»Von den Japanern.«

»Darüber müssen wir uns beizeiten mal bei einem Bier unterhalten. Also, wirf sie weg.«

Der Mann warf die Pistole zwischen die geparkten Autos. Dabei achtete er darauf, dass sie nicht unter ein Fahrzeug rutschte.

Das musste reichen.

Klara zerrte die benommene Maria zu dem Fluchtwagen, schloss ihn auf und drückte sie auf den Beifahrersitz. Sie rannte zur Fahrerseite und riss die Tür auf.

»Wir sehen uns wieder«, sagte der Mann.

»Daran habe ich keinen Zweifel.«

Klara wusste nicht, ob ihr die Vorstellung gefiel.

35

EINE SCHLECHTE NACHRICHT

Thor Hansen, Montag, 28.10.1996, 17:40 Uhr

Er hob seine Pistole auf, die zwischen den geparkten Autos lag.

Die Frau hatte ihn mit einer Geschmeidigkeit angegriffen, die ihresgleichen suchte. Mit etwas Pech wäre es das Letzte gewesen, was er im Leben zu sehen bekommen hätte.

Jetzt, wo das Adrenalin langsam aus seinem Blut gespült wurde, spürte er den rasenden Schmerz in der Schulter. Sein linker Arm hing leblos am Körper herab und es gelang ihm selbst mit großer Willensanstrengung nicht, ihn zu bewegen.

So schnell es sein Zustand zuließ, lief er aus dem Parkhaus.

Fräulein Lenzer war Opfer einer Entführung geworden.

Diese Erkenntnis war amtlich. Eine beschissenere Nachricht konnte er sich beim besten Willen nicht vorstellen. Wer steckte dahinter? Gab es einen Zusammenhang mit der Explosion?

Sein Gefühl sagte ihm, dass es so war. Und sein Gefühl sagte ihm auch, dass es sich bei der Frau, die versucht hatte, ihn zu töten, um keine gewöhnliche Terroristin handelte. Auf diese Art zu kämpfen, musste man lernen. Und damit war kein Karatekurs in der Volkshochschule gemeint. Das lernte man nur durch jahrelanges tägliches Training. Sie war ausgebildet worden, vermutlich durch einen Geheimdienst.

Er wollte sich nicht ausmalen, was es bedeuten würde, wenn ein Geheimdienst hinter Marias Entführung steckte.

Hansen war Mann genug, um sich einzugestehen, dass er nur mit Glück überlebt hatte. Das sollte etwas heißen. Er besaß eine Einzelkämpferausbildung, war gut trainiert und alles andere als zimperlich im Kampf. Trotzdem hätte sie ihn um ein Haar zu seinen Ahnen befördert. Was für eine Frau.

Er erreichte die Straße.

Wo waren seine Leute?

»Herr Hauptsturmführer!«

Hansen drehte sich um und sah, wie sein Fahrer auf ihn zu gerannt kam.

»Wo ist der Wagen?«, bellte Hansen.

»Was ist passiert? Sie sind verletzt.«

»Wo ist der Scheißwagen?«

Der Soldat deutete in eine Richtung.

»Fünfzig Meter von hier.«

»Fräulein Lenzer wurde entführt. Wir müssen dem Signal folgen.«

Hansen machte sich auf den Weg.

»Sie brauchen medizinische Hilfe. Sie bluten stark.«

Hansen sah an sich herunter. An seiner linken Körperhälfte klebte die Uniform an seinem Körper. Das Blut lief sein Bein hinab in seinen Schuh.

Kein gutes Gefühl. Er wusste, dass die Menge von ausgetretenem Blut meistens überschätzt wurde. Aber dauerhaft konnte er in diesem Zustand nicht herumlaufen. Die Schmerzen waren kaum zu ertragen.

»Bewegen Sie sich! Wenn ich Fräulein Lenzer nicht in einem Stück zurückbringen kann, brauch ich mir um meine Schulter keine Gedanken mehr zu machen.«

Sie erreichten das Fahrzeug.

Als Hansen auf dem Beifahrersitz saß, wischte er sich über die schweißnasse Stirn und fuhr durch seine Haare.

Ohne sich umzudrehen, sprach er den Funker an.

»Schicken Sie zwei Teams zum Explosionsort. Ich will wissen, was da los ist. Und verfolgen Sie dieses beschissene Signal.«

Eines stand fest. Der Spaß fing gerade erst an.

36

DER WEISSE RAUM

Wiebke Raabe, Montag, 28.10.1996, 15:00 Uhr

Der Raum, in dem Wiebke erwachte, war quadratisch und weiß.

Die Wände, die Decke und der Boden erstrahlten unter dem grellen Licht der Beleuchtung in dieser perfekten Farbe.

Sie liebte alles Weiße. Diesen Raum aber liebte sie nicht.

Selbst die schönsten Dinge verloren ihren Reiz, wenn man es übertrieb. Es war geradezu unerträglich. Sie hatte Kopfschmerzen.

Wo war sie? Ein Krankenhaus? Langsam richtete sie sich auf. Bei jeder Bewegung pochte es in ihren Schläfen.

Regungslos saß sie auf ihrer Pritsche, um den Schmerz nicht zu provozieren. In Zeitlupe bewegte sie den Kopf.

Wo war die Tür?

Sie fand keine.

Das konnte nicht sein. Jeder Raum hatte eine Tür. Wie war sie sonst hier hineingekommen?

Wiebke schloss die Augen. Das grelle Licht schien rötlich durch ihre Augenlider hindurch. Ihr Herz machte einen Sprung, als sie begriff, dass sie sich in einer Zelle befand.

Dann setzte die Erinnerung ein.

Der Überfall in ihrer Wohnung, die Autofahrt mit Siegfried und Ariadne. Der Moment als ihr ehemaliger Geliebter Ariadne kaltblütig ermordete, sie mit einer Pistole bedrohte und ihr eine Spritze in den

Arm rammte. Zum zweiten Mal an einem Tag war sie betäubt worden.

Wieso hatte er das getan? Siegfried war Lehrer gewesen und hatte ein friedvolles Gemüt besessen. Das war einer der Gründe, warum sie sich in ihn verliebt hatte. Wie konnte aus einem solchen Menschen ein gewissenloser Mörder werden?

Auf diese Fragen hatte sie keine Antworten.

Aber die Frage, warum sie in dieser Zelle saß, konnte sie sich beantworten. Sie war einigen der mächtigsten Männer des Reichs bei deren Revierkämpfen in die Quere gekommen und das war die Quittung dafür.

Es gab noch eine weitere Erkenntnis, die sie gewonnen hatte. Ganz offensichtlich gehörte Siegfried nicht zu den Terroristen. Vielmehr spielte er für die andere Seite.

Dass jemand von einem Geheimdienst angeworben wurde, war nichts Besonderes. Vermutlich tummelten sich in jeder Behörde, jeder Firma und jedem Verein Informanten. Allerdings bestand ein gehöriger Unterschied im Belauschen von Kollegen und einem Mord.

Wenn man intimen Kontakt zu einem anderen Menschen hatte, dann glaubte man, die Person zu kennen. Dass man wusste, wie sie denkt, fühlt und handelt. Das war eine Illusion.

Sie hörte ein Geräusch und öffnete die Augen.

An der Wand ihr gegenüber klappte ein Rechteck auf. Gleichzeitig wurde das Licht gedimmt. Zwei Männer betraten den Raum. Während der eine an der Tür stehen blieb, ging der andere vor Wiebke in die Hocke und sah ihr von unten ins Gesicht.

Er lächelte. In der linken Hand hielt er eine Wasserflasche, in der rechten ein Schälchen mit einer Tablette drin.

»Wie geht es Ihnen?«, fragte er.

Wiebke blieb stumm.

»Sie haben sicher Kopfschmerzen. Trinken Sie etwas und nehmen Sie die Tablette. Das wird helfen.«

Sie starrte auf die Tablette, die in dem Schälchen lag.

»Keine Sorge. Das ist nur ein Schmerzmittel.«

Zögerlich nahm sie das Wasser und die Pille entgegen.

»Geben Sie sich einen Ruck.«

Der Mann beobachtete Sie dabei, wie sie die Tablette in den Mund steckte und sie mit einem Schluck Wasser hinunterspülte.

»Na, prima.« Er stand auf. »Kommen Sie bitte mit. Da ist jemand, der mit Ihnen sprechen möchte.«

Wiebke irritierte, dass der Mann so durchschnittlich normal wirkte. Bei einer Begegnung auf der Straße würde sie ihn kaum wahrnehmen. Weder in seinem Aussehen, seiner Gestik oder seiner Stimme lag etwas Boshaftes. Ihr war bewusst, dass der Eindruck täuschte.

Die Männer geleiteten sie aus der Zelle und wirkten dabei wie Platzanweiser in einem Kino.

»Folgen Sie mir«, sagte der Mann, der an der Tür gewartet hatte.

Der Gang, durch den die Männer sie führten, bot ein starkes Kontrastprogramm zu der absolut weißen Zelle. Der Boden, die Wände und die Decke bestanden aus grobkörnigem Beton. An den Decken hingen nackte Leuchtstoffröhren. Alle paar Meter kamen sie an einer Tür vorbei.

Am Ende des Ganges öffnete einer der Männer eine Tür. Sie gelangten in ein Treppenhaus und nahmen die Treppe nach unten. Ihr Magen kribbelte.

Zwei Stockwerke tiefer liefen sie noch einige Meter einen Gang entlang. Dann wurde sie in ein Zimmer geführt.

Ihre Begleiter ließen sie alleine. Die Tür wurde zugezogen.

Wiebke befand sich in einem Büro, das in dieser Form auch im RfV nicht aufgefallen wäre. Allerdings besaß es keine Fenster. Auf dem Schreibtisch standen drei Bilderrahmen, in denen Fotos steckten. Eine Frau und zwei Kinder lächelten auf den Bildern. Eine Zeit lang blieb sie unschlüssig stehen, dann setzte sie sich auf den Stuhl, der vor dem Schreibtisch stand.

Sie wartete.

Nach einer Weile wollte sie einen Blick auf ihre Armbanduhr werfen und musste feststellen, dass sie die Uhr sich nicht mehr an ihrem Handgelenk trug. Eine andere Uhr konnte sie in dem Raum nicht entdecken. Wie lange war sie bereits hier? Eine Stunde? Zwei Stunden?

Sie zuckte zusammen, als die Tür aufgerissen wurde.

Ein Mann im Anzug kam herein. Wiebke schätzte ihn auf Ende dreißig. Er roch nach Kiefernadeln.

»Tut mir leid, dass ich Sie warten ließ.«

Der Mann stellte sich vor Wiebke, lächelte und streckte seinen Arm aus.

Reflexhaft griff sie nach seiner Hand und schüttelte sie. Sein Händedruck war fest, trocken und warm.

»Mein Name ist Lux Träger. Ich möchte mich bei Ihnen für die Verabreichung von Betäubungsmitteln entschuldigen. So behandelt man keine Dame.«

Das war der Mann, der bei Venzke in der Wohnung gewesen war. Vermutlich hatte er geholfen, Lenzers Verbrechen an den Ehrenzeugen zu decken. Schwindel überkam sie. Sie schloss die Augen und versuchte, sich zu konzentrieren.

»Was haben Sie?«, fragte Träger. »Habe ich was Falsches gesagt?«

»Mir ist übel.«

»Das wird bald besser werden.«

Träger ging zum Schreibtisch und legte seine Aktentasche ab. Er öffnete die Tasche und nahm einen schmalen Aktenordner heraus. Anschließend stellte er die Tasche auf den Boden. Er setzte sich.

»Wiebke Raabe, vierunddreißig Jahre alt, geboren in Emden. Aufgewachsen in der Stadt Norden. Sie arbeiten als Inspektorin beim Reichsamt für Volkshygiene. Oh, nein. Oberinspektorin. Ich gratuliere zur Beförderung.« Er machte eine kurze Pause. »Genau aus diesem Grund möchte ich unser Gespräch anders beginnen, als ich das üblicherweise tue. Sie sind Beamtin. Ich bin Beamter. Wir gehören dem gleichen Stand an. Um ein wenig Ihr Vertrauen zu gewinnen, werde ich ehrlich sein. Das alles hier«, er breitete die Arme aus, »ist nur Mummenschanz. Wo glauben Sie, befinden Sie sich gerade?«

Wiebke schüttelte den Kopf.

»Sie wissen es nicht?«

»Nein.«

»Denken Sie, dass wir uns unter der Erde befinden?«

»Ja.«

Träger lachte. »Sehen Sie, das meine ich. Sie wurden durch fensterlose Gänge geführt und dann die Treppe nach unten gebracht. Die Psychologen sagen, dass es beängstigend wirkt, wenn man nach unten gehen muss. Oben ist Hoffnung, unten die Hölle. War das unangenehm für Sie?«

»Ja.«

»In Wirklichkeit brachte man Sie aus dem fünften Stock in den dritten. Das alles hier dient Ihrer Einschüchterung.« Er nahm einen der Bilderrahmen, der auf dem Schreibtisch stand, in die Hand.

»Genau wie diese Fotos hier. Sie sollen durch ihre Alltäglichkeit verwirren. Hat das gewirkt?«

»Ich weiß es nicht.«

»Ich halte das für Quatsch. Glauben Sie mir. Ich kenne diese Menschen nicht einmal.« Träger klappte die Fotos um. »Psychologie. Ich weiß oft nicht, was ich davon halten soll. Darf ich Ihnen eine direkte Frage stellen?«

Wiebke sah Träger nur an.

»Haben Sie Angst, dass Sie gefoltert werden?«

Ihre Augen weiteten sich.

»Ganz ruhig. Uns Geheimdienstleuten wird immer nachgesagt, dass wir nichts Besseres zu tun hätten, als harmlose Menschen zu quälen. Ich kann Ihnen versichern, dass die Folter nur das letzte Mittel ist. In neunhundertneunundneunzig von tausend Fällen ist sie überflüssig. Außerdem ist seit dem Mittelalter bekannt, dass Qualen nur bedingt der Wahrheitsfindung dienen. Wenn man die Hände eines Menschen in siedendes Öl hält, dann wird er spätestens, wenn er den Geruch seines eigenen frittierten Fleisches riecht, alles zugeben, was man will.«

»Bitte nicht. Ich ...«

»Kein Grund zur Sorge. Ich versuche, Ihnen nur zu erklären, warum wir kaum foltern. Wie ich bereits sagte, in den allermeisten Fällen sagen die Menschen unter Folter das, was man hören will. Das mochte für die Schänder der Heilligen Römischen Inquisition ausreichend gewesen sein, aber ein moderner Geheimdienst hat höhere Anforderungen.«

»Sie werden mich nicht foltern?«

»Haben Sie Angst?«

»Ja.«

»Das sollte genügen. Bisher war ich ehrlich zu Ihnen. Und so soll es auch bleiben.« Trägers Gesicht nahm einen mitleidig wirkenden Ausdruck an. »Es muss schwer für Sie sein. Sie werden in Ihrer eigenen Wohnung angegriffen, gerettet von einem Totgeglaubten und dann von dem wiedergefundenen Liebsten nur kurze Zeit später verraten. Ich kann mir gar nicht ausmalen, was das mit Ihnen macht.«

»Ich hatte schon bessere Tage.«

Träger lachte. »Sie haben Ihren Sinn für Humor noch nicht verloren. Das gefällt mir.« Er beugte sich nach vorne. »Vermutlich haben Sie es sich bereits gedacht. Ihr Freund arbeitet für uns. Nicht, dass Sie das falsch verstehen. Er hat sich nicht um die Arbeit gerissen. Es lief wie so oft. Er wurde bei einer Dummheit erwischt und, statt ins Gefängnis zu wandern, erhielt er ein Angebot.«

»Die Gottesdienste, die er besucht hat.«

Träger nickte zustimmend. »Die wurden ihm zum Verhängnis. Dass aus ihm ein fähiger Agent wird, war da noch nicht vorauszusehen.«

»Aber er hat doch den Mann und die Frau in meiner Wohnung erschossen.«

»Hat er das? Haben Sie das gesehen? Oder hat es jemand anderes gesehen?«

Wiebke schüttelte den Kopf.

»Das war alles nur Theater. Sein Hauptziel bestand darin, die Information zu sichern. Sein zweites Ziel war, seine Begleiterin davon zu überzeugen, ihn mit zur Führungsspitze der Organisation zu nehmen. Leider hat das nicht funktioniert.«

Träger nahm einen Zettel aus der Aktentasche und legte ihn so auf den Tisch, dass Wiebke ihn lesen konnte. Auf dem Zettel stand die Buchstaben- und Zahlenkombination, die sie auf dem Puzzle entdeckt hatte.

»Wenn meine Informationen stimmen, wissen Sie, was das ist.«

»Ja.«

»Wissen Sie auch, was die Botschaft bedeutet?«

»Nein. Ich schwöre es. Ich bin nur rein zufällig an das Puzzle geraten.«

»Das sagte man mir auch. Das ist natürlich unglücklich für Sie gelaufen.«

»Es war wirklich nur ein Zufall. Das schwöre ich Ihnen.«

Träger winkte ab. »Sie müssen nichts schwören. Wir haben Sie überprüft. Sie haben in Ihrer Jugend neben Peter Seegert gewohnt. Ihre Geschichte ist authentisch.«

»Bitte. Sie müssen mir das glauben. Ich weiß überhaupt nichts.«

Träger stand von seinem Platz auf, umrundete den Schreibtisch und setzte sich mit einem Oberschenkel auf die Tischplatte. Er saß direkt vor Wiebke. Sie unterdrückte den Impuls, mit dem Stuhl nach hinten zu rutschen.

Bisher hatte Träger kein Wort über Lenzers Ehrversprechen verloren. Vielleicht hatte sie wenigstens in dieser Beziehung Glück und er besaß keine Kenntnis über ihre Suche nach den Ehrenzeugen. Das wäre gut. Aber sie zweifelte daran, dass es ihr helfen würde.

»Ich verrate Ihnen ein Geheimnis«, flüsterte Träger.

»Bitte nicht.«

Sie wollte keine Geheimnisse erfahren. Geheimnisse konnten den Tod bedeuten.

»Seit langer Zeit verwende ich sehr viel Energie darauf, mein Ziel zu erreichen. Ich darf behaupten, dass meine Bemühungen nicht erfolglos waren. Ich habe die Sucher ausgeschaltet, wenn auch leider zu spät. Aber dafür konnte ich rechtzeitig die Kuriere abfangen. Eigentlich sollte damit die Sache erledigt sein. Ist sie aber nicht. Ich spüre es ganz tief in meinen Eingeweiden. Das Spiel ist noch nicht vorbei. Es gibt immer jemanden, der mir den Erfolg harter Arbeit nicht gönnt. Finden Sie das gerecht?«

Wiebke schüttelte verneinend den Kopf.

»Schön, dass wir uns da einig sind.«

Er beugte sich in ihre Richtung, bis sein Gesicht nur noch wenige Zentimeter von ihrem entfernt waren.

»Ich weiß, dass meine Feinde etwas suchen. Etwas, von dem ich annahm, es befände sich unter dem Kölner Dom. Darum ließ ich den Dom zerstören. An der Stelle des Doms steht jetzt ein Hochhaus. Der Boden wurde dreißig Meter tief ausgehoben. Dort kann es nicht sein. Das ist unmöglich. Trotzdem haben sie weiter gesucht. Was entweder bedeutet, dass sie dumm sind, oder über eine bessere Informationsquelle verfügen als ich. Ersteres wäre mir lieber, Letzteres ist wahrscheinlicher.« Er nahm den Zettel, auf dem die Information geschrieben stand, und hielt ihn hoch. »Das sind sogenannte dynamisierte Militärkoordinaten. Diese Koordinaten können über einen beliebigen Kartenausschnitt gelegt werden. Hauptsächlich nutzt man sie, um Artilleriefeuer in einem Kampfgebiet zu lenken. Das Problem ist, dass die Koordinaten wertlos sind, wenn man nicht die dazugehörige Karte besitzt. Wissen Sie zufälligerweise etwas über diese Karte?«

»Nein, ich schwöre es.«

Peters Vater. Der hatte bestimmt einen Tunnel für die Terroristen gebaut. Wofür? Was haben die gesucht?

»Ich gestehe, dass ich müde bin«, sagte Träger. »Sehr müde sogar. Ich frage Sie noch einmal. Wissen Sie, wo die Karte ist?«

Sie wich seinem Blick aus.

»Sehen Sie mir in die Augen.«

Wiebke gehorchte widerwillig.

»Wissen Sie es?«

Seine Stimme hatte einen bedrohlichen Ton angenommen.

Sie fühlte ihren Herzschlag im Hals klopfen.

»Nein.«

Das reichte nicht. Sie musste ihm irgendetwas liefern. »Ich denke, dass sie einen Tunnel gegraben haben. Peters Vater war Tiefbauingenieur.«

Träger seufzte und nahm etwas Abstand.

»Natürlich haben sie einen Tunnel gegraben. Und die Koordinaten markieren den Eingang.«

»Ich schwöre. Ich habe von all diesen Dingen keine Ahnung.«

Er nickte.

»Ich glaube Ihnen. Das Gute ist, dass die Terroristen zwar die Karte besitzen, aber nicht die Koordinaten. Ihr ehemaliger Freund konnte sie abfangen. Vermutlich muss ich mich damit begnügen.«

Träger setzte sich wieder an seinen Schreibtisch.

»Die Frage ist: Wie geht es mit Ihnen weiter?«

»Sie töten mich.« Sie erschrak über sich selbst.

»Immer langsam.«

Er lachte, als ob Wiebke einen kleinen Scherz gemacht hätte.

»Töten kann man schnell, aber wenn man seine Meinung ändert, ist das Zurückholen nicht so einfach. Ein solcher Schritt will überlegt sein.«

»Ich verstehe.«

Träger nahm seine Aktentasche und stand auf.

»Tja, das wäre fürs Erste alles.«

»Bitte foltern Sie mich nicht. Sie müssen mir glauben. Ich habe Ihnen alles gesagt, was ich weiß.«

Träger lächelte.

»Ich kann Ihnen versprechen, dass ich daran keine Sekunde gedacht habe. Ich glaube Ihnen.« Er drückte auf einen Knopf der Sprechanlage, die auf dem Schreibtisch stand, und Sekunden später wurde die Tür von außen geöffnet. Die beiden Männer, die sie aus der Zelle geholt hatten, traten in den Raum. Träger sah die Männer an.

»Wir wären hier fertig.« Dann wandte er sich an Wiebke: »Die Herren werden Sie in einen Ruheraum bringen.«

Zögerlich stand sie auf. »Was passiert jetzt mit mir?«

»Darüber werden wir beraten müssen. Aber seien Sie frohen Mutes. Vielleicht können Sie für uns arbeiten.«

Wiebke nickte und folgte den Männern. Unter den gegebenen Umständen würde sie sich auch als Putzfrau in einem Schlachthaus anheuern lassen.

Sie betraten das Treppenhaus und gingen die Stufen hinauf. Als sie das Stockwerk erreichten, in dem sich der Zellentrakt befand, stellte Wiebke erleichtert fest, dass es weiter die Treppen nach oben ging.

Zwei Etagen höher wurde sie durch einen Gang geführt. Einer der Männer öffnete eine Tür und bedeutete ihr, dass sie eintreten solle. Der Raum hatte etwa fünfzehn Quadratmeter. In der Mitte stand ein einsamer Stuhl.

Sie blieb stehen.

Die würden sie foltern. Was sollte das hier sonst werden?

»Ich habe alles gesagt, was ich weiß.«

»Dran zweifelt niemand«, sagte einer der beiden Männer. »Setzen Sie sich einfach hin. Und wenn Sie das nicht wollen, bleiben Sie stehen.«

Er schob Wiebke in den Raum.

Die Männer blieben draußen, als sie die Tür schlossen.

Sie wagte es nicht, sich hinzusetzen.

Ihr Verstand versuchte, ihr zu erklären, dass es völlig egal war, ob sie stehen blieb oder nicht. Aber ihr Gefühl beharrte darauf, dass alles Böse von diesem Stuhl ausging. Wenn sie nur dem Stuhl fernblieb, befand sie sich in Sicherheit.

Ein lächerlicher Versuch, in einer fremdgesteuerten Lage einen Hauch Einfluss auf die Geschehnisse zu bewahren.

Nichts als Illusion.

Egal. Sie würde sich nicht setzen.

Wenigstens nicht auf den Stuhl. Sie setzte sich an einer der Wände auf den Boden.

Die Tür öffnete sich und ein Mann kam herein. Er trug eine blaue Stoffhose und einen gleichfarbigen Kittel. Kleidung, wie man sie aus einem Krankenhaus kannte. Er trat auf Wiebke zu und kniete sich vor ihr hin. Erst jetzt sah sie, dass der Mann in der rechten Hand ein Glas Wasser hielt und mit seiner linken ein kleines Schälchen aus Keramik, in dem zwei Tabletten lagen.

Das kannte sie bereits.

»Nehmen Sie die Tabletten. Dann wird es leichter für sie.«

Wiebke glotzte den Mann an.

»Was wird leichter?«

Der Mann zog ein genervtes Gesicht.

»Man hat es Ihnen nicht gesagt, oder?«

»Was gesagt?«, fragte Wiebke.

»Nehmen Sie einfach die Tabletten.«

»Was hat man mir nicht gesagt?«

»Ist Ihre Entscheidung.«

Der Mann stellte das Glas und das Schälchen vor ihr auf den Boden, stand auf und ging zur Tür.

»Warten Sie«, rief Wiebke. »Ihr bringt mich um. Das stimmt doch, oder?«

Ihr Besucher reagierte nicht und verließ den Raum.

Träger würde sie hinrichten lassen. Weshalb auch nicht? Sie kannte ein Geheimnis, dass er gewahrt wissen wollte. Sie hatte zwar keine Ahnung, wem sie dieses Geheimnis verraten könnte, aber offensichtlich war Träger nicht bereit, auch nur das geringste Risiko einzugehen. Er hatte ihr gesagt, dass er sie nicht umbringen würde. Aber anscheinend hatte er das nur getan, um ein Theater in seinem Büro zu vermeiden. Er wollte verhindern, dass sie ihm eine Szene macht.

In was war sie da nur hineingeraten? Sie hatte doch überhaupt nichts falsch gemacht.

Sie rannte zur Tür, durch die der Mann den Raum verlassen hatte.

Mit beiden Fäusten hämmerte sie auf das Türblatt ein.

»Mich interessieren eure Geheimnisse nicht! Ich habe damit nichts zu tun. Lasst mich gehen. Ich habe damit doch nichts zu tun!«

Nichts geschah.

Sie ging zurück zu der Stelle, wo sie gesessen hatte.

Wiebke betrachtete das Glas Wasser und das Schälchen mit den Tabletten. Dann kniete sie sich hin, nahm die Tabletten aus dem Schälchen und schluckte sie.

37

RONIN

Klara Wagner, Montag, 28.10.1996, 19:15 Uhr

Ihre Flucht war unproblematischer verlaufen als befürchtet.

Im Parkhaus hatte sie die Schranke zu einer für den öffentlichen Verkehr nicht freigegebenen Ausfahrt durchbrochen, die direkt in den Bürgermeister-Schrader-Park führte. Auf ihrem Weg durch die Anlage traf sie auf zwei Polizisten, die zu Fuß unterwegs waren und aufgeregt in ihre Funkgeräte schrien. Aber nach dem Anschlag war die Verkehrsituation in der Innenstadt so chaotisch, dass die angeforderte Unterstützung keine Chance hatte, sie zu stellen.

Sie hatte den Park verlassen und fuhr über Seitenstraßen in Richtung Berlin-Haselhorst. Ohne Probleme erreichte sie die getarnte Außenstelle des Reichssicherheitshauptamtes in der Wattstraße.

Die Außenstelle war in einem achtstöckigen Bürogebäude untergebracht, von dem nur drei Stockwerke benutzt wurden.

Bei der herrschenden wirtschaftlichen Lage war das nichts Ungewöhnliches. Überall in der Stadt gab es Bürokomplexe, die in weiten Teilen leer standen.

Die Büroräume befanden sich in der dritten Etage. Das fünfte Stockwerk war zu einem Zellentrakt umgebaut worden. In der sechsten war die technische Aufklärung untergebracht. Im siebten Obergeschoss gab es einen Hinrichtungsraum.

Ansonsten war nur noch die Tiefgarage in Nutzung.

Ein Schild am Eingang wies darauf hin, dass hier die Bierheim AG ihren Stammsitz hatte. Welche Legende sich hinter der Bierheim AG verbarg, oder ob es diese Firma tatsächlich gab, wusste Klara nicht.

Die einzige Auffälligkeit, die das Gebäude besaß, war die Eingangstür. Auf den ersten Blick sah sie wie eine gewöhnliche Glastür aus. Bei näherer Betrachtung stellte man fest, dass es sich um Panzerglas handelte.

Sie hielt vor dem Rolltor zur Tiefgarage und gab einen Code in ein Zahlenfeld ein.

Als sie in die Garage des Gebäudes einfuhr und das Tor hinter ihr herunterfuhr, entspannte sie sich.

Sie lieferte Maria im Zellentrakt ab und kontaktierte Träger.

Während sie vor seinem Büro auf ihn wartete, kontrollierte sie ihre Schulterwunde.

Der Kampf in dem Parkhaus hatte dem Heilungsprozess nicht gutgetan. Aber die Naht hatte gehalten. Glück gehabt.

Träger kam und sie betraten sein Büro.

»Wo ist sie?«, fragte er.

»In einer Zelle.«

Träger trat auf sie zu und schlug ihr mit der flachen Hand ins Gesicht, dass ihr Kopf zur Seite flog.

Das hatte sie nicht kommen gesehen und es dauerte einen Moment, bis sie sich von dem Schreck erholte.

»Ich habe das nicht autorisiert«, brüllte Träger.

»Ich sollte das Mädchen mit einem Anschlag in Verbindung bringen. Das habe ich getan.«

»Aber nicht auf Lenzer. Ich brauche den Mann lebend.«

»Er ist nicht tot.«

»Woher willst du das wissen?«

»Weißt du es nicht? Du hast doch die Beziehungen.«

Träger stellte sich direkt vor Klara.

»Werd jetzt bloß nicht unverschämt«, zischte er.

»Wage es nicht, mich noch einmal zu schlagen.«

Träger wandte sich von ihr ab und nahm hinter seinem Schreibtisch Platz.

Klara setzte sich auf einen Stuhl.

»Aus irgendeinem Grund waren SS-Leute kurz nach dem Anschlag vor Ort«, sagte Träger. »Sie haben dafür gesorgt, dass Lenzer mit einem

Helikopter in das Lazarettkrankenhaus in der Max-Amann-Garnison geflogen wurde. Da kommen wir nicht ohne Weiteres rein. Es herrscht eine Informationssperre der SS. Keiner weiß, ob Lenzer noch lebt«, sagte er mit ruhiger Stimme.

»Die Bombe war zu schwach, um einen gepanzerten Wagen zu zerstören.«

»Und wenn er sich das Genick gebrochen hat?«

»Er lebt.«

»Das will ich für dich hoffen.«

In einem solchen Gemütszustand hatte sie Träger noch nie erlebt. Er hatte sichtlich die Fassung verloren. Sein ewig gut sitzender Anzug wirkte verschoben, seine Frisur ungeordnet.

»Glaub mir, er lebt.«

»Na gut. Was bleibt mir übrig?« Er massierte sich mit zwei Fingern die Nasenwurzel. »Tut mir leid, dass ich dich geschlagen habe. Das hätte ich nicht tun dürfen.«

Am besten verhielt man sich so, dass man Dinge, die man nicht tun durfte, einfach nicht tat. Die nachträgliche Zurücknahme war ein billiger Versuch, die Zeit zurückzudrehen. Es funktionierte nicht.

»Schon vergessen«, log Klara.

»Was ist mit deiner Nase geschehen?«

Klara hatte sich nach ihrer Ankunft in der Außenstelle das Blut notdürftig abgewaschen.

»Ich hatte eine Auseinandersetzung. Nichts Ernstes.«

»Gut. Dann erzähl mir von deinem Meisterstück.«

Klara erzählte, wie sie Maria angelockt hatte und bei ihrem Gespräch feststellen musste, dass Fräulein Lenzer ganz konkrete Absichten hinsichtlich ihres Vaters verfolgte.

»Sie wollte selbst den Anschlag? Warum?«

Klara erklärte es ihm.

Am Ende sagte sie: »Ich habe ihr Telefonat mit Lenzer mitgehört. Es machte den Eindruck, dass ihre Geschichte wahr ist.«

Träger sah überrascht aus. »Ich wusste, dass etwas mit dem Mädchen nicht stimmt. Aber mit so etwas habe ich nicht gerechnet. Das ist fantastisch. Damit kann man arbeiten.«

Klara legte die Videokassetten aus den beiden Kameras auf den Schreibtisch.

»Die Aufnahmen beweisen ihre Täterschaft. Ich habe dafür gesorgt, dass ihre Mittäter festgenommen wurden. Wenn du deinen Charme ausspielst, werden sie aussagen, dass Fräulein Lenzer die treibende Kraft bei dem Unternehmen war. Vor allem, wenn man ihnen zusagt, nicht hingerichtet zu werden. Allerdings gebe ich zu, dass es etwas wirr ist, dass seine eigene Tochter hinter dem Anschlag steckt. Das lässt sich schwer erklären.«

Träger zog ein nachdenkliches Gesicht. »Vielleicht ...«

Die Tür wurde aufgerissen und ein Mann platzte in den Raum.

»Ich kann nur hoffen, dass es wichtig ist«, fauchte Träger.

Der Mann warf einen kurzen Blick auf Klara.

»Es ist wichtig. Kommen Sie bitte, ich muss unter vier Augen mit Ihnen sprechen.«

Träger stand auf und folgte dem Mann nach draußen.

Es dauerte eine Viertelstunde, bis er zurückkam.

Wütend ließ er sich auf seinen Stuhl fallen.

»Ich habe gerade erfahren, dass mein wichtigstes Requisit nichts Besseres zu tun hat, als Lenzer im Vollsuff anzurufen und ihn mit seinem Geschwätz verrückt zu machen.«

»Wer ist dein wichtigstes Requisit?«

Träger winkte ab.

Offensichtlich war dieses Requisit eine Person, die bedeutsam für seinen Plan war. War sie auch ein Requisit?

»Hat er Lenzer deinen Plan verraten?«, fragte Klara.

»Nein. Er hat im Prinzip nur dummes Zeug geredet. Ich weiß nicht, was ich schlimmer finde, sein dämliches Gerede oder, dass er so naiv ist, zu glauben, ich würde seine Kommunikation nicht überwachen lassen.«

»Lenzer liegt im Krankenhaus. Er ist erst einmal außer Gefecht gesetzt.«

»Trotzdem. Das gefällt mir nicht. Wer weiß, was er noch alles getan hat, von dem ich nichts weiß. Man ist ja nicht allmächtig. Mein Gefühl sagt mir, dass ich die Dinge beschleunigen muss.«

»Ich nehme an, du hast einen Plan B.«

Trägers Motto lautete: Einen Alternativplan plant man nicht nur, sondern setzt seine Durchführung in Gang. Wenn alles gut läuft, stoppt man ihn im letzten Moment. Wenn alles schlecht läuft, befindet sich die Alternative bereits in der Ausführung.

Träger sah auf seine Uhr.

»Selbstredend. In ein paar Stunden wird Wertheim exekutiert. Dann wird die Welt eine andere sein.«

»Eine bessere?«

Träger lächelte.

Das war eine drastische Planänderung. Trägers ursprünglicher Plan hatte darin bestanden, die Macht an sich zu reißen, indem man Wertheim zum Abdanken zwang. Eine vergleichsweise sanfte Methode, um die Kontrolle über den Staat zu übernehmen. Ein Attentat hingegen besaß immer den Beigeschmack, dass der neue Herr im Reich dabei seine Finger mit im Spiel gehabt haben könnte. Und das konnte im schlimmsten Fall auf einen zurückfallen.

»Also war der Anschlag auf Lenzer umsonst«, stellte Klara fest. »Wenn Wertheim tot ist, benötigst du niemanden mehr, der ihn politisch in Schwierigkeiten bringen könnte.«

Nachdenklich trommelte Träger mit den Fingern auf der Schreibtischplatte.

»Das ist wahr.«

Klara hatte eine Idee. »Aber du brauchst jemanden, dem du die Verantwortung für den Anschlag in die Schuhe schieben kannst.«

»Und das mache ich wie?«, fragte Träger interessiert.

»Lenzer hat den Anschlag auf seine Person selbst initiiert. Die Bombe war viel zu schwach, um ihn ernsthaft zu gefährden. Er wollte sich als Opfer darstellen, um davon abzulenken, dass er hinter dem Anschlag auf den Reichskanzler steckt. Es sollte den Eindruck erwecken, dass sowohl Wertheim, wie auch er, Opfer eines gezielten Angriffs auf den Staat waren.«

»Das wirkt konstruiert.«

»Es wird dadurch glaubhaft, dass du beweisen kannst, dass seine eigene Tochter den fingierten Anschlag auf ihn durchgeführt hat. Denn warum sollte eine liebende Tochter ihren Vater in die Luft sprengen? Sie tat es, um seinen Plan zu unterstützen. Eine abscheuliche Tat begangen aus Liebe zu ihrem Vater.«

Träger schlug mit der flachen Hand auf die Tischplatte und lachte laut auf.

»Es ist unglaublich, wie manchmal das eine zum anderen führt. Die Idee ist genial.«

»Natürlich würde Maria in ihrer Aussage dieser Anschuldigung widersprechen. Aber ich denke, damit kommst du klar.«

»Bei genauer Betrachtung, brauche ich Ihre Aussage gar nicht. Den Videobeweis, dass sie an dem Anschlag beteiligt war, habe ich. Es wird das Beste sein, wenn ich sie zum Schweigen bringe.«

»Die beiden Terroristen, die sich momentan in der Obhut der Polizei befinden müssten, solltest du dann auch besser loswerden.«

»Kein Problem. Ich mache reinen Tisch. Die Indizien sind ausreichend.«

Wie er das im Detail hinbekommen wollte, ging sie nichts mehr an.

»Ich habe meinen Auftrag erfüllt. Wie sieht es mit deinem Teil der Abmachung aus?«, fragte sie.

»Ich befürchte, mit der Karibik wird es nichts werden.«

»Was?«

Klara sprang von ihrem Stuhl auf.

Träger lachte.

»Beruhige dich. Du fliegst noch heute Nacht nach Chile. Das war das Beste, was ich auf die Schnelle organisieren konnte. Chile ist ein schönes Land. Es wird dir dort gefallen.«

Sie setzte sich wieder.

»Für Scherze bin ich derzeit nicht zu haben«, zischte sie.

»Nein, natürlich nicht.«

Träger drückte einen Knopf auf dem Sprechgerät, das auf seinem Schreibtisch stand. Sekunden später ging die Tür auf und ein Mann trat in das Büro.

»Das ist Walter. Er wird dich zum Flughafen bringen. Leider musst du darauf verzichten, deine Sachen zu packen. Dafür reicht die Zeit nicht mehr.«

»Ich habe nichts, was ich mitnehmen möchte.«

»Nicht einmal alte Erinnerungen?«

»Die am allerwenigsten.«

»Das habe ich mir gedacht. Auf der Fahrt zum Flughafen wird Walter dir erklären, wie es weitergeht. Du wirst über ausreichende Geldmittel verfügen. Das kann ich dir versichern.«

»War es das?«

»Das war es.«

Träger sah auf die Uhr. »Es wird Zeit. Ich muss ebenfalls gehen.«

Träger stand auf und Klara tat es ihm gleich.

Gemeinsam gingen sie zur Tür und traten auf den Flur. Träger schloss seine Bürotür ab.

»Worauf wartest du? Die Freiheit ruft. Ich begleite dich nicht, ich nehme den Hauptausgang. Walter bringt dich zur Tiefgarage. Da wartet ein Fahrzeug auf dich.«

War das zu fassen? Träger ließ sie einfach gehen und tat so, als wäre das keine große Sache.

Sie folgte Walter den Flur entlang.

»Klara.«

Sie drehte sich zu Träger um.

»Ich habe dich sehr gemocht. Du warst die beste Agentin, die ich je hatte. Ich wünsche dir alles Gute.«

»Danke.«

Klara folgte Walter zum Treppenhaus und hinab zur Tiefgarage.

Es existierten verschiedene psychologische Mechanismen, die den Blick für die Realität nehmen konnten. Einer dieser Mechanismen bestand darin, dass man sich ein Ereignis so sehr wünschte, dass man alle Fakten ausblendete, die dagegen sprachen, dass es eintreten würde. Der Wunsch wurde zur Realität. Die Hoffnung zur scheinbar determinierten Zukunft.

In dem Metier, in dem sie arbeitete, war eine solch naive Wesensart nicht gesundheitsfördernd. Ein Ziel war selten einfach zu erreichen. Niemand schenkte dir etwas. Und wenn er es doch tat, steckte eine Absicht dahinter. Deshalb handelte man am besten so, als wäre die gesamte Natur von der Idee beseelt, das eigene Ziel unerreichbar zu machen.

Sie erreichten die Tür zur Tiefgarage.

Durch ein rundes Fenster in der oberen Hälfte der Tür sah sie eine schwarze Limousine mit laufendem Motor. Weiße Abgaswolken waberten vom Heck des Wagens nach oben.

Wenn die Faktenlage nicht ausreichte, musste man seiner Intuition vertrauen.

Walter, ein Mann mittleren Alters, hatte sie zuvor noch nie gesehen. Den ganzen Weg zu der Garage hatte er kein mit ihr Wort gesprochen.

Klara traf eine Entscheidung.

Als Walter nach der Türklinke griff, trat sie einen Schritt nach vorne.

In der Bewegung zog sie ihr Messer aus der Scheide an ihrem Unterarm und setzte es ihm von hinten an den Hals.

Der Mann erstarrte.

»Walter wir müssen reden«, flüsterte sie. »Und ich bitte dich, ehrlich zu mir zu sein.«

Der Mann rührte sich keinen Millimeter.

»Ihr wollt mich töten«, stellte Klara fest.

»Ja«, krächzte Walter.

»Im Auftrag von Träger.«

»Ja.«

Ihr lagen noch einige andere Fragen auf der Seele, aber dafür hatte sie keine Zeit. Sie hatte das Wesentliche erfahren.

»Bringst du mich jetzt um?«

Statt ihm eine Antwort zu geben, schnitt sie ihm mit einer kräftigen Bewegung die Kehle durch.

Walters Körper sackte zu Boden.

Durch das Fenster in der Tür sah sie zu dem Wagen, der mit laufendem Motor auf sie wartete.

Wegen der getönten Scheiben des Fahrzeugs konnte sie nicht ins Innere sehen. Mit wie vielen Gegnern hatte sie es zu tun?

Da der Motor lief, musste es einen Fahrer geben.

Träger wusste, dass sie gefährlich war. Daher war der Fahrer sicher nicht alleine.

Klara musste die Personen im Wagen ausschalten. Außer denen, die sich im Auto befanden, würde sie niemand aufhalten. Sie war immer noch ein aktives Mitglied des Vereins. Dass sie auf der Abschussliste stand, wussten bestimmt nur eine Handvoll ausgewählter Mitarbeiter.

Sie bückte sich über Walters Leiche und zog ihm die Pistole aus dem Holster.

Ihre Hand berührte den Türgriff.

Wenn sie die Kerle in dem Auto ausgeschaltet hatte, war sie so gut wie draußen. Aber wie ging es weiter?

Träger würde sie jagen. Und es war nur eine Frage der Zeit, bis man sie tötete. Sie machte sich nichts vor. Sie verfügte über außergewöhnliche Fähigkeiten, aber nicht über übernatürliche Kräfte.

So betrachtet war eine Flucht sinnlos.

Resignieren war allerdings keine Option. Ansonsten könnte sie sich gleich selbst eine Kugel in den Kopf jagen.

Es musste einen Weg geben.

Sie steckte sich die erbeutete Pistole am Rücken in den Gürtel.

Zwei Lösungen fielen ihr ein.

Die Erste bestand darin, Träger auszuschalten. Allerdings gab es da ein Problem. Sie müsste ihn erst einmal finden. Das könnte kompliziert werden.

Wenn sie diesen Weg wählte, lief das auf eine Art Rennen hinaus. Wer von ihnen war schneller? Es stand zu befürchten, dass Träger den Wettkampf gewinnen würde. Im Gegensatz zu ihr verfügte er über beachtliche Ressourcen.

Von diesen Schwierigkeiten abgesehen hatte sie soeben einen Agenten getötet. Auch wenn sie Träger ohne Beweise zu hinterlassen ausschaltete, könnte das ein unangenehmes Nachspiel für sie haben. Den Mord konnte man ihr mithilfe der Videoaufzeichnungen nachweisen. Hier im Haus hingen an jeder Ecke Kameras. Dass der Mann den Auftrag hatte, sie umzubringen, konnte sie niemals beweisen.

Blieb noch die zweite Option. Sich selbst mächtige Verbündete schaffen.

Der Einzige, der ihr da einfiel, war Lenzer.

Sie konnte ihm seine Tochter zurückbringen.

Sie lachte fast auf.

Lenzer auf ihre Seite zu ziehen, war eine groteske Idee. Sie hatte den Mann in die Luft gesprengt und dafür auch noch seine Tochter ausgenutzt.

Wenn sie Glück hatte, würde Lenzer denken, dass Maria unter Zwang gehandelt hatte. Aber in dem Fall war sie trotzdem nicht alle Sorgen los. Wenn sie Maria aus der Zelle holte und ihr erklärte, dass es zurück nach Hause ging, konnte es gut sein, dass die Kleine sich mit Händen und Füßen dagegen wehren würde. Schließlich war ein Mordversuch keine Bagatelle. Da wollte man seinem Opfer nicht unbedingt unter die Augen kommen.

Wenn Lenzer im Krankenhaus zu der Überzeugung gelangt war, dass seine Tochter hinter dem Anschlag steckte, dann konnte sie das Buch vermutlich ohnehin zuklappen.

Aber vielleicht fühlte er ja echte Vaterliebe für Maria. Wenn das so war, gab es Hoffnung. Diese Art von Liebe verzieh eine Menge. Außerdem hatte Maria im letzten Moment von ihrem Vorsatz, ihn zu töten, Abstand genommen. Es bestand die Möglichkeit für eine innerfamiliäre Aussöhnung.

Außerdem besaß Klara Informationen, die Lenzer das Leben retten konnten. Im schlimmsten Fall würde sie als seine Kronzeugin aussagen. Auch wenn ihr der Gedanke nicht im Geringsten behagte. Aber aufgrund dieser Möglichkeiten sollten kleinere Missverständnisse aus der Vergangenheit keine Rolle in ihrer neuen Freundschaft spielen.

Wenn er denn noch lebte. Das war eine unabdingbare Grundvoraussetzung.

Sie sah durch die Scheibe in der Tür. Der Wagen stand noch immer da. Nichts regte sich. Das würde allerdings nicht mehr lange so bleiben.

Sich mit Lenzer zu verbünden, war wirklich ein gewagter Plan. Sollte er aber gelingen, hatte sie gegenüber Träger Waffengleichheit hergestellt. Lenzer war immerhin Reichsmarschall. Wobei nicht klar war, was dieses Amt noch bedeutete.

Träger war nicht alleine. Wie mächtig war seine Allianz, die er gegen Wertheim und Lenzer ins Feld führen konnte? Es konnte gut sein, das Lenzer bereits erledigt war. Gleichgültig, ob sie versuchen würde, ihm zu helfen.

Sie musste es schaffen, das Attentat auf Wertheim zu verhindern. Wenn ihr das gelang, hatte sie vielleicht bald zwei beste Freunde. Wertheim und Lenzer.

Was sie zur Weißglut brachte, war nicht die Tatsache, dass Träger sie umbringen wollte. Das gehörte zu den Dingen, die man in dem Geschäft schnell akzeptieren musste. Sie war nicht die erste Agentin, von der man sich getrennt hatte.

Sie machte wütend, dass Träger sie so dermaßen unterschätzt hatte. Hatte er wirklich geglaubt, sie würde sich wie ein Lamm zur Schlachtbank führen lassen? Das empfand sie als eine unverschämte Beleidigung.

Es war Zeit, eine Entscheidung zu treffen.

Der Plan, sich spontan mit Wertheim und Lenzer zu verbünden, bestand ausnahmslos aus unbekannten Variablen. Aber wenn einem das Feuer den Hintern versengte, sprang man auch aus dem zwanzigsten Stock aus dem Fenster.

»Was solls. Entweder alles oder nichts.«

Bevor sie Maria aus der Zelle befreite, musste sie dafür sorgen, dass die Kerle in der Limousine nicht Alarm schlugen. Wenn sie nicht zeitnah auftauchte, würde das bald geschehen.

Klara zog die Tür auf und rannte in Richtung des Wagens.

»Hilfe! Hilfe! Ich brauche Hilfe!«, brüllte sie wie am Spieß.

Die Fahrertür öffnete sich. Sekunden später ging auch eine der hinteren Türen auf.

Zwei Männer stiegen aus.

Die Männer hatte sie noch nie gesehen. Träger hatte Außenstehende angeheuert. Die Art, wie die Typen sie ansahen, zeigte ihr, dass sie keine Ahnung hatten, wer vor ihnen stand.

»Beim Führer! Sie müssen mir helfen. Ein Mann ist zusammengebrochen. Ich weiß nicht, was ich tun soll.«

Die beiden Männer liefen in ihre Richtung.

»Was ist passiert?«, fragt der Fahrer.

»Kommen Sie. Da liegt ein Mann im Treppenhaus. Ich glaube, er hat einen Herzanfall.«

Sie lief zur Tür zurück und zog sie auf.

»Sehen Sie bitte nach ihm.«

Die Männer drückten sich an Klara vorbei, betraten das Treppenhaus und beugten sich über Walter.

»Was in aller Welt …? Wo kommt das Blut her?«

Die einfachste Methode, die beiden loszuwerden, bestand darin, sie zu erschießen. Aber Schüsse in einem Treppenhaus waren mehr als laut. Man würde sie im gesamten Gebäude hören.

Klara zog ihr Messer.

Um jemanden schnell mit dem Messer zu töten, gab es grundsätzlich drei sinnvolle Ziele. Das Herz, die Leber und den Hals.

Der Kerl, der hinten im Wagen gesessen hatte, stand direkt vor ihr. Er beugte sich über den toten Agenten.

Klara stach fünfmal auf Höhe der Leber zu. Ihre Bewegungen glichen einer Nähmaschine. Dann versetzte sie ihm einen Stoß, sodass er nach vorne auf das Gesicht fiel.

Das arme Schwein wusste nicht, dass er bereits tot war. Vermutlich spürte er noch nicht einmal Schmerzen.

Klara kümmerte sich nicht weiter um ihn.

Der Fahrer, der auf dem Boden kniete und damit beschäftigt war, Walter auf den Rücken zu drehen, hob den Kopf und sah sie an.

Seine Augen weiteten sich, als er begriff, was los war.

Er befand sich in einer extrem schlechten Verteidigungsposition. Die einzige Chance, die er noch gehabt hätte, wäre ein sofortiger Sprung nach hinten gewesen, um Distanz zu gewinnen. Stattdessen versuchte er, seine Waffe zu ziehen. Das war viel zu langsam. Falsches Training.

Klara stach ihm von vorne in den Hals.

Er griff sich an den Kehlkopf und kippte nach hinten auf den Rücken.

Sie entwaffnete, die sich am Boden wälzenden Männer, und rannte zu der Limousine.

Der Motor lief immer noch.

Klara nahm die Magazine aus den Pistolen und steckte sie in ihre Hosentaschen. Die Waffen warf sie auf die Rückbank.

Sie setzte sich auf den Fahrersitz. Das war ein Automatik. Selbstschalter fuhr sie nicht so oft. Eine Sekunde lang musste sie sich orientieren, dann stellte sie den Wagen auf einem regulären Parkplatz ab.

Zurück im Treppenhaus sah sie, dass die beiden Männer noch lebten.

Allerdings nicht mehr lange.

Der Fahrer zuckte nur noch mit den Beinen, der Beifahrer röchelte.

Sollte sie die Leichen in spe aus dem Weg schaffen?

Sie entschied sich dagegen. Erstens kostete es sie Zeit und zweitens war der Boden dermaßen mit Blut versaut, dass man nicht darüber hinwegsehen konnte. Falls jemand an dieser Stelle vorbeikam, würde er Alarm schlagen. Auch wenn es keine Leichen zu sehen gab.

Die meisten Agenten benutzten den Fahrstuhl. Mit etwas Glück würde niemand das Treppenhaus betreten.

Sie machte sich auf den Weg zu den Zellen im dritten Stock.

~

»Träger will die Gefangene sehen, die ich gebracht habe«, sagte Klara zu den Wärtern im Zellentrakt.

Insgesamt gab es vier Wärter. Sie saßen alle in einem Aufenthaltsraum und spielten Karten.

Die Männer waren zwischen dreißig und fünfzig Jahre alt. Muskelbepackt und langsam.

Trotzdem. Mit ihrem Messer würde sie hier nichts ausrichten können. Wenn es darauf ankam, musste sie die Pistole benutzen.

Aber soweit sollte es nicht kommen.

Bis vor wenigen Minuten war sie der Liebling von Träger gewesen. Daher gab es in der Abteilung niemanden, der sich freiwillig mit ihr anlegte. Dass sich ihr Beziehungsstaus gravierend geändert hatte, konnten die Wärter nicht wissen.

Sie hatte Maria in die Zelle gebracht. Und nun holte sie die Gefangene wieder ab. Ein ganz gewöhnlicher Vorgang.

Einer der Männer stand auf. »Kein Problem«, sagte er.

Klara folgte ihm den Gang entlang.

Marias Zelle wurde aufgeschlossen.

»Komm mit«, sagte sie zu Maria, die auf einer Pritsche saß und in Richtung der Tür starrte.

»Und wenn ich nicht will?«

»Dann schleif ich dich an den Haaren nach draußen.«

Widerwillig stand das Mädchen auf.

„Wo bringst du mich hin?“

»Du kannst gehen.«

»Wirklich?«

»Nein, natürlich nicht«, schrie Klara. »Und jetzt schwing deinen Arsch hierher.«

Der Wärter, der ihr die Tür aufgeschlossen hatte, lachte.

Maria trat aus der Zelle und Klara stieß ihr in den Rücken.

»Da lang. Immer der Nase nach.«

»Wollen Sie ihr keine Handschellen anlegen?«, fragte der Wärter.

»Glauben Sie, dass ich nicht mit ihr fertig werde?«

»Doch, daran besteht kein Zweifel.«

»Eben.«

Klara verabschiedete sich von den Wärtern, die ihr einen schönen Abend wünschten.

Sie führte Maria in das Treppenhaus.

»Nach unten. Und ein wenig schneller.«

»Wo bringst du mich hin?«

»Zu deinem Vater.«

»Hör auf, dich lustig über mich zu machen.«

»Das ist kein Witz. Los jetzt!«

Als sie die Tiefgaragenebene erreichten, schrie Maria auf, als sie die Leichen sah.

»Was ist hier passiert?«

»Spontane Änderung des beabsichtigten Tagesablaufs.«

»Was? Warst du das?«

»Nein, das war ein Gruppensuizid. Halt einfach deine Klappe und komm weiter.«

Klara öffnete die Tür zur Garage und zog Lenzers Tochter hinter sich her.

»Ich habe in der Zelle nachgedacht«, sagte Maria.

»Dann hat sich der Aufenthalt ja für dich gelohnt.«

»Ich glaube, ich habe Max unrecht getan.«

»Das hast du ganz bestimmt. Ehrlich gesagt, kenne ich niemanden, der das Risiko auf sich genommen hätte. Egal, was seine Motive waren. Er hat dir jedenfalls mehr Gutes als Böses getan.«

»Ich denke, er hat meiner Mutter nicht geholfen, weil er keine Möglichkeit gesehen hat.«

»Kann sein. Am besten sagst du ihm das alles selbst. Es könnte allerdings sein, dass er sauer auf dich ist. Ich meine wegen dieser Sache mit der Bombe.«

Sie erreichten den Wagen.

„Mein Vater lebt nicht mehr."

Jetzt war Lenzer auf einmal ihr Vater. Hier musste die Macht des Gewissens am Werk sein.

„Dein Vater ist nicht tot."

„Warum sagst du das? Die Bombe ist explodiert."

„Glaube es mir einfach."

»Bringst du mich wirklich zu ihm?«

»Nicht auf direktem Weg. Vermutlich ist er auch auf mich nicht gut zu sprechen. Darum schaff ich dich erst mal in Sicherheit und versuche danach, Kontakt mit ihm aufzunehmen. Dann sehen wir weiter.«

»Warum tust du das?«

»Um meinen Hintern zu retten.«

»Wie meinst du das?«

»Nicht jetzt. Steig ein. Wir müssen hier verschwinden.«

Klara hielt Maria die Beifahrertür auf.

Einen Augenblick später saß sie auf dem Fahrersitz und startete den Motor.

Wenn sie es aus der Garage schaffte, hatte sie die erste Hürde ihres Planes gemeistert.

Sie stellte den Wahlhebel der Automatik auf *Vorwärts* und gab Gas.

Einmal bog sie ab, dann stand sie vor dem Tor zur Ausfahrt. Klara kurbelte das Fenster nach unten, um an der Kette zu ziehen, die den Motor des Rolltors in Bewegung setzte.

Es knallte.

Betonbröckchen schlugen in die Windschutzscheibe ein.

Das Tor kippte nach außen.

Weißer Staub nahm ihr die Sicht.

Neben ihr schrie Maria.

Klara hatte die Unterarme schützend vor ihr Gesicht gehoben und sich nach vorne gebeugt.

Langsam richtete sie sich auf.

Durch die Staubwand hindurch sah sie die Konturen von Männern mit Maschinenpistolen, die in Richtung des Tors liefen.

Waren das Trägers Leute? Nein. Das wäre zu schnell. Und warum sollten sie das Tor sprengen?

Die Staubwand brach auf.

Da war ein Mann in einer schwarzen Uniform. Er hielt sich die Schulter. Es war der Offizier, mit dem sie im Parkhaus gekämpft hatte und der ihr versprochen hatte, dass sie sich wiedersehen würden. Ein Mann, der Wort hielt.

So hatte sie sich ihren ersten Kontakt mit der SS zwar nicht vorgestellt, aber sie musste es nehmen, wie es kam.

Klara beglückwünschte sich zu der Idee, Maria befreit zu haben. Das machte ihre Geschichte wesentlich glaubhafter.

Einer der Soldaten feuerte eine Salve über ihr Wagendach hinweg.

Klara hob beide Arme.

»Die bringen uns um!«, kreischte Maria.

Plötzlich war das linke Bein von Maria auf Klaras Seite.

Bevor sie begriff, was geschah, hatte das Mädchen ihren Fuß auf das Gaspedal gesetzt.

Diesmal war sie zu langsam.

Der Wagen schoß nach vorne.

Die Soldaten eröffneten das Feuer.

In die Windschutzscheibe wurden Löcher gestanzt.

Jemand schlug ihr mit einem Hammer gegen die Brust und gegen den Kopf.

Sie sah das Lenkrad auf sich zu kommen.

Den Aufprall spürte sie nicht mehr.

38

TOD DURCH DEN STRANG

Wiebke Raabe, Montag, 28.10.1996, 20:30 Uhr

Sie saß auf dem Boden, mit dem Rücken an einer Wand gelehnt. Wiebke hatte die Beine an sich herangezogen und umklammerte ihre Knie mit beiden Armen.

Vor einigen Jahren hatte sie eine Hinrichtung im Fernsehen gesehen. Ein Mann war des Mordes an seiner Frau schuldig gesprochen worden. Auf seinem Gang zum Schafott zeigte die Kamera sein Gesicht in Großaufnahme. Als Wiebke seine glasigen Augen sah, fragte sie sich, ob man dem Mann Drogen verabreicht hatte. Nun wusste sie es.

Im Grunde war es eine gute Sache. Wenn man ohnehin sterben musste, konnte man sich auch das Gehirn betäuben. Das machte es für alle leichter.

Sie lachte.

Mit Drogen hatte sie im Leben nie etwas zu tun gehabt. Nun waren ihr innerhalb von wenigen Stunden gleich dreimal welche verabreicht worden. Erst durch das Pärchen in ihrem Wohnzimmer, dann durch Siegfried im Auto und jetzt die Pillen in der Zelle. Na gut, die Letzten hatte sie freiwillig genommen.

Vielleicht war es ganz gut, wenn sie sterben würde. Käme sie hier lebend heraus, wäre sie am Ende noch drogenabhängig.

Die zweite Tür, die bisher verschlossen geblieben war, öffnete sich.

Zwei Männer traten in den Raum. Sie schauten düster und erinnerten Wiebke an Angestellte einer Bestattungsfirma.

»Kommen Sie bitte mit«, sagte einer der Männer.

Sie fragte sich, warum einer das Wort *bitte* benutzte, wenn er im Begriff stand, jemanden zu töten.

Wiebke folgt den beiden Männern.

Der Raum, den sie betrat, zeichnete sich durch zwei Eigenarten aus: Die erste Eigenart waren die Proportionen. Die Decke war mit geschätzten fünf Metern auffallend hoch. Dabei maß der Raum keine dreißig Quadratmeter. Die zweite Eigenart war das Seil, das in der Mitte des Raumes von der Decke hing. Unten am Seil befand sich eine Schlinge. Unter der Schlinge am Boden erkannte sie die Umrisse eines Rechtecks. Das musste die Klappe sein, die sich öffnen würde, damit sie den Boden unter den Füßen verlor.

Wiebke war über sich selbst erstaunt, wie gelassen sie der Anblick ließ.

Ohne dass man sie dazu aufforderte, stellte sie sich unter die Schlinge.

Einer der beiden Männer trat an sie heran, fesselte ihre Hände auf den Rücken und legte ihr das Seil um den Hals.

Der andere begann zu sprechen: »Wiebke Raabe Sie wurden wegen Hochverrats zum Tode durch den Strang verurteilt. Das Urteil ist nach Paragraf 148a Sonderabwehrgesetz sofort zu vollstrecken.«

Der Mann redete weiter, ohne dass sie ihm zuhörte. Warum tat er das? Es gab hier niemanden, den das interessierte. Oder hatten sie Angst, dass sie sich nach ihrer Hinrichtung über Formfehler beschweren würde.

Fast hätte sie gelacht.

Der Mann hörte auf zu reden.

Ob es wehtat?

Der zweite Mann, der ihr die Schlinge um den Hals gelegt hatte, stand immer noch bei ihr. Mit einem kurzen Ruck am Seil zog er die Schlinge enger.

Nun reichte es. Die hatten ihren Spaß gehabt.

Der Mann am Seil trat einige Schritte zurück.

»Lasst mich gehen. Es reicht.«

Der Mann, der die ganze Zeit dummes Zeug geredet hatte, stand nun an einer Wand neben einem Hebel.

Die würden sie wirklich umbringen.

»Bringt mich zu eurem Anführer«, rief Wiebke und begann zu kichern.

Nein, das war kein Spaß. Sie musste sofort ihren Kopf aus der Schlinge bekommen.

Aber das ging nicht. Die Schlinge saß viel zu eng um ihren Hals und ihre Hände waren auf dem Rücken gefesselt.

Es knallte.

Wiebke zuckte zusammen.

Die Tür flog in den Raum und landete scheppernd vor ihren Füßen.

Mehrere Männer mit Maschinenpistolen stürmten in den Raum.

Einer der Henker machte den Fehler, nach seiner Pistole zu greifen.

Das Knallen der Schüsse tat ihr in den Ohren weh.

Die beiden Männer, deren Auftrag es gewesen war, Wiebke zu hängen, lagen tot auf dem Boden.

Einer der Neuankömmlinge kam zu Wiebke, öffnete die Schlinge, die um ihren Hals lag und löste ihre Handfesseln.

Wiebke stand nicht auf Polizisten oder Soldaten. Sie konnte diese Machotypen nicht leiden. Aber für alles gab es eine Ausnahme. »Ich finde euch total super«, rief sie.

Der Mann, der sie befreit hatte, sah sie verständnislos an.

»Trikazin. Die haben ihr Trikazin verabreicht«, sagte ein anderer.

»Trikazin«, wiederholte Wiebke. »Trikazin finde ich auch total super.«

Ihre Befreier hatten sie durch Gänge geführt und eine Treppe hinuntergebracht.

Nun stand sie am Treppenabsatz und starrte drei Männer an, die in einer riesigen Blutlache lagen. Einen der Männer kannte sie. Es war Siegfried.

»Wart ihr das?«, fragte sie.

»Nein.«

»Ich ...«

»Ich weiß, du findest das alles super.«

»Nein, ich glaube, ich muss kotzen.«

Wiebke stolperte an den Leichen vorbei. Sie ging durch eine Tür und stand in einer Tiefgarage. Hektisch sah sie sich um. Dann fand sie, was sie suchte.

Sie rannte zu einem Betonpfeiler, stützte sich ab und übergab sich hinter dem Pfeiler.

Nach einigem Würgen ließ der Brechreiz nach.

Jetzt fühlte sie sich etwas besser.

Wer immer Siegfried getötet hatte, sie würde demjenigen gerne ihren Dank aussprechen. Das Arschloch hatte sie ausgeliefert, und wenn diese netten Herren sie nicht gerettet hätten, dann wäre sie jetzt tot.

»Wir müssen weiter«, sagte einer ihrer Begleiter.

Wiebke folgte den Männern.

Sie durchquerten das Parkhaus und näherten sich dem Rolltor der Ausfahrt. Zumindest sollte sich an der Stelle ein Rolltor befinden. Aber das gab es nicht mehr. Es war herausgesprengt worden. Die Jungs hielten sich mit Klingeln und Klopfen nicht lange auf.

Kurz vor dem Rolltor, noch in der Tiefgarage, stand eine schwarze Limousine. Mehrere Dutzend Kugeln hatten die Windschutzscheibe und die Motorhaube durchlöchert.

Neben dem Fahrzeug, auf der Fahrer- und der Beifahrerseite, lagen zwei Personen auf dem Boden. Mehrere Männer umringten sie.

Etwas abseits von dieser Szene stand ein einsamer Mann in einer schwarzen Uniform.

Wie er sich aufführte, war er der Chef der Gruppe.

Als Wiebke näher kam, erkannte sie die SS-Runen an seinem Kragenspiegel.

Ihre Retter waren von der SS. Die galt nun auch nicht als besonders menschenfreundlich. Kam sie vom Regen in die Traufe?

Aber mehr als hinrichten, konnten die sie auch nicht.

Mit etwas Glück gab es noch mehr Trikazin.

Der SS Mann in Uniform sprach gerade mit einem seiner Leute. Genauer gesagt, schrie er ihn an.

»Der beschissene Hubschrauber soll gefälligst auf der Straße landen. Das ist breit genug. Der Pilot soll sich nicht so anstellen. Sagen Sie ihm, dass die Tochter des Reichsmarschalls schwer verletzt wurde. Wenn ihm etwas an seinem Leben liegt, soll das Arschloch gefälligst landen. Und sorgen Sie dafür, dass der Bereich abgesperrt wird. Ich will hier keine Polizei sehen.«

»Auf wessen Anordnung Herr Hauptsturmführer?«

»Auf meine. Und jetzt setzen Sie sich in Bewegung.«

Der Angesprochene machte sich schleunigst auf den Weg.

Der Offizier rief ihm hinterher. »Besorgen Sie mir ein neues SatTel. Das Drecksding ist kaputt. Diesmal eines von Siemens und nicht von Toshiba.«

Nachdem der Offizier seinen Anschiss verteilt hatte, wandte er sich Wiebke zu.

Es sah so aus, als hätte der Offizier die letzte Nacht mit einer Horde Vampire gefeiert. Der Mann war weiß wie eine Wand. Er war so verschwitzt, dass man meinen konnte, er wäre Opfer eines Sommergewitters geworden. Seine Haare, die er am heutigen Morgen sicherlich mit Gel glatt an seinem Kopf befestigt hatte, standen in alle Richtungen ab. Sein linker Arm hing kraftlos herab.

Es machte den Eindruck, als wäre er an der Schulter verletzt. Trugen die deshalb schwarze Uniform? Damit man das Blut nicht so gut sehen konnte?

»Wer ist das?«, fragte der Offizier die Männer, die Wiebke befreit hatten.

»Die Frau sollte hingerichtet werden. Das konnten wir gerade noch verhindern.«

Er sah Wiebke an.

»Wie heißen Sie?«

»Wiee Raale«, krächzte Wiebke.

Der verletzte Offizier zog die Stirn in Falten.

»Trikazin«, sagte einer der Männer.

Der Offizier zog ein wissendes Gesicht.

Trikazin, Trikazin. Was hatten die alle mit diesem Trikazin?

Sie räusperte sich. »Wiebke Raabe. Mein Name ist Wiebke Raabe.«

Der Offizier sah kurz auf ihre Hände.

Nein, da gab es keinen Ehering.

»Warum wollte man Sie hinrichten, Fräulein Raabe?«

»Es ist eine verrückte Geschichte.«

»Der Reichsmarschall ist Opfer eines Anschlags geworden. Seine Tochter ringt mit dem Tod. Heitern Sie mich auf.«

Wiebke zuckte mit den Schultern. »Ich habe eine wichtige Information auf einem Puzzlespiel gefunden. Dann wurde ich von einem Gestapo-Pärchen in meiner Wohnung angegriffen. Mein ehemaliger

Freund hat so getan, als würde er mich retten wollen. Jedenfalls bin ich in einem Auto aufgewacht. In dem Auto war eine hässliche griechische Göttin. Die hieß Ariadne. Außerdem ...«

»Stopp!«, rief der Offizier.

Wiebke verstummte und hielt die Luft an.

»Haben Sie die Koordinaten?«

»Ja.«

»Wo?«

»In meinem Kopf.«

»Nennen Sie mir die Koordinaten.«

»B45...«

»Halt!«

Ja was denn jetzt? Sollte sie die Koordinaten nun sagen oder nicht?

»Sie da! Kommen Sie her. Sie müssen etwas aufschreiben.«

Ein Soldat kam zu ihnen gerannt.

»Jetzt. Sagen Sie die Koordinaten.«

Wiebke tat es.

Als sie fertig war, fragte der Offizier sie ein gefühltes dutzendmal, ob sie sich sicher sei. Nachdem sie das ebenso oft bejaht hatte, schüttelte er lange ungläubig den Kopf.

Er sprach die Männer an, die sie befreit hatten.

»Sie garantieren mir für die Sicherheit von Fräulein Raabe. Verteidigen Sie die Frau mit Ihrem Leben. Wenn sie stirbt, sterben Sie mit.«

»Jawohl Herr Hauptsturmführer!«, brüllten die Männer im Chor.

Wiebke legte sich fest. Der Herr Hauptdingsbums war ab sofort ihr neuer bester Freund und wenn er wollte, würde sie ihn sogar heiraten.

39

ERKENNTNIS

Max Lenzer, Montag, 28.10.1996, 20:50 Uhr

Als Lenzer die Augen öffnete, sah er eine Lampe, die auf einem Nachttisch stand.

Er kannte weder die Lampe noch den Nachttisch.

Der Versuch, den Kopf zu heben, scheiterte an einem dumpfen Schmerz, der keine Bewegung gestattete. Er ließ sich zurück auf das Kissen fallen, schloss die Augen und wartete, bis das Pochen in seinem Schädel nachließ.

Nach einer Weile wagte er einen neuen Anlauf. Diesmal vorsichtiger.

Langsam drehte er seinen Kopf und sah sich um.

Krankenhaus.

Wieso lag er in einem Krankenhaus?

An der Wand gegenüber hing eine Uhr. Es war kurz vor einundzwanzig Uhr.

Neben seinem Bett baumelte ein Kabel mit einem Druckknopf. Auf dem Knopf war das Symbol einer Klingel abgebildet. Behutsam streckte er den Arm aus und drückte den Knopf.

Nach einer Minute wurde die Zimmertür geöffnet. Ein Soldat hielt die Tür für eine Ärztin auf.

Lenzer schätzte, dass die Frau einige Jahre jünger war als er selbst.

Sie hatte lange braune Haare und bernsteinfarbene Augen. In ihrem Gesicht trug sie ein bezauberndes Lächeln.

»Schön, dass Sie aufgewacht sind. Mein Name ist Doktor Franziska Bauer, ich bin die Chefärztin der Inneren«, sagte sie.

»Ich finde es nicht schön«, stöhnte Lenzer.

»Das ist verständlich, Sie wurden gewaltig durchgeschüttelt.« Sie tippte sich mit dem Zeigefinger an die Stirn. »Vor allem hier oben. Schleudertrauma, Gehirnerschütterung. Aber Sie haben sich nichts gebrochen. Ein paar Tage Ruhe und Sie sind wie neu.«

»Wo bin ich?«

»Im SS-Lazarettkrankenhaus in der Max-Amann-Garnison.«

»Wie lange war ich ohne Bewusstsein?«

»Ungefähr drei Stunden.«

»Was ist passiert? Hatte ich einen Unfall?«

»Sie können sich nicht erinnern?«

»Nein.«

Plötzlich verschwand das herrliche Lächeln aus ihrem Gesicht. Schade.

»Ich denke, es steht mir nicht zu, Ihnen das zu sagen.«

»Sie sind doch Angehörige der SS.«

»Natürlich.«

»Und ich bin der amtierende Reichsmarschall. Wenn ich Ihnen sage, dass es Ihnen zusteht, mir Auskunft zu geben, sollte das ausreichend sein.«

»Da ist etwas dran.«

»Und bitte lächeln Sie wieder. Das war das Schönste, was ich seit Langem gesehen habe.«

Das musste die Gehirnerschütterung sein. Ansonsten würde er niemals auf diese lächerliche Art Süßholz raspeln.

Allerdings verfehlten die Worte ihre Wirkung nicht. Die Ärztin zog für einen Moment die Mundwinkel nach oben und die Sonne schien kurz durch die Wolken hindurch. Dann wurde sie wieder ernst.

»Ich kenne keine Details, aber soweit ich weiß, wurden Sie Opfer eines Anschlags.« Sie lächelte verlegen. »Sehen Sie, schon rede ich Unsinn. Natürlich weiß ich nicht, ob die Explosion Ihnen galt. Aber die Vermutung liegt nahe.«

»Es war eine Bombe?«

»Soweit ich weiß.«

»Ich habe mich nicht alleine im Fahrzeug befunden. Wie geht es meinem Fahrer?«

»Ähnlich wie Ihnen. Er liegt einige Zimmer weiter.«

»Wo ist das passiert?«

»In der Nähe des KaDeWe.«

Die Erinnerung kam und Lenzer saß senkrecht im Bett.

»Maria!«, rief er aus.

»Herr Reichsmarschall. Sie müssen liegen bleiben.«

Die Aufforderung war unnötig. In seinem Kopf begann augenblicklich, eine Kreissäge sein Hirn in Stücke zu sägen. Halb betäubt vor Schmerzen sank er zurück.

Maria hatte sich aus dem Internat abgesetzt. Sie hatte ihn angerufen, damit er sie abholen sollte. In der Passauer Straße. Das war direkt am KaDeWe.

»Wo genau ist die Bombe hochgegangen?«

»Das kann ich Ihnen nicht sagen.«

»Dann holen Sie einen der Soldaten. Bitte.«

Die Ärztin tat es.

Wenig später erschien ein Scharführer in der Tür.

Bevor er die Hacken zusammenschlagen und lautstark seinen militärischen Gruß vorbringen konnte, stoppte Lenzer ihn mit einer Handgeste.

»Wo ist die Bombe explodiert? Ich brauche den genauen Ort.«

»Genau kann ich Ihnen das nicht sagen, Herr Reichsmarschall.«

»Dann finden Sie es heraus. Und zwar jetzt sofort! Und ich will mit Hauptsturmführer Hansen von der Division Apollo sprechen. Holen Sie ihn ans Telefon oder bringen Sie ihn zu mir.«

»Jawohl, Herr Reichsmarschall.« Der Soldat eilte davon.

Eigentlich kannte er die Antwort auf seine Frage bereits. Die Bombe war in der Passauer Straße explodiert. Und zwar an der Stelle, an der er sich mit Maria treffen wollte.

Das war kein Zufall, sondern eine Falle.

Maria war entführt worden. Dann hatte man sie gezwungen, ihn in eine Falle zu locken.

Wenn diese Kerle ihr etwas antaten, würde er sie bei lebendigem Leibe häuten lassen. Schön, dass die Gesetze das grundsätzlich erlaubten.

»Ich sehe später noch einmal nach Ihnen«, sagte Doktor Bauer.

»Franziska. Bleiben Sie bitte.« Als ihre Augen sich vor Erstaunen weiteten, bemerkte er, dass er ihren Vornamen genutzt hatte. »Es tut mir leid. Ich wollte nicht indiskret sein. Anscheinend bin ich wohl tatsächlich ein wenig durcheinander.«

»Keine Ursache. Was kann ich für Sie tun?«

»Sie müssen mich aufpäppeln. Geben Sie mir etwas, damit ich mich bewegen kann. Ich muss unbedingt aufstehen.«

»Das geht nicht«, sagte Doktor Bauer. »Ich ...«

»Natürlich geht das. Ich habe früher Pervitin genommen. Das Zeug hat mich tagelang wachgehalten. Besorgen Sie mir einfach eine Tablette.«

»Das kann ich nicht verantworten. Das ...«

Er griff ihren Arm. »Ich glaube, dass meine Tochter in Lebensgefahr schwebt. Ich muss ihr helfen. Aber das kann ich nicht, wenn ich hier liege. Bitte tun Sie es.«

Die Frau hatte unglaubliche Augen. Trotz seines Zustandes und der Angst um Maria fiel ihm das auf.

»In Ordnung. Ich bin gleich zurück.«

Die Ärztin verließ das Krankenzimmer.

Verschwommen erinnerte er sich an ein Telefonat, das er kurz vor der Explosion mit Richard geführt hatte.

Sein Cousin war betrunken gewesen und hatte etwas über Maria und ein Opfer erzählt. War das real gewesen oder spielte ihm sein Gedächtnis einen Streich?

Es gelang ihm nicht, die Gesprächsfragmente, die er zu fassen bekam, in eine sinnvolle Reihenfolge zu bringen. Die Bombe hatte alles durcheinandergewürfelt.

Allerdings war das jetzt auch nicht wichtig. Er musste Maria finden. Das war seine höchste Priorität.

Der Scharführer kam zurück und teilte Lenzer den genauen Ort der Explosion mit.

Es war so, wie er es bereits vermutet hatte.

»Was ist mit Hansen?«

»Hauptsturmführer Hansen konnte bisher nicht erreicht werden. Sein Aufenthaltsort ist unbekannt. Ich konnte nur in Erfahrung bringen, dass er das Kommando über dreißig Mann aus der Eingreifreserve der Division Apollo übernommen hat. Angeblich auf Ihren Befehl hin.«

Suchte Hansen nach Maria? Das konnte er nur hoffen.

»Wie bin ich hierher gekommen? Wer hat mich gefunden?«

»Das waren Kameraden von der Eingreifreserve der Division Apollo. Die haben den Rettungshubschrauber angefordert.«

»Waren das Männer, die unter Hansens Kommando standen?«

»Ja, Herr Reichsmarschall.«

Das bedeutete, dass Hansens Männer ihn schneller erreicht hatten als ein Notarztwagen. Sie mussten sich in der Nähe aufgehalten haben.

Einen solchen Anschlag konnte man nur durchführen, wenn man Sichtkontakt zum Ziel besaß. Die Angreifer hatten sich in der Nähe aufgehalten und Maria mit ihnen. Hansens Männer wiederum hatten sich in dem Bereich aufgehalten, weil Marias Sender sie dorthin geführt hatte.

Hansen war auf der Suche nach Maria gewesen. Aber hatte er sie auch gefunden? Wieso konnte Hansen nicht erreicht werden? Und woher wusste Hansen überhaupt, dass man Maria entführt hatte?

Die Ungewissheit hielt er kaum aus.

Hansen hatte ihm gesagt, dass er vielleicht noch einmal froh darüber sein werde, dass er sich dazu entschieden hatte, Maria in das Sicherheitsprogramm aufnehmen zu lassen. Der Moment war gekommen. Er war froh.

Noch glücklicher wäre er allerdings, wenn er endlich ein Lebenszeichen von Maria und Hansen erhalten würde.

»Lassen Sie nach ihm suchen. Und zwar mit höchster Priorität.«

»Jawohl, Herr Reichsmarschall.«

Und schon war der Junge wieder auf dem Weg.

»Warten Sie! Ich bin noch nicht fertig.«

»Verzeihung.«

»Sorgen Sie dafür, dass ein Hubschrauber startklar gemacht wird. Ich will ins Führungshauptamt gebracht werden.«

»Jawohl.«

Der Scharführer sah Lenzer an.

»Jetzt können Sie loslegen.«

Der Soldat eilte.

Er musste so schnell wie möglich ins Führungshauptamt. Hier im Krankenzimmer waren seine Möglichkeiten limitiert.

Doktor Bauer kam zurück.

Sie reichte ihm eine Tablette und ein Glas Wasser. »Wenn ich Sie richtig verstanden habe, kennen Sie sich mit der Wirkung aus«, sagte sie.

»Ja.«

»Ein Aufputschmittel zu nehmen, ändert nichts daran, dass Sie eine Gehirnerschütterung haben. Das dürfen Sie nicht vergessen.«

»Das werde ich nicht.«

»Werden Sie ganz sicher.«

Lenzer steckte sich die Tablette in den Mund, zerkaute sie und spülte den Brei mit einem Glas Wasser hinunter.

Die Wirkung setzte innerhalb weniger Sekunden ein.

Wie lange er dieses Gefühl nicht erlebt hatte.

Alle Ängste wurden in den Keller gedrückt. Energie durchflutete seinen Körper. Niemand konnte ihn jetzt noch aufhalten.

Er unterdrückte den Impuls, aus dem Bett zu springen, und setzte sich langsam auf.

Lenzer sah eine Spritze in der Hand der Ärztin.

»Was ist das?«, fragte er.

»Pervitin hilft dabei, Schmerzen zu ertragen. Aber sie sind trotzdem da. Das hier ist ein leichtes Morphiumpräparat. In den nächsten fünf Stunden werden Sie praktisch beschwerdefrei sein.«

»Gut.« Lenzer wollte seinen Ärmel hochkrempeln. Dabei fiel ihm auf, dass er eine Art ärmellosen Schlafanzug trug. »Wo ist meine Uniform?«

»In dem Schrank.«

Doktor Bauer setzte die Spritze an.

»Wenn die Wirkung des Pervitins und des Morphiums nachlässt, werden Sie sich schlechter fühlen als jetzt. Das garantiere ich Ihnen.«

»Ich weiß.«

»Erledigen Sie, was Sie erledigen müssen. Aber danach lassen Sie sich gesund pflegen.«

»Wenn ich meine Tochter gefunden habe, verspreche ich, mich Ihrem ärztlichen Rat zu beugen und all Ihren Anweisungen Folge zu leisten. Ich wäre Ihnen überaus dankbar, wenn Sie meinen Genesungsprozess begleiten würden.«

»Ich glaube nicht, dass Sie noch einmal ins Krankenhaus müssen. Sie brauchen einfach nur ein paar Tage Ruhe.«

»Dann besuchen Sie mich in der Villa Rosenburg. Ich habe das

Gefühl, dass Ihre Anwesenheit meinen Genesungsprozess im hohen Maße unterstützt.«

Doktor Bauer wurde rot.

»Machen Sie sich bitte nicht über mich lustig.«

»Das würde ich nicht wagen. Vor allem nicht, wenn Sie im Begriff sind, mir eine Spritze in den Arm zu stecken.«

Was war denn in ihn gefahren? Flirtete er gerade mit der Ärztin?

Der Scharführer kehrte zurück.

»Der Hubschrauber wird in wenigen Minuten startklar sein.«

»Gut. Was ist mit Hansen?«

»Bisher kein Kontakt.«

Lenzer machte Anstalten, aufzustehen, um sich seine Uniform anzuziehen.

»Ich lasse Sie jetzt besser alleine«, sagte Doktor Bauer.

»Danke für Ihre Hilfe«

»Keine Ursache. Ich hoffe, Sie finden Ihre Tochter.«

Mit den Worten verließ sie das Zimmer.

»Das werde ich«, flüsterte Lenzer.

Der Hubschrauber hatte Lenzer auf dem Dach des FHA abgesetzt.

Sein persönlicher Stab bestand aus fünfunddreißig Mitarbeitern. Während der Nachtstunden waren davon nur fünf im Dienst. Lenzers unangekündigtes Erscheinen überrumpelte sie.

Füße wurden blitzartig vom Schreibtisch genommen. Uniformen in Ordnung gebracht.

Lenzer achtete nicht darauf.

»Das ist die Nummer von Hauptsturmführer Hansen. Division Apollo.« Er knallte einen Notizzettel auf den nächstbesten Schreibtisch. »Finden Sie den Mann. Egal wie.«

»Jawohl. Herr Reichsmarschall.«

»Ich bin in meinem Büro.« Er wandte sich an einen der anderen überraschten Soldaten. »Besorgen Sie mir einen Kaffee.«

Der Mann sputete sich.

Lenzer erreichte sein Büro, trat ein und schlug die Tür hinter sich zu.

Für einen kurzen Moment setzte er sich hinter seinen Schreibtisch.

Sprang aber getrieben wieder auf und begann, Kreise in seinem Büro zu drehen.

In seinem Kopf pochte ein durch die Schmerzmittel gedämpfter Schmerz.

Was sollte er jetzt tun?

Formal gesehen, gehörte er zu den zehn mächtigsten Männern im Reich. Aber was nutzte ihm das, wenn er nicht einmal in der Lage war, seine Tochter zu finden?

Sollte er die Polizei informieren? Die könnten eine Fahndung nach ihr herausgeben. Nein, das war etwas untertrieben. Vermutlich würde der Polizeipräsident von Berlin persönlich nach Maria suchen.

Im Prinzip war es eine simple Rechnung. Je mehr Menschen nach Maria suchten, umso größer die Wahrscheinlichkeit, dass man sie fand. Außerdem konnte es sogar sein, dass im Moment überhaupt niemand nach ihr suchte. Vielleicht gelang es nicht, Hansen aufzutreiben, weil er tot war. Getötet, bei dem Versuch, seine Tochter zu retten.

Also war es keine dumme Idee, die Polizei einzuschalten. Am besten über das Reichssicherheitshauptamt. Dann konnten die entsprechenden Geheimdienste gleich mit in die Fahndungsmaßnamen eingebunden werden.

Er griff nach dem Hörer des Telefons und hielt plötzlich inne.

Lenzer erinnerte sich an das letzte Gespräch, das er mit Maria geführt hatte. Da war keine Spur von Angst in ihrer Stimme gewesen. Wenn man sie gezwungen hatte, ihn in eine Falle zu locken, hätte er ihr das nicht anmerken müssen? Und warum hatte sie ihm gesagt, dass sie sich an die Nacht erinnern konnte? War der Moment, indem man unter Todesangst litt, der richtige Zeitpunkt für so eine Offenbarung?

Statt Angst hatte er nur ihre Wut auf ihn gespürt.

Bedeutete das, dass seine Tochter bei dem Anschlag freiwillig geholfen hatte?

Wenn das stimmte, gab es zwei Möglichkeiten. Entweder war sie getäuscht worden und hatte nicht gewusst, was Lenzer erwartete, oder aber sie hatte seinen Tod gewollt.

Nein, daran durfte er nicht denken.

Aber tief in seinem Inneren, wusste er, dass es sich genauso verhielt.

Maria hatte versucht, ihn zu töten.

40

ÜBERBRINGER DER BOTSCHAFT

Thor Hansen, Montag, 28.10.1996, 22:20 Uhr

Die Frau, mit der Hansen im Parkhaus gekämpft hatte, war tot.

Seltsamerweise bedauerte er das.

Maria Lenzer befand sich seit einer halben Stunde im Schockraum der Intensivstation.

Frau Doktor Bauer, eine leitende Ärztin der Inneren Abteilung, hatte seine Wunde versorgt. Sie hatte die Stichverletzung genäht und ihm einen Verband angelegt. Jetzt hing sein linker Arm in einer Schlaufe. Von Doktor Bauer hatte Hansen erfahren, dass Lenzer mit einem Hubschrauber ins FHA geflogen war.

Sie hatte ihn gefragt, was denn in aller Welt los sei. Erst der Reichsmarschall, jetzt seine Tochter. Hansen hatte ihr keine Antwort gegeben.

Außerdem hatte er erfahren, das Lenzer wusste, dass Maria in ernsten Schwierigkeiten steckte.

»Sie müssen ihm sagen, dass seine Tochter hier ist. Der Herr Reichsmarschall stirbt vor Sorge«, sagte sie.

Hansen hatte immer noch kein neues SatTel.

»Wo kann ich hier telefonieren?«

»In meinem Büro. Ich zeige Ihnen den Weg.«

Hansen folgte der Ärztin aus dem Behandlungszimmer.

Dass es dem Reichsmarschall den Umständen entsprechend gut

ging, war wenigstens eine gute Nachricht. Dann bestand noch Hoffnung.

Die Frau, die seine Männer vor dem Strick bewahrt hatten, war im Besitz der Koordinaten gewesen. Damit waren die zwei wichtigsten Bedingungen erfüllt, um alles zum Guten zu wenden. Lenzer lebte und Hansen besaß die Koordinaten.

Sie liefen einen Gang entlang, der an der Intensivstation vorbeiführte.

In diesem Moment kamen zwei Ärzte aus dem Schockraum. Ihre Kittel waren blutverschmiert. In ihren Augen erkannte Hansen, was geschehen war.

Er trat auf die Ärzte zu.

»Ist sie tot?«

»Sie wissen, dass wir Ihnen darüber keine Auskunft geben dürfen«, sagte einer der beiden.

»Möchten Sie es dem Herrn Reichsmarschall ausrichten?«

Die Mediziner wechselten einen verstohlenen Blick.

»Ich frage noch einmal. Ist sie tot?«

»Wir mussten die Reanimierungsversuche einstellen. Ihre Verletzungen waren leider zu schwerwiegend.«

Es fühlte sich an, als würde der Boden unter seinen Füßen schwanken.

Der Reichsmarschall hatte ihn persönlich mit dem Schutz seiner Tochter beauftragt. Er hatte versagt. Mehr noch, er hatte sie selbst auf dem Gewissen.

Und genau das würde er jetzt ihrem Vater erklären müssen.

»Unter diesen Umständen halte ich ein Telefonat für unangebracht«, sagte er zu Doktor Bauer.

Er wandte sich an einen der Soldaten, die ihn begleitet hatten. »Lassen Sie uns gehen. Wir fahren ins FHA.«

~

Die Fahrt ins Führungshauptamt dauerte eine halbe Stunde.

Er befahl den Soldaten, im Foyer auf ihn zu warten.

Fräulein Raabe befand sich immer noch bei Ihnen. Die Frau war in den letzten Minuten auffallend still geworden. Vermutlich ließ die Wirkung der Drogen nach.

Hansen fuhr mit dem Fahrstuhl in den fünften Stock. Bevor er den Reichsmarschall aufsuchte, hatte er noch etwas in seinem Büro zu erledigen.

Er lief durch einen menschenleeren Gang und schloss die Bürotür auf. Hansen setzte sich an seinen Schreibtisch und startete eine Anwendung auf dem Rechner, die das Kartenmaterial des gesamten Reichsgebietes enthielt. Nachdem er einen Stadtplan von Köln aufgerufen hatte, markierte er vier Punkte im Bereich der Altstadt. Dann gab er dem Rechner den Befehl, die vier Punkte mit Geraden zu verbinden und das entstandene Rechteck auszuschneiden. Mittels eines weiteren Befehls legte er ein dynamisiertes militärisches Koordinatensystem über die neu geschaffene Karte. Am Ende gab er die Koordinaten ein, die er von Fräulein Rabe erhalten hatte.

Ein roter Punkt leuchtete auf.

Auf einem Notizzettel schrieb er die Adresse auf.

Kupfergasse achtzehn.

Mehr benötigte er nicht.

Er fuhr zurück ins Erdgeschoss.

Bis auf vier Mann, die ihn und Raabe begleiten sollten, entließ er die restlichen Soldaten in die Bereitschaft.

Gemeinsam mit der kleinen Gruppe machte er sich auf den Weg zum Büro des Reichsmarschalls.

Je weiter sich der Fahrstuhl seinem Ziel näherte, desto mehr verließ ihn der Mut.

Wie sollte er Lenzer erklären, dass Maria tot war? Erschossen von den eigenen Leuten. Er wollte sich überhaupt nicht ausmalen, wie der Reichsmarschall auf diese Nachricht reagieren würde.

Und wie sollte er es schaffen, Lenzer davon zu überzeugen, ihn nach Köln zu begleiten?

Nichts auf der Welt war wichtiger, als den Reichsmarschall in die Kupfergasse achtzehn zu bringen.

Das zu schaffen, wäre bereits unter normalen Umständen eine große Herausforderung. Aber jetzt war es so gut wie unmöglich.

Eigentlich hatte er geglaubt, dass die Zeit ausreichen würde, den Reichsmarschall auf seine Mission vorzubereiten. Aber die Geschehnisse der letzten Stunden hatten bewiesen, dass ihre Zeit bereits abgelaufen war.

Da jede Fahrstuhlfahrt in den siebzigsten Stock durch das System gemeldet wurde, erwartete man ihn bereits bei seiner Ankunft.

Die Tür, die zum Bürotrakt des Reichsmarschalls führte, stand offen.

»Sagen Sie mir bitte, dass Sie Hauptsturmführer Thor Hansen sind«, sagte ein Sturmführer, der vor der Tür auf sie wartete.

»Das bin ich«, sagte Hansen.

»Sie werden dringend vom Herrn Reichsmarschall erwartet. Kommen Sie.«

Hansen folgte ihm und war froh, dass er in Bewegung bleiben konnte, ansonsten würde jeder ihm ansehen, dass er vor Angst zitterte.

41

DER TEMPEL DES GROSSEN EINEN

Max Lenzer, Montag, 28.10.1996, 23:25 Uhr

Die Vorstellung, dass Maria seinen Tod wollte, hatte ihn paralysiert.

Ihre grundsätzlich ablehnende Art hatte er auf traumatische Kindheitserinnerungen zurückgeführt. Erinnerungen, die ihr Wesen prägten, ohne dass sie sich ihrer bewusst wäre.

Seit etwa zwei Jahren kamen sie praktisch gar nicht mehr miteinander aus. Jedes Gespräch endete in einem Streit. Lenzer hatte geglaubt, das läge an dem schwierigen Alter, in dem sich befand. Hatte er es geglaubt? Oder es sich vielmehr eingeredet?

Es war bedeutungslos. Sie hasste ihn und wollte ihn sterben sehen.

Nein, das konnte nicht sein. Das redete er sich ein.

Welche Beweise hatte er schon? Nur ihre Stimme am Telefon.

Was war er für ein Mensch, der nur aufgrund eines Gesprächs annahm, seine Tochter wollte ihn umbringen?

Jetzt war Schluss damit.

Er musste Maria finden, das war das einzig Wichtige.

Aber wie?

Von Hansen fehlte weiterhin jede Spur.

Er schlug sich mit der Hand gegen die Stirn.

Marias Personenschutz. Warum hatte der sich noch nicht gemeldet? Wenn seine Tochter verschwunden war, mussten die es logischerweise als Erste gemerkt haben.

Das Naheliegende fiel ihm als Letztes ein.

Ein typisches Problem, wenn man unter dem Einfluss von Drogen und Schmerzmitteln stand. Man wähnte sich in glänzender Verfassung. In Wahrheit lief man körperlich und geistig im Notstrommodus.

Er griff zum Hörer. In diesem Moment klopfte es.

»Herein!«, rief Lenzer.

Ein Soldat mit einem Becher Kaffee betrat den Raum.

»Herr Reichsmarschall. Hauptsturmführer Hansen ist soeben angekommen. Soll …«

»Lassen Sie den Mann rein!«

Endlich eine gute Nachricht. Lenzer ließ den Hörer los.

Der Soldat mit dem Kaffee in der Hand trat zur Seite.

Hansen sah aus, als wäre er in Kalkfass gefallen. Seinem Gesicht fehlte jegliche Farbe. Die Haare klebten vom Schweiß gehalten an seiner Stirn. Einen Arm trug er in einer Schlinge, die um seinen Hals hing.

»Was ist mit Ihrem Kaffee?«, fragte der Soldat.

Mit einer Handbewegung gab Lenzer ihm zu verstehen, dass er verschwinden sollte.

Der Mann schloss die Tür von außen.

»Sie sehen erbärmlich aus«, sagte Lenzer.

»Mir geht es gut. Ich habe in der Klinik erfahren, dass Sie sich hier befinden.«

»Was in aller Welt ist geschehen? Wo ist Maria?«

Der Offizier bemühte sich, Haltung zu bewahren.

»Ich muss Ihnen leider mitteilen, dass Ihre Tochter verstorben ist.«

»Was?«

Hansen sagte nichts.

Er stürzte auf den Offizier zu und griff ihn am Kragen.

»Was reden Sie da für einen Blödsinn? Mann, sprechen Sie schon. Was ist mit Maria?«

»Sie ist tot.«

Lenzer drückte Hansen gegen die Wand hinter ihm.

»Wie ist das passiert?«

»Es tut mir aufrichtig leid«, stotterte Hansen.

»Ich scheiß auf dein Mitleid. Rede!«

Hansen erzählte ihm, dass Maria sich aus dem Internat abgesetzt hatte und wie er sie mithilfe des Senders aufgespürt hatte. Wie es schien, hatte eine Frau Maria entführt. Er hatte mit ihr gekämpft, konnte sie aber nicht besiegen.

»Sie lassen sich von einer Frau den Arsch versohlen?«

»Es war keine gewöhnliche Frau.«

»Weiter!«

Hansen war es gelungen, den Aufenthaltsort von Maria ausfindig zu machen. Ein Bürogebäude in der Wattstraße in Berlin-Haselhorst.

»Im Anschluss an unsere Maßnahmen haben wir das Gebäude durchsucht. Es hat den Anschein, als ob es sich um eine verdeckte Niederlassung des Reichssicherheitshauptamtes handelt. Vermutlich eine Unterabteilung der Gestapo.«

»Die Gestapo hat meine Tochter entführt?«

»Davon gehe ich aus.«

»Und dann? Was ist mit Maria passiert? Hat die Gestapo sie getötet?«, fragte Lenzer, der Hansen weiter gegen die Wand drückte.

»Wir wollten das Gebäude stürmen, als plötzlich ein Fahrzeug aus der Tiefgarage kam. Trotz Warnschüssen ist es mit hoher Geschwindigkeit auf die Einsatzkräfte zugerast.« Hansen stockte. »Das Feuer wurde eröffnet. In dem Wagen saßen ihre Tochter und die Frau, die sie entführt hat. Beide erlagen ihren Verletzungen.«

»Unsere Leute haben meine Tochter erschossen?«, brüllte Lenzer.

»Sie konnten nicht wissen, dass sie sich in dem Fahrzeug befand.«

»Ihre Aufgabe war es, Maria zu beschützen«, schrie Lenzer. »War irgendetwas an diesem Auftrag unklar?«

Hansen schüttelte den Kopf. »Nein«, hauchte er.

Er zog seine Pistole aus dem Holster und drückte Hansen die Mündung gegen die Schläfe.

»Gibt es einen Grund, warum ich Sie nicht einfach erschießen sollte?«

Der Hauptsturmführer antwortete nicht.

»Ich blas dir den Schädel weg.«

Sein Zeigefinger bewegte den Abzug.

Trotz seiner Wut hinderte ihn etwas daran, abzudrücken.

Traf Hansen überhaupt eine Schuld?

All die Jahre hatte er darauf vertraut, dass Maria sich nicht an die Nacht erinnern konnte. Dieser Umstand war ihm wie ein großes Glück erschienen. Aber es stimmte nicht. Sie erinnerte sich. Und das veränderte alles.

Er hatte etwas getan, dass kein Kind verzeihen konnte. Er hatte es von seiner Mutter getrennt. Welche Motivation ihn dabei angetrieben hatte, spielte keine Rolle. Marias Erinnerung an dieses Ereignis war die eines fünfjährigen Mädchens. Daran hatte sich in den vergangenen fünfzehn Jahren nichts geändert. Dafür musste sie ihn hassen. Sie hatte gar keine Wahl.

Maria war schon lange alt genug. Er hätte mit ihr reden müssen. Schließlich war es ihr Leben und er hatte nicht das Recht, einen Teil ihrer Vergangenheit unter Verschluss zu halten. Dass er es nicht getan hatte, rächte sich nun. Egal was im Detail passiert war, hätte er ein anderes Verhältnis zu seiner Tochter, wäre das alles nicht geschehen, davon war er überzeugt.

Wenn jemanden die Schuld traf, dann ihn.

Lenzer ließ Hansen los und schob die Waffe langsam zurück ins Holster.

In diesem Moment riss ein Soldat seines Stabes die Bürotür auf.

»Herr Reichsmarschall«, sagte er aufgeregt. »Schalten Sie den Fernseher ein.«

Dem Mann stand der Schrecken im Gesicht. Ohne auf eine Reaktion von Lenzer zu warten, lief er zu dessen Schreibtisch, nahm die Fernbedienung und schaltete den großen Monitor ein, der an einer Wand hing.

Das Bild flammte auf.

Lenzer erkannte Richard, der hinter einem Pult stand. Das Pult befand sich auf einem provisorisch errichteten Podest, das vor einem durch Scheinwerfer angeleuchteten Haus aufgebaut war. Es war die Villa seines Cousins.

Am unteren Bildrand zeigte eine eingeblendete Schrift, dass es sich um eine Direktschaltung handelte.

Neben und hinter Richard standen einige bekannte Persönlichkeiten.

Da war Karl von Steinhaus, der Innenminister. Wolfgang Maler, Generalfeldmarschall und Chef des Oberkommandos der Wehrmacht. Fritz Backer, Justizminister. Sowie andere Männer in Polizei- und Militäruniformen, die Lenzer nicht kannte. Und da war der Mann, den er auf dem Bild gesehen hatte, welches der Professor ihm gegeben hatte.

Er stand zu Richards Rechten. Das Foto stammte aus dem Jahr 1971. Jetzt schrieben sie das Jahr 1996. Der Mann sah nur unwesentlich älter aus als auf dem Foto. Das war unmöglich. Und was hatte er mit Richard zu tun?

Auf dem Pult, hinter dem Richard stand, war ein Adler zu sehen, der in seinen Klauen ein goldenes Hakenkreuz trug. Über dem Adler waren Wörter im Halbkreis angeordnet: »Der Reichskanzler des Deutschen Volkes.«

Die Insignien des Reichskanzlers.

Was war hier los?

Die Rede begann.

»Der Reichskanzler ist tot.« Richard machte eine kurze Pause und ließ die Worte wirken. »Als sich unser aller Kanzler auf dem Weg zu seiner Residenz in Tirol befand, wurde er Opfer eines feigen Anschlags. Heute um zwanzig Uhr dreißig, zehn Minuten nachdem die Kanzlermaschine den Flughafen Berlin verlassen hatte, explodierte ein Sprengsatz an Bord. Die Maschine stürzte ab. Nach derzeitigem Stand gibt es keine Überlebenden.« Nach einer theatralisch wirkenden Pause redete er weiter: »Durch Herrn Innenminister und Vizekanzler von Steinhaus, wurde der Notstand ausgerufen. In einer telefonischen Sitzung des geheimen Staatsrates wurde beschlossen, dass Herr von Steinhaus sein Amt als Innenminister in dieser schweren Stunde nicht ruhen lassen darf. Daher fasste der geheime Staatsrat den einstimmigen Beschluss, dass ich, Richard Kleist, als Interimsreichskanzler bis auf Weiteres die Amtsgeschäfte des Reichskanzlers übernehmen werde.«

Lenzer nahm einen Stuhl und setzte sich.

Wertheim war tot. Was für eine katastrophale Nachricht.

Richard hatte es offensichtlich über die Jahre geschafft, die richtigen Leute an sich zu binden. Dass er als Interimskanzler eingesetzt worden war, zeigte das deutlich.

Die Rede war noch nicht beendet.

»Die gute Nachricht ist, dass wir wissen, wer hinter diesem feigen Anschlag steckt. Der amerikanische Feind hat es geschafft, hochrangige Persönlichkeiten zum Verrat am eigenen Volk zu bewegen. So schlimm der angerichtete Schaden ist, sollten Sie wissen, dass deren Plan gescheitert ist. Das deutsche Volk steht zusammen.«

Das war eine Überraschung. Wertheim hatte sich vor einem Staatsstreich gefürchtet. Dass er einem Attentat zum Opfer fiel, war insofern keine wirkliche Überraschung. Aber dass die Amerikaner dahinterstecken sollten, schon.

Es fragte sich, welches Ziel sie damit verfolgten. Ein liberaler Kanzler wie Wertheim sollte in ihrem Interesse sein. Die Amerikaner scheuten den Krieg und hatten ihn jetzt selbst durch ein dilettantisch ausgeführtes Attentat vom Zaun gebrochen?

Richard redete weiter: »Ein Angriff auf das Deutsche Reich kann nur mit einem Gegenangriff beantwortet werden«, sagte er. »Der amerikanische Botschafter wurde einbestellt. Vor wenigen Minuten erhielt er eine offizielle Kriegserklärung. Lange haben wir uns um eine friedliche Koexistenz mit den Amerikanern bemüht. Bemühungen, die unser Reichskanzler nun mit seinem Leben bezahlt hat. Ein letztes Mal müssen wir zu den Waffen greifen, um unsere Kultur und unsere Werte zu verteidigen.« Richard sah mit strengem Blick in die Kamera. »Nun, Volk, steh auf, und Sturm, brich los!«

Den Satz kannte Lenzer. Vielleicht hatte er sie bei einer alten Rede von Goebbels gehört.

»Die haben aber ein gewaltiges Tempo vorgelegt«, sagte Hansen. »Der Anschlag auf den Reichskanzler ist keine drei Stunden her. Und schon wurde ein Interimskanzler eingesetzt und alle wichtigen Größen stehen bereit für eine Fernsehansprache. Und nebenbei hat man noch die Zeit gefunden, den amerikanischen Botschafter für eine Kriegserklärung einzubestellen.«

Hansen hatte recht. Das alles hatte den Anschein, als wäre es vorbereitet worden.

Hansen sah zur Tür. »Was ist das für ein Krach?«

Lenzer stand auf, ging zur Tür und öffnete sie.

Der Gang war erfüllt vom Geräusch klingelnder Telefone. Es schien, als hätten sich Unbekannte abgesprochen, um zeitgleich jeden verfügbaren Apparat in den Büros seiner Stabmitarbeiter anzurufen.

Ein Scharführer kam aus dem Großraumbüro, das als Zentrale diente, gesprungen und rannte in ihre Richtung.

Als er Lenzer und Hansen bemerkte, verlangsamte er sein Tempo.

»Herr Reichsmarschall. Sie müssen bitte sofort kommen. Hier ist die Hölle los.«

Lenzer und Hansen folgten ihm.

In der Zentrale war der Ausnahmezustand ausgebrochen. Jeder der

Soldaten hing an einem Telefon, während weitere um ihn herum klingelten.

Ein Sturmführer, der die Nachtschicht des Stabes leitete, trat auf Lenzer zu. »Das Fernschreiben kam soeben rein«, sagte der Offizier mit belegter Stimme. Er sah mitgenommen aus.

Lenzer nahm das Fernschreiben entgegen.

Es ergeht folgende Weisung.

Der amtierende Reichsmarschall Max Lenzer wird mit sofortiger Wirkung von allen Ämtern enthoben.

Hiermit wird angeordnet, dass Herr Max Lenzer sowie seine Tochter Fräulein Maria Lenzer wegen gemeinschaftlich begangenen Hochverrats am Deutschen Volk in Gewahrsam zu nehmen sind.

Weiterhin ergeht hiermit die Weisung für alle Verbände der SS, bis auf Widerruf und ab sofort ausschließlich Befehle und Anweisungen aus dem Reichskanzleramt entgegenzunehmen. Befehle und Anweisungen des Führungshauptamtes der SS sind als nichtig anzusehen und zu ignorieren.

Jeder, der sich dieser Weisung widersetzt oder die Gesuchten dabei unterstützt, sich dem Zugriff zu entziehen, hat sich wegen Beihilfe zum Hochverrat zu verantworten.

Gez.

Richard Kleist

Interimskanzler des Deutschen Reichs

Er reichte Hansen das Fernschreiben.

Erstaunlich, wie wenig ihn der Inhalt überraschte.

Vermutlich hatte er es unbewusst bereits geahnt.

Lenzer versuchte, sich an das Telefonat zu erinnern, dass er kurz vor der Explosion mit Richard geführt hatte. Mittlerweile war er überzeugt, dass dieses Gespräch tatsächlich stattgefunden hatte und nicht seiner Einbildung entsprang.

Richard hatte betrunken gewirkt. Davon war in der Rede nicht mehr viel zu spüren gewesen. Sein Cousin hatte etwas über ein Opfer gesagt. Waren er und Maria damit gemeint?

Es sah so aus.

»Was ist hier los?«, fragte Hansen, nachdem er das Fernschreiben gelesen hatte.

»Das alles verdankt ihr diesem Lux Träger.«

Lenzer drehte sich um und sah die Frau an, die gesprochen hatte. Das musste die Frau sein, die Hansen aus der geheimen Außenstelle des RSHA befreit hatte. Er hatte sie bisher überhaupt nicht wahrgenommen.

Die Frau saß auf einem Stuhl in einer Ecke.

In ihren Händen hielt sie einen Pappbecher. Ihre Augen schienen ins Nichts zu starren.

»Wer ist Lux Träger?«, fragte Lenzer.

»Der Mann, der während der Ansprache des neuen Reichskanzlers neben ihm stand. Der Kerl mit der Narbe im Gesicht.«

Jetzt war Lenzers Interesse geweckt. »Woher kennen Sie den Mann?«

»Er hat mich verhört. Ein böser Mensch.«

»Hat er Sie in dem Gebäude verhört, wo unsere Männer Sie befreit haben?«

»Ja.«

»Wann war das?«

»Ich weiß nicht, ich hab das Gefühl für die Zeit verloren.«

»Waren es Stunden oder Tage?«

»Stunden.«

Träger war der Mann auf dem Foto, das er von Degenhard erhalten hatte. Der angeblich bei Stalingrad gefallene Gefreite Böhmer. Der Mann hatte Kontakte zu seinem Onkel gehabt. Und aktuell zu Richard. Wie es aussah, gehörte Träger zum Reichssicherheitshauptamt. Er hatte sich in etwa zur gleichen Zeit in der Außenstelle aufgehalten wie Maria. Das konnte kein Zufall sein. Träger war für Marias Entführung verantwortlich.

Leider war er nicht mehr anwesend gewesen, als Hansen das Objekt hatte stürmen lassen.

Richard und Träger steckten hinter dem Attentat auf Wertheim. Richard hatte niemals auf Wertheims Seite gestanden. Er hatte den Kanzler getäuscht. Ein doppeltes Spiel mit ihm getrieben.

Die Allianz, die er geschmiedet hatte, hatte ihm die Position des

Interimskanzlers eingebracht. Nun versuchte er, die Macht mit allen Mitteln zu halten.

Als Erstes hatte er den Amerikanern den Krieg erklärt. Damit wurde er zum Kriegskanzler. Ein Kanzler, der die Nation in den Krieg führte, war nahezu unantastbar.

Für einen Anschlag, den man selbst durchgeführt hatte, half es, einen Schuldigen präsentieren zu können. Da die Amerikaner vermutlich mit dem Anschlag nichts zu tun hatten, war er dieser Schuldige. Im Gegensatz zu unsichtbaren Spionen konnte man ihn vor ein Tribunal zerren. Bestimmt gab es für die Anschuldigungen fingierte Beweise. Wenn die nicht ausreichten, würde er im Gefängnis Selbstmord begehen. Das kam vor.

Für Richard war es von Nachteil, dass er sein Cousin war. Einen Attentäter in der Familie zu haben, war keine gute Sache, wenn man nach der Macht strebte. Dieses Manko wollte er dadurch ausgleichen, dass er derjenige sein würde, der den Täter entlarvt und gestellt hatte.

Und noch einen Vorteil sah Lenzer für Richard. Sein Cousin hatte es ganz nebenbei geschafft, das Oberkommando der SS zu übernehmen. Das würde seine Stellung zusätzlich stärken.

Lenzer erklärte Hansen seine Vermutung.

Die Frau, die Hansens Männer befreit hatten, hörte bereits nicht mehr zu. Sie schien wieder völlig in sich gekehrt.

Hansen nahm seinen Vortrag schweigend zur Kenntnis.

Was sollte der Mann auch sagen?

Ein Stabssoldat meldete sich lautstark zu Wort. »Soeben erhalte ich Nachricht, dass Fremdkräfte versuchen, in die Villa Rosenburg einzudringen. Es ist zu einem Feuergefecht mit der Wachmannschaft gekommen.«

Lenzer nickte. »Sie wollen mich holen. Die Hexenjagd hat begonnen.«

»Ich habe neue Fernschreiben.« Der Sturmführer, der den Stab in der Nachtschicht befehligte, reichte Lenzer einige Blätter. »Die sind gerade hereingekommen.«

Er nahm die ausgedruckten Fernschreiben entgegen und überflog sie.

»Was ist das?«, fragte Hansen.

»Die Ratten verlassen das sinkende Schiff. So ziemlich jeder Obergruppen- und Gruppenführer erklärt, dass er meine Befehlsgewalt nicht mehr anerkennt, und fordert seine ihm unterstellten Verbände auf, keine Weisungen aus dem FHA entgegenzunehmen.«

»So schnell sind die?«, fragte Hansen erstaunt.

»In solchen Zeiten muss man schnell handeln. Nur wer vom ersten Augenblick an auf der Seite der Umstürzler steht, hat eine Chance, im Amt zu bleiben. Da darf man keine Sekunde zögern.«

»Feige Verräter«, zischte Hansen. Er zog ein nachdenkliches Gesicht. »Herr Reichsmarschall, bitte entschuldigen Sie mich für einen Moment.«

Lenzer nickte Hansen zu und sah ihm nach, als er den Raum verließ.

Im Prinzip war das Verhalten der Generalität verständlich.

Er besaß keine Reputation. Warum sollte sich jemand auf seine Seite schlagen? Wenn er der Sohn von Panzergeneral Guderian wäre oder sein Name Rommel lauten würde, sähe die Sache womöglich anders aus. Bei Volkshelden musste sich auch die neue Regierung gut überlegen, wie sie mit ihnen umsprang.

Aber leider konnte Lenzer nicht auf berühmte Verwandte und Kriegshelden verweisen.

»In der Lobby sind Schüsse gefallen!«, rief einer der Stabssoldaten.

Das war nur eine Frage der Zeit gewesen. Wenn sie versuchten, die Villa Rosenburg unter Kontrolle zu bringen, würden sie vor dem FHA nicht zurückschrecken. Vielleicht hatten sie auch aus dem Krankenhaus erfahren, dass er zum Führungshauptamt geflogen war.

»Fahrstühle deaktivieren und Feuertüren auslösen!«, bellte der Sturmführer in den Raum.

Das würde wenig bringen. Vermutlich landete jeden Moment ein Helikopter auf dem Dach. Von oben war der Weg zu ihnen wesentlich kürzer. Eigentlich sollte so ein Angriff zeitgleich erfolgen. Aber bei einem Staatsstreich lief nie alles glatt. Dazu war das allgemeine Durcheinander zu groß.

»Wir müssen den Zugang vom Hubschrauberlandeplatz unter Kontrolle bringen«, rief der Sturmführer und meinte damit die Soldaten in Zivil, die Hansen mitgebracht hatte.

»Was ist mit der Frau?«

»Irrelevant. Sichert den Zugang.«

Die Männer setzten sich in Bewegung.

Ihre Zeit lief ab.

Man musste wissen, wann man verloren hatte. Und verloren hatte er. Daran gab es nichts zu rütteln. Maria war tot. Nichts, was er tat, würde das ändern.

Letztlich blieben ihm zwei Möglichkeiten. Entweder ließ er sich gefangen nehmen und erduldete einen Schauprozess, oder er wählte den Suizid.

Lenzer ging in sein Büro.

Eine Weile betrachtete er das Foto von Maria, das auf seinem Schreibtisch stand.

Dann stellte er sich gerade hin, ordnete seine Uniform, zog die Pistole aus dem Holster, hob den Arm und setzte die Mündung an die Schläfe.

In dieser Sekunde platzte Hansen in sein Büro.

»Tun Sie das nicht!«

Lenzer senkte den Arm mit der Waffe.

»Ich würde es begrüßen, wenn Sie mich für einen Moment alleine ließen.«

»Jeden Moment wird ein Hubschrauber landen, der uns hier wegbringen wird.«

»Was für ein Hubschrauber?«

»Ein Rettungshubschrauber aus dem Lazarettkrankenhaus in der Max-Amann-Garnison. Ich konnte Frau Doktor Bauer telefonisch erreichen und sie davon überzeugen, zu einem dringenden medizinischen Notfall ins Führungshauptamt zu kommen. Befehle aus dem FHA sollen zwar ignoriert werden, aber ich bin mit Doktor Bauer übereingekommen, dass ein medizinischer Notfall kein Befehl ist.«

»Sie kommt selbst?«

»Ja. Sie hat darauf bestanden. Jeden Moment muss sie eintreffen.«

Die Frau Doktor noch einmal zu sehen, wäre allerdings etwas Schönes. Er steckte die Pistole zurück in das Holster.

Dann schüttelte er resigniert den Kopf.

»Und wo wollen wir hin? Sollen wir uns im Thüringer Wald verstecken? Oder zu den Amerikanern überlaufen? Nein, an beidem habe ich kein Interesse.«

»Wie wäre es mit Rache? Haben Sie daran Interesse?«

»Machen Sie sich nicht über mich lustig«, schrie Lenzer wütend und ballte die Hände zu Fäusten »Natürlich will ich das. Aber wie soll ich Rache nehmen, wenn ich mich in ein Loch verkriechen muss?«

»Wir müssen hier weg. Ich erkläre es Ihnen unterwegs.«

»Nein, ich habe meinen Weg gewählt.«

Hansen wurde wütend. »Ich bin hier. Ich habe Sie nicht im Stich gelassen und werde es auch nicht tun. Wenn es sein muss, gehe ich zusammen mit Ihnen in den Tod. Aber noch muss es nicht sein. Ich kenne einen Weg, wie Sie sich rächen können. Das schwöre ich. Allerdings ist das jetzt nicht der richtige Zeitpunkt, für lange Erklärungen. Und jetzt reißen Sie sich zusammen, Mann.«

Um nicht auf dem Radar der Flugsicherung zu erscheinen, flog der Hubschrauber in nur achtzig Meter Höhe in Richtung Westen. Das Stadtgebiet von Berlin hatten sie vor einigen Minuten hinter sich gelassen.

Außer Hansen und Lenzer befanden sich neben dem Piloten und Kopiloten noch Wiebke Raabe und Doktor Bauer an Bord.

Hansen hatte darauf bestanden, Raabe mitzunehmen. Lenzer verstand den Grund zwar nicht, hatte aber nichts dagegen einzuwenden. Vielleicht dachte er, dass sie weitere Informationen besaß, die sich als nützlich erweisen konnten.

Doktor Bauer hatte selbst darauf bestanden, mitzukommen.

»Sie haben behauptet, dass meine Anwesenheit Ihren Genesungsprozess unterstützt«, hatte sie gesagt. »Außerdem werde ich eine Menge Probleme bekommen, wenn ich ins Krankenhaus zurückkehre. Das hat keine Eile.«

Lenzer hatte ihr erklärt, in was für Schwierigkeiten er steckte. Aber davon ließ sie sich nicht abschrecken.

»Ich habe ein gutes Gespür für Menschen. Sie sind unschuldig.«

Damit war es beschlossen.

Hansen hatte die Piloten angewiesen, in Richtung Köln zu fliegen. Die zeigten sich von der Idee nicht begeistert, beugten sich aber seiner vorgehaltenen Pistole.

Der Hauptsturmführer hatte ihm im Büro eine Ansprache gehalten, die ihre Wirkung nicht verfehlt hatte. Seine unverschämte Art hatte ihn wachgerüttelt.

Nun war der Moment gekommen, um Klartext zu reden.

»Es wird Zeit für eine Erklärung«, sagte Lenzer.

Hansen nickte.

»Das, was ich Ihnen erzählen werde, ist nicht einfach zu verstehen. Ich bitte Sie, mir trotzdem zuzuhören.«

»Das werde ich. Sprechen Sie.«

»Seit mehr als sechzig Jahren wird das Reich von einer Macht kontrolliert, deren Ziel es ist, die Welt zu zerstören. Hitler war ein Sklave dieser Macht und nun ist es Richard Kleist.«

Lenzer verspürte den spontanen Wunsch, Hansen für diesen Unfug eine zu scheuern. Aber er hatte ihm zugesagt, zuzuhören. Das würde er tun und ihm danach eine scheuern.

»Was für eine Macht soll das sein?«

»Sie haben doch mit Professor Degenhard gesprochen. Dann wird er ihnen etwas über das Atomprogramm erzählt haben.«

»Das hat er.«

»Dann wissen Sie, dass es für Deutschland zu der damaligen Zeit unmöglich gewesen war, die Atombombe zu bauen. Die Macht, von der ich spreche, hat dafür gesorgt, dass die Bombe gebaut werden konnte. Sie hat das Unmögliche möglich gemacht.«

»Und Sie wissen, wie diese Macht aufzuhalten ist.«

Lenzer war von sich selbst verblüfft, wie ruhig er blieb.

Hansen nickte. »Mithilfe des Artefakts, das sich in Köln befindet.«

»Sie gehören zum Gladius Dei«, stellte Raabe fest.

»Ja«, sagte Hansen.

Artefakt? Gladius Dei? Was erzählten die da?

Bevor Lenzer sich über diesen ganzen Quatsch aufregen konnte, wandte sich Raabe an ihn.

»Träger hat mir gesagt, dass er etwas in Köln gesucht hat. Und zwar unter der Erde. Er hat behauptet, dass er den Kölner Dom zerstört hat, weil er dachte, dass sich das, was er sucht, unter dem Dom befindet. Vielleicht hat er damit dieses Artefakt gemeint. Jedenfalls hat er Angst davor. Sie sollten also besser zuhören. Auch wenn es seltsam klingt.«

»Ich bemühe mich bereits aufs Äußerste«, brummte Lenzer. »Also, was hat es mit diesem Artefakt auf sich?«

Hansen sah plötzlich traurig aus. »Das kann ich Ihnen nicht mit Bestimmtheit sagen. Wir wissen nicht, was es ist. Aber ich werde Ihnen sagen, was ich weiß. Kennen Sie sich mit der Geschichte des Römischen Reichs aus?«

»Nicht wirklich.«

»Mit dem Untergang des Römischen Reichs in der Spätantike ging ein gewaltiger Bücherverlust einher. Von der Zeit vor dreihundertfünfzig nach Christus ist kein einziges Originalwerk erhalten. Bei allem was wir an Büchern und Schriften aus dieser Zeit kennen, handelt es sich um Abschriften. Und auch diese sind selten. Von Millionen Texten, die es im Römischen Reich gegeben haben muss, sind uns nur einige Tausend bekannt. Als zu Beginn der Achtzigerjahre der Vatikan evakuiert wurde und der Papst nach Amerika ins Exil ging, trug man dafür Sorge, dass der gesamte Bestand der Vatikanischen Apostolischen Bibliothek mit verschifft wurde. Bei dieser Aktion entdeckte man eine Schrift, die sich mit dem Artefakt beschäftigt. Es handelt sich um eine später gefertigte Zusammenfassung mehrerer anderer Texte, die ein Ereignis aus dem ersten Jahrhundert nach Christus beschreiben.«

In den nächsten Minuten hörte Lenzer den Ausführungen von Hansen zu.

Im Jahr achtundvierzig erließ der römische Kaiser Claudius ein Edikt, das Juden und Christen aus Rom verbannte. Er drohte ihnen mit folgenden Worten: »Wenn Sie meinen Anordnungen nicht folgen, werde ich Sie mit allen Mitteln verfolgen, als Leute, die eine Seuche einschleppen, die sich über die ganze Welt verbreitet.«

Die Gattin des Kaisers, Agrippina die Jüngere, ahnte, dass sich vor allem die Christen in Zukunft als ernste Bedrohung für das Imperium erweisen würden. Sie beschwor den Kaiser, dass es ihre Pflicht sei, den *Götterstein* in Sicherheit zu bringen und dies besser jetzt, als zu warten, bis es zu spät sei. Sie befürchtete, dass die Juden und Christen um die Bedeutung des Heiligtums wussten. Hansen erklärte, dass es sich bei dem *Götterstein* um das Artefakt handelte. Über das Artefakt selbst wurde in der Schrift gesagt, dass es die Macht hätte, ein Reich zu formen oder es zu vernichten. Ob das Artefakt wirklich ein Stein war, wie der Name vermuten ließ, blieb unklar. Es wurde angedeutet, dass das Römische Reich seinen Aufstieg dem Artefakt verdankte und es wurde weiterhin gemutmaßt, dass es sich womöglich in früheren Jahrhunderten im Besitz der Ägypter befunden hatte.

Agrippina überzeugte ihren Mann und schaffte das Artefakt in ihren Geburtsort Oppidum Ubiorum, dem heutigen Köln, der daraufhin zur Colonia erhoben wurde. Damit besaßen ihre Einwohner nun die römischen Bürgerrechte.

In der Stadt wurden zwei Legionen stationiert. Die Legio I Germania und die Legio XX Valeria Victrix. Außerdem ordnete man den Bau einer acht Meter hohen Stadtmauer an.

Weit weg von allen Christen und Juden war das Artefakt in Sicherheit gebracht worden.

Auch das Versteck gab die Schrift preis. Angeblich sei das Artefakt unter *dem gewaltigen Haus des großen Einen* vergraben. Träger hatte wohl fälschlicherweise angenommen, dass damit der Dom beschrieben wäre. Das Problem von Träger bestand vermutlich darin, dass er nur über eine viel jüngere Quelle verfügte. Da lag es nahe, dass es sich bei dem beschriebenen Bauwerk um den Dom handeln musste. Die Schrift, auf die Hansen sich bezog, wurde aber im achten Jahrhundert verfasst. Da gab es noch lange keinen Dom.

Es stellte sich heraus, dass mit *dem gewaltigen Haus des großen Einen* der Jupitertempel gemeint war.

An der Stelle, an der dieser Tempel in römischer Zeit stand, befand sich heute die Kirche St. Maria.

Die Kirche St. Maria wurde vom Staat unter dinglichen Arrest gestellt, allerdings nicht zerstört. Man ging davon aus, dass sich das Artefakt in einer unterirdischen Kammer unter der Kirche befand. Es musste ein Haus in der Nähe gekauft werden, um von dessen Keller aus einen Stollen zu graben, der bis zur St. Maria Kirche reichen sollte. Ein geeignetes Objekt zu finden und so zu erwerben, dass niemand Verdacht schöpfte, war alles andere als trivial. Aber es gelang. Allerdings waren damit noch lange nicht alle Probleme gelöst. Die genaue Position der Kammer war unbekannt. Um die Position zu ermitteln, grub man zunächst einen Stollen, der kurz vor der Kirche endete. Dann versuchte man, mittels eines Georadars die Kammer zu lokalisieren. Der erste Versuch scheiterte. Man stieß tatsächlich auf eine Art Kammer, aber das Artefakt befand sich nicht dort. Vermutlich war man in den Resten der römischen Kanalisation gelandet.

»Aber ich nehme an, dass sie am Ende Erfolg hatten«, sagte Lenzer.

»Davon gehe ich aus. Zumindest wurden die Koordinaten des Tunneleingangs übermittelt. Dies sollte nur geschehen, wenn das Artefakt gefunden wird.«

»Angenommen, ich glaube die Geschichte. Was hat das mit mir zu tun?«

»Sie sind derjenige, der zum Artefakt gebracht werden muss.«

»Wieso ich?«

»Hat Degenhard Ihnen erzählt, dass Ihr Onkel kurz vor seinem Tod Besuch von einem Priester hatte?«

»Das hat er.«

»Dieser Priester war mein Großvater. Ihr Onkel hat gegenüber meinem Großvater eine Beichte abgelegt. Daher wussten wir, dass Ihr Cousin Richard Kleist in die Fänge der dunklen Macht geraten ist. Wenn Sie als sein Blutsverwandter das Artefakt aufsuchen, bietet es die größten Chancen.«

Woher wollte Hansen das wissen?

Stand das auf dem Beipackzettel?

Was sollte er von einer solchen Geschichte halten? Er war kein Freund von Hokuspokus-Märchen. Auf der anderen Seite schienen eine Menge Menschen fest daran zu glauben. Über Jahre hatten sie mit beträchtlichem Aufwand nach der Kammer gesucht. Hansen glaubte ebenfalls daran. Und er war kein Idiot. Jedenfalls hatte Lenzer das bis vor Kurzem geglaubt.

Das Interessanteste war, dass Lux Träger von dem Artefakt besessen schien. Schließlich hatte er angeblich extra einen Dom zerstören lassen, um dafür zu sorgen, dass es niemandem in die Hände viel. Insofern diese Geschichte stimmte.

Konnten die alle verrückt sein?

»Lichtträger«, sagte Raabe, scheinbar unmotiviert.

Alle sahen sie an.

»Was meinen Sie damit?«, fragte Lenzer.

»Vor langer Zeit hat mir jemand von Lux Träger erzählt. Der, der das Licht trägt. So hatte er sich damals den Namen gemerkt. Der, der das Licht trägt. Ich hatte immer das Gefühl, dass mir das etwas sagen sollte. Jetzt ist mir plötzlich der Begriff Lichtträger in den Sinn gekommen.«

»Die Römer nannten die Venus den Lichtträger«, sagte Doktor Bauer, die bis dahin geschwiegen hatte. »*Lux* für Licht und *ferre* für tragen oder bringen. Im Mittelalter bekam das Wort eine andere Bedeutung.«

»Was für ein Wort?«, fragte Lenzer.

»Luzifer.«

Es war still im Hubschrauber geworden.

War Lux Träger der Teufel? Sicher nicht, aber eine schillernde Persönlichkeit allemal. Ein Gefreiter, der in Stalingrad gefallen war, eine neue Identität erhalten hatte und praktisch nicht zu altern schien. Das war gelinde gesagt ungewöhnlich.

Nicht zu vergessen, die Geschichte mit der Atombombe, die es nicht geben durfte.

Das klang alles nach verrückten Unfug.

Aber so klein die Chance auch war, wenn das Artefakt wirklich existierte und es sich dabei um eine Art Waffe handelte, mit der er Richard und Träger ausschalten konnte, dann war es jede Mühe wert.

»Ich gehe mit Ihnen«, sagte er zu Hansen. »Wenn dort nichts ist, habe ich immerhin einen Platz gefunden, an dem ich mich verkriechen kann.«

Hansen lächelte. »Ich danke Ihnen.«

»Noch besteht dazu kein Anlass.«

Nach drei Stunden erreichten sie das Stadtgebiet von Köln.

Ihr Flug näherte sich seinem Ende.

Während der letzten halben Stunde hatte Raabe ihre Geschichte erzählt.

Wie sie durch einen Zufall auf Lenzers gefälschtes Ehrversprechen gestoßen war und am Ende ihrer Reise von Trägers Leuten fast gehängt worden wäre, und dass sie vermutlich den Mann kannte, der den Tunnel zum Artefakt gegraben hatte. Es handelte sich um den Vater eines nunmehr verstorbenen Jugendfreundes. Sie erzählte auch, wie sie an die Koordinaten gelangt war.

Ohne Raabes Odyssee hätte Hansen niemals die Koordinaten des Tunneleingangs bekommen.

Es war unglaublich, welche Zufälle hier im Spiel gewesen waren.

Maria war tot.

Lenzer erschrak darüber, dass er in den letzten Stunden nicht an sie gedacht hatte. Es war besser, wenn es dabei so lange wie möglich blieb. Ein weiterer Grund, Hansen zu folgen. Es lenkte ihn ab.

»Wo müssen wir genau hin?«, fragte Lenzer.

»Der Zugang zum Tunnel befindet sich in der Kupfergasse achtzehn. Ich habe den Schlüssel für das Haus«, antwortete Hansen.

»Wieso haben Sie einen Schlüssel zu dem Haus? Sie haben die Koordinaten doch erst durch Fräulein Raabe erhalten.«

»Es gibt mehrere Personen, die einen Schlüssel besitzen. Allerdings kennt niemand von ihnen den Standort des Hauses. Ich bis vor Kurzem auch nicht. Jetzt kenne ich ihn.«

»Sie reden ständig von wir.«

»Ich habe es doch bereits gesagt«, mischte sich Raabe ein. »Er gehört zum Gladius Dei.«

Stimmt. Lenzer erinnerte sich.

»Was ist das Gladius Dei?«, fragte er.

»Das sind christliche Terroristen. Das Schwert Gottes. Sie sollen Anfang der Achtzigerjahre in Köln einen schweren Sprengstoffanschlag begangen haben«, sagte Raabe.

»Das stimmt nicht«, widersprach Hansen. »Das ist eine infame Lüge. Der Anschlag wurde durch die Gestapo verübt und anschließend dem Gladius Dei untergeschoben. Man hat es als Vorwand genutzt, um gegen die Kirchen vorzugehen.«

»Sie sind ein christlicher Terrorist?«, fragte Lenzer erstaunt.

»Nennen Sie es, wie Sie es wollen.«

»Glauben Sie, dass das Artefakt Gottes Werk ist?«

»Ich weiß nicht, wessen Werk es ist. Ich weiß nur, dass es die Möglichkeit besitzt, Dinge zu ändern.«

»Wie?«

»Das werden Sie bald wissen.«

Hansen stand von seinem Sitz auf und ging zum Cockpit, um mit dem Piloten zu sprechen.

Als er zurückkam, sagte er: »Wir landen auf dem alten Urbacher Friedhof. Von dort sind es nur einige hundert Meter bis in die Kupfergasse. Bis jemand begriffen hat, was los ist, sind wir im Haus.«

Lenzer sah Doktor Bauer an.

Die arme Frau musste denken, dass sie mit einem Haufen Wahnsinniger unterwegs war.

»Es tut mir leid. Ich hätte verhindern müssen, dass Sie uns begleiten«, sagte er zu ihr.

»Es war meine eigene Entscheidung.«

»Warum wollten Sie mitkommen?«

»Weil ich glaube, dass man Ihnen unrecht tut. So etwas kann ich nicht leiden. Außerdem«, sie zögerte kurz, »außerdem finde ich Sie sympathisch. Ich treffe selten Menschen, die ich sympathisch finde.«

Ihre Worte fühlten sich gut an.

»Sie müssen denken, dass wir alle verrückt sind. Vielleicht stimmt das sogar.«

»Ehrlich gesagt, ist mir der Gedanke gekommen.«

»Sie haben sich mit Ihrer Aktion eine Menge Ärger eingehandelt.«

»Ich werde damit zurechtkommen. Herr Hansen hat mich mit einem vorgetäuschten medizinischen Notfall zum FHA gelockt und mich dann gegen meinen Willen mit auf diesen Flug genommen. So war es doch Herr Hansen?«

»Selbstverständlich«, sagte Hansen.

»Was ist mit den Piloten?«, fragte Lenzer.

»Sie werden aussagen, dass ich sie gezwungen habe, nach Köln zu fliegen«, sagte Hansen. »Von dem was wir hier hinten geredet haben, haben sie nichts mitbekommen.«

Minuten später schwebten sie fünfzig Meter über dem Friedhof.

»Sehen Sie?«, fragte Hansen. Er zeigte mit dem Finger in eine Richtung. »Dort ist die Kupfergasse. Kaum zweihundert Meter von unserem Landeort entfernt.«

Lenzer nickte und schloss die Augen.

Ihm war übel und in seinem Kopf fing ein kleiner Zwerg an, von innen mit einem Hammer gegen seinen Schädel zu schlagen. Außerdem fühlte er plötzlich eine bleierne Müdigkeit in den Knochen.

Das Pervitin und das Morphium verloren ihre Wirkung.

»Es geht Ihnen schlechter«, stellte Doktor Bauer fest.

Lenzer nickte.

»Soll ich ...«

Plötzlich wurde das Innere des Hubschraubers in ein gleißendes Licht getaucht.

Suchscheinwerfer.

Eine Maschinenkanone ratterte.

Der Pilot lehnte sich nach vorne, als wollte er sich die Schuhe binden.

In die Cockpitscheibe waren ein halbes Dutzend Löcher gestanzt worden.

Die Maschine begann, sich um die eigene Achse zu drehen. Erst langsam, dann immer schneller, bis sie alle von der Zentrifugalkraft an die Bordwand gedrückt wurden.

Der Heckrotor war getroffen worden. Die fehlende Stabilisation verwandelte den Hubschrauber in einen Kreisel.

Lenzer spürte, wie seine Organe versuchten, in der Luft zu bleiben, während sein Körper fiel.

Sie stürzten ab.

Das alles ging zu schnell, um Angst zu empfinden.

Der Aufschlag war wie ein dumpfer Glockenschlag.

»Können Sie laufen?«

Lenzer öffnete die Augen und sah einen Grabstein.

Der Aufprall musste ihn aus dem Hubschrauber geschleudert haben.

Hansen beugte sich über ihn.

»Was?«, flüsterte er.

»Können Sie laufen? Wir müssen hier weg. Sofort!«

»Ich weiß nicht. Helfen Sie mir, aufzustehen.«

Hansen griff ihm unter die Arme und versuchte, ihn hochzuziehen.

Lenzer schrie auf.

Sein Bauch brannte wie Feuer.

Er sah an sich hinab.

Einige Zentimeter über seinem rechten Beckenknochen ragte ein Metallteil aus seinem Körper.

»Kommen Sie schon.«

Er schaffte es, sich mit Hansens Hilfe auf die Füße zu stellen.

»Was ist mit den anderen?«, stöhnte er.

»Tot.«

»Alle?«

»Ja.«

»Verfluchte Scheiße.«

Er hätte Doktor Bauer niemals auf diesen Flug mitnehmen dürfen. Um Fräulein Raabe tat es ihm auch leid. Sie hatte bereits genug mitgemacht. Und die Piloten hatten das auch nicht verdient.

Aber für Selbstvorwürfe und Trauer blieb keine Zeit.

Polizeisirenen heulten in der Ferne auf.

»Wir müssen los. Es ist nicht weit. Wir können es schaffen.«

»Sie müssen mich stützen.«

Den Arm um Hansens Schulter gelegt stolperte Lenzer zwischen den Grabsteinen entlang.

Über ihnen kreiste der Hubschrauber, der sie abgeschossen hatte.

Ein Suchscheinwerfer versuchte, sie zu erfassen.

Bis vor wenigen Minuten hatte er bei dieser verrückten Sache ohne echte Überzeugung mitgemacht. Nun, wo ein Stück des Hubschraubers aus seinem Bauch ragte, empfand er plötzlich ein ernstes Verlangen danach, zu dem Artefakt zu gelangen. Es war wie bei einem Todkranken. Die klammerten sich auch an jeden Hoffnungsschimmer. Gleichgültig, wie bescheuert dieser erscheinen mochte.

Sie erreichten eine Straße.

Kurz vor ihrem Absturz hatte Lenzer auf die Uhr gesehen. Es musste gegen fünf Uhr morgens sein. Die Straße war beinah menschenleer.

»Wie haben die uns gefunden?«, keuchte Lenzer.

»Ich habe keine Ahnung. Aber es wird ihnen nichts nutzen. Wir haben es gleich geschafft.«

Die Polizeisirenen wurden lauter.

Die hatten es leider auch gleich geschafft.

Das Laufen bereitete ihm Probleme. Er konnte kaum atmen und die Schmerzen versuchten, ihm die Beine unter dem Körper wegzuziehen.

Für die wenigen Passanten, die ihnen entgegenkamen, musste es aussehen, als würde sich Lenzer nach einer durchzechten Nacht von einem Kumpel nach Hause bringen lassen.

»Wir sind da«, sagte Hansen nach einer gefühlten Ewigkeit.

Genau wie alle Gebäude in der Straße besaß das Haus sechs Stockwerke. Allerdings handelte es sich im Gegensatz zu den anderen Häusern um ein Bürogebäude.

Hansen schloss die Eingangstür auf, während Lenzer sich an der Hauswand abstützte.

Sie betraten das Treppenhaus.

Hansen fand den Lichtschalter.

»Das muss die Tür zum Keller sein.«

Lenzer sah sie, stützte sich mit der Rechten an der Mauer ab und schleppte sich zu der Tür.

Sie war offen. Im Keller brannte Licht.

Als Lenzer anfing, die Kellertreppe hinunterzuhumpeln, hörte er das Quietschen von Autoreifen.

»Gehen Sie zum Artefakt. Ich halte sie auf«, sagte Hansen und schloss die Kellertür von außen.

Eigentlich hätte er Hansen gerne noch etwas gesagt. Aber wegen der Rasierklingen in seinem Bauch, die seine Gedärme zerschnitten, bekam er kein Wort über die Lippen.

Er schaffte es, die Treppe ohne Sturz hinter sich zu lassen.

Der Keller war ein Rechteck. Zwanzig Meter lang und fünfzehn Meter breit.

Überall lagen Werkzeuge und Baumaterialien herum. Vor einer der Wände hing eine große Plane. Als er sie ein Stück zur Seite schob, blickte er in einen Tunnel.

Der Stollen war knappe zwei Meter hoch und breit. Die Wände, der Boden und die Decke waren mit Betonplatten verkleidet. Im Abstand von fünf Metern stützten armdicke Stahlpfeiler die Decke ab. An jeder der Stützen hing eine Lampe. Das Ende des Tunnels war nicht auszumachen.

»Ich glaube es nicht«, presste er hervor.

Er ließ die Plane los und sah sich im Keller um. Im Tunnel brannte Licht, aber es war eine gute Idee, eine Taschenlampe mitzunehmen.

Auf einem kleinen Tisch fand er gleich mehrere. Er nahm eine Lampe, probierte sie aus und betrat den Tunnel.

In diesem Moment knallte es mehrmals.

Hansen kümmerte sich um ihren Besuch.

Lenzer machte sich auf den Weg.

Nach ungefähr fünfzig Metern teilte sich der Tunnel. Eine der beiden Fortsetzungen führte vermutlich in den römischen Keller, von dem Hansen gesprochen hatte. Woher sollte er wissen, welcher Weg der richtige war?

Das Seltsame war, dass er es wusste. Es lag völlig auf der Hand, dass er sich links halten musste. Langsam schleppte er sich weiter und torkelte dabei ständig rechts und links gegen die Tunnelwand.

Wie hatten die nur die ganzen Baumaterialien unbemerkt in das Gebäude geschafft? Und wie waren sie die Erde losgeworden? Das Vorhaben musste logistisch einiges an Planung erfordert haben.

Nach weiteren fünfzig Metern erreichte er das Ende des Tunnels.

Er schaltete die Taschenlampe an und leuchtete in eine Kammer, die kaum größer war als ein kleines Kinderzimmer. Das wirkte nicht gerade beeindruckend.

Die Wände waren mit Fresken verziert. Die Decke war etwas höher als im Tunnel. In der Mitte des Raums stand etwas auf dem Boden.

Er betrat die Kammer.

Der Strahl der Taschenlampe erfasste den Gegenstand auf dem Boden.

Lenzer trat näher heran.

Das war ein Quader, der ihm kaum bis zur Hüfte reichte. Der Götterstein war also ein Stein. Überraschung.

Es machte den Eindruck, als bestände der Quader aus einer Art schwarzen Marmor. Seine Oberfläche wirkte glatt wie ein Spiegel.

Zugegeben. Ein schöner Stein.

Lenzer ließ sich auf die Knie fallen. Die Bewegung löste eine gewaltige Schmerzwelle aus. Er verlor die Kontrolle über seinen Körper, fiel nach vorne und stützte sich mit der Hand an dem Stein ab.

42

DAS GEPLANTE SCHEITERN

Dezember 1942

Es war Nacht.

Durch den Feldstecher beobachtete Major Wilhelm Kleist das künstliche Wetterleuchten am Horizont.

»Ist es näher gekommen?«, fragte Hauptmann Ernst Berger.

Kleist nahm das Fernglas von den Augen und blies sich in die Hände. Die dünnen Lederhandschuhe hatten dem russischen Winter wenig entgegenzusetzen. Heute Morgen hatte das Thermometer minus zwanzig Grad angezeigt.

»Seid mal leise und schließt die Augen«, sagte er.

Neben ihm stand außer Hauptmann Berger noch ein alter Feldwebel in der fast kniehohen Schneewehe. Die Männer schlossen die Augen.

»Hört hin«, flüsterte Kleist. Er hob die Hand wie ein Dirigent. »Ist es lauter als gestern?«

Sie lauschten dem Grummeln, das wie ein weit entferntes Gewitter klang.

»Nein. Das Artilleriefeuer ist genauso weit weg wie gestern und vorgestern«, sagte Berger und wandte sich enttäuscht ab.

»Wie weit ist das?«, wollte der Feldwebel wissen.

»Schwer zu schätzen. Vielleicht fünfzig Kilometer. Auf jeden Fall zu weit.«

Kleist folgte dem Hauptmann und stapfte durch den Schnee zurück zu ihrem Unterstand. Fünfzig Kilometer waren unter den Gegebenheiten weiter entfernt als der Mond. Wenn Kleist es sich hätte aussuchen dürfen, wäre er lieber auf dem Mond. Dort gab es wenigstens keine Russen. Hier hingegen krochen sie zusammen mit der Kälte aus jedem Bodenloch.

Der Befehlsstand von Kleists Bataillon befand sich im Keller einer ausgebombten Kirche. Ein kleiner Holzofen verbreitete halbherzig Wärme. Bei Tageslicht war das Befeuern des Ofens glatter Selbstmord. Obwohl praktisch das gesamte Stadtgebiet von Stalingrad unter Kontrolle der Wehrmacht stand, sickerten jeden Tag russische Scharfschützen und Artilleriebeobachter ein. Denen Rauchzeichen zu geben, war eine schlechte Idee.

Der Befehlsstand war vollgestopft mit Soldaten und schlechter Luft. Die meisten der Männer hatten hier nichts verloren, aber Kleist konnte sie nicht nach draußen jagen. Mit Erfrorenen ließ sich kein Krieg führen.

Der Major setzte sich auf einen für ihn reservierten Holzschemel, der direkt am Ofen stand und zog sich die Stiefel aus. Wie konnten Menschen in einem Land leben, das im Winter zu Eis erstarrte?

Das Gefühl, in Stalingrad zu sterben, wurde für Kleist allmählich zur Gewissheit.

Vor einigen Tagen hatte er kurz Hoffnung geschöpft. Der Führungsstab der 6. Armee hatte die verantwortlichen Offiziere darüber in Kenntnis gesetzt, dass die 4. Panzerarmee unter Generaloberst Hoth auf Stalingrad marschierte, um der eingeschlossenen Armee den Ausbruch aus dem Kessel zu ermöglichen.

Mittlerweile war die Hoffnung dahin. Der russische Widerstand hatte sich bei jedem Meter, den Hoths Panzerarmee Stalingrad näher kam, weiter versteift. Vor drei Tagen kam sein Vormarsch endgültig zum Stillstand.

Seitdem sahen sie am Horizont das Leuchten des Artilleriefeuers. Das würde nicht lange so weitergehen. Früher oder später musste Hoth den Rückzug antreten und damit das Schicksal der 6. Armee besiegeln.

»Herr Major. Sie haben Post bekommen.«

Kleist sah den Soldaten irritiert an. »Was habe ich bekommen?«

»Feldpost. Vorhin ist ein Bote gekommen und hat einen Sack voller Briefe gebracht. Es ist Weihnachten.«

Stimmt. Heute war Heiligabend. Das hatte er vergessen. Kleist nahm den Brief entgegen. Damit hatte er nicht gerechnet. In den letzten Wochen hatte die Luftwaffe alle Ressourcen verwendet, um die Armee wenigstens notdürftig zu versorgen. Für Feldpost war da kein Platz.

Er sah sich den Absender an. Ein Brief von seiner Frau. Sein Herz begann zu klopfen. Hektisch riss er das Kuvert auf, zögerte aber, den Briefbogen herauszunehmen. Vielleicht war sie ausgebombt worden. Oder seine Eltern.

Schließlich gab er sich einen Ruck. Der Briefbogen zitterte in seiner Hand. Hektisch überflog er die Zeilen. Als er fertig war, faltete er den Brief zusammen und steckte ihn in die Innentasche seiner Uniformjacke.

Margarethe war schwanger. Das musste beim letzten Heimaturlaub passiert sein.

Seine Frau bekam ein Kind und er saß zweitausendfünfhundert Kilometer entfernt in einer dreckigen Stadt fest, die nur noch aus lose aufgeschichteten Steinhaufen bestand. Eine Stadt, die Hitler so dringend haben wollte wie ein quengeliges Kind ein Eis. Im Moment hatte er sie. Und jetzt? Sollte er seinetwegen damit glücklich werden.

Er konnte unmöglich hier sterben, während er Vater wurde. Aber wie sollte er das verhindern? Heimaturlaub gab es nicht mehr. Die Zeiten waren vorbei. Mittlerweile wurden selbst Schwerverletzte kaum noch ausgeflogen. Um einen Platz in einem der Flugzeuge zu bekommen, brauchte es Beziehungen, die er nicht hatte.

»Herr Major.«

Kleist sah den jungen Meldegänger an, der sich seinen Weg zu ihm gebahnt hatte.

»Ja.«

»Ich komme mit einem Befehl der Divisionsführung. Sie sollen sich umgehend im HQ einfinden.«

»Jetzt?«

»Jawohl.«

»Danke.«

Der Soldat grüßte und verließ den Unterstand.

Kleist quälte seine verfrorenen Füße in die Stiefel. Ein Wunder, dass er noch keine Zehen verloren hatte. Der Gedanke, in der Dunkelheit eine halbe Stunde durch den Schnee zu stapfen, gefiel ihm nicht.

Anderseits musste der Befehl einen triftigen Grund haben. Vielleicht bestand doch noch Hoffnung.

Er knöpfte seinen Mantel zu und stakste über die auf dem Boden schlafenden Männer hinweg.

Draußen stellte er erleichtert fest, dass es immer noch bewölkt war. Zumindest würde er für die Scharfschützen kein leichtes Ziel abgeben.

»Hallo Wilhelm. Ich freue mich, dass du es geschafft hast«, begrüßte ihn Generalleutnant Wolfgang Bräutigam.

Der Divisionsbefehlsstab war kaum besser untergebracht als sein Bataillon. Die unterirdischen Räumlichkeiten, ein alter Weinkeller, waren lediglich etwas größer und es gab zwei Öfen.

Kleist zog sich den Mantel aus und nickte.

»Was ist so wichtig?«, fragte er.

»Du hast recht. Kommen wir gleich zur Sache. Es wird dir nicht entgangen sein, dass Hoth nicht weiterkommt.« Bräutigam tippte mit seinem Finger auf eine Landkarte, die vor ihm auf dem Tisch lag. »Seine Spitze steckt bei Novyy Rogachik fest. Das sind rund fünfzig Kilometer von hier.«

»Können wir keinen Ausbruchsversuch wagen? Fünfzig Kilometer sind eine Menge. Aber wenn wir es schaffen, uns mit den Spitzen der 4. Panzerarmee zu vereinigen, hätten wir eine Chance.«

»Ich war heute zusammen mit den anderen Divisionsbefehlshabern beim Armeeführungsstab. Genau darüber haben wir diskutiert«, sagte Bräutigam.

»Und das Ergebnis?«

»Wir schaffen es nicht. Für einen Ausbruchsversuch fehlt uns der Diesel. Bei optimaler Verteilung des Kraftstoffs können wir zwanzig Kilometer zurücklegen. Danach ist Feierabend.«

»Fehlen dreißig Kilometer.«

»Das ist zuviel.«

Das war es allerdings. Ohne Panzerunterstützung und schweres Gerät würde der Ausbruchsversuch steckenbleiben. Ein solches Steckenbleiben in der Bewegung bedeutete die sofortige Vernichtung der gesamten Armee.

»Also sind wir erledigt«, stellte Kleist fest.

Die anderen Offiziere im Raum tauschten betroffene Blicke aus.

»Eine Möglichkeit haben wir noch«, sagte Bräutigam.

»Irgendwie beschleicht mich das Gefühl, dass mir der Plan nicht gefallen wird.«

Alle im Raum sahen Kleist an.

Außer Generalleutnant Bräutigam, der den Blickkontakt mit ihm vermied.

»Dass die Armee zwanzig Kilometer zurücklegen kann, ist eine Schätzung, die auf der Annahme beruht, dass die Russen starken Widerstand leisten werden«, sagte Bräutigam.

»Die Annahme ist nicht blöd.«

»Wenn wir eine Möglichkeit finden, den zu erwartenden Widerstand zu verringern, verbraucht ein Ausbruch auch weniger Kraftstoff. Vielleicht schaffen wir dann sogar vierzig Kilometer.«

Das war durchaus möglich. Im Gefecht benötigten Panzer wesentlich mehr Treibstoff. Sie konnten oft keine Straßen benutzen, sondern mussten sich querfeldein durch unwegsames Gelände quälen. Und bei Kampfhandlungen kam es vor, dass sie stundenlang mit laufendem Diesel dumm in der Gegend herumstanden, weil es nicht vorwärtsging.

»Fehlen immer noch zehn.«

»Das ist richtig. Hoth muss dann alles nach vorne werfen, was er hat.«

Der Plan konnte nur gelingen, wenn sie es schafften, die Russen davon zu überzeugen, ihre Truppenstärke in der geplanten Ausfallrichtung zu reduzieren.

»Und wie sollen wir es anstellen, dass die Russen Truppen verlegen?«

»Mit einem vorgetäuschten Ausfall.«

»Ausfall wohin?«

Bräutigam deutete auf die Karte. »Nach Osten.«

»Nach Osten? Ins Nichts? Warum sollten sie das ernst nehmen?«

»Der vorgetäuschte Ausfall muss so massiv vorgetragen werden, dass die Russen nicht an eine Finte glauben können.«

»Aber genau das werden sie tun. Ich kann mir gut vorstellen, dass die Russen uns den Kessel sprengen lassen und dann dabei zusehen, wie wir in die Steppe auswandern. Und das bei minus zwanzig Grad.«

»Aus diesem Grund hat Hoth bereits mehrere Divisionen nach Osten beordert.«

Jetzt verstand Kleist den Plan.

»Die Russen sollen glauben, dass wir uns in einer Zangenbewegung vereinigen wollen.«

»Richtig. Im Osten stehen weitaus weniger feindliche Truppen. Wenn wir über mehr Kraftstoff verfügen würden, wäre das tatsächlich eine ernsthafte Option. Wenn der Plan gelingt, werden am Ende weniger russische Verbände in der eigentlich geplanten Ausfallrichtung stehen.«

»Und wenn sie uns das Kammerspiel nicht abkaufen?«

»Dann werden wir hier unser Grab finden.«

»Also muss die Vorstellung ein Brüller werden.«

»So ist die Lage.«

»Und jetzt sagst du mir, dass ich der richtige Mann dafür bin.«

»Es tut mir leid.«

»Verdammte scheiße. Mir tut es auch leid.« Kleist wurde lauter. »Wie groß ist die Truppe, die ich ins Verderben schicken soll?«

»Wir stellen eine Kampfgruppe von siebentausend Mann zusammen. Inklusive achtzig Kampfpanzer. Bei der Wetterlage ist keine Luftunterstützung möglich. Aber das gilt gleichermaßen für die Russen.«

»Das ist ein verstärktes Regiment. Ich bin nur Bataillonskommandant. Dafür bräuchte man einen Oberst. Aber ich nehme an, dass ihr keinen gefunden habt.«

»Willst du den Befehl verweigern?«

»Warum nicht? Dann könnt ihr mich gleich vor Ort erschießen. Kommt auf dasselbe heraus.«

»Jetzt beruhige dich.«

»Ich werde Vater.«

»Das tut mir leid.«

»Mir auch«, flüsterte Kleist.

Bräutigam räusperte sich. »Hiermit darf ich dir bekannt geben, dass du mit heutiger Wirkung zum Oberstleutnant befördert wurdest.«

Kleist knirschte mit den Zähnen. »Wolfgang, du bist ein blödes Arschloch«, presste er hervor.

~

Der Wind fegte in kurzen Sturmböen über den Boden und wirbelte den Neuschnee auf.

Kleist hatte in der Nacht keinen Schlaf gefunden.

Er hob den Feldstecher an die Augen und sah nur eine graue Fläche.

Langsam setzte er das Fernglas ab, nur um es einige Sekunden später wieder anzuheben.

Auch wenn er es nicht sehen konnte, wusste Kleist, was ihn erwartete. Etwa dreihundert Meter Steppe lagen zwischen ihm und einem zerbombten Industriekomplex. Dort lag der Russe. Der Feind würde an dieser Stelle nicht mit einem Ausbruchversuch rechnen.

Hinter ihm brummten die warmlaufenden Dieselmotoren der Tiger-Panzer. Er spürte die über den Boden übertragene Vibration in seinen Knochen. Es war das Signal, dass die Schlacht unmittelbar bevorstand.

Ihm wurde übel. Das Gefühl, sich übergeben zu müssen, hatte er vor jedem Kampf. Irgendjemand hatte ihm einmal gesagt, dass er froh sein solle. Solange ihm übel wurde, lebte er wenigstens noch.

Aber diesmal war es schlimmer. Er spürte, dass der Tod seine Fährte aufgenommen hatte.

Wie ging es Margarethe und seinem ungeborenen Kind? Kleist fühlte nach dem Brief, den er sich in die Innentasche seines Mantels gesteckt hatte. Er war so unendlich weit weg von ihnen. Niemals würde er nach Hause kommen. Nicht einmal sein Leichnam. Er würde irgendwo in der Steppe unter Schneedünen sein Grab finden und seinen Sohn niemals in die Arme schließen können.

»Herr Oberstleutnant. Es ist so weit.«

Kleist sah auf seine Uhr. Tatsächlich. Es war bereits sechs Uhr. Wie schnell die Zeit verging, wenn man es nicht wollte.

Der Unternehmen begann unspektakulär.

Er sah hunderte Soldaten, die sich links und rechts von ihm in mehreren Linien den russischen Stellungen näherten. Geräuschlos stapften die Männer durch den Schnee und wurden bereits nach wenigen Metern von den Schneeböen verschluckt.

Kleist wartete.

Immer wieder sah er auf seine Uhr, wünschte sich, er könnte die Zeiger zum Stoppen zwingen.

Dann war es soweit.

Um 06:10 Uhr heulten die Dieselmotoren der Panzer auf. Abgasgeruch stieg ihm in die Nase.

Die Panzer folgten der Infanterie.

Der Abstand war nötig. Die Russen sollten nicht durch das Dröhnen der Maschinen vorzeitig gewarnt werden.

Sein Plan sah vor, die ersten Gebäude der Fabriken im Handstreich zu nehmen, um Deckung zu gewinnen. Wenn die Russen die Kampfgruppe auf freiem Feld stellen konnten, war das Unternehmen gescheitert, bevor es begonnen hatte.

Der deutsche Angriff wurde auf einer Breite von zwei Kilometern vorgetragen.

Kleist wollte seine Kräfte auf einen Punkt massieren, um die nötige Wucht für einen Durchbruch zu gewinnen. Wenn sie nur den Hauch einer Chance haben wollten, mussten sie den Belagerungsring innerhalb kürzester Zeit sprengen. Der Angriff musste bei der russischen Armeeführung den Eindruck erwecken, als wäre es ein ernster Ausbruchversuch von massiven Kräften. Nur dann würden die Russen reagieren und Truppen verlagern.

06:15 Uhr.

Am Himmel vor ihm leuchtete ein grüner greller Stern auf, der gemächlich dem Boden entgegensegelte.

Das Leuchtsignal zeigte an, dass die Spitzen der Infanterie die Fabriken erreicht hatten. Kleist schloss die Augen und versuchte, die letzten Sekunden der Ruhe in sich aufzusaugen.

Dann begann das Donnern.

Aus mehr als dreihundert Geschützen eröffnete die deutsche Artillerie das Feuer.

Eine weitere Minute später schwebte eine rote Leuchtkugel für einige Sekunden in der Luft.

Damit bestätigte die Infanterie, dass das Geschützfeuer deckend lag.

Kleist wartete.

Erneut eine grüne Leuchtkugel am Himmel. Langsam erstarb das Donnern der Geschützbatterien.

Dann war es still.

Kleist wusste, dass die Männer in diesem Moment mit dem Sturmangriff begannen. Er öffnete die Tür des Halbkettenfahrzeugs, das neben ihm stand, und setzte sich auf den Beifahrersitz. Die Vorderräder waren durch Skier ersetzt worden, um das Fahrzeug wintertauglicher zu machen. Außer dem Fahrer saßen im kastenförmigen Heck drei Funker.

Kleist drehte sich zu den Funkern um. »Wie sieht es aus?«, fragte er.

»Erste Welle abgewiesen. Zweite erfolgreich. Feind auf einer Linie von fünfhundert Metern geworfen. Erste Gebäude genommen.«

Das war eine gute Nachricht. Wenigstens mussten sie nicht mehr auf freiem Feld kämpfen und hatten ab jetzt Deckung.

Kleist sah seinen Fahrer an. »Heinrich. Worauf warten Sie?«

»Herr Oberstleutnant. Gestatten Sie mir eine Frage. Ist das wirklich eine gute Idee?«, fragte der Fahrer.

Kleist lachte verbittert auf. »Mein junger Freund. Eine gute Idee wäre es gewesen, wenn Sie sich vor Ausbruch des Krieges ein Bein abgehackt hätten, um wehrunfähig zu sein. Und jetzt geben Sie Gas. Der Russe hat nicht den ganzen Tag Zeit.«

Der junge Unteroffizier, sagte nichts. Mit ausdruckslosem Gesicht starrte er durch die kleine Windschutzscheibe, legte einen Gang ein und gab Gas.

Kleist machte sich mit seinem Führungsfahrzeug und der Nachhut auf den Weg, den Truppen in ihr Verderben zu folgen.

~

Es war Mittag.

Hauptmann Berger sah müde aus. Das Gesicht und die Uniform verdreckt. Zusammen mit Kleist kniete er vor einer aufgefalteten Landkarte. Die ehemalige Lagerhalle, in der sie sich aufhielten, hatte bereits vor Wochen durch einen Bombenangriff ihr Innerstes nach außen gekehrt. Das Dach war in weiten Teilen nicht mehr vorhanden und der Boden mit Schutt übersät.

Auf seinem Weg zur Hauptkampflinie hatte Kleist grob die Anzahl der Leichen abgeschätzt. Er hatte nur einige Dutzend Tote gesehen. Der Widerstand der Russen war bis jetzt gering.

Kleist deutete mit seinem Finger auf die Karte.

»Ich denke, dass wir an dieser Stelle durchbrechen und die Industrieanlagen hinter uns lassen können.«

Berger nickte.

»Und was kommt danach?«

»Ein kleines Dorf. Dahinter ist nur noch Steppe.«

»Dir ist klar, was das bedeutet?«

Kleist nickte. »Wir jagen ins Nichts.«

Berger zog einen Handschuh aus und fuhr sich mit den Fingern wie mit einem Kamm durch die Haare. »Hast du Informationen aus dem Stab?«

»Die Russen versuchen, hinter uns den Korridor zu schließen. Bräutigam hat zwei Bataillone entsendet, die das verhindern sollen. Sie wollen bei den Russen um jeden Preis den Eindruck aufrechterhalten, dass sie es mit einem ernsthaften Ausbruchsversuch zu tun haben.«

»Und? Verlegen die Russen bereits Truppen in Richtung Osten?«

»Schwer zu sagen. Da bei dem Wetter keine Flugzeuge starten können, ist die Aufklärung schwierig. Sie hoffen es.«

Nicht weit entfernt ratterte ein Maschinengewehr.

Eine Granate explodierte in unmittelbarer Nähe zur Halle. Die beiden Männer zogen mechanisch den Kopf ein.

»Sie hoffen es«, wiederholte Berger die letzten Worte von Kleist und faltete die Karte zusammen. »Wilhelm, dir ist doch klar, dass wir erledigt sind? Mittlerweile glaube ich, dass uns der Durchbruch gelingen wird. Aber was ist dann? Selbst wenn der Plan funktioniert, sind wir erledigt. Wir befinden uns viel zu weit weg, um uns mit der Armee wieder zu vereinen. Der Treibstoff wird nicht reichen. Wir müssen alle schweren Waffen zurücklassen und uns zu Fuß fünfzig oder mehr Kilometer Richtung Süden durchschlagen. Bei den Wetterbedingungen ist das selbst ohne Feindkontakt kaum zu schaffen. Die Russen müssen uns nicht einmal massiv angreifen. Es wird ausreichen, wenn sie Fühlung mit unserer Kampfgruppe halten. Sie werden uns nach und nach aufreiben.«

»Ich wüsste nicht, was ich dagegen tun sollte.«

»Willst du nicht nach Hause?«

»Das ist eine ziemlich blöde Frage.« Kleist wurde wütend. Als wäre es seine Idee gewesen, bei diesem Himmelfahrtskommando eine tragende Rolle zu übernehmen.

»Lass uns abhauen.«

»Du willst desertieren?«

»Ich will hier nicht draufgehen. Wofür?«

»Ich kann nicht desertieren?«

»Warum? Aus Ehrgefühl?«

»Weil ich dann nicht mehr nach Hause kann. Ich will nicht gehängt werden.«

»Wir desertieren ja nicht wirklich. Wir wurden versprengt und haben versucht, uns zu den eigenen Reihen durchzuschlagen.«

»Ich kann die Männer nicht im Stich lassen.«

»Nicht du bist es, der sie im Stich lässt. Das haben andere zu verantworten. Und glaube mir, die kümmert das nicht.«

»Geh zurück zu deinen Männern. Wenn Gott will, sehen wir uns heute Abend in diesem dreckigen Dorf wieder.«

»Jawohl, Herr Oberstleutnant.«

Am späten Nachmittag erreichte die Kampfgruppe das Dorf.

Kleist schätzte die ursprüngliche Einwohnerzahl auf etwa zweitausend Menschen. Jetzt lag sie bei annähernd null. Vielleicht versteckte sich der ein oder andere in seinem Keller, aber der weitaus überwiegende Teil der Bevölkerung war geflohen.

Noch immer schneite es ohne Unterlass.

Für heute würden sie die Kampfhandlungen einstellen. Die Russen hatten die Lust ebenfalls verloren. Das war deutlich an der Intensität der Schusswechsel zu hören. Mittlerweile gab es minutenlange Phasen, in denen überhaupt nicht geschossen wurde.

Kleist hatte das vorgegebene Tagesziel erreicht.

Kurz nachdem er in dem Rathaus des Ortes sein Quartier aufgeschlagen hatte, erreichte ihn ein codierter Funkspruch des Stabes. Der Funker dechiffrierte den Text und überreichte ihn Kleist.

Aufgrund Wetterlage Versorgung unmöglich.

Die Tür ging auf und Hauptmann Berger kam herein. Er grüßte kurz, öffnete seinen Mantel und ließ sich ächzend auf einen Stuhl nieder. Kleist drückte ihm den Funkspruch in die Hand.

»Ist das alles?«, fragte Berger.

»Ja.«

»Kurz und schlecht. So habe ich es gern.« Berger stand auf, fasste Kleist am Unterarm und führte ihn in einen Nebenraum. Überall lagen Akten auf dem Boden herum.

»Wilhelm, ich beschwöre dich. Wir müssen weg. Die lassen uns verrecken. Wir sind nur ein Bauernopfer.«

»Und wie stellst du dir das vor? Wo genau sollen wir hin?«

»Wir schlagen uns in Richtung Norden durch. Dort leben Reiterstämme, die mit den Russen verfeindet sind und die noch keinen Kontakt mit der Wehrmacht hatten. Wenn wir Glück haben, helfen sie uns. Vielleicht können wir uns entlang des Kaspischen Meeres bis in den Iran durchschlagen. Meinetwegen gehe ich dort in englische Gefangenschaft. Hauptsache nicht in russische.«

»Was soll das werden? In achtzig Tagen um die Welt?«

»Was ist die Alternative? Entweder wir werden erschossen, erfrieren oder gehen in Kriegsgefangenschaft. Du weißt, wie wir mit russischen Gefangenen umgehen. Denkst du, die Russen behandeln uns besser? Die Flucht bietet wenigstens eine Chance. Und wenn wir scheitern, sterbe ich lieber alleine in der Wildnis.«

»Ich werde Vater.«

»Woher weißt du das?«

»Margarethe hat mir geschrieben, dass sie schwanger ist.«

»Ich würde dir gerne von Herzen gratulieren, aber in der momentanen Situation kann ich nur mein Bedauern zum Ausdruck bringen. Komm mit. Tu es für dein Kind. Scheiß auf Hitler. Scheiß auf den Krieg.«

»Hast du einen Plan?«

Berger klopfte Kleist auf die Schulter. »Den habe ich, mein Freund.«

~

Das Wetter war auf ihrer Seite.

Der Wind hatte erneut aufgefrischt und sich im Laufe der Nacht zu einem Sturm entwickelt. Man konnte keine zwanzig Meter weit sehen. Trotzdem sollte der Ausbruchsversuch fortgesetzt werden.

Während die Soldaten weiter in die Steppe vordrangen, hatten sich Kleist und Berger mit dem Halbkettenfahrzeug in nordöstliche Richtung abgesetzt.

Kleist hatte die Besatzung des Führungsfahrzeugs mit einem unsinnigen Auftrag abgelenkt. Gleichzeitig hatte Berger zusätzlichen Diesel aus einem zerschossenen Panzer organisiert.

Jetzt rasselten sie blindlings in Richtung Nirgendwo.

Es war heller Wahnsinn. Es gab keinerlei Garantie, dass sie nicht auf russische Truppen stießen. Und auch, wenn sie diesbezüglich Glück hätten, was dann? In den nächsten paar hundert Kilometern gab es nur Schnee und Eis. Ihr Treibstoff reichte im besten Fall für hundertfünfzig Kilometer. Danach stand Laufen auf dem Programm.

Nachdem sie etwa dreißig Kilometer gefahren waren, sagte Berger: »Ich denke hier werden wir keine Russen mehr antreffen.«

Kleist, der auf dem Beifahrersitz saß, reagierte nicht.

»Wilhelm?«

»Ich fühle mich beschissen.«

»Sie sterben ohne dich oder sie sterben mit dir zusammen. Für sie macht es keinen Unterschied.«

»Für mich macht es einen.« Er war nie ein Feigling gewesen.

In der Schlacht bei Dünkirchen, als Hitler den Haltebefehl für alle Divisionen erteilt hatte, war er mit seinem Fahrer von einem letzten verzweifelten Gegenangriff der Alliierten überrascht worden. Zusammen besetzten sie ein verlassenes 88er Geschütz und zerstörten acht feindliche Panzer, die über eine Straße auf sie zukamen. Dafür hatte er das Eiserne Kreuz Erster Klasse erhalten. Und im Balkanfeldzug nahm er mit seinem Bataillon eine Stadt im Handstreich. Die Herren der Stadt waren von Kleists dreistem Auftreten so beeindruckt gewesen, dass sie ihm geglaubt hatten, eine ganze Division läge vor den Stadttoren und nicht nur vierhundert Mann. Dafür war ihm das Ritterkreuz verliehen worden.

Nein, ein Feigling war er nicht.

Bis heute.

~

Seit vier Stunden durchpflügten sie das Meer aus Schnee, der am Boden lag, vom dunkelgrauen Himmel fiel und durch den böigen Wind umhergetrieben wurde. Ein Horizont schien nicht zu existieren.

Niemals zuvor hatte Kleist in seinem Leben eine solch trostlose Landschaft gesehen. Kein Baum kein Strauch. Einfach nur ein weißes Nichts.

Er beugte sich hinüber zu Berger, der das Halbkettenfahrzeug fuhr und sah auf die Armaturen. Der Kraftstoff war fast verbraucht.

»Wir müssen anhalten und Diesel nachfüllen.«

Berger nickte nur.

Die Idee, auf diese Art die Truppe zu verlassen, war idiotisch gewesen. Sie würden hier draußen den Kältetod finden. Ob das besser war, als von den Russen in Stücke geschossen zu werden, blieb Geschmackssache. Am Resultat änderte sich nichts.

Vermutlich war Berger zu der gleichen Erkenntnis gelangt.

In der letzten Stunde hatten sie nicht mehr viel miteinander gesprochen.

Nach einigen Minuten sprach er Berger erneut an. »Ernst. Wir müssen anhalten.«

»Nur noch …«

Plötzlich schienen sie sich im freien Fall zu befinden.

Die Motorhaube ihres Fahrzeuges bohrte sich nach unten in den Schnee, wie ein U-Boot beim Alarmtauchen.

Ein Hindernis stoppte ihre Fahrt abrupt.

Kleist flog nach vorne und knallte mit dem Kopf gegen die Windschutzscheibe.

Weiße Blitze flackerten vor seinen Augen, es summte in seinen Ohren.

Vor Jahren war er mit dem Kopf gegen einen Dachbalken gestoßen, den er übersehen hatte. Das hatte sich ähnlich beschissen angefühlt.

Neben ihm schrie Berger.

Ihr Untersatz steckte wie ein geworfener Speer in einem Fünfundvierziggradwinkel im Boden.

Sie mussten eine Senke erwischt haben.

Mit Mühe schaffte Kleist es, sich halbwegs auf seinen Platz zu setzen.

Er fasste sich an die Stirn, fühlte Feuchtigkeit und sah seine blutverschmierte Hand an.

»So eine Scheiße! Ernst? Bist du verletzt?«

Berger stöhnte.

»Ernst?«

»Ich glaube, mein Bein ist gebrochen«, presste Berger hervor.

Kleist öffnete seine Tür und stieg aus.

Der kalte Wind biss ihm ins Gesicht.

Während er das Halbkettenfahrzeug umrundete, wischte er sich mit dem Handrücken Blut und Schnee aus den Augen.

Für einen kurzen Moment blickte er auf. In der Ferne glaubte er, die Silhouette einer Hügelkette zu erkennen. Vielleicht waren es sogar kleine Berge. Die Entfernung konnte er nicht abschätzen.

Er riss die Fahrertür gegen den Wind auf.

»Ich bring dich nach hinten. Da ist mehr Platz, da kannst du liegen.«

»Fass mich nicht an«, schrie Berger.

»Reiß dich zusammen Soldat.« Er beugte sich zu Berger hinunter.

»Vom Zusammenreißen habe ich die Schnauze gestrichen voll, Herr Oberstleutnant.« Trotz der Worte legte Berger den linken Arm um Kleists Schulter.

»Ich zieh dich jetzt raus. Du kannst schreien. Hier hört uns niemand.«

»Das wird mir ein Trost sein.«

Kleist versuchte erst gar nicht, Rücksicht zu nehmen. Er zerrte Berger vom Fahrersitz und legte ihn im Schnee ab. Der Hauptmann gab keinen Mucks von sich. Als Kleist ihm ins Gesicht sah, erkannte er den Grund. Der Mann hatte das Bewusstsein verloren.

Er öffnete die Tür am Heck und schleifte den Ohnmächtigen ins Innere. Durch die Schieflage des Fahrzeugs war es nicht einfach, Berger halbwegs bequem hinzulegen. Aber er schaffte es.

Der Motor lief noch. Kleist nahm einen der Kanister und füllte den Inhalt in den Tank.

Dann sah er sich das Bein von Berger an.

Kleist hatte bereits viele Verletzungen gesehen. Seiner Einschätzung nach hatte der Hauptmann sich den Oberschenkel gebrochen. Das Gute, insofern man das in Anbetracht ihrer Lage so nennen konnte, war, dass es ein glatter Bruch zu sein schien.

Mit einem Klappspaten und Verbandsmaterial schiente er Bergers Bein.

»Was machst du da?«, stöhnte Berger.

»Willkommen zurück. Ich schiene dein Bein. Sieht wie ein einfacher Bruch aus.«

»Es tut mir leid.«

»Was tut dir leid?«, fragte Kleist. Er beendete seine Arbeit und setzte sich neben Berger.

»Dass ich dich überredet habe, mitzukommen.«

»Das muss dir nicht leidtun. Wir waren sowieso bereits tot.«

»Der Motor läuft noch«, stellte Berger nach einer Zeit fest.

»Ja. Aber wir kommen hier nicht mehr raus. Die Ketten hängen in der Luft. Man müsste uns rausziehen.«

»Und jetzt?«

»Noch ist es wenigstens warm. Fragt sich nur wie lange.«

Der Motor lief im Leerlauf, das verbrauchte wenig Diesel. Aber früher oder später würde ihnen der Treibstoff ausgehen und die Kälte sie fressen. Selbst, wenn man die Temperatur außer Acht ließ, waren sie erledigt. Berger würde die nächsten Wochen nicht laufen können.

»Geh alleine weiter«, sagte Berger.

»Ich lass dich nicht zurück.«

»Lass gut sein, Wilhelm. Du hast sowieso kaum eine Chance. Mit mir hast du überhaupt keine. Habe ich meine Pistole noch?«

»Ja.«

»Dann geh. Ich kümmere mich selbst um mich.«

»Ich glaube, dass einige Kilometer entfernt eine Hügelkette liegt. Vielleicht gibt es dort eine Siedlung. Ich werde versuchen, Hilfe zu finden.«

»Ist gut.«

»Das war kein Witz. Ich versuche, Hilfe zu finden. Bring dich nicht um. Gib mir einen Tag.«

»In Ordnung.«

»Versprich es mir.«

»Ja.«

»Gut. Es macht keinen Sinn, zu warten. Ich mache mich auf den Weg.«

»Leb wohl Wilhelm. Du warst ein guter Kamerad.«

»Du auch. Wir sehen uns wieder.«

Berger sagte nichts mehr.

Sie wussten beide, dass es ein Abschied für immer war.

Es gab keinen Grund, warum es bei den Hügeln eine Siedlung geben sollte. Die Hügel oder Felsen, waren einfach nur der einzige optische Reiz, den Kleist seit Stunden wahrgenommen hatte. Und selbst wenn dort Menschen lebten, konnte er von denen sicher keine Hilfe erwarten.

Kleist wusste genauso gut wie sein Kamerad, dass sie hier ihr Ende finden würden. Aber er war nicht gewillt, regungslos auf den Tod zu warten. Der musste sich schon die Mühe machen, zu ihm zu kommen.

Kleist verlor das Zeitgefühl.

Seit Stunden stapfte er mit tief in das Gesicht gezogener Kapuze durch den Schnee. Dabei sah er zu Boden, um seine Augen vor den Schneeböen zu schützen.

Nur gelegentlich blickte er auf.

Die Hügel schienen nicht näher zu kommen. Das war gut. Solange er nicht ankam, konnte er sich einreden, dort etwas zu finden.

Dann kam er an und der letzte Funken Hoffnung erlosch.

Vor ihm lag eine Hügelkette. Aus den Hügeln ragten Felsen wie Nadeln in den Himmel. Die höchsten waren etwa fünfzig Meter hoch.

Er sah sich um.

Hier war gar nichts.

»Vielleicht ist ja was dahinter.«

Er musste über sich selbst lachen, fiel erschöpft auf die Knie und stopfte sich eine Handvoll Schnee in den Mund. Verdursten würde er jedenfalls nicht.

Ächzend rappelte er sich auf und stolperte weiter.

Kleist hatte die ersten Hügel hinter sich gelassen, als sein Blick auf ein schwarzes Loch im Felsen fiel. War das eine Höhle? Da drinnen war es windgeschützt. Wenn er etwas Brennbares fand, konnte er vielleicht ein Feuer machen. Es war erstaunlich, wie sehr man doch am Leben hing.

Wenig später stand er vor der Öffnung im Felsen. Es sah tatsächlich so aus, als würde es sich um den Eingang einer Höhle handeln. Wie groß mochte die sein? Gab es hier Bären?

Das Loch maß einen Meter in der Höhe und eineinhalb Meter in der Breite.

Wer wusste schon, was für Tiere es hier gab. Bären, Wölfe.

Er tastete nach seiner Pistole und stellte fest, dass sein Holster leer war. Vermutlich hatte er die Waffe bei dem Unfall verloren.

Kleist wollte in die Höhle kriechen.

»Kommen Sie ruhig rein. Ist arschkalt da draußen«, rief eine männliche Stimme aus dem Inneren.

Kleist schrie auf und sprang zurück.

Er landete auf seinem Hintern und krabbelte ein Stück rückwärts.

Das bildete er sich ein. Kurz vor dem Ende bildete man sich alles Mögliche ein.

»Nun kommen Sie schon.«

Keine Einbildung. Da war ein Mann in der Höhle und er sprach deutsch.

Das konnte nicht sein. Wie sollte der Kerl dahingekommen sein?

Andererseits. Er war auch hier.

In Stalingrad froren zweihundertfünfzigtausend eingeschlossene Soldaten vor sich hin. Sicher waren er und Berger nicht die Einzigen, die nach Hause wollten. Auch wenn es die falsche Richtung war. Allerdings spielte die Richtung keine Rolle mehr, wenn es richtig eng wurde. Hauptsache weg.

Es musste sich um einen Deserteur handeln. Vielleicht war er nicht alleine.

»Ich habe mich ebenfalls von der Truppe entfernt. Sie haben von mir nichts zu befürchten«, rief er Richtung Eingang.

»Ich weiß. Machen Sie schon.«

Er nahm sich ein Herz und krabbelte in die Höhle.

Es war tatsächlich eine richtige Höhle. Direkt nach dem Eingang wurde die Decke annähernd zwei Meter hoch. Durch das spärliche Licht, das durch den Eingang fiel, erkannte er die Umrisse eines Mannes, der auf einem Felsbrocken saß.

»Glückwunsch zur Beförderung, Herr Oberstleutnant«, sagte der Unbekannte.

»Kennen wir uns? Sind Sie alleine?«

»Ich bin alleine. Und ja, wir kennen uns.«

Kleist setzte sich auf den Boden und lehnte sich gegen die Felswand. Seine Erschöpfung war zu groß, um sich über Nebensächlichkeiten den Kopf zu zerbrechen.

Der Mann näherte sich ihm. Als er nur noch einen Meter entfernt war, konnte Kleist sein Gesicht erkennen.

Ein Gesicht, das er niemals vergessen würde.

Die Narbe, die von seiner linken Augenbraue abwärts führte und kurz vor den Lippen endete, stand in einem krassen Gegensatz zu seiner ansonsten bubenhaften Erscheinung. Die Verletzung rührte von einem Unfall auf dem Hof seiner Eltern her.

Kleist stockte der Atem.

»Böhmer«, presste er hervor.

Böhmer kicherte. »Das muss eine echte Überraschung für Sie sein.«

»Sie sind tot. Ich habe gesehen, wie Sie starben. Das kann nicht sein.«

»Wie Sie sehen, bin ich hier.« Böhmer stutzte. »Warum starren Sie so? Habe ich mich nicht ordentlich rasiert?«

Er tastete mit der Hand seinen Hals ab. »Das ist mir entgangen. Das kommt davon, wenn man keinen Spiegel zur Hand hat.«

Mit einem Ruck zog er sich einen Granatsplitter heraus, der seitlich zehn Zentimeter aus seinem Hals herausgeragte, und warf ihn achtlos hinter sich.

»Jetzt werden Sie mir bloß nicht ohnmächtig, Herr Oberstleutnant.«

Das konnte nicht sein. Kleist hatte mit eigenen Augen gesehen, wie der Gefreite Böhmer während einer Artillerieattacke von Granatsplittern durchsiebt worden war. Und mit dem Schrapnell im Hals lebte man auch nicht besonders lange. Über die ein oder andere Kleinigkeit wollte er gar nicht erst nachdenken.

»Wir könnten hier den ganzen Tag darüber diskutieren, wie das Unmögliche möglich geworden ist. Das wäre unterhaltsam. Aber ich muss Ihnen leider sagen, dass Sie keine Zeit mehr haben. Vielleicht merken Sie es nicht, weil Sie auf Durchhalten getrimmt sind. Die Wahrheit ist, dass Sie sterben. Jetzt, in diesem Moment. In wenigen Stunden.« Böhmer lächelte ihn aufmunternd an. »Allerdings wäre ich eine boshafte Kreatur, wenn diese Mitteilung der einzige Grund wäre, warum ich in dieser schäbigen Höhle auf Sie gewartet hätte.« Er beugte sich näher an Kleist heran. »Ich zeige Ihnen etwas. Ich zeige Ihnen, was kommen wird.«

Böhmer streckte seine Hand nach Kleist aus.

Der versuchte, nach hinten auszuweichen, wurde aber von der Felswand daran gehindert.

»Keine Angst«, flüsterte der Gefreite. »Das tut nicht weh.«

Böhmer berührte seine Stirn mit dem ausgestreckten Zeigefinger.

In Kleists Kopf explodierten Bilder.

Er sah sich selbst zwischen den Hügeln liegen. Der Schnee

schmolz und kleine bunte Blumen krochen aus dem Steppenboden. Mit ihnen kamen Insekten, die ihm das verweste Fleisch von den Knochen fraßen.

Er sah Berger in dem Halbkettenfahrzeug, mit aufgeplatztem Schädel. In einer Hand hielt er seine Pistole.

Er sah, wie seine Heimatstadt durch Brandbomben in ein Flammenmeer verwandelt wurde.

Und er sah Margarethe, wie sie inmitten des Chaos mit einem Baby auf dem Arm versuchte, einen Luftschutzbunker zu erreichen.

Ein brennender Balken stürzte auf sie.

Das Kind fiel ihr aus dem Arm.

Während sie bei lebendigen Leibe verbrannte, wurde das Baby durch den Strom der Flüchtenden zu Tode getrampelt.

Böhmer zog seinen Finger weg.

Kleist saugte die Luft in die Lungen wie ein Ertrinkender, dem es noch einmal gelang, durch die Wasseroberfläche zu stoßen.

Böhmer sah ihn mit mitleidigem Blick an.

»Wenn ich sagte, dass es nicht schmerzt, dann meinte ich damit körperliche Schmerzen. Das hätte ich wohl dazu sagen sollen.«

»Das darf nicht passieren«, keuchte Kleist. Er zweifelte keine Sekunde daran, dass er die Zukunft gesehen hatte.

»Warum nicht? Im Krieg passiert das jeden Tag. Was macht Sie besser als die anderen?«

Er sprang den vor ihm hockenden Böhmer an, der nach hinten fiel und auf dem Rücken landete.

Kleist saß auf dessen Brust. Mit der linken Hand griff er ihn am Hals, während seine rechte nach einem Stein suchte.

Böhmer lachte. »Na, Hallo! So will ich Sie sehen. Da steckt ja noch Leben in den müden Knochen.«

Kleist fand einen Stein und griff ihn. Er schwang seinen Arm über den Kopf. »Mach, dass das nicht passiert oder ich schlage dir den Schädel ein!«, brüllte er.

»In Ordnung, in Ordnung«, keuchte Böhmer. »Das ist mir dann doch etwas zu viel Leben. Ich kann dafür sorgen, dass die Bilder nicht Wirklichkeit werden. Aber dazu müssen Sie mich loslassen.«

Kleist zögerte. »Was ist hier los? Wer bist du?«

»Das ist alles irrelevant. Sie würden es ohnehin nicht verstehen.«

»Ich bin nicht dumm. Du bist nicht Böhmer. Der Junge ist tot.«

Böhmers Gesicht verzerrte sich zu einer Fratze. »Lass mich sofort los oder ich werde ernsthaft böse.«

Kleist zögerte immer noch.

»Los jetzt!«

Er löste seine Hand von Böhmers Hals und stand auf. Den Stein hielt er weiterhin fest.

Der junge Soldat setzte sich hin.

»Du hast gesagt, dass du dafür sorgen kannst, dass die Bilder nicht Wirklichkeit werden«, sagte Kleist.

»Was ist dir wichtig? Was ist dein innerster Wunsch?«

»Dass mein Kind lebt.«

»Das kann ich arrangieren. Deinem Kind wird es gut gehen. Deine Frau wird nicht verbrennen. Du wirst leben und als Bonus werde ich deinen Freund auch nicht in dem Schützenpanzer verrecken lassen.«

»Woher weißt du von Berger?«

»Deine Fragen sind verständlich, aber nicht zielführend.«

»Wie willst du das alles hinkriegen?«

Böhmer lächelte wieder. »Das ist eine viel bessere Frage. Ich fange von vorne an. Zunächst glaubten wir, dass wir mit Hitler auf das richtige Pferd gesetzt hätten. Soweit wie er war schon lange keiner mehr gekommen. Aber leider ist niemand unfehlbar. Auch wir nicht. Wir haben seinen Wahnsinn unterschätzt. Versteh das nicht falsch. Diese Art von Wahnsinn ist uns durchaus angenehm. Leider gibt es da ein Problem. Er ist zu wahnsinnig. Wo kein Verstand ist, kann auch keiner kontrolliert werden. Ein weiterer peinlicher Fehler war, dass wir uns von ihm haben mitreißen lassen.« Böhmer kicherte und schüttelte den Kopf. »Es ist unfassbar. Aber eine Zeit lang hat er uns manipuliert und nicht wir ihn. Nun wissen wir es besser. Das Spiel ist aus. Nicht heute und nicht morgen, aber es ist vorbei. Also heißt es, die Zelte abreißen und auf eine neue Gelegenheit warten. Sehr deprimierend. Bei alldem, was erreicht wurde, fällt diese Entscheidung schwer. Doch dann kam uns eine Idee. Warum nicht die Regeln brechen? Warum nicht alles auf eine Karte setzen? Sind wir wirklich so feige? Nein, sind wir nicht. Und darum wurde entschieden, dass wir das Verbotene wagen. Wir biegen den Zeitstrom, bis er in eine Richtung weist, die uns richtig erscheint. Die Wirklichkeit zu manipulieren, kostet unglaublich viel Kraft, und wenn wir scheitern, werden wir Jahrhunderte benötigen, um uns zu erholen. Aber das alles ist nicht dein Problem.«

»Du willst die Zukunft manipulieren?« »Exakt. Mit der Wirklichkeit zu spielen, ist eine knifflige Angelegenheit. Ereignisse, die in der unmittelbaren Zukunft liegen, lassen sich erzwingen. Wenn es um zwei oder drei Jahre geht, wird es bereits sehr schwer. Aber über Jahrzehnte gesehen wird alles unscharf. Man kann die Richtung vorgeben. Aber ob es tatsächlich eintrifft, ist alles andere als sicher.«

»Mich interessieren keine Jahrzehnte.«

»Aber uns. Was hältst du davon, wenn dein Junge nicht nur leben würde, sondern sogar Herrscher über das Deutsche Reich wird.«

»Es wird ein Junge?«

»Oh, wie dumm von mir. Jetzt habe ich die Überraschung versaut.«

»Mein Sohn soll Reichskanzler werden?«

»Und nicht nur das.«

»Was ist mit Hitler?«

Böhmer verzog angewidert das Gesicht. »Hitler ist bereits Geschichte. Aber noch brauchen wir ihn. Er hat einen gewaltigen Machtapparat geschaffen. Der darf nicht kollabieren. Das wäre gerade der ungünstigste Zeitpunkt.«

»Und was soll ich dafür tun?«

»Mir einfach nur die Hand geben.«

»Das kann nicht alles sein.«

Böhmer legte den Kopf zu Seite. »Dir kann man nichts vormachen. Nein, das ist nicht alles. Du musst mir Treue schwören. Ewige Treue.«

»Du bist der Teufel!«

»Mit Schmeicheleien kommst du bei mir nicht weit.«

»Du willst meine Seele.«

»Darauf wollte ich noch zu sprechen kommen. In der Beziehung will ich dich nicht anlügen. Ja, ich will deine Seele.« Böhmer hob einen Finger. »Aber bedenke. Ich will nur deine. Nicht die deines Sohnes. Nicht die deiner Frau. Nur deine.«

»Ich schlag dich tot.« Trotz der Worte blieb Kleist sitzen.

»Wieso? Wo ist dein Problem? Bist du nicht bereit, dich für deinen Sohn zu opfern? Das ist traurig. Ist es nicht die Pflicht von Eltern, ihr Kind mit allen Mitteln zu schützen?«

Kleist ließ den Stein fallen und krabbelte zum Ausgang.

»Wo willst du hin? Spazieren gehen?«

Mit dem Kopf war Kleist aus der Höhle, als er mit Kraft zurückgezogen wurde. Er versuchte, sich zu wehren, aber ihm fehlte die Kraft.

Kleist lag auf dem Rücken.

Böhmer ließ das Bein los, an dem er ihn zurückgezerrt hatte.

»Was würde deine Frau dazu sagen?«, zischte Böhmer. »Was würde Margarethe davon halten? Ich sage es dir. Sie würde dich einen elenden Feigling schimpfen. Ein lächerliches Männchen ohne Rückgrat.«

Der Mann hatte recht. Wenn er nicht bereit war, sich für seinen Sohn zu opfern, was für einen Wert besaß er dann?

Seit fast drei Jahren kämpfte er im Krieg. Und nun, wo es wirklich darauf ankam, sollte er kneifen?

»Ich mache es«, flüsterte er.

Böhmer wurde sofort wieder freundlich. »Das ist ein Wort.«

Der Soldat griff Kleist unter die Schulter und half ihm auf die Beine, dann streckte er ihm die Hand entgegen. »Hand drauf«, sagte er.

Kleist starrte auf Böhmers Hand.

»Warum ich?«, fragte er. »Das ist doch alles Blödsinn.«

»Soll ich gehen? Ich kann jemand anderes fragen«, zischte Böhmer, dann seufzte er. »Na gut. Du hast noch Restzweifel und brauchst etwas Motivation. Das verstehe ich.«

Er trat einen Schritt vor und fasste Kleist an die Stirn.

In Kleists Kopf explodierten erneut Bilder.

Ein Professor, der in sein Arbeitszimmer ging und ein Blatt vom Boden aufhob, es begutachtete und dabei einen Fehler in einer Berechnung entdeckte.

Eine viermotorige Junkers Ju 290 am Himmel.

Ein gigantischer Feuerball über Moskau. Menschen, die mit brennenden Haaren durch eine rauchende Ruinenstadt stolperten.

Paraden, die den Sieg feierten.

Sein Sohn als junger Mann.

Böhmer zog die Hand weg.

Kleist schlug sich die Hände vor das Gesicht. In seinem Kopf drehte sich alles und er hatte das Gefühl, dass sein Gehirn heißgelaufen wäre.

Der junge Gefreite kam näher, fasste ihn im Nacken und brachte seinen Mund ganz dicht an Kleists Ohr.

»Vieles von dem, was du gesehen hast, war hässlich. Konzentriere dich auf das letzte Bild. Hast du deinen Sohn gesehen? Ist es nicht schön, zu wissen, dass er ein erfülltes Leben haben wird, statt als Baby totgetrampelt zu werden?«

»Ja«, stöhnte Kleist.

»Und wenn das alles Blödsinn ist, was hast du dann zu verlieren?«

Kleist nickte unmerklich.

»Gib mir die Hand und schwöre mir Treue. Mehr verlange ich nicht. Hörst du? Rette deinen Sohn, Wilhelm. Rette deinen Sohn.«

Kleist griff nach Böhmers Hand.

»Ich schwöre dir Treue«, keuchte er mit geschlossenen Augen.

»Der Schwur kann nicht gebrochen werden. Das muss dir bewusst sein. Ich kann geben, aber ich kann auch nehmen.«

»Ich schwöre es. Hörst du? Ich schwöre es.«

Kleist öffnete die Augen.

Böhmer war verschwunden.

»Wo bist du?«

Keine Antwort.

In der Höhle konnte man sich nicht verstecken. War Böhmer so schnell ins Freie gekrabbelt?

Er kroch durch den Ausgang nach draußen und stellte sich auf die Füße.

Keine Spur von Böhmer.

»Wo bist du?«, schrie er. »Komm zurück!«

Nichts.

Verstört rannte Kleist im Kreis herum und rief nach dem Soldaten.

Böhmer blieb verschwunden.

Schließlich gab er es auf.

Er musste Opfer einer Halluzination geworden sein. Vielleicht wurde er kurz vor dem Ende wahnsinnig. Die Kälte hatte ihm womöglich den Verstand eingefroren. Am besten er setzte sich in den Schnee und wartete, bis es vorbei war. Solange sollte es nicht dauern.

Nein, er wollte nicht alleine sterben. Er würde zurück zu Berger gehen, und wenn er auf dem Weg umkippte, dann sollte es so sein.

~

Wie lange war er bereits unterwegs? Ihm war jegliches Gefühl für die Zeit abhandengekommen. Er drehte sich um und sah zurück. Die Hügelkette war in weite Ferne gerückt und durch das Schneegestöber kaum mehr zu erkennen.

Obwohl er seine Beine nicht mehr spürte, lief er weiter.

Plötzlich schoss ihm ein Gedanke durch den Kopf: Wie in aller Welt sollte er ihr Fahrzeug wiederfinden?

Der Wind blies immer noch heftig und haute ihm den Schnee um die Ohren. Bei den Sichtverhältnissen schien es unmöglich, den Weg zurückzufinden. Das Halbkettenfahrzeug musste mittlerweile zugeweht sein. Seine eigenen Fußstapfen vom Hinweg konnte er auch nicht mehr sehen. Gut möglich, dass er bereits an Berger vorbeigelaufen war, ohne es zu bemerken.

Trotz dieser *glänzenden Aussichten* lief er weiter. Den Kopf gesenkt stakste er durch den Schnee.

Eine gefühlte Ewigkeit später hob er den Kopf und stand direkt vor dem Sonderkraftfahrzeug.

Kleist war so erschöpft, dass er sich darüber weder wundern noch freuen konnte. Als er das Fahrzeug umrundete, hörte er das Brummen des Diesels. Der Motor lief noch und das bedeutete, dass es im Innenraum warm war.

Er war keine Minute zu spät angekommen. Die Nacht brach herein.

Kleist öffnete die Heckklappe und kletterte in das Fahrzeug.

»Wilhelm?«, keuchte Berger. »Grundgütiger! Ich habe mir fast in die Hosen gemacht, als die Heckklappe aufging.«

Gott sei Dank, lebte Berger noch. Damit war nicht unbedingt zu rechnen gewesen.

Kleist setzte sich hin und öffnete den Mantel. Die ungewohnte Wärme brannte auf seiner Gesichtshaut.

»Warum bist du zurückgekommen? Wolltest du nicht alleine krepieren?«

»Dir kann man nichts vormachen.«

Kleist zögerte kurz, dann erzählte er Berger, was er in der Höhle erlebt hatte.

Als Kleist seine Erzählung abgeschlossen hatte, schwiegen sie sich eine Weile an.

»Ich glaube, ich habe meinen Verstand verloren«, sagte Kleist schließlich.

»Das ist die Kälte, die Erschöpfung, die Angst vor dem Tod. Dein Verstand sucht nach einem Ausweg und findet keinen. Und weil dein Verstand keinen findet, fantasiert es sich einen zusammen. Mach dir nichts draus.« Berger lachte trocken. »Es bleibt unter uns.«

»Du bist ein wahrer Freund.«

Plötzlich klopfte es an der Hecktür.

Kleist und Berger zuckten zusammen und hielten die Luft an.

Eine Weile blieb es still. Dann klopfte es erneut.

»Heilige Maria Gottes«, stöhnte Berger. »Jetzt bin ich auch verrückt geworden.«

»Was machen wir jetzt?«, flüsterte Kleist.

»Hast du das etwa auch gehört?«, fragte Berger ungläubig.

»Natürlich.«

Es klopfte wieder, diesmal lauter.

Kleist krabbelte zur Heckklappe.

»Du willst doch wohl nicht aufmachen? Bist du verrückt? Die bringen uns um«, rief Berger.

Kleist öffnete die Klappe.

Ein von oben bis unten in Fell gekleideter Mann steckte seinen Kopf in das Innere ihres Fahrzeuges. Nachdem er sie eine Weile begutachtet hatte, begann er, auf Russisch zu sprechen.

»Du kannst doch etwas Russisch«, sagte Kleist. »Was hat er gesagt?«

»Wenn ich ihn richtig verstehe, ist er Angehöriger eines Reiterstammes. Er findet es gut, dass wir gegen die Russen kämpfen. Er hat versprochen, uns zu helfen.«

Kleist sackte in sich zusammen. »Was habe ich getan?«

43

DIE ZWEITE CHANCE

Max Lenzer, Montag, 28.10.1996, 20:50 Uhr

Als Lenzer die Augen öffnete, sah er eine Lampe, die auf einem Nachttisch stand.

Das war nicht seine Lampe und auch nicht sein Nachttisch.

Der Versuch, den Kopf zu heben, scheiterte an einem dumpfen Schmerz, der keine Bewegung gestattete. Er ließ sich zurück auf das Kissen fallen, schloss die Augen und wartete, bis das Pochen in seinem Schädel nachließ.

Nach einer Weile wagte er einen neuen Anlauf. Diesmal vorsichtiger.

Langsam drehte er seinen Kopf und sah sich um.

Krankenhaus.

Wieso lag er in einem Krankenhaus?

An der Wand gegenüber hing eine Uhr. Es war kurz vor einundzwanzig Uhr.

Neben seinem Bett baumelte ein Kabel mit einem Druckknopf, auf dem das Symbol einer Klingel zu sehen war. Behutsam streckte er den Arm aus und drückte auf den Knopf.

Nach einer Minute wurde die Zimmertür geöffnet. Ein Soldat hielt die Tür für eine Ärztin auf.

Lenzer schätzte, dass die Frau ein paar Jahre jünger war als er selbst. Sie hatte lange braune Haare und grüne Augen. In ihrem Gesicht trug sie ein bezauberndes Lächeln.

Die Ärztin hieß Franziska Bauer.

Woher kannte er ihren Namen? Er hatte sie noch nie zuvor gesehen, konnte sich aber an sie erinnern.

»Mein Name ist Doktor Franziska Bauer, ich bin die Chefärztin der Inneren«, sagte sie. »Schön, dass Sie aufgewacht sind.«

»Ich finde es nicht schön«, stöhnte Lenzer.

»Das ist verständlich. Sie wurden gewaltig durchgeschüttelt.« Sie tippte sich mit dem Zeigefinger an die Stirn. »Vor allem hier oben. Schleudertrauma, Gehirnerschütterung. Aber Sie haben sich nichts gebrochen. Ein paar Tage Ruhe und Sie sind wieder wie neu.«

»Wo bin ich?«

»Im SS-Lazarettkrankenhaus in der Max-Amann-Garnison.«

»Wie lange war ich ohne Bewusstsein?«

»Ungefähr drei Stunden.«

»Was ist passiert? Hatte ich einen Unfall?«

»Sie können sich nicht erinnern?«

»Nein.« Lenzer stutzte. Er konnte sich nicht erinnern. Wusste aber trotzdem, was geschehen war. »Vielleicht doch. Es war eine Bombe.«

»Ja.«

»Mein Fahrer liegt einige Zimmer weiter.«

Sie zog die Stirn in Falten. »Woher wissen Sie das? Sie sind doch hoffentlich nicht aufgestanden.«

Lenzer fuhr hoch.

Die Ärztin drückte ihn zurück in die Waagerechte.

»Sie müssen liegen bleiben.«

Er hatte von Stalingrad geträumt.

Nein, das war kein Traum gewesen. Die Erinnerungen an einen Traum fühlten sich anders an, nicht wie wirklich Erlebtes. Und das war es. Er war dort gewesen. Wobei das auch nicht stimmte. Vielmehr hatte er im Körper seines Onkels gesteckt. Oder noch besser. Lenzer war sein Onkel gewesen. Er hatte durch dessen Augen gesehen und dessen Gedanken gedacht. Dessen Schmerzen und Ängste gefühlt.

Sein Onkel hatte seine Seele verkauft und gleichzeitig mit seinem Pakt das Leben von Millionen ausgelöscht. Mit dieser Schuld konnte er nicht leben, aber auch nicht sterben. Denn, wenn man seine Seele verkaufte, fürchtete man den Tod mehr als jeder andere Mensch auf der Welt. Am Ende beging er doch Selbstmord. Vielleicht konnte man es als Sieg seiner Schuldgefühle über die Angst begreifen?

Hatte sein Onkel einen Pakt mit dem Teufel geschlossen?

Nein, das war alles nicht möglich. Das mussten Folgen der Explosion sein. Sein Verstand war mächtig durcheinandergewirbelt worden.

Er erinnerte sich an die Zukunft.

Es war einundzwanzig Uhr, Wertheim war tot. Richard wird sich zum Interimsreichskanzler ausrufen und versuchen, ihn zu vernichten. Hansen bringt ihn zum Artefakt. Maria wurde von Hansens Leuten erschossen. Die nächsten Stunden waren bereits Vergangenheit.

Lenzer wurde übel.

Er begann zu hyperventilieren.

Doktor Bauer legte ihm eine Hand auf die Brust.

»Versuchen Sie, ruhig zu atmen. Konzentrieren Sie sich auf Ihre Atmung.«

Maria!

Sie würde sterben.

»Ich muss gehen. Sofort.«

Er schwenkte die Beine aus dem Bett, stand auf und ging zum Schrank, in dem seine Uniform hing. Ohne auf Frau Doktor Bauer zu achten, zog er sich aus.

»Bitte legen Sie sich wieder hin. Sie sind verwirrt. Das ist eine Folge ihrer Gehirnerschütterung.«

Lenzer hatte seine Hose angezogen und knöpfte das Hemd zu.

»Sie verstehen das nicht. Ich muss sofort gehen.«

»Das kann ich nicht zulassen.«

Er hatte keine Zeit.

Doktor Bauer zu erklären, was in seinem Kopf vorging, war ein Ding der Unmöglichkeit. Darum versuchte er es auch gar nicht erst.

Lenzer riss die Tür auf. »Ich brauche sofort einen Hubschrauber!«

Die Soldaten, die auf dem Flur Wache hielten, zuckten zusammen.

»Jetzt! Sofort!«

Die Männer rannten durch den Flur.

Er drehte sich zu Doktor Bauer um.

»Egal, was Hansen oder ich ihn erzählen werden, wenn wir Sie bitten mitzukommen, dann lehnen Sie ab.«

Sie zog die Stirn in Falten. »Wer ist Hansen? Und warum soll ich mitkommen? Und wohin?«

Es war wirklich sinnlos. Jedes Wort war zu viel.

»Leben Sie wohl«, sagte Lenzer und ließ die verwirrte Ärztin stehen.

Lenzer saß in einem Rettungshubschrauber und befand sich auf dem Weg nach Berlin-Haselhorst.

Hansen hatte gesagt… Nein, falsch. Hansen wird sagen, dass er Maria in einer geheimen Außenstelle des Reichssicherheitshauptamtes aufgespürt hat. Ein Gebäude in der Wattstraße.

Der Hubschrauber setzte zur Landung im Volkspark Humboldtheim an. Von hier waren es zweihundert Meter bis in die Wattstraße.

In seinem Kopf drängten sich Erinnerungen, die es dort nicht geben dürfte.

Nachdem der Hubschrauber gelandet war, stieg er aus und rannte in Richtung Wattstraße. Seine Übelkeit und die Kopfschmerzen spürte er nicht mehr.

Hansen hatte nicht gesagt, in welchem Gebäude sich die Außenstelle befand.

Wieder falsch. Hansen wird es noch sagen.

Alles was er dachte, fühlte sich falsch an. Als hätte jemand in seinem Gehirn irgendwelche Anschlüsse vertauscht.

Gleich würde der Spuk ein Ende haben.

Wenn hier niemand war, würde das beweisen, dass er sich alles einbildete. Er würde sofort zurück in das Krankenhaus fliegen und das Bett nicht mehr verlassen, bis er wieder bei Verstand war.

Er erreichte die Wattstraße und verlangsamte das Tempo.

»Das kann nicht wahr sein«, ächzte er.

Etwa dreißig Meter von ihm entfernt, sah er Männer mit Maschinenpistolen, die sich in der Nähe einer Glastür postiert hatten. Es hatte den Anschein, als ob sie sich auf das gewaltsame Eindringen in das Gebäude vorbereiteten.

Alle Zweifel waren wir weggeblasen.

Sie würden Maria töten.

So schnell er konnte, rannte er zu dem Haus.

Maria wird bei der Tiefgarage erschossen. Dort musste er hin.

Ein Knall. Die Glastür wurde gesprengt. Myriaden von Splittern flogen durch die Gegend.

Eine weitere Explosion.

Das musste das Tor der Tiefgarage gewesen sein.

Lenzer rannte um die Hausecke und befand sich direkt an der Abfahrt zur Tiefgarage.

Dort, wo sich das Tor der Garage befinden sollte, hing eine Staubwolke in der Luft. Ein Dutzend Soldaten näherte sich dem frei gesprengten Zugang.

Dann sah er das Auto. Eine schwarze Limousine, die im Parkdeck stand.

In dem Fahrzeug musste sich Maria befinden.

Einer der Soldaten begann zu feuern.

»Nicht schießen! Feuer einstellen!«, schrie er.

Der Motor der Limousine heulte auf und der Wagen schoss nach vorne.

»Nicht schießen!«

Einige der Soldaten drehten sich um und bedrohten ihn mit der Waffe.

»Nicht schießen!«

Schüsse fielen.

»Feuer einstellen!« Das war Hansens Stimme.

Es wurde still.

Der Wagen hatte gestoppt. Lenzer sah, wie sich Einsatzkräfte mit der Waffe im Anschlag dem Fahrzeug näherten.

Eine Person wurde vom Fahrersitz gezogen. Es war eine Frau. Wie es aussah, lebte sie.

Auf der Beifahrerseite wurde ebenfalls eine Frau aus dem Wagen geholt. Sie bewegte sich nicht. Die Soldaten legten den schlaffen Körper auf dem Boden ab.

Es war Maria.

Lenzer rannte zu ihr.

Die irritierten Soldaten versuchten, ihn daran zu hindern, bis sie seine Uniform erkannten.

»Im Park steht ein Rettungshubschrauber«, rief Lenzer, als er sich losgerissen hatte. »Holt Hilfe!«

Er kniete sich neben seine Tochter.

Erleichtert stellte er fest, dass ihre Augen geöffnet waren.

Sie sah ihn an.

»Bitte verzeih mir«, flüsterte Maria.

»Es gibt nichts zu verzeihen.«

»Ich wollte dich töten.«

Lenzer lächelte. »Ach, das. Schwamm drüber. Unser Streit ist etwas eskaliert. Kommt in den besten Familien vor.«

Ein Hustenanfall erstickte Marias Kichern.

»Du musst dich ruhig verhalten. Hilfe ist unterwegs.«

Sie schüttelte den Kopf. »Ich werde gehen. Und komme nicht zurück.«

»Das darfst du nicht sagen.«

»Du warst gut zu mir. Und so habe ich es dir gedankt«, hauchte sie.

Tränen rollten an seinen Wangen hinab. »Ich wollte deiner Mutter nicht schaden. Das musst du mir glauben.«

Sie nickte.

Er redete weiter. »Ich bin an allem schuld. Ich hätte mit dir reden müssen, ich hätte dir alles erzählen müssen. Die ganze Geschichte. Aber ich hatte Angst.« Er stockte kurz. »Ich hatte Angst, dass du mich hasst. Vor langer Zeit habe ich einige schreckliche Dinge getan. Als ich dich zu mir geholt habe, hat es sich angefühlt, als würde ich einen Teil meiner Schuld begleichen. Ich wollte ...«

»Du wolltest deine Seele retten.«

»Ja. Das wollte ich. Auf deine Kosten. Hätte ich mich dir gegenüber anders verhalten, wäre das alles hier nicht passiert. Darum muss nicht ich dir verzeihen, sondern du mir.«

Sie hob die linke Hand und legte sie zärtlich auf seine Wange und streichelte ihn.

Lenzer schloss die Augen. Er konnte sich nicht erinnern, dass Maria ihn jemals auf diese Art berührt hatte.

»Du darfst nicht gehen«, flüsterte er. »Außer dir habe ich nichts. Du bist doch mein Leben.«

»Komm näher.«

Lenzer beugte sich zu ihr hinunter.

Sie drehte seinen Kopf und flüsterte ihm ins Ohr: »Ich habe dir mal gesagt, dass jeder Mensch geprüft wird. Jetzt bist du an der Reihe. Du darfst nicht so versagen wie ich. Versprich mir das.«

»Ich verspreche es dir.«

»Du darfst nicht scheitern. Um meiner willen.«

»Das werde ich nicht. Ich schwöre es.«

Sie legte ihre Hand in seinen Nacken, zog ihn ein Stückchen weiter nach unten und gab ihm einen Kuss auf die Wange. Dann rutschte ihre Hand kraftlos an seiner Schulter abwärts und fiel zu Boden.

Hinter sich hörte er das Trampeln von schnellen Schritten.

Jemand schob ihn zur Seite.

Der Pilot und der Kopilot aus dem Rettungshubschrauber kümmerten sich um Maria.

Während der eine Mann ihr einen Zugang in der Armbeuge für eine Infusion legte, bereitete der andere die mitgebrachte Trage vor.

Lenzer wusste, dass sie tot war.

Sollte das eine Art Witz sein? Er hatte es geschafft, in wahrhaft letzter Sekunde vor Ort zu sein, nur um Maria beim Sterben zuzusehen?

Er sah den beiden Männern dabei zu, wie sie mithilfe von einigen Soldaten Maria auf die Trage legten. Im Laufschritt trugen sie seine Tochter in Richtung des Hubschraubers.

Lenzer wusste, dass er sie nicht wiedersehen würde.

Im Moment ertrug er den Schmerz. Vielleicht lag es daran, dass sie in einer anderen Zukunft bereits gestorben war.

Jemand stellte sich neben ihn.

Es war Hansen.

»Es tut mir leid«, flüsterte Hansen. »Die Männer konnten…«

Lenzer brachte Hansen mit einer Handbewegung zum Schweigen. »Es ist nicht Ihre Schuld.«

Neben dem Auto, in dem seine Tochter gesessen hatte, stand eine Frau mit kurzen blonden Haaren. Mehrere Soldaten umringten sie. Ihre Hände waren auf dem Rücken gefesselt.

»Ist das die Frau, mit der Sie gekämpft haben und die Maria entführt hat?«

»Woher wissen Sie das?«

»Sie gehören zum Gladius Dei und hatten den Auftrag, mich nach Köln zum Artefakt zu bringen.«

»Woher wissen Sie von dem Artefakt? Und woher wissen Sie vom Gladius Dei?«

»Weil Sie es geschafft haben, Hansen. Sie haben mich zum Artefakt gebracht. Das alles hier ist bereits geschehen. Ich erlebe es zum zweiten Mal. Ich hatte gehofft, ich könnte etwas ändern. Aber das war ein Fehler.«

Hansen sah verstört aus. Das war kaum verwunderlich. Für ihn geschah all dies gerade in dieser Sekunde. Für Lenzer war es eine Wiederholung.

»Sie haben mich in ein Haus in Köln gebracht. Sie sind im Besitz des Haustürschlüssels. Aber im Moment wissen Sie noch nicht, in welche Tür er passt. Im Keller des Hauses habe ich einen Tunnel gefunden, dem ich bis zur Kammer gefolgt bin. In der Kammer befand sich ein schwarzer Stein, als ich ihn berührte, verlor ich das Bewusstsein.«

Lenzer erzählte Hansen, was in seiner Zukunft geschehen war.

Dass Maria und die Frau, die sie entführt hatte, durch SS-Soldaten erschossen worden waren. Er erklärte Hansen, dass sein Cousin und ein Mann namens Lux Träger dabei waren, einen Staatsstreich durchzuführen. In diesem Moment war Reichskanzler Wertheim bereits tot.

Lenzer erzählte, was geschehen war, nachdem er das Artefakt berührt und das Bewusstsein verloren hatte.

Er berichtete von seinem merkwürdigen Traum, der mehr zu sein schien als nur ein Traum. Es hatte sich tatsächlich so angefühlt, als wäre er in Stalingrad vor Ort gewesen. Mehr noch, er war nicht er selbst gewesen. Er war in die Haut und in den Kopf seines Onkels geschlüpft. So als hätte er die Identität gewechselt.

Als er aufwachte, fand er sich im Krankenhaus wieder, und zwar im selben Bett, indem er nach dem Anschlag erwacht war.

Hansen schüttelte verständnislos den Kopf. »Aber ich habe die Koordinaten doch gar nicht. Wie habe ich Sie zu dem Artefakt geführt?«

»Gleich werden Ihre Männer eine Frau zu Ihnen bringen. Diese Frau ist im Besitz der Koordinaten. Wenn ich mich richtig erinnere, hat sie die Koordinaten auf der Unterseite eines Puzzlespiels gefunden.«

Wie auf ein Kommando kamen vier Männer aus der Tiefgarage. In ihrer Begleitung befand sich eine Frau.

»Da ist sie ja«, sagte Lenzer.

Hansen stand der Mund offen.

»Fräulein Raabe. Sie brauchen sich keine Gedanken mehr machen. Sie sind in Sicherheit«, sagte Lenzer. »Ich danke Ihnen für alles, was Sie getan haben, auch wenn Sie das jetzt nicht verstehen können.«

Raabe sah ihn ausdruckslos an.

»Sorgen Sie dafür, dass sie ins Lazarettkrankenhaus gebracht wird«, sagte Lenzer. »Sie hat genug mitgemacht.«

Hansen gab die nötigen Anweisungen, dann wandte er sich Raabe zu.

»Haben Sie wirklich die Koordinaten von dem Puzzlespiel?«, fragte Hansen.

»B45678T65567«, sagte Raabe.

»Ich werde verrückt«, rutschte es Hansen raus. Dann rief er einen der Soldaten herbei. »Ich brauche etwas zum Schreiben.«

»Vergessen Sie das«, sagte Lenzer. »Die Sache hat sich erledigt. Wie ich Ihnen schon erklärt habe, war ich bereits beim Artefakt. Wenn ich nicht den Verstand verloren habe, dann hat mich das Artefakt in die Zeit zurückversetzt.«

»Sie waren wirklich da.«

»Ja. Aber Maria ist trotzdem gestorben. Wenn ich ohnehin nichts ändern kann, was soll das Ganze?«

»Sie haben bereits etwas verändert. Sie sagten, die Frau, die Ihre Tochter entführt hatte, sei tot. Aber sie lebt.«

Damit hatte Hansen recht. Also hatte sein Eingreifen doch etwas bewirkt. Auch wenn es nicht das war, was er sich erhofft hatte.

»Ich will mit ihr sprechen«, sagte Lenzer.

Hansen gab den Soldaten ein Zeichen und sie führten die Frau zu ihnen.

Sie war ausnehmend attraktiv. Kaum zu glauben, dass sie eine professionelle Mörderin sein sollte.

»Ich habe eine schwierige Aufgabe für Sie«, sagte Lenzer. »Nennen Sie mir innerhalb von zehn Sekunden einen Grund, warum ich Sie nicht sofort erschießen soll.«

»Ich bin nur das ausführende Organ. Ich kann Ihnen helfen, den Drahtzieher zu finden. Meinen ehemaligen Vorgesetzten Lux Träger«, sagte die Frau.

»Sie haben für ihn gearbeitet?«

»Ja.«

»Und warum wollen Sie mir helfen, ihn zu finden? Um Ihr Leben zu retten?«

»Das ist mein vorrangiges Ziel. Ein weiterer Grund ist, dass Träger mich töten wollte. In solchen Dingen bin ich nachtragend.«

»Wie heißen Sie?«

»Klara Wagner.«

Lenzer wandte sich an Hansen.

»Wir verlegen alles sofort ins Führungshauptamt. Fräulein Wagner begleitet uns. Wir haben einiges zu tun und die Zeit ist knapp.«

Klara Wagner

Die zehn Sekunden waren vorbei und sie lebte noch.

Lenzer war anscheinend an Träger interessiert. Das hatte sie gehofft.

Sie musste darauf bedacht sein, möglichst kleine Brötchen zu backen. Auf ihr Konto gingen ein mit Maria durchgeführter Anschlag auf Lenzer sowie deren anschließende Entführung.

Es konnte sein, dass der Mann in näherer Zukunft Stimmungsschwankungen unterliegen würde. Wenn darunter jemand zu leiden hätte, dann sie.

Lenzer hatte gesagt, dass sie ihn begleiten solle. Das war ein Anfang.

Mehrere Fahrzeuge hielten auf der Straße.

»Aufsitzen«, schrie einer der Soldaten.

Die Männer stiegen in die Fahrzeuge.

Klara saß zusammen mit Lenzer und dem Offizier, mit dem sie in dem Parkhaus gekämpft hatte, in einem Transporter.

Mit dem SS-Offizier war es auch so eine Sache. Der hatte ebenfalls Grund, böse auf sie zu sein. Es war nicht auszuschließen, dass sie es noch bereuen würde, ihn nicht getötet zu haben.

Dass ihre Hände auf dem Rücken gefesselt waren, machte die Situation nicht besser.

Die Kolonne setzte sich in Bewegung.

Während sich die Fahrzeuge ihren Weg durch die Stadt bahnten, erzählte Lenzer noch einmal seine Geschichte.

Als sie neben dem Wagen gestanden hatte, hatte sie einige Sätze von seinem Gespräch mit Hansen aufschnappen können. Allerdings, ohne den Zusammenhang zu begreifen.

Er erzählte von dem Attentat auf Wertheim, für das sein Cousin Richard Kleist sowie ihr ehemaliger Chef Lux Träger, verantwortlich waren. Dies war insofern merkwürdig, weil Lenzer davon nichts wissen konnte. Weiterhin erzählte er etwas von einem Artefakt, das ihn angeblich in der Zeit zurückversetzt hätte. Was noch merkwürdiger war.

Seine Erzählung gipfelte darin, dass er behauptete, Lux Träger wäre der Teufel persönlich, und wenn nicht das, dann zumindest ein Dämon oder sonstiger hochrangiger Vertreter.

Der Mann hatte offensichtlich den Verstand verloren.

Dass Hansen auf das Gerede relativ gelassen reagierte, fand sie ebenfalls bedenklich. Er schien sich sogar darüber zu freuen.

So wie es aussah, hatte sie es mit zwei Irren zu tun.

Zwei Verrückte, in deren Händen ihr Leben lag.

Na prima.

Auf der anderen Seite waren die beiden völlig in der Idee aufgegangen, sich an diesem Kleist und Träger zu rächen. Solange diese Begeisterung anhielt, fühlte sie sich einigermaßen sicher. Aber was würde geschehen, wenn die Rache vollzogen war?

Obwohl sie gerne diverse spitze Bemerkungen losgeworden wäre, hielt sie ihre Klappe.

»Sie haben meine Tochter entführt«, sagte Lenzer unvermittelt.

»Das ist richtig.« Leugnen war wohl sinnlos.

»Wo wollten Sie meine Tochter hinbringen?«

»Zu Ihnen.«

Der Reichsmarschall zog ein Gesicht, als würde er ernsthaft darüber nachdenken, sie auf der Stelle zu erschießen. Es erschien angebracht, ihre Aussage etwas zu konkretisieren.

»Träger wollte mich töten lassen, weil ich zu viel wusste. Aber ich habe seinen Plan durchschaut. Darum habe ich Ihre Tochter befreit, um sie zu Ihnen zu bringen. Außerdem wollte ich Sie vor Träger warnen. Aber da Sie aus der Zukunft kommen, ist das ja anscheinend nicht mehr notwendig.«

»Sie haben versucht, die Seiten zu wechseln.«

»Nicht wirklich. Ich stehe immer nur auf meiner Seite.« Den Satz hätte sie sich besser gespart. »Aber meine Seite ist im Moment Ihre Seite«, setzte sie hinzu.

»Willkommen in der Mannschaft«, sagte Hansen.

Nach einer viertelstündigen Fahrt erreichten sie das FHA.

Dass sie den Hauptsitz der SS in ihrem Leben noch einmal von innen sehen würde, hätte sie sich auch nicht träumen lassen. Wohl war ihr bei dem Gedanken nicht.

Mit dem Fahrstuhl fuhren sie in den siebzigsten Stock.

Lenzer brachte sie in sein Büro, wo sie auf ihn warten sollte. Er hätte etwas zu erledigen und würde außerdem den ärztlichen Dienst informieren, damit sich jemand Hansens Wunde ansehen konnte. Dann ließ er sie alleine.

Klara schlenderte mit ihren auf dem Rücken gefesselten Händen durch das Büro.

»Nett hat er es hier.«

»Mach bloß keine Dummheiten«, sagte Hansen.

»Keine Sorge«, das mache ich nicht. »Im siebzigsten Stockwerk des Führungshauptamtes wäre das auch sicherlich keine gute Idee. Außerdem haben wir das gleiche Ziel.«

Klara musste zugeben, dass sich der Mann tapfer hielt. Trotz seiner Verletzung hatte er es geschafft, sie zu finden und zu stellen. Die meisten anderen, die sie kannte, wären schon längst zusammengebrochen.

»Du hast gesagt, dass Träger dich töten wollte«, sagte Hansen. »Dann willst du dich auch rächen?«

»In erster Linie will ich überleben. Aber wenn ich zusätzlich meine Rache haben kann, dann nehme ich die gerne mit.«

Klara blieb vor einer Glasvitrine stehen, in der zwei japanische Schwerter lagen. Eines davon war ein Katana, ein sogenanntes Langschwert, das beidhändig geführt wurde. Das Schwert eines Samurai.

»Musst du den Reichsmarschall nicht zu diesem Artefakt bringen?«, fragte sie.

»Das habe ich bereits getan.«

»Du hast es getan, kannst dich aber nicht daran erinnern, weil du es noch nicht getan hast.«

»Mir ist bewusst, wie das klingt. Es verwirrt mich selbst.«

Wenn das Bronzeschild unter den Schwertern nicht log, gehörten sie einst Miyamoto Musashi.

Sie konnte kaum glauben, dass die Waffen tatsächlich dem berühmten japanischen Samurai aus dem sechzehnten Jahrhundert gehört haben sollen. Während ihrer Ausbildung hatte sie Musashis Buch *Fünf Ringe* gelesen. Von ihm stammte der Ausspruch, dass man alle Waffen, die man besaß, auch benutzen sollte, anstatt sein Leben einfach wegzuwerfen. *Zu sterben, mit einer unbenutzten Waffe in seinem Gürtel, das wäre bedauerlich.*

Damit hatte sie sich identifizieren können. Im Angesicht des Todes gaben die meisten Menschen auf. Sie handelten nach dem Motto, wenn das Kämpfen keinen Sinn mehr machte, konnte man damit aufhören. Das hielt sie für falsch. Sie würde in jedem Fall bis zur letzten Sekunde kämpfen. Das Resultat war zwar dasselbe, aber vielleicht gelang es ihr, das ein oder andere Arschloch mit in den Tod zu reißen.

»Ein Katana und ein Wakizashi «, sagte sie. »Die Waffen eines Kriegers.«

»Du kennst dich mit Schwertern aus?«, fragte Hansen.

»Ich kenne mich mit praktisch allen Waffen aus.«

»Warum überrascht mich das nicht?«

Klara bewunderte weiter die Schwerter.

»Du hättest mich fast getötet«, sagte Hansen.

»Und was willst du mir damit sagen?«, fragte sie und ließ das Katana dabei nicht aus den Augen.

»Du wirst mich kein zweites Mal überraschen.«

Für gewöhnlich empfand sie alle Arten von Drohung lächerlich. Es waren nur Worte, zumeist gesprochen von Männern, denen vor Angst bereits die Knie schlotterten. Aber Hansen nahm sie ernst.

»Damit habe ich auch nicht gerechnet. Außerdem will ich dich nicht töten. Ich mag dich irgendwie.«

Hansen stand hinter ihr. Sein Gesicht spiegelte sich im Glas der Vitrine. Klara sah die Überraschung in seinem Gesicht. Der Offizier öffnete den Mund, kam aber nicht zum Sprechen. Die Tür ging auf und ein Arzt trat in das Büro.

»Mein Name ist Doktor Schrader vom ärztlichen Dienst.« Der Arzt führte einen Arztkoffer mit sich. Er sah Hansen an. »Sie sehen beschissen aus. Setzen Sie sich dahin. Ich helfe Ihnen, das Hemd auszuziehen.«

Einige Minuten später hatte der Arzt Hansens Wunde geklammert, ihm einen Verband angelegt und Schmerzmittel verabreicht. Jetzt trug Hansen seinen Arm in einer Schlinge.

Der Arzt verabschiedete sich.

Der Offizier hatte die Behandlung, ohne mit der Wimper zu

zucken, über sich ergehen lassen.

»Du kannst Schmerzen ertragen«, stellte Klara fest.

»Am liebsten hätte ich geheult.«

»Hast du aber nicht.«

Lenzer kam zurück.

»Was haben Sie gemacht?«, fragte Hansen.

»Noch wurde ich nicht als Reichsmarschall abgesetzt«, sagte Lenzer. »Ich habe meine Position genutzt, um etwas Verwirrung zu stiften. Soeben wird der Reichstag von abtrünnigen Wehrmachtsverbänden besetzt. Ich habe die Division Vaterland beauftragt, den Reichstag und andere wichtige Institutionen wieder unter Kontrolle zu bringen. Außerdem habe ich die Stadtgarnison der Wehrmacht darüber informiert, dass sich meuternde SS-Verbände auf dem Weg in die Innenstadt befinden, um den Reichstag zu besetzen. In spätestens eine Stunde dürfte in der Stadt die Hölle los sein. Ich weiß nicht, ob das Chaos uns helfen wird, aber es kann uns nicht schaden.«

Anscheinend bemerkte Lenzer den Zweifel in ihrem Gesicht.

»Sie glauben mir nicht«, sagte Lenzer.

»Würden Sie mir glauben, wenn ich Ihnen erzählen würde, dass ich eine Zeitreise gemacht hätte?«, fragte Klara.

»Nein, sicher nicht.«

»Wobei ich zugebe, dass es irritierend ist, dass Sie von dem Anschlag auf Wertheim wissen. Das gehört bestimmt nicht zu Trägers Plan.«

Lenzer sah Hansen an.

»Was ist mit Ihnen?«

»Ich glaube Ihnen. Natürlich fällt es mir nicht leicht. Genauer gesagt, ist es hochgradig verwirrend. Aber Sie wissen einfach zu viel, was Sie nicht wissen können. Dass ich zum Gladius Dei gehöre. Dass ich den Auftrag habe, Sie zum Artefakt zu führen. Dass sich das Artefakt in Köln befindet. Dass ich den Schlüssel zu dem Haus besitze, von dem ich noch gar nicht weiß, wo es ist. Ganz zu schweigen von Frau Raabe und den Koordinaten. Mir fällt keine vernünftige Erklärung dafür ein. Es sei denn, ich habe Sie tatsächlich zu dem Artefakt gebracht.«

Klara musste zugeben, dass die ganze Sache äußerst merkwürdig war. Aber Zeitreisen?

»Wenn Sie in der Zukunft waren, was ist mit uns da passiert?«, fragte sie.

»Sie waren zu dieser Zeit bereits tot. Die Soldaten haben sie zusammen mit meiner Tochter im Fahrzeug erschossen. Durch mein Eingreifen wurde das diesmal verhindert.« Er deutete auf Hansen. »Wir sind mit einem Hubschrauber nach Köln geflogen. Als wir unser Ziel erreichten, hat man uns abgeschossen. Ich habe keine Ahnung, wie sie uns gefunden haben, aber sie haben es. Bei dem Absturz wurde ich schwer verletzt. In meinem Bauch steckte ein Metallteil des Hubschraubers. Sie haben mich zum Artefakt geschleppt. Als wir dort eintrafen, kam die Polizei. Ich bin alleine zum Artefakt gegangen und Sie haben mir den Rücken freigehalten. Ich habe Schüsse gehört und befürchte, dass Sie es nicht geschafft haben.«

Hansen verlor die Gesichtsfarbe.

»Ich wäre jetzt bereits tot?« Klara sah entgeistert von einem zum anderen.

Lenzer nickte.

»Wie Sie sehen, hatte die alte Zukunft für uns drei nur böse Überraschungen im Gepäck. Wie sagt man? Es kann nur besser werden.«

»Und wie gehen wir jetzt vor?«, fragte Hansen, der sich wieder gefasst hatte.

»Das Gute ist, dass ich weiß, wo sich Richard und Träger aufhalten. Um halb zwölf wird es eine Direktschaltung zur Villa meines Cousins geben. Richard wird erklären, dass er zum Interimsreichskanzler ernannt wurde. Jetzt ist es Viertel nach zehn. Wir haben etwas mehr als eine Stunde Zeit.«

Lenzer wandte sich an Klara.

»Und hier kommen Sie ins Spiel. Sie haben gesagt, dass Sie mir helfen könnten, an Träger heranzukommen. Jetzt wäre der richtige Moment, zu verraten, wie Sie das anstellen wollen.«

»Wir können davon ausgehen, dass die Villa bewacht wird. Wenn es sich so verhält, wie Sie es sagen, wird Träger den Schutz der Villa nur seinen eigenen Leuten anvertrauen. Es ist sehr wahrscheinlich, dass die nicht wissen, dass ich eigentlich bereits tot sein sollte. In einigen Tagen hätte er dem ein oder anderen lediglich mitgeteilt, dass ich nach Südamerika ausgewandert bin. Es ist nicht unbedingt klug, zuzugeben, dass man die eigenen Agenten bei Bedarf aus dem Weg schafft. Das macht die Mitarbeiter nur unnötig nervös.«

»Sie meinen, dass Sie uns auf das Gelände bringen können, weil

Ihre Leute glauben, dass Sie noch aktiv im Dienst sind?«, fragte Lenzer.

»Ich war Trägers beste Agentin. Es gibt in der Abteilung niemanden, der es wagen würde, sich mir den Weg zu stellen. Ja, ich kann Sie da reinbringen. Aber das mache ich nur unter zwei Bedingungen.«

»Welche Bedingungen?«

»Wenn Sie Ihre Rache gehabt haben, will ich Amnestie.«

»Ich bin weder Kanzler noch Innenminister.«

»Ich meine auch mehr persönliche Amnestie Ihrerseits. Garantieren Sie mir, dass Sie mich weder einsperren lassen noch umbringen. Ich will die Freiheit.«

»Einverstanden. Aber nur, wenn Sie mir im Anschluss erzählen, was passiert ist. Sie werden mir alles sagen, was Sie über Maria wissen.«

»Gut.«

»Was ist die zweite Bedingung?«

Klara trat an die Glasvitrine heran.

»Ich will die Schwerter mitnehmen.«

Lenzer zuckte mit den Schultern. »Wissen Sie was? Ich schenke Sie Ihnen sogar.«

»Dann kommt jetzt der Moment, wo Sie mich von den Fesseln befreien müssen.«

Sie bemerkte, dass Hansen sich etwas versteifte. Der Gedanke, ihr die Fesseln abzunehmen, gefiel ihm offenbar nicht besonders gut.

»Warum besorgen wir uns nicht einfach mehr Männer und stürmen die Villa?«, fragte Hansen. »Dann können wir auf Fräulein Wagners Dienste verzichten.« Er sah sie an. »Nimm es mir nicht übel, aber ich traue dir nicht.«

»Du wärst auch überaus dämlich, wenn du mir trauen würdest. Natürlich könntet ihr die Villa stürmen. Allerdings wird Träger dann gewarnt sein. Ihr werdet ihn nicht bekommen.«

»Wir könnten das Gelände umstellen lassen.«

»Glaub mir, ihr werdet ihn nicht bekommen. Aber ich schon.«

»Warum?«, fragte Lenzer.

»Weil ich ihn förmlich riechen kann.«

~

Max Lenzer

Nachdem Hansen Wagner von ihren Fesseln befreit hatte, öffnete sie die Vitrine und nahm die Schwerter an sich.

Sie zog die Klinge des Katana ein Stück aus der Scheide.

»Kaum zu glauben, dass die Klinge vierhundert Jahre alt ist«, sagte sie. »Der Stahl wurde sicher einhundert Mal gefaltet. Die Herstellung eines solchen Katanas konnte Wochen in Anspruch nehmen. Die Schneide ist immer noch so scharf wie ein Skalpell.«

Sie ließ die Klinge zurück in die Scheide gleiten.

Lenzer gab zu, dass ihn das beruhigte.

Ob es eine gute Idee war, dieser Frau zu trauen?

Dass sie überlebt hatte, musste irgendetwas bedeuten. Die Frage war, ob es was Gutes oder was Schlechtes war. Bald würde er es herausfinden.

Er sah dabei zu, wie Wagner zwei an der Schwertscheide befestigte Schnüre zusammenknotete und sich das Katana quer über den Rücken hängte. Das Kurzschwert behielt sie in der Hand.

»Warum willst du die Schwerter mitnehmen?«, fragte Hansen.

»Sie sind unsere Eintrittskarte.«

»Wie meinst du das?«

»Warte es ab.«

Hansen sah Lenzer an. Der schüttelte nur den Kopf.

Sollte sie ihr Geheimnis noch eine Weile bewahren. Im Moment gab es Wichtigeres.

Es stellte sich die Frage, wie sie zu Richards Villa am Templiner See kamen. Noch war er der Herr im Haus. Daher hätte es kein Problem dargestellt, sich einen Hubschrauber der Flugbereitschaft zu organisieren. Allerdings verbot es sich, in der Nähe der Villa zu landen. Denn ein landender Hubschrauber war eine lärmende Angelegenheit und sie mussten auf jeden Fall verhindern, dass Richard oder Träger etwas von ihrer Ankunft mitbekamen.

Daher blieb nur die Möglichkeit, die Fahrbereitschaft zu nutzen.

Er beauftragte seinen Stab damit, eine Kradstaffel anzufordern. Die Motorräder sollten ihnen an den Kreuzungen den Weg frei sperren.

Die Soldaten von der Einsatzbereitschaft der Division Apollo würden sie begleiten.

Zehn Minuten später befand sich die Kolonne auf dem Weg in Richtung Potsdam. Wenn alles gut ging, würden sie in dreißig Minuten Richards Villa erreichen.

Der Gedanke, Richard und Träger für den Tod von Maria zur Verantwortung zu ziehen, setzte neue Energien in ihm frei.

Seltsamerweise empfand er keinen Hass gegenüber Wagner. Möglicherweise lag es daran, dass sie im letzten Moment versucht hatte, Maria zu ihm zu bringen. Wenn auch aus egoistischen Motiven heraus. Oder es lag daran, dass sie beide das Ziel hatten, Träger zu vernichten. Der Feind meines Feindes ist mein Freund.

Es war überraschend, wie gut es ihm körperlich ging. Er hatte sich von Doktor Bauer weder eine Pervitin-Tablette geben lassen, noch hatte sie ihm ein Morphiumpräparat gespritzt. Trotzdem war er praktisch beschwerdefrei.

Einen Erfolg hatte er auf jeden Fall bereits zu verbuchen. Doktor Bauer würde in dieser Nacht nicht sterben. Sie war aus der Sache raus und das fühlte sich gut an. Er hoffte, sie noch einmal sehen zu dürfen. Dasselbe galt für Raabe. Auch sie hatte es hinter sich. So wie es aussah, war er doch in der Lage, die Geschichte zu verändern. Auch wenn ihm dies bei Maria nicht gelungen war.

Ihr Plan sah vor, dass sie alleine zu Richards Villa fuhren. Die Soldaten sollten sich in einiger Entfernung bereithalten. Lenzer und Hansen hatten sich Zivilkleidung organisiert. Außer ihrer Dienstwaffe trugen sie jeweils ein Messer bei sich.

Sie hatten die Stadtgrenze von Berlin hinter sich gelassen, als Wagner ihn ansprach.

»Da es ungewiss ist, wie unser Abenteuer ausgeht, möchte ich Ihnen bereits jetzt etwas über Maria sagen.«

»Und das wäre?«, fragte Lenzer.

»Ihre Tochter ist aus freien Stücken zu mir gekommen. Sie hat den Anschlag auf Sie selbst gewollt. Aber in dem Moment, als Ihr Wagen am Treffpunkt auftauchte, wollte sie es nicht mehr. Ich habe den Auslöser gedrückt und sie konnte es nicht verhindern. Wenn sie es gekonnt hätte, hätte sie es getan. Ich bin der Meinung, dass Sie das wissen sollten.«

»Danke, das bedeutet mir viel.«

Lenzer sah aus dem Fenster. Er hatte Mühe, seine Tränen zu unterdrücken.

Zwei Kilometer vor ihrem Ziel blieben die Soldaten zurück. Den Rest des Weges würden sie alleine fahren.

Lenzer steuerte den BMW. Hansen saß auf dem Beifahrersitz, während Wagner auf der Rückbank Platz genommen hatte.

Lenzer fragte Klara, wie ihr Plan aussah.

»Kannst du deinen Arm aus der Schlinge nehmen?«, fragte sie Hansen.

»Wenn es sein muss.«

»Sie sind sich wirklich sicher, dass die Kanzlermaschine abgestürzt ist? Es könnte peinlich sein, wenn sich gleich herausstellt, dass der Anschlag nur in Ihrer Fantasie stattgefunden hat.«

»Es ist so, wie ich es gesagt habe«, sagte Lenzer.

»Mein Plan wird Ihnen nicht gefallen. Es ist nämlich zwingend erforderlich, dass Sie Ihre Waffen im Wagen lassen.«

»Bist du total behämmert?«, rief Hansen aus.

»Wenn ihr da rein wollt, müsst ihr mir vertrauen.«

»Würden Sie sich vertrauen, wenn Sie ich wären?«, fragte Lenzer.

»Auf gar keinen Fall.«

Klara grinste breit.

Klara Wagner

Minuten später erreichten sie die Auffahrt zu Richards Villa.

Einige Meter vor dem Tor blieben sie stehen und stiegen aus. Sie lief voraus. Lenzer und Hansen folgten ihr.

Hansen hatte die Schlaufe, in der sein Arm gehangen hatte, abgenommen. Lenzer trug die Schwerter, die Klara aus seinem Büro mitgenommen hatte.

Vor dem Tor standen vier Männer. Drei von ihnen trugen dunkle Uniformen und Maschinenpistolen. Der Vierte war mit einem Anzug bekleidet. Klara kannte ihn unter dem Namen Tango. Er war einer von Trägers Agenten.

Die Männer am Tor hoben ihre Waffen an.

»Tango, sag ihnen, sie sollen nicht mit diesen Dingern auf mich zielen.«

Der Mann im Anzug gab den Wachen ein Zeichen und sie senkten ihre Waffen.

»Was machst du denn hier Klara? Ich glaube nicht, dass du auf der Gästeliste stehst.«

»Hast du jemals erlebt, dass ich auf einer Gästeliste stehe?«

»Nein. Aber das beunruhigt mich. Wenn du unangemeldet irgendwo auftauchst, gibt es meistens Tote.«

»Heute nicht.«

Tango lachte. »Das will ich hoffen.«

Tango hatte offenbar keine Ahnung, dass er mit einer Toten redete. Klara hatte Lenzer gesagt, dass Träger seinen Agenten nichts von ihrer geplanten Exekution sagen würde. Davon war Klara überzeugt gewesen. Aber eine Überzeugung war noch lange nicht die Wirklichkeit. Jetzt war sie erleichtert. Bis jetzt lief es.

Bei einer halbwegs gewöhnlichen Veranstaltung, würde sie nun einfach die Wachen passieren und es wäre auch kein Problem, wenn sie dabei zwei unbekannte Männer mit sich führen würde. Aber wenn Lenzer recht hatte, war das hier keine gewöhnliche Veranstaltung, sondern der Höhepunkt eines Staatsstreichs. Tango würde sie nicht ohne Weiteres reinlassen.

»Spaß beiseite«, sagt Tango. »Ich kann hier niemanden reinlassen. Nicht einmal dich.«

»Diese beiden Herren hier gehören zu einer speziellen Transportfirma.« Sie deutete auf Lenzer. »Siehst du die japanischen Samuraischwerter, die er bei sich trägt? Ich soll die Schwerter bei Träger abliefern. Es soll heute noch übergeben werden. Als Geschenk des japanischen Kaiserhauses. Ist der japanische Botschafter noch nicht eingetroffen?«

»Nein, ist er nicht. Warum weiß ich davon nichts?«, fragte Tango.

Sie fasste den Agenten am Arm und führte ihn ein Stück beiseite.

»Wie du weißt, ist Wertheim einem Anschlag zum Opfer gefallen. Eigentlich sollten die Schwerter am Mittwoch von dem neuen japanischen Botschafter an Wertheim überreicht werden. Aber das geht nicht mehr, weil Wertheim nicht mehr unter uns weilt. Und da Kleist in den nächsten Minuten zum Interimskanzler ernannt wird, sollen die Schwerter ihm übergeben werden. Und zwar vor laufender Kamera.

Als ein Zeichen dafür, wie sehr die Geste des Kaiserhauses hier geschätzt wird. Träger hat extra mich geschickt, um die Schwerter hierher zu bringen. Stell dir das vor, er schickt mich, um zwei blöde Schwerter zu holen.«

Ihre Geschichte besaß die ein oder andere logische Schwäche, aber Tango war nicht der Hellste. Was Besseres war ihr nicht eingefallen. Es musste reichen.

Tango sah sie mit großen Augen an. »Wertheim ist tot? Er ist einem Anschlag zum Opfer gefallen?«

Sehr gut. Man hatte es nicht für nötig befunden, dem Blödmann zu erklären, was hier eigentlich los war. Umso leichter würde sie es mit ihrer Geschichte bei ihm haben.

Klara seufzte. »Und du fragst mich, warum du nichts von den Schwertern weißt. Ich kann es dir verraten. Weil du überhaupt nichts weißt. Anscheinend hält es niemand für nötig, dir zu sagen, warum du diese Villa überhaupt bewachen sollst.«

»Weil hier ein wichtiges Treffen stattfindet.«

»Da hat man dich ja umfassend informiert«, spottete Klara. »Der Innenminister ist da. Der Justizminister ist da. Der Chef der Wehrmacht ist da. Was glaubst du denn, warum die alle hier sind? Oder haben die sich genauso verspätet wie der japanische Botschafter?«

Er schüttelte den Kopf. »Nein, die sind schon alle da.«

Anscheinend war wirklich etwas an Lenzers Geschichte dran. Er hatte ihr gesagt, dass diese Herrschaften anwesend sein müssten. War Lenzer wirklich durch die Zeit gereist? Sie durfte sich jetzt nicht ablenken lassen.

»Also was ist jetzt? Lässt du mich rein oder nicht?«

Tango sah Lenzer an, der die Schwerter in den Händen hielt.

»Sollten die nicht in einem Koffer liegen?«

»Geh mir jetzt bloß nicht auf die Nerven. Für einen Koffer hat es nicht gereicht.«

»Ich weiß nicht. Man hätte mir Bescheid geben müssen, dass du kommst.«

»Gib mir dein Satellitentelefon«, forderte Klara. »Ich rufe Träger an. Damit das Elend hier ein Ende hat.«

Der Agent reichte es ihr.

Klara wählte eine Fantasienummer und hielt sich das Telefon ans Ohr.

Sie wartete einige Sekunden, dann fing sie an, zu sprechen. »Hier ist Klara. Ich weiß, dass du im Stress bist… Es tut mir leid… Natürlich habe ich die Schwerter… Aber ich komm nicht… Warte… Ich will doch nur…«

Klara nahm das Telefon vom Ohr und sah es entgeistert an.

»Er hat einfach aufgelegt. Der Mann ist fix und fertig. Aber das ist auch verständlich. Möglicherweise ist es der wichtigste Tag in seiner Karriere.« Sie hielt das Telefon Tango hin. »Tu mir einen Gefallen. Ruf ihn selbst an. Ich glaube, es ist besser, wenn ich es nicht noch einmal versuche. Außerdem ist das ja hier dein Job und nicht meiner.«

Tango glotzte auf das Telefon in Klaras Hand. Dann warf er einen Blick zu Lenzer und den Schwertern.

»Und die beiden müssen unbedingt mit reingehen?«, fragte er.

»Sie werden die Schwerter nicht aus den Augen lassen, bis sie sie Träger gegeben haben.«

»Seid ihr bewaffnet?«

»Nein, natürlich nicht.«

Der Agent biss sich auf die Lippe.

Klara sah ihm im Gesicht an, mit welcher Frage er sich beschäftigte.

Wenn er Träger anrief, konnte es ihm passieren, dass sein gestresster und wütender Vorgesetzter ihn fragen würde, warum er nichts von den Schwertern wusste. Man hätte es ihm doch dreimal gesagt. Ob das stimmte, spielte am Ende keine Rolle.

»Gut, in Ordnung. Ihr könnt rein. Aber vorher muss ich euch nach Waffen durchsuchen lassen.«

»Das ist das Mindeste«, sagte Klara.

Max Lenzer

Sie hatten es tatsächlich auf das Gelände der Villa geschafft.

»Wie haben Sie das hinbekommen?«, fragte Lenzer.

»Ich habe seine Angst vor Träger ausgenutzt.«

»Ich glaube, er hatte nicht nur Angst vor Träger«, sagte Hansen.

Klara strahlte. »Ja, ist das nicht herrlich?«

»Und wie geht es jetzt weiter«, fragte Hansen.

»Jetzt erledigen wir die beiden«, sagte Lenzer.

»Und wie kommen wir wieder raus?«, wollte Hansen wissen.

»Davon war nie die Rede«, brummte der Reichsmarschall.

»Dann soll es so sein.«

Sie liefen durch den dunklen Park und hatten bereits die Hälfte des Weges zur Villa zurückgelegt. Bis zum Eingang der Villa waren es jetzt noch knapp fünfzig Meter. An der rechten Seite des Gebäudes wurde die Fassade von Scheinwerfern angestrahlt. Dort musste das Podest stehen, das Lenzer bei Richards Ansprache im Fernsehen gesehen hatte.

»Geben Sie mir das Katana«, forderte Klara Lenzer auf.

»Warum wollen Sie das Langschwert?«

»Wer Großes vorhat, braucht ein großes Schwert.«

Lenzer war es gleich. Das Kurzschwert, das ihm blieb, hatte eine Klingenlänge von knapp siebzig Zentimetern, das reichte aus, um Richard und Träger den Bauch aufzuschneiden.

Er reichte Klara das Samuraischwert.

Niemals hätte er gedacht, dass es ihm tatsächlich gelingen würde, so nah an die beiden heranzukommen. Inzwischen sah es so aus, als könnte seine Rache gelingen. Mehr forderte er vom Leben nicht mehr. Für einen kurzen Moment dachte er an das Artefakt. Konnte es wirklich sein, dass das Artefakt ihm eine zweite Chance gegeben hatte, damit er sich an Richard und Träger rächen konnte? Wäre das nicht zu billig?

Er verdrängte den Gedanken. Der Wunsch danach, Blut zu sehen, war zu intensiv.

Von Anfang an hatte er keine Sekunde darüber nachgedacht, wie er hier wegkommen würde. Es war ihm völlig gleichgültig. Solange er seine Rache haben konnte, war er zufrieden. Dass er Hansen mit ins Verderben zog, tat ihm leid. Aber der Hauptsturmführer hatte sein Schicksal selbst gewählt. Er war es, der ihn zum Artefakt geführt hatte. Und jetzt hatte er ihn freiwillig bis hierher begleitet.

Was Wagner anging, kümmerte ihn ihr Schicksal nicht. Außerdem hatte er das Gefühl, dass man sich um sie die wenigsten Sorgen machen müsste. Sie konnte gut auf sich selbst aufpassen.

»Tut mir leid mein Großer, dass für dich kein Messer übrig

geblieben ist«, sagte sie zu Hansen. »Aber du bist verletzt. Daher ist es wohl besser, wenn dein Chef bewaffnet ist.«

»Ich komm schon klar«, sagte Hansen.

»Daran zweifle ich nicht.«

Sie gingen weiter und liefen dabei direkt neben dem Kiesweg auf dem Rasen, um möglichst wenig Geräusche zu verursachen.

Das Gute war, dass die ganze Veranstaltung hier unter extremem Zeitdruck geplant worden war. Bis auf die unmittelbar Beteiligten würde es keine weiteren Gäste geben. Blieb zu hoffen, dass die Anzahl der Wachen ebenfalls überschaubar war. Das Gelände der Villa war zu groß, um es hermetisch abzuriegeln. Darum war es wahrscheinlich, dass sich die meisten Wachen in der Nähe des Hauses aufhalten würden. Denn dies war letztendlich der Ort, der geschützt werden musste.

Unvermittelt blieb Klara stehen.

Lenzer und Hansen stoppten ebenfalls und sahen sie an.

Sie hatte die Augen geschlossen und den Kopf in den Nacken gelegt.

»Träger ist hier«, hauchte sie.

Lenzer sah sich ratlos um.

»Wo?«, flüsterte er.

Sie schüttelte den Kopf. »Ich weiß es nicht. Aber er ist in der Nähe.«

Sie öffnete die Augen.

»Viel Glück«, flüsterte sie.

Bevor Lenzer reagieren konnte, war Klara in den Büschen verschwunden.

»Was soll das denn jetzt?«, stieß Hansen hervor. »Denken Sie, dass Sie uns verraten will?«

»Nein, das glaube ich nicht. Kommen Sie. Wir kümmern uns um Richard.«

Klaras Verhalten hatte auf Lenzer den Eindruck erweckt, als hätte sie seine Witterung aufgenommen. Zuzutrauen wäre es ihr. Da er keinen Sinn darin sah, in der Dunkelheit hinter ihr her zu stolpern, ging er weiter auf das Haus zu.

Kurz bevor sie die Villa erreichten, schlugen sie sich nach rechts in die Büsche und versuchten, eine Position zu finden, von der aus sie möglichst viel sehen konnten, ohne entdeckt zu werden.

Lenzer und Hansen knieten sich hin.

Sie befanden sich nun auf der rechten Gebäudehälfte der Villa. Die durch Scheinwerfer angestrahlte Tribüne mit dem Pult war dreißig Meter entfernt.

Vor der Tribüne standen drei Kameras, um die sich einige Techniker kümmerten.

Hinter der Tribüne befand sich ein großes Panoramafenster.

Lenzer wusste, dass das Fenster zu einem Saal gehörte. Im Saal war die Festbeleuchtung angeschaltet. Durch die Gardinen konnte er Schatten sehen, die sich bewegten. Dort waren auf jeden Fall mehrere Leute anwesend.

Bis hierhin waren sie gekommen. Aber wie sollte es weitergehen?

»Bisher habe ich noch keine Wachen gesehen«, flüsterte Hansen.

Genau in diesem Moment kamen drei Personen um die Ecke.

Zwei trugen Maschinenpistolen. Bei der Dritten handelte es sich um Richard.

Lenzers Herz begann zu klopfen.

Am liebsten wäre er aufgesprungen, hätte das Schwert gezogen und sich auf Richard gestürzt. Unter den gegebenen Umständen würde er es allerdings kaum schaffen, die Hälfte des Weges zurückzulegen.

Richard erreichte die Tribüne, nahm die drei Stufen und stellte sich hinter das Pult. Anscheinend redete er mit den Technikern. Vielleicht machten sie eine Stimm- und Beleuchtungsprobe.

Die beiden Männer vom Wachpersonal blieben neben der Tribüne stehen.

Plötzlich hörte Lenzer einen erstickten Schrei.

»Das war Wagner«, sagte Hansen.

Die Männer bei der Tribüne hatten den Schrei anscheinend nicht gehört. Sie zeigten keine Reaktion.

Ohne seinen Blick von Richard abzuwenden, sagte Lenzer: »Helfen Sie Ihr. Ich komme hier alleine klar.«

»Sind Sie sicher?«

»Machen Sie schon. Das ist ein Befehl.«

In geduckter Haltung machte sich Hansen auf den Weg.

Lenzer sah sich um. Er musste eine Möglichkeit finden, sich der Tribüne zu nähern, ohne dass Richard ihn erkannte oder das Wachpersonal misstrauisch wurde.

In einiger Entfernung zur Tribüne und den aufgebauten Kameras stand ein einsamer Transporter. Die Heckklappe war offen. Um den

Transporter herum lagen einige Plastikkörbe und Koffer auf dem Boden. So wie es aussah, gehörte das Fahrzeug zu den Fernsehleuten.

Das Fahrzeug konnte er erreichen, ohne die Parkanlage zu verlassen.

Geschützt durch die Dunkelheit schlich er von einem zum Gebüsch zum anderen.

Die einzige Chance, die er sah, bestand darin, es auf eine ganz dreiste Tour zu versuchen.

Als er den Transporter erreichte, nahm er ein Stativ, legte es sich über die Schulter und griff sich einen der Koffer. Dann marschierte er in Richtung des Podestes.

Wegen Richard machte er sich keine Sorgen. Der war derzeit abgelenkt und mit anderen Dingen beschäftigt. Außerdem wurde er von den Scheinwerfern der Fernsehleute geblendet.

Auch die Wachmänner würden ihn kaum als Gefahr identifizieren.

Im Moment ging die größte Bedrohung eindeutig von den Fernsehleuten aus. Die waren zu sechst und es würde ihnen sicherlich auffallen, wenn auf einmal ein Siebter zu ihnen stoßen würde.

Lenzer war noch zehn Meter von dem Podest entfernt.

Bisher hatten die Fernsehleute ihn keines Blickes gewürdigt. Sie waren mit ihrer Technik und Richard beschäftigt.

Die größte Chance, ein Attentat durchzuführen, bestand dann, wenn man als Attentäter nicht darauf bedacht war, die Sache zu überleben. Wenn man seine Flucht nicht einplanen musste, funktionierten auch die kühnsten Pläne.

Jetzt waren es noch fünf Meter.

Einer der Fernsehtechniker blickte auf und sah ihn an. »Hallo? Was machen Sie da?«, rief der Mann.

Das war Lenzers Startschuss.

Er ließ das ausgeliehene Equipment fallen, zog das Schwert aus seiner Scheide und sprintete die letzten Meter zu dem Podest.

Mit einem Sprung war oben.

Bevor Richard realisierte, was los war, hatte er ihn erreicht.

Lenzer stand hinter ihm, riss seinen Kopf an den Haaren nach hinten und hielt ihm die Klinge an den Hals.

»Hallo Richard«, sagte Lenzer in ruhigem Ton.

»Hallo Max«, keuchte Richard. »Es freut mich, dass du es einrichten konntest.«

Klara Wagner

Klara stand auf einer Wiese und drehte sich im Kreis.

Auch wenn sie ihn nicht sehen konnte, wusste sie, dass Träger in der Nähe war. Sie konnte ihn riechen.

Der Geruch von einem Wald nach einem Sommerregen war unverwechselbar. Sie konnte sich gut an ihre erste Begegnung mit Träger im Gefängnis erinnern. Bereits damals hatte sie diesen Geruch wahrgenommen. Ein Geruch, der sie fasziniert hatte. Es hatte nach Freiheit und Frieden gerochen.

Nun hing derselbe Geruch in der Luft. Aber seine Wirkung war eine völlig andere.

Er brachte ihr Blut zum Kochen.

Sie hatte ihm Treue versprochen und dieses Versprechen niemals gebrochen.

Gleichgültig, was er von ihr verlangt hatte, sie hatte es getan.

Dutzende Menschen hatte sie auf seinen Befehl hin getötet.

Aber nun war alles anders.

Träger hatte versucht, sie zu töten. Damit hatte er sich auf die gleiche Stufe gestellt, wie dieser ekelhafte Wärter, der versucht hatte, sie im Gefängnis zu vergewaltigen.

Es kam ihr so vor, als wäre sie erwacht. Als hätte eine Fee ihren Zauberstab geschwungen und sie von einem alten Bann befreit. Der Name der Fee war *Wut*.

Träger war einer der wenigen Menschen, vor denen sie Angst hatte. Genau genommen, war er sogar der Einzige.

Sie hatte ihn niemals kämpfen sehen. Aber sie wusste trotzdem, dass der Mann brandgefährlich war. Dazu kam, dass er Klara kannte wie kein anderer. Ihre Stärken und Schwächen waren für ihn kein Geheimnis.

Sie hatte keine Ahnung, was Träger hier draußen machte. Vielleicht einen Spaziergang, um nachzudenken oder um nach dem Rechten zu sehen. Auch möglich, dass sein Gefühl ihm sagte, dass irgendetwas nicht stimmte.

Sie lauschte in die Dunkelheit.

Bis auf ein kaum wahrnehmbares Rauschen der Blätter, war es still.

In ihrer linken Hand hielt sie die Schwertscheide mit dem Katana.

Plötzlich verloren ihre Füße den Kontakt zum Boden. Vor Überraschung stieß sie einen Schrei aus.

Sie flog durch die Luft, als würde sie in einem unsichtbaren Katapult sitzen.

Fast zehn Meter weit flog sie, bevor sie auf dem Boden aufschlug. Mit Mühe gelang es ihr, durch eine Rolle den Aufprall einigermaßen abzufedern. Sie hatte das Schwert verloren.

Was war das gewesen?

So schnell sie konnte, stellte sie sich auf die Füße und wirbelte herum.

»Darf ich fragen, warum du noch am Leben bist?«

Das war Trägers Stimme.

Im Dunkeln konnte sie nur seinen Schatten erkennen.

Hatte Träger sie hochgehoben und durch den halben Park geworfen?

Er war ein kräftiger Mann, aber das war zu viel.

»Ich wusste, dass etwas nicht stimmt. Aber ganz ehrlich, mit dir habe ich wirklich nicht gerechnet. Mein Respekt und meine Hochachtung.«

»Du wolltest mich umbringen«, sagte Klara.

Sie sah das Samuraischwert in der Dunkelheit auf dem Boden liegen. Es lag auf halber Strecke zwischen ihr und Träger.

»So wie es aussieht, hätte ich das wohl selbst erledigen müssen. Darf ich fragen, was dich hierher führt?«

»Ich werde dich töten.«

Träger lachte. »Das ist nicht so einfach, wie du dir das vorstellst.«

»Das ist kein Grund, es nicht wenigstens zu versuchen.«

»Was glaubst du, wer du bist? Hast du die geringste Vorstellung davon, mit wem du es zu tun hast?«

Das Gerede führte nirgendwohin. Ihr würde es nicht gelingen, Träger zu Tode zu quatschen. Dass er sie einfach so, aus einer Laune heraus, meterweit durch die Luft geworfen hatte, hatte ihr gewaltig den Schneid abgekauft.

Mit bloßen Händen würde sie nicht mit dem fertig werden. Die einzige Möglichkeit, die ihr blieb, war, das Schwert zu erreichen.

Sie sprintete los.

Nach fünf Schritten ließ sie sich vor dem Schwert auf die Knie fallen und griff mit der linken Hand die Schwertscheide.

Die Aktion hat kaum zwei Sekunden gedauert. Aber Träger war in dieser Zeit nicht untätig geblieben.

Er stand plötzlich direkt vor ihr und rammte ihr sein Knie ins Gesicht.

Klara fiel nach hinten auf den Rücken. Sie war blind und taub. In ihrem Kopf summte es. Es war ein Geräusch, wie ihn alte Fernseher gelegentlich verursachten.

Bevor sie sich von dem Stoß erholen konnte, spürte sie, wie Träger sie mit beiden Händen am Kragen packte und sie in die Höhe hob, als würde sie nicht mehr wiegen als ein Kleinkind.

Niemals die Waffe loslassen, egal was geschah.

»Ich verschlinge Welten«, brüllte Träger. »Und du kleines Flittchen willst dich mit mir anlegen?«

Klara hörte schnelle Schritte, die auf sie zukamen.

Dann wurden sie und Träger über den Haufen gerannt. Das Gefühl kannte sie bereits aus dem Parkhaus. Die Kavallerie war da. Leider bestand sie nur aus einem invaliden SS Offizier.

Klara lag auf der Seite. Träger hielt sie nicht mehr fest. Der war im Moment mit Hansen beschäftigt. Ihre Hand umklammerte das Schwert wie ein Schraubstock. Um es ihr zu entreißen, müsste man ihr die Hand abhacken.

Ihr Kopf fühlte sich an wie eine angeschlagene Glocke. Tränen verschleierten ihre Sicht. Sie hörte, wie Träger und Hansen miteinander kämpften.

Sie musste sich zusammenreißen und auf die Beine kommen.

Klara stellte sich hin und wischte sich mit dem Handrücken die Tränen aus den Augen.

Der Kampf zwischen den beiden Männern war mittlerweile entschieden.

Hansen lag auf dem Rücken und bewegte sich nicht.

Träger stand über ihm.

»Jetzt ist Schluss mit dem Kindertheater.«

Träger zog eine Pistole aus seinem Halfter, zielte auf Hansen und drückte ab.

Mündungsfeuer blitzte auf.

Sie fasste den Schwertgriff mit beiden Händen und vollführte eine halbkreisförmige Bewegung über ihrem Kopf. Am Scheitelpunkt der Kurve rutschte die Scheide durch die Zentrifugalkraft von der Klinge.

Träger drehte sich in ihre Richtung.

Er hob die Waffe.

Ihr Hieb war so schnell geführt, dass die Klinge mit dem bloßen Auge kaum mehr zu erkennen war. Nicht mehr als ein silberner Streifen in der Nacht.

Als der Stahl Trägers Hals traf, spürte sie nicht den geringsten Widerstand.

Ihr Hieb war beendet.

Träger stand da und starrte sie an.

Für einen Moment befürchtete sie, ihn verfehlt zu haben.

Aber das hatte sie nicht.

Langsam glitt sein Kopf von seinen Schultern und landete auf dem Rasen.

Einen Augenblick lang blieb sein Körper stehen. Dann fiel er wie zu einem Gebet auf die Knie, um schließlich vornüber zu kippen.

Klara ging zu der Stelle, wo Trägers Kopf lag.

Sie kniete sich hin und sah ihm ins Gesicht.

Er sah sie an.

Konnte er sie noch sehen? Besaß er noch Bewusstsein?

Sie hoffte es.

Klara beugte sich zu ihm hinunter und flüsterte ihm ins Ohr. Dann stand sie auf und ging zu Hansen.

Der SS Offizier bewegte sich.

Erstaunlicherweise war sie erleichtert, dass er noch lebte.

»Ich glaube, ich werde sterben«, stöhnte er.

So wie es aussah, hatte ihn Träger in die Brust geschossen und dabei vermutlich einen Lungenflügel erwischt. Unbehandelt war das eine tödliche Verletzung. Aber noch blieb Zeit.

»Ich glaube nicht, dass ich das zulassen werde.«

»Wie sich die Prioritäten doch ändern können.«

Klara lächelte.

»Ich hoffe, das war gerade kein Abschiedskuss.«

»Nein. Ich habe ihm nur einige Worte mit auf den Weg geben.«

»Verrätst du mir, was du ihm gesagt hast?«

»Denn ein Feuer ist angegangen durch meinen Zorn und wird brennen bis in die unterste Hölle.«

Hansen hustete. »Wie nett.«

Max Lenzer

Immer noch stand er hinter Richard und hielt ihm die Schwertklinge an den Hals.

Lenzer hatte die Wachmänner aufgefordert, ihre Waffen niederzulegen.

Nach einigem Zögern waren sie dem nachgekommen.

»Du hast meine Tochter auf dem Gewissen«, sagte Lenzer. »Und mir wolltest du den Anschlag auf Wertheim in die Schuhe schieben.«

»Das war Trägers Plan, nicht meiner. Ich habe immer gedacht, dass die Zukunft uns beiden gehört. Träger hat mir gesagt, dass du eine entscheidende Rolle spielen wirst. Dass es sein Plan war, dich zu opfern, um mich auf den Thron zu setzen, habe ich lange nicht geahnt.«

»Warum hast du das alles getan?«

Die Frage war überflüssig. Lenzer hatte es selbst gesehen. Sein Onkel hatte seine Seele in einer dreckigen Höhle bei Stalingrad verkauft und Träger Treue geschworen. Auch wenn Richards Seele von dieser Vereinbarung nicht direkt betroffen war, besiegelte sie sein Schicksal. Seit seiner frühesten Kindheit stand Richard unter dem Einfluss von Träger und wurde von ihm manipuliert. Letztendlich war auch er nur ein Opfer.

»Weil es meine Bestimmung ist«, sagte Richard. »Ich habe Wertheim töten lassen, weil er meinem Aufstieg im Weg stand. Mein Ziel ist einfach formuliert. Heute Deutschland, morgen die ganze Welt. Dafür kann kein Opfer groß genug sein.«

Mittlerweile hatten sie Besuch bekommen.

Neben dem Podest standen der Innenminister Karl von Steinhaus, der Justizminister Fritz Backer, Generalfeldmarschall Wolfgang Maler und einige andere Männer in Polizei- und Militäruniformen.

Für Lenzer gab es nichts weiter zu sagen. Es wurde Zeit, sein Werk zu vollenden. Mit einem kurzen Schnitt würde er Richard das Leben nehmen und danach sein eigenes verlieren.

Aus den Augenwinkeln sah er, wie einer der Techniker aufgeregt mit den Armen fuchtelte.

»Ich war das nicht«, rief ein anderer. »Ich schwöre, ich habe nichts angefasst.«

Der Justizminister ging auf einen der Techniker zu und redet kurz mit ihm.

Danach lief er mit schnellen Schritten zurück zu dem Podest.

»Das wird alles mit einer Direktschaltung übertragen. Wir sind auf Sendung.«

Die Umstehenden sahen sich entsetzt an.

Als Erstes schaltete Generalfeldmarschall Maler.

Er sprang auf das Podest.

»Herr Reichsmarschall. Das deutsche Volk verdankt Ihnen viel. Sie haben Ihr Leben riskiert und damit die infamen und verräterischen Machenschaften von Herrn Kleist aufgedeckt.«

Da hatte einer aber wirklich schnell die Kurve gekriegt. Aber letztendlich hatte keiner der Anwesenden eine Wahl. Millionen von Menschen hatten Richards Geständnis im Fernsehen gesehen. Die einzige Chance für die Verschwörer bestand darin, spontan die Seite zu wechseln und zu hoffen, dass man ihnen nicht nachweisen konnte, dass sie von dem Attentat etwas gewusst hatten. Es war durchaus möglich, dass das dem einen oder anderen gelingen würde. Vielleicht gab es in der Runde auch ein oder zwei, die tatsächlich nichts mit dem Attentat zu tun hatten.

So oder so. Das Spiel war zu Ende.

Er wusste nicht, wo sich Träger befand. Aber das war nun auch bedeutungslos. Der Mann war genauso erledigt wie Richard.

Die Umstehenden sahen ihn an.

Die hohen Herren hofften sicherlich darauf, dass Lenzer dem Verräter die Kehle durchschnitt. An einer möglicherweise belastenden Aussage von Richard waren sie nicht interessiert.

Und die Menschen vor den Fernsehern?

Die würden Verständnis für ihn haben.

Was war mit Maria? Was hätte sie gewollt?

Das war einfach zu beantworten.

Lenzer ließ das Schwert sinken.

EPILOG

Die Erdoberfläche war zu einundsiebzig Prozent von Wasser bedeckt. Was das bedeutete, begriff man erst, wenn man in einem Flugzeug saß und stundenlang nichts anderes unter sich beobachtete als einen blauen bewegungslosen Teppich.

Auch, wenn Lenzer es kaum glauben mochte, in weniger als einer Stunde würden sie ihr Ziel in Feuerland an der Südspitze Südamerikas erreichen.

Er sah Hansen an, der ihm gegenüber saß.

»Machen Sie sich Sorgen um Ihre Frau?«

Klara Wagner war bereits vor einer Woche auf die *Isla Grande de Tierra del Fuego* geflogen. Als Sicherheitsbeauftragte war es ihre Aufgabe, die Ankunft von Lenzer und seinem Gefolge vorzubereiten.

»Wenn jemand auf sich selbst aufpassen kann, dann ist es Klara.«

»Sie sehen aber nervös aus.«

»Das hat grundsätzliche Gründe. Meiner Meinung nach ist es keine gute Idee, ohne richtigen Geleitschutz zu dem Treffen zu fliegen.«

Hansens Bedenken waren nachvollziehbar und er äußerte sie nicht zum ersten Mal.

Sie flogen praktisch alleine. Zumindest wenn man Lenzers Position und den Grund seiner Reise betrachtete. In der Luft begleiteten sie lediglich vier Messerschmidt Abfangjäger sowie eine Tankmaschine.

Auf dem Meer um Feuerland gab es keine Präsenz der Marine. Keine Zerstörer, keine Flugzeugträger, keine U-Boote.

Lediglich zweihundert Soldaten und ziviles Personal hatten ihre Quartiere in der Nähe der Stadt Ushuaia bezogen. Darunter auch Klara Wagner.

Vor vier Monaten hatten sie und Hansen geheiratet.

An dem Tag, an dem Hansen Klara Wagner um ihre Hand angehalten hatte, hatte er ähnlich nervös gewirkt, wie heute. Lenzer hatte ihn gefragt, ob er so große Angst hätte, dass sie Nein sagen könnte.

»Ich habe Angst, dass sie mich umbringt«, hatte er geantwortet.

Vermutlich war diese Antwort gar nicht so scherzhaft gemeint gewesen, wie man vermutete.

Aber die Angst erwies sich als unbegründet. Sie hatte Ja gesagt.

Hansen hatte ihm erzählt, dass Klara in den ersten Wochen nach den Ereignissen in Richards Villa sehr viel geweint hätte. Es sei Hansen vorgekommen, als wäre sie aus einem jahrelangen Albtraum erwacht.

Lenzer kannte mittlerweile ihre Geschichte.

Genau wie Richard war sie über eine lange Zeit Trägers Kontrolle ausgesetzt gewesen. Aber da sie eine weitaus stärkere Persönlichkeit besaß, hatte sie sich im entscheidenden Moment von ihm befreien können. Der Versuch, sie umzubringen, war Trägers Fehler gewesen. Das hatte den Bann gebrochen.

Am Horizont tauchte ein brauner Streifen auf. Land war in Sicht.

»Die Amerikaner und Japaner werden ihre halben Streitkräfte mitbringen«, sagte Hansen.

»Das mag sein. Aber ich habe angekündigt, dass ich das nicht tun werde. Man kann nur Vertrauen schaffen, wenn man sein Wort hält.«

»Vertrauen«, wiederholte Hansen mit einem spöttischen Unterton. »Ist das möglich? Warum sollten wir uns gegenseitig vertrauen?«

»Weil wir kurz davor standen, uns auszulöschen. Beim nächsten Mal haben wir vielleicht weniger Glück.«

»Die Gefahr ging von uns aus. Das ist kein Argument, warum uns andere Vertrauen entgegenbringen sollten.«

»Diesmal ging die Bedrohung von uns aus. Beim nächsten Mal möglicherweise von anderen. Das Ergebnis wäre dasselbe.« Lenzer atmete durch. »Aber Sie haben recht. Grund, uns zu vertrauen, haben weder die Amerikaner noch die Japaner. Die Amerikaner nicht, weil wir ihnen den Krieg erklärten, und die Japaner nicht, weil wir im letzten Moment einen Rückzieher gemacht haben. Das ist der Grund, warum ich quasi nackt zu diesem Treffen reise. Ich will zeigen, dass ich mit guten Absichten komme.«

»Das ist kaum mehr als eine Geste. Darüber hinaus auch noch eine sehr riskante.«

»Mit Gesten beginnt die Kommunikation.«

Wenige Tage, nachdem es ihnen gelungen war, Richard und Träger auszuschalten und sie der Durchführung eines Staatsstreichs zu überführen, war Lenzer in den Heldenstatus berufen worden und plötzlich seitdem der Liebling der Massen.

Drei Wochen später war er zum Reichkanzler ernannt worden. Man konnte sagen, dass er der erste Reichskanzler war, der durch das Volk gewählt worden war.

Diejenigen der politischen Oberschicht, die gegen ihn waren, behielten ihre Abneigung für sich. Denn wer sich gegen ihn gestellt hätte, hätte sich gegen das gesamte Volk gestellt. Das Risiko hatte niemand eingehen wollen.

Zumindest bis jetzt nicht.

Träger war tot. Klara Wagner hatte ihm den Kopf abgeschlagen.

Richard war vom Reichsgerichtshof zum Tode wegen Hochverrats verurteilt worden.

Einige Wochen nach dem Urteil wollte Lenzer seinen Cousin begnadigen und dessen Todesstrafe in eine lebenslange Haftstrafe umwandeln. Es war gut möglich, dass der Mann auf seine Art mehr gelitten hatte, als sie alle zusammen. Nach längeren Diskussionen mit seinen Vertrauten musste er einsehen, dass er das nicht tun durfte. Das Volk würde es nicht verstehen.

Das war das erste Mal, dass er begriffen hatte, dass seine Macht nur begrenzt war. Er war nicht mehr Max Lenzer, sondern Reichskanzler Max Lenzer. Das Amt als solches zwang ihm in vielen Dingen seinen Willen auf. Es hatte gedauert, bis er es akzeptiert hatte. Seine Macht war nicht absolut.

Allmählich wurde der dunkle Streifen am Horizont größer. Lenzer spürte die Nervosität in sich aufsteigen.

»Es tut mir leid«, flüsterte Hansen.

»Was? Ich habe Sie nicht verstanden. Ich war in Gedanken.«

»Es tut mir leid, dass ich Maria nicht retten konnte.«

»Ich weiß. Aber das ist nicht nötig.«

»Sie verstehen das nicht. Immer wenn ich in Ihrer Nähe bin, fühle ich mich schlecht. Wie ein Verräter oder Feigling.«

Lenzer beugte sich leicht nach vorne. »Wenn ich denken würde, dass Sie ein Verräter oder ein Feigling sind, oder wenn ich glauben würde, dass Sie tatsächlich die Schuld am Tod meiner Tochter tragen, denken Sie, dass Sie dann in diesem Flugzeug sitzen würden?«

»Wohl kaum.«

»Es gibt keine Menschen, denen ich mehr vertraue als Ihnen und Ihrer Frau. Was seltsam ist, denn sie hat mich in die Luft gesprengt.«

»Danke.«

Es war in der Tat verwirrend. Lenzer würde sein Leben jederzeit, ohne zu zögern, in die Hände von Klara Wagner legen. Hätte ihm das jemand vor zwei Jahren vorausgesagt, hätte er ihn zwangseinweisen lassen.

Vom Reichssicherheitshauptamt zur Division Apollo. Von der Attentäterin zur Chefin der Sicherheit des Reichskanzlers. Interessante Karriere.

Was das Wort Zufall anging, hatte sich dessen Bedeutung für ihn grundlegend gewandelt.

Es reichte aus, wenn er sich Folgendes vor Augen führte: Wenn seine Tochter sich nicht dazu entschlossen hätte, ein Attentat auf ihn durchzuführen, dann wäre sie nicht in die Fänge von Lux Träger geraten. In diesem Fall hätte Hansen sie nicht gesucht und hätte somit auch nicht Wiebke Raabe befreien können, die durch eine Verknüpfung seltsamster Zufälle an die Koordinaten für das Artefakt gelangt war. Hansen hätte die Koordinaten niemals erhalten und Lenzer nicht zum Artefakt führen können.

Das war nur ein Beispiel einer ganzen Reihe von Zufällen, die in ihrer Gesamtheit dafür gesorgt hatten, dass er die Möglichkeit erhalten hatte, Richard und Träger aufzuhalten.

Je länger man darüber nachdachte, umso verrückter wurde es.

Mittlerweile war Lenzer davon überzeugt, dass diese Zufälle keine Zufälle gewesen waren.

Das Artefakt hatte sie angezogen wie das Licht die Motten. Über viele Jahre hinweg hatten sie sich alle auf chaotischen Bahnen dem Artefakt genähert.

Nachdem sich der erste Wirbel gelegt hatte und Hansen von seiner

Schussverletzungen genesen war, hatte Hansen in seiner und Klara Wagners Begleitung noch einmal das Artefakt aufgesucht.

Zum einen wollte er die letzten Zweifel an seiner Geschichte ausräumen, zum anderen hoffte er, das Artefakt noch einmal aktivieren zu können. Ihn trieb die vage Hoffnung, Maria doch noch zu retten.

Der Tunnel war da, die Kammer war da, aber das Artefakt war verschwunden.

Vielleicht hatte es jemand an sich genommen, vielleicht hatte es sich selbst in Luft aufgelöst.

Lenzer vermutete, dass Letzteres zutraf.

Das wäre der letzte Zaubertrick des Artefakts gewesen.

Längere Zeit fragte er sich, ob das Artefakt Gottes Werk gewesen war. Genauso wie er sich fragte, ob Lux Träger tatsächlich der Teufel gewesen war.

Vermutlich traf weder das eine noch das andere zu.

Lux Träger war der Repräsentant einer unbekannten Macht gewesen. Einer Macht, die man als böse bezeichnen konnte. Wobei Begriffe wie Gut und Böse rein menschlicher Natur waren. Auf einer höheren Ebene besaßen sie möglicherweise keinerlei Bedeutung.

Vielleicht war das Artefakt einfach nur eine regulierende Macht, die eingriff, wenn eine Seite sich nicht an die Regeln hielt und die Grenzen überschritt.

Im Grunde war es müßig, darüber nachzudenken.

Maria hatte ihm bei ihrer letzten Begegnung gesagt, dass er geprüft werde.

Zunächst hatte er geglaubt, dass seine Prüfung darin bestand, Richard und Träger aufzuhalten. Aber das war zu kurz gedacht.

Vielleicht hatte er seine Ernennung zum Reichskanzler nur indirekt dem Artefakt zu verdanken. Aber auch, wenn dies nur ein Nebenprodukt der vom Artefakt herbeigeführten Verwicklungen sein sollte, so empfand er es doch als ein Zeichen.

Maria hatte ihm einmal vorgeworfen, dass die mächtigsten Menschen die Möglichkeit besaßen, die Welt zu einem besseren Ort zu machen. Aber sie taten es nicht. Sie versuchten es nicht einmal.

Das wollte Lenzer sich nicht vorwerfen lassen.

Hatte das Artefakt dafür gesorgt, das Maria und er sich getroffen hatten? Ihre ewigen Sticheleien hatten dafür gesorgt, dass er sich über die eine oder andere Sache Gedanken gemacht hatte. Gedanken, die ihm sonst niemals in den Sinn gekommen wären.

Die Frage war, wie es ihm gelingen sollte, die Welt zu ändern.

Er hatte gelernt, dass man dringend Vertraute brauchte. Menschen, auf die man sich verlassen konnte und mit denen einen mehr verband als nur machtpolitische Interessen.

Hansen gehörte dazu. Vor einem halben Jahr hatte Lenzer ihn zum Gruppenführer und Chef seines Stabes ernannt.

Und für Wiebke Raabe hatte er auch einen Posten gefunden. Sie leitete das Integrationsamt. Diese Behörde war Lenzers geistiges Kind und von ihm gegründet worden.

Nach der Geschichte mit dem Artefakt hatte er viel über die Römer nachgedacht.

Die Römer hatten Menschen aus den von ihnen eroberten Gebieten den Bürgerstatus verliehen und ihnen gestattet, ihre eigene Kultur weiterzuleben. Dass sie das getan hatten, war Lenzers Meinung nach einer der Hauptgründe, warum ihr Reich so lange existiert hatte. Man musste den Menschen etwas geben und sie teilhaben lassen. Es war ein Anfang, wenn auch nur ein kleiner.

Immerhin hatte es dazu geführt, dass die Lage in den Protektoraten sich etwas entspannt hatte. Aber er wusste, dass dies nicht mehr als ein Aufschub war. Denn an der grundsätzlichen Schieflage der Welt hatte sich nichts verändert.

Die Welt zu ändern, war kein Kinderspiel. Es gab einfach zu viele machtvolle Interessensgruppen, die er nicht ohne Weiteres vor den Kopf stoßen konnte.

Wenn er es dennoch tat, würden die Menschen, die ihn heute auf dem Schild durch die Stadt trugen, ihn morgen auf dem Scheiterhaufen verbrennen.

Maria hatte ihm gesagt, dass Millionen Menschen in den Konzentrationslagern ermordet worden waren. Vor allem Juden.

Lenzer hatte Nachforschungen anstellen lassen. Das Ergebnis war schrecklich gewesen. Sie hatte recht gehabt. Ein Verbrechen, das sich nicht wieder gutmachen ließ.

Was sollte er tun?

Die Unterwerfung halb Europas, Nordafrikas und Persiens. Die Ermordung von Millionen Juden.

Diese gigantischen Schäden an der Menschheit zu regulieren, war zu viel für einen Einzelnen. Auch für einen Reichskanzler.

In den letzten zwei Jahren hatte er damit begonnen, das System von unten zu sanieren. Aber das würde Jahrzehnte in Anspruch nehmen. Zeit, die er nicht hatte.

Lenzer hatte den Menschen gesagt, wie es um das Reich bestellt war und sie auf entbehrungsreiche Jahre eingeschworen. Das Volk hatte es hingenommen.

Allerdings würde sein Heldenstatus nicht ewig währen. Früher oder später, wenn es den Menschen immer schlechter ging, würden sie wieder anfangen, nach einem Krieg zu schreien. Nichts lenkte besser von der eigenen Armut ab als ein Waffengang.

Im Prinzip war sein Schicksal bereits jetzt besiegelt. Am Ende würde er an den Widerständen auf halbem Wege scheitern und seinen Tod finden. Vermutlich durch einen Anschlag oder einen Staatsstreich.

Darum hatte er sich dafür entschieden, das Große zu wagen. Er wollte ein Zeichen setzen und etwas tun, das vor ihm kein Staatsoberhaupt in der Geschichte getan hatte.

Lenzer würde ehrlich sein.

Ein Treffen zwischen dem amerikanischen Präsidenten, dem japanischen Kaiser und dem deutschen Reichskanzler. So etwas hatte es seit dem Krieg noch nie gegeben. Dass dieses Treffen überhaupt stattfand, war sein erster Erfolg.

»Werden Sie auch heiraten?«, fragte Hansen.

»Ja, aber behalten Sie es noch für sich. Ich habe Franziska vor unserem Abflug einen Antrag gemacht.«

Hansen strahlte. »Ich gratuliere.«

»Danke.«

»Wissen Sie schon, wann es so weit ist?«

»Nein. Darüber werde ich mit Franziska reden, wenn ich wieder zurück bin.«

Dass er es überhaupt gewagt hatte, sie zu einem Essen einzuladen, war ein mittleres Wunder gewesen.

An dem Tag, als er bei ihr im Lazarettkrankenhaus erschienen war, hatten seine Hände geschwitzt und sein Magen gekribbelt. Nur mit Mühe hatte er sich überwinden können. Sein Mut war belohnt worden, so viel stand mittlerweile fest.

Nie hätte er es für möglich gehalten, jemals mit einer Frau zusammenzukommen. Jetzt wo es geschehen war, merkte er erst, was er die ganzen Jahre vermisst hatte.

Wobei es nicht sicher war, ob es jemals zu einer Heirat kommen würde. Das würde sich in den nächsten Stunden entscheiden.

Mittlerweile flogen sie über Land.

»Wir werden jeden Moment landen«, sagte Hansen. »Haben Sie wirklich keine Rede vorbereitet?«

Lenzer schüttelte den Kopf.

»Was wollen Sie sagen?«

»Ich werde davon sprechen, was ich in Saigon erlebt habe. Ich werde ihnen von Maria erzählen. Wie ich sie gefunden habe, wie ich dabei scheiterte, ihre Zuneigung zu gewinnen, wie sie mich gehasst hat und wie ich geschworen habe, die Welt zu verbessern, und jetzt antrete, um es zu versuchen. Das ist das Ehrlichste, was ich tun kann.«

Es war völlig unklar, wie die Welt auf seine Rede reagieren würde.

Vielleicht erntete er nur Hohn und Spott.

Vielleicht würde man ihn im Reich sofort vom Thron stoßen.

Aber Maria würde es ganz sicher gefallen.

Die Maschine setzte zum Landeanflug an.

WEITERE BÜCHER UND KONTAKT ZUM AUTOR

Ich hoffe, das Ihnen das Buch gefallen hat. Sollten Sie an weiteren Bücher von mir interessiert sein, dann können Sie mir gerne eine Email schreiben (jens.buehler@online.de). Ich würde Sie dann in meinen Newsletter aufnehmen und bei Neuerscheinungen informieren.

Alle meine Romane auf einen Blick.

Jedes Buch ist als E-Book oder Taschenbuch bei Amazon erhältlich.

~

Reset

(Endzeit-Thriller)

Hauptkommissar Markus Steller leitet einen Polizeieinsatz von Spezialkräften in der Frankfurter Innenstadt. Zeitgleich, nur wenige hundert Meter entfernt, überfällt Demir Kara zusammen mit seinem Komplizen einen Diamantenkurier. Beide Unternehmungen versinken im Chaos, als sich die Stadt innerhalb von Minuten in ein Tollhaus verwandelt. Von rasender Wut besessen beginnen die Menschen übereinander herzufallen. Wer sich nicht in Sicherheit bringt, wird in Stücke gerissen. Verzweifelt versuchen beide Männer, gemeinsam mit anderen Überlebenden, der Hölle zu entkommen.

Während die Welt dem Wahnsinn zu erliegen droht, erfährt die Kommandantin des Forschungsbunkers Fenris, Generalmajor Aila Torbeck, dass der Feuersturm der Wut, der die Welt verbrennt, erst der Anfang ist. Der Druck, der auf Torbeck lastet, ist gewaltig. Sie und ihre Mitarbeiter sind die letzte Hoffnung auf Rettung vor dem drohenden Untergang. Aber die Kommandantin hat noch ganz andere Sorgen. Wie soll sie ihre Tochter Katta retten, die alleine in Frankfurt um ihr Leben kämpft?

Beim Kampf ums Überleben zählt nur der Sieg. Zweite Plätze gibt es nicht.

Ein Thriller aus der Apokalypse.

Der letzte Wohnsitz Gottes

(Alternativwelt-Thriller)

Im Winter 1943 verwandelt eine deutsche Atombombe Moskau in eine Hölle aus Schutt und Asche. Wenige Wochen später kapituliert die Sowjetunion.

Der Schock über die deutsche Massenvernichtungswaffe sitzt tief bei den Alliierten.

Das nach den Kriegsjahren des Ostfeldzuges militärisch geschwächte Reich droht mit der Zerstörung Londons. Ziel ist es, die Westmächte an den Verhandlungstisch zu zwingen.

Das Kalkül geht auf.

Im Februar 1944 endet der große Krieg mit dem Waffenstillstandsvertrag von Madrid.

Aber der Frieden ist trügerisch. Weltweit toben Stellvertreterkriege und es erscheint nur eine Frage der Zeit, bis die Großmächte ein letztes Mal gegeneinander ins Feld ziehen.

Seit dem Sommer 1981 hütet der SS-Offizier Max Lenzer ein Geheimnis, dessen Enthüllung ihn an den Galgen bringen würde. Dieser Gefahr rückt er noch näher, als er Jahre später vollkommen unerwartet in das höchste Amt der SS berufen wird und sich als Schachfigur in einem politischen Intrigenspiel wiederfindet.

Doch nicht nur Rivalen suchen nach einer Schwachstelle des

neuen Reichsmarschalls. Auch Klara Wagner, eine verurteilte Mörderin im Auftrag eines Geheimdienstes, sowie Wiebke Raabe, eine desillusionierte Inspektorin im Reichsamt für Volkshygiene, interessieren sich für sein Vorleben.

Als Lenzer dann auch noch dem Rätsel um die deutsche Atombombe auf die Spur kommt, schwebt er in Lebensgefahr.

Der Tod reitet schnell

(Mystery-Krimi)

Rieke ist tot. Ermordet. Der Täter wurde nie gefasst.

Seit dem gewaltsamen Tod seiner Tochter bekämpft Hauptkommissar Thomas Steyn seinen Schmerz mit Alkohol und Schlafmitteln.

Erst der Mord an einem Mann, der nicht zu existieren scheint, reißt ihn aus seiner Lethargie.

Steyn ermittelt und kommt einem uralten Rätsel auf die Spur.

Einem Rätsel, das verspricht Wunden der Vergangenheit zu heilen.

Für Eingeweihte Grund genug, deswegen zu töten.

Auch für Steyn?

Ein Mystery-Krimi

Geister

(Krimi)

Kriminalhauptkommissar Jo Lasker ist Leiter des Einsatz- und Fahndungskommandos der Frankfurter Polizei. Die Aufklärungsquote des EFKO ist außergewöhnlich hoch. Seit langem halten sich Gerüchte, dass die Angehörigen der Einheit es mit dem Gesetz nicht so genau nehmen, auch wenn alle internen Ermittlungen hierzu im

Sande verliefen. Der neuen Führung im Präsidium ist Laskers Dienststelle ein Dorn im Auge, sie soll einer Umstrukturierung zum Opfer fallen.

Bei einem letzten Einsatz fahnden die Polizisten nach einem Tatverdächtigen, der einen Doppelmord begangen haben soll. Was zunächst nach grausamer Routine aussieht, entwickelt sich für alle Beteiligten zu einer Grenzerfahrung, bei der völlig unklar ist, wer am Ende übrig bleibt, um darüber zu berichten.

Mit allen Mitteln

(Krimi)

Was die dunklen Wellen nachts ans Frankfurter Main-Ufer spülen, ist grausam. Die junge Frau ist tot, ihre Hände abgehackt und ihr Körper aufgequollen. Es ist klar: Irgendwo in den Schluchten der bedrohlich aufragenden Hochhäuser verbirgt sich ein skrupelloser Mörder und ein düsteres Geheimnis. Obwohl das BKA die Aufklärung übernommen hat, soll Jo Lasker auf höchste Anordnung hin in der Sache ermitteln. Um den Fall zu lösen, braucht er ein Team, das bereit ist, jenseits der rechtlichen Grenzen in den Sumpf des Verbrechens abzutauchen. Als er glaubt, die Richtigen für die Aufgabe gefunden zu haben, ahnt er nicht, dass sie bald alle in Lebensgefahr schweben werden. Doch die Wahrheit muss ans Licht, sei sie noch so verhängnisvoll.

Printed in Germany
by Amazon Distribution
GmbH, Leipzig

26122941R00306